KB035760

TARA DUNCAN
L'invasion Fantôme

타라 덩컨

7 유령들의 습격

TARA DUNCAN, L'invasion Fantôme
by SOPHIE AUDOUIN-MAMIKONIAN

Copyright©XO EDITIONS (Paris), 2009
Korean Translation Copyright©Sodam&Taeil Publishing Co., Ltd., 2010
All rights reserved.

This Korean edition was published by arrangement with XO EDITIONS (Paris)
through Bestun Korea Agency Co., Seoul

TARA DUNCAN
L'invasion Fantôme

타라 덩컨

7 유령들의 습격

펴 낸 날 | 2014년 5월 15일 초판 1쇄

지 은 이 | 소피 오두인 마미코니안
옮 긴 이 | 이원희
펴 낸 이 | 이태권
펴 낸 곳 | (주)태일소담
　　　　　　서울시 성북구 성북동 178-2 (우)136-020
　　　　　　전화 | 745-8566~7 팩스 | 747-3235
　　　　　　e-mail | sodam@dreamsodam.co.kr
　　　　　　등록번호 | 제2-42호(1979년 11월 14일)

ISBN 978-89-7381-913-3 04860
　　　　978-89-7381-830-3 (세트)

● 책값은 뒤표지에 있습니다.
● 잘못된 책은 구입하신 곳에서 교환해드립니다.
● 이 도서의 국립중앙도서관 출판시도서목록(CIP)은 서지정보유통지원시스템 홈페이지
　(http://seoji.nl.go.kr)와 국가자료공동목록시스템(http://www.nl.go.kr/kolisnet)에서
　이용하실 수 있습니다.(CIP제어번호: CIP2014013905)

www.dreamsodam.co.kr

TARA DUNCAN
L'invasion Fantôme

타라 덩컨

7 유령들의 습격

소피 오두인 마미코니안 지음 | 이원희 옮김

소담출판사

웃음과 유머에,

인생과 사랑에,

나의 멋진 가족 필리프, 디안, 마린, 엄마, 세실,

이제부터 우리 가족이 된 이들에게,

내가 사랑하는 모든 이에게.

— 소피 오두인 마미코니안

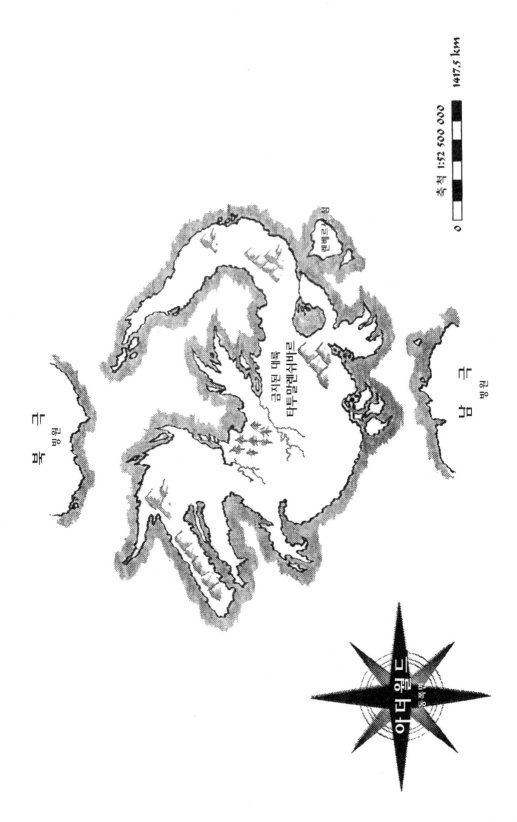

축척 1:52 500 000

1417.5 km

북극 방위

남극 방위

금지된 대륙 타투마렌쉬바르

렌베르 섬

아더월드
통북부

::『타라 덩컨 1』, 「아더월드와 마법사들」::

타라 덩컨은 자신의 탄생에 관한 비밀을 모른 채 프랑스의 타공 마을에서 할머니와 평화롭게 살고 있다. 어느 날 갑자기 나타난 마지스터의 공격으로 할머니 이사벨라가 중상을 입으면서 타라는 자신이 마법사라는 것과 아마존 정글에서 바이러스에 감염되어 죽은 줄 알았던 어머니 셀레나가 살아 있다는 사실을 알게 된다.

한편 마법의 세계를 지배하고, 마법 능력이 없는 인간들을 노예로 만들겠다는 야망에 불타는 마지스터는 악마의 힘을 지닌 사물들을 얻기 위해 타라를 납치하려고 혈안이다. 영문도 모른 채 마지스터의 끈질긴 추격을 받는 12세 소녀 타라는 영생하는 마법을 사용하다 잘못되어 사냥개로 변한 증조할아버지 마니투와 마법의 행성 아더월드로 피신한다.

아더월드의 랑코비트라는 나라에서 살게 된 타라는 페가수스와 정신적으로 결합되는 놀라운 경험을 한다. 아더월드는 수많은 종족의 마법사들과 수시로 풍경을 바꾸는 살아 있는 궁전, 뱀파이어, 키마이라, 하르퀴아, 유니콘 같은 전설의 동물들, 악마…… 등이 버젓이 활개를 치는 무시무시한 세계지만, 다행히 타라는 지구의 친구 파브리스, 공주의 신분인 무아노, 어린 도둑 칼리반 달 살란, 난쟁이 파프니르, 하프엘프 로빈 등을 만나면서 신기하기 이를 데 없는 마법의 세계에 빠져든다.

데미데루스의 직계 후손인 타라와 오무아 제국의 여제 리스베스만 악마의 힘을 지닌 사물에 접근할 수 있기 때문에 마지스터는 타라를 납치한다. 그러나 소녀 마법사는 친구들의 도움으로 억류되어 있던 어머니를 구하고, '실루르의 옥좌'를 파괴한다.

마지스터는 사라지기 직전 죽은 것으로 알고 있는 타라의 아버지가 사실은 오무아의 황제 단비우 탈 바르미 압 산타 압 마루이며, 따라서 타라가 아더월드의 오무아 제국을 계승할 후계자라고 밝히는데…….

::『타라 덩컨 2』, 「비밀의 책」::

칼이 살인죄로 고소되어 감옥에 갇히자 타라는 하는 수 없이 아더월드로 돌아간다. 땅신령들이 흉악한 마법사에게 억류된 식구들을 구해달라는 조건으로 칼을 탈옥시킨다. 그러나 땅신령들의 함정에 걸려든 칼이 치명적인 벌레에 감염되었기 때문에 타라와 친구들은 악당 마법사와 맞서 싸울 수밖에 없다. 마침내 문제의 마법사를 굴복시키고 땅신령들을 구하지만 칼의 무죄를 증명하기 위해서는 악마들의 세계 림보에 있는 조각상 재판관이 있어야 한다. 죽음을 무릅쓴 모험 끝에 그들은 목적을 달성하고 무사히 아더월드로 돌아온다.

그러나 이번에는 불과 며칠 사이에 아더월드를 정복한 영혼 약탈자의 기상천외한 공격에 맞서야 한다. 타라의 목숨이 위험해지자 마지스터가 그 싸움에 개입하게 되고, 드래곤으로 변신한 타라와 마지스터는 서로 협력하여 영혼 약탈자를 물리치기에 이른다. 일단 영혼 약탈자를 제거한 뒤에 마지스터는 림보로 홀연히 사라지고, 타라는 마지스터가 죽었다고 생각한다.

한편 자식이 없는 오무아의 여제는 타라가 자신의 후계자라는 걸 알게 되고, 타라를 아더월드로 데려가겠다고 주장한다. 거절하면 지구가 위험에 처하게 되는데…….

::『타라 덩컨 3』, 「저주받은 왕홀」::

폭탄 테러로 어머니가 부상당했다는 소식을 듣고 황급히 아더월드로 돌아간 타라는 림보로 영원히 사라졌다고 믿었던 상그라브들의 보스 마지스터가 돌아왔음을 알게 된다.

공간이동의 문 폭발 사고, 도서관의 좀비 살해 사건 등 테러 행위와 이상한 사건이 잇달아 발생하는 가운데 타라는 오무아의 궁전에서 공식적으로 여제 후계자 수업을 받기 시작한다.

여제를 함정에 빠뜨려서 악마의 힘을 지닌 사물들 중 '저주받은 왕홀'을 손에 넣은 마지스터는 아더월드에 있는 모든 마법사의 능력을 빼앗아버린 데 이어서 악마 군단을 앞세워 오무아 제국을 침략하고 드래곤들을 몰살하겠다고 선전포고한다.

여제와 황제가 포로로 잡혀 있기 때문에 타라는 여제 후계자로서 오무아 제국과 아더월드를 지키기 위해 또다시 온갖 위험을 무릅써야 한다. 하는 수 없이 타라는 각자의 조국으로 돌아가 있는 친구들을 오무아로 불러들이고 의문의 사건들에 얽힌 미스터리를 하나씩 풀어나간다. 그리고 마지스터가 심복인 여자 뱀파이어와 스파이를 궁전에 심어놓았음을 알게 된다.

타라는 이번에도 하프엘프 로빈, 지구 소년 파브리스, 면허 받은 도둑 칼리반, 난쟁이 파프니르, 개로 둔갑한 증조할아버지 마니투, 특히 놀라운 기지를 발휘한 '야수'

무아노의 도움, 그리고 상그라브들의 감옥에서 탈출한 스너피가 전해준 정보 덕분에 마지스터와 가공할 만한 악마 군단을 물리치기에 이른다.

한편 타라는 자신의 열네 번째 생일파티를 엉망으로 만드는 것을 시작으로 말썽을 일으키고 다니는 쌍둥이 남매가 놀랍게도 친동생들이라는 사실을 알게 된다.

여러 가지 이유로 타라의 유전자가 조작되었을 거란 의혹이 제기되면서 여제는 정밀분석을 지시한다. 로빈은 마침내 사랑을 고백하기 위해 타라를 만나러 가지만 소녀의 방은 텅 비어 있다. 후계자가 사라진 것이다……

:: 『타라 덩컨 4』, 「드래곤의 배반」 ::

아더월드 오무아 제국의 실험실에서 드래곤과 유전학자가 맞서고 있다. 이 싸움의 결과에 지구의 미래와 어린 마법사들의 운명이 달려 있다. 그러나 학자가 사망하면서 사건은 오리무중에 빠진다.

한편 아더월드를 몰래 빠져나온 타라는 이집트의 한 박물관에서 양피지 문서를 훔치는 데 성공하지만, 유전자 조작으로 너무 강력해진 마법 능력 때문에 목숨이 위태롭다. 게다가 로빈을 공격한 하르퀴아들에게서 알아낸 정보 때문에 초능력 있는 지구 소년을 구하러 가지 않을 수 없는 상황에 처한다.

두렵지만 단호하게 결정을 내린 타라는 영국 스톤헨지 유적지로 향한다. 증조할아버지 마니투와 하프엘프 로빈, 난쟁이 파프니르, 야수 무아노, 파브리스, 칼의 도움을 받아 타라는 스톤헨지에 얽힌 비밀로 최대 위기를 맞는 지구를 구하고, 유전자 조작으로 인한 마법 능력의 수수께끼를 풀 수 있을까?

:: 『타라 덩컨 5』, 「금지된 대륙」 ::

마지스터가 지구에 사는 타라의 친구 베티를 납치하는 사건이 발생한다. 그런데 베티가 억류되어 있는 곳은 드래곤들이 접근을 금하고 있어서 아무도 들어갈 수 없는 대륙이다. 그러나 마지스터는 마법의 장벽을 넘어 베티를 가둬놓는 데 성공한다. 게다가 하르퀴아의 독에 감염된 베티를 살리려면 후계자의 피가 있어야 한다는데……

마법 능력을 잃고 모처에서 비밀리에 요양하고 있던 타라는 지구의 친구를 구하기 위해 오무아의 황궁으로 돌아가고, 랑코비트에 있는 친구들을 소집한다. 그러나 오무아 여제의 음모에 걸려든 로빈이 행방불명된 상태다.

우여곡절 끝에 마법 능력을 되찾은 타라가 엘프 군단을 이끌고 마침내 금지된 대륙을 향해 출발한다. 그런데 거기서 발견한 것은 붉은 여왕이 지배하는 무시무시한 세계……. 그리고 드래곤들이 비밀에 부치던 끔찍한 비밀을 알게 되는데…….

타라는 흉악한 붉은 여왕에게서 베티를 구해내고 철천지원수 마지스터를 궁지에 몰아넣을 수 있을까?

:: 『타라 덩컨 6』, 「마지스터의 함정」 ::

셀레나에게 접근하는 자는 누구든 죽이겠다고 선포하는 마지스터. 그 협박 때문에 타라는 마지스터가 유일하게 접근하지 못하는 드래곤들의 행성으로 어머니 셀레나를 피신시킨다.

그러나 뱀파이어들이 악마의 마법을 연구한다는 이유로 젠드라의 별과 크라에토비르의 반지를 보관하고 있다는 사실을 알게 된 타라는 크라살비로 향한다. 공식적으로는 약혼녀를 구해달라는 드라고쉬 선생님의 청을 받아들여서 셀렌바를 변호하러 가는 것이지만, 실은 크라에토비르의 반지를 훔쳐 마지스터를 제압하기 위해서다.

우여곡절 끝에 타라는 반지를 손에 넣지만, 이번에는 드래곤들의 여왕으로 선출된 샤름(셈 선생님의 약혼녀)의 대관식에 초청을 받는다. 타라는 오무아 제국의 사절단을 이끌고 드란보우글리스펜쉬르 행성에 도착하지만 쿠데타의 소용돌이에 휘말리게 된다. 위기 상황을 맞은 타라와 친구들은 드래곤들의 행성에 지금까지 알려진 열세 개의 악마의 사물 외에 두 개가 더 있다는 것과 일부 드래곤들이 지구를 정복하려는 엄청난 음모를 꾸미고 있었다는 사실에 경악한다.

타라에게서 멀리 떠나보내려는 속셈으로 위험천만한 해적 소탕 작전에 로빈을 들러리로 이용하는 여제 리스베스, 티라니크 수상과 마지스터의 관계를 밝히려다 살해당하는 엘레아노라, 짝사랑하던 엘레아노라를 잃은 칼의 슬픔, 마법의 힘이 약해 패밀리어를 잃고 실의에 빠져 있다가 돌연 마지스터와 함께 사라지는 파브리스…… 등 우정과 사랑, 모험과 배신이 얽히고설킨다.

한편 아버지의 유령을 소생시키겠다는 일념으로 타라는 양피지에 적힌 조제법에 따라 묘약을 만들지만, 중요한 실수를 저지르는 바람에 저승의 문이 열리고 수많은 유령이 분노의 고함을 지르면서 쏟아져 나오는데…….

:: 『타라 덩컨 7』, 「유령들의 습격」 ::

이 이야기는 이제부터 읽어야지요! 그럼 친애하는 독자 여러분, 재미있게 읽기 바랍니다. 준비하시고…… 읽기 시작!

TARA DUNCAN
L'invasion Fantôme

타라 덩컨

7 유령들의 습격 | 차례

일러두기

1. 원저에는 '아더월드'가 '오트르몽드(AutreMonde)'로 표기되어 있으나, 불어보다 영어에 더 익숙한 대다수 독자들의 빠른 이해를 돕기 위해 옮긴이가 영어 표현으로 바꾼 것입니다. 이에 따라 7권에서 처음 소개되는 '우트르몽드(OutreMonde)' 역시 그에 대한 영어 표현 '비욘드월드'로 바꾸었음을 알립니다.

2. 이 책의 본문에 표시된 ＊부분은 부록 '아더월드의 용어 해설'에 자세히 소개되어 있습니다.

❼유령들의 습격

기다림

아주 오랜 기다림, 원하는 걸 말할 수는 있어도 아주 긴데……

*

유령들은 기다렸다.

아주 오랜 세월 기다려왔다.

유령 중 대부분이 인간이었다. 죽은 마법사들의 영혼, 마법의 주문에 도통한 자들의 영혼이 머무는 세상 비욘드월드, 마법사들은 죽으면 모두 비욘드월드에서 다시 만났다.

인간 유령들은 비인간 종족 유령들을 안심시키고 있었다. 인간 종족에게는 대단한 능력이 있다면서.

그 대단한 능력이 잘못하고 있는 줄도 모르고…….

그 대단한 능력은 마법으로 장난을 치고 있었다. 마법을 잘 알지도 못하면서, 완벽하게 조절하지도 못하면서.

실패한 주문, 치명적인 묘약, 너무 탐욕스러운 괴물들.

'주의, 아직 세상의 종말에 이르지 않았다', 이런 플래카드 뒤에 누군가 거대한 차단기를 설치해놓았더라도 어떤 인간이 차단기를 치워주면 무슨 일이 일어나는지 볼 수 있으련만…….

유령들 중에 "이런, 난 아직 해보지도 못했는데……"라고 한탄하면서 숨을 거두었던 이들은 다른 유령들에게 이렇게 말했다.

'어딘가에서 누군가 실수를 해 문이 열리는 날이 올 거야. 그러면 우리가 살던 곳으로 돌아갈 수 있어.'

그래서 유령들은 몹시 들떠서 초조하게 기다렸다.

그런데 정말 그런 일이 일어났다.

심한 허기를 채우게 되길, 육신과 감각, 감정, 냄새, 맛을 되찾게 되길 학수고대하면서 그토록 기다리던 날이 왔다.

마침내 그날이 왔다.

유령들은 준비가 되어 있었다.

2
공격

떡 줄 사람은 생각도 안 하는데……

*

금은보화를 좋아하는 이들이 사는 으리으리한 궁전에서 악취를 풍기는 공 모양의 푸르스름한 묘약 덩어리가 5미터쯤 되는 공중에 둥둥 떠다니고 있었다.

묘약 덩어리는 그렇게 만들어져서는 안 되는 것이었다.

요동치던 묘약 덩어리가 소용돌이를 일으키면서 사방으로 초록색 촉수를 뻗는 사이, 그 한가운데에서 시커먼 구멍이 열리기 시작했다.

그러나 이 시각, 묘약을 만든 금발 소녀 타라 덩컨은 옆방에서 하프엘프 로빈의 눈을 뚫어져라 쳐다보느라고 묘약 덩어리가 이렇게 비정상적인 상태로 변해버린 걸 전혀 모르고 있었다. 궁전에는 이 비정상적인 덩어리를 지켜보는 사람이 아무도 없었다.

뱀파이어로 변신해 있지만[1] 인간으로 돌아올 기미가 전혀 없는 타라는 로빈을 심하게 깨물지 않으려고 노력하고 있었다.

타라는 오무아의 황위 후계자였고, 까다로운 마법을 수련하면서 아더월드의 위험에서 살아남는다면 여제가 될 것이 틀림없었다. 그리고 로빈은 여제 리스베스가 타라의 예비 배필로 하프엘프를 인정해줄 생각이 전혀 없는데도 여전히 남자친구로 꿋꿋이 버티고 있었다.

이때만 해도 모든 걸 멈출 기회였는데.

하지만 타라는 묘약이 있는 방에 방음의 마법을 걸어놓고, 로빈과 달콤한 말로 구구, 구구 속삭이고 있었다.2

스르르보우르 클리 베르지크, 이것이 바로 죽은 이들을 이 세상으로 돌아오게 해서 소생시키고, 다시 한 번 삶의 기회를 주는 묘약의 명칭이다.

타라는 단 한 사람, 두 살 때 살해된 아버지 단비우를 돌아오게 하려는 것이었다. 자신이 돌연변이가 아니라 마법사라는 걸 알게 된 뒤로 줄곧 생각해온 것이다. 타라는 마법이 위험하고, 두렵고, 해로울 수 있다고 생각했다. 하지만 정말 꼴 보기 싫은 사람들을 잠시 개구리로 둔

· · · · · · · · · · · · · · ·

1. 타라는 드라큘라에게 물린 것이 아니기 때문에 흔히 말하는 뱀파이어로 볼 수는 없다. 사악한 뱀파이어 셀렌바를 치료하다가 뱀파이어로 변신하는 방법을 알게 된 타라는 위험에 노출된 아더월드의 삶 때문에 무의식적으로 인간으로 돌아오길 거부하고 있는 것이다. 설익힌 고기를 먹어야 하는 식이요법을 제외하고 뱀파이어로 지내는 것은 더 강하고, 더 날렵해지는 장점이 있기 때문이다. 로빈은 타라가 자기를 쳐다보면서 핏물이 질질 흐르는 갈비를 눈앞에 둔 듯 군침을 흘리지 않길 제발 바라고 있지만……

2. 타라는 지구의 연인들이 입맞춤할 때 비둘기처럼 '구구, 구구 하고 속삭인다'고 한 파브리스의 말은 은유법이라고 로빈에게 설명해주었다. 그 뒤로 둘은 달콤한 말을 속삭일 때 비둘기처럼 두 팔을 흔들다가 배꼽을 잡고 웃었다. 그러고 있다가 들키면 친구들에게 바보 같다는 놀림을 받았다.

갑시킬 수 있으니 이따금 유용했다.

타라는 무슨 일이 있어도 꼭 아버지를 이 세상으로 돌아오게 하고 싶었다. 어머니가 매력적인 남자들뿐만 아니라 끔찍하게 위험하거나 짜증 나는 남자들과도 사랑에 빠지는 것이 정말 싫어서였다.

그래서 타라는 비밀리에 숨겨져 있는 양피지를 찾아냈다.

그런데 양피지에 쓰인 글은 타라가 해독할 수 없는 언어였고, 칼의 도움을 받아 간신히 읽어내는 데 성공했다.

하지만 타라는 '이것은 저주받은 글이다' 라는 경고 메시지와 함께 양피지에 쓰인 주의 사항을 꼼꼼히 살피지 못했다.

묘약 조제법에 들어가는 재료는 구하기 힘들 뿐 아니라 구역질 나는 것들도 있었다. 갬볼 가루, 만드라고라 뿌리, 맹독성 사카트의 꿀, 칼로르나, 피닉스의 깃털, 키마이라의 담즙, 칼리르의 꽃……. 그 밖에도 악취를 풍기는 늪지에 서식하는 글리이르 * 의 똥이나 아더월드에서 가장 냄새가 역한 동물 트라둑의 똥처럼 혐오스러운 것들도 있었다. 위험을 무릅쓰고 솜털을 얻기 위해 무시무시한 로크 새의 둥지를 뒤지다가 하마터면 목이 잘릴 뻔했던 타라는 나중에야 로크 새의 솜털은 약재상에서 구입할 수 있다는 걸 알았다.

죽은 자들을 소생시키는 것이 금지되어 있는데 묘약을 만들었으니 타라는 법을 어긴 것이다.

여러 왕국과 제국에서 특히, 왕위 찬탈 싸움에 시달리는 꽤 많은 대군들이 계모가 저승으로 떠났을 때 안도의 숨을 내쉬며 앞장서서 철칙을 공포했었다. '자신이 더 빨리 죽고 싶지 않으면 죽은 자들을 소생시키지 말아야 한다.'

불행히도 타라만 그 법을 어긴 것이 아니었다. 타라를 도와 양피지에 쓰인 글을 해독했던 칼 역시 살해된 엘레아노라를 소생시키기 위해 비밀리에 묘약을 만들어놓았던 것이다. 칼은 후계자의 거처인 스위트룸에서 그리 멀지 않은 곳에 묘약을 감춰놓은 상태였다.

　엄청난 잘못이었다.

　두 개의 묘약 덩어리가 공명을 일으키면서 유령들이 원하는 걸 만들어주고 있었으니…….

　재앙이 일어날 전조였다.

　드란보우글리스펜쉬르에서 왕위를 찬탈하려고 반란을 일으켰던 셰니보우리쉬부가 타라의 스위트룸에 불쑥 나타났다. 드래곤은 묘약 조제법에 빠진 것이 하나 있다는 말을 내뱉으면서 타라를 경악하게 만들고 숨이 끊어졌다. 궁전에 트란스미투스 방지 주문이 걸려 있는데도 불구하고 타라의 방에 유형화되기 위해 무리하게 마법의 에너지를 소모했기 때문이다.

　'묘약은 완성 단계에 이르지 못했으니 모든 것이 폭발할……' 셰니보우리쉬부는 말을 채 맺지도 못하고 죽었다.

　두 개의 묘약 덩어리가 공명을 일으키면서 그 사이에서 문이 열린 것 같았지만, 사실은 더 많이 숙성된 묘약의 덩어리만 열려 있었다. 타라의 묘약!

　묘약 덩어리 한가운데에서 시커먼 구멍이 점점 크게 벌어지더니 갑자기 마법사와 엘프, 뱀파이어 등의 여러 종족이 사는 마법의 행성 아더월드와 유령들의 세상인 비욘드월드 사이에 소용돌이가 일어났다.

　소용돌이를 빠져나온 수백에 이르는 온갖 색깔의 유령들이 환호성을 지르면서 흩어졌다.

태평하게 메시지를 전하러 오던 하인이 제일 먼저 유령들과 맞닥뜨렸다. 혼비백산한 하인은 후계자에게 알리기 위해 미친 듯이 뛰었다.

살아 있는 존재를 장악하기로 작정한 유령들은 하인을 따라 타라의 거처로 돌진했다.

유령들은 드래곤을 거들떠보지도 않았다. 죽은 드래곤이라 관심이 없는 건가?

유령들은 빨간 눈에 긴 이빨, 아연실색한 표정으로 쳐다보는 금발 소녀에게 달려들었다.

첫 번째로 구멍을 통과한 유령이 가장 날렵했다.

흐릿한 빨간색 몸의 유령은 소녀가 만든 마법의 방패를 비웃었다. 유령은 내가 누구인지 알고 까불어? 하는 얼굴이었다. 그 무엇으로도 유령은 막을 수가 없는데……

거침없이 육신을 장악한 유령은 소녀를 지배하기 위해 중추신경계를 공격하려고 했다.

뜻대로 되지 않자 유령은 깜짝 놀랐다. 격분한 소녀가 몸부림을 치기 시작했다. 유령이 손 하나, 팔 하나, 다리 하나, 혀, 눈을 지배하자마자 소녀는 고통과 분노의 고함을 지르면서 빠져나갔다. 소녀 옆에 있는 패밀리어 은빛 페가수스도 영혼의 동반자를 돕기 위해 싸움에 뛰어들었다.

사실은 소녀가 뱀파이어라는 것이 문제였다. 인간이 아닌 생명체를 공격할 생각이 없는 유령은 몸을 건너뛰고 뇌를 지배하려고 했으나 뜻밖의 저항에 부딪히면서 포기하고 말았다.

24

불운에 욕설을 퍼부으면서 유령은 마지막으로 한 번 더 시도하다가 끝내 실패하자 두 팔을 내렸다. 더 강력한 유령이라야 완전히 지배할 수 있을 것 같았다. 유령은 흥을 깨어버리는 소녀/뱀파이어의 몸에서 힘겹게 빠져나왔다.

그 순간 소녀는 믿을 수 없는, 상상도 할 수 없는 일을 했다.

소녀는 송곳니를 드러내고 유령을 깨물었다.

그리고 심한 상처를 입혔다.

아연실색한 유령은 찢겨져나가는 듯한 아픔을 느꼈다. 그보다 더 최악은 소녀가 유령을 깨물면서 영혼의 에너지를 빨아들이고 있었다.

유령은 도망치려고 했지만 옴짝달싹할 수 없었다. 소녀는 갈퀴손톱으로 갈기갈기 찢었다. 유령은 눈 깜짝할 사이에 눈독을 들이던 먹이에게 도리어 잡아먹히는 신세가 되었다.

완벽한 패배였다.

누구인지도 모르는 소녀에게 호되게 당한 유령은 완전히 소멸되기 직전에 이번에는 비욘드월드에도 돌아가지 못하리라 생각했다.

그리고 차라리 비욘드월드에 그냥 남아 있는 편이 나았으리라 생각했다.

3
피신

유령들에게 쫓길 때는
무조건 줄행랑치는 것이 상책인데……

*

타라는 정신을 차렸지만 아직도 충격을 받은 상태였다.

몸을 점령하고 공격하던 유령을 얼떨결에 제압한 타라는 무지개를
이루며 엄청나게 유령들을 쏟아내는 소용돌이를 향해 거의 본능적으
로 돌진했다.

묘약 덩어리를 빨리 파괴하고 구멍을 봉쇄해야 했다. 타라는 두 팔
을 쳐들고 주문을 읊었다. 손에서 검푸른 불이 번쩍였다. 이어서 솟구
친 강력한 마법의 불덩이가 공처럼 둥둥 떠다니며 유령들을 쏟아내는
초록색 묘약 덩어리를 후려쳤다.

불덩이는 묘약 덩어리에 이어서 침실의 천장, 그 위층 침실의 바닥
과 천장…… 팅가푸르 황궁의 지붕까지 뚫고 나갔다. 하필이면 그 순
간 날아가다 새까맣게 타버린 새 두 마리가 한 남자의 머리 위로 떨어

졌고(봉변을 당한 뒤로 이 남자는 머리 전체를 감싸는 헬멧을 쓰지 않고서는 외출을 하지 않았다), 오무아의 수도 팅가푸르의 하늘에 비를 머금고 있던 구름마저 증발해버렸다.

타라의 마법에 문제가 생길 것을 우려한 리스베스 여제가 신중하게 후계자의 거처 가까이 있는 방들을 모조리 비워놓으라는 지시를 내렸기 때문에 위층 침대에 곤히 잠든 누군가를 해칠 위험은 없었다.

에너지원을 잃자 소용돌이는 수그러들었다. 타라는 안도의 숨을 내쉬면서 털썩 주저앉았다.

구멍도 닫혀버렸다.

그때였다. 고통의 비명소리가 울렸다.

맙소사, 로빈!

침실로 뛰어 들어간 타라는 그대로 얼어붙었다. 각양각색의 유령들이 로빈의 몸을 서로 차지하려고 싸움을 벌이고 있었다. 하프엘프가 양손에 쥔 단검을 휘두르면서 필사적으로 버티고 있지만, 유령들은 아랑곳하지 않고 자기들끼리의 싸움에 열중했다.

로빈의 패밀리어 히드라가 여러 개의 머리를 쭉쭉 뻗으면서 날카로운 송곳니로 유령들의 몸을 찢어발기고 있었다. 타라는 아무것도 해줄 수가 없었다.

위험을 감지한 릴란드릴의 활이 로빈의 어깨에 유형화되는 사이에 화살집도 등 뒤에 자리를 잡았다. 현란한 공중돌기로 유령 무리에서 벗어난 하프엘프는 단검들을 거두고 재빨리 화살을 쏘아댔지만 유령들은 꿈쩍도 하지 않았다.

갑자기 유령 중 하나가 사라지더니 순식간에 하프엘프의 몸에 포개졌다. 로빈이 일어나서 두 팔을 내리더니 활을 떨어뜨렸는데 얼굴 표정이 아주 이상했다. 맹목적인 반감과 환희가 섞인 표정이라고 할까.

소우르브는 싸우기를 멈추고 신음소리를 내기 시작했다.

더는 지체할 수 없다고 판단한 타라는 송곳니를 드러내고 달려들었다. 질겁한 유령들이 날아올랐다. 유령 하나가 공격을 받으면 다른 유령들에게도 전해지는지 소녀가 위험한 존재임을 모두 알고 있는 것 같았다. 날쌔게 위험 지역을 벗어난 유령들이 먹이를 덮치는 독수리 같은 자세를 취했다.

타라는 방법을 궁리했다. 하프엘프의 몸에서 유령을 내보내야 하는데, 당장.

그러나 어떻게 공격해야 할지 방법이 떠오르지 않았다. 뭔가 획기적인 방법을 찾아야 하는데! 로빈의 심장, 허파, 내장까지 동시에 뽑아내지 않고 유령만 나오게 해야 되는데…….

타라는 마법을 작동했다. 이번에도 손에서 검푸른 불이 번쩍였다.

"렉스티르푸스의 이름으로 유령은 하프엘프의 몸에서 썩 물러날지어다!"

타라의 마법이 마치 망치처럼 하프엘프를 두들기면서 뒤쪽 황금빛 대리석 벽으로 밀어붙였다. 갑자기 로빈의 잘생긴 얼굴이 일그러졌다. 하지만 몸에서 어떤 유령도 나오지 않았다.

"이놈은 내 거야, 이놈은 내 거야!"

로빈의 입에서 나오는 말은 혐오스러울 정도로 탐욕스러웠다.

상황이 좋지 않게 돌아갔다!

이번에는 소우르브가 괴성을 질러댔다.

"살아있는 돌!" 타라가 소리쳤다.

대번에 체인지라인에서 튀어나온 살아있는 돌이 타라의 머리 위에 나타났다.

"힘을 원해, 예쁜 타라?" 친구를 도와주게 된 것이 기쁜 살아있는 돌이 속삭였다.

"응, 도와줘!"

살아있는 돌의 엄청난 힘이 타라의 마법에 더해졌다. 마법의 물결이 강력해졌다. 로빈의 옆구리에서 우지끈거리는 소리가 나고, 얼굴은 고통 때문에 경련이 일어날 정도였다. 그러나 그것도 통하지 않았다.

두려움이 엄습한 타라는 심장에서 얼음장같이 차가운 물결이 일어나는 것 같았다. 타라는 손가락에 낀 크라에토비르의 반지[3]가 도와주기는커녕 자신의 마법에 맞서고 있는 걸 알아차리지 못했다. 호흡이 느려지고, 정맥 속의 피가 얼어붙는 것 같더니 허파도 충분한 산소를 공급하지 못했다. 타라는 공포에 사로잡혔다. 이대로 쓰러질 것만 같았다. 타라의 마법이 꺼지자 성난 살아있는 돌이 탁자 위에 내려앉았다. 격한 마법의 물결에서 벗어난 로빈도 털썩 주저앉았다.

로빈의 크리스털 눈빛이 흐려졌다. 타라는 사랑하는 로빈에게 다가가고 싶었다. 몇 번이나 목숨을 구해주었던 로빈. 처음 본 순간부터 멋진 모습으로 타라의 마음을 사로잡았던 로빈, 그 명철한 지성에 타라

----

3. 『반지의 제왕』 이후로 '권력을 탐하는 사악한 정신이 만든 반지를 끼면 안된다'는 걸 모두 알고 있다. 그러나 타라도 모든 사람과 마찬가지로 자신은 위기를 극복할 수 있다고 착각하고 있다.

는 얼마나 감탄했던가. 온갖 위험으로부터 타라를 지켜주었던 로빈. 타라를 위해서라면 목숨이라도 내놓을 정도로 사랑해주던 로빈이 아닌가.

눈앞의 상황을 도저히 믿을 수가 없는 타라는 온몸이 마비되는 것 같았다.

타라가 이름을 부르자 로빈이 무력하게 비틀거리며 다가왔다.

"로빈! 싸워야 해, 이겨내야 해! 유령이 네 몸을 지배하지 못하게 몰아내야 된다고!"

하프엘프는 공포에 질려 있는 것 같았다.

로빈이 갑자기 소스라치더니 표정이 달라졌다. 몸속의 유령이 힘을 잃는 것 같았다. 그러나 얼마나 엄청난 대가를 치르고 있는 걸까? 그토록 맑던 눈빛은 뭔가를 씌워놓은 듯 뿌옇고, 검은 머리털이 섞인 은발이 흐늘거렸다. 그토록 완벽하게 잘생긴 얼굴이 점토 인형처럼 변형되고 있었다.

유령이 끝내 몸속을 장악해버리면서 로빈이 죽어가는 중이었다.

그런데 타라는 아무것도 해줄 수 없었다. 그저 로빈을 살려달라고 간절하게 빌면서 치료를 위한 레파루스 주문에 이어 소생을 위한 레비부스 주문을 읊었다. 살아있는 돌도 과도하게 마법을 출혈하면서까지 최선을 다해 타라를 도왔다.

그러나 완전한 실패.

눈앞에서 로빈이 연체동물처럼 흐물흐물 녹아버리는데도 타라는 아무것도 해줄 수 없었다. 로빈의 육신과 옷은 곰팡이가 슨 것처럼 해어지고 있었다.

갑자기 로빈이 마지막으로 안간힘을 쓰는지 믿을 수 없는 행동을 보였다. 타라는 느닷없이 로빈이 벗어서 던지는 망토를 영문도 모른 채 받았다.

이어서 로빈이 타라를 향해 뼈마디만 앙상한 팔을 내밀었다. 타라는 다가가고 싶지만 산소가 부족해서 호흡이 가빠졌다.

무의식의 시커먼 장막이 타라를 덮쳤다.

안 돼.

로빈을 구해야 하는데······.

배를 타는 것처럼 바닥이 오르락내리락해 타라는 갑작스러운 멀미와 싸워야 했다. 눈을 떴다. 사방에서 사람들이 유령에게서 벗어나려고 안간힘을 썼고, 타라는 누군가의 품에 안겨 있었다.

팔이 네 개인 누군가.

크산디아르.

주홍빛과 금빛 정복 차림의 친위대장이 타라를 안고 내달리고 있었다.

타라는 잔뜩 긴장해서 경직된 얼굴과 불규칙하게 뛰는 심장박동을 통해 친위대장이 공포에 사로잡혀 있음을 느꼈다. 축소된 상태로 타라의 어깨에 앉은 페가수스 갈랑도 영혼의 동반자와 마찬가지로 상태가 좋지 않았다. 하프엘프의 망토를 두르고 있는 걸 알아차린 타라는 가슴이 철렁했다.

"로빈!" 타라가 외쳤다. "맙소사, 내가 로빈을 구하지 못했…… 마법이 통하지 않았어! 로빈…… 로빈이…….'

"네, 죽었어요." 친위대장이 숨을 헐떡이면서 말했다. "이유는 모르겠지만 마마의 방에 도착했을 때 로빈은 얼굴이 완전히 일그러진 상태로 쓰러져 있었습니다. 그래서 부작성 마마를 안고 도망치는 중입니다. 안전한 곳으로 피해야 합니다, 마마. 사방에 유령들이 득실거리고 있습니다!"

타라는 울음을 터뜨렸다.

"로빈에게…… 돌아가야 해요! 어쩌면 죽은 게 아닐 수도…….'

"아니, 로빈은 죽었습니다." 친위대장이 단정적으로 말했다. "하프엘프는 유령에 들린 것을 건디지 못할 겁니다. 티그족 친위대원도 여러 명이 당했습니다. 티그족을 점령하는 것이 인간보다 그리 쉽지 않은데도 유령에 들렸어요. 따라서 마마는 안전한 곳으로 피신해야 합니다."

로빈을 잃은 슬픔 때문에 타라는 얼마나 심각한 상황인지 알아채지 못하고 있었다. 친위대장은 타라를 안은 채 접견실로 들어갔다. 그런데 리스베스 여제와 궁인들이 하나같이 마비된 듯 옴짝달싹 못하고 있었다. 타라는 무슨 말을 하려고 했지만, 친위대장이 손으로 입을 막고 기둥 뒤로 숨었다.

"쉿!" 친위대장이 괴로운 얼굴로 말했다. "리스베스 폐하가 제일 먼저 유령에 들렸습니다. 폐하께서는 용맹하게 싸우셨고, 유령 셋을 물리쳤지만 네 번째 유령에게 당하셨지요. 마마, 절대로 소리를 내면 안 됩니다. 위험해질 수 있으니까요."

타라는 알아들었다는 뜻으로 고개를 끄덕였다. 크산디아르가 타라의 입에서 손을 뗐다.

"그럼…… 엄마는?" 타라가 속삭였다.

크산디아르 친위대장은 시선을 피했다.

"죄송합니다. 셀레나 부인도……. 유령들이 몰려왔을 때 부인도 바리우스 덩컨 남작과 함께 폐하 옆에 계셨습니다. 우리는 아무것도 해줄 수가 없습니다."

그제야 사태의 심각성을 알아차린 타라는 떨리는 목소리로 물었다.

"할머니, 증조할아버지, 내 동생 마라, 자르, 내 친구들 무아노, 칼, 파프니르, 그르룰은 어떻게 됐어요?"

"마마의 할머니와 자르는 지구에 있으니까 안전할 겁니다. 마라 공주님은 도둑 대학에서 그르룰의 경호를 받고 있었으니까 아마 지금쯤은 영리한 초록 트롤이 피신시켰을 거라고 생각합니다. 마마의 친구들은 직접 보지 못했지만, 유령들이 몰려들기 얼마 전에 마마를 만나러 오는 중이었기 때문에……."

슬픔과 죄책감 때문에 타라는 너무 괴로웠다. 모든 것이 타라의 잘못 때문인데 아무것도 할 수가 없었다. 유령들에게 마법이 통하지 않았다. 그럼 로빈에 이어서 어머니 셀레나를 비롯한 가족도 구하지 못한다는 것이 아닌가. 열다섯 살의 어린 정신이 감당하기에 너무 무거운 짐이었다. 이대로 다 포기해야 되나. 인형처럼 크산디아르의 품에 안긴 타라는 창백한 얼굴로 몸을 웅크렸다.

끔찍한 상황 때문일까, 타라는 결국 강력하지만 아무런 도움이 되지 않는 뱀파이어의 모습을 포기하고 인간으로 돌아왔다.

친위대장은 반은 뛰고 반은 공중부양을 하듯 전력 질주하다가 이따금 초록빛과 황금빛, 빨간빛으로 화려한 복도에서 자라는 거대한 나무들 뒤로 숨었다.

그리고 여러 번 순찰대를 피해 구석진 곳에 몸을 숨겨야 했다. 친위대장은 곧장 황궁의 중심에 자리 잡은, 수십 킬로미터에 이르는 공원을 가로질렀다.

친위대장에겐 타라를 구해야 할 의무가 있었다. 지구에 있는 자르를 제외하고 황실을 대표하는 후계자를 구하는 것은 친위대장의 본분이다. 하지만 그의 명예를 타라가 회복시켜준 뒤로 후계자에게 더 충성심을 품은 이유도 있었다.

친위대장이 또다시 갑자기 멈춰 섰다. 주홍색 머리, 검은색 눈의 매력적인 티그족 여성이 불쑥 나타났던 것이다. 세네 센스사스! 오무아 제국의 비밀정보국 카무플레의 국장 세네 센스사스는 뛰어난 전사이자 크산디아르의 소중한 동지이며 얼마 전부터는 연인이었다. 세네가 그토록 쫓아다녔건만 이성 관계에 둔한 크산디아르가 어디를 가나 세네가 보이는 이유를 깨닫는 데 시간이 오래 걸렸기 때문이다. 그러나 이 상황에서는 세네를 믿을 수 없었다. 세네가 유령에 들려 있다면 그들을 배신할 가능성이 있기 때문이다. 크산디아르는 숨을 죽이면서 몸을 움츠렸다. 세네는 크산디아르를 보지 못하고 지나갔다.

공포에 질린 크산디아르는 엄청난 노력 끝에 친위대원들과 장관들, 궁인들을 피하면서 아더월드의 여러 나라뿐 아니라 다른 행성으로 갈 수 있는 공간이동의 문에 마침내 이르렀다.

대합실에서 보초를 서는 친위대원들도 유령에 들려 있을지 모르기 때문에 크산디아르는 위험을 무릅쓸 수 없었다. 크산디아르는 여전히 반쯤 정신이 나간 타라를 내려놓은 다음 보초 세 명을 때려눕혔다. 그러고는 다시 타라를 안고 페가수스를 팔오금에 끼고서 이동의 태피스트리들이 만드는 원의 중심에 후계자를 내려놨다.

"지구로 피신해야 합니다." 크산디아르가 빠르게 말하는 사이에 유령들이 대합실의 벽을 뚫고 들어왔다.

"안 돼요." 타라가 깜짝 놀라서 외쳤다. "유령들이 이동의 문을 통해 나를 쫓아올 거예요! 그럼 지구가 위험해요!"

그들은 시간이 없었다. 유령들이 달려들고 있어서 크산디아르는 어쩔 수 없이 외쳤다.

"랑코비트의 수도 트라비아의 살아 있는 궁전으로!"

타라가 안 된다고 말하려고 했지만, 크산디아르는 겨를을 주지 않았다.

공간이동의 문이 작동하는 순간 타라는 유령들과 싸우다 굴복하는 크산디아르를 봤다.

4
랑코비트 왕궁
살아 있는 궁전에서는
몰래 도망치는 것이 쉽지 않은데……

*

랑코비트의 수도, 트라비아의 살아 있는 궁전에서 맑은시냇가수줍은꽃(플뢰르티미도보르드둔뤼소렝피드)은 공간이동의 문을 지키고 있었다.

맑은시냇가수줍은꽃은 문지기라는 자신의 직책을 좋아했다. 방문객을 맞이하는 일, 하인들을 불러서 방문객을 거처로 안내하게 하는 일, 방문객에게 살아 있는 궁전은 예민하니까 화나게 하지 말라고 알려주는 일, 궁전이 짓궂은 장난을 치고 싶어 할 때 슬그머니 도와주는 일……. 수줍은꽃(인간 친구들은 그를 '수줍은꽃'이라고 불렀다)은 그렇게 해서 궁전에 질서가 잡혀야 마음이 놓이고 행복을 느끼는 외눈 거인이었다.

팅가푸르에서 오는 이동의 문이 열리면서 오무아 제국의 후계자와 페가수스가 불쑥 나타났을 때 수줍은꽃은 기절할 뻔했다. 위험하고 통제할 수 없기로 이름난 타라 덩컨이 엘프의 망토를 두른 채 의식을 잃고 쓰러져 있지 않은가. 그런데 아더월드를 떠들썩하게 했던 뱀파이어의 모습이 아니라 인간의 모습을 하고, 게다가 흥분해서 날뛰는 유령들까지 뒤이어 나타났으니……

깔끔하게 정리가 잘되어 있던 대합실이 순식간에 아수라장이 되었다. 질겁한 병사들이 마법과 무기로 유령들을 물리치려고 애를 썼지만 여의치 않았다. 병사들이 날린 데스트룩투스 마법은 유령들을 맞고 튕겨나가거나 몸을 통과하다가 벽이나 바닥에 여러 개의 구멍을 뚫어버렸다. 살아 있는 궁전이 격분했지만 속수무책이었다.

수줍은꽃은 유령들이 하나씩 병사의 몸속으로 들어가는 걸 보면서 경악했다. 살아 있는 인간의 육신을 이미 장악한 유령들이 아직 성공하지 못한 유령들을 도와주고 있었다. 습격 경보 사이렌이 요란하게 울리면서 병사들이 필사적으로 싸워 혈전이 벌어졌다.

수줍은꽃은 이동의 태피스트리들 가운데에 숨어 있는 왕홀을 향해 달려갔다. 공간이동의 문을 정지시켜 습격을 막아야 했다! 그러나 유령들은 틈을 주지 않았다. 유령에 들린 병사들이 문을 지키면서 또 다른 유령들이 끝없이 쏟아져 들어왔다. 병사들이 창을 겨누고 있어서 수줍은꽃은 단념할 수밖에 없었다.

빨간 머리에 눈이 하나밖에 없는 2미터 장신의 수줍은꽃은 공무원이지 전사가 아니었다.

싸워서 이길 수 없다면 도망치는 것이 상책 아닌가. 이상하게도 자신에게는 유령들이 덤벼들지 않기 때문에 저항할 필요가 없는 수줍은꽃은 타라를 덥석 안고 도망쳤다. 격분한 살아 있는 궁전이 으르렁거리더니 수줍은꽃이 통과하기가 무섭게 벽을 닫아버리는 것으로 유령에 들린 병사들을 가둬버렸다.

불행히도 유령들이 모두 살아 있는 인간의 몸을 장악한 것은 아니라 아직 성공하지 못한 유령들은 마치 존재하지 않는 것처럼 벽을 통과했다.

수줍은꽃은 속도를 높였고, 궁전이 도와주었다. 살아 있는 궁전은 복도를 사라지게 하고 대신에 가짜 길과 벽들로 위장하면서 눈 깜짝할 사이에 수줍은꽃을 숨기는 것으로 유령들을 따돌렸다. 그러나 수줍은꽃은 이런 도주가 그리 오래가지 못하리라는 걸 알고 있었다. 유령들은 어린 후계자를 노리고 있는 것 같았다. 따라서 무슨 일이 있어도 타라를 안전한 곳에 숨겨야 했다.

"살아 있는 궁전." 수줍은꽃은 큰 소리로 말했다. "타라 덩컨을 숨겨줄 수 있지? 유령들의 눈에 보이지 않게 숨겨줄 수 있지?"

회색 돌벽에 유니콘들의 나라 멘탈리르의 멋진 풍경이 펼쳐졌다. 파란 풀밭에서 유니콘 하나가 다가와 우아하게 발을 구르면서 머리를 숙였다. 말을 할 수 없는 궁전은 유니콘 이미지로 그럴 수 있다는 표시를 보였다. 안락의자가 빠르게 나타나자 외눈 거인이 타라를 내려놨다. 너무 심한 충격을 받아서일까, 타라는 한 번도 눈을 뜨지 않았다.

벽 속으로 들어간 안락의자가 온데간데없이 사라졌다. 외눈 거인은 안도의 숨을 내쉬면서 큰 소리로 말했다.

"이 위기 상황이 끝나려면 오래 걸릴 테니까 후계자가 있는 곳을 절대 아무에게도 말하면 안 돼, 알았지? 곳곳에 있는 스쿠프를 이용해 유령에 들린 자와 들리지 않은 자를 확인해야 돼. 유령에 들려 있는지 구별할 방법이 없으면 그 누구도 믿으면 안 돼."

수줍은꽃 주위에 나타난 전광판에 작은 카메라들이 날아다니면서 궁전을 탐색하고 감시하는 장면이 보였다. 수줍은꽃은 빨간 머리를 끄덕였다.

"잘했어. 이제 테이프를 되감아서 누가 유령에 들렸는지 정상인지 알아야 해. 그리고 우리가 할 일은 유령들이 너무 쉽게 점령하지 못하게 방해하는 거야, 알았지?"

유니콘이 울음소리를 내면서 또다시 하얀 머리를 숙였다.

이어서 멘탈리르의 파란 초원이 황무지 늪의 을씨년스러운 풍경으로 바뀌더니 바닥에서 썩은 나무 냄새가 올라왔다. 물렁물렁하고 차가운 진창을 걷는 것 같아 수줍은꽃이 얼굴을 찌푸렸다.

"너한테는 괜찮은지 모르지만, 나는 햇살이 눈부시고 꽃이 만발한 초원이 좋은데……."

궁전이 겉으로 드러나는 풍경을 바꿨지만 수줍은꽃은 회색 돌벽의 속이 춥고 우중충하고 습기가 차 있고 미끄러운 걸 느꼈다.

유령들은 우왕좌왕해댔지만 살아 있는 궁전은 유령들에게 안겨줄 놀라운 일을 준비하고 있었다.

외눈 거인이 살아 있는 궁전의 몸체 중심부에 숨어 있는 동안 새 방문객이 공간이동의 문에 유형화되었다. 유령들이 달려들 겨를도 없이 방문객은 재빠르게 트란스미투스 주문을 읊으면서 살아 있는 궁전의 중심부에서 멀리 떨어진 방으로 사라졌다.

궁전은 새로 나타난 사람을 입력하면서 기쁜 마음에 펄쩍 뛰었다. 수백만 톤에 이르는 궁전이 몸집을 흔들면 무슨 일이 일어날지 뻔하지 않은가. 지진이라도 일어난 듯한 진동에 수백 명의 사람들이 중심을 잃으면서 다치는 바람에 샤먼은 갑자기 몰려오는 환자들을 치료하느라고 진땀을 흘려야 했다.

"쉿!" 칼이 궁전에게 속삭였다. "내가 온 걸 아무에게도 말하면 안 돼. 타라가 여기 왔지? 크산디아르의 품에 안겨 있는 걸 보고 급히 따라온 거야. 궁전, 너는 괜찮아?"

으리으리한 오무아 황실(랑코비트 왕실보다 훨씬 더 큰)을 본 뒤로 칼이 좋아하게 된 금은보석으로 도배한 풍경이 사라지고 유니콘이 나타나서 반가워하는 울음소리를 냈다. 칼을 좋아하는 궁전이 유니콘을 통해 걱정하는 마음을 표현하자 칼은 대답했다.

"응, 난 괜찮아. 유령들을 따돌리느라고 좀 힘들었지. 블롱딘은 거기 두고 나만 간신히 빠져나왔으니까. 이유는 모르겠지만 다행히 유령들이 비인간 종족의 몸속으로는 들어가지 않는 것 같아. 유령들이 엘프, 드래곤, 켄타우로스, 머리 둘 달린 타트리스족을 공격하지 않는 반면에 인간들과 티그족을 공격했어. 티그족은 팔이 네 개지만 인간이니까. 타라는 무사한 거지?"

유니콘이 울음소리를 내면서 머리를 위아래로 끄덕였다. 최악의 상황을 걱정하던 칼은 안도했다.

"타라가 어떻게 무사할 수 있었는지 이유가 궁금해. 유령들은 권력자나 강력한 마법사를 노리고 있거든."

표정이 어두워진 칼은 잿빛 눈을 비볐다.

"게다가 가장 큰 문제는 유령들이 통치자들을 장악했다는 거야. 유령들이 가장 힘들어했던 사람이 크산디아르였는데 결국은 당했어. 여기는 어때?"

궁전이 베어 왕과 티타니아 왕비가 있는 랑코비트의 왕실을 보여주었다. 갈색 머리털이 곤두서고 눈빛이 흐릿한 왕과 왕비는 유령들이 몸속을 장악할수록 움찔거리고 있었다. 랑코비트의 수상 살라타르가 유령들을 상대로 키마이라의 불길을 내뿜었지만 소용이 없었다.

"맙소사, 모두 유령에 들렸잖아!" 칼은 아연실색했다. "보통 심각한 상황이 아냐. 타라는 어디 있어?"

궁전은 잠시 망설였다. 수줍은꽃은 타라가 숨어 있다는 걸 아무에게도 말하면 안 된다고 했다. 하지만 칼은 타라의 친구이고, 유령에 들리지 않은 것 같았다. 게다가 후계자와 절친한 사이이고, 위험에 처한 타라의 목숨을 한두 번이 아니라 아주 여러 번 구해줬던 인물이 아닌가.

칼은 유니콘이 가리키는 안락의자에 앉았다. 욕실의 벽이 열리고 칼은 안락의자에 앉은 채로 궁전의 몸체 속으로 들어갔다.

타라는 눈을 떴다. 한 손이 입을 틀어막았다.

할 일은 한 가지밖에 없었다.

타라는 있는 힘을 다해서 깨물었다.

누군가 질겁하면서 손을 뺐다.

"아야! 미쳤어?" 귀에 익은 목소리가 속삭였다. "왜 깨물어? 인간으로 돌아와 있어서 천만다행이다! 뱀파이어였다면…… 어휴 생각만 해도 끔찍하잖아!"

타라는 눈을 찡그렸지만 어두워서 잘 보이지 않았다.

"카…… 칼? 네가 어떻게……."

타라는 입에 손을 대다가 움찔했다. 뭔가가 없어졌는데……. 뱀파이어의 이빨이 사라지고 없었다. 어떻게 된 일이지?

그 순간 밀려오는 로빈에 대한 끔찍한 기억이 생생하게 떠올랐다. 타라는 가슴이 찢어질 듯 아파 하프엘프의 망토를 두른 채 웅크리고 흐느껴 울었다.

"타라." 로빈의 망토를 알아본 칼이 말했다. "크산디아르가 너를 탈출시키는 걸 보고 나도 따라온 거야. 다른 애들은 어디 있는지 알아?"

타라는 말 한마디 못할 정도로 괴로워했다. 뭔가 이상한 걸 느낀 칼이 타라를 다정하게 안아주었다. 그러고는 어린 딸을 달래는 어머니처럼 타라를 토닥여주었다. 어차피 곤경에 빠져 있는데 굳이 무슨 일인지 캐물을 필요는 없지 않은가. 잠시 후 타라의 흐느낌이 약간 잦아들었다. 친구가 왜 그토록 서럽게 우는지 이유는 모르지만 칼은 위로의 말을 속삭였다. 마지스터의 악마 군단과도 과감하게 맞서 싸웠던 타라가 유령들이 습격한 것으로 이 지경이 된다고? 분명히 다른 문제가 있을 거라고 칼은 생각했다.

42

칼이 무슨 말인가 하자 궁전이 타도르 산의 광천수 한 병을 유형화시켰다. 마법이 이상적인 온도를 유지해주어 물은 아주 시원했다. 칼의 손짓에 곧바로 나타난 유리잔이 허공을 둥둥 떠다녔다. 칼이 물을 따라 유리잔을 건네자 타라는 초췌한 얼굴로 물을 몇 모금 마셨다.

타라는 입을 열려고 했지만 고통이 의지보다 더 강했다. 그래서 칼의 천진한 얼굴을 뚫어져라 쳐다보는 것으로 만족했다. 그 옆에 축소된 페가수스 갈랑도 슬퍼하는 영혼의 동반자 때문에 우울해 보였다.

"유령들이 습격해서 아더월드를 쑥대밭으로 만들고 있어." 칼이 말했다. "타라, 다른 애들은 괜찮을까? 나는 정확히 무슨 일이 일어나고 있는지도 모른 채 도망쳤어."

세상을 아수라장으로 만들어놓고도 오직 로빈의 죽음만 생각하며 눈물을 흘리던 타라는 이제 무슨 말이든 해야 한다는 걸 깨달았다. 타라는 손바닥을 통해 칼이 몹시 긴장하는 걸 느꼈다. 헝클어진 검은색 머리의 칼이 간청하는 눈빛으로 불안에 떨고 있었다. 타라는 더 이상 깊이 생각하고 싶지 않았다.

"우리는…… 공격을 받았어(목이 멘 소리였다). 내가 아버지를 소생시키기 위해 만든 묘약이 잘못된 것이 분명해. 굶주린 유령들이 맹목적으로 쏟아져 나왔는데 그 수가 수백, 수천이 넘는 것 같아. 유령 하나가 장악하려고 했는데 나는 버텨냈어. 하지만 로빈은…… 칼, 로빈은 버티지 못했어. 로빈이…… 죽는 걸 봤어."

칼은 눈이 동그래지며 더 많이 긴장했다. 타라의 눈과 마주친 칼은 방금 들은 말이 거짓이기를 간절히 바라는 얼굴로 쳐다봤지만 타라는 이미 눈물을 쏟고 있었다. 로빈의 망토를 두르고 있더라니 그것이 바로 친구의 죽음을 의미할 줄이야……

칼은 타라의 눈빛이 그토록 절망적이었던 이유를 이제야 알았다.

"네가 왜 이런지 이제야 알았어. 그래도 견뎌야 해, 그럴 거지?"

"죽고 싶어." 타라는 힘없이 대답했다. "너무 괴로워. 이대로 끝내고 싶어."

"타라 너를 위해 아무것도 해줄 수가 없어." 슬퍼하는 친구를 보면서 가슴이 아픈 칼이 말했다. "네가 얼마나 괴로울지 알아. 엘이 죽었을 때 나도 따라 죽고 싶었으니까. 견딜 수가 없어서……"

타라가 다시 오열하기 시작했고, 칼은 따라 울고 싶은 마음을 억눌렀다. 그들의 목숨이 걸린 문제였다. 칼은 시간이 없었다. 아니, 둘은 시간이 없었다.

이 참사는 둘에게 책임이 있기 때문이다. 타라에게만 그 짐을 지게 할 수는 없었다.

"확실히는 모르지만 이 사건에 대한 책임이 너에게만 있는 건 아냐." 칼이 고백했다. "내가 만든 묘약과 너의 묘약이 공명을 일으킨 것 같아. 나도…… 엘레아노라를 소생시키고 싶었어. 그래서 조제법이 적힌 너의 양피지를 훔쳐 여제께서 우리에게 마련해준 방에서 묘약을 만들었거든. 네 거처에서 가까운 그 방 말이야. 미안해. 그러지 말아야 했는데……"

칼이 몰래 또 다른 묘약을 만들었다고 고백하는데도 타라는 아무런 반응이 없었다. 칼은 말을 계속했다.

"우리 둘의 책임이야. 우리가 저지른 엄청난 잘못 때문에 일어난 일이니까 해결책을 찾아야 해! 네 어머니와 친구들이 끔찍한 유령들의 마수에 걸려들게 내버려두면 안 돼. 랑코비트에는 아직 유령들이 그리 많지 않으니까 내 부모님은 아직 안전할 거야. 하지만 언제 어떻게 될지 모르니까 서둘러야 해."

또다시 타라는 좌절한 것처럼 눈물만 흘려댔다. 타라는 칼이 다가갈 수 없는 아주 먼 곳에 가 있는 것 같았다.

"타라, 내 말 듣고 있지? 너를 공격했던 유령을 어떻게 떼어냈는데? 마법을 사용한 거야? 아니면 묘약을 만들 때의 주문을 사용했어? 타라……?"

칼은 타라를 흔들었지만 친구는 헝겊인형처럼 축 늘어진 채 역시나 아무런 반응이 없었다.

칼은 덜컥 겁이 났다. 타라는 친구지만 무시무시하게 강력한 무기이기도 했다. 유령들 때문에 크산디아르가 다른 데 신경 쓸 겨를이 없는 틈을 타서 칼은 타라를 뒤쫓아왔다.

칼은 어떻게 해야 할지 아직은 잘 모르지만 유령들을 가능한 한 빨리 몰아낼 방법을 궁리하기 시작했다. 유령들이 인간에게 하는 짓은 극악무도했다.

칼은 부르르 떨었다. 면허 받은 도둑이라는 것이 늘 목숨을 걸어야 하는 위험한 일이기 때문에 칼은 죽음을 두려워하지 않았다. 그러나 유령들이 인간을 공격하는 현재 상황은 죽음보다 최악이었다. 유령에게 굴복한 희생자들이 모든 걸 포기한 것처럼 보이지만, 칼은 그들의 눈빛에서 절규하는 영혼을 느꼈다.

칼이 도망칠 수 있었던 것은 왜소한 체구가 강력한 힘을 지닌 육신을 찾는 유령들의 관심을 끌지 않기 때문이었다.

이 사실에 기분이 상해야 하는지 안심해야 하는지 아직은 알 수 없었다.

칼은 타라를 쳐다보면서 친구가 슬픔에 빠져 있게 내버려둘 수 없는 것이 가슴 아팠다.

잠시 망설이던 칼은 마지못해서 타라의 뺨을 때렸다.

5
칼

예쁜 소녀와 바비 인형 놀이를 하는 것이
즐거운 것만은 아닌데……

*

　그런데도 타라는 그저 칼을 물끄러미 쳐다보기만 했다. 지금 타라의 눈에 칼은 나무나 안락의자쯤으로 보이는 것 같았다. 타라는 아무 관심이 없었다. 뺨을 맞았는데도 아랑곳없는 표정이었다.

　칼은 마치 타라가 두꺼비로 둔갑시키길 기다리는 것처럼 눈을 감고 있었다. 절망에 빠진 상태가 아니라면 타라는 웃음을 터뜨리거나 불같이 화를 내면서 칼을 지렁이로 둔갑시키고도 남을 상황이니까.

　그러나 타라는 아무런 행동도 취하지 않았다. 여전히 무관심했다. 타라는 죄책감과 슬픔 그리고 후회라는 짙은 안개 속을 떠다니고 있었다. 로빈이 죽었는데…… 더는 아무것도 중요하지 않았다. 타라는 끊임없이 로빈의 마지막 순간을 함께하고 있었다. 아무리 강력한 마법 능력이 있다고 해도 어떻게 운명까지 바꿀 수 있단 말인가. 영화에서라면 몰라도…….

칼은 한쪽 눈을 뜨고 몸을 만져보다가 아직 두 발로 서 있는 것에 깜짝 놀랐다.

타라는 칼이 포기하길 바랐다. 아니, 타라는 그런 걸 바라지도, 더는 바랄 수도 없었다. 그저 친구가 자기를 가만히 내버려두길 바랄 뿐이었다. 하지만 칼은 집요했고 포기하지 않았다.

칼은 타라에게 계속 말하고 있었다. 몇 시간은 되는 것처럼 길게 느껴졌다.

칼은 유령들이 아더월드를 지배할 경우 무슨 일이 일어나게 될지 말하고 있었다. 수세기 동안 갖지 못한 것에 탐욕을 드러내는 유령들이 인간과 비인간 종족들을 노예로 만들 것이라고 말했다.

칼은 유령의 힘과 숙주의 힘이 합해질 수 있는지는 모르지만, 그렇게 될 경우 대재앙이 일어날 거라고 말했다.

칼의 목소리에서 위급한 상황임을 느낄 수 있었다. 타라도 그걸 모르지는 않았다. 심장에 고통의 단검이 박힌 듯 시간이 흐를수록 점점 더 고통스러운 타라는 두꺼운 솜에 파묻혀 차츰 질식되는 것 같았다. 거의 숨을 쉬지 못하고 있었다.

하지만 칼의 목소리는 절박했다. 절박함 때문에 거의 탄식하는 칼에게 타라가 반응을 보였다.

"나를 그냥 내버려둬."

칼이 벌떡 일어났다.

"그럴 수 없어! 타라, 그 묘약을 만든 사람은 너야! 아니, 너와 나야! 유령들을 몰아낼 작전을 짜야 해. 너를 공격하는 유령을 어떻게 물리쳤는지 그 방법을 나한테 말해줘! 다른 사람들도 사용할 수 있는 방법이야?"

"깨물었어. 뱀파이어의 모습으로 있을 때 깨물었는데 유령이 소멸됐어."

칼은 털썩 주저앉았다. 타라가 드래곤들을 피하기 위해 뱀파이어로 변신한 것에 대해 오무아의 의학 아카데미에서 연구했지만, 아직까지 타라가 어떻게 해냈는지 정확한 방법을 알아내지 못한 상태였다. 게다가 피를 빨아먹는 뱀파이어로 변신하겠다고 나서는 지원자를 찾지 못해 테스트조차 하지 못하고 있었다. 이제는 점점 더 타라의 유전자가 조작되었을 가능성에 무게가 실리고 있었다. 따라서 뱀파이어로 변신한 상태에서 깨물었는데 유령이 소멸되었다는 말은 확실한 해결책이라고 할 수 없었다.

"작전을 짜야 해. 타라, 네가 필요하단 말이야. 제발 정신 좀 차려!"

타라는 고개를 흔들었다. 칼은 해결책을 찾는 시늉이라도 해주길 바랐지만, 타라는 아무 생각이 없었다. 칼은 너무 힘들었다. 어떻게 해야, 무슨 말을 해야 친구가 정신을 차릴까? 이대로 모두 죽어야 하는가?

또다시 칼은 타라가 달아나는 걸 느꼈다.

"힘들다는 거 알아. 하지만 타라, 넌 어릴 적부터 살아남기 위해 싸웠잖아. 이렇게 무너져서는 안 돼, 너무 어린 나이잖아! 타라, 어린 시절을 떠올려봐. 기쁨, 행복, 나는 그 시절이 돌아온다고 확신해, 타라!"

타라는 칼의 말을 들으면서 떠오르는 이미지들을 거부했다. 냉정한 할머니 밑에서 자라던 어린 시절의 이미지가 교차했다. 친구들, 학교, 점심시간, 자유롭게 뛰어다니던 들판, 사다리가 있어야 겨우 오를 수 있는 우람한 페르슈 종의 말을 타고 달리는 모습, 분필 냄새, 초콜릿 냄새, 꽃향기, 뜨거운 햇살, 친구들의 우정……. 또다시 타라의 머릿속에 로빈의 사랑이 떠올랐다.

슬픔에 잠긴 타라는 로빈의 망토를 뒤집어쓰고 눈이 따가운데도 다시 엉엉 울기 시작했다. 타라는 잃어버린 어린 시절을 슬퍼하고, 잃어버린 순수함을 슬퍼하고, 잃어버린 사랑을 슬퍼하고 있었다.

칼은 이를 부드득 갈았다. 쯧! 가까스로 현실로 끌어냈다고 생각하는 순간 타라가 다시 슬픔에 잠기고 있었다.

"로빈은 전사였어, 타라. 로빈이 아직 살아 있다면 너에게 뭐라고 말할 것 같아?"

타라는 대답하지 않았다. 너무 피곤했다. 칼은 타라를 아프게 하려고 팔꿈치를 세게 꼬집었다(면허 받은 도둑들이 즐겨 쓰는 방법 중 하나다). 아픔이 오래가기 때문에 어떤 고집쟁이라도 결국은 말문이 터지고야 말기 때문에 따귀보다 훨씬 효과적인 방법이다.

타라는 신음소리를 내다가 한순간 쪽빛 눈에 분노의 빛이 번뜩였다.

"이거 봐, 아프단 말이야!"

"먼저 대답해."

"로빈이 죽었어!"

칼은 너무 깜짝 놀라서 친구의 팔을 났다.

"하지만 넌 살아 있잖아!" 칼이 응수했다. "로빈을 위해서라도 싸워야지!"

그러나 타라는 듣지 않고 있었다.

"나는 아버지를 소생시키고 싶었어, 죽음을 무릅쓰고." 타라는 너무 차분한 어조로 말했다. "그 대가로 내 사랑을 앗아간 거야. 내가 로빈을 죽인 거야."

자기 자신에 대한 혐오감으로 가득한 타라의 얼굴을 보면서 칼은 가슴이 미어졌다. 둘은 쪽빛 눈과 잿빛 눈으로 서로를 뚫어져라 처다보았다. 칼은 친구를 괴롭히고 있다는 사실에 자책했다.

그러나 포기하지 않았다. 아니, 포기할 수 없었다.

"그래, 죽고 싶겠지." 칼은 절제된 목소리로 말했다. "그게 너의 선택이라면 내가 도와줄 수도 있어. 급소를 찌르면 되니까. 하지만 그 전에 잘못을 바로잡아야 해. 타라, 너는 선택의 여지가 없어."

잘못을 바로잡으라고? 아니, 그게 다 무슨 소용 있어. 타라가 원하는 것은 슬픔에 빠져서 괴로워하다 죽는 것이다. 그러다 보면 고통이 멈추지 않을까.

타라는 시선을 돌리고 다시 무력감에 빠져들었다. 타라를 에워싸는 절망의 안개가 칼의 노력, 목소리를 지우고 있었다. 타라는 여전히 고통스럽지만 칼의 몸은 믿을 수 없을 정도로 뜨거웠다. 타라는 너무 피곤했다.

소녀는 자신도 모르게 잠이 들었다. 칼은 한숨을 내쉬면서 친구를 눕히고 베개를 받쳐준 다음 안락의자에 앉았다. 칼도 갑자기 피곤이 몰려왔다.

주위가 어두워지고 있었다.

칼이 할 수 있는 것은 잠든 친구를 그저 바라보면서 수많은 신에게 있는 힘을 다해 기도하는 것이었다.

며칠 동안 타라는 모든 걸 거부했다. 먹는 것도, 씻는 것도, 말하는 것도.

오직 잠자고 우는 것이 전부였다.

손에 피가 날 정도로 클릭을 꽉 쥐고 오열하는 타라를 보며 칼은 그 물건을 빼앗았다. 로빈과 연락할 수 있게 만들어진 귀걸이 모양의 미니 크리스털 볼 클릭을, 타라와 로빈은 한 짝씩 지니고 있었다. 석영과 금속으로 이뤄진 클릭은 타라에게 로빈을 생각나게 하는 물건이었다.

절망적이지만 그래도 칼은 타라를 지켜야 했다. 타라는 마치 자신의 일부처럼 로빈의 망토에 집착하면서 손에서 놓지 않았다. 칼은 물과 공기의 원소들에게 타라를 씻기고 닦아주게 했고, 만능코디네이터 체인지라인에게 옷을 갈아입히도록 했다.

남자인데 타라의 알몸을 본다는 건 칼이 감당할 수 없는 일 아닌가.

칼은 친구가 정신적으로 엄청난 충격을 받았다는 걸 이해했다. 냉정한 할머니의 손에서 자랐지만 타라의 어린 시절은 그래도 행복했다. 아무도 알려주지 않는 비밀과 미스터리에 둘러싸인 채 살면서 독립심을 키웠고, 아더월드에 와서는 친구들에게 의지하다 로빈에게 마음을 열었는데…… . 두 살 때 아버지를 잃은 타라가 로빈이 죽는 모습을 보면서 얼마나 큰 충격을 받았을지 충분히 이해가 되었다.

타라는 절망에 갇혀 있었다. 칼은 타라를 구해낼 수 있을지 의문이

들기 시작했다.

첫째 밤, 칼은 심장마비로 죽을 뻔했었다.

비명소리에 놀란 칼은 침대 밑으로 뛰어내려 본능적으로 전투 자세를 취했다.

유령이 공격해온 것은 아니었다. 분당 200회쯤 뛰던 박동이 정상으로 돌아왔을 때 칼은 비명소리가 난 이유를 알았다. 타라가 악몽과 싸우면서 버둥거리고 있었다. 칼은 타라가 진정될 때까지 한 시간 동안 땀으로 젖은 친구의 머리를 쓰다듬어주었다.

타라에게 뭔가를 먹이는 것은 정말 고역이었다. 한 입 한 입 잘 받아먹다가도 어떤 때는 무조건 거부했다. 마법을 과다 사용한 탓에 그렇지 않아도 핼쑥하던 타라가 이제는 정말 병색이 돌 정도로 수척해 있었다. 원소들과 체인지라인의 보살핌에도 불구하고 그 아름다운 금발이 변색되어 푸석푸석해 보이고, 쪽빛 눈은 칙칙하고, 볼이 움푹 꺼진 얼굴은 보기 딱할 정도였다.

페가수스도 상태가 좋지 않았다. 타라와 마찬가지로 갈랑도 먹는 걸 거부해 칼은 강제로 귀리와 건초를 삼키게 해야 했다.

칼은 모르고 있지만 타라는 친구가 애쓰고 있는 걸 알고 있었다.

그래서 타라는 집요한 칼이 정말 미웠다.

무관심 속에 감춰진 타라의 분노를 느꼈다면 칼은 아마 줄행랑쳤을 것이다.

칼은 타라를 가만 내버려두지 않았다. 절대로 포기하지 않았다. 그런데도 절망에 빠진 타라를 구해내지 못하고 있었다. 그 벽을 넘을 수가 없었다. 타라는 먹겠다는 의욕도 없었다. 입체감 없는 이미지들. 타라는 몸의 통증조차 느끼지 못했다. 칼이 그나마 하루에 얼마간의 음식을 먹이지만 영양이 터무니없이 부족해 근육과 힘줄, 뼈마디가 아플 텐데 타라는 아무것도 느끼지 못했다.

칼은 살아 있는 궁전의 도움을 받아 숨어 있는 곳을 변화시켰다. 방을 넓히고 욕실을 만들면서 벽에 방음장치까지 했기 때문에 어떤 유령도 그들을 찾을 수 없을 것이다. 면허 받은 도둑의 일상적인 훈련을 계속하기 위해 체육관도 만들었다. 체력 단련을 할 때마다 타라의 근육이 굳어버릴까 걱정이 된 칼은 억지로 팔다리를 움직이게 하면서 걸어 다니게 했다. 칼은 그렇게 타라를 돌보면서 이를 악물고 훈련에 열중했다.

타라를 안락의자에 앉혀놓은 다음 칼은 펄쩍펄쩍 뛰고 구르고 날렵하게 공중제비를 돌면서 땀을 흘렸고, 피로에 지쳐서 온몸이 부들부들 떨릴 때까지 단검 던지는 연습을 했다.

칼이 표적을 놓치는 일은 거의 없었다. 단 한 번 그런 일이 일어났던 것은 잠자던 타라가 비명을 질렀기 때문이다. 소스라치게 놀란 칼이 얼떨결에 단검을 던졌는데 태피스트리의 문양 중에서 드래곤의 눈에 꽂혔다.

타라가 의식이 있었다면 칼의 놀라운 솜씨에 탄성을 질렀을 텐데.

칼은 하루에 두 번, 두 시간 동안 훈련을 했고, 욕조에서 한 시간 동안 수영을 했다. 운동 덕분에 칼은 미치지 않고 버틸 수 있었다.

가족, 패밀리어 블롱딘, 친구들…… 칼은 모두 그리웠다. 패밀리어는 아직 괜찮은 것 같았다. 만약 블롱딘이 다쳤거나 붙잡혀 있다면 정신적으로 결합된 관계이기 때문에 대번에 느낄 수 있었다. 그러나 거리가 멀리 떨어져 있을수록 결합이 느슨해지기 때문에 칼은 점점 더 불안했다. 언젠가는 오무아에 두고 온 여우를 구해내기 위해 유령들의 소굴로 돌아가야 했다.

"빌어먹을!" 유난히 힘든 어느 날, 칼이 투덜거렸다. "누군가 나에게 열다섯 살 소녀의 보모가 될 거라고 말했다면 끔찍한 일이라고 생각했을 거야. 그런데 나에게 정말 이런 날이 올 줄이야!"

그럼에도 포기할 수 없는 것은 죄책감 때문이었다.

살아 있는 궁전이 대형 전광판을 나타나게 해주어 칼은 많은 뉴스를 볼 수 있었다.

좋은 소식은 없었다.

유령들이 아더월드에 있는 인간들의 공화국, 왕국, 제국의 대다수를 장악하고 있었다.

크리스털리스트들의 스쿠프들이 도처에서 유령들이 습격하는 장면을 촬영해 어떤 일도 비밀이 될 수 없었다. 비인간 종족들만 화를 면했다. 뱀파이어 마법사들의 유령, 타트리스족의 유령, 난쟁이들의 유령들은 종족의 몸속에 깃들일 수 없기 때문이었다. 비인간 종족의 유령들은 화가 나서 비욘드월드로 돌아가고 있었다.

이제부터는 유령들이 아더월드와 비욘드월드를 연결하는 문을 마음대로 열고 들이닥칠 수 있으리란 좋지 않은 소식이 쏟아지고 있었다.

타라를 제외하고는 아무도 유령들에게 대항할 방법을 찾지 못한 상태였다. 누군가 유령 하나를 물리쳤다고 해도 인간의 몸을 점령할 때까지 떼거리로 달려드는 유령들을 당해내지 못했다.

칼은 타라를 전광판 앞으로 옮겨놓고 처참한 장면들에 자극받아 친구가 무기력 상태에서 빠져나오길 바랐다.

하지만 처참한 장면은 없었다. 주도면밀한 유령들은 죽은 자들의 혼이 비욘드월드로 가는 걸 고려해 저항하는 인간들을 죽이지 않고 감옥에 가두었기 때문이다.

유령들이 오무아를 점령한 지 2주가 지나자 가장 먼저 엘프들이 떠나기 시작했다.

어둠을 틈타 페가수스에 올라탄 엘프 전사 군단이 오무아를 떠나는 모습을 보며 칼은 아연실색했다. 휘날리는 은빛 머리, 빨간색 옷을 입은 엘프들의 여왕이 주홍빛 페가수스를 타고 선언했다. 오무아의 여제가 유령에 들렸기 때문에 여왕은 더 이상 여제를 고용주로 인정하지 않고 계약을 파기한 것이다.

엘프 군단이 셀렌다로 돌아가고 있었다. 칼은 눈물이 쏟아졌다. 번쩍이는 갑옷 차림으로 검은색 페가수스를 타고 오무아를 떠나는 엘프 군단의 모습은 오무아의 파국을 의미하는 것이다.

타라는 전광판을 뚫어져라 쳐다봤다. 하지만 칼은 타라가 정말 보고 있는 게 아니라는 걸 잘 알았다.

"엘프 군단이 오무아 주재 셀렌다 대사관으로 가는 거겠지?" 칼은 차분한 어조로 말했다. "리스베스 여제의 유령은 엘프 군단이 황궁에 있는 공간이동의 문을 사용하지 못하게 한 모양이야. 드래곤들은 아직 아더월드에 있을까? 드란보우글리스펜쉬르로 돌아갔을까?"

칼은 타라의 상태를 치료할 방법이 있는지 물어보기 위해 최고 마구스 심의회 의원인 셈 선생님에게 연락하려고 노력했지만, 은하계에 위치한 행성 간의 통신이 끊겨버렸다.

아더월드는 고립되어 있었다. 눈 깜짝할 사이에 공간을 이동하는 문이 없으면 드래곤들이 배를 타고 와야 하는데 수십 년이 걸릴 수도 있었다.

황제와 여제에게서 후계자 교육을 받으면서 타라는 적들이 제일 먼저 하는 일은 동맹국의 지원을 차단하는 것이라고 배웠다. 셈 선생님에게 전화를 하려고 애를 쓰다니, 타라는 친구의 순진함에 웃음이 나왔지만 내색하지 않았다.

어떻게든 먹이려고 할 때마다 음식을 얼굴에 던져버리는 타라와 씨름을 하던 칼은 며칠 뒤 엘프들만 오무아를 떠난 게 아니라는 걸 알았다. 크리스털리스트들이 텅 빈 타트리스족 대사관에 이어 뱀파이어 대사관에서 취재를 하고 있었다. 칼은 오무아 제국의 티그족 친위대에 에워싸인 엘프 스타일러 아르노와 뱀파이어 대통령의 딸 킬라가 성난 얼굴로 양탄자 비행기를 타고 떠나기 직전인 모습을 봤다. 대사와 그의 아내, 일부 식솔만 남아서 킬라에게 정중하게 인사를 했다.

킬라가 송곳니를 드러내자 친위대는 당황한 눈치였다. 칼은 유령들이 위험한 뱀파이어들의 악감정을 사는 것은 어리석은 짓이라고 생각했다.

그러나 뱀파이어족만이 아니었다. 꼬마도깨비 파보, 파란 땅신령, 진실의 입, 요정, 거인, 사이렌, 트리톤, 식인귀, 고블린, 영리한 유니콘, 호전적인 켄타우로스, 키마이라 등 대다수가 호위를 받으면서 국경이나 공간이동의 문을 향해 떠나고 있었다. 거대한 연을 띄운 것처럼 집을 통째로 달고 가는 이들도 보이고, 아마도 곧 돌아올 거라고 믿는지 가방만 들고 가는 이들도 있었다.

비극이었다.

칼은 친위대가 왜 그런 위험한 지시에 복종하고 있는지 의문이 들었으나 이내 알아차렸다.

누가 유령에 들리고 안 들렸는지 식별하는 것이 불가능했다. 문제는 바로 그것이다. 오무아의 여제 리스베스의 경우는 궁인들이 지켜보는 앞에서 유령에게 당했고, 주요 장관들도 희생되었다. 그런데 하급 관리들의 경우는 전혀 달랐다. 유령에 들리지 않은 친위대원들이 상관에게 복종하고 있는 것이 틀림없었다.

하지만 그들이 행하고 있는 일을 좋아하지 않는다는 것이 느껴졌다. 그들은 제국을 떠나는 비인간 종족들에게 예의를 보이고 있었다. 마치 사과라도 하는 것처럼.

여제의 몸을 차지한 유령은 신중했다. 제국에 아무런 변화도 없을 거라는 간략한 선언을 함으로써 상인들을 안심시켰고, 궁전에서는 여느 때와 마찬가지로 고소인들과 청원서를 접수했다.

정치를 아는 오무아 국민들도 어떻게 해야 하는지 알고 있었다. 일단은 조용히 사태를 관망하는 것이 상책이었다. 무엇보다 항의를 하거나 장사를 하기 위해서, 허가나 인가를 받기 위해서 궁전에 들어가지 않는 것이다. 그렇다고 통치권과 등지는 것은 아니었다.

여러 크리스털리스트들과 마법사들, 비마들이 체포되었다가 풀려났는데 새 권력에 대한 그들의 적대적인 태도가 호의적으로 바뀌어 있었다.

그들이 유령에 들렸다는 것은 의심의 여지가 없었다.

포섭 공작이 시작된 것이다.

비인간 종족의 크리스털리스트들이 그 사실을 강조했다. 특히 뱀파이어, 엘프, 타트리스족 등이 막후공작을 규탄했다. 오무아 정부는 침착하게 그들이 만족하지 않는다면 대서특필로 상세하고 명확히 설명하겠다고 알렸다.

그래서 레지스탕스들이 비밀 활동에 돌입했다. 아더월드의 통신망 매직넷에 수백 개의 블로그가 성행했다. 오무아 정부는 통신망을 폐쇄했지만, 비인간 종족들과 다른 왕국의 인간 레지스탕스들의 통신망은 더욱 격렬해졌다. 오무아 국민들이 매직넷의 다른 정보망에 접속하거나 비디오크리스털 채널로 정보를 보내는 것은 그리 어려운 일이 아니었다.

그 순간 칼은 손톱을 물어뜯다 멈췄다. 엄지손가락의 살점이 떨어져 나갈 뻔했기 때문이다. 칼은 쫓기다 독 안에 든 쥐 신세라고 느꼈다. 이렇게 무거운 책임감을 느끼기는 난생처음이었다. 비로소 부모님의 마음을 이해할 것 같았다. 늘 말썽을 일으키기 때문에 키우기 쉽지 않은 아들이었다. 칼은 그 어느 때보다 어려운 상황에 빠져 있음을 깨달았다.

사태가 점점 더 악화되고 있었다.

타라의 목에 현상금이 걸렸다.

베스턴인지, 웨스턴인지, 우웨스턴인지 정확히 기억나지 않지만, 하여튼 비싼 저작권료를 주고 수입한 지구의 영화에서처럼 어마어마한 현상금이 걸려 있었다. 타라를 넘겨주면 칼은 부자가 될 수 있었다. 물론 배신자가 되겠지만 억만장자가 되는 건데……. 칼은 씁쓸했다. 청렴함이 몸에 배어 있다는 것이 유감스러웠다.

수배령은 '살았든 죽었든 상관없으나 죽었다면 더 좋다'는 식의 극단적인 내용이 아니라 아주 정중했다. 오무아 제국의 여제가 실종된 후계자를 몹시 걱정하고 있으니 행방에 관련한 정보를 주는 분에게 사례하겠다는 내용이다.

리스베스 여제는 타라가 정상으로 돌아온 걸 모르기 때문에 수배령에 실린 타라의 얼굴은 둘이었다. 눈이 빨갛고 얼음처럼 차가워 보이는 뱀파이어의 모습과 정상적인 인간의 얼굴이다. 어떤 모습이든 타라는 눈에 띄었다.

유령들은 서로 협력이 잘되어 아더월드 전 세계 채널의 화면에 타라의 두 얼굴을 비롯한 수배자 명단이 방송되었다.

작용이 있으면 반작용도 있는 법! 레지스탕스 쪽에서는 인간과 비인간 마법사들이 유령들을 괴롭히고 있었다. 유령에 들린 이들에 대한 테러가 일어났고, 장관 두 명이 납치되었다. 물론 레지스탕스는 공격하는 대상이 친구들이거나 무고한 사람들이라는 걸 잊지 않고 있었다. 그래서 정말 힘들었다. 성난 유령들이 레지스탕스와 아무런 관계가 없는 수많은 인간을 체포했다. 그 일로 압제에 대항하는 이들은 봉기했고, 많은 공장을 파괴하는 레지스탕스의 활약이 주르스탈 1면에 실렸다.

칼은 레지스탕스에 합류하지 못하는 것이 원통했다.

무엇보다 칼을 가장 슬프게 하는 것은 레지스탕스의 수가 적다는 것이었다. 무아노도(유령들이 습격했을 때 황궁에 있었는데 끝내 랑코비트에 돌아오지 않는 걸 보면 붙잡혀 있는 것이 틀림없었다), 로빈도, 파브리스도(친구들을 배신하고 마지스터와 함께 사라진 뒤로 생사조차 모른다), 타라의 증조할아버지 마니투도, 이사벨라도, 자르도, 마라도 수배자 명단에 없었다. 칼의 얼굴도 수배자 명단에 올라 있지 않았다. 칼은 유령들의 관심을 끌 만한 인물이 못 되는 모양인가.

몇 주가 흘렀지만 타라는 나아지기는커녕 하루가 다르게 몸이 쇠약해졌다. 흐느껴 우는 횟수가 점점 줄어들면서 멍하니 허공을 응시하는데 눈빛에 생기라곤 없었다. 타라는 뚫고 들어갈 수 없는 두꺼운 고치 안에 틀어박혀 있는 것 같았다.

타라는 죽어가고 있었다.

초조해진 칼은 어찌해야 좋을지 몰랐다. 열다섯 살인 소년이 뭘 할 수 있을까! 칼은 정말 오랜만에 도움이 필요하다는 걸 절실하게 느꼈다. 이런 문제를 해결해줄 수 있는 최고의 사람은 여러 자식을 키우면서 자기 분야에서 정상 자리를 지키고 있는 어머니 알리아나 레안드린 달 살란이다.

그러나 위험을 무릅쓸 필요가 있을까?

마침내 어느 날, 또다시 먹는 걸 거부하는 타라 때문에 평소보다 더 절망에 빠진 칼은 결정을 내렸다.

"타라." 칼은 절박한 어조로 말했다. "우리 집에 별일 없는지, 특히 어머니가 무사한지 만나봐야겠어. 솔직히 말하면 우리 가족의 도움이 필요해. 너는 갈랑과 함께 여기 있어. 가능한 한 빨리 돌아올게, 알았지?"

타라는 칼을 쳐다보지도 듣지도 않았다. 자기 자신에 대한 경멸과 절망, 슬픔의 시커먼 물로 이루어진 지옥에 빠져 있었다. 사실 타라는 칼이 떠났다는 걸 제대로 인지하지 못했다. 그저 강제로 먹이려고 하는 귀찮은 손과 살아야 한다고 강요하는 지겨운 목소리가 주위에서 사라졌다는 것에 안도할 뿐이었다. 아무런 간섭 없이 어둠 속에 칩거할 수 있고, 다시는 현실로 돌아오지 않아도 되는 것이 아닌가.

한편 크라에토비르의 반지는 전혀 동의하지 않고 있었다. 반지는 하프엘프가 죽게 내버려두면서 자신이 영리하다고 생각했다. 로빈이 타라에게 미치는 영향력과 타라에게 반지를 빼야 한다고 고집하는 깃이 마음에 들지 않았으니까.

그래서 크라에토비르의 반지는 타라의 마법을 정상적으로 작동하지 못하게 차단했던 것이다.

타라가 죽을 경우 주인을 통해 숨 쉬며 살아갈 가능성이 없어질지 모르지만. 오랜 세월을 기생충처럼 붉은 여왕의 갈퀴발톱에서 보내면서 반지는 일종의 인식능력을 얻었다.

그 인식능력이 큰 잘못을 저질렀다고 알려주었기 때문에 반지는 타라가 죽어가는 로빈의 모습을 떠올릴 때마다 행복한 이미지로 바꿔놓으려 했다. 좀 니글거리지만 입도 위도 없는 반지는 타라를 구할 방법이 그것밖에 없으니 선택의 여지가 없었다.

말을 못하는 반지는 타라에게 절박한 마음을 불어넣기 시작했다. 그리고 가슴속에서 잠자고 있는 투지와 가까운 이들을 걱정하는 마음을 깨어나게 했다.

그러나 타라는 반지가 불어넣는 행복한 감정을 거부하면서 아무런 반응을 보이지 않았다.

반지가 한숨을 쉴 수만 있다면 소리 나게 내쉬었을 텐데.

반지는 본격적으로 돌입했다.

타라의 머릿속에 로빈의 이미지가 만들어졌다. 멋진 하프엘프가 타라를 애정 어린 눈빛으로 쳐다보고 있었다. 로빈이 죽는 걸 본 지 몇 주가 지났기 때문에 타라는 멀쩡한 모습의 로빈을 보며 가슴이 미어졌다. 검은 머리털이 섞인 은발의 로빈이 친숙한 몸짓으로 미소를 지어 보이자 타라는 고통의 신음소리를 냈다. 고양이 눈처럼 갈라진 로빈의 크리스털 눈이 말하고 있었다.

'내가 미안해. 그 상황에서 너도 어쩔 수 없었어.'

"하지만 내가 너를 죽인 거야."

몇 주 동안 한마디도 하지 않은 때문인지 쉰 목소리로 타라가 보이지 않는 누군가를 향해 허공에 대고 대답하는 바람에 갈랑이 소스라치게 놀랐다.

'나를 죽인 건 유령이야.' 로빈이 애정이 가득한 눈으로 말했다. '나는 죽었지만 네 가슴속에 내가 있고, 영원히 너를 사랑해.'

"몰랐어." 타라가 대답했다. "내가 너를 얼마나 사랑하는지 모르고 있었어. 네가 그만큼 편했으니까! 너는 충직하고 믿음직했어. 그래서 너를 연인이라기보다는 친구로 더 많이 생각했던 것 같아. 그게 아니었는데…… 네가 죽은 지금에서야 나 자신보다 너를 더 많이 사랑하고 있다는 걸 깨달았어. 죽고 싶어, 너를 따라가고 싶어!"

로빈의 두 눈이 매서워졌다.

'안 돼, 넌 그러면 안 돼. 너는 이 세상에서 할 일이 많아. 넌 살아야해! 너를 사랑하지만, 타라, 죽음은 해결책이 아냐. 참고 기다려. 시간이 견딜 수 있게 도와줄 거야. 괜찮아질 거야.'

"하지만 뭘 어떻게 해야 되는데?"

로빈의 두 눈이 강렬해졌다. 타라는 그 두 눈에 자신이 패배한 모습으로 비춰지는 것이 싫었다.

'싸워야지!'

나타났을 때처럼 소리 없이 로빈의 이미지가 사라졌다. 타라는 허공을 응시하다가 은빛이라기보다는 회색 페가수스를 쳐다봤는데 갈랑은 반쯤 죽은 것 같았다.

타라는 한동안 꼼짝하지 않았다. 갈랑도 움직이지 않은 채 금빛 눈으로 그토록 좋아하는 영혼의 동반자를 살폈다. 거의 숨을 쉴 엄두가 나지 않았다. 방금 본 타라의 이상한 모습은 우울증에서 벗어나려는 신호일까? 페가수스들에게는 믿는 신이 없지만, 신이 있다면 갈랑은 무릎을 꿇고 진심을 다해 기도하고 싶은 심정이었다.

이윽고 타라의 얼굴에서 생기가 완전히 사라지고 뺨을 따라 눈물이 줄줄 흘러내렸다.

"내가 대체 무슨 말을 하고 있는 거야. 환영에게 말하고 있잖아. 로빈은 없는데!"

타라는 멍한 눈으로 다시 누웠고, 페가수스는 슬픔 때문에 동반자의 정신이 망가지면 자신도 죽을 거라고 생각했다.

타라의 손가락에 있는 크라에토비르의 반지가 짜증스러운 빛을 번쩍였다. 그래도 반지는 믿는 구석이 있었다. 뭔가 강력한 것을 만들려면 자신의 일부를 희생시켜야 하지만 그것 말고는 다른 방법이 없었다. 또다시 눈속임을 위한 은빛 유니콘들이 핏빛 눈의 악마들로 바뀌었다. 반지가 검은색 마법을 발사하면서 부르르 떨자 반지 안에 갇혀 있는 영혼들이 하나씩 죽어갔다. 힘없는 철 반지가 되느니 속에 축적된 영혼 5000 중 100을 사용해서라도 타라가 정신을 차리게 하는 것이 급선무였다.

갑자기 타라의 머리 위로 유령이 나타났다. 눈을 감고 있던 타라는 불안해하는 갈랑의 울음소리에 눈을 번쩍 떴다. 타라는 고개를 들다가 얼굴이 굳어버렸다.

유령들이 타라를 찾아낸 것이다!

잃어버린 사랑에 대한 복수로 마법을 작동하던 타라는 유령이 다가오지 않는 걸 알아차렸다. 유령이 멀찍이 떨어져서 다정한 눈빛으로 쳐다보고 있었다.

타라는 숨이 멎을 뻔했다.

로빈의 유령?

이번에는 환영이 아니라 진짜 로빈의 유령이었다. 유령은 반투명했지만, 인간의 특징을 나타내는 검은 머리털이 섞인 은빛 머리가 하프 엘프라는 걸 알려주고 있었다.

타라는 벌떡 일어나다가 비틀거렸다. 유령의 얼굴에 불안한 빛이 스쳐갔다.

"로빈? 정말 너야?"

"응, 나야." 로빈의 다정한 목소리가 대답했다. "타라, 어떻게 된 거야?"

의심의 여지없이 로빈이다. 타라는 울음을 터뜨리면서 로빈이 죽은 뒤로 일어난 일을 모두 얘기했다. 유령이 당혹스러운 표정을 지었다.

"죽고 싶다고? 나한테 오려고?"

타라는 고개를 끄덕였다.

"하지만 난 원치 않아!"

타라는 유령을 쳐다봤다. 유령은 그리 기뻐하지 않는 것 같았다.

"타라, 너는 살아 있는 사람이야! 비욘드월드에 와서 뭘 하려고? 거긴 네가 있을 곳이 아냐!"

"난 그리고 싶어." 타라가 중얼거렸다. "내가 유령이 되면 너와 함께 살 수 있잖아."

로빈이 성난 표정을 지었다.

"안 돼." 로빈은 단호했다. "그건 말도 안 돼. 그 나이에 사랑 때문에 죽다니 절대 안 될 일이야. 타라, 너는 예쁘고 착하고 무엇보다 너무 어려. 네가 죽었다면 나는 절대 따라 죽을 생각 따위는 하지 않았을 거야. 그건 어리석은 짓이야!"

타라는 어찌할 바를 몰랐다.

"안 된다고?"

"당연히 안 되지! 나는 새로운 여자친구를 찾을 테니까!"

그 말에 타라는 어이가 없었다. 도저히 자신의 귀가 믿어지지 않았다.

"새…… 새로운 여자친구?"

"물론이지. 뭘 기대하는 거야? 난 엘프야. 너도 우리 엘프들이 어떤지 알잖아, 움직이는 것은 무엇이든 덮친다는걸!"

타라가 눈살을 찌푸렸기 때문에 크라에토비르의 반지는 한순간 너무 심했다고 생각했다. 반지는 타라와 로빈이 함께 있는 모습을 수없이 봤고, 하프엘프의 음성은 그대로 흉내 냈지만, 감정이나 반응은 전혀 다른 문제였다. 영혼들이 예상보다 빨리 사라지기 때문에 이 마법을 빨리 끝내야 했다.

타라의 입이 실룩거렸다.

"내가 죽지 못하게 하려고 괜한 말을 하는 거지?"

로빈의 유령이 신경질적으로 한숨을 내쉬더니 대답했다.

"천만에. 내 말 잘 들어, 타라. 나는 떠나야 해. 이렇게 있는 것이 쉬운 일이 아니거든. 나는 너를 떠나야 해. 그러니 네가 더 이상 이렇듯 실의에 빠져 있지 않겠다고 약속해줘. 내 말 들어. 타라, 난 네가 그러고 있는 것이 정말 싫어."

타라가 대꾸할 겨를도 없이 로빈의 유령이 사라졌다. 타라는 멍하니 입을 벌린 채 허공을 응시하다가 로빈을 목놓아 불렀다. 하지만 유령은 다시 나타나지 않았다.

너무 힘이 없어서 오래 서 있을 수 없는 데다 방금 들은 말에 충격을 받은 타라는 침대에 털썩 주저앉았다. 갈랑이 의혹에 찬 얼굴로 반지를 쳐다보고 있었다. 페가수스는 검은색 반지 위에 유니콘들 대신 나타나 있는 악마들의 빨간 눈을 봤다. 오, 천상의 암말의 똥이여!**4** 이 저주받은 반지가 또 무슨 짓을 꾸민 거지? 로빈의 유령을 나타나게 한 것이 반지란 말인가?

갑자기 타라가 갈랑이 깜짝 놀랄 정도로 몸을 숙이더니 페가수스를 품에 안고 다정하게 쓰다듬어주었다.

"떠났어, 갈랑. 로빈은 떠났는데 우리는 아직 여기 있어. 이제 우리 어떡하지? 로빈은 내가 죽는 걸 원치 않아. 어떻게 해야 될지 모르겠어……."

페가수스가 타라의 머릿속으로 반지의 이미지를 보냈지만, 타라는

---

4. 이상하게 보일 수 있지만 종족 특유의 분개, 저주 따위를 나타내는 감탄문으로 페가수스들이 사용하는 표현이다.

반응하지 않았다. 타라는 사랑하는 로빈의 모습을 여전히 떨치지 못하고 있었다. 갈랑은 포기하고 동반자의 뺨에 부드러운 주둥이를 비볐다. 갈랑도 타라가 살기를 바라지만, 자신의 생각을 강요하지 않았다. 그건 타라가 결정해야 할 몫이었다.

타라가 목이 마른 걸 느낀 갈랑은 품에서 빠져나와 물 한 잔을 주었다. 타라는 숨을 내쉬고 나서 물을 마셨다. 갈랑은 타라의 갈증이 해소될 때까지 물의 원소에게 여섯 번이나 부탁해 잔에 물을 채워주었다.

몽유병자처럼 일어난 타라는 마비된 다리의 통증은 아랑곳없이 욕실로 걸어갔다. 얼마 후 욕실에서 나온 타라는 머리를 빗고 세수를 한 모습이었다. 색깔들이 선물한 목걸이가 박혀 있는 바로 아래쪽 쇄골에 비눗기가 남아 있는 것으로 보아 혼자서 씻은 것 같았다. 물의 원소는 절대로 비눗기를 남기지 않기 때문이다. 페가수스는 희망을 품었다. 침대에 다시 누운 타라는 갈랑을 꼭 끌어안으면서 눈을 감았다. 갈랑이 부적이라도 되는 듯, 안식처라도 되는 듯했다. 갈랑은 타라의 턱밑에 머리를 기대고 긴장을 풀었다. 몇날 며칠 흘린 눈물에 젖고, 이불로도 베개로도 사용하는 바람에 엉망이 된 하프엘프의 망토가 옆에 놓여 있었다.

마침내, 로빈이 죽은 뒤 처음으로 타라는 악몽에 시달리지 않고 잠이 들었다.

돌아다니는 유령과 맞닥뜨릴까 가슴을 졸이면서 살아 있는 궁전의 지하를 통과한 칼은 발각되지 않고 궁전을 빠져나갈 수 있었다. 칼은 예전에 영혼 약탈자를 피해 도망쳤던 통로를 이용했다. 그때만 해도 그보다 더 최악의 재앙에 직면하는 일은 없을 거라고 생각했건만!

"살아 있는 궁전, 고마워." 안락의자가 비밀 출구 앞으로 데려다놓자 칼이 말했다. "네가 없다면 우리가 뭘 할 수 있을지 모르겠어. 내가 없는 동안 타라를 지켜줘. 가능한 한 빨리 돌아올게."

나가기 전에 칼은 모습을 바꿨다. 칼이 주문을 읊자 머리는 금발로, 눈은 갈색으로 변했고, 순진해 보이는 얼굴이 통통하게 변했다. 랑코비트를 상징하는 은빛 여우 무늬가 있는 파란색 마법복도 아주 평범한 회색 바지와 셔츠로 바뀌었다. 징이 박히고, 잘 들러붙을 수 있게 고무창을 대고, 필요에 따라 변형이 가능한, 면허 받은 도둑의 검은색 신발은 흔히 볼 수 있는 가죽신으로 바뀌었다. 누구도 칼로 알아볼 수 없는 완벽한 변신이었다.

포식동물에게 쫓기는 동물처럼 칼은 조심스럽게 집으로 향했다. 화려한 색으로 치장한 집들과 생기 넘치는 벽화, 랑코비트의 수도 트라비아의 경쾌한 거리는 평상시와 다름없어 보였다.

그러나 거리에 병사들의 수가 좀 많았고, 행인들은 경계하는 시선으로 말소리를 낮추고 있었다. 도처에 트란스미투스로 이동하지 말라는 벽보가 나붙었고, 침대와 욕조, 양탄자, 안락의자, 마법사들이 사용하는 이동 수단들이 드물게 눈에 띌 뿐, 마치 마법을 사용하지 않으려는 듯이 대부분은 페가수스를 타고 이동하고 있었다.

칼이 알기로 운동을 끔찍이 싫어하는 상인들도 날아가는 소와 페가수스를 타고 편안한 얼굴을 하고 있었다.

흥미로운 일이었다.

왕궁의 정원사들이 수많은 미모사를 거리에 심어놓은 것도 놀라웠다. 멋진 금빛 잎과 흰빛 밑동의 미모사들은 사람들의 감정을 반영하는 데다 너무 빨리 죽는 단점이 있어 도시에는 심지 않았기 때문이다. 사람들이 미모사를 피해서 지나다니고 있었다. 칼은 한 남자가 미모사에 너무 가까이 다가가자 잎이 시커멓게 변하는 걸 봤다. 거의 즉각적으로 나타난 병사 두 명이 남자를 체포해 끌고 갔다. 행인들은 성난 눈길로 쳐다볼 뿐 아무도 개입하지 않았다.

칼은 가슴이 얼어붙는 것 같았다. 베어 왕과 티타니아 왕비는 반감을 갖는 신하들도 사랑으로 품어주었고, 랑코비트의 국민도 서슴지 않고 의사를 명확하게 표현했다. 두 달 만에 유령들이 랑코비트의 수도를 장악했다는 것은 보통 심각한 일이 아니었다.

오무아와 달리 랑코비트 정부는 비인간 종족들을 추방하지 않았다. 그러나 비인간 종족들이 몸을 사리자 불과 몇 주 전만 해도 환영받던 이들이 적대적인 눈총을 받고 있었다.

상인들이 평소와 마찬가지로 물건을 진열해놨지만, 장을 보러 나온 주부들은 흥정도 하지 않고 물건을 사고는 서둘러 자리를 떠났다. 난쟁이들과 엘프들, 뱀파이어들의 진열대도 평소보다 물건이 고루 갖춰 있지 않았다.

랑코비트를 상징하는 파란색 마법복 차림의 수석 조수들이 눈에 띄었다. 칼은 반가운 마음에 하마터면 인사할 뻔했다. 정체가 들통 나지 않으려면 신중해야 하는데…….

카페, 바, 술집, 여인숙, 레스토랑은 텅 비어 있었다. 모두 모여 있는 일 자체를 피하는 것 같았다. 계엄령이 선포되었다는 말을 듣지 못했지만, 분위기는 굉장히 흡사했다.

칼은 모든 걸 유심히 눈여겨보면서 집으로 향했다.

집은 궁전에서 그리 멀지 않았다. 트란스미투스를 이용하면 더 빨리 갈 수도 있지만 다른 사람들처럼 마법을 사용하지 않기로 했다.

칼은 마침내 인동덩굴 향기가 그윽한 집 앞에 도착했다. 크리스털을 깐 산책로에는 아무도 없었다. 집에서 키우던 히드라 토토—로빈의 패밀리어가 되면서 소우르브로 이름이 바뀐—의 못 앞에서 칼은 지난날을 떠올렸다. 주인이 죽으면 패밀리어도 죽는다는 걸 생각하면서 칼은 가슴이 찢어질 듯 아팠다. 토토를 다시는 보지 못하는 건가.

칼은 집을 유심히 살폈다. 어쩐지 이상한 기운이 감돌아 꺼림칙했다.

정찰병이 되어줄 여우 블롱딘이 없으니 칼은 직감에 의지해야 했다. 직감은 옆구리를 치면서 고함치고 있었다. '위험해, 위험해!'

그때 갑자기 작은형 벤지가 창문을 열고 공중부양으로 땅바닥에 내려서더니 걸어왔다.

벤지는 마법을 사용하면서도 두려워하지 않는 것 같았다. 겁이 없는 달 살란 집안의 전형적인 모습에 칼은 미소를 지었다. 벤지는 칼과 똑같이 검은색 머리지만, 눈은 아버지를 닮아 파란빛이었다. 칼보다 키가 많이 커서 예전에는 어수선한 동생을 꼼짝 못하게 제압했던 형이었다. 단결이 잘되는 화목한 가정이었다. 작은형 벤지를 보자 칼의 가슴이 뭉클했다.

현관 앞, 파란색 잎과 노란색 가지로 그늘을 만들어주는 자이언트 강철나무 옆에서 수군거리던 병사 둘이 따라오는 걸 보면서 칼은 복잡한 거리로 달아났다. 칼은 나직한 소리로 욕설을 내뱉었다. 가족이 감시를 받고 있는 것이다!

어머니와 칼처럼 도둑을 직업으로 선택하고, 현재 도둑 대학에서 어린 학생들을 가르치고 있는 벤지 형이라 다행이었다. 감시하는 이들이 있지만, 형제는 의사소통을 하는 데 어려움이 없었다.

칼이 걸음을 빨리 하자 벤지가 왼쪽으로 방향을 잡았다. 도둑 대학으로 가는 것이 틀림없었다. 병사들이 겉모습을 꿰뚫어보는 특수안경을 쓰고 있어서 칼의 변장을 알아채는 데 10초 이상 걸리지 않을 것이다.

칼은 그들에게 10초란 시간을 줄 수 없었다.

칼은 되돌아오다가 비틀거리는 척하면서 형과 슬쩍 부딪쳤다. 그러고는 형의 손에 카멜레온 쪽지를 쥐어주고 쏜살같이 달아났다. 칼은 형이 태연하게, 피부색과 똑같이 변한 쪽지를 감추는 걸 봤다. 역시 벤지 형이야! 도둑 대학 지붕에서 만나자고 쓴 쪽지였다. 활달한 어린 학생들이 자주 지붕 위에서 위험한 훈련을 하지만, 그것도 입문 의식에 속하기 때문에 교수들은 눈감아주었다. 벤지는 병사들을 따돌릴 구실을 찾을 것이고, 형이 성공하지 못할 경우에는 칼이 방법을 찾으면 되는 것이다. 병사들을 살피던 칼은 그들의 움직임으로 보아 훈련된 전사들이 아니라는 걸 알아차렸다.

좋았어.

발각되지 않고 벽을 타는 것쯤이야 식은 죽 먹기다. 정면에는 조각상, 벽감(장식을 위해 벽면을 오목하게 파서 만든 공간으로, 등잔이나 조각상 따위를 세워둔다—옮긴이)들, 그리고 다섯 살 정도의 어린아이가 올라갈 수 있는 돌출부가 있었다. 대학 건물은 짙은 분홍색(티타니아 왕비는 분홍색을 몹시 좋아해 이따금 하늘까지 핑크빛으로 물들일 정도였다)을 띠고 있었다. 비둘기들을 엿보고 있는 석루조(빗물이 흘러내리도록 구멍을 뚫어 지붕 처마에 설치한 돌로, 전설의 동물들을 새긴 것도 있다—옮긴이)들이 다정하게 인사했다. 석루조들은 이따금 사탕을 가져다주던 칼을 잘 알고 있었다. 반은 돌이고, 반은 유기체인 석루조들은 아가리 안으로 떨어지는 것을 먹고 살지만, 아더월드력 5012년 도시의 북쪽에 있는 사탕 공장을 휩쓸어버린 토네이도로 인해 사탕이 억수같이 쏟아진 뒤로 거리에서 사탕가게는 좀처럼 볼 수 없었다.

칼은 너무 급해서 지체할 수 없었다. 얼굴을 일그러뜨리면서 올라가는 데 20분이 걸렸다.

지붕에서 빈둥거리는 학생들이 없는 걸 보면 벤지가 미리 지시를 내린 모양이었다.

칼은 신호를 보내는 소리가 날 때까지 한 시간을 기다려야 했다. 이윽고 조각상들 사이로 낯익은 머리를 보면서 긴장을 풀었다.

"동생아." 벤지가 외쳤다. "진짜 반갑다. 정말 네가 맞는지 보게 변장을 풀어주면 좋겠는데!"

칼은 눈살을 찌푸렸다. 벤지는 칼을 여러 가지 이름, '바보, 멍청이, 시궁쥐, 트라둑의 똥'이라고 부른 적은 있어도 한 번도 '동생아'라고는 부르지 않았다. 그리고 정말 많이 화가 나 있거나 불안할 때는 칼리반이라고 불렀다.

형이 위험하다고 주의를 주려는 걸까? 지금 감시를 받고 있다고?

"변장을 풀 수 없어. 대학의 지붕에서는 마법을 사용하면 안 되잖아." 교수들이 금지한 규정을 잊은 형에게 놀란 칼이 대답했다. "형, 식구들은 다 무사한 거지?"

칼은 손짓으로 '우리가 감시 받고 있는 거지?' 하고 물었다.

칼을 유심히 쳐다보던 벤지는 곰곰이 생각하다가 무언의 질문에 대답했다.

"아니, 괜찮아. 병사들을 따돌렸으니까. 네가 숨어 있었다는 걸 알고 나니 안심이 된다. 너는 타라 덩컨이 어디 있는지 알지?"

형의 대답에 마음이 놓였지만, 칼은 마지막 질문이 아무래도 걸렸다.

"타라? 그걸 왜 나한테 물어?"

"네 친구잖아?"

칼의 머릿속에서 종소리가 울렸다. 벤지 형의 태도가 이상했다. 칼은 가슴이 죄어들었다.

형이 유령에 들린 것이다. 틀림없다. 하지만 왜? 이름난 집안도 아니고, 권세도 없는데! 칼은 그 순간 가슴이 철렁했다. 이 모든 것이 타라를 생포하기 위한 함정이 분명했다!

칼은 담담한 얼굴로 마치 도시 경관을 감상하려는 듯 슬그머니 뒷걸음쳤다.

"타라를 만난 지 오래돼서 난 전혀 몰라. 엄마와 아빠는 어떠셔?"

칼은 가능한 한 태연하게 물었다.

"잘 계셔." 벤지가 대답했다. "이쪽으로 와봐. 랑코비트에 돌아온 지 두 달이 지나는 동안 뭘 했는지, 어디에 숨어 있었는지 들어보자."

칼은 아무런 내색도 하지 않았지만 자신의 의혹에 확신을 갖게 되었다. 오무아에 있는 것으로 알고 있어야 할 형이 어떻게 두 달 전에 돌아와 있다는 걸 알지? 공간이동의 문을 지키는 유령들만 칼을 봤는데……. 더는 의심의 여지가 없었다.

"랑코비트에는 오무아의 고관들이 묵는 숙소가 꽤 많아." 칼은 얼른 둘러댔다. "난 그 숙소 한 곳에 숨어 있었어."

그건 사실이었다. 그렇게 말하면서도 칼은 아주 자연스럽게 계속 뒷걸음쳤다.

"거짓말하지 마!"

벤지의 단호한 말에 칼은 깜짝 놀랐다. 벤지는 노골적으로 말하기 시작했다.

"모든 숙소는 감시를 받고 있어. 너는 궁전에 도착하면서 사라졌어. 그래서 우리는 오무아의 후계자와 함께 있다고 확신하게 되었지. 그러니까 동생아, 타라를 어디다 숨겨놨는지 빨리 말해. 우리 엄마가 준비해놓은 맛있는 음식이 기다리고 있어서 난 꾸물거릴 시간이 없거든. 맛에 굶주린 지 수백 년이 됐어."

그 순간에야 비로소 칼은 형의 얼굴에서 낯선 모습을 봤다. 유령의 낯설고 탐욕스러운 얼굴이었다.

지붕 가장자리에 이르려면 아직 거리가 멀지만 하는 수 없었다. 칼은 예고 없이 뒤로 공중돌기를 하면서 허공으로 뛰어내렸다.

칼은 오른손을 내리는 것과 동시에 손바닥에서 나타난 아주 가는 줄을 한 조각상에 둘둘 감았다. 당장이라도 체포할 기세로 페가수스에 올라탄 병사들을 봤기 때문에 칼은 공중부양을 하지 않았다. 공중부양으로는 강력한 페가수스를 당해낼 수 없지 않은가.

도둑 대학을 훤히 알고 있는 칼은 발길질로 대학 건물의 유리창을 박살 내고 안으로 뛰어내리다가 기다리고 있던 병사들의 품으로 곧장 떨어졌다. 꼼짝 못하게 하는 마법에 걸린 칼은 생각이 짧았던 자신을 원망했다. 이렇게 멍청할 수가!

벤지/유령이 뒤에서 나타났다.

"쯧쯧." 유령이 고개를 흔들면서 말했다. "네 형의 머릿속에 있는 모든 기억에 접근하지 못했다는 건 인정해. 네가 더 괴롭힐 거라고 생각했는데 이렇게 싱겁게 끝나다니."

그 말에 칼이 욕설을 내뱉자 벤지/유령이 웃음을 터뜨렸다.

"형한테 욕을 하면 못 쓰지."

그러면서 유령이 옆구리를 발로 차는 바람에 숨이 턱 막힌 칼은 아무 말도 할 수 없었다.

벤지/유령이 칼의 머리채를 움켜잡고 뒤로 잡아끌었다. 칼은 신음 소리를 억눌렀다. 갈비뼈 한두 개가 부러졌는지 움직일 때마다 참을 수 없는 통증이 일었다.

"이제 후계자가 어디 있는지 말해!"

칼은 유령 얼굴에 침이라도 뱉어주고 싶었지만 아직은 숨이 가빴다.

"꿈 깨시지!" 칼은 가까스로 말했다.

벤지/유령은 미소를 지었다.

"우리 유령들에게는 몇 가지 약점이 있지. 냄새와 음식에 집착하기 때문에 나머지는 잊어버리는 경향이 있거든. 육신과 분리되어 있을 때 한 유령이 보는 것은 다른 모든 유령에게 알려지는 반면에 다른 육신에 깃들여 있을 때는 의사소통이 단절되기 때문에 예전에 쓰던 낡은 크리스털 볼을 사용해야 하지. 우리 중의 한 유령이 죽어서…… 다시 말해 그 유령이 장악하고 있는 육신이 죽으면 유령은 아더월드에 있지 못하고, 비욘드월드나 다른 어딘가로 돌아가기 때문에 다시는 돌아올 수 없게 되지."

칼은 유령이 왜 그런 걸 얘기해주는지 의문이 들었다.

"게다가 정말 짜증 나지만 우리는 너희들의 모든 기억에 접근할 수가 없어. 예를 들어 네가 좀 전에 나한테 보낸 신호는 알아챘지만 그건 운이 따랐다고 할 수 있지. 너희 중에서 반항적이고 고집이 센 이들의 머릿속은 접근하지 못하기 때문에 너희 행세를 할 수 없어. 네 어머니와 아버지가 대번에 아들이 유령에 들렸다는 걸 알아차렸기 때문에 나는 네 가족 전체를 장악하기 위해 유령 몇 명을 동원할 수밖에 없었지."

칼은 신음했다. 온 식구가 유령에 들렸다는 것은 생각만 해도 견딜 수 없었다.

벤지/유령은 몸을 더 숙이고 덧붙였다.

"물론 내가 후계자를 생포하면 그들은 무사할 거다. 그러니까 어린 친구, 네가 나를 도와줘야지."

손가락이 근질거리는 칼은 단검을 뽑아들고 싶은 충동이 일었다. 이런 함정을 놓았다는 걸 후회하게 만들어줘야 하는데.

그런데 유령을 단검으로 찔러 죽이면, 벤지 형도 죽는 것이다.

"그런데 병사들은 왜?" 칼이 물었다.

유령이 눈살을 찌푸렸다. 칼은 유령이 대답하지 않을 거라고 생각했다. 잠시 후 갑자기 마음을 바꿨는지 유령이 말했다.

"비인간 종족 레지스탕스 때문에."

칼은 전혀 감이 잡히지 않았다. 비인간 종족 레지스탕스라니, 이건 또 무슨 소리지?

"우리는 비인간 종족들을 장악할 수 없는데 이 행성에는 너무 많아서 술책을 쓸 필요가 있으니까. 난쟁이, 뱀파이어, 괴물 들은 정말 역겹단 말이야!"

빨간 머리 난쟁이 전사 파프니르를 친누이만큼 사랑하는 칼은 얼굴을 찌푸렸다.

집단 학살을 꿈꾸는 유령은 잠시 침묵하다가 말을 이었다.

"인간과 비인간 종족들의 레지스탕스가 단결해서 우리에게 맞서고 있다. 엘프족이 가장 격렬하지. 뱀파이어족은 우리와 타협하려고 애를 쓰고 있어. 지금은 뱀파이어족이 우리가 공격하지 않을 거라고 믿고 있지만……."

또다시 칼은 고통의 딸꾹질을 꾹 참았다. 이 미치광이들은 아더월드를 큰 혼란에 빠뜨릴 작정인 것이다!

"우리는 너와 후계자의 관계 때문에 네 가족이 레지스탕스와 접촉할 거라고 생각했지. 따라서 달 살란 가족이 유령에게 당하지 않았다는 걸 믿게 하려고 병사 둘이 감시하는 것처럼 꾸몄던 거다. 그런데 정말 고맙게도 네가 그 함정에 걸려들었단 말이다. 도와줘서 고맙다, 동생아."

"네가 원하는 대로 하고 싶으면 나를 감옥에 가둬, 유령." 칼이 단검을 손에 쥐면서 말했다. "너를 절대로 돕지 않을 거니까."

"너만 형제가 있는 게 아냐, 어린 친구. 이제 내 형제를 소개해줄게."

고개를 처들던 칼은 머리 위에 떠 있는 유령이 느닷없이 달려드는 걸 봤고…… 비명을 질렀다.

레지스탕스

냉혹하고 잔혹한 적을 상대할 때는
똑같이 냉혹하고 잔혹해져야 하는데⋯⋯

*

칼은 낯선 곳에 있었다. 펌프질을 할 때처럼 꾸르륵꾸르륵, 콸콸거리는 물소리가 들렸다. 달려드는 유령을 본 것은 기억이 나는데 그다음은 전혀 생각나지 않았다. 머릿속이 텅 빈 듯했다. 칼이 단 1초도 저항할 수 없었던 것으로 보아 육신을 장악하는 유령들의 기술이 상상을 초월하는 수준인 것 같았다. 이제는 머리에 충격을 받았던 것도 기억났다. 또 하나의 유령이 덮치는 순간 벤지/유령에게 뒤통수를 얻어맞고 쓰러진 칼은 움직이려고 하다가 몸이 말을 안 듣는 것을 알고 공포에 사로잡혔었다.

무슨 짓을 한 거지?

시커먼 동굴을 갑자기 밝혀주는 촛불처럼 빛이 보였다. 희미하게 보이는 듯하다가 느닷없이 눈이 부셨다. 두 태양의 빛! 북적거리는 시장의 낯익은 모습, 선생님들에게 에위싸인 어린 학생들, 선생님들 몰래 공중부양하는 아이들, 근위병들, 페가수스들이 보였다. 그 이미지들이 연속해서 반복되고 있는데 단속적이지만 아주 명확했다.

마침내 칼은 알아차렸다. 콸콸 쏟아지는 물소리는 자신의 피가 순환하는 소리였고, 펌프 소리는 규칙적인 리듬으로 뛰는 심장 소리였다. 유령이 칼의 몸속에 들어와 있는 것이다.

유령이 칼의 육신을 장악했다. 뭘 하고 있는지 알았을 때 칼은 심장이 오그라드는 것 같았다.

칼은 걸어가고 있었다.

살아 있는 궁전을 향해.

유령이 비밀 통로가 아니라 궁전의 정문으로 향하고 있다는 것은 칼의 머릿속을 읽지 못한다는 뜻인가? 병사들 앞에 이르자 유령이 칼의 팔뚝에 박힌 인식 패스를 제시했다. 유령이 팔을 들었을 때 칼은 은빛 여우들이 수놓인 파란색 소매를 봤다. 그리고 거울 앞을 지나가는 순간 알았다. 유령이 칼의 모습을 날씬하게 만들어놨다는 것을.

정문을 지키는 병사들이 창을 내리고 통과하라고 신호했다. 칼은 마음속으로 궁전이 뭔가 문제가 있다는 걸 눈치채길 빌었다. 영리한 궁전이 칼의 모습에서 뭔가 이상한 낌새를 알아채면 경계할 것이 아닌가.

궁인들, 전령들, 마법사들, 고소인들, 비마들이 들락거리고 있어서 정문은 혼잡했다. 경비에게 알현을 청하는 용건을 말한 다음, 가짜 칼은 가짜 티타니아 왕비와 베어 왕이 오후 내내 신하들을 만나고 있는 접견실로 향했다. 이미 오후 5시였고, 칼이 타라를 떠난 지 세 시간이

지난 뒤였다.

벽에는 여전히 황량한 풍경이 전개되고 있었다. 이따금 세르팡 밀리에르* 한 마리가 궁인들의 발밑 진창으로 슬금슬금 기어가는가 하면 궁전이 일부러 냉방 장치를 고장 냈는지 몹시 추웠다. 그러다 갑자기 점액질로 뒤덮인 크로아들이 펄쩍펄쩍 뛰는 늪으로 장면이 바뀌었다. 칼은 머릿속으로 미소를 지었다. 비록 유령들에게 정복되었지만 궁전이 굴복하지 않고 있다는 뜻이었다.

앞에 있는 한 남자가 자기가 요구한 것을 빨리 가져오지 않았다면서 느닷없이 시동의 따귀를 갈겼다. 너무 놀란 소년이 뺨을 만지면서 요란하게 장식한 은빛 갑옷 차림의 궁인을 쳐다봤다. 랑코비트에서는 그 누구도 시동의 뺨을 때리는 일이 없었다.

그 난폭한 남자가 접견실로 향하는 순간 갑자기 앞에서 엄청난 균열이 일어났다. 그 속에서 크기로 보나 생김새로 보나 혐오스러운 동물이 집게발들을 딱딱 마주치면서 금방이라도 집어삼킬 듯 남자를 노려봤다. 남자는 허겁지겁 기둥에 매달려 비명을 질러댔다.

모든 사람이 웃음을 터뜨렸다. 그것은 궁전이 장난을 친 것으로, 아주 사실적으로 만들어낸 환영에 지나지 않는다는 걸 남자가 알아차리기까지는 몇 분이 걸렸다. 성난 남자가 주먹을 휘두르면서 자리를 떴지만, 이내 쏟아지는 우박을 뒤집어썼고, 이어서 벼락까지 맞았다. 물론 진짜 벼락이 아니라 남자가 죽지는 않았지만, 그 멋진 갑옷은 견디지 못했는지 흠뻑 젖은 데다 시커멓게 그을려 있었다. 남자는 두 팔을 휘저으며 빠르게 걸어갔지만, 성난 구름이 계속 쫓아가고 있었다.

칼은 그 난폭한 남자가 유령에 들렸는지 아닌지 알 수 없지만, 무례한 자에게 따끔한 맛을 보여준 궁전이 고마웠다. 하지만 칼의 탈을 쓴 유령이 그 함정에 걸려들지 않은 것은 유감스러웠다. 그랬으면 살아 있는 궁전에게 경계하라는 신호라도 보낼 수 있었을 텐데.

여섯 번이나 인식 패스를 보여준 뒤에야(유령들은 믿지 못하는 편집증세가 있는 모양이었다) 가짜 칼은 접견실 앞에 이르렀다. 문이 닫혀 있었다. 칼은 유령이 눈살을 찌푸리는 걸 느꼈다. 그건 보기 드문 일이었다. 가짜 칼이 다가갔지만, 문을 지키는 근위병들은 무표정한 얼굴로 잠자코 있었다. 칼의 탈을 쓴 유령만 접견실로 들어가려는 것이 아니었다. 줄지어 기다리고 있던 사람들의 표정이 험악해졌다.

칼/유령은 또다시 인식 패스를 보여주었다. 칼은 유령이 뭘 하는지 알 수가 없지만, 근위병들이 질겁한 얼굴로 재빠르게 문을 열어주었다. 문이 닫히는 순간 뒤에서 불만의 웅성거림이 일었다. 접견실에 들어서자 진짜 칼은 마법의 장막인 오파쿠스 주문이 걸려 있다는 걸 대번에 알아차렸다. 여기서 무슨 일이 일어나든 밖에서는 들을 수 없다는 뜻이다. 쥐도 새도 모르게 살인을 저지를 수도 있다는 것 아닌가.

유령이 방을 훑어봤다. 반쯤 비어 있는 접견실, 좀처럼 드문 일이었다.

두 개의 은빛 옥좌를 빙 둘러싸고 진수성찬이 차려 있었다.

부드러운 크림수프, 맑은 수프. 꼬치에 꿰어 통째로 구운 스파슌 구이, 알버섯 소스를 얹거나 발분 크림과 산티보르의 향신료를 곁들인, 뼈를 발라내고 졸인 스파슌 고기, 아직도 마법의 김이 모락모락 나는 공작 고기와 영계, 수탉, 칠면조, 꿩, 보벨, 죽으면서 깃털의 불이 꺼진 불새, 거위, 오리 요리, 푸아그라 토스트, 호수 모양의 소스 위에서 꼼짝 않는 흑조와 백조 요리, 버터에 구운 트라둑 갈비, 트라둑 로스구이, 장작불에 구운 등심 구이, 오븐에 구운 등심살, 어린 트라둑의 간, 검은 버터에 구운 어린 베에에의 혀와 골, 육지동물의 넓적다리와 어깨, 노루, 수사슴, 암사슴, 새끼노루와 새끼사슴, 고라니, 순록, 야생염소, 돼지와 멧돼지 요리, 크루이크크크의 훈제 햄, 뚜껑 달린 도제 8기 테린느에 담아 조리한 파테, 널빤지에 진열한 순대와 트리프(소의 위, 장 따위를 사과주로 찐 요리—옮긴이), 소시지. 그라탱, 브릴의 싹, 감자를 사용한 수십 가지 요리, 베에에 치즈와 갈색 소금, 스튜, 온갖 색깔의 껍질콩, 버섯이나 비계, 해산물 파스타, 꽃양배추, 시금치, 부드러운 소스를 끼얹거나 센 불에 살짝 익힌 생선 요리 수십 가지, 백포도주에 향료를 섞어서 만든 수프와 마요네즈, 마늘, 토에*, 산파(백합과의 식물. 비늘줄기와 연한 잎은 식용한다—옮긴이)를 곁들여 익힌 조개 요리. 바닷가재, 왕새우, 크르룩* 등 위협적인 집게발이 달렸지만 아주 맛있는 갑각류 요리. 부드러운 치즈, 딱딱한 치즈, 동그란 치즈, 네모난 치즈, 타원형 치즈, 향신료나 곡식, 건포도, 호두, 잣, 참깨, 양귀비 등을 넣은 크고 작은 수백 가지의 치즈…….

그 치즈들 중 불룩하게 부풀어 오른 치즈에 경고 문구를 새긴 패널이 꽂혀 있었다.

산소마스크가 필요하며 가까이에서 불 사용 금지, 금연!

디저트도 다양했다. 설탕과 잼을 얹은 튀김 요리, 비즈즈즈의 꿀과 화려한 색깔의 크림, 설탕에 절이거나 싱싱한 과일을 수북이 올린 케이크들, 온갖 색깔의 마카롱(편도나 코코넛, 밀가루, 달걀 흰자위, 설탕 따위를 넣어 만든 고급 과자—옮긴이), 쿠키, 아이스크림, 지구와 아더월드 및 다른 행성들의 온갖 과일로 만든 셔벗, 우유와 크림, 캐러멜로 속을 채운 검은색과 흰색의 초콜릿, 말랑말랑한 사탕과 딱딱한 사탕, 키디코이 막대사탕, 비싼 값으로 수입한 지구의 커피, 차, 일명 '몰몰 탕약'이라고 불리는 칵스 차…….

왕과 왕비는 옥좌에 앉아 있고, 요리가 담긴 쟁반이 두 사람 주위를 날아다니고 있었다. 왕과 왕비는 음식 재료를 칭찬하면서 진한 수프를 떠먹다가 본격적으로 먹기 시작했는데 게걸스럽게, 아니 배가 터져라 먹어치우고 있었다.

목이 화끈거리는 매운 고추 맛에 화들짝 놀란 왕이 급기야 소리를 지르면서 입안의 음식을 뱉었다.

"앗, 뜨거워! 어유, 짜! 오, 젤리소르의 충치여! 이놈의 멍청한 요리사가 한 번만 더 음식에 소금을 넣었다가는 교수형에 처하고 그 몸뚱어리를 길거리에 내걸겠다!"

유령들은 소금을 싫어하는군. 칼은 그 정보를 머릿속에 새기면서 왕과 왕비가 굉장히 뚱뚱해져 있는 것에 주목했다.

체중이 적어도 200킬로그램은 나갈 것 같았다. 마법복이 신음소리를 내면서 몸집을 감싸려고 애쓰고 있는데 두 사람은 흡사 은빛 옥좌에 올려놓은 통나무 같았다.

칼은 유령이 고백했던 말, 즉 유령들은 오랜 세월 맛에 굶주려 있었기 때문에 먹는 걸 좋아한다는 말이 기억났다. 칼은 머릿속으로 얼굴을 찌푸렸다. 계속 이런 식이면 왕과 왕비는 움직이지도 못할 것이다. 왕비가 뚱뚱한 손가락으로 보내는 신호에 가짜 칼이 다가갔다.

칼은 이따금 궁전에서 기거하기 때문에 접견실에도 자주 오는 편이었다. 늘 그랬듯이 칼은 파란빛과 은빛의 접견실, 숲 속의 나무들처럼 천장을 향해 멋지게 뻗은 기둥들의 아름다움에 경탄했다. 엘프와 난쟁이들이 공들여 작업한 조각 작품들이 저마다 이야기를 하고 있었다. 살아 있는 궁전이 심술을 부리고 있는 반면에 근사한 태피스트리들은 랑코비트 조상들의 역사를 이야기하고 있었다. 불빛 머리의 미녀 마리앙드레의 위업, 전우의 배신으로 구원을 요청하는 마법 피리, 다섯 개의 백작령으로 나뉜 랑코비트를 단일 왕국으로 통합하기 위해 메리에 무레글리즈(현재 군주의 조상)가 이끄는 전투, 저주의 마법에 걸려 야수로 변한 다미엥을 구해주는 미녀……

친구 무아노는 그 저주를 물려받았고, 의지에 따라 야수로 변할 수 있었다.

마치 그렇게 신기한 일들은 처음 본다는 듯 사방을 둘러보는 걸 보면 유령도 깊은 인상을 받은 모양이었다.

"안녕, 내 형제자매들이여." 유령은 옥좌에 다가가면서 쾌활한 목소리로 말했다. "여기는 팔자가 늘어졌군!"

베어 왕의 탈을 쓴 유령이 간신히 배를 집어넣으면서 일어났다.

"유령, 높으신 분들에게는 경의를 표해야 하느니! 대체 누구인가?"

"현재는 칼리반 달 살란의 몸을 점령하고 있는 티른 고울이다." 유령이 대답했다. "그리고 너희가 운 좋게 차지한 그 높으신 분들은 내 윗사람이 아닌데 무슨 헛소리!"

잔뜩 거드름을 피우던 왕/유령은 마지막 말에 깜짝 놀랐다.

"오무아 후계자의 절친한 친구, 칼리반 달 살란?"

"그렇다, 내 형이 칼리반의 형 벤지의 몸을 차지했거든. 우리가 파놓은 함정에 칼리반이 걸려들었지. 칼리반은 후계자가 어디 있는지 분명히 알고 있을 것이다. 조용히 얘기를 좀 나눠야겠다."

왕/유령이 고개를 끄덕였다.

"좋아. 오파쿠스 주문에 걸려 있기 때문에 살아 있는 궁전은 우리가 하는 말을 들을 수 없다. 여기 있는 자들은 모두 유령에 들려 있고."

칼은 속으로 탄식하면서 제발 궁전이 눈치를 채고 칼/유령을 경계하기를 바랐다.

"이 궁전은 살기 힘든 곳이다." 칼/유령이 말했다. "우리의 세상을 되찾는 것은 시간이 많이 걸리지 않았어. 살아 있는 인간의 육신을 차지하고 있다는 것이 얼마나 행복한지!"

티타니아 왕비의 탈을 쓴 유령이 크림 케이크를 먹으면서 대답했다. 입속이 꽉 차 있어서일까? 말이 서로 달라붙어서 튀어나오는 것 같았다.

"하지만우리는그리많지않아!"

"뭐라고?"

왕비/유령은 눈을 흘기며 다른 케이크 한 조각을 집어 먹으면서 반복했다.

"우리는 그리 많지 않다고! 비욘드월드의 어리석은 유령들은 거기서 사는 것에 만족하고 있어. 우리 중에서 가장 난폭하고 잔혹한 무법자들만 돌아와서 복수를 하거나 권력을 잡으려고 한다. 하지만 비욘드월드에 남아 있는 유령들에 비해 우리는 그리 많지 않기 때문에 수적으로 열세야."

아, 이것도 흥미로운 정보가 아닌가! 탈주한 유령들이 무법자라는 걸 알게 된 칼은 부르르 떨면서 유령들의 약점을 머릿속에 새겨두었다.

왕/유령이 빵으로 소스를 닦아 먹으면서 호기심이 가득한 얼굴로 가짜 칼을 향해 몸을 숙였다.

"그토록 후계자를 찾는 이유가 뭐야? 우리는 이미 여제를 붙잡고 있잖아. 나는 그 타라라는 후계자를 찾는 데 시간과 에너지를 낭비하고 싶지 않아!"

칼/유령이 어깨를 으쓱했다.

"나도 모른다. 그리고 관심 없어. 나는 미션을 이행하는 즉시 내 고향 브론타뉴로 가서 작은 왕국을 차지할 거니까. 나를 죽였던 농부들에게 태어난 걸 후회하게 만들어줄 거야." 가짜 칼이 주먹을 불끈 쥐면서 핏대를 올렸다. "발분 젖의 가격을 올려서 내 사업을 파산하게 만든 그 빌어먹을 트리톤들에게도 복수해야지!"

격한 말에 왕/유령과 왕비/유령이 몸서리쳤다.

"그래, 알았으니까 자네는 타라를 찾아. 우리는 그동안 이 나라의 음식 문화를 자세히 연구할 테니까." 마침내 왕/유령이 목청을 돋우면서 말했다.

칼/유령은 작별 인사를 하고 돌아섰다.

"머저리들!" 칼/유령이 중얼거렸다. "저렇게 게걸스럽게 먹다가 숙주가 죽으면 결국 자기들도 파멸이라는 것을 모르는 멍청이들!"

칼/유령은 인식 패스에게 칼의 방으로 가는 길을 표시하라고 명했다.

방에 도착하자마자 벽에 유니콘들이 나타나 있는 걸 보고 칼은 질겁했다. 칼/유령은 미소를 지으면서 신중하게 아무 말도 하지 않았다. 칼이 타라에게 돌아온 것이라고 생각한 궁전이 안락의자를 내주었다. 안락의자가 벽을 뚫고 들어가자 칼/유령은 소스라치게 놀랐고, 진짜 칼은 속으로 고함을 질렀다.

'안 돼! 안 돼, 이 멍청한 살아 있는 궁전아, 이러면 안 돼! 내가 아니란 말이야!'

그러나 너무 늦었다. 안락의자는 눈 깜짝할 사이에 타라가 잠들어 있는 방으로 그들을 데려갔다.

타라는 맞서 싸울 수 없는 무방비 상태인데…….

칼은 대번에 무슨 일이 일어나 있음을 알아차렸다. 칼이 쟁반에 담아놓은 음식 중에서 타라가 쉽게 먹을 수 있도록 준비해놓은 햄 절반과 수프 몇 숟가락을 누군가 떠먹은 흔적이 있었다. 그리고 물 한 병이 거의 다 비워져 있었다.

타라가 벌떡 일어나자 칼/유령은 소스라쳤다. 타라가 졸린 눈을 비비면서 물었다.

"칼, 어디 갔었어?"

유령에 들리지 않았더라도 칼은 타라가 말을 건네는 것에 깜짝 놀랐을 것이다. 더군다나 비난하는 어조로 말하다니.

"부모님을 만나러 갔다 왔어." 칼/유령이 다정한 어조로 대답했고, 칼은 극도로 긴장한 유령이 호주머니 안의 크리스털 볼을 꽉 쥐고 있는 걸 느꼈다. "하지만 여행 중인지 안 계셨어. 너는 좀 어때?"

타라가 고개를 들었다. 칼/유령은 초췌한 얼굴의 타라를 보면서 신중하게 가까이 가지 않고 다시 물었다. 영악한 유령이었다.

"기분이 어떠냐고."

"안 좋아." 타라가 대답했다.

타라는 쪽빛 눈으로 칼의 잿빛 눈을 응시했다. 슬픔 때문에 인식능력에 문제가 생긴 걸까? 칼이 어딘가 변한 것 같고 부자연스러웠다. 만약 칼을 잘 모르는 사람이었다면 타라를 두려워하고 있는 것으로 생각할 수도 있었다.

타라는 한숨을 내쉬면서 갈랑을 인형처럼 꼭 끌어안았다. 생기를 되찾은 타라를 보게 되어 너무 기쁜 페가수스는 털이 곤두서 있기는 해도 저항하지 않았다. 타라는 패밀리어의 부드러운 이마에 대고 턱을 비볐고, 장난기가 발동한 갈랑은 타라의 코끝을 핥았다.

"에이, 나는 키디코이가 아냐!"

타라는 미소를 짓지 않았지만, 페가수스의 애정 표현에 마음이 약간 진정된 것 같았다. 그리고 친구에게 눈길을 돌렸지만 이상하게도 칼이 움직이지 않았다.

"미안해." 타라가 사과했다.

칼/유령은 눈살을 찌푸릴 뿐 아무 말도 하지 않았다. 칼은 타라를 원망하고 있는 것이 틀림없었다. 얼마나 질렸으면 저럴까, 타라는 칼이 그럴 수 있다고 이해했다.

"내가 너에게 못되게 굴었던 거 알아. 칼, 네가 없었다면 나는 죽었을 거야. 지금은 내가 이 꼴이라 너에게 고마움을 표시할 수 없지만, 이 은혜는 영원히 잊지 않을게."

비록 손은 여전히 마법복 주머니 속에 있지만, 타라는 칼이 긴장을 푸는 게 느껴졌다.

이윽고 칼/유령은 호기심이 가득한 얼굴로 물었다.

"자살할 생각이었어?"

타라는 충격받은 표정을 지었다.

"천만에. 죽음은 바보 같은 짓이잖아! 난 그저 로빈에게 가고 싶었을 뿐이야. 비욘드월드에서 로빈과 함께 지낼 수 있다는 확신이 없다면 죽을 필요가 없겠지."

칼의 얼굴을 보니 이해가 되지 않는 것 같았다. 질문과 표정이 전혀 어울리지 않았다.

"무슨 일 있었어?"

타라는 한숨을 내쉬면서 갑자기 기지개를 켜고 싶었다. 너무 오랫동안 꼼짝도 안 하고 웅크리고 있지 않았던가. 타라는 허리를 길게 펴면서 두 팔을 쭉 뻗었다. 칼의 얼굴이 일그러지면서 뒷걸음쳤다. 타라는 칼에게 관심을 기울이지 않고 몸속에서 되살아나는 생동감에 정신을 집중했다. 근육통이 너무 심한 데다 기력도 없었다.

타라의 입에서 아야! 아야! 소리가 저절로 나왔다.

"칼, 네 말을 듣기로 했어." 타라는 오만상을 찌푸리면서 허벅지를 주물렀다. "네 말이 옳았고, 내가 잘못 생각했어. 슬픔을 이기지 못해서 내가 죽는다고 달라지는 건 없어. 내가 저지른 잘못이 지워지는 것도, 바로잡을 수 있는 것도 아니니까. 유령들을 물리치려면 무슨 일이든 해야 해. 내가 할 수 있는 일이면 뭐든 할 거야."

칼/유령이 겁먹은 표정으로 호주머니에서 크리스털 볼을 꺼냈는데 번호를 이미 누른 상태였다.

"누구랑 통화하려고?" 타라가 놀란 얼굴로 물었다.

"그게…… 별일 아냐. 그러니까 네 말은 유령들과 싸우겠다는 거야?"

"응, 아직은 몸이 너무 쇠약한 상태지만 노력해야지. 그리고 레지스탕스가 연락해왔어."

칼/유령은 이미 작동하고 있는 크리스털 볼을 잊고 있었다.

"뭐라고?"

타라는 깜짝 놀라는 친구의 반응이 재미있다는 얼굴로 고개를 끄덕였다.

"네가 떠나 있는 동안 환영을 봤는데(타라는 칼이 겁먹지 않도록 유령이라는 표현을 쓰지 않았다) 로빈이었어. 로빈은 나를 원망하지 않는다면서 내가 싸우기를 바란다고 했어. 그냥 무시하고 누웠다가 잠이 들었는데 이번에는 악몽을 꾸지 않았어. 계속 자고 싶을 정도로 아주 좋았어, 칼. 고통도 후회도 없이 그냥 실컷 잘 수 있었거든."

칼/유령이 크리스털 볼을 호주머니에 도로 집어넣으면서 이해할 수 없는 말을 중얼거렸다.

"그래서?" 호기심이 가득한 얼굴로 칼/유령이 물었다.

"우리의 친구 살아 있는 궁전이 공간이동의 문지기 외눈 거인 수줍은꽃과 연결해줬어. 우리와 마찬가지로 궁전에 숨어 있다면서 지난 두 달 동안 아더월드 곳곳에서 유령들에게 대항하는 레지스탕스 운동이 일어나고 있다고 알려줬어. 그리고 누군가를 소개시켜주겠다는 거야. 우리가 이미 만난 적이 있는, 아니 정확하게 말하면 크리스털 볼을 통해서 알게 된 누군가였어. (타라가 목소리를 높였다) 궁전, 녹화한 걸 보여줄래?"

벽에 유니콘이 나타나서 머릿짓으로 인사했다. 이어서 유니콘이 사라지고 트리톤이 나타났다. 트리톤이 공중에 정지된 물방울 속에 떠 있었다. 칼은 트리톤 뒤쪽의 벽이 살아 있는 궁전의 벽이라는 걸 대번에 알아봤다. 궁전의 회색 돌벽은 쉽게 알아볼 수 있지 않은가.

또 하나의 이미지가 나타났는데 몇 시간 전 침대에서 갑자기 자다 깨서 머리가 헝클어진 타라의 침울한 모습이었다.

트리톤은 잠시 날카로운 눈길로 야윈 타라를 쳐다보고 있다가 다시 정중하게 허리를 굽혔다.

"타라틸랑넴 탈 바르미 압 산타 압 마루 탈 덩컨 마마가 맞으십니까?"

아직 잠에서 덜 깬 타라는 짜증스럽다는 듯 고개를 끄덕였다.

그제야 타라를 알아본 트리톤이 정지된 물방울 속에서 다시 허리를 굽혔다.

"마마, 어디 아프십니까?" 트리톤이 걱정이 가득한 어조로 물었다.

타라는 피곤한 듯 하품을 해댔다.

"그럴지도 모르죠. 난 졸려요."

"깨워서 죄송합니다, 마마. 인간의 모습으로 돌아오신 걸 축하합니다."

사실 오무아의 인간들이나 비인간들은 타라가 뱀파이어로 변해 있는 걸 몹시 불편해했다. 트리톤이 주저했던 것은 그 때문이었다. 타라가 뱀파이어의 모습일 거라고 생각했던 것이다.

"궁전!" 타라는 트리톤이 깜짝 놀랄 정도로 크게 외쳤다. "조용히 있고 싶은데 이 이미지를 사라지게 해줄래? 방해받고 싶지 않아!"

타라가 말하고 싶어 하지 않는다는 걸 알아차린 트리톤이 당황하는 눈치였다.

"잠깐, 잠깐만요!" 트리톤은 눈이 휘둥그레져서 소리쳤다. "나는 레지스탕스의 일원입니다. 마마가 필요합니다!"

타라는 어깨를 으쓱하면서 이미 눈을 감고 있었다.

"관심 없어요. 궁전!"

"마마의 가족에 대한 소식을 전해드리겠습니다."

다시 눈을 뜬 타라가 경계하는 태도로 트리톤을 뚫어져라 쏘아봤다.

"궁전, 잠깐 기다려."

유니콘이 갈기를 흔들면서 눈을 깜박이자 트리톤의 이미지가 또렷해졌다. 반면에 트리톤은 불안정해 보였다.

"좋아요, 할 말이 있으면 해요. 나는 잘 거니까!" 타라가 명했다.

"알겠습니다." 트리톤은 침착하게 행동하려고 애를 쓰며 말했다. "마마의 어머니는 무사하십니다. 유령에 들리지 않으셨지요. 유령이 처음부터 어머니를 거의 포기해버렸는데 이유는 알아내지 못했습니다. 현재 어머니는 엄중한 감시를 받고 있습니다. 여동생과 남동생도 유령에 들리지 않았어요. 자르 왕자의 경우는 지구에 있기 때문인 듯합니다. 아직까지는 유령이 지구에 침투하지 않았으니까요. 이사벨라 부인도 무사합니다. 우리는 이사벨라 부인과 마마의 증조할아버지와 함께 아더월드를 구하기 위해 싸우고 있습니다. 마마의 할머니는 지구에서 인간 레지스탕스를 지휘하고 있습니다."

타라는 고개를 끄덕였다. 언제라도 마음만 먹으면 권력을 잡을 수 있는 할머니인데 그리 놀랄 일이 아니었다. 어쨌든 타라는 할머니가 유령에 들리지 않았다는 것이 기뻤다.

"유령들이 자기들만 이용하기 위해 공간이동의 문들을 봉쇄했기 때문에 우리는 이제 드래곤들의 행성 드란보우글리스펜쉬르와 연락할 수가 없습니다. 난쟁이족이 비밀 공간이동의 문을 여는 방법을 찾았으나 불행히도 그 문은 다른 행성들과는 연결이 안 되고 오직 지구와만 연결됩니다. 그 문 덕분에 우리는 마마의 할머니와 연락해 제일 위기에 처한 레지스탕스 조직들을 지구로 탈출시킬 수 있었지요. 마마의 할머니는 저택에 몰려든 인간들 때문에 시끌벅적한 여인숙이 되어버렸다고 불평하고 계시지만……."

타라는 장난기가 발동했다. 쌀쌀맞은 할머니가 그렇게 몰려든 난민들을 달가워할 리 없었다. 타라는 어느 쪽이 더 불만일지 궁금했다. 할머니를 견뎌야 하는 레지스탕스 대원들일까, 아니면 무정한 할머니일까?

"마마의 친구 파프니르 덕분에 난쟁이 종족은 물론이고 엘프 종족과 뱀파이어 종족도 레지스탕스에 가입했습니다."

난쟁이족은 너무 속물이라면서 엘프족을 굉장히 싫어하는데 협력을 하다니, 타라의 눈이 반짝였다. 게다가 아더월드에서 누구도 좋아하지 않는 뱀파이어족까지!

"불행하게도 리스베스 여제께서는 제일 먼저 유령에 들렸습니다. 티라니크 후임이던 타트리스족 벨로비시클 수상은 해임되었지요. 신임 수상으로 임명된 인간을 포함해서 오무아 정부의 각료 대부분이 유령에 들려 있는 상태입니다. 그러나 산도르 황제의 소식은 전혀 알 길이 없습니다. 유령들이 습격해왔을 때 황제는 궁전에 있지 않았으니까요. 유령에 들렸거나 어딘가에 숨어 있으리라고 생각합니다."

산도르 황제는 결코 숨을 사람이 아니다. 유령에 들렸을 가능성이 더 컸다. 아니면 움직이지 않는 공간이동의 문 때문에 어딘가에 갇혀 있을 가능성도 배제할 수 없었다.

"이것이 현재까지 마마의 가족에 관해 우리가 알고 있는 전부입니다. 이 행성의 모든 궁전과 성 내부에 지지자들이 있지만, 크리스털 볼을 사용할 때는 조심해야 합니다. 도청이 되고 있어서 '레지스탕스', '군대', '쿠데타'라는 말을 하는 즉시 발각됩니다. 레지스탕스 대원 중 몇 명은 미처 반격할 겨를도 없이 감옥에 갇혀버렸습니다."

타라가 눈살을 추어올렸다. 트리톤은 무슨 뜻인지 알아차렸다.

"걱정하지 마세요. 이 통신망은 안전합니다."

트리톤이 타라를 무기력 상태에서 끌어내는 데 성공한 것이다. 타라는 하는 수 없이 몇 가지 질문을 했다.

"나를 어떻게 찾았죠?"

"사실은 공간이동의 문지기 맑은시냇가수줍은꽃이 내가 수장으로 있는 오무아 레지스탕스에 연락해왔습니다. 우리가 마마를 찾는다는 걸 알고 마마와 접촉할 방법을 알고 있다고 했지요. 물론 마마가 계신 장소는 알려주지 않았습니다. 발각되지 않기 위해 트란스미투스를 여러 번 사용했고, 랑코비트에 오기까지 거의 사흘이 걸렸습니다. 위성으로 대규모 시위를 감시하기 때문에 정말 조심해야 합니다."

타라는 놀라는 표정을 지었다. 유령들이 그렇게 주도면밀하다니.

"당신이 오무아 레지스탕스의 수장이라는 것만으로 수줍은꽃이 당신을 믿었단 말입니까?"

"아니, 단지 그것만은 아닙니다. 내가 비인간이라서 유령들은 나를 점령할 수 없을 뿐만 아니라 내가 마마의 친구 로빈을 알기 때문입니다. 수줍은꽃에게 내가 어떻게 로빈과 발라를 알게 되었는지 설명해주었지요. 그런데 걱정입니다. 로빈의 소식을 전혀 알 수가 없어요. 수없이 연락했는데도 로빈의 크리스털 볼이 응답하지 않아요. 우리 레지스탕스는 로빈이 꼭 필요하거든요. 로빈이 마마와 함께 있습니까?"

전광판 속의 타라는 목이 멘 얼굴을 하고 있었다. 자신의 모습을 보면서 타라는 감정을 절제했다. 또다시 울고 싶지 않았다. 로빈을 떠올릴 때마다 너무 고통스러웠다. 가슴속이 텅 빈 듯한 공허감, 타라는 그걸 채울 방법을 찾아야 했다. 빨리.

"로빈은 죽었어요." 전광판의 타라는 아주 작은 목소리로 말했다. "유령들이 로빈을 죽였어요."

아무 말도 하지 않는 트리톤의 청록색 눈에 고통의 빛이 반짝였다.

"훌륭한 청년이었는데……." 트리톤이 마침내 입을 열었다. "플렐나이르비[5] 의식으로 로빈을 추모하겠습니다. 로빈을 죽인 자들은 후회하게 될 겁니다."

플렐나이르비가 무엇인지 전혀 모르는 타라는 별다른 반응을 보이지 않고 말했다.

"그래서 나한테 원하는 게 뭐죠?"

타라는 그저 자고 싶을 뿐이라고 노골적으로 표시했다. 트리톤이 콧구멍을 벌름거리다 닫았는데 분노를 표시하는 종족 특유의 방식이었다. 그러나 답변하는 목소리는 차분했다.

"그걸 말하기에 앞서 무엇보다도 내 목숨은 마마의 뜻에 달려 있다

• • • • • • • • • • • • • •

5. 트리톤들의 복수 의식. 내가 유령들의 입장이라면 굉장히 불안할 것이다.

는 걸 알려드리겠습니다."

"뭐라고요?"

"마마의 친구인 이 궁전은 정말이지…… 수줍은꽃보다 훨씬 의심이 많았습니다. 마마를 만나 직접 말하는 걸 허락하지 않고 궁전의 벽 속으로 들어가게 했으니 나는 지금 포로로 잡혀 있는 것이나 다름없지요. 마마가 있는 곳이 어디인지 나는 전혀 모릅니다. 내 행동에서 조금이라도 수상한 점이 느껴지면 궁전이 나를 어떻게 할지 뻔합니다."

타라는 트리톤이 질문해주길 기다리는 걸 느꼈다. 소녀는 피곤하지만 게임에 참여했다.

"궁전이 당신을 어떻게 하는데요?"

"잘 익은 호두처럼 으스러뜨리겠죠."

전광판 속의 타라가 부르르 떨었다. 칼도 떨었다. 아니, 아직 육신이 있었다면 그렇게 했을 것이다. 칼의 육신을 차지한 유령은 아무 반응도 하지 않았다.

"음, 알겠어요." 타라가 말했다. "살아 있는 궁전과 수줍은꽃은 당신의 충성심을 확인하기 위해 벽 속으로 들여보낸 거예요. 외부와 차단되었으니 당신의 목숨은 이제 내 손에 달려 있는데 그런 말을 하다니 경솔하군요."

"아더월드에 수많은 유령을 쏟아져 들어오게 한 것보다는 덜 경솔합니다, 마마."

타라는 파랗게 질려서 움찔거렸다.

"그걸 어떻게 알았죠?"

"유령들은 뉴스 보도를 하지 않지만, 궁전에 '동지'들이 있기 때문에 무슨 일이 일어나는지 알아내는 데는 문제가 없지요. 그리고 누가 책임을 져야 하는지도 알고 있습니다. 마마가 아더월드에 엄청난 불행을 놓고 온 그런 경솔한 일을 왜 벌였는지 이유는 아직 모르고 있습니다만."

트리톤은 정말이지 수완이라곤 없었다. 칼은 트리톤의 경계심이 의도적이라고 확신했다. 타라는 한숨을 쉬면서 어깨를 움츠렸다.

"그 정도로 내가 상처를 받겠어요? 두 달 동안 내가 나 자신에게 사용한 수식어보다도 못하네요, 몽타뉴크리스토, 아니 악명 높은 해적 상누아르."

트리톤은 감탄한 표정으로 턱을 내렸다. 역습! 예상했던 대로 호전적이군!

"옛 이름이든, 새 이름이든 나를 어떻게 불러도 상관없습니다. 유령들보다 우리가 먼저 마마를 찾아야 하는 이유가 있으니까요. 어떻게 된 일입니까?"

칼은 유령들의 습격에 대해 자세히 설명하면서 자신도 묘약을 만들어놓았다고 분명히 고백했는데…… 하지만 타라는 또 하나의 묘약에 대해서 언급하지 않았다. 타라가 아버지를 소생시킬 의도로 그랬다는 걸 알게 된 트리톤은 우거지상을 하면서 애꿎은 발톱을 물어뜯었다. 트리톤이 내뱉은 살점이 물속에 떠다니고 있었다. 웩! 혐오스러웠다.

애기는 그리 길지 않았고, 좋지 않게 끝났다.

"나는 아버지를 소생시키지 못했을 뿐만 아니라 사랑하는 연인과 수많은 사람을 죽였어요." 타라는 시무룩한 얼굴로 말했다. "그래요, 당신 말이 맞아요. 나는 믿을 수 없을 만큼 어리석었어요. 그래서 뭐가 잘못돼서 실패했는지 알아야겠어요."

트리톤은 반박할 뻔했지만, 괜한 흥분으로 시간을 낭비하지 않기 위해 감정을 절제했다.

"앞으로 어떻게 할 겁니까?" 트리톤이 부드럽게 물었다.

"싸워야지요. 유령들이 떠나온 비욘드월드로 영원히 돌아가게 해야지요."

"그래서 내가 여기 온 겁니다. 유령들을 물리칠 방법을 알고 있습니까? 유령들이 마마에게 현상금을 걸었습니다. 우리는 묘약과 무슨 관련이 있고, 그 때문에 유령들이 마마를 두려워하고 있다고 생각합니다. 계획은 있습니까?"

"상누아르, 몽타뉴크리스토, 더 이상 괴로워하지 말고 살아야겠다고 생각한 지 겨우 두 시간밖에 안 됐어요. 아직은 유령들을 몰아낼 방법도 모르고, 계획도 없어요. 묘약 조제법이 적힌 양피지에는 유령들을 돌아가게 하는 방법에 대해서는 전혀 언급되어 있지 않았어요. 다시 말하는데 유령들을 돌아오게 하는 방법밖에 없었어요."

트리톤은 실망하는 표정이 역력했다. 양피지가 도움을 줄 거라고 잔뜩 기대한 모양이었다.

"확실합니까?" 트리톤이 물었다. "정말 전혀 없었습니까?"

"네, 위험하기 때문에 묘약을 만들지 말아야 한다는 경고는 있었어요. 그리고 묘약을 사용할 경우 엄중한 처벌을 받는다고 덧붙여 있었고……."

그렇게 말하면서 타라는 호주머니에서 구겨진 양피지를 꺼내면서 말했다.

"이게 원본이에요. 난해한 언어였고 시간이 없었기 때문에 경고문을 해독하는 데 어려움이 있었어요. 하지만 유니콘에게 도움을 청하면 여기에 적힌 경고문에서 우리가 간과했던 걸 찾아낼지도 모르죠."

트리톤이 크리스털 볼을 꺼내 양피지를 클로즈업으로 촬영했다.

"마마는 우리 동지들을 만나셔야 합니다." 트리톤이 말했다. "이 양피지를 해독하는 즉시 모임을 준비하겠습니다. 이 궁전이 나를 나가게 해준다면요."

"궁전?"

유니콘이 나타났다.

"풀어줘, 우리 편인 것 같아."

유니콘이 머리를 숙여 인사하자 트리톤 뒤로 안락의자가 나타났다. 물방울 속의 트리톤이 안락의자에 앉았다.

"곧 다시 연락하겠습니다." 트리톤은 그렇게 말하고 사라졌다.

타라는 이미지가 사라지는 걸 지켜본 뒤에 칼/유령을 향해 말했다.

"넌 어떻게 생각해?"

칼/유령이 아주 난처한 얼굴로 입술을 깨물었다.

"레지스탕스를 만나야 한다고 생각해. 될 수 있는 한 빨리."

타라는 고개를 끄덕였다.

"그래, 맞는 말이야. 근데 이상한 게 있단 말이야."

"뭐가 이상한데?" 칼/유령이 물었다.

"상누아르는 돌연변이이기 때문에 다른 트리톤이나 사이렌처럼 이동하는 데 물방울이 필요 없다고 로빈이 말했거든. 그런데 물방울 속에 있었단 말이야……."

그렇게 말하면서 벌떡 일어나던 타라가 신음소리를 내자 칼/유령이 소스라치게 놀랐다. 타라는 조금만 움직여도 아직은 온몸이 아팠다.

"칼, 네가 나를 도와줘야 해."

칼/유령이 의심이 가득한 얼굴로 눈살을 찌푸렸다.

"내가 뭐, 뭘 도와야 하는데?"

"몸 상태가 엉망이야. 무기력 상태에 빠져 있는 동안 이따금 봤던 이미지들이 어렴풋이 떠올라. 네가 체력 단련하는 걸 봤어. 내가 빨리 기력을 되찾게 몇 가지만 가르쳐줄 수 있지?"

칼/유령이 감지할 수 없을 정도로 조그맣게 안도의 숨을 내쉬었다.

그러고는 마지못해서 고개를 끄덕였다.

칼/유령은 무술 훈련을 선택했다. 타라를 체육관으로 데려간 칼/유령은 한순간도 주저하지 않고 레파루스 주문으로 타라를 치료했다. 그렇지 않으면 타라가 다리를 조금도 올릴 수 없었기 때문이다.

칼은 이 기회에 어떤 방법이든 써서 자신의 정체를 타라에게 알려주고 싶었지만, 유령이 단박에 눈치챌 것이 틀림없었다.

몹시 힘들었다. 타라는 어찌나 힘든지 살기로 맘먹은 것이 어리석었다는 생각이 들 정도로 후회되었다. 모든 근육이 굳어 있고, 뼈마디가 으드득거리고, 무릎도 말을 듣지 않았다. 훈련이 끝났을 때 타라는 거칠게 숨을 헐떡였다. 온몸이 쑤시고 손가락까지 아팠다.

"휴! 침대에 누워야겠어." 타라는 기지개를 켜려다가 이내 포기하고 중얼거렸다. "끝난 거지?"

칼/유령이 고개를 끄덕였다. 땀 한 방울 흘리지 않는 칼을 보면서 타라는 이상하다고 생각했다. 칼은 긴장해 있고, 걱정이 가득해 보였다. 타라는 후회가 되었다. 이런! 집에 갔다 오는 길이라고 말했는데도 가족에게 별일 없는지 친구에게 묻지도 않았으니. 지금이라도 안부를 물어야 했다.

"가족은 어때? 모두 무사해?"

칼/유령이 소스라치게 놀라면서 손을 호주머니에 집어넣었다.

"갑자기 그걸 왜 물어?"

타라는 눈살을 찌푸렸다.

"어머니를 만나러 간다고 했잖아? 정신이 좀 몽롱한 상태였지만 분명히 그렇게 기억하는데."

"아, 맞아." 칼/유령이 얼른 대답했다. "모두 무사해. 부모님은 집에 안 계셨어. 여행을 떠나셨대. 감시를 받고 있는 상황이지만 괜찮은 것 같았어. 그리고 위기를 맞는 것이 처음 있는 일도 아니잖아. 역사는 영원히 반복되는 거니까."

타라는 칼에게 미소를 지어 보였다. 친구가 약간 당황하는 것 같지만 가족이 무사하다는 것은 좋은 소식이었다.

그러다 타라가 갑자기 멈칫했다.

"방금 한 말 다시 해봐!" 타라는 칼의 팔을 잡으면서 외쳤다.

칼/유령의 얼굴이 파랗게 질렸다.

"음, 부모님은 괜찮은 것 같다고……."

"아니, 역사는 영원히 반복되는 거라고 했잖아. 그래, 네 말이 맞아. 그게 방법이야! 나는 왜 이렇게 멍청한지 모르겠어. 리스베스 고모가 머리를 쓰지 않는 멍청한 아이라고 하더니 그 말이 맞네!"

어찌나 세게 움켜잡고 있는지 팔이 아픈 칼/유령은 타라가 놓아주자 안도했다. 그 순간 타라는 미친 사람처럼 주머니를 뒤지기 시작했다.

"빌어먹을! 내가 그걸 어쨌지? 오무아에 두고 오지 않았는데……!
체인지라인, 내 책을 찾아줘, 『궁정 비사』 말이야, 빨리!"

체인지라인이 복종했고, 잠시 후 검은색 스팔렌디탈 가죽과 유니콘
뿔로 장정된 책을 손에 쥐면서 타라는 안도의 숨을 내쉬었다. 타라는
책을 품에 안았다.

자물쇠로 채운 책이었다. 오무아를 상징하는 금빛 눈의 주홍빛 공
작이 각인된 『궁정 비사』.

겉모습만으로도 아주 위험한 내용이 들어 있을 거란 느낌이 들었
다. 호기심이 동한 유령이 다가갔다. 칼과 유령이 이번만은 감정이 일
치했다. 그러나 타라가 손으로 칼을 막았다.

"칼, 미안하지만 이 책은 오무아의 후계자만 읽을 수 있어. 원본은
오무아에 있고, 이건 사본인데 다른 사람은 볼 권리가 없거든. 유령과
관련된 것은 뭐든 찾아볼 생각이야. 과거의 군주들 중에서 유령들의
습격을 경험해본 군주가 있을지도 모르잖아. 이런 바보 같은 짓을 나
만 저지른 건 아닐 테니까. 분명히 처음 있는 일이 아닐 거라고 확신
해. 마법사들이 언제 어떻게 대처했는지 기록되어 있을 거야. 고마워,
이게 다 네 덕분이야!"

"뭐?"

"네가 좀 전에 역사는 영원히 반복되는 거라고 말했잖아. 늘 그랬듯
이 네 말이 맞았어. 칼, 넌 천재야!"

칼/유령이 얼떨떨한 얼굴로 이맛살을 찌푸렸다. 마음이 편치 않은
가짜 칼은 한숨을 크게 내쉬었다. 그러고는 주머니에서 손을 뺐다.

"그냥 궁금해서 나도 모르게 보려고 했던 거니까 걱정 마. 나는 샤워할 테니까 어서 읽어. 방해하지 않을게."

타라는 그제야 자신에게서도 냄새가 날 거란 생각이 들었다.

"어, 그래, 미안해." 타라의 얼굴이 빨개졌다. "땀을 많이 흘렸는데 그 생각을 못했네. 나야말로 샤워를 해야겠어. 그 전에 레파루스로 한 번 더 치료해줄래? 몸에 힘이 하나도 없어서 그래."

잠시 후, 칼/유령이 원기를 회복시키기 위해 보내는 자줏빛 광선이 타라의 몸을 휘감았다. 타라는 처음에는 주의를 기울이지 않았지만, 이상하다는 느낌이 들었다. 드래곤 못지않게 금을 좋아하는 칼의 레파루스 마법은 금빛이었는데⋯⋯. 혹시 엘레아노라를 애도하는 뜻에서 마법의 빛을 어두운 색으로 바꾼 걸까?

"주의해야 돼." 칼/유령이 손가락으로 위협하는 표시를 하면서 말했다. "한 시간도 안 돼서 두 번째 레파루스를 사용했기 때문에 이번에는 너에게 필요한 비타민을 주지 못해. 먼저 원기부터 회복해야 되는데."

"배는 별로 고프지 않아." 유식한 체하는 칼의 말투에 약간 놀란 타라는 근육을 시험해보면서 말했다. "노력할게. 이따 봐."

샤워기 밑에 선 타라는 칼의 레파루스 치료에도 불구하고 아직 긴장된 근육을 풀기 위해 물의 원소에게 물의 세기를 높여달라고 부탁했다. 뜨거운 물에 근육통이 사라졌고, 타라는 오랜만에 처음으로 배고픔을 느꼈다.

"궁전? 샌드위치를 부탁할게. 트라둑 고기와 발분 치즈, 스파슌 알로 만든 마요네즈와 톨리스 기름을 바른 거면 좋겠어."

2000칼로리의 트라둑 고기를 한 입만 먹어도 타라에게 필요한 열량을 얻을 수 있었다. 몇 초 후, 돌벽을 통과한 샌드위치가 타라의 손이 닿는 곳에 유형화되었다. 타라는 샌드위치를 잡아서 한 입 베어 물었고, 샌드위치가 물에 젖지 않게 조심하면서 샤워를 했다. 입안에 퍼지는 맛에 타라는 행복한 신음소리를 낼 뻔했다. 로빈이 없는 세상에서 행복이라니, 타라는 이건 그저 맛있는 것일 뿐이라고 자신을 질책하면서 행복이 아니라고 애써 부인했다.

자석에 끌리는 것처럼 정신은 로빈을 향하고 있지만, 타라는 감정을 절제하면서 식욕을 다시 잃기 전에 샌드위치를 먹었다. 지금은 무엇보다 로빈을 생각하지 말아야 했다. 로빈을 잃었다는 것은 가슴이 찢어지도록 괴롭지만, 먼저 무슨 실수를 했는지 찾아내 바로잡아야 했다.

우물우물 씹어 먹으면서 타라가 수건을 향해 손을 내밀 때 갑자기 사이렌이 울렸다.

그리고 모든 불빛이 꺼졌다.

타라는 알몸 상태로 물을 뚝뚝 흘리면서 어둠 속에 서 있었다. 먹은 것이 기도로 들어가는 바람에 다 토해내면서 소리치려는 순간이었다. 뭔가가 소리를 내지 못하게 막는 느낌이 들었다.

천장 가까이에 유령이 나타났다. 어둠 속에서 파란빛을 반짝이는 유령이 주위를 살피면서 소리 없이 이동하고 있었다. 유령은 마치 안개 속을 지나가듯 벽을 통과했다.

타라가 바닥에 엎드리자 체인지라인이 검은 천으로 덮어주었다. 타라는 거의 보이지 않을 것이 틀림없었다. 심장박동을 세는 사이에 유령이 사라졌지만 타라는 꼼짝도 하지 않았다. 영화에서 악당들이 떠나는 척하다가 느닷없이 다시 나타나 상대를 급습하는 장면을 수없이 보지 않았던가. 경험상 옴짝달싹하지 않는 것이 나았다. 그러나 유령이 돌아오지 않는 걸 보면 그런 영화를 보지 않은 모양이다.

욕실 문이 열리고 실루엣이 나타났다.

"타라, 괜찮아?" 칼의 목소리가 들렸다. "유령이 우리를 찾지 못하게 궁전이 불을 껐는데 지금은 멀리 간 것 같아."

타라는 대답하려고 했지만 몇 분 사이에 또다시 뭔가가 소리가 나오지 못하게 막는 것 같았다.

깜깜한데도 타라는 칼이 보였다.

희미한 빛이 반짝이고 있었다.

유령처럼.

7
배신

육신과 정신이 언제나 하나로 이뤄져 있는 건 아닌데……

*

칼이 유령이었다니! 등골이 오싹해진 타라는 침을 삼켰다. 이제는 이해가 되었다. 나갔다 온 뒤로 왠지 불편해하는 칼의 태도, 평소와 다른 마법의 빛, 그리고 농담을 하지 않던 것도. 처음에 타라는 엘레아노라를 잃은 슬픔에 잠겨 있는 탓이라고 생각했다.

그 모든 것이 유령에 들렸기 때문이라니!

아마도 유령에 들린 가족을 만나러 갔다가 당한 것 같았다.

따라서 부모님이 여행을 갔다는 말은 거짓이었다. 더 이상 칼이 아니었다.

타라는 가슴이 아팠다. 친구들을 하나둘 잃고 있었다.

칼을 장악한 유령은 왜 정체를 숨기고 있는 걸까? 답은 두말할 것 없이 레지스탕스 때문이다. 트리톤을 봤을 때 유령은 후계자만 잡기보다는 레지스탕스 조직의 전원을 잡아들이는 것이 낫다고 판단하지 않았겠는가!

타라가 그런 생각을 하고 있는 사이에 칼이 더듬거리면서 욕실로 들어섰다. 그 순간 불이 켜졌다. 어쨌든 타라는 칼이 유령에 들려 있다는 걸 알아차린 것이 어둠 속이었기 때문이라고 깨달았다.

좀 전에 나타났던 다른 유령이 본의 아니게 타라에게 도움을 준 것이다.

타라가 일어나자 체인지라인이 금빛 수를 놓은 주홍색 짧은 원피스를 입혀주고, 긴 금발도 땋아주었다.

타라는 유령에게 미소를 지었다.

"휴, 진짜 놀랐어. 궁전이 반사적으로 행동한 거겠지?"

"응." 칼/유령이 침울하게 대답했다. "궁전이 유령들을 관찰하고 있다가 너무 가까이 접근했다 싶어서 우리에게 알려준 거야. 하지만 난 오히려 요란한 사이렌 소리에 놀랐어."

"잘되고 있는 거야." 타라는 시치미를 뚝 떼고 쾌활하게 말했다. "이제 어떡하지?"

"궁전이 수줍은꽃에게 연락할 수 있을까? 레지스탕스와 접촉하게 해달라고 부탁하는 게 좋을 것 같아. 그러면 만날 수 있을 텐데…… 넌 어떻게 생각해?"

의견을 묻는 체했지만, 타라는 칼/유령이 레지스탕스 조직을 모조리 소탕하리라는 생각에 흥분하고 있음을 느꼈다.

"살아 있는 궁전을 통해 수줍은꽃에게 연락하는 건 문제없어. 칼, 네가 옆에 있어서 얼마나 다행인지 몰라. 네가 없었다면 난 어찌해야 할지 몰랐을 거야."

난처한 유령이 몸을 비틀다가 활짝 웃었다.

"궁전?" 칼이 불렀다.

유니콘이 나타나서 거리낌 없이 욕조에 발을 들여놨다. 그러고는 은빛 머리를 숙이면서 지시를 기다렸다.

"수줍은꽃과 접촉하게 해줄 수 있지?" 칼/유령이 부탁했다.

유니콘이 갈기를 휘날렸고, 잠시 후 수줍은꽃의 이미지가 나타났다. 외눈 거인은 사다리에 올라서서 군주들의 초상화를 벽에 걸고 있었다. 유령에 들리기 전의 모습을 담은 그림인데 외눈 거인이 나름대로 군주들에 대한 경의를 표하고 있는 것이다. 칼의 이미지가 나타나자 깜짝 놀란 수줍은꽃은 사다리에서 굴러떨어질 뻔했다.

"뭐? 뭐라고?" 수줍은꽃이 질겁한 얼굴로 물었다.

"나예요, 칼." 유령이 웃음을 참으면서 대답했다. "방해해서 미안하지만, 우리는 레지스탕스와 만날 약속을 해야 돼요. 트리톤을 풀어주었으니까 연락할 방법을 알고 있겠죠?"

"그야 물론이지." 외눈 거인은 마치 심장이 튀어나오려고 하는지 가슴을 부여잡으면서 대답했다. "잠깐만, 휴! 숨 좀 돌리고."

창백한 얼굴에 주근깨가 두드러져 보인다는 건 수줍은꽃이 아주 많이 놀랐다는 뜻이다.

사다리에서 내려온 수줍은꽃이 크리스털 볼을 이리저리 옮기면서 위치를 잡자 궁전의 통신망에 접속되었다. 정탐 프로그램들이 기능을 발휘하지 못하게 궁전이 회선자동선택장치들을 작동하고 있기 때문에 아무도 통화하는 위치를 잡아낼 수 없었다. 호기심이 동한 타라는 안락의자에 앉아서 관찰했다. 이미지들이 모이면서 그들이 수줍은꽃과 같은 방에 있는 느낌이 들었다.

"내 이미지는 빼줄래?" 타라가 부탁했다. "나는 수배 중이야. 스파이에게 발각되는 걸 원치 않아."

궁전이 지시를 따르자 마법의 장막이 수줍은꽃과 칼/유령만 에워싸는 정도로 그 범위가 좁아졌다.

트리톤의 이미지가 그들 앞에 유형화되었는데 인사도 없이 대뜸 물었다.

"누군데 나를 찾는가?"

수줍은꽃이 대답했다.

"당신과 대화하고 싶어 하는 사람이 있어서요."

그사이에 칼/유령이 앞으로 나섰다.

"당신의 물이 맑기를!" 유령이 의례적인 인사로 말문을 열었다. "나는 아까 낮에 당신과 대화를 나누면서 궁전의 벽에 으스러지는 일이 없게 해준 사람의 친구예요."

몽타뉴크리스토를 은연중에 협박하는 건가? 마법의 장막 밖에 있는 타라는 유령의 말에 눈살을 찌푸렸다. 만만한 상대가 아니다.

"트리톤, 당신을 만나 발분 젖의 가격에 대해 얘기를 좀 하고 싶군요."

타라 덩컨을 의미하는 것임을 알아차린 순간 미소를 짓던 트리톤이 그다음 말에 눈초리가 매서워졌다.

"당신의 마법이 빛나기를! 발분 젖의 가격에 대해 얘기를 하자고? 그거 흥미롭군. 내 동족들이 좀 지나치게 가격을 인상한 것은 사실이지만……."

"좀 지나쳐요?" 칼/유령이 격분했다. "설마 농담이죠? 그건 사기나 다름없어요! 지난 200년 동안 변동이 없던 발분 젖의 가격을 얼마나 올려놨는지 아세요? 거의 만 퍼센트를 인상했단 말입니다! 그런 폭리를 취하다니, 파렴치한 짓이란 말이오!"

트리톤은 어안이 벙벙한 얼굴로 칼을 쳐다봤다. 정말 화가 난 듯한 유령을 보며 놀란 타라도 대체 무슨 짓을 하려는 것인지 궁금했다.

갑자기 유령은 발분 젖의 가격을 협상하기 위해서가 아니라 음모자들을 잡으러 왔다는 것이 기억났다.

"하여튼…… 결정권이 있는 주요 생산자들과 논의할 필요가 있다고 생각합니다. 이런 독점 사태는 조속히 중단되어야 해요. 용납할 수 없는 일이에요."

다시 말해서 레지스탕스 조직의 책임자들이 모두 참석해야 한다는 점을 강조한 것이 아닌가. 트리톤은 비늘로 덮인 머리를 끄덕였다.

"모두 참석할 테니 그건 걱정하지 마. 날짜는?"

"빠를수록 좋죠. 프레디 26시 어때요?"

"그렇게 늦은 시간에?" 트리톤이 깜짝 놀랐다. "한밤중에 모이는 것은 거의 드문 일이라서……."

프레디 26시는 아더월드 시간으로 다음 날 자정을 뜻했다. 만일의 경우를 대비해야 되는데……. 트리톤은 동지들에게 알려서 함정을 준비하려면 시간이 필요했다. 타라는 엷은 미소를 지었다. 이렇게 되면 누가 고양이고 누가 쥐가 될까? 아니, 아더월드의 동물 이름으로 바꿔 표현하면 누가 므르르르고, 누가 뿌익이 될까?

"맞는 말이지만, 친구와 내가 낮에는 너무 바빠서요." 유령이 천연덕스럽게 대답했다. "미안하지만 프레디 26시밖에 시간이 없어요."

트리톤은 한숨을 내쉬다가 머리를 끄덕였다.

"모두에게 알리겠다. 이게 내 주소야. 그럼 내일 보자고."

트리톤의 이미지가 사라지고, 빛의 글씨로 새긴 주소가 나타났다. 유령은 주소를 적은 다음 타라 쪽으로 머리를 들었다. 그러고는 생각에 잠긴 얼굴로 타라를 뚫어져라 쳐다봤다.

"트리톤이 사는 곳을 탐색하고, 한 바퀴 돌면서 바깥 상황도 살피고 돌아올게."

트집 잡을 수 없는 유령의 말에 타라는 보조개가 파일 정도로 활짝 웃어 보였다.

"그래, 좋은 생각이야. 트리톤을 놓치면 안 돼. 이따 봐."

"응, 이따 봐."

안락의자가 칼/유령을 실어갔다. 유령이 나가자마자 타라는 조심스럽게 펄쩍 뛰어봤다. 아프지 않았다. 두 번의 레파루스 치료와 온수 마사지, 영양가 높은 샌드위치의 효과였다. 거의 완쾌된 모양이다.

"궁전!" 타라가 외쳤다. "긴급 상황이야!"

유니콘이 즉시 나타났는데 불안한지 귀가 젖혀 있었다.

타라는 짤막하게 말했다.

"칼이 유령에 들렸어!"

유니콘의 은빛 털이 검은색으로 변했다. 유니콘이 으르렁거렸다.

"안 돼, 네가 의심하고 있다는 걸 칼/유령에게 들키면 안 돼." 타라가 재빨리 말했다. "그 유령을 함정에 빠뜨려야 해. 궁전, 가짜 칼이 너의 울타리를 빠져나갔어?"

유니콘이 뜨거운 입김을 내뿜었다. 보통 유니콘들과는 달리 이 유니콘은 특별한 능력이 있었다. 유니콘 뒤로 황급히 궁전을 나가는 칼의 이미지가 보였다. 칼은 눈 깜짝할 사이에 군중 속으로 사라졌다.

궁전이 칼/유령을 미행하기 위해 스쿠프를 보내려고 했지만, 타라가 말렸다.

"아니, 미행당하고 있다는 걸 눈치채면 안 돼. 칼의 육신을 차지한 유령이 우리 친구에 대해 얼마나 알고 있는지 모르겠어. 하지만 칼에게는 육감이 있어서 대번에 알아챌 거야. 먼저 나와 트리톤을 연결해 줘. 체인지라인, 내 얼굴에 가면을 씌워줘."

지시에 따라 궁전이 교신하는 사이에 체인지라인은 타라의 얼굴에 검은색 레이스 가면을 씌웠다. 너무 눈에 띄는 금발도 윤기를 잃은 백발로 변했다. 타라는 노파처럼 허리를 약간 구부렸다.

전혀 모르는 노파를 보면서 트리톤의 눈이 휘둥그레졌다.

"누구요?"

"가면을 써서 미안해요." 타라가 숨 막히는 목소리로 젊어지려고 애쓰는 오무아 궁중 부인 흉내를 내면서 말했다. "묘약을 먹었는데 잘못되는 바람에……. 오! 잃어버린 젊음을 되찾기가 이렇게 어려울 줄이야!"

트리톤이 동정하듯 머리를 끄덕였다.

"뭘 도와드릴까요, 부인?"

"내 친구가 당신과 약속을 했는데요. 발분 젖의 가격에 대해 논의하기 위해서……."

트리톤의 콧구멍이 벌름거렸다. 예민해져 있다는 증거였다.

"무슨 말씀인지 모르……."

"내일, 프레디 26시." 타라는 말을 끊었다. "그 약속 시간을 앞당겨야 해요. 이 약속을 알고 있는 한 불청객 때문에 우리의 계획을 망칠 위험이 있거든요."

물방울 속의 트리톤이 긴장했다.

"네?"

타라는 한숨을 억제했다.

"이런 경우를 뭐라고 해야 되나…… 한 몸에 두 사람이 있다고 해야 하나요? 그런데 그 두 사람이 각각 원하는 것이 다르거든요."

그제야 무슨 말인지 알아차린 트리톤은 당황하는 기색이 역력했다.

"알겠습니다." 트리톤이 정중하게 말했다. "어떻게 해야 하는지 말씀하십시오."

"약속 시간을 앞당겨야겠어요. 오늘 밤 24시, 괜찮겠어요?"

"시간이 촉박해서 동지들 전원이 참석하지 못할 수도 있습니다." 트리톤이 반대했다.

"그건 괜찮으니까 최선을 다해보세요." 타라는 안심시켰다. "아, 그리고 장소도 변경해야 합니다. 혹시 모르니까요."

트리톤은 입술을 깨물면서 씁쓸한 미소를 지었다.

"그럼 장소는 이곳으로 변경하겠습니다." 트리톤이 주소를 표시하면서 말했다. "우리의 동지가 경영하는 식당 겸 여인숙인데…… 사람들로 북적거리지만 2층의 방 하나를 잡아두겠습니다. 뒷문을 이용하면 로비를 거치지 않고 곧장 2층으로 연결됩니다."

"좋아요. 그럼 이따 봐요."

타라는 주소를 적은 다음 접속을 끊었다. 약속 시간까지 할 일이 많았다. 더 이상 칼을 믿으면 안 된다는 것을 수줍은꽃에게 먼저 알려야 했다. 이미 예민해져 있는 외눈 거인이 충격을 받겠지만 어쩔 수 없었다.

"맙소사!" 수줍은꽃이 두 손을 비틀면서 말했다. "점점 더 상황이 나빠지는군요! 적들이 여기 레지스탕스의 수장이 누군지 알고 있으니 나를 잡으려고 혈안이 될 겁니다!"

"궁전이 보호해줄 거니까 걱정하지 마요." 타라는 안심시켰다. "궁전이 원치 않으면 절대로 유령들은 당신을 찾지 못해요."

"하지만 칼을 장악한 유령이 마마를 찾았잖아요!"

그렇게 말하고 나서 외눈 거인은 완전히 절망한 표정으로 접속을 끊었다.

물론 맞는 말이다. 이제부터는 불신이 독처럼 퍼져서 모든 교신이 수월하지 않을 텐데…….

타라는 궁전에게 칼이 보이는 즉시 알려달라고 부탁했다.

일단 레지스탕스와 접촉한 다음에는 이곳으로 돌아오지 않을 생각이었다. 칼은 유령들보다 훨씬 효과적으로 추격할 텐데……. 타라는 어디로 가야 할지 아직 아무런 생각이 없었다.

타라는 한숨지었다. 가장 긴급한 일은 유령들을 섬멸하는, 아니 이제는 로빈도 포함되어 있으니 유령들을 섬멸하기보다는 비욘드월드로 떠나보낼 방법을 찾는 것이다. 따라서 『궁정 비사』에 담긴 유령들에 대한 정보를 철저히 연구해야 했다.

타라가 책에 부착된 열쇠를 불러내자 오무아의 물건 아니랄까 봐, 금과 다이아몬드로 이뤄진 열쇠가 나타났다. 자물쇠에 열쇠를 집어넣자 책이 펼쳐졌다. 이미지들이 꿈틀거리면서 본문을 채울 준비를 하고 있지만 타라는 무시했다. 대뜸 책의 첫 페이지를 세 번 톡톡 치면서 큰 소리로 유령! 하고 말했다. 페이지 숫자를 표시한 색인이 즉시 나타났는데 3만 개가 넘는 페이지를 보며 타라는 비명을 지를 뻔했다.

"어휴! 갈랑, 이걸 다 읽으려면 수백 년은 걸리겠어."

페가수스는 부드러운 울음소리를 냈다. 타라가 살기 위해 애를 쓰면서부터 덩달아 기운을 차린 페가수스도 타라의 어깨에 앉아서 같이 읽었다. 전부 실제로 일어났던 일이란 것만 빼면 소설처럼 흥미진진했다. 유령들이 산 자들의 세상 아더월드와 죽은 자들의 세상 비욘드월드 사이에서 간혹 열리는 지각단층을 이용하여 우연히 장벽을 넘었다는 기록이 있었다.

유령들에 관련된 사건들이 모두 비극적인 것만은 아니었다. 단 한 가지 이유 때문에 아더월드로 돌아오고 싶어 한 유령도 있었다. 돌아온 걸 기뻐하는 유령 중에는 엄청난 피해를 입혔던 흉악한 자들도 있었다. 하지만 애석하게도 유령들과 상대했던 군주들은 그들을 어떻게 쫓아냈는지 방법을 밝혀놓지 않았다. 타라는 대충 훑어보려고 했지만 그럴 수가 없었다. 단 한 문장만 놓쳐도 효과적으로 싸워서 이기는 방법을 찾을 가능성이 없어지는 것이다. 타라는 이를 악물고 정독할 수밖에 없었다. 50권에 이르는 백과사전 전집을 이리저리 갖고 다닐 필요가 없도록 마법으로 압축한 엄청난 분량의 책이라는 걸 생각하면 몇 달을 꼬박 읽어도 다 읽지 못할 것 같았다.

오랜 굶주림으로 아직 지쳐 있는 갈랑이 타라의 무릎 위에 앉아서 이내 잠이 들었다. 타라는 『궁정 비사』를 읽다가 잠시 깊은 생각에 잠겼다. 유령에게 붙잡힐 경우나 재빨리 도시를 떠나는 경우를 포함한 모든 돌발 사건을 대비해 계획을 세워야 했다. 타라가 바구니에 내려놓자 축소된 페가수스가 편안한지 코를 골았다. 타라는 패밀리어를 쓰다듬어준 다음 궁전의 유니콘을 불렀다. 궁전은 필요할 만한 모든 걸 제공하면서 타라를 세심하게 보살펴주었다. 무기, 음식, 물, 화장품, 살고리, 맛줄, 덴트, 혼자 있다가 다쳐서 레파루스[6]로 치료하지 못하는 경우를 대비한 약품, 밴드, 다양한 종류의 물약 등.

체인지라인이 그 잡동사니를 모조리 삼키고 있는데도 주머니의 무게가 전혀 느껴지지 않기 때문에 타라는 이럴 때는 마법이 편리하다는 걸 인정했다. 타라는 마지못해서 로빈의 망토도 체인지라인에 집어넣었다.

타라는 다시 정신을 집중해 『궁정 비사』를 읽기 시작했다. 칼/유령이 곧 돌아올 텐데 졸린 상태에서 유령과 맞서고 싶지 않았다.

그때 갑자기 벽에 나타난 유니콘 때문에 타라는 비명을 질렀다. 유니콘 바로 뒤에서 휘파람을 불며 궁전으로 침투하는 칼의 이미지가 보였다. 쾌활한 얼굴이었다.

"어쭈, 휘파람을 분단 말이지!" 타라는 중얼거렸다. "너를 당장 무력화시킬 수도 있지만, 지금은 때가 아니라 참는 줄 알아!"

타라는 재빨리 책을 열쇠로 잠그고 체인지라인에 집어넣었다. 유령이 책에 관심을 보이면서 두려워하고 있다는 걸 알아챘기 때문이다.

....

6. 레파루스 마법은 자기 자신에게 작동하지 않기 때문에 다른 마법사가 사용해야 치료할 수 있다. 많은 마법사가 거울을 이용하여 레파루스 치료를 하려고 노력하는 덕분에 아더월드는 거울 산업이 발달했다.

비밀리에 스쿠프들이 가짜 칼을 뒤쫓고 있었다. 그러나 칼/유령은 곧장 돌아오지 않고 먼저 접견실로 들어갔다. 얼마 후, 흡족한 얼굴로 접견실을 나온 칼은 자신의 방으로 가서 궁전이 안락의자를 내어주길 기다렸다.

궁전은 시간을 낭비하지 않았다. 얼마 후, 궁전은 타라가 있는 비밀의 방으로 칼/유령을 데려왔다.

"잘되고 있어." 칼/유령이 미소를 지으며 타라에게 말했다. "트리톤이 알려준 주소의 집과 모든 출구, 주변의 거리들을 확인했어. 지도를 그려줄 테니까 무슨 일이 생겨도 무사히 빠져나갈 수 있을 거야."

칼/유령은 연기를 잘하고 있었다. 친구가 유령에 들렸다는 걸 눈치채지 못했다면 감쪽같이 속아 넘어갔을 텐데.

아무짝에도 소용없는 지도지만 타라는 유령이 그려주는 지도를 태연하게 암기했다.

"『궁정 비사』는 읽어봤어?" 유령이 관심이 없는 체하면서 물었다.

"아니, 아직." 타라는 거짓말했다. "레지스탕스를 만나고 난 뒤에 읽으려고."

"둘이서 읽으면 네 조상들의 대책으로 유령들을 당장 림보[7]로 보내버리는 시간을 앞당길 수 있을 텐데! 지금은 전쟁 중이라 규범을 지킬 시간이 없어!"

그러나 타라는 고개를 설레설레 저었다.

• • • • • • • • • • • • •
7. 아더월드에서 '지옥'을 뜻하는 표현이다.

"고모가 '어떤 상황에서도 우리 황족의 직계 후계자만 읽어야 한 다'고 말씀하셨어. 미안하지만 그 약속을 깨뜨릴 순 없어. 때가 되면 읽어볼 거야. 그리고 너무 피곤해서 잠을 좀 자야겠는데 괜찮지?"

"이제 겨우 20시야!" 그렇게 쉽게 포기할 리 없는 유령이 반박했 다. "내가……."

"내일 봐, 칼." 타라는 단호하게 말을 잘랐다. "잘 자."

유령이 뭐라고 하기 전에 침실로 들어간 타라는 이를 닦은 다음 침 대에 눕는 모습이 보이게 문을 약간 열어놨다.

유령은 투덜거리면서 잠시 타라를 살피고 있다가 단념했는지 자신 의 방에서 영화 한 편을 보다 이내 잠들었다.

타라도 잠이 들었다.

물론 타라는 궁전에게 23시에 깨워달라고 부탁을 해놓았다. 타라는 준비가 완료된 상태였다. 살아있는 돌은 체인지라인 안에 있고, 크라 에토비르의 반지는 손가락에 끼고 있고, 갈랑도 준비가 되어 있었다. 타라에게 필요한 것은 그게 다였다. 눈 깜짝할 사이에 체인지라인이 카멜레온 천으로 지은 면허 받은 도둑의 복장을 입혀주었다. 타라는 그림자처럼 조용히 침실 밖에 놓인 마법의 안락의자에 앉아서 빠져나 갔다.

타라가 나가자마자 방에 나타난 유령은 잠이 확 달아난 얼굴이었다.

"나를 아주 바보로 아는군, 맹랑한 계집애." 유령이 욕설을 내뱉었 다. "절친한 친구 칼에게 알리지도 않고 대체 어디로 간 거야?"

유령은 두 번째 안락의자에 앉아서 벽을 통과하려고 했지만, 안락의 자는 꿈쩍도 하지 않았다. 유령이 달려가서 거칠게 문을 흔들었지만 소용없었다.

성난 유령은 궁전에게 문을 열라고 명했지만 반응이 없었다. 유니콘이 나타나서 위협적으로 쏘아보다 갈라진 발굽으로 바닥을 긁어댔다. 유령은 그제야 알아차렸다. 자신의 정체가 탄로 난 것이다. 어떻게 알았지?

"흥, 이렇게 나오겠다?" 유령이 이를 악물고 으르렁거렸다. "하지만 나를 그렇게 얕보면 안 되지. 일이 잘못될 경우 어떻게 할지 방법을 생각해놨거든. 궁전! 네가 베어 왕과 티타니아 왕비에게 충성을 다한다는 걸 알고 있다. 왕과 왕비 그리고 왕가 식구들에게 구속되어 있다는 것도 알아. 나를 당장 석방하지 않으면 그들에게 무슨 일이 일어날지 잘 봐."

유령이 크리스털 볼을 쳐들었고, 잠시 후 나타난 접견실의 이미지를 보고 궁전은 경악했다.

근위병들의 위협을 받는 베어 왕과 티타니아 왕비, 그 발치에서 아이들이 겁에 질려 울고 있었다.

더군다나 왕과 왕비의 목에서 피가 흘러내리고 있었다.

"내 말 한마디면 모두 죽는다." 유령이 말했다. "왕과 왕비를 장악한 멍청이들이 어찌되거나 말거나 난 상관하지 않거든."

궁전이 부르르 떨면서 망설였다.

잠시 머뭇거렸지만 아주 잠깐이었다. 궁전은 타라를 정말 좋아하지만, 타라와 자신의 합법적인 군주들, 그 둘 중에서는 선택의 여지가 없었다.

궁전은 마지못해서 문을 열었고, 안락의자가 작동했다.

"이제 됐으니까 그 돼지 같은 머저리들을 풀어줘라!" 유령이 근위병들에게 외쳤다. "그리고 다이어트를 시켜. 죽이면 안 돼, 한 명이 아쉬운 때니까. 궁전, 너는 내가 따라잡을 수 있게 타라의 걸음을 지연시켜."

궁전이 굴복했다. 타라는 알아차리지 못했지만, 출구로 이르는 길이 은밀하게 두 갈래로 갈라지면서 시간을 허비하게 만들었다. 아락의자는 칼/유령을 엄청난 속도로 지하 통로로 데려갔다. 타라가 비밀의 문에 이르는 순간 칼/유령이 어느새 따라잡고 있었다. 그 뒤를 따르는 무장한 병사들을 보면서 궁전은 부르르 떨었다.

궁전은 슬픈 운명에 눈물을 흘리기 시작했다. 얼음장 같은 잿빛 빗줄기가 복도에 쏟아져 내리면서 궁인들과 장관들이 홀딱 젖었고, 밖에 있는 타라도 그 슬픔의 비를 맞고 있었다.

"에이!" 타라는 침통한 얼굴로 잿빛 하늘을 쳐다보며 내뱉었다. "두달 만에 밖으로 나온 첫날인데 재수 없게 비가 쏟아지다니! 비를 피하기 위해 마법을 쓰고 싶지는 않은데."

타라도 마법사들이 마법을 삼가고 있다는 걸 알아챘다. 비가 쏟아지는 밤인데도 트라비아 거리에는 사람이 많았다. 사람들이 사용하는 것은 공중부양이나 비를 피하기 위한 마법이 아니라 옴브렐루스나 안티플뤼우스처럼 임시방편으로 사용하는 아주 간단한 마법이었다. 몇몇 아름다운 거리에는 나무나 식물 위로만 빗줄기가 떨어지는 고성능 마법의 장막이 작동되고 있었다. 저 멀리 많은 사람이 들락거리는 카페와 지구의 시네마(영화관)에 해당하는 크리스토마들이 보였다. 날씨는 덥고, 곳곳이 빗물에 젖어 있지만, 흙냄새와 풀 냄새가 진하게 올라와 싱그럽게 느껴졌다. 영화, 연극, 오페라, 콘서트를 광고하는 포스터들이 행인들의 눈길을 잡았다.

아더월드에서는 비 오는 밤에도 달빛이 밝게 빛나는 건가? 타라는 환히 비추는 두 개의 달빛이 마음에 걸렸다. 대부분은 관심을 보이지 않았지만, 허리가 구부정한 노파로 변장하고 있는데도 좀 심하다 싶을 정도로 타라를 빤히 쳐다보는 이들도 있었다.

크리스털 전광판마다 클로즈업된 타라의 사진(뱀파이어로 변해 있는 얼굴과 인간의 얼굴)이 도배를 하고 있었다.

얼굴이 알려져 있어서 체포될지도 모른다는 생각에 너무 불안한 탓일까? 타라는 황제에게 훈련을 받았는데도 미행당하고 있다는 걸 눈치채지 못했다.

트라비아는 큰 도시지만 타라는 약속 장소로 가기 위해 양탄자 택시를 타고 싶지 않았다. 타라는 아라뉴 비글뢰즈 식당 겸 여인숙에 도착하는 데 45분쯤 걸리고, 여인숙이 감시를 받고 있는지 확인하는 데 15분쯤 걸릴 거라고 계산했다. 그렇게 걸어가면서 두 달 만에 처음으로 다시 사는 느낌이 들었다. 슬픔에 잠겨 있었다면 결코 밖으로 나올 생각은 하지 못했을 것이다. 다시는 자학 따위는 하지 않으리라. 엄청난 잘못을 바로잡기 위해 필사적으로 노력한다는 사실이 타라의 마음을 안정시켜주었다. 무엇보다 자신보다는 다른 것에 정신을 집중해야 했다. 타라는 골목길을 주의 깊게 살폈다.

좀 더 세심하게 주위를 살펴야 했건만…….

마침내 타라는 여인숙에 도착했다. 트라비아에 있는 건물들이 대부분 그렇듯 초록색, 빨간색, 노란색, 파란색 장식으로 환상적인 분위기를 연출하는 여인숙에는 출입문이 여러 개였다. 아래쪽은 거인들과 난쟁이들을 위한 문이 있고, 위쪽에는 요정처럼 공중부양이나 날아다니길 좋아하는 이들을 위한 문이 있었다. 온갖 종류의 술병 수백 개가 진열되어 있는데 그중 변질될 염려가 없는 술은 크리스털 병에 들어 있었다. 마치 멀리서도 여인숙을 볼 수 있게 설치한 일종의 간판처럼 건물 상공에서 별 모양의 불꽃이 내는 소리 때문에 안에서 떠들어대는 소리가 들리지 않았다. 비밀이 많은 이들에게 적합한 곳이었다. 등잔 밑이 어둡다고 했던가, 최상의 은신처는 혈안이 돼서 찾는 이들의 바로 코앞에 있기 때문이다.

타라는 정문을 통해서 블랙 엘프, 바이올렛 엘프, 화이트 엘프, 블루 엘프들, 난쟁이들, 타트리스들, 뱀파이어 둘이 황급히 피하는 걸 봤다. 비인간들이 즐겨 찾는 곳이기도 했다. 대체로 엘프와 난쟁이는 사이가 좋지 않기 때문에 그렇게 한 장소에 같이 있는 것이 좀 놀라웠다. 타라는 솟구치는 슬픔을 애써 억눌렀다. 아름답고 우아한 엘프들을 보는 것이 괴로웠다. 거의 견딜 수 없는 고통이었다. 난쟁이들이나 인간들만 있는 식당이라면 딴 생각을 하지도 않았을 것이고, 칼/유령의 병사들에게 서서히 포위되고 있다는 걸 눈치챘을 텐데……. 엘프들을 보면서 되살아난 슬픔 때문에 이상한 낌새를 전혀 알아채지 못한 타라는 뒷문으로 들어가기 위해 건물 뒤쪽으로 돌았다.

난쟁이들이 썩지 않는 성질 때문에 광산에서 사용하는, 타도르 산의 아주 단단한 초록색 나무 글로르 목재로 지은 건물이었다. 단단한데도 여기저기 갈라져 있는 걸 보면 온갖 수난을 겪은 것이 틀림없었다. 문틈으로 경사가 심한 층계가 보였다. 계단을 오르는데 삐걱거린다기보다는 밟고 올라감에 따라 탄식하는 소리를 냈다. 타라는 그것이 일종의 경보장치라는 걸 몰랐는데 공중부양을 하지 않는 한 누구도 조용히 올라갈 수 없었다.

산도르 황제에게 늘 경계하라고 배웠기 때문에 타라는 초록색으로 위장한 스쿠프가 한쪽 구석에서 감시하고 있는 걸 눈여겨봤다. 경비가 삼엄한 것 같았다. 침입자가 있을 경우 즉시 도망칠 수 있도록 트란스미투스 주문이 걸려 있었다.

겨우 층계참에 이르렀는데 숨이 차서 타라는 운동 부족을 실감했다.

타라는 머뭇거렸다. 어떡하지? 첩보 영화처럼 어떤 암호에 따라 노크를 해야 되나? 암호를 모르는 타라는 그냥 문을 두드렸다.

그리고 방문 손잡이를 잡으려는 순간, 문이 열리고 몽타뉴크리스토가 물방울 속에서 인사했다.

바로 옆에 타라가 잘 아는 바이올렛 엘프가 있었다. 너무나 싫어하는 발라. 눈부시게 아름다운 바이올렛 엘프가 싸늘한 미소를 지어 보였다. 그런데 으르렁거리면서 싸우는 트리톤과 엘프가 어떻게 같이 있지? 타라는 깜짝 놀랐다. 트리톤이 몸속에 독을 집어넣은 뒤로 발라는 만나기만 하면 죽여버리겠다고 이를 갈지 않았던가.

타라의 반응을 알아챈 발라가 말했다.

"여제께서 이 늙은 어류에게 해독제를 주라는 명을 내리겠다고 한 말 기억 안 나?" 발라가 몽타뉴크리스토를 가리켰다. 타라는 고개를 끄덕였다. 그래, 그랬었다. 타라는 짜증 나게 하는 바이올렛 엘프를 구해준 고모가 원망스러웠다.

"로빈에게 트리톤을 가만두지 않겠다는 말을 하러 네 방으로 가는데 유령들이 몰려왔어." 발라가 말을 이었다. "그 바람에 몽타뉴와 나는 휴전을 결정했지. 물론 유령들을 몰아내고 나면 즉시 트리톤을 죽여버릴 거야."

"벌써 죽였어야지!" 트리톤이 미소를 지으면서 거리낌 없이 말했다. "내 기억이 맞는다면 유령들이 들이닥쳤을 때 좋지 않은 상황에 빠져 있던 건 너였는데."

"당신이 나를 함정에 빠뜨렸기 때문이잖아!" 성난 발라가 쏘아붙였다.

"그런데 내가 가만히 당할 거라고 누가 그래? 네가 예쁘다는 게 내가 순순히 죽어줄 이유도 아니고. 그래도 하고 싶다면 대적은 해주지. 하지만 정정당당하게 싸울 거니까 각오해."

말은 그렇게 해도 트리톤의 청록색 눈에 즐거워하는 빛이 역력했다. 트리톤이 발라를 좋아하는 건가? 이런 생각을 하고 있을 때가 아니지만 타라는 문득 궁금했다. 바이올렛 엘프/트리톤하프엘프의 잡종은 뭐가 되는 거지? 타라는 한숨을 내쉬었다.

"본래의 모습을 되찾다니 유감이군." 발라가 말했다. "허약하고 느려터진 인간의 모습보다 뱀파이어 모습의 너와 싸우는 게 훨씬 재미있었을 텐데."

타라는 의문이 들었다. 도대체 왜 모두들 오무아의 후계자가 뱀파이어에서 인간으로 돌아와 있는 것에 대해 한마디씩 하는 걸까?

발라가 몸을 숙이더니 타라만 들리게 속삭였다.

"몽타뉴에게서 들었는데 네가 로빈을 유령들에게 넘겨줬다면서?"

갑자기 목이 멘 타라는 아무 말도 못하고 고개만 끄덕였다.

"나라면 그냥 뱀파이어로 있었을 텐데." 발라가 단언했는데 목소리에 쾌감이 실려 있었다. "그리고 로빈을 지켜줬을 텐데."

타라는 발라가 무슨 말을 지껄이든 무시하기로 마음먹었다. 잔혹한 바이올렛 엘프에게 괴로워하는 마음을 보여줄 필요는 없었다.

커다란 방에 모인 많은 사람이 타라를 쳐다보고 있었다. 가면을 쓴 이들도 있는데 마법 때문에 눈앞의 광경이 실제 상황이라고 말할 수는 없었다. 어쨌든 바이올렛 엘프는 둘이었다. 한 명은 발라고, 다른 한 명은 키가 좀 큰 바이올렛 엘프다. 발라의 사촌인가? 그리고 은빛 정맥이 두드러지는 블랙 엘프, 트리톤 둘, 사이렌 하나, 검을 쥔 자세로 보아 무시무시한 해적으로 보이는 존재, 타트리스 둘, 빨간 눈 달린 노란 배처럼 보이는 카흠보움이 촉수들을 흔들고 있었다. 타라는 깜짝 놀랐다. 카흠보움은 흥분하면 온몸이 폭발해버리는 특성 때문에 감정 표현을 하지 않았다. 그래서 대체로 행정관, 사서처럼 평온하게 일할 수 있는 직업을 선택하는데 이런 카흠보움이 레지스탕스 조직에 끼여 있다니. 도살업자 무리에 섞여 있는 아주 감정적이고 과격한 양을 보는 것 같았다.

트롤도 둘 있었다. 거대한 초록색 덩치들을 보면서 타라는 충성스러운 경호원 그르뤀이 그리웠다. 수줍은꽃이 참석해 있지만, 실재가 아니라 이미지로 나타나 있는 것이다. 곳곳에 놓인 크리스털 볼들이 3D, 3차원 입체 영상을 투사하고 있었다. 누가 참석했고, 참석하지 않았는지 알기 힘들 정도였다. 몇몇 이미지가 흔들리는 걸 보면서 타라는 실제로 참석한 이들보다 투사된 이미지가 더 많다는 걸 알아차렸다.

레지스탕스 조직이 크리스털 볼 도청에 대응책을 마련한 것이다.

크리스털 볼이 하나둘 켜지면서 나타난 또 다른 인물들이 서 있거나 앉은 자세로 인사하면서 서로 호통을 쳤다. 뒤쪽으로 정원, 응접실, 벽난로 등의 일부 모습이 투사되어 그들이 어디에 있는지 짐작하게 했다.

갑자기 실루엣 하나가 다가오더니 가면을 벗었다. 갈색의 긴 머리에 검은 눈빛, 키가 큰 여자가 타라 앞에 버티고 섰다. 증오에 차서 비죽거리는 입을 보며 타라는 눈살을 찌푸렸다. 안젤리카?

예전의 앙숙이 타라를 노려봤다.

"못된 계집애!" 안젤리카가 소리쳤다. "네가 내 인생을 어떻게 만들어놨는지 알아? 처음에 재수 없게 굴 때 없애버렸어야 했는데. 네가 우리 세상에 온 뒤로 엉망이 되고 있어. 영혼 약탈자가 나타나서 아수라장으로 만들어놓더니 이번에는 유령들까지 습격하고! 다음에는 또 뭘 준비하고 있니? 악마들의 습격인가?"

"안젤리카!" 타라도 질세라 외쳤다. "네가 왜 여기 있어?"

"빌어먹을 유령 둘이 내 부모님을 장악했어." 꺽다리 안젤리카가 내뱉었다. "멋지게 차려입고 파리와 밀라노를 여행하고 돌아오는 길이었는데 어떻게 됐는지 알아? 어머니와 아버지가 농부가 되었단 말이야. 합성섬유로 지은 꽃무늬 원피스에 숄을 두른 차림으로 우아하게 산책을 다니던 어머니가 시골구석에서 잼을 만들고, 아버지는 장미꽃 손질이나 하고 있다고! 세상을 지배…… 음 여러 가지 계획과 할 일이 많은 아버지가 그걸 다 포기하고 페가수스 사육장에 장미 정원을 만들고 있단 말이야! 그리고 계속 먹어대고 있어! 두 달 사이에 적어도 10킬로그램은 더 쪘을 거야! 그게 다 너 때문이야! 그래서 레지스탕스에 들어왔어. 내 삶을 되돌려놓으려고!"

안락하던 삶이 엉망이 되었기 때문에 레지스탕스에 들어오다니 안젤리카다운 결정이었다. 타라가 대꾸하려는 순간 트럼펫 소리가 울렸다. 이어서 유형화된 이미지에 타라는 질겁했다. 안젤리카보다 훨씬 위협적인 상대였다.

엘프들의 여왕, 그 무시무시한 타빌라였다. 가공할 힘을 지닌, 공기와 암흑의 여왕은 등골이 오싹할 정도로 공포의 대상이었다. 어둠 속에서 경솔하게 여왕의 이름을 언급하며 쓸데없는 말을 했다가는 여왕이 그 소리를 들을 수 있다는 걸 이내 알게 된다. 어디에 있든 입을 놀린 이들에게 여왕의 메시지가 도착했던 것이다. 어김없이.

여왕이 결정을 내리면 대대적인 사냥이 시작되었다. 여왕을 모욕하는 자는 누구를 막론하고 살아 있는 걸 후회할 정도로 수명이 아주 짧아졌다.

검은색 옷차림에 망토를 걸치고, 번쩍거리는 왕홀을 손에 쥔 타빌라 여왕은 당장이라도 누군가를 죽일 기세로 성난 모습이었다. 타라는 설마 그 대상이 자신은 아니겠지 하며 안심하고 있었다.

아니, 착각은 이내 깨졌다.

"우리 세계를 큰 혼란에 빠뜨린 무모한 멍청이로군." 여왕이 격분한 눈초리로 타라를 쏘아봤다.

역시 기대를 저버리지 않는군. 타빌라와의 재회는 우호적이지 않았다. 다른 이들도 일어나서 타라를 뚫어져라 쳐다봤다. 안젤리카는 고소해죽겠다는 얼굴로 비웃음을 흘렸다.

한 가지 긍정적인 점이 있다면 여왕은 타라의 변신에 대해 빈정거리지 않았다는 것이다.

그때 또 다른 이미지가 나타났다. 타라는 뱀파이어들의 대통령 드라큘을 대번에 알아봤다. 인간의 피를 먹은 딸 킬라를 구해준 뒤로 타라는 드라큘 대통령이 우군이라고 생각하고 있었다. 어쩌면 타라의 희망 사항일지도 모르지만.

"친애하는 공기와 암흑의 여왕 전하, 우리의 손님을 모욕하지 마십시오." 드라큘이 경선한 목소리로 타빌라를 진정시켰다. "어쨌든 잘못을 바로잡기 위해 여기까지 왔으니 오무아의 후계자가 열의를 보여주고 있는 것 아닙니까?"

타라는 겸손함을 보여야 할 때라는 걸 알고 있었다.

"네, 노력하겠습니다." 타라는 순종적인 어조로 대답했다.

드라큘이 몸을 숙이더니 말했다.

"인간의 모습으로 돌아왔군요? 왜 그랬어요? 뱀파이어 모습이 아주 멋졌는데!"

이런, 드라큘까지!

"그래서 유령들을 비욘드월드로 보낼 방법은 있는 건가, 어린 인간?" 여왕이 다짜고짜로 물었다.

타라는 이를 악물었다. 어린애로 취급하는 말에 신랄하게 쏘아붙이고 싶지만 간신히 참았다.

"지금은 없습니다, 전하. 그러나 유령들에 대한 정보를 상세히 기록해놓은…… 어떤 문서에서 방법을 찾을 겁니다."

유령들을 몰아낼 방법이 정말 있는지 알기 위해 모였다는 레지스탕스, 타라는 눈앞에 보이는 이들을 전적으로 믿을 수가 없었다. 특히 귀를 세우고 있는 안젤리카를 어떻게 믿는단 말인가. 타라는 신중하게 말을 이었다.

"내가 보여준 양피지의 나머지 부분을 해독했어요?" 타라는 트리톤을 보면서 물었다.

"네." 몽타뉴크리스토는 여전히 물방울 속에서 대답했다. "애석하게도 마마의 말이 맞았어요. 위험한 묘약이니 사용하지 말라고만 적혀 있더군요. 유령들을 쫓아내는 방법에 대해서는 전혀 언급되어 있지 않았습니다."

사실 타라는 묘약 조제법이 적힌 양피지에서 유령들을 쫓아버리는 방법을 읽은 기억이 없었다. 그런데도 트리톤에게 양피지 해독을 부탁했던 것은 혹시라도 실수를 했을까 확인하기 위해서였다.

"그러니까 지금은 전혀 방법이 없다는 거군." 엘프들의 여왕이 지적했다. "이렇게 엄청난 잘못을 저질렀을 경우 엘프들은 어떻게 해결하는지 아는가?"

타라는 고개를 흔들었다.

직접 보여주기로 작정한 여왕이 주문을 읊었다. 타빌라의 등에 한 쌍의 검은 날개가 나타났고, 왕홀이 낫으로 변하더니 얼굴에 뼈가 드러나 보였다.

귀신이 된 엘프의 모습이라고 해야 되나?

소름 끼치는 모습에 방에 있는 이들이 모두 뒷걸음쳤다.

산송장 같은 모습의 여왕이 낫을 놓지 않은 채 손가락을 꼽으면서 열거했다.

"국가반역죄를 저지른 자에 대한 형벌은 여러 가지가 있지. 참수형은 너무 빨리 끝나기 때문에 나는 별로 마음에 들지 않아. 수족 절단, 그게 더 낫지. 죄인의 팔다리를 트라둑 네 마리에 묶어 양쪽에서 천천히 끌어당기면 걸음을 뗄 때마다 뼈가 부러지면서 수족이 떨어져나가지. 죄인은 피를 흘리면서 서서히 죽게 되니까 더 참혹한 형벌이다. 나는 아주 고통스러우면서 더 빨리 죽는, 타오르미 형벌을 좋아하지. 죄인의 몸에 비즈즈즈 꿀을 발라 타오르미 굴 부근에 옮겨놓으면 5분에서 15분이면 끝장이 나거든. 타오르미들이 순식간에 먹어치우니까."

타라는 마른침을 삼켰다. 물론 두 달 동안 로빈을 따라 죽으려고 했지만, 결코 그런 식으로 죽고 싶지는 않았다.

"글루룹스들의 먹이로 던져주는 형벌도 있지." 여왕이 비웃음을 흘리면서 말을 이었다. "움직이는 것은 뭐든 공격하는 성질이 있거든. 글루룹스가 우글거리는 물에 던져버리면 죄인이 어떻게든 움직이지 않으려고 애를 쓰지만, 널빤지를 만들지 않는 한 물에 빠지지 않으려고 수영할 수밖에 없으니까. 시간이 좀 오래 걸리는 게 단점인데 최고 기록이 아마 46시간 23분 32초일 거다. 불새에 태워 죽이는 형벌도 있어. 고통이 너무 심해서 심장마비로 죽게 되지. 창문으로 내던져서 죽이는 형벌도 있지만, 한 번에 끝나지 않을 경우 반복해야 하기 때문에 참혹하기 그지없다. 가시나무 숲에서 페가수스가 목을 매달아서 죽이는 교수형. 미끄럽지 않은 밧줄이라 죄인이 들려졌을 때 목이 부러지는 것이 아니라 서서히 목이 졸리는 거야. 페가수스가 그 죄인을 끌고 독성이 있는 가시나무 숲으로 가면 산 채로 살갗이 벗겨진 채 독살되지. 아! 내가 선호하는 형벌을 빠뜨릴 뻔했군. 은 조각상 형벌. 비용이 많이 들지만 효과적이기 때문에 왕족들에게만 내리는 형벌이지. 욕조에 은을 가득 채워 넣고 죄인을 그 속에 빠뜨리면 흥미로운 조각상이 만들어지지. 어린 인간, 네가 뭘 선택할지 궁금하구나."

도망쳐야 하나? 당장 도망치는 게 나을 것 같았다. 아더월드에서는 어써넌 이렇게 모든 걸 적나라하게 알려주는지, 이럴 때는 차라리 속이는 것이 고맙겠는데. 게다가 평화적인 방법과 잔혹한 방법 중에서 선택되는 것은 늘 잔혹한 방법이었다.

안젤리카조차 새파랗게 질려 있었다.

"타라 덩컨을 죽인다고 우리 문제가 해결되는 건 아닙니다." 카흠보움이 침착한 어조로 끼어들었다. "오히려 사태를 악화시킬 수 있어요. 어쨌거나 오무아의 후계자입니다. 나는 이 위기 상황을 벗어날 때 오무아 제국의 보복을 받고 싶지 않습니다."

그 말에 난처해진 다른 참석자들이 술렁거렸다. 생각에 변화가 있는지 가면을 쓰지 않은 이들의 얼굴이 진지해졌다.

엘프들의 여왕이 본래의 모습을 되찾았는데 좀 전의 소름 끼치는 산송장 못지않게 위압적이었다.

"후계자라고 달라지는 건 없어요." 여왕이 선언했다. "권력층일수록 공정한 심판을 받아야 합니다! 이 아더월드의 법이 요구하고 있다는 걸 잊지 마시오."

"당연히 처벌을 받아야겠지요." 카흠보움이 여전히 차분한 어조로 대꾸했다. "하지만 지금은 유령들을 몰아낼 방법에 집중해야 합니다. 누가 무슨 이유로 그랬는지는 부차적인 문제입니다."

벌은 이미 받았다고 생각하면서 타라는 잠자코 있었다. 로빈을 잃은 슬픔은 엘프들의 여왕이 거론한 형벌들보다 훨씬 고통스럽지 않았던가.

"옳은 말씀이오, 브롬즈즈즈 선생. 우리가 유령들에 대해 알고 있는 정보들을 근거로 상황 판단을 해서 교란작전을 폅시다." 뱀파이어들의 대통령이 말했다. "숙주를 죽이면 유령들이 즉시 비욘드월드로 돌아간다는 걸 알았어요. 유령들의 주장과는 달리 비욘드월드로 돌아가면 다시 오는 것이 그리 쉽지 않아요. 그리고 소문에 따르면 몇몇 유령이 사라졌는데 비욘드월드로 가지 않았답니다. 우리는 아직 그 이유도 모르고 있어요. 육신과 분리된 유령이 아는 것은 다른 유령들도 알게 되지만, 다른 육신에 깃들어 있는 유령들은 텔레파시가 이뤄지지 않기 때문에 크리스털 볼을 사용합니다. 장악한 인간의 저항력에 따라 유령은 숙주의 기억에 접근하거나 접근하지 못한다는 사실도 주목해야 해요. 수석 조수들이나 최고 마구스들이 점령되었지만, 유령들은 그들의 머릿속을 읽지 못하기 때문에 쉽게 정체를 들키니까요. 그리고 은이나 철은 유령들에게 아무 효과가 없는 반면에 소금을 두려워합니다. 소금으로 원을 그려놓으면 유령들이 넘어가질 못해요."

다른 참석자들이 고개를 끄덕였고, 그중 여럿이 소금값이 폭등하고 있다는 사실에 주목했다.

"게다가." 드라큘이 흡족한 어조로 말을 이었다. "우리 뱀파이어의 송곳니와 손톱으로 유령들을 찢어발길 수 있지요. 안전하다고 생각하면서 숙주의 육신에 숨어 있어도 우리의 공격을 피하진 못하지요."

드라큘의 말에 그 진가를 인정한다는 듯 웅성거림이 일었다.

"유령들을 깨물면서 우리는 피와 에너지를 빨아들일 수 있어요." 드라큘이 말을 이었다. "하지만 그러면 중독이 되기 때문에 인간의 피를 먹으면 안 된다는 것이 문제지요. 유령에게는 그 어떤 무기도 통하지 않아요. 뱀파이어의 공격을 막을 수 없다는 소문이 퍼지면서 유령들이 권력을 잡은 곳에서는 뱀파이어 거류민들이 모조리 추방되었지요."

타라는 소스라치게 놀랐다. 드라큘의 말을 들으면서 갑자기 뒤통수를 얻어맞는 것 같았다. 로빈을 깨물었다면 목숨을 구할 수 있었다는 것이 아닌가! 고통과 슬픔이 엄습해왔다. 타라는 내색하지 않으려고 애를 썼다.

"뱀파이어들이 인간의 피에 감염되었지요." 드라큘이 걱정이 가득한 목소리로 말했다. "우리는 오무아의 후계자가 반역자 셀렌바에게 했던 것처럼 그들을 치료해주리라 믿습니다."

드라큘은 타라가 그 악명 높은 사냥꾼 외에 다른 뱀파이어들도 치료했다는 말은 하지 않았다.

"알겠습니다. 인간의 피에 감염된 뱀파이어가 얼마나 됩니까?"

"넷입니다. 마마가 이렇게 자유의 몸으로 살아 있다는 걸 몰랐기 때문에 우리는 위험을 무릅쓸 수밖에 없었지요. 마마가 무사해서 안도했습니다. 오무아에 두 명, 랑코비트에 한 명, 빌랭 왕국에 한 명이 있지요. 그들이 임무를 완수하는 즉시 치료를 받을 수 있게 이곳으로 불러들이겠습니다."

그때였다. 한 바이올렛 엘프가 귀를 세우면서 이맛살을 찌푸렸다. 이상한 낌새를 느낀 발라도 벌떡 일어났다.

"이상해요. 공기 속에서 압력 같은 것이…… 느껴져요."

발라는 눈을 치켜뜨다가 소리쳤다.

"트란스미투스 방지 주문! 우리가 발각됐어요! 도망쳐야 돼요!"

창문들이 산산조각 나면서 양탄자와 페가수스를 탄 병사들이 불쑥 나타났다. 그 뒤를 이어 타라가 잘 아는 얼굴이 보였다.

칼!

8
실버

비탄에 잠긴 아가씨를 구하러 달려가는 것이
반드시 좋은 생각은 아닌데……

*

　사방에서 마법의 광선이 솟구쳤고, 이미지들이 순식간에 사라졌다. 인간 병사들이 감히 바이올렛 엘프들과 블랙 엘프에게 덤비는 실수를 저질렀을 때 고통의 비명소리가 울렸다. 훨씬 민첩하고 위협적인 비인간들은 날렵하게 마법의 주문을 피했다.

　그러나 병사들의 수가 너무 많았다. 타라는 마법의 광선으로 대응했고, 단숨에 세 명을 쓰러뜨렸지만…… 유감스럽게도 금세 또 다른 세 명이 달려들었다. 다시 발사한 타라의 광선이 빗나가면서 엘프를 쓰러뜨리고 말았다. 트롤들이 큰 덩치로 병사들을 깔아뭉개면서 격렬하게 싸웠지만 끈끈이 주문에 걸려 다리를 움직일 수 없었다. 요리조리 잘 피하는 갈랑을 보고 병사들은 날렵한 페가수스의 발톱에 맞서봐야 별로 승산이 없다는 걸 이내 알아차렸다. 안젤리카는 냉정하게 해치우고 있었다. 다른 레지스탕스 조직원들은 병사들을 죽이려고 하지 않는 반면에 발라는 가차 없이 해치웠고, 죽어가는 숙주들의 몸에서 나온 유령들의 비명소리가 공기를 흔들었다.

트리톤들, 사이렌, 해적, 발라가 타라를 엄호하는 몽타뉴크리스토 옆에서 싸우고 있었다. 트리톤은 물방울 덕분에 마법의 광선을 막아내고 있지만, 그리 오래 버티지 못할 듯싶었다. 발라가 현란한 손놀림으로 검을 회오리처럼 휘둘렀지만, 많은 수를 상대하느라 힘이 빠지는 것 같았다. 그들 앞에서 카홈보움이 수많은 촉수를 흔들어대고 있었다.

"항복하라!" 칼/유령이 고함쳤다. "아무도 도망치지 못한다!"

몽타뉴크리스토가 뭔가를 봤는지 갑자기 앞에 있는 탁자를 걸어차면서 타라에게 말했다. "엎드려요! 빨리!"

타라는 시키는 대로 했다.

그 순간 카홈보움이 폭발했다.

폭발음 때문에 귀가 먹먹해서 한동안 아무 소리도 들리지 않았다. 공격하던 병사들의 절반 정도가 카홈보움 주위에 있었지만, 나머지 병사들은 진입할 때를 기다리면서 아직 밖에 있었다. 폭발로 인해 이제 벽은 거의 남아 있지 않았다.

칼/유령이 비스듬히 쓰러져 있고, 머리에서 피가 흘러내렸다. 유령이 신음소리를 내면서 일어났다. 브리앙트는 모두 꺼져 있고, 구름에 가린 달빛만 은은히 비추고 있었다. 그러나 어두컴컴해서 누가 공격하고 공격을 받는지 구별되지 않았다.

아직도 귀가 먹먹한 타라는 벌떡 일어나서 몽타뉴크리스토에게 손짓을 한 다음 전속력으로 층계를 내려갔다. 그 신호에 물방울을 포기한 트리톤(타라의 기억대로 트리톤은 물이 필요 없었다)과 한쪽 귀에서 피가 흐르는 발라, 나머지 레지스탕스 조직원들이 뒤따랐다. 병사들이 출구를 지키고 있다고 예상한 타라는 뒷문이 아니라 중앙 홀로 향했다. 엘프 10여 명이 위층에서 난 폭발음 때문에 불안한 얼굴로 천장을 쳐다보고 있었다. 병사들이 출입문을 지키고 있지만 수는 그리 많지 않았다. 칼/유령이 레지스탕스가 홀을 통해 도망칠 거란 예상을 하지 않은 것이다. 타라는 심호흡을 했다. 엘프들은 흥분을 잘하고 싸우기를 좋아하는 전사들이 아닌가.

"우리는 레지스탕스입니다." 타라는 마법으로 목소리를 증폭시키면서 외쳤다. "아더월드의 엘프들이여! 여러분을 억압하는 유령들에 대항하여 함께 싸웁시다. 유령에 들린 병사들을 물리칩시다!"

이미 부글부글 끓어오르던 엘프들은 타라의 호전적인 목소리에 완전히 흥분했다. 즉시 활을 잡고 달려간 엘프들이 순식간에 병사들을 해치웠다. 그사이, 2층에서 병사 몇 명이 달려 내려왔다. 지체 없이 탁자 위로 뛰어오른 타라가 출입문을 향해 날아가듯 뛰어가자 몽타뉴크리스토와 발라가 뒤따랐다.

"나와 함께 밖에 있는 병사들을 공격합시다!" 타라가 고함쳤다. "동지들이 도망치게 도와줍시다!"

엘프들이 고함을 지르면서 돌진했다. 순식간에 벌어진 상황에 병사들은 정신을 못 차렸고, 2층에 남아 있던 병사들은 개입할 겨를조차 없었다. 엘프들의 화살에 병사들이 하나둘 쓰러졌다.

혼전 속에서 타라는 삼지창으로 병사 두 명과 싸우는 몽타뉴크리스토를 발견했다. 타라가 도우려고 했지만, 트리톤이 외쳤다.

"어서 피하세요! 마마는 방법을 찾아야 합니다! 마마는 우리의 유일한 희망입니다!"

트리톤의 말이 옳은지는 모르겠지만, 붙잡히면 방법을 찾지 못하는 것이 아닌가. 타라는 어쨌든 일단 피하기로 결정하고 눈에 띄지 않게 해주는 카무플라주 작업복으로 위장했다.

전속력으로 달리다 골목길로 접어들던 타라는 뭔가와 정면으로 충돌했다. 엄청난 덩치는 끄떡도 하지 않는 반면에 타라는 그 충격으로 엉덩방아를 찧으면서 나자빠졌다.

"아야!" 타라는 비명을 질렀다.

타라는 거대한 동물이 쿵쿵 냄새를 맡는 느낌이 들었다.

"아가씨, 송구하옵니다. 제가 다치게 했사옵니까?"

타라는 대답할 시간이 없었다. 등이 아프지만 벌떡 일어난 타라는 대꾸 없이 달아났다.

정체불명의 존재는 대번에 타라를 따라왔다. 타라는 더 빨리 뛰었다. 존재도 뛰었다. 타라는 속도를 올렸다. 존재도 똑같이 속도를 올렸다. 이런! 따돌리려면 마법이라도 사용해야 하나? 몸속에 마법의 양이 아주 적다는 걸 알지만, 선택의 여지가 없는 타라는 악셀레라투스 주문을 읊었다.

그러나 이상한 존재는 소녀의 갑작스러운 출발에 깜짝 놀라면서도 또다시 눈 깜짝할 사이에 쫓아왔다.

도대체 정체가 뭐지? 암페타민(중추신경을 자극하는 각성제—옮긴이)을 복용한 마라톤 선수인가?

그런데 행동이 많이 어설픈 것 같았다. 정체불명의 존재는 장애물들을 요리조리 날렵하게 피하는가 싶다가도 벽에 쿵쿵 부딪히질 않나, 진열창을 깨뜨리질 않나, 쓰레기를 밟고 미끄러지질 않나, 행인들과 부딪치는 바람에 연거푸 "죄송합니다", "미안합니다"를 입에 달고 있었다.

어수룩한 존재에 호기심이 생겼지만 타라는 어떻게든 따돌려야 했다.

타라는 주위를 둘러봤다. 병사들이 도망친 레지스탕스 조직원들을 찾기 위해 여러 패로 나뉘어 수색을 시작했다. 타라는 트란스미투스로 이동하려고 했지만, 도시의 절반가량이 트란스미투스 방지 주문에 걸려 있었다. 구속받지 않는 구역에 이르려면 시간이 걸릴 텐데…… 그러면 너무 늦는다.

진퇴양난이었다.

멀리서 들리는 소리에 타라는 등골이 오싹해졌다. 샤트릭스들이 짖어대는 소리였다. 아더월드에서 사냥개 역할을 하는 하이에나 샤트릭스는 이빨에 독이 있어서 지구의 사냥개들과는 비교도 할 수 없을 정도로 무시무시했다. 녀석들이 곧 냄새를 맡고 타라를 찾아낼 텐데. 타라는 궁전으로 돌아갈 수 없었다. 빨리 도시를 떠나야 했다.

하지만 숨을 헐떡이면서 거머리처럼 쫓아오는 존재가 타라가 어디로 가는지 볼 것이 아닌가. 우선 이 거머리부터 떼어내야 했다. 따돌리든지 때려눕히든지 무슨 수를 써야 하는데……. 어수룩하지만 타라보다 더 빨리 뛰는 걸 생각하면 때려눕히는 것이 더 효과적일 듯싶었다.

막다른 골목이라는 걸 알아챈 타라는 멈춰 서서 숨을 가쁘게 몰아쉬었다.

그리고 추격자와 마주 섰다.

깜짝 놀란 추격자가 딸꾹질을 했다. 그 순간 구름이 흩어지면서 달빛이 갑자기 골목길을 비추었다.

눈앞에 서 있는 것은 완벽의 화신이라고 해야 할까? 타라보다 나이가 약간 많거나 또래로 보이는 소년, 검은색 두꺼운 바지에 부츠를 신고, 묘한 옷감으로 지은 긴소매 셔츠, 더운 날씨인데도 조끼까지 걸친 차림이었다. 난쟁이들처럼 도끼 두 개를 등에 둘러메고 있었다. 키가 아주 크고, 천사 같은 얼굴에 초록색이 감도는 금빛 눈은 광채 때문에 눈이 부셨다. 떡 벌어진 어깨 위에서 사자의 갈기처럼 휘날리는 비단결 같은 캐러멜색 머리는 허리에 닿을 정도로 길었다.

보고 있으면 만지고 싶은 충동이 일어나는 얼굴이다. 긴 속눈썹, 입을 맞추고 싶게 만드는 아름다운 입술, 단단한 턱, 훤한 이마……

가장 인상적인 것은 얼굴의 피부였다. 두 개의 달빛을 받아 오팔보석 같은 광택이 났다. 믿을 수 없을 정도로 뛰어난 외모는 혹시 뭔가를 숨기기 위한 위장술일까? 그렇지만 뱀파이어의 카리스마와는 분명히 달랐다. 소년의 매력적인 모습에도 불구하고 타라는 본능적으로 위험하다는 느낌이 들었다.

하지만 소년이 미소를 지었을 때 타라는 숨이 막힐 뻔했다.

"아가씨, 도와드리겠사옵니다. 죽은 혼령들의 살인청부업자들, 전혀 두려워할 필요 없사옵니다."

소년의 말투가 마치 랑코비트 고어로 쓰인 옛날 역사책을 읽는 것 같았다. 그 말투 때문에 매력이 한순간에 사라져버렸다. 타라는 몸을 흔들었고, 두 손에서 파란색 마법의 광선이 번쩍였다.

"*아소무스의 이름으로* 내가 도망치는 동안 소년을 잠들게 할지어다!"

좀 유치하지만 멋진 주문을 생각할 겨를이 없었다. 타라는 소년이 대응하기 전에 초강력 마법의 광선을 날렸는데…… 오팔보석 광택이 나는 묘한 피부를 맞고 튕겨 나오는 것이 아닌가. 마치 거대한 거울에 부딪혀서 되돌아오는 것 같은 마법의 광선이 타라를 후려쳤다.

갈랑과 타라는 그 자리에 쓰러졌다.

타라는 자신의 마법을 경험하기는 처음이었고, 깨어나면서 맨 처음 생각한 것은 '아프다'였다.

타라는 이제야 적들이 자기를 두려워하는 이유가 이해되었다.

두 번째로 생각한 건 이상한 곳에 와 있다는 것이었다. 타라는 움직여 보다가 눈살을 찌푸렸다. 아더월드의 빨갛고 파란 나무들로 덮인 둥근 천장이 머리 위에서 흔들리고 있었다. 흙냄새가 나고, 허리 밑에서 뿌리가 느껴졌다.

그러나 묶여 있는 건 아니었다. 갈랑도 머리를 들이미는 것으로 무사하다는 표시를 했다.

따라서 이번만은 타라와 갈랑이 감옥에 갇혀 있는 것이 아니었다. 그렇다고 방에 있는 것도 아니었다. 뜨거운 바람도 습기도 느껴지지 않았다. 타라는 살아 있는 궁전에 있다고 믿을 수도 있었지만, 여러 가지 정황으로 보아 실내가 아니라 밖에 있는 것이 분명했다. 디라의 생각을 알아차린 갈랑이 날개를 파닥이며 날아오르는 것으로 그들이 자유롭다는 걸 보여주었다.

"아가씨, 괜찮사옵니까?" 걱정이 가득한 목소리가 물었다. "너무 놀랐사옵니다. 저는 방어했사온데 마법이 튕겨나갔사옵니다. 아가씨의 마법이 작동했사옵니다. 그래서 저는 방어해야 했사옵니다. 정말 송구하옵니다."

도대체 뭐라는 거야? 의사소통을 하려면 통역이라도 불러야 하나? 자이언트 거미처럼 운을 맞춰서 말하는 건 아니지만 어딘지 모르게 비슷한 말투였다.

타라는 소년을 쳐다봤다. 아까의 그 이상한 소년이 분명했다. 잘생긴 소년이 다정하게 미소를 보내고 있지만, 경계하는 건지 가까이 다가올 엄두를 내지 못했다.

타라가 질문을 하려는 순간 누군가 빈정거렸다.

"흥, 잠자는 숲 속의 미녀가 드디어 깨어나셨군!"

타라는 한숨을 내쉬었다. 악몽을 꾸고 있는 게 틀림없어. 타라는 벌떡 일어났는데 어지러웠다.

"안젤리카? 맞지?"

"그래, 나야. 그리고 여기 이 미남은 유령들을 피해서 혼자 도망치는 걸 보고 단지 너를 도와주려고 쫓아온 왕자님인데 공격하다니!"

"뭐라고?"

"이름이 실버 클라쿠에투알이야. 며칠 전에 레지스탕스에 입단했어. 우리 모임에 늦게 도착하는 바람에 사태가 심상치 않은 걸 목격했고, 너를 도와주기 위해 지름길로 달려오다가 너와 부딪쳤던 거야."

"뭐라고?"

"네 편이라는 설명을 할 겨를도 주지 않고 네가 미치광이처럼 공격한 거라고!"

"뭐라고?"

"멍청한 거야, 멍청한 척하는 거야? 자꾸 뭐라고, 뭐라고 묻지 말고 똑똑히 잘 들으란 말이야! 실버는 우리 편이고, 우리를 도와주려고 여기 있는 거라고! '도망의 명수' 아가씨, 알아들었어?"

아직은 좀 혼란스럽지만 타라는 두 가지 충동을 느꼈다. 안젤리카는 개구리로, 실버는 두꺼비로 둔갑시키고 싶었다.

타라는 유혹을 간신히 떨쳐냈다.

"여기는 트라비아에서 100타트롤(150킬로미터) 이상 떨어진 시골이야." 안젤리카가 말했다. "시골이라면 난 정말 질색인데!"

"알았어, 나와 실버 클라쿠에투알이 여기 있는 건 이해했어. 그런데 너는 왜 여기 있는데?"

"너를 따라왔지." 안젤리카는 말귀 못 알아듣는 모자란 인간에게 말하는 것처럼 또박또박 설명했다. "네가 어떻게 하는지 보기 위해서. 정말 구역질 나는 일이지만 넌 내가 이제껏 만난 사람 중에서 가장 운이 좋은 애니까. 너는 틀림없이 궁지에서 벗어날 거라고 생각했고, 그러면 나도 사는 거니까. 네가 실버를 따돌리려고 했을 때 실버는 너의 마법을 제압하고 쓰러뜨렸어. 내가 도착한 것이 바로 그때였고, 나를 추격하는 병사들을 실버가 순식간에 해치웠지. 내 목숨을 구해준 거야. 물론 내가 꼭 도움이 필요했던 상황은 아니지만, 실버의 재빠른 개입이 아주 효과적이었다고 생각해. 나는 너를 그냥 두고 가자고 했지만, 실버는 너를 데려오고 싶어 했어. 이유는 모르겠지만. 실비 덕분에 우리는 트라비아를 벗어날 수 있었지. 실버는 유령에 들린 병사를 알아내는 방법을 알고 있었거든. 카무플레 정보국 요원 뺨치는 실력이었지. 게다가 샤트릭스들까지 실버를 따라오려고 하지 않았어. 마치 실버의 냄새를 싫어하는 것처럼."

샤트릭스들의 울음소리…… 기억이 난 타라는 눈살을 찌푸렸다.

"병사들이 아직도 우리를 추격하고 있어?"

"우리가 아니라 너를 추격하고 있지. 수비대가 너를 체포하려고 혈안이 되어 있으니까. 왕이 트란스미투스 사용을 금한다는 성명을 발표했기 때문에 위반하면 감옥행이야. 트란스미투스를 사용하면 위성이 탐지할 수 있다는데 성과를 거두지는 못할 거야. 트란스미투스로 이동하는 장소를 알아내는 것이 불가능하니까. 마법사가 외치는 장소를 듣는다면 몰라도."

그렇다면 트란스미투스 사용을 탐지하기 위해 위성을 작동하는 것이 무슨 소용이 있을까? 타라는 불길한 느낌이 들었지만 섣불리 말했다가 꺽다리의 조롱을 받으니 아무런 내색을 하지 않기로 했다.

"왕과 왕비는 사소한 마법만 허용했어. 예를 들어 레파루스, 트라둑투스 같은 일상생활에 필요한 사소한 주문만 사용할 수 있지. 물, 불, 흙, 공기의 원소를 부르는 마법을 포함해서 에너지가 많이 방출되는 마법은 모두 금지했어. 도시 밖에서도 병사들이 검문을 하고 있고."

사소한 마법은 사용하지 않아도 그만이지만, 꼭 필요한 마법을 금지하다니 유령들은 영악했다. 여행하는 사람들은 불과 물이 필요했다. 따라서 원소를 불러오기 위해 마법을 사용할 경우 발각된다는 것이 아닌가.

"나는 도망쳐야 해." 타라가 말했다. "나 혼자 갈게. 나는 수배 중이니까 같이 있으면 너희도 위험해."

안젤리카는 고개를 끄덕였다.

"당연하지. 내가 두 번이나 이 미남에게 그렇게 말했지만 너를 포기하지 않았어."

안젤리카는 소년의 태도에 매우 유감스러운 모양이었다.

타라는 실버에게 환한 미소를 지어 보였다.

"고마워요."

소년이 흠칫 놀랐다.

"좋아. 우리는 지금 떠날게." 안젤리카는 불안해하는 얼굴로 말을 이었다. "네가 트라비아를 빠져나갔다는 걸 알아차리고 병사들이 곧 추격해올 거야. 가요, 실버."

안젤리카는 멋진 소년과 헤어지고 싶지 않은 것이 역력했다.

타라는 서글펐지만 이성적으로 받아들여야 했다. 그들에게 작별 인사를 하고 어둠에 잠긴 숲 속을 걸어갔다. 아무리 뛰어난 병사들이라도 빨간색과 파란색 나뭇가지들로 빽빽한 숲에서 타라를 찾는 것이 그리 쉽지는 않을 것이다.

갑자기 소년이 뛰어오면서 소리쳤다.

"아가씨를 저버릴 수 없사옵니다. 몸이 아직 허약해 보이옵니다. 보호자가 있어야 하옵니다."

"진짜 짜증 나네!" 안젤리카가 발끈했다. "그럼 나는 보호자가 필요 없고?"

타라는 걸음을 멈췄다.

"내 몸 상태가 좋지 않다고 같이 있어달라고 강요할 수는 없어요." 타라가 대꾸했다.

"강요 때문이 아니고 의지에 따라 기꺼이 동행하겠다는 것이옵니다." 실버는 반박했다. "아가씨는 걷기 힘들어 보이옵니다. 너무 지쳐있사옵니다."

지쳐 있는 건 사실이지만, 겉으로 드러날 정도일 줄은 타라도 미처몰랐다.

실망한 안젤리카는 돌을 걷어차면서 말했다.

"그래, 알았어, 알았다고! 너희들이 이겼어. 돌아와!"

현기증이 점점 심해지는 걸 느낀 타라는 안도하면서 돌아왔다. 쫓기는 처지인데 숲 속에서 쓰러지기라도 하면 살아남을 가능성이 없었다.

"고마워, 안젤리카. 그리고 도시를 벗어나게 해준 것도 고마워."

꺽다리는 눈살을 찌푸리면서 모욕적인 말로 쏘아붙이려다가 적당한 말을 못 찾았는지 미워죽겠다는 눈길로 타라를 째려봤다.

"이렇게 나를 도와줘서 고마워요, 실버 클라쿠에투알."

실버는 마치 평형감각에 문제가 있는 것처럼 아주 조심스럽게 허리를 굽혔다. 어눌한 말투와 어설픈 동작을 빼면 정말 용감하고 의젓해보이는 소년이다. 타라는 곰곰이 생각하다가 제안했다.

"가능한 한 조심하고, 허용된 마법만 사용하자. 그리고 도망쳐야 할경우에는 트란스미투스를 사용해 이동하는 게 좋겠어."

안젤리카는 팔짱을 끼고 노려봤다.

"필요하면 내가 알아서 할 거니까 나한테 이래라저래라 하지 마!"

타라는 두통이 너무 심해서 표독스러운 안젤리카와 말싸움을 할 수가 없지만, 인내심이 한계에 다다르는 걸 느꼈다.

여전히 약간 뻣뻣한 자세로 서 있던 실버가 몸을 웅크리면서 싸움을 중단시켰다.

"이 나라의 풍습과 관례를 전혀 모르옵니다. 고귀한 아가씨들, 제가 어떻게 도와드리면 되겠사옵니까?"

"다른 사람들처럼 자연스럽게 말할 줄 몰라요?" 소년이 원망스러운 안젤리카가 트집을 잡았다. "무슨 말을 하는지 반밖에 이해가 안 되네요. 간단명료하게, 오케이?"

실버는 한숨을 내쉬면서 생각에 잠겼다.

"혼령들, 제거하는 것, 도와드리겠사옵니다."

"이런! 그건 너무 간단명료하고." 안젤리카가 내뱉었다.

"아가씨가 무엇을 원하시는지 모르겠사옵니다." 몹시 당황한 실버가 대꾸했다.

실버는 두 도망자를 도와주겠다는 의지를 보이는 것이 틀림없었다. 좋은 의도로 도와주려는 소년을 실망시키고 싶지 않아 타라는 친절하게 대해주기로 마음먹었다.

다리가 몸을 숙이자 소년이 부리나케 물러서다가 넘어질 뻔했다. 타라는 눈살을 찌푸리면서 코를 실룩거렸다. 이게 무슨 냄새지?

초조해진 안젤리카는 발로 땅바닥을 툭툭 찼다.

"특히 무슨 일이 생길 경우." 꺽다리가 퉁명스럽게 말하면서 이때다 싶었는지 말을 놨다. "서로의 말을 잘 이해해야 되는데…… 이래서는 의사소통에 문제가 생기니까 랑코비트 고어를 현대어로 바꾸는 동시 통역 주문을 걸어야겠어. 허용된 마법이니까 발각되지 않을 거야. 이번에는 방어 마법을 사용하지 마. 그럴 수 있지?"

"아가씨의 목소리에 분별력이 있사옵니다. 내 방어 마법을 거두겠사옵니다."

"무슨 말인지 정확하게 이해 못했지만, '그러겠다'는 뜻으로 받아들일게. *트라둑투스의 이름으로 우리가 서로의 말을 쉽게 이해할 수 있게 할지어다.*"

마법이 후려치자 실버의 입에서 신음소리가 새 나왔지만 저항하지 않았다.

"이제 말해봐요." 호기심이 동한 타라가 말했다.

"이상해요. 달라진 느낌, 전혀 없어요." 실버가 말했다.

많이 완화되긴 했지만 존대는 여전했다. 서로 말을 놓으면 훨씬 편할 텐데.

"생각하는 방식이 달라지는 건 아니니까요. 다만 통역 주문 때문에 표현만 바뀌는 거예요. 예를 들어 머릿속으로 '살인청부업자'라고 생각하고 말해도 우리 귀에는 '살인자'로 들리고, '혼령'이라고 생각하고 말해도 우리 귀에는 '유령'이나 '영혼'으로 들리게 되죠. 곧 익숙해질 거예요. 그리고 미안해요."

"뭐라고……? 아, 그게 아니라……."

아! 안젤리카가 타라에게 '뭐라고'라고 묻지 말고 똑똑히 잘 들으라고 지적했던 말을 기억하고 있는 것이 아닌가.

타라는 실버에게 손을 내밀면서 말했다.

"공격해서 미안해요. 공격하지 말았어야 했는데……."

실버는 마치 독거미라도 되듯 타라의 손을 쳐다보면서 뒷걸음쳤다.

"아, 괜찮아요."

타라는 손을 내렸다. 이것 봐! 내 생각이 맞았어. 실버는 타라의 손을 잡으려고 하지 않았다.

이유가 뭘까?

이 일은 일단 머릿속에 새겨두었다가 나중에 알아보기로 하고 타라는 정신을 집중했다.

"여기가 어디지?"

"트라비아 북쪽." 안젤리카가 감탄하는 눈길로 실버를 쳐다보면서 대답했다. "대단한 체력이야. 너를 업고 몇 시간을 걸었는데도 끄떡없었어!"

실버가 놀라는 눈길을 던졌다.

"몇 시간 동안 아니에요. 그렇게 오래 업을 수 없어요, 덩컨 아가씨. 그거 불가능한 일이에요. 솔직히 나 많이 비틀거렸어요."

"많이 걸었어. 너무 지쳐서 나는 걸음을 멈춰야 했으니까." 안젤리카가 말했다.

"이 아가씨, 도와주려고 하는 상인 때려눕혔어요." 실버가 비난하는 어조로 덧붙였다. "훔치는 것, 나쁜 짓이에요!"

"그 상인과 우리, 둘 중 하나를 선택해야 했어. 네가 이 멍청한 계집애를 데려가려고 했기 때문에 어쩔 수가 없었잖아." 안젤리카가 응수하면서 타라를 향해 고개를 돌렸다. "상인의 양탄자를 훔쳐서 도망쳤거든. 파란 배추를 잔뜩 실어놨기 때문에 양탄자의 속도가 빠르지 않앗지만, 몇 시간 동안 다른 양탄자들과 마주치지 않았어. 유령들이 도시를 봉쇄했기 때문이겠지."

"그 상인에게 무슨 짓을 했는데?"

"상인을 묶고 입을 틀어막은 다음 숨겨놨지. 아소무스 주문에 이어서 민투스 주문을 날렸으니까 몇 시간이 지나면 깨어나겠지만 아무것도 기억하지 못해. 그리고 도시에서 멀리 떨어진 곳에 숨겨놨으니까 신고하려면 시간이 좀 걸릴 거야. 게다가 여기 시골은 어두워서 쉽게 눈에 띄지 않아."

비는 그쳤는데 구름이 달들을 가리고 있었다.

애꿎은 사람을 희생시키는 것으로 몇 시간을 벌다니……. 타라는 고개를 설레설레 저었다.

"그럼 이제 떠나자. 병사들은 적외선 안경을 끼고 있어서 어두운 것과 관계없이 우리의 체온을 탐지해낼 거야. 시골이라고 안심할 수는 없어."

타라의 말에 안젤리카가 거만하게 턱을 꼿꼿이 세웠다.

"물론 떠나야지. 그래서 어디로 가겠다는 건데, 만물박사 양? 지금은 레지스탕스도 끝장났는데……."

타라는 눈을 감으면서 꾹 참았다. 안젤리카를 지렁이로 둔갑시키지 않으려고 이를 악물었다. 불행히도 꺽다리의 말이 맞기 때문이다. 누가 붙잡히고 무사히 도주했는지 알 길이 없었다. 따라서 지금은 레지스탕스와 접촉하는 것은 불가능했다.

"비인간 종족의 나라로 피신해야 돼." 타라는 눈을 뜨면서 큰 소리로 말했다. "그들만 유령에 들린 인간들로부터 우리를 지켜줄 수 있어."

"와우, 그거 좋은 생각이네." 안젤리카가 기분 나쁜 목소리로 외쳤다. "엘프들의 여왕에게 가자. 유령들이 이 세상을 침략하게 만든 것으로도 모자라서 지난 두 달 동안 힘들게 조직한 레지스탕스까지 괴멸시켰으니 너를 굉장히 환영해줄 거라고 확신해. 넌 진짜 걸어 다니는 재앙이야!"

타라는 모욕적인 말에 대꾸하지 않고 경계하는 눈빛으로 안젤리카를 쳐다봤다. 꺽다리가 레지스탕스가 습격을 받은 것이 누구 때문에 일어난 일인지 어떻게 알았지? 타라는 아무도 알아채지 못하도록 손에서 광선이 나타나지 않게 마법을 작동했다. 안젤리카가 유령에 들려 있는 건가? 불행히도 안젤리카의 몸에서 빛이 나는지 볼 수 있을 정도로 주위가 많이 어둡지 않았다.

확인하려면 전혀 의심을 사지 않을 만한 구실을 만들어 주위를 깜깜하게 만드는 주문을 읊어야 하는데……

그렇지 않으면 안젤리카가 유령에 들렸는지 아닌지 확인할 방법이 없다.

"내가 미행당했다는 건 어떻게 알았어?" 타라는 차분한 목소리로 물었다.

"병사들에게 공격을 지휘하는 사람을 봤는데 네 친구 칼리반 달 살란이었거든. 그리고 몽타뉴크리스토가 칼이 유령에 들렸다고 알려줬어. 그래서 칼이 너를 뒤쫓고 있다는 결론을 내렸지. 그러니까 레지스탕스 모임에 병사들이 들이닥친 건 바로 너 때문이잖아!"

안젤리카는 유령에 들리지 않은 게 틀림없었다. 어떤 유령이 저렇게 못된 성질을 똑같이 흉내 낼 수 있을까? 타라는 마법을 껐다.

"맞아." 타라의 목소리에 슬픔이 실렸다. "칼은 유령에 들렸어. 로빈도. 하지만 로빈은 그 때문에……(타라는 힘들지만 억지로 말을 이었다) 죽었어."

 잠시 침묵이 흘렀다. 이윽고 안젤리카가 조그맣게 휘파람을 불었다.

 "트리톤이 그 말은 하지 않는데…… 어쨌든 나에게는 말해주지 않았어. 네가 사랑하는 남자친구를 죽였단 말이야? 맙소사, 네가 지옥에 떨어지길 바랐지만 스스로 네 무덤을 팔 줄은 몰랐다."

 동정이라곤 없는 매정한 목소리였지만 안젤리카는 정말 놀란 것 같았다. 타라는 슬픔을 떨치려고 한숨을 내쉬고 말을 이었다.

 "엘프족의 나라에는 친구가 없기 때문에 갈 수 없어. 하지만 난쟁이족은 달라. 절친한 친구 파프니르가 있으니까. 파프니르의 집에 숨어 있으면 오무아 대륙과 랑코비트에서 멀리 떨어져 안심할 수 있어. 게다가 타도르 산에서는 공간이동의 문들이 작동하지 않으니까 안전하고. 이런저런 이유로 난쟁이족의 나라로 피신할 수 없다면 크라살비로 가면 돼. 뱀파이어들이 나에게 호의적이니까 우리를 받아줄 거야."

 "우리?" 안젤리카는 매섭게 쏘아봤다. "어떻게 우리야? '우리'란 건 없어. 절대로. '나'만 있을 뿐이지. 하필이면 왜 오만 방자하고 악취가 나는 난쟁이들의 나라로 가자는 건데? 그리고 뭐? 그 소름 끼치는 뱀파이어들의 나라로 가자고? 난 싫어. 차라리 내 부모님의 시골 별장으로 가자. 병사들이 거긴 절대 오지 않을 거야."

 "뉴스 접속했어요." 실버가 당황하면서 장갑 낀 손에 들린 크리스털 볼의 화면을 보여주었는데 이미지들이 많이 흔들리고 있었다. "그거 좋은 생각 아닌 것 같아요. 우리 집 가서 함께 지내는 게 좋겠어요."

안젤리카는 함박미소를 지으며 실버를 돌아봤다.

"왜 너네 집으로 가자는 건데?" 꺽다리가 코맹맹이 소리로 물었다. "나를 네 침실로 데려가려고?"

통역 주문에도 불구하고 표현 방식은 여전히 어색했다. 책을 읽는 것 같은 말투에 어색한 존댓말, 달빛을 받아 유난히 반짝이는 피부, 친절하면서도 사람들과 살이 닿는 걸 원치 않는 이상한 행동, 이 미남이 도대체 아더월드의 어느 나라에서 왔을지 궁금했다.

실버는 눈이 동그래져서 안젤리카를 쳐다봤다.

"이제 우리 집 돌아갈 수 없어요." 실버가 대답했는데 슬픔이 가득한 목소리였다. "도망칠 때 덩컨 아가씨 모습, 카메라에 찍힌 것 같아요. 아가씨들이 말하는 칼리반이 여인숙 주위에 스쿠프들, 설치해놨던 모양이에요. 모임에 참석했던 레지스탕스 조직원들, 대부분 가면으로 얼굴 가렸어요. 하지만 아가씨들, 가면 쓰지 않아서 금방 발각될 거예요."

크리스털 볼을 통해 보는 뉴스에 헝클어진 머리로 골목길을 질주하는 안젤리카와 그 뒤를 쫓는 병사들의 모습이 보였다. 또 다른 도망자의 모습도 담겨 있는 걸 보면 스쿠프는 움직이지 말라는 지시를 받은 것이 틀림없었다. 밤인데도 모습이 또렷했다.

"제기랄!" 안젤리카가 욕설을 뱉었다. "병사들에게 쫓긴 건 사실이지만, 스쿠프는 못 봤는데. 빌어먹을 칼!"

"진짜 칼이 아냐." 타라가 상기시켰다. "어쨌든 미안해, 안젤리카."

꺽다리는 땅바닥에 털썩 주저앉았다.

"레지스탕스 모임을 갖는다고 했을 때 왠지 불안하더니!" 안젤리카가 투덜거렸다. "내가 이럴 줄 알았다니까. 지금으로서는 선택의 여지도 없는데. 난 난쟁이들과 어울리지 않아서 친구가 없단 말이야. 하지만 두고 봐, 넌 대가를 치를 테니까!"

벌떡 일어난 안젤리카가 휙 돌아서더니 나뭇가지에 묶인 채 둥둥 떠 있는 대형 양탄자를 향해 걸어갔다. 양탄자 뒤에 연결된 트레일러에 배추가 잔뜩 실려 있었다. 길이가 수 미터에 이르는 청록색과 금색의 양탄자인데 수명이 다 된 것 같은 고물이었다. 스프링이 드러나 있는 좌석들, 거의 시커메진, 마법을 공급하는 동력장치, 여섯 개의 수평 조절기 중 한 개가 파손되었는지 양탄자가 기울어진 상태로 떠 있는데 군데군데 찢어져 있었다.

"서둘러야겠어." 안젤리카가 말했다. "이런 고물 양탄자로 여길 통과하려면 며칠은 걸릴 거야. 특히 왕래가 많은 노선을 피해야 돼."

"어디로 갈 건데?" 타라는 안젤리카의 성질을 건드리지 않으려고 차분하게 물었다.

"네 친구 난쟁이의 나라로 가자면서? 적어도 난쟁이족이 싸울 줄은 아니까. 몇 시간 동안 이유와 방법을 토론해야 움직이는 그 건방진 뱀파이어들보다는 훨씬 낫지."

안젤리카는 뱀파이어를 두려워하고 있었다.

이렇게 되면 꺽다리가 대장이 되는 건가? 타라는 한숨을 내쉬었다. 하지만 너무 지치고 온몸이 아프기 때문에 더 이상 안젤리카와 다투고 싶지 않았다.

실버는 타라에게 덮어주었던 담요를 집어 들고 양탄자에 올랐다. 양탄자가 크게 흔들리는 바람에 놀란 타라와 안젤리카는 넘어지지 않으려고 좌석에 매달려야 했다. 타라는 이맛살을 찌푸렸다. 몇 톤의 무게 정도에는 끄떡없는 양탄자가 흔들렸다는 것은 실버의 체중이 그렇게 많이 나간다는 뜻인가? 실버는 수상한 점이 한두 가지가 아니었다. 타라는 이제 믿을 사람이 없었다. 실버는 어깨에 둘러멘 도끼 두 개를 풀어 손닿는 데에 고정시켰다.

그들은 트레일러에 실린 배추를 버리지 않기로 했다. 상인이 도둑맞았다는 신고를 하지 않는 한 그보다 더 좋은 위장술이 있을까.

"실버, 네가 조종해." 안젤리카는 카멜레온 천을 두르고 웅크리면서 말했다.

"그거, 좋은 생각 아니에요." 실버는 거부했다. "마법, 나에게 비정상적 반응 보이는 것 같아요. 이따금 마법, 전혀 작동하지 않아요. 아가씨들, 위험에 빠뜨리고 싶지 않아요."

아! 좀 전에 크리스털 볼이 불안정했던 이유를 설명해주는 건가?

"하지만 실버는 쫓기지 않잖아요." 타라가 대꾸했다. "검문을 받을 경우 우리 셋 중에서 실버만 병사들에게 답변할 수 있고, 화살을 맞는 일도 없을 거예요. 그리고 앞에는 핸들, 변속기어, 브레이크만 있어요. 마법의 엔진은 뒤에 있으니까 문제가 생기진 않을 거예요."

"무슨, 문제 생겨요?"

타라는 눈을 두리번거렸다.

"문제가 생긴다는 것이 아니라 잘될 거란 뜻이에요."

실버는 '친절하지만 말을 이상하게 하는 여자야'라고 생각하는 얼굴로 마지못해서 조종석에 앉았다.

배추가 잔뜩 실린 트레일러는 무겁고 느리기 때문에 떠오르는 장치를 잘 조종해야 했다.

그런데 양탄자를 조종한 적이 한 번도 없는 실버는 너무 빨리 출발시켰다. 뒤에 달린 트레일러가 훨씬 느리게 반응하면서 양탄자는 심하게 요동쳤고, 그 바람에 중심을 잃고 자빠진 실버는 자신도 모르게 변속기어를 잡아당기고 말았다. 양탄자가 갑자기 하늘 높이 펄쩍 뛰어오르면서 트레일러도 덩달아 떠올랐다. 타라와 안젤리카는 비명을 지르면서 좌석 다리에 매달렸지만 몸의 절반은 양탄자 밖의 허공으로 밀려나갔다.

"실버!" 타라가 외쳤다. "떨어질 것 같아. 수평으로, 빨리!"

실버는 미친 사람처럼 브레이크를 밟았다. 그것도 좋은 생각이 아니었다. 양탄자가 그 자리에서 멈췄으니!

양탄자와 트레일러를 연결하는 철봉이 무게를 이기지 못하고 휘어지더니…… 결국 트레일러는 양탄자를 들이받고 말았다.

핸들에 머리를 부딪치면서 쓰러진 실버는 조종석에서 튕겨 나왔다. 안전벨트를 채우지 않았기 때문이다. 실버는 끽소리도 내지 못한 채 어둠 속 땅바닥으로 곤두박질쳤다.

양탄자도 떨어지고 있었다.

타라와 안젤리카는 필사적으로 좌석 다리를 붙잡고 늘어졌지만 엄청난 충격에 배추 더미에 처박혔고, 썩은 냄새를 풍기는 파란색 배추 잎을 뒤집어쓰게 되었다.

"으악, 죽을 것 같아!" 안젤리카는 악을 썼다. "마법으로 양탄자의 속도를 늦춰야겠어!"

"안 돼, 그건 절대 안 돼!" 타라가 외쳤다. "대번에 발각될 거야. 갈랑, 네가 날아가서 핸들에 있는 장치를 수평으로 전환해, 빨리!"

타라의 어깨에 달라붙어 있던 갈랑이 울음소리를 내면서 날아갔다. 양탄자는 지면을 향해 전속력으로 떨어지고 있었다. 어두워서 지면까지의 거리가 얼마나 되는지 알 수 없었다.

"분명히 말하는데." 안젤리카가 고함쳤다. "3초만 기다리다 마법을 날릴 거야!"

갈랑이 잘하는지 보느라고 타라는 대답하지 않았다.

축소되어 있는 페가수스는 너무 작고 가볍기 때문에 핸들을 잡아당기는 것이 쉽지 않았다. 그렇지만 핸들을 잡은 갈랑은 거의 정상적인 수평을 되찾을 때까지 변속기어와 하강 각도를 줄이기에 이르렀다. 갈랑이 조종 장치들과 씨름을 하는 사이에 떨어질까 잔뜩 겁먹은 타라와 안젤리카는 양탄자 앞쪽으로 가까스로 기어갔다.

머리가 헝클어진 두 소녀는 숨을 헐떡이면서 조종석에 주저앉고 나서야 안도의 숨을 내쉬었다.

그때 울창한 숲 위로 거대한 언덕이 불쑥 나타났다.

타라와 안젤리카는 마법을 작동할 겨를이 없었다. 안젤리카는 비명을 지르면서 두 손을 뻗었다. 믿을 수 없을 정도로 강렬한 빛을 번쩍이면서 안젤리카의 두 손이 언덕을 박살 냈다. 언덕은 흔적도 없이 사라졌다.

눈부신 섬광 때문에 타라는 잠시 아무것도 보이지 않았다. 양탄자가 심하게 요동치는 동안 실체가 없는 언덕의 정령이 사방에서 나무들을 후려치고 뒤흔들고 있었다. 트레일러는 부서지고 그 위로 양탄자가 떨어졌다. 두 소녀는 배추 더미 위로 떨어져서 천만다행이었다. 충격을 흡수해주었으니.

"휴!" 아직 살아 있다는 것이 놀라운 타라가 중얼거렸다. "이렇게 된 거지?"

타라는 몸을 뒤덮은 양탄자를 밀쳐냈다. 그러자 양탄자가 얌전히 둥둥 떠올랐다.

타라는 여전히 눈이 부서서 눈살을 찌푸렸다. 배추 잎들을 머리에 쓰고 일어난 안젤리카는 작은 태양처럼 빛나는 오른손을 쳐다보고 있었다.

"오, 빛의 손!" 안젤리카는 계속 되뇌었다. "빛의 손!"

반경 15킬로미터쯤은 환히 비출 정도로 강한 빛이었다.

"안젤리카, 그 빛을 끄는 게 좋을 텐데!"

"오, 빛의 손! 빛의 손!"

"그래, 알아! 차라리 암흑의 손이면 도움이라도 되지."

안젤리카는 활짝 웃으면서 타라를 돌아봤다.

"이게 바로 빛의 손이란 말이야!"

"그래, 알았다니까!" 타라는 야유했다. "그 빛을 끄는 방법은 아는 거지?"

빈정거리는 말에 불쾌해진 안젤리카는 이맛살을 찌푸렸다.

"너 이게 안 보여? 이건……."

"빛의 손이라면서!" 타라가 말을 잘랐다. "그렇게 빛나는데 당연히 보이지. 다시 말하는데 그걸 꺼주면 좋겠어. 제발 부탁이다."

그러고는 안젤리카의 관심을 다른 데로 돌리기 위해 덧붙였다.

"그리고 네 머리에 붙어 있는 배추 잎이나 떼어내."

안젤리카는 코를 킁킁거리다가 눈을 감았다. 콧김에 꺼지는 촛불처럼 손에서 번쩍이던 빛이 꺼졌다. 그러나 배추 잎을 떼어내고는 다시 거만한 표정이 되었다.

"내가 빛의 손을 갖게 되다니!" 안젤리카는 몇 초 사이에 완전히 달라진 손을 처다보면서 도저히 믿기지 않는다는 얼굴로 되뇌었다.

타라는 대꾸하지 않으려고 입술을 깨물고 있다가 한마디 툭 던졌다.

"그게 뭔데?"

"일종의 무기야. 지각단층 전쟁이 일어나는 동안 나의 조상이신 브란다우드가 만들었지. 우리의 유전형질 속에 삽입했는데 우리 가족에게 한 번도 나타난 적이 없었어. 그런데 그걸 내가 물려받다니! 아버지가 몹시 분해하실 거야! 빛의 손이 있으면 굳이 마법을 작동할 필요도 없어. 아주 강력한 무기라고 할 수 있으니까. 언덕이 순식간에 사라지는 거 너도 봤지?"

물론 타라는 똑똑히 기억하고 있었다. 빛의 손이 그들의 목숨을 구해주지 않았던가! 브라보, 안젤리카! 그런 능력이 있다니, 타라는 깜짝 놀랐다.

타라는 배추 더미에서 빠져나오다가 갑자기 실버가 생각났다. 소년이 공중부양에 성공했으면 좋으련만! 마법을 그리 좋아하지 않는 타라지만, 이럴 때는 실버가 마법을 사용했기를 진심으로 빌었다. 어둠 때문에 타라는 눈을 찡그리면서 주위를 둘러봤지만, 실버는 보이지 않았다. 갑자기 달빛을 받아 뭔가 반짝이는 것이 눈에 띄었다.

타라는 달려갔다. 잘못 본 게 아니었다. 실버였다. 커다란 웅덩이에 처박힌 실버는 꿈쩍도 하지 않았고, 파리한 이마에서 피가 흘러내리고 있었다.

타라는 가까이 다가갔다. 소년의 모습이 어딘지 이상했다. 몸이 두 배로 늘어나 있다고 해야 되나? 타라는 실버가 아직 살아 있는지 확인하기 위해 몸을 숙이고 맥을 짚었다. 그저 목을 건드렸을 뿐인데…… 뼈가 보일 정도로 손가락을 깊게 베었다.

이럴 수가! 타라는 놀란 얼굴로 피투성이가 된 자기 손을 쳐다봤다. 눈물이 나올 정도로 통증이 심했다.

"안젤리카!" 타라는 출혈을 억제하려고 있는 힘을 다해 손목을 꽉 쥐면서 외쳤다. "빨리 와봐!"

아직 흥분 상태에 있는 안젤리카는 아무 생각 없이 양탄자에서 내렸다. 그러고는 타라의 손을 보면서 눈이 동그래졌다.

"너 또 무슨 짓을 한 거야?"

"아무 짓도 하지 않았어. 그냥 실버를 건드렸는데 피부가 어찌나 날카로운지……. 이것 좀 봐, 이렇게 깊게 베였어. 레파루스 치료가 필요해."

안젤리카는 타라의 고통을 즐기듯 쳐다보고만 있었다.

"안젤리카." 타라는 침착한 목소리로 말했다. "다른 사람이 고통스러워하는 모습을 보면서 즐거워하는 건 심각한 정신병이야. 어릴 적에 아무렇지도 않게 파리의 날개나 곤충의 다리를 떼어내던 사람은 나아가 고양이와 개를 괴롭히게 되고, 결국은 인간을 해치는 것도 서슴지 않게 되는 거야."

"나는 네 고통을 즐기는 게 아냐." 껑다리는 뻔한 거짓말로 반박했다. "우리는 마법을 사용하면 안 된다는 거 잊었어?"

"레파루스나 트라둑투스는 허용된다면서!" 타라는 고통 때문에 이를 악물면서 대꾸했다. "빨리 치료해주지 않고 뭐 하는데?"

"어떡할까 생각하는 중이야." 꺽다리가 거들먹거렸다. "왼손으로 마법을 사용하는 게 낫겠어. 오른손을 사용하면 너를 치료하는 게 아니라 박살 낼 위험이 있으니까."

"그건 네 마음이고 빨리 치료해줘. 아파죽겠단 말이야!"

안젤리카는 타라가 고통스러워하게 잠시 꾸물거리다 마지못해서 레파루스를 실행했다. 상처가 아물고 피만 남아 있었다.

"휴! 아파서 혼났네." 통증이 사라지자 타라가 말했다. "고마워, 안젤리카."

실버가 죽었는지 살았는지 모르지만, 이번에는 타라가 레파루스 주문으로 소년을 치료했다. 이마의 상처가 사라지고, 얼굴의 오팔 광택이 선명해지는 걸 보면서 타라는 안도의 숨을 내쉬었다. 소년이 신음 소리를 내면서 몸을 움직이다가 눈을 떴다. 실버의 동공이 뱀의 눈처럼 세로로 갈라지다가 원형으로 변했다.

타라는 실버의 정체가 점점 더 수상했다. 어떻게 인간의 피부가 만지면 손이 베일 정도로 날카로울 수 있을까?

모습만 인간이지 진짜 인간이 아니란 말인가?

타라의 의혹을 확인해주듯 실버가 몸을 파르르 떠는데 피부가 수축되는 것 같았다.

실버가 일어나려고 하자 타라는 조심스럽게 거리를 두고 서서 도와주지 않았다. 실버는 이마에 손을 가져갔다.

"나, 매머드에게 깔렸던 느낌이에요. 어떻게 된 거예요?"

"제동을 걸 때 핸들에 부딪혔던 것 같아." 존댓말이 너무 불편했던 타라는 자연스럽게 말을 놓았다. "네가 안전벨트를 하지 않아서 조종석에서 튕겨 나왔고, 땅바닥으로 추락하면서 의식을 잃었어."

실버는 고개를 흔들었다.

"모르겠어요. 나, 아무것도 기억나지 않아요."

거짓말이다. 1000미터 상공에서 떨어지다 땅바닥과 충돌하면서 파인 웅덩이가 그 충격이 얼마나 격렬했는지 잘 보여주고 있는데!

묵사발이 되었어야 정상인데 실버는 이마에 난 상처를 제외하고 부러진 데 없이 멀쩡해 보였다.

"깨어나서 다행이지, 뭐." 안젤리카는 건방진 어조로 내뱉었다. "완전히 으스러질 뻔했는데!"

"나, 절대 으스러지지 않아요." 실버가 고백했다. "나, 세상에서 가장 미숙한 존재예요. 피부 단단하지 않았다면 나, 벌써 죽었을 거예요."

실버는 비틀비틀 일어나서 기계적으로 등을 문질렀다.

"내 도끼……?" 눈이 동그래진 실버가 질겁한 목소리로 물었다.

1000미터 상공에서 추락했다가 방금 깨어난 사람 맞아?

"양탄자에 있어." 타라가 뒤쪽을 가리켰다.

"내 빛의 손에 대한 얘기나 하자." 안젤리카가 끼어들었다.

"그래, 그 얘기나 하자." 난데없이 타라가 잘 아는 목소리가 대꾸했다.

적외선 안경에 카무플라주 작업복 차림의 시커먼 형체들이 어둠 속에 불쑥 나타나서 타라 일행을 포위했다. 날카롭고 너무 빨라서 피할 수 없는, 쇠뇌의 강철화살들이 그들을 겨누고 있었다. 이윽고 나타난 그림자가 잿빛 눈의 얼굴을 드러냈다.

칼이 그들을 찾아낸 것이다.

열 명의 무장한 병사들, 쇠뇌로 무장하지 않은 병사들의 손에서는 마법의 빛이 번쩍이고 있었다. 타라와 갈랑, 안젤리카와 실버는 옴짝 달싹하지 못했다.

"누구든 움직이거나 마법을 사용하려는 것이 느껴지면, 미간에 화살이 날아갈 거다. 알았나?" 칼/유령이 외쳤다.

"우리를 어떻게 찾았어?" 타라가 냉랭하게 물었다.

"엄청 힘들었지." 유령이 냉소적으로 대답했다. "너희들이 강력한 마법을 사용하지 않는 한 찾을 수 없으니까."

그래서 마법을 사용하지 않으려고 노력했는데 실패한 것이다.

"샅샅이 수색했는데도 너희들이 어디 있는지 도저히 찾을 수 없었어." 유령이 말을 이었다. "그래서 돌아가려고 할 때 반경 10여 타트롤까지 훤히 밝힐 정도로 엄청난 빛을 보게 되었지."

타라는 이를 갈았다. 그래서 안젤리카에게 그 빛의 손이라는 걸 끄라고 했던 건데!

"하지만 우리 탐지기에는 마법의 흐름이 전혀 감지되지 않았어." 유령이 설명했다. "이상하다는 생각에 무슨 일인지 확인하기로 했지. 오무아의 후계자가 지닌 그 전설적인 초강력 마법이 아닐까 생각했는데…… 네가 한 게 아닌 것 같군. 아더월드에 그 유명한 빛의 손이 다시 나타났다는 걸 알려주면 나의 유령 동지들이 굉장히 흥미로워하겠어."

평소에도 칼을 좋아하지 않던 안젤리카는 유령에 들린 칼은 더 싫었나. 쇠뇌들이 겨누고 있는데도 안젤리카는 아랑곳없이 독설을 내뱉었다.

"이런 난쟁이 똥자루 같은 놈! 너의 유령 친구들을 위해 내 귀한 손을 사용할 거라고 생각하는 모양인데 꿈 깨!"

칼/유령은 슬픈 얼굴로 자신의 왜소한 몸을 쳐다봤다.

"신체적인 약점을 들먹이면 안 되지. 나도 어쩔 수 없이 이런 변변치 못한 몸속으로 들어간 거니까. 너희들은 이제 선택의 여지가 없다. 희망 따위는 당장 버려. 너희의 몸도 곧 점령될 거니까."

파랗게 질린 안젤리카의 이마에 땀방울이 맺혔다. 꺽다리를 싫어하는 타라지만 기분이 좋지 않았다.

칼/유령은 병사들에게 포로들이 마법을 사용할 수 없게 등 뒤로 손을 묶으라고 지시했다. 마법이 화살보다 빠르지 않다는 걸 알기 때문에 타라는 순순히 굴복했다. 분명히 기회는 올 거야.

물론 타라는 주문을 읊지 않아도, 몸이 자유롭지 않아도 마법을 사용할 수 있었다. 고맙게도 유령은 칼의 기억 속에 완전히 접근하지 못한 것이 분명했다. 칼의 머릿속을 읽었다면 지체 없이 타라를 때려눕혔을 텐데.

타라는 속내를 들키지 않으려고 조심하면서 물었다.

"우리를 살아 있는 궁전으로 데려갈 거야?"

칼/유령은 씁쓸한 미소를 지었다.

"궁전이 즉시 너희들을 빼돌리려고 할 게 뻔한데 갈 필요 없지. 그리고 살아 있는 돌덩어리와 싸우는 건 쉽지 않아. 궁전 맞은편 광장에 있는 국제 공간이동의 문으로 갈 거야. 우리 모두 이동하려면 위험할 수도 있지만 그게 가장 안전하거든. 어쨌든 대가를 치르는 건 내가 아니니까."

"그래서 어디로 가겠다는 거야?" 안젤리카가 거만하게 물었다.

"오무아. 후계자가 돌아오길 초조하게 기다리는 사람이 많거든. 그 중에서도 특히 우물 바닥으로 떨어져 죽은 반디우 대군이 후계자를 기다리고 있지. 죽은 뒤로 반디우가 후계자를 몹시 원망하는 것 같던데……."

타라는 파랗게 질렸다. 매직 6총사가 여제의 삼촌 반디우 대군과 맞서 싸웠던 건 사실이고, 그 일은 좋지 않은 기억으로 남아 있었다. 대군은 땅신령들의 여자들을 노예로 만들기 위해 납치했던 흉악한 인간이었다. 타라와 친구들은 땅신령들을 구해냈고, 난쟁이 여전사 파프니르가 반디우 대군을 공격하려는 순간 대군이 우물 속으로 떨어지면서 목이 부러져 사망하는 끔찍한 사고가 일어났었다.

타라는 포승줄을 잡아당겼지만 아주 단단하게 묶여 있었다. 밧줄에 마법이 걸려 있는 것이 틀림없었다.

타라 옆에 있던 실버가 등 뒤로 손이 묶인 채 칼/유령에게 다가갔다.

"당신, 해치고 싶지 않아요." 실버는 부드럽게 말했다. "하지만 우리 떠나는 거 방해하면 나, 주저치 않아요. 유령들, 우리 세상에서 할 일 전혀 없어요."

실버가 비틀거리는 바람에 당당하던 모습이 경감되었지만 이내 품위를 되찾았다.

칼/유령은 웃지 않았다. 영화에서 영리한 악당들은 불리한 상황에 처한 꼬마 녀석이 해치우겠다고 큰소리칠 때 웃지 않는데 그걸 흉내 내는 건가?

유령이 방심하지 않는 것으로 보아 타라와 같은 영화를 본 모양이다.

그러나 실버는 대답을 기다리지 않았다. 가까이 다가갔던 것은 교란작전일 뿐이었다. 실버가 아주 이상한 짓을 했다.

칼의 얼굴에 침을 뱉는 것이 아닌가.

보통 사람의 침이라고 하기에는 양이 꽤 많은 투명한 침이 유령의 얼굴에 날아갔다.

"이건……." 침을 닦으려고 하던 유령이 갑자기 비명을 지르기 시작했다.

병사들과 타라, 안젤리카는 소스라치게 놀랐다. 두 손으로 얼굴을 감싸던 유령은 더 크게 비명을 질렀다. 유령이 얼굴에서 두 손을 떼는 순간, 타라와 안젤리카는 숨이 멎을 뻔했다. 유령의 얼굴이 흐물흐물 녹아내리고 있었다. 손도 마찬가지였다.

실버의 침이 그렇게 독하단 말인가!

타라와 안젤리카에게 쇠뇌를 겨누고 있던 병사들이 실버를 향해 화살을 날렸다. 그것이야말로 실버가 원하는 바였다. 빗발치는 화살들이 마치 강철에 맞는 듯 몸에 맞고 튕겨나갔다. 실버가 몸을 한 번 흔들자 두 손이 자유로워졌다. 실버는 묶여 있는 체하고 있었지만, 남몰래 포승줄을 끊어놓았던 것이다. 양탄자 위로 펄쩍 뛰어오른 실버가 자신의 도끼 두 개를 움켜잡고는 적들 속으로 뛰어내렸다. 그다음은 자신이 큰소리쳤던 것과 정확하게 일치했다. 실버는 덤벼드는 병사들을 죽이지 않고 방어만 하면서 쓰러뜨렸다. 병사들이 일제히 실버를 향해 마법의 광선을 발사했지만, 도리어 자신이 발사한 광선을 되맞고 하나둘 쓰러지고 있으니. 싸움터에는 석상처럼 굳어버린 병사들이 늘어갔다.

그런데 실버가 싸우는 모습을 보면서 타라는 난쟁이 친구 파프니르가 떠올랐다. 어릴 적부터 도끼를 다루는 난쟁이족에게서나 볼 수 있는 능란한 솜씨가 아닌가.

타라는 선택의 여지가 없었다. 실버를 돕기 위해 드래곤들을 상대했을 때처럼 뱀파이어로 변신해야 했다. 타라는 정신을 집중했고, 몸이 변하기 시작했다.

빨간 눈빛, 소름 끼치는 송곳니, 갈퀴 모양의 손톱으로 변하는 사이에 키가 커지면서 얼굴이 조각처럼 차갑게 변했다. 타라는 갈퀴손톱으로 포승줄을 끊어버린 다음 마법의 방패를 만들어 안젤리카와 갈랑을 보호했다. 이어 타라의 손에서 빛나는 마법의 불이 번쩍거렸다. 실버가 난공불락의 요새처럼 끄떡도 하지 않는다는 걸 깨달은 병사들이 공격 대상을 타라로 바꿨기 때문이다.

안젤리카는 흥분하고 있었다.

"나한테 맡겨, 내 손이 놈들을 한 방에 박살 낼 거니까!"

"병사들은 명령에 복종하고 있을 뿐이야." 타라는 이를 악물고 병사들의 광선에 맞서면서 말했다. "그렇다고 병사들을 죽인다는 건 말도 안 돼. 실버에게 맡겨."

안젤리카는 뿌루퉁한 얼굴로 마지못해서 단념했다. 타라가 방패를 거두지 않는 한 빛의 손을 사용할 수 없지 않은가. 안젤리카는 한숨을 쉬었다. 이 계집애가 찬물을 끼얹었군!

통증으로 죽을 것 같은 칼이 무릎을 꿇자 숙주와 같이 죽고 싶지 않은 유령은 불안해졌다.

실버가 마지막 병사를 때려눕히는 순간 칼의 몸에서 빠져나온 유령의 검게 부풀어 오른 붉은 덩어리가 별처럼 반짝이고 있었다.

"맙소사!" 타라가 외쳤다. "놈이 도망치면 다른 유령들에게 알릴 거야! 붙잡아야 해!"

타라는 방패를 버렸다. 아연실색해서 쳐다보는 안젤리카의 눈길을 받으면서 3미터 공중으로 날아오른 타라는 달아나는 유령을 물고 늘어졌다. 페가수스/뱀파이어로 변한 갈랑도 타라와 합세해 유령을 할퀴고 물어뜯었다.

"더러운 계집애!" 유령이 몸부림치면서 악을 썼다. "이거 놔! 머리통을 뽑아버리겠어!"

타라는 유령이 아무 짓도 할 수 없다는 걸 알고 있었다. 갈랑과 타라는 갈기갈기 물어뜯으면서 유령의 마법 에너지를 실컷 빨아들였다. 유령은 절망적인 비명을 지르면서 사라졌다.

경계하는 시선으로 쳐다보고 있던 안젤리카는 뱀파이어 모습의 타라가 다가가자 뒷걸음쳤다. 타라의 어깨에 앉은 갈랑이 주둥이를 핥고 있었다.

꺽다리가 쳐다보거나 말거나 타라는 흡족한 미소를 지으면서 칼에게 몸을 숙였다. 순간 타라의 미소가 사라졌다. 뼈와 안구가 드러난 친구의 얼굴에서 연기가 나고 있었다. 끔찍한 고통에 시달리는 칼은 신음소리조차 내지 못했다.

"그냥 놔둬요." 등 뒤에서 실버가 단호하게 말했다. "내 독, 나만 중화시킬 수 있어요. 그 사람 만지면, 아가씨 감염돼요."

타라는 실버를 쳐다봤다. 실버는 괴로운 얼굴로 도끼에 묻은 피를 닦고 있었다. 사람들을 다치게 한 것 때문에 마음이 편치 않은 것 같았다. 싸울 때는 서툴거나 망설이는 기색이 전혀 없더니⋯⋯.

타라는 비켜섰다. 그리고 실버가 뱀파이어로 변한 소녀의 긴 송곳니, 오므려지는 갈퀴손톱을 뚫어져라 쳐다보면서 말은 하지 않지만 당황하고 있음을 느꼈다. 실버는 칼의 얼굴에 손을 대는 것이 아니라 아주 가까이에 손을 가져가 통역 주문으로도 알 수 없는 언어로 주문을 읊었다.

칼의 얼굴에서 연기가 멈췄고, 근육과 피부가 회복되고, 눈이 제 모습을 찾으면서 낯익은 잿빛 눈동자가 타라의 쪽빛 눈을 쳐다봤다.

"아, 안녕 친구!" 칼은 더듬더듬 말하다 정신을 잃었다.

또다시 뱀파이어의 몸에서 헤어나지 못하게 될까 불안해진 타라는 갈랑과 함께 재빨리 인간의 모습을 되찾기로 했다. 긴 송곳니에 적응하려면 시간이 좀 걸리는 데다 뱀파이어 특유의 이상한 발음으로 말하는 것이 싫고, 무엇보다 누군가를 깨물고 싶지 않았다. 게다가 뱀파이어 모습을 하고 있으면 주위에서 나는 피 냄새 때문에 배고픔을 느끼는 것도 견디기 힘들었다.

이번에는 순조롭게 인간의 모습을 되찾은 것에 안도한 타라가 중얼거렸다.

"칼, 정말 미안해!"

마법을 사용한 싸움이 벌어졌기 때문에 탐지기들이 그들을 감지했을 것이 틀림없었다. 빨리 떠나야 했다. 타라는 부상자들을 치료하고,

병사들이 착용한 작업복의 카무플라주 기능을 작동시킨 다음 숲 속으로 옮겨놓았다. 실버도 합세해서 병사들을 석상처럼 마비시켰고, 타라는 민투스 주문으로 기억을 지워버렸다. 누군가 기억을 찾는다 해도 아주 오랜 세월이 지나야 할 것이다.

그들은 트레일러에 실린 배추를 모조리 가까운 호수에 쏟아버렸다.

그러나 생각과는 달리 그 많은 배추가 물 위에 둥둥 떠 있는 것이 아닌가. 움직이는 것은 무엇이든 먹어치우는 글루릅스들이 정말 마음에 안 드는지 구역질 나는 낯짝으로 배추 잎을 토해냈다. 타라는 맑은 물 위에 떠다니는 배추들을 이상하게 생각하는 사람이 없기를 바랄 수밖에 없었다.

실버는 마치 크리스털로 만든 것처럼 가벼워진 양탄자를 조종했다. 타라와 안젤리카는 실버 옆에 자리를 잡았지만 여차하면 좌석 뒤에 숨을 생각으로 엉거주춤하게 앉았다. 두 소녀는 발치에 칼을 눕혀놓고 자게 두었다. 육체적으로나 정신적으로나 엄청난 충격을 받았기에 칼에겐 충분한 휴식이 필요했다.

멀리서 진압부대의 사이렌 소리가 들렸다. 마법을 사용했기 때문에 발각이 된 것이다. 실버는 양탄자를 지면에 닿을 듯 말 듯 하강시켰고, 어둠 속에서도 잘 보이는 것처럼 조종했다.

실버의 얼굴이 달빛을 받아 반짝였고, 따뜻한 바람을 가르며 양탄자는 미끄러지듯 날았다. 그러나 실버의 조종술은 기복이 심해 양탄자가 갑자기 상승과 하강을 반복했다.

처음 15분 정도는 조용했지만, 얼마쯤 지나 양탄자가 지면이나 나무를 스치듯 지나가거나 핸들을 꺾으면서 급회전하는 아슬아슬한 상황이 벌어질 때마다 안젤리카와 타라는 비명을 내질렀다. 두 소녀는 결국 제발 상승하라고 애원하기에 이르렀고, 실버가 안정을 찾으면서 양탄자 비행이 평온해졌다.

더는 참을 수 없다는 듯 안젤리카가 침묵을 깨면서 내뱉었다.

"너…… 너 대체 뭐야?"

타라가 하고 싶은 말인데 고맙게도 안젤리카가 대신 해주었다. 타라는 미소를 머금은 채 잠자코 있었다.

"아까 깨어났어요, 내 목과 옷, 피 묻어 있었어요." 실버는 묻는 말에는 답을 하지 않았다. "내 이마에서 흐른 피 아니었어요. 누구 다친 거, 나 때문이에요?"

"나야." 타라가 대답했다. "네가 살아 있는지 확인하고 싶었어. 그래서 너의 맥을 짚어보다가……."

"베인 상처 깊어서 피 많이 흘렸겠어요. 미안해요. 조심하려고…… 노력했어요. 정말 미안해요."

"뭐에 베인 거지?" 타라가 물었다.

실버는 말을 많이 하지 않는 성격이라 타라는 절대로 대답하지 않을 거라고 생각했다. 이윽고 실버가 허리를 숙이면서 등을 내보였다.

"내 비늘." 실버는 마치 들리지 않기를 바라는 것처럼 중얼거렸다. "이 저주받은 비늘이 그랬어요."

타라와 안젤리카의 눈이 동그래졌다. 이제야 빛을 받는 순간 실버의 피부가 그토록 반짝였던 이유가 이해되었다. 온몸이 비늘로 덮여 있기 때문이다. 그러나 고운 비늘이 어찌나 섬세하게 얽혀 있는지 물고기의 비늘과는 차원이 달랐다. 더군다나 길고 칼날처럼 날카로웠다.

"몸에 비늘이 있다니……." 안젤리카는 홀린 듯한 얼굴로 물었다. "그림 네가 트리톤이란 말이야?"

그러나 실버는 다시 침묵을 지켰다. 타라가 예상한 대로였다. 실버의 몸은 굉장히 무거워 바다에 집어넣으면 즉시 가라앉을 것 같았다. 하지만 겉모습으로는 머리에서 발끝까지 온통 비늘로 덮여 있고 아가미라곤 보이지 않았다.

실버의 침통한 모습에 안젤리카는 잠자코 있다가 다른 질문을 했다.

"피부에서 이렇게 아름다운 빛이 반짝이는 이유가 비늘 때문이라니! 그래서 네가 미남인 건가?"

실버는 의외라는 얼굴로 눈살을 찌푸렸다.

"나, 미남 아니에요. 수염 없어요!"

타라의 머릿속에서 종소리가 울렸다. 마법 사용하길 꺼리는 것, 도끼를 다루는 기술, 수염이 없는 걸 유감스러워하는 것은…….

"난쟁이!" 타라가 외쳤다.

실버의 입꼬리가 살짝 올라갔다.

마치 비밀을 지키고 싶은 듯 실버는 이번에도 대답하지 않았다.

"무슨 헛소리야?" 안젤리카가 경멸하는 얼굴로 타라에게 쏘아붙였다. "이렇게 키가 크고 잘생긴 난쟁이 봤어? 언젠가 제국을 다스려야 할 사람이면 미래의 신하들에 대해 좀 더 관심을 가져야지! 난쟁이라니! 종족들의 특성도 모르면서 후계자라고 설치는 꼴이잖아!"

타라는 안젤리카와 말이 안 통해 1분 이상 대화를 나눌 수 없다는 걸 이미 오래전부터 알고 있었다. 껑다리의 입을 닥치게 하려고 애쓰느니 그냥 무시해버리는 게 나았다.

"침에 독이 있고 피부가 그렇게 날카로우면." 안젤리카가 사뭇 진지한 얼굴로 실버에게 물었다. "나와 키스도 할 수 없는 건가? 너는 아무도 만질 수 없는 거야?"

실버는 좀 더 등을 구부렸다. 그러고는 아무 말없이 등을 돌리고 양탄자를 조종했다. 그 모습에서 실버가 느끼는 슬픔이 고스란히 전해졌다. 타라는 우연히 만난 이상한 소년에게 동정심을 느꼈다.

"여자들을 상대하는 건 정말 어렵다니까!" 그들의 발치에서 허스키한 목소리가 말했다.

"칼!" 타라가 칼을 내려다보면서 물었다. "어때, 괜찮아?"

아직 정신이 멍한 칼은 타라의 부축을 받아 좌석에 앉았다.

"응, 그거 있잖아? 지구에서 뱅크…… 라고 하던가? 그거에 깔려 묵사발이 된 느낌이야."

"뱅크가 아니라 탱크겠지." 타라는 웃으면서 말했다. "아프지 않아?"

"괜찮아. 피부가 좀 당기는 것 같지만 레파루스 치료 덕분에 얼굴이 멀쩡하게 붙어 있는 것만으로도 감사할 일이지. 근데 양탄자에서 왜 배추 냄새가 나지?"

코를 찡그리면서 킁킁거리는 칼을 보며 타라는 웃음이 나왔다.

"안젤리카가 배추 상인의 양탄자를 훔쳤거든. 뭐 기억나는 거 있어? 유령은? 유령은 기억나?"

칼이 몸을 부르르 떨었다.

"어렴풋이. 진짜 내가 아니라는 걸 너에게 알려야 한다는 생각에 마음을 졸였던 기억은 나. 나는 유령의 기억 속에 접근하지 못했고, 유령도 내 기억 속에 접근하지 못했어. 하지만 유령이 내 몸을 떠나면서 무슨 일이 있었는지 거의 다 지워져버렸어. 너는 괜찮아? 내가 너를 배신한 거야?"

이런 불행한 사태가 일어난 것이 모두 타라의 탓인데도 칼은 친구를 걱정했다. 타라는 칼을 끌어안으면서 뺨에 입을 맞췄다.

"칼, 네가 없었다면 난 죽었을 거야! 절대로 넌 나를 배신하지 않았어. 넌 나의 영원한 친구야!"

"와우!" 머리 하나가 더 큰 타라의 열렬한 포옹에 숨이 막힐 지경인 칼이 행복한 미소를 지었다. "그럼 다행이고."

그렇게 말하며 칼은 울음을 터뜨리기 직전인 타라의 등을 토닥여주면서 진정시켰다.

"아주 꼴값을 떨어요." 안젤리카가 실버 옆으로 자리를 옮기면서 내뱉었다. "음, 정말 못 봐주겠다!"

이번에는 실버가 반응을 보이면서 차분한 어조로 지적했다.

"누군가 좋아하는 표시하는 거. 꼴값 떠는 거 아니에요!"

안젤리카는 표독스럽기는 해도 영리한 소녀였다. 날카로운 비늘 피부와 독성 있는 침 문제를 해결할 방법을 찾아야 하지만, 미남 소년을 유혹할 생각인 안젤리카는 순순히 인정했다.

"그래, 네 말이 맞아, 실버." 안젤리카는 실버의 잘생긴 얼굴에 시선을 고정하면서 말했다. "하지만 우리 집에서는 사랑한다고 드러내놓고 애정 표현을 하면 안 된다고 배웠거든. 그래서……."

거기까지 말하고 안젤리카는 고개를 숙이면서 갈색의 긴 머리로 얼굴 표정을 가렸다.

잠시 후, 장갑 낀 손이 안젤리카의 손에 놓였다. 실버의 마음이 움직인 건가! 이러면 일이 너무 쉽게 풀리는 거잖아! 내색하지 않으려고 조심하면서 고개를 들던 안젤리카는 실버의 동정하는 눈길과 마주쳤다. 초록색이 감도는 금빛 눈을 뚫어져라 쳐다보는 안젤리카의 얼굴은 '나 너한테 완전 반했어!'라고 말하고 있었다. 어쩌면 이렇게 미남일까!

온몸을 뒤덮은 날카로운 비늘……. 안젤리카는 거북한 것들을 없애버리려면 어떻게 해야 하는지 잘 알았다. 그런 비늘은 아무짝에도 소용없는 것이라고 실버를 설득하면 된다. 그러나 독성이 있는 침, 그건 해결하기가 그리 쉽지 않은데…….

타라는 칼과 얘기를 나눈 뒤에 좌석에 앉았다.

"양탄자를 착륙시켜줘, 실버. 칼은 트라비아에 들렀다가 팅가푸르로 돌아갈 생각이야. 패밀리어를 찾아야 하거든. 헤어진 지 두 달이 넘으면서 견디기 힘든 상태가 되었어."

"말도 안 되는 소리!" 안젤리카가 쏘아붙였다. "그러다 붙잡히면 칼이 우리가 있는 곳을 불어버릴 텐데!"

"난 붙잡히지 않아." 칼이 자신 있게 말했다. "우리 집 식구가 모두 유령에 들렸다는 걸 아는데 가만히 있을 수는 없어. 가족을 구해야 돼."

타라는 가슴이 뜨끔했다. 로빈이 죽었다는 것에 절망한 타라는 어머니와 나머지 가족에 대한 걱정은 하지도 않았는데…….

실버는 양탄자를 착륙시켰고, 칼이 내렸다. 타라도 따라 내려서 친구를 힘껏 끌어안았다.

"와우!" 칼이 농담을 했다. "10분도 안 돼서 두 번이나 포옹을 받네. 가끔 유령에 들리는 것도 괜찮겠는데!"

타라는 눈물을 닦으면서 미소를 지었다.

"칼, 많이 보고 싶을 거야. 네가 없으면 누가 날 구해주지?"

타라는 농담으로 한 말인데 칼의 얼굴이 너무 진지했다.

"미안해, 타라. 하지만……."

칼의 반응에 난처해진 타라가 말을 잘랐다.

"칼, 네 가족과 나, 둘 중 하나를 선택하라는 말이 아냐. 이별의 순간을 힘들지 않게 하려고 농담한 거야. 네가 그립겠지만 내가 헤쳐나갈 거니까 걱정 마. 그리고 내가 어디로 가는지는 너에게 말하지 않을 거야. 적들에게 네가 붙잡힐 경우 동지들이 위험에 빠질 수 있으니까. 하지만 네가 무사한지 자주 알아볼게."

칼은 안도의 숨을 내쉬며 눈빛을 반짝였다.

"나라면 난쟁이들의 나라로 피신하겠어. 다혈질에 말이 많아 좀 시끄럽긴 해도 훌륭한 전사들이니까. 우리의 친구 파프니르도 있고. 네가 여러 번 목숨을 구해줬잖아."

타라는 미소를 지었지만 대답하지 않았다. 칼은 이따금 너무 영리한 게 문제였다. 타라는 칼이 붙잡히지 않기를 바랄 수밖에 없었다. 타라를 쉽게 찾을 수 있는 유일한 사람이니까.

"조심해. 우린 곧 만나게 될 거야."

빨리 떠나야 하지만 칼은 몇 가지 정보가 필요했다.

"잠깐, 궁금한 게 있어. 내가 유령이라는 걸 어떻게 알았어? 네가 궁전에서 예고도 없이 도망쳤을 때 내가 안도했던 것이 기억나. 그 빌어먹을 유령이 금방 알아채긴 했지만. 유령이 정체를 드러내는 무슨 짓이나 말실수를 해서 알아차린 거야?"

"전혀." 타라는 빙긋이 웃으며 대답했다. "몸에서 빛이 났거든!"

빛? 칼은 자신의 두 손을 쳐다봤다.

"무슨 빛이 난다는 거야?"

"칠흑 같은 어둠 속에서 유령은 빛이 나. 우리가 또 다른 유령에게 발각될 뻔했을 때 살아 있는 궁전이 불빛을 모조리 꺼버렸잖아. 하지만 유령의 몸에서 빛이 나고 있었어. 그리고 어둠 속에 네가 나타났는데 너도 번쩍이고 있었지. 그래서 네가 유령에 들렸다는 걸 알아차렸어."

"아, 그랬구나. 귀중한 정보야. 특히 숙주의 기억 속에 접근한 유령들의 경우는 정체를 알아내기가 쉽지 않은데…… 어둠 속에서 빛이 나는지 그것만 확인하면 되잖아."

칼은 허공을 바라보면서 가족뿐만 아니라 조국의 통치자들을 유령들에게서 구해낼 방법을 궁리하기 시작했다.

그러다 문득 방법은 한 가지밖에 없다는 걸 깨달았다. 칼은 타라의 손을 잡아끌면서 양탄자로부터 멀찍이 데려갔다. 빨리 떠나야 한다는 걸 알지만 너무 중요한 일이었다.

깜짝 놀라는 실버의 눈길을 받으며 양탄자에서 펄쩍 뛰어내린 안젤리카가 몰래 따라갔다. 타라가 또 무슨 일을 꾸미게 내버려둘 수는 없었다.

안젤리카의 예상은 적중했다.

"나를 뱀파이어로 둔갑시켜줘." 칼이 힘주어 말했다. "타라, 그 방법밖에 없어."

타라는 입을 멍하니 벌린 채 칼을 쳐다봤다.

"뱀파이어? 왜? 유령들을 죽이는 것으로 가족을 구하겠다는 뜻이야?"

"응. 뱀파이어로 둔갑하는 것이 까다롭고 고통스럽다는 거 알아. 가족을 구하기 위해 피를 빨아먹는다는 것은 내가 셀렌바 같은 인간 사냥꾼이 된다는 의미지만, 선택의 여지가 없어. 유령들에게서 내 가족을 구해낼 유일한 방법이니까."

타라는 소스라쳤다. 그렇지 않아도 칼은 방금 죽을 고비를 가까스로 넘겼는데 또다시 인간의 피를 마시는 뱀파이어로 변하면 훨씬 더 위험해질 텐데.

타라는 머리를 흔들었다.

"미안하지만 그건 안 돼. 까다롭고 고통스럽다는 걸 안다고 했어? 칼, 네가 상상하는 것과는 차원이 달라. 성대가 끊어지는 것처럼 고통스러워. 까다롭다기보다는 아주 위험해. 죽을 수도 있어! 인간의 DNA가 완전히 바뀌는 건 아니기 때문에."

칼은 타라의 손을 잡았다. 그러고는 비명소리가 나올 정도로 아프게 꽉 쥐었다.

"넌 해냈잖아. 타라, 네가 원하지 않으면 나 혼자라도 해봐야지. 네가 해주는 것보다는 훨씬 더 위험하겠지만!"

칼은 잿빛 눈으로 타라를 뚫어져라 응시했다.

타라는 항복했다.

"그래 알았어. 어쨌거나 문제는 네 피부야. 그리고 분명히 말하는데 전혀 좋은 생각이 아냐."

"왜?"

"좋은 생각이 아니니까. 뭐든 시작할 때는 아주 좋은 생각으로 보였는데 끔찍한 상황이 되고 말았다는 건 너도 알잖아. 유령들을 불러들인 건 최악으로 좋지 않은 생각이었어. 지금 나한테 해달라는 것도 마찬가지고."

"그래도 어쩔 수 없어. 타라, 위험을 감수하고서라도 무조건 뱀파이어가 되어야 해."

몰래 지켜보던 안젤리카는 끔찍한 일이 일어나기 전에 개입하기로 했다.

"정말 아주 끔찍한 생각이야." 어둠 속에서 불쑥 나오는 꺽다리 때문에 타라는 소스라치게 놀랐다. "유감이지만 이번만은 걸어 다니는 재앙의 말이 맞아."

아까부터 꺽다리가 훔쳐보고 있다는 걸 눈치챈 칼은 전혀 놀라지 않았다.

"게다가 지금은 이렇게 꾸물거리고 있을 때가 아냐. 칼을 변신시키기 위해 마법을 사용할 경우 반경 15킬로미터 지역의 모든 마법 탐지기가 브리앙트처럼 번쩍일 거야. 그러니까 단념해."

안젤리카가 무슨 말을 하거나 말거나 칼은 잿빛 눈으로 타라의 쪽빛 눈을 응시했다.

"타라, 그 방법밖에 없다는 거 너도 알잖아. 빨리 해줘! 부탁이야."

"안젤리카의 말이 맞아." 어떻게 빠져나갈까 궁리를 하던 타라가 얼른 맞장구쳤다. "내 마법 때문에 우리가 발각되면 너무 위험해!"

"알고 있어, 타라. 놈들이 마법의 흐름을 감지해도 수색대를 파견하기까지는 적어도 한 시간이 걸릴 거야. 금지령에도 불구하고 많은 미법사가 습관상 마법을 사용하고 있으니까. 물론 내 몸에서 빠져나간 그 빌어먹을 유령과 너희들이 때려눕힌 병사들과도 연락이 끊어진 걸 수상히 여길 테니 수색대가 틀림없이 올 거야. 수색대가 나타나는 즉시 트란스미투스 주문을 외치는 것으로 유인해서 나를 뒤쫓게 할게. 그다음 붉은 산 부근의 소포르 군락지로 가면 놈들은 나를 놓칠 수밖에 없어. 나를 추적하던 수색대가 최면 작용 때문에 잠이 들 테니까. 그런 다음 트라비아로 가서 내 가족을 구할 거야. 뱀파이어는 위장술에 아주 능하잖아. 성공할 자신 있어."

타라는 불안한 얼굴로 칼을 쳐다봤다.

"하지만 위성이 트란스미투스 마법을 감지할 수 있다면서?"

"응. 내가 알기로 오무아 비밀정보국에는 최첨단 연구실이 있어. 트란스미투스 마법의 징후를 감지해서 뒤쫓다가 다시 유형화되는 순간 탐지해내는 신제품을 개발했어. 그러니까 너희들은 난쟁이들의 나라로 갈 때 트란스미투스를 사용하지 마. 대번에 발각될 테니까."

"무슨 소리야?" 잘 들리지 않아서 전부 다 알아듣지 못한 안젤리카가 격분해서 외쳤다. "제국의 후계자라는 애가 이렇게 멍청해서야! 너, 우리가 어디로 가는지 칼에게 말한 거야?"

"쓸데없는 말 지껄이지 말고 넌 빠져." 칼이 차갑게 내뱉었다. "나 혼자 추측한 거니까. (안젤리카를 완전히 무시해버리고 칼은 타라를 향해 돌아섰다.) 타라, 나는 뱀파이어로 변신하는 주문을 알아야 해. 제발 부탁이야, 타라."

타라는 겁이 났지만 내색하지 않았다. 인간의 피에 중독된 뱀파이어들을 치료할 때와 절친한 친구의 DNA를 바꾸는 것은 완전히 다른 문제다. 타라는 심호흡을 하고 나서 말했다.

"엄밀하게 말하면 주문으로 하는 게 아냐. 그리고 나나 뱀파이어가 아닌 사람에게 해본 적이 없어. 칼, 실수로 내가 너를 죽일 수도 있어."

칼은 장난이 아니었다. 그 어느 때보나 진지했다.

"난 단념하지 않을 거야. 위험을 무릅쓸 수밖에 없어. 그리고 웬만하면 내가 죽지 않게 살살 다뤄주면 고맙고."

너무 불안한 타라는 미소를 지을 수 없었다.

"넌 내 말을 이해하지 못했어, 칼. 아주 고통스러울 거야. 셀렌바를 치료했을 때 몹시 고통스러워하는 걸 봤어. 칼, 펄펄 끓는 기름통에 빠진 것 같을 거야."

칼은 침을 삼키며 고개를 끄덕였고, 각오가 되었다는 얼굴로 물었다.

"내가 어떻게 하면 되지?"

오랫동안 침묵하고 있어서 칼은 타라가 거절할 거라고 생각했다. 타라는 깊은 한숨을 내쉬었다.

"네 정신과 일치가 되어야 해." 타라는 두려움을 떨치기 위해 과정에 정신을 집중하면서 또박또박 말했다. "너와 함께 DNA를 바꿀 수 있게 정신을 열어. 그래야 더 쉽고, 너 혼자서도 할 수 있을 거야. 그리고 칼……."

"응?"

"아무한테나 가르쳐주면 안 돼. 아더월드 사람을 모조리 뱀파이어로 바꾸는 건 좋은 해결책이 아냐. 유령들과 싸우기 위한 것이라고 해도."

"약속할게." 칼이 얼굴을 찌푸렸다. "나만 알고 있을게. 자, 빨리. 난 준비됐어."

타라는 부드럽게 칼의 정신 속으로 들어갔다. 그러고는 셀렌바에게 했던 것(잔혹한 뱀파이어에 대한 정보가 필요했기 때문에)과는 달리 칼의 기억 속을 조사하지 않았다.

'잘 보고 있다가 나를 따라와.' 타라는 정신적으로 말했다.

칼은 타라를 따라 자신의 몸속으로 들어갔다. 둘은 세포들을 지났고, 타라는 DNA를 바꿔서 뱀파이어로 변신하려면 해야 하는 것을 칼에게 보여주었다.

타라가 DNA를 바꾸기 시작했지만, 쉽지 않았다. 안젤리카와 실버는 얼이 빠진 얼굴로 칼이 반복해서 뱀파이어에서 인간으로, 다시 인간에서 뱀파이어로 변신하는 과정을 지켜봤다.

칼이 여러 번 목을 쥐어뜯으며 비명을 지르는 걸 보면 엄청난 고통이라는 걸 짐작할 수 있었다. 칼의 팔다리가 뒤틀리고, 뼈가 어긋나고, 인대가 팽창했다. 그 모습을 보면서 안젤리카는 타라에게 같은 걸 부탁할 마음이 싹 달아났다.

마침내 칼이 완전히 뱀파이어로 변신했다.

'오, 젤리소르의 충치여! 아파서 죽는 줄 알았네.' 통증이 누그러들자 칼이 정신적으로 말했다. '유령에 들린 형에게 두들겨 맞질 않나, 산성 침에 녹아서 얼굴이 흐물흐물 녹아버리질 않나……. 신들이시여, 내가 뭘 그렇게 잘못했습니까?'

'어때? 괜찮겠어?' 타라는 탄식하는 친구의 말에 웃지 않으려고 애쓰면서 물었다.

'아프지, 뭐. 이번에는 내가 해볼게, 잘 봐.'

칼은 인간으로 변신하려고 시도했지만 되지 않았다.

칼은 다시 한 번 시도했다.

역시 실패.

'휴.' 칼은 인정해야 했다. '네 도움 없이는 할 수 없구나.'

'응.' 타라의 목소리가 칼의 머릿속에서 말했다. '바로 그런 이유 때문에 내가 두려웠던 거야. 칼, 내가 해줄 때까지는 너는 계속 뱀파이어로 있어야 해. 그래도 자신 있어?'

'응, 자신 있어, 고마워, 타라.'

타라는 칼의 머리에서 나왔다.

큰 키에 마르고 각진 얼굴, 이제 칼은 전형적인 뱀파이어의 모습이었다. 검은색 짧은 머리는 곱슬곱슬한 갈기처럼 등을 덮었고, 빨간 눈빛은 반짝였다.

"웃기고들 있네. 뱀파이어치고는 진짜 볼품없다!" 안젤리카가 깐죽 거렸다.

칼이 머리를 숙이더니 송곳니를 드러내며 미소를 지었다.

빈정거리던 안젤리카가 두려워하는 걸 느낀 칼은 속으로 쾌재를 올렸다.

칼은 뱀파이어의 카리스마를 발휘했다. 사냥한 인간을 유혹하거나 동물을 진정시키기 위해 사용하는 카리스마.

온몸에서 번쩍거리는 빛 때문에 눈이 부실 정도였다.

변신하기 전의 칼은 천진한 천사의 얼굴이었는데 지금은 타락한 천사의 얼굴을 하고 있었다.

거만하게 쳐다보던 안젤리카의 눈이 휘둥그레졌다. 뱀파이어들이 크라살비 밖에서는 카리스마를 사용하는 것이 엄격하게 금지되어 있기 때문에 놀라운 신통력을 처음 접하는 안젤리카는 홀린 얼굴로 번쩍번쩍 빛나는 백색과 흑색의 조각미남에게 다가갔다. 달빛을 받아 반짝이는 실버와는 달리 칼은 몸에서 발광하는 빛이었다.

타라에게 뱀파이어의 카리스마에 대해 알려주기 위해 드라고쉬 선생님이 했던 것처럼 빨간빛 눈을 자신의 잿빛 눈으로 바꾼 칼이 눈빛을 이글거리면서 유혹하는 목소리로 속삭였다.

"아름다운 안젤리카, 이리 와, 키스해줘!"

최면에 걸린 듯 가까이 다가선 안젤리카가 입을 맞추려는 순간 칼이 카리스마를 중단했다. 안젤리카는 눈을 깜박이다가 자신이 입맞춤하려는 상대를 보면서 후닥닥 물러섰다.

칼은 메피스토펠레스[8] 같은 냉소를 흘렸다. 뼈마디가 쑤시고 힘줄이 당겨 아직은 많이 고통스럽지만, 이거야말로 정말 해볼 만한 가치가 있지 않은가.

격분해서 괴성을 지르던 안젤리카는 욕설을 퍼붓고 싶지만 적당한 말이 떠오르지 않는지 멍하니 입만 벌리고 있었다.

칼은 안젤리카를 무시하고 타라를 향해 돌아섰다. 타라는 터져 나오려는 폭소를 참느라고 입술을 깨물었다.

"지금은 고맙다는 말밖에 할 수 없어서 유감입니다, 친애하는 타라." 칼이 익살스러운 몸짓으로 허리를 굽히면서 예를 갖췄다.

. . . .

8. 독일의 파우스트 전설에 나오는 악마.

"천만의 말씀." 타라도 우아하게 맞장구쳤다. "이제 더는 지체할 수 없어. 수색대가 들이닥치기 전에 빨리 떠나자. 시간이 없어."

칼/뱀파이어가 미소를 지어 보이더니 주문을 읊으면서 사라졌다.

타라에 이어서 안젤리카도 양탄자에 올랐다. 실버는 아무 말도 하지 않았고, 안젤리카는 토라져 있었다.

그제야 타라는 칼이 한 말을 조용히 되새겨볼 수 있었다. 어머니 셀레나를 저버렸다는 생각에 또다시 가슴이 아렸다. 그러나 지금 오무아로 돌아가 봐야 무슨 소용이 있단 말인가. 먼저 유령들을 제거할 방법을 찾은 다음 어머니를 구하고 용서를 빌어야 했다.

타라는 진심으로 어머니가 무사하기를 빌었다.

9
셀레나

신랑감이 여러 명일 때
가장 중요한 건 좋은 사람을 선택하는 것인데……

*

셀레나는 속이 울렁거려서 초록빛 눈을 감았다. 윙윙거리면서 지나가는 유령들을 보지 않기 위해서였다.

타라의 어머니 셀레나는 온몸이 부들부들 떨렸다. 유령은 육신이 없는데 이동하면서 왜 소리가 나지? 유령은 소리 없이 움직인다는 고정관념을 버려야 하나? 금빛 퓨마 셈보르도 옆에 쭈그리고 있었다.

타라를 납치하고, 딸의 친구들을 죽이려고 하는 마지스터, 일련의 위험한 사건에 이어 뱀파이어로 변해 있는 딸 때문에 마음을 졸이던 셀레나가 차츰 정상적인 생활을 되찾았다고 생각할 때 유령들이 아더월드를 습격했다.

셀레나가 오무아의 여제 리스베스와 바리우스 덩컨 남작과 함께 있을 때였다. 느닷없이 유령(남자 유령인지 여자 유령인지 모르지만)이 셀레나의 몸을 덮쳤고, 심한 허기가 느껴지는 걸 제외하고는 무슨 일이 일어났는지 기억이 잘 나지 않았다.

그러나 리스베스의 몸을 차지한 유령이 셀레나의 몸은 점령하지 말라는 명을 내렸다. 그래서 몇 시간 만에 셀레나는 자유의 몸이 되었다.

말이 자유의 몸이지 온통 유령에 들린 사람들 속에서 셀레나는 외로움을 느꼈다. 타라와 마라, 딸 둘은 어디 있는지 행방조차 모르는 상태였다. 지구에 있는 아들 자르는 유령들이 공간이동의 문을 장악하지 않는 한 안전하지만, 소식을 알 수 없었다.

셀레나는 아무것도 하지 못한 채 걱정만 하고 있는 자신이 한심하게 느껴졌다.

한 유령이 점령하고 싶은 욕망을 억누르면서 스쳐 지나갈 때 셀레나는 소스라치게 놀랐다.

셀레나는 무슨 이유로 자신이 제외되었는지 모르지만, 유령에 들리지 않은 것에 안도하면서도 유령에 들린 리스베스를 보고 있자니 마음이 편치 않았다.

셀레나는 딸의 눈빛과 똑같은 쪽빛 눈 너머에서 여제의 몸을 차지한 이상한 영혼이 흥분하고 있음을 느꼈다.

리스베스/유령은 오무아 제국을 상징하는, 100개의 금빛 눈을 가진 주홍빛 공작을 새긴 옥좌에 앉아 있고, 그 옆에 스파슌 한 마리가 날개를 파닥이며 절망적인 울음소리를 토해내고 있었다.

스파슌은 트리 반트릴의 영주, 바리우스 덩컨 남작이었다.

얼마 전, 리스베스는 자신을 사랑한다고 생각하던 바리우스가 정작 셀레나에게 청혼을 하자 금빛 칠면조로 둔갑시켜버린 웃지 못할 사건이 있지 않았던가.

여제의 몸을 차지한 유령이 리스베스의 기억 속에서 그 일화를 알게 된 모양이었다.

그래서 바리우스는 이번에도 스파슌으로 둔갑하는 불운을 당했고, 격분한 바리우스/스파슌이 물어뜯은 기세로 난폭하게 굴었기 때문에 금과 루비로 만든 우리에 갇혀버린 신세가 된 것이다.

리스베스/유령은 빨간색과 검은색의 긴 드레스를 겹쳐 입고 있었다. 옷감이라고 하기에는 안개처럼 움직이면서 영롱하게 반짝이는 얇은 물질이라 언뜻 몸이 드러나 보이는 착시 현상이 일어났다. 평소에 드레스와 머리칼의 색을 일치시키는 습관과는 달리 원래의 금발이 강물처럼 루비 구두까지 구불구불 흘러내렸다. 오무아 제국의 시황제 데미데루스의 후손임을 나타내는 흰 머리털이 반짝이고 있었다.

유령이 짜증스러운 얼굴로 옥좌의 붉은 벨벳을 씌운 팔걸이를 톡톡 치는 것으로 보아 초조한 모양이다.

황금으로 도배를 하고, 머리통만 한 보석들로 장식한 궁전의 어마어마하게 큰 접견실은 사방이 온통 유령들이 알레르기 반응 때문에 피해야 할 것들이었다.

궁인들을 보지 못하는 마법에 걸린 흰색과 금색의 고양이과 동물 브르리르들이 야웅거리면서 지나갔다. 구석진 곳을 장식하는 조각상들, 벽면은 태피스트리와 그림으로 가득했다. 궁전 바닥에 뿌리를 내린 나무에서 알록달록한 새들이 지저귀고 있지만, 청결 주문이 걸려 있어 새똥은 보이지 않았다. 이날 여제/유령의 명으로 지붕이 열려 있었기 때문에 아더월드의 두 태양이 쏟아내는 햇살이 눈부셨다.

셀레나는 이맛살을 찌푸렸다. 지나치게 과시적인 오무아의 황궁이 취향에 맞지 않을뿐더러 감옥살이나 다름없는 오무아를 떠나 랑코비트로 갈 수 있다면 오른손이라도 내주고 싶은 심정이었다.

그 순간 그림자가 휙 지나가서 셀레나는 고개를 들었다.

팔이 넷 달린 티그족 친위대원들이 감시하고 있었다.

공중에 떠 있는 마법의 길에 오무아의 주홍빛과 금빛 정복 차림의 친위대원들이 배치되어 있었다. 양탄자를 타고 정찰하는 병사들도 보였다. 아더월드의 땅속에서 힘을 끌어내는 마법 기구를 통해 에너지를 공급받기 때문에 가능한 한 마법 소모가 많은 공중부양을 하지 않기 위해서였다.

무기와 마법으로 무장한 티그족 병사들이 전투태세를 취하고 있었다.

친위대장 크산디아르는 타라의 도주를 돕다가 유령에 들렸는데 가공할 티그족을 지휘하는 걸 보면 크산디아르를 점령한 이 유령도 숙주 못지않게 능력이 출중한 모양이다.

티그족 병사들은 무언가 수상한 것을 발견하는 즉시 공중부양해서 포위했다.

허위 경보에 지나지 않을 때도 있고, 무고한 사람을 연행하는 경우도 있었다.

옥좌 위쪽 상공에 최고 마구스들이 붉은 독수리 떼처럼 맴돌고 있었다. 유령에 들린 최고 마구스들도 주위를 삼엄하게 감시하고 있지만, 여제는 그들을 신뢰하지 않는 것 같았다.

어쨌든 여제/유령은 예전보다 훨씬 강화된 경호를 받고 있는 것이 틀림없었다.

맙소사!

레지스탕스가 자객들을 보내서 시험했지만 모두 실패했다.

셀레나는 그들의 운명을 생각하고 부르르 떨었다.

주위에는 호시탐탐 덮칠 기회를 노리고 있는 유령들뿐이었다.

그런데 셀레나 바로 뒤쪽 머리 위에서 여러 명의 유령이 떠들어대는 대화가 아주 이상했다. 남자 유령들인가? 아니, 모두 노파 유령들이고, 다른 유령들과는 사뭇 달라 보였다.

"음, 정말 예쁘군, 안 그래요?" 수백 년 전에 사망한 늙은 여제 1의 유령이 리스베스를 가리키며 말했다.

"무슨! 비쩍 말라가지고 꼭 빗자루 같은데." 또 다른 늙은 여제 2가 코안경을 통해 리스베스를 뜯어보면서 평했다. "난 예쁘다고 생각하지 않아. 내가 젊었을 때는 남자들과 엘프들이 서로 내 눈에 들려고 결투까지 벌였다니까!"

"세상에, 눈들이 어지간히 나빴나 보군요." 늙은 여제 1이 응수했다.

"내가 이래 봬도 110 E컵인데 사람 볼 줄 아는 거지!"

펑! 하는 소리에 이어 여제 2 대신에 정말로 가슴이 아주 풍만한 젊은 여인이 나타났다.

"오, 조상들이시여!" 늙은 여제 1이 눈이 동그래져서 속삭였다. "제대로 걸을 수나 있을지! 가슴이 그렇게 크면 발이 보이지도 않을 텐데."

젊은 여인이 어깨를 으쓱하더니 마치 지진이라도 일어난 듯 격렬하게 흔들다가 노파의 모습을 되찾았다.

"균형의 문제지. 이 가슴으로 많은 남자를 유혹했고, 통치하는 동안 나의 이 에이스 카드 덕분에 매력적인 남자들과 유리한 계약을 체결할 수 있었지…….”

“뭐라고요? 그걸 무기 삼아 깔아뭉갰단 말이에요?”

셀레나는 가까스로 웃음을 참았다. 정말 별난 유령들이네.

셀레나는 정신을 집중하고 유심히 관찰했다.

“그런데 오늘은 지원자가 없는 거요?” 갑자기 여제/유령이 빈정거리는 말투로 물었다.

이유는 알 수 없지만 여제/유령은 침략하는 데 꼭 필요한 이들을 제외하고는 허락 없이 사람들의 몸을 점령하지 말라는 명을 다른 유령들에게 내렸었다.

거대한 접견실에 요란스럽거나 화려하게 치장하고 모인 궁인들이 새파랗게 질렸다. 그중에는 아이들을 데리고 온 이들도 있는데 유령이 아이들은 건드리지 않는다는 걸 알기 때문이다.

물론 유령을 피할 생각으로 궁전에 출근하지 않으면 불이익을 당할까 두렵기도 하겠지만, 그렇다고 신변 보호를 위해 자식을 앞세우다니, 셀레나는 너무 무책임한 부모라고 생각했다. 어디서나 위험보다는 먹고사는 것이 우선이란 말인가!

그래서 위험을 무릅쓰고 궁전에 와 있는 궁인들이었다. 하지만 그대가를 치르는 이들은 있기 마련이다.

“짜증이 나서 폭발할 지경이니까 지원자는 앞으로 나오시오!” 리스베스 여제/유령이 호통쳤다. “당장!”

갑자기 소동이 일어났고, 뚱뚱한 부인이 질겁한 얼굴로 떠밀려 나왔다.

“하지만…… 하지만 자발적으로 나온 게 아니라 뒤에서 나를 떠밀었습니다."

부인 뒤에서 남편으로 보이는 남자가 비웃음을 흘리며 말했다.

"어서 점령하세요. 두세 명은 너끈히 들어가게 생겼잖아요!"

그 말이 끝나기가 무섭게 유령 하나가 번개 같은 속도로 뚱뚱한 부인을 덮쳤다.

인간 궁인들을 비롯하여 머리 둘 달린 타트리스, 켄타우로스, 유니콘 등 여러 종족의 대표자들과 외교관들이 일제히 뒷걸음쳤다.

저항 없이 항복했기 때문에 뚱뚱한 부인의 몸은 눈 깜짝할 사이에 유령에게 점령되었다. 빨간색 미암 무늬 드레스 차림의 부인이 웅크리고 있다가 뱀처럼 날렵하게 허리를 세웠다.

아내가 남편을 마주 보고 섰다.

이번에는 남편이 뒷걸음쳤다.

아내의 눈이 증오의 빛으로 이글거리고 있었기 때문이다.

"다른 사람의 약점을 들추는 건 정말 참을 수 없어!" 아내는 험악한 얼굴로 외쳤다.

"하물며 당신 같은 변태성욕자가!"

남편이 잔뜩 질린 얼굴로 아내를 뚫어져라 쳐다봤다.

"에스메랄다, 어, 어떻게 당신이?"

"에스메랄다 좋아하시네!" 뚱뚱한 부인의 생각을 읽은 유령이 응수했다. "그런 웃기는 별명으로 아내를 조롱하는 짓 따위는 집어치우시지! 우리 둘은 아주 잘 통하고 있다. 부인, 이 거만한 작자를 혼내줄 건데 동의하겠나?"

에스메랄다가 고개를 끄덕였다. 유령이 숙주의 의견을 묻는 것은 아주 이례적이었다.

"나를 혼내준다고?" 성난 남편이 냉정을 되찾았다. "마법사라고 부르기도 민망한 그 알량한 마법 능력으로 나를 혼내?"

"부인은 그럴지 모르지만 난 아니거든!" 유령이 악랄한 미소를 지으면서 응수했다. "이 멍청한 작자의 몸은 터져서 풍선들이 되어 사방으로 흩어질지어다!"

말이 떨어지기가 무섭게 에스메랄다/유령의 손에서 발사된 강력한 마법의 광선이 남자를 후려쳤다. 잠시 후 풍선 터지는 소리와 함께 남자의 몸이 분쇄되었다.

궁인들이 비명을 질러댔고, 옥좌에 앉아 있던 리스베스/유령은 사라지고 없었다.

풍선의 바다에 잠긴 궁인들은 머리로, 두 팔로, 촉수로 풍선을 날려 보내려고 애쓰고 있었다. 다행히 힘의 장막이 작동하고 있어서 보이지 않는 천장에 풍선들이 모여 있었다.

"풍선을 터뜨리지 마라." 유령이 소리쳤다. "그걸 터뜨리면 다시 조합할 수 없게 되고, 그러면 내 숙주 에스메랄다가 몹시 슬퍼할 테니까. 자, 이제 풍선을 모조리 잡아라!"

그 말이 어찌나 위압적인지 궁인들은 찍소리 없이 복종했다. 그들은 풍선을 잡으려고 펄쩍펄쩍 뛰기 시작했다. 잠시 후 엄숙한 접견실은 아수라장이 되고 말았다.

리스베스/유령이 다시 나타났는데 몹시 격분해 있었다. 누군가가 너무 가까이에서 마법을 사용하는 순간 리스베스는 자동 트란스미투스 기구를 이용해 안전한 곳으로 피신했다가 돌아온 모양이었다.

리스베스는 깜짝 놀린 눈으로 아수라장이 된 집건실을 둘러보다가 눈살을 찌푸렸다. 매혹적인 얼굴 뒤로 갑자기 몰려드는 먹구름이 느껴졌고, 10초 이내에 엄청난 천둥이 내려칠 것 같았다.

에스메랄다는 바닥에 굴러다니는 풍선을 발로 차버리고 나서 리스베스 여제/유령을 향해 걸어갔다.

에스메랄다는 이상하게도 자기 자신이 말하고 있는 느낌이 들었다. 다른 유령들과는 달리 이 유령은 그녀의 성격을 그대로 살려서 말하는 것이 아닌가.

"그래도 내 남편을 되찾게 되겠지요?" 에스메랄다는 몹시 불안한 얼굴이었다.

"풍선들을 다 맞추면 당신의 남편을 되찾을 것이다." 에스메랄다의 몸을 차지한 유령이 대답했다. "이제 내가 우리 몸을 지배해도 괜찮겠나?"

"물론입니다." 에스메랄다는 공손하게 대답했다.

그렇게 유령과 숙주가 대화를 나누는 모습은 아주 인상적이면서도 불안해 보였다.

뚱뚱한 부인이 리스베스/유령을 향해 돌아서서 팔짱을 꼈다.

"너는 버텨낼 거라고 생각했건만……." 부인이 실망한 어조로 말했다. "내 딸이 더 강할 거라고 생각했어."

그 말에 벌떡 일어난 리스베스/유령은 온몸이 뻣뻣해졌다.

이윽고 리스베스/유령의 입에서 한 이름이 새 나왔다.

"엘세스!"

그 이름이 입에서 입으로 전해지면서 풍선을 잡던 궁인들이 동작을 멈췄다.

리스베스/유령이 반응할 겨를도 없이 궁인들이 허리를 굽히면서 오무아 제국의 선대 여제이자 리스베스의 어머니 엘세스틸랑넴에게 경의를 표했다.

"당신은 더 이상 여제가 아닙니다." 리스베스/유령은 옥좌에 다시 앉으면서 지적했다. "여기서 뭐 하는 겁니까?"

"내 친구들과 함께 너희 유령들 중에서 아더월드로 돌아가고 싶어 하는 자들을 감시하고 있었다." 엘세스는 공중에서 수다를 떨고 있는 선대 여제들을 가리키면서 대답했다. "하지만 기습적인 소용돌이에 휩쓸려 여기까지 오게 되었고, 무슨 일이 일어나는지 지켜보고 있었다. 내 딸의 몸을 점령한 유령, 나는 네가 누구인지 모른다. 하지만 너는 아더월드의 비인간 종족들에게 악감정을 사고 있다. 인간들의 제국, 왕국, 공화국들은 너희 유령들을 버텨낼 힘이 없을지 모르지만, 뱀파이어, 난쟁이, 엘프, 특히 늑대인간들이 결집하면 너는 유령에 들린 나의 오무아 국민을 몰살시키게 되는 것이다!"

리스베스/유령은 이맛살을 찌푸렸다.

"당신의 국민? 비인간족들이 결집해서 나를 이기기 전까지는 내 국민이오."

두 유령이 서로 쏘아보면서 살벌한 눈싸움을 벌였고, 마침내 리스베스/유령이 눈길을 내렸다.

"늑대인간들이 대통령 팀은 붉은 여왕이라 불리는 드래곤의 속박에서 해방시켜준 타라에 대한 경의의 표시로 오무아 사건에 개입하지 않겠다는 메시지를 보내왔지요."

"하지만 그 메시지에는 단서가 있었지." 엘세스는 다 알고 있다는 듯 단호하게 말했다. "늑대인간들은 너희들의 대표가 타라 덩컨이 아닐 경우에는 협상하지 않는다고 명시하였다. 그리고 유령에 들리지 않은 온전한 타라 덩컨이어야 한다는 점도 강조하였다. 그런데 나는 어디서도 그 아이를 보지 못했다. 내 기억이 맞는다면 그 기한이 석 달로 되어 있었고……."

리스베스/유령은 더 이상 말싸움을 하지 않겠다는 듯 대꾸했다.

"그건 해결될 겁니다. 타라 덩컨을 곧 찾을 거니까요. 그 아이는 곧 돌아올 겁니다. 가족이 여기 있으니까."

속셈은 뻔했다. 리스베스/유령은 타라의 어머니를 이용해 오무아의 후계자를 유인하려는 것이다.

"아직 한 달이 남았으니 늑대인간들은 기다리겠지. 하지만 엘프들을 설득하는 건 그리 쉽지 않을 거야." 엘세스가 응수했다. "뱀파이어들도 마찬가지고."

"엘프족은 자기들의 나라로 돌아갔고, 뱀파이어들과 우리의 관계는 정상화되었지요. 그러니까 할망구는 나한테 정치에 대해 이러쿵저러쿵 가르치려고 하지 마시오. 정치라면 너무나 잘 알고 있으니까."

"멍청한 것!" 엘세스가 폭발했다. "네가 모두 장악할 수 있다고 생각하는가? 비인간족은 결코 유령들이 아더월드를 지배하는 걸 용납하지 않아!"

리스베스/유령은 전혀 흔들리지 않고 거칠게 내뱉었다.

"그건 두고 보면 알 것이고! 할망구, 당신은 여기서 할 일이 없다. 친위대!"

난처해진 친위대가 마지못해서 엘세스/에스메랄다를 에워쌌다. 엘세스는 고개를 절레절레 젓다가 턱을 세웠다. 즉시, 유령 수십 명이 주위에 몰려들면서 티그족 친위대를 위협했다. 친위대는 꼼짝하지 않았다. 리스베스/유령은 이를 부드득 갈았다.

"음, 그럴듯했어." 엘세스가 조롱했다. "하지만 내게도 지지자들이 있다는 걸 이제 똑똑히 알았겠지? 따라서 나는 여기 있을 것이다. 그리고 네가 우리 제국을 다스리기 위해 어떻게 하는지 지켜보겠다. 뿐만 아니라 네가 누구든 내 딸을 구하기 위해 내가 할 수 있는 모든 걸 할 것이다."

격분한 리스베스/유령이 자제력을 잃고 벌떡 일어났다.

"내가 누구인지 알고 싶은가, 할망구? 그렇다면 알게 해주겠다. 내일 알릴 생각이었지만 26시간을 채우지 않는다고 달라질 건 없겠지. 나를 보고 나서 눈물이나 흘리지 마시지!"

리스베스/유령의 몸이 부풀고 키가 커지더니 어깨가 넓어지고 머리칼이 짧아졌다. 여제의 긴 드레스 대신 빨간색 원을 새긴, 검은색에 가까운 잿빛 망토가 나타났다. 이어서 반사경 마스크가 리스베스의 얼굴과 쪽빛 눈을 가렸다.

공포에 질린 궁인들이 뒷걸음쳤다.

마지스터!

엄청난 충격에 셀레나는 토할 뻔했다.

철천지원수! 오랜 세월 사랑한다면서 쫓아다녔던 남자! 셀레나는 이 제야 이유를 알았다. 마지스터였기에 유령들에게 자신의 몸을 장악하지 말라는 명을 내린 것이다.

그리고 그것이 무엇을 의미하는지도 알아차렸다.

마지스터가 죽었다는 뜻이 아닌가!

흥분한 셀레나가 마지스터의 죽음이 자신과 제국에 어떤 결과를 가져올지 곰곰이 생각하고 있을 때였다. 마지스터의 신호에 따라 여제의 별궁으로 통하는 비밀 문이 열리고 한 실루엣이 나타났다.

셀레나는 대번에 알아봤다.

파브리스!

어깨가 떡 벌어진 금발 소년, 파브리스는 많이 달라져 있었다. 슬픔과 죄의식 때문인지 얼굴빛이 어둡고, 많이 말라 보였다. 파브리스는 아더월드에 오면서부터 제2의 조국으로 삼은 랑코비트의 파란빛과 은빛 마법복 대신 잿빛 옷을 입고 있었다.

잿빛 옷의 가슴 부분에 새긴 오렌지색 원과 죽은 패밀리어 파란 매머드를 상징하는 무늬가 눈에 띄었다.

오무아의 후계자 타라 덩컨의 절친한 친구 파브리스가 끔찍한 적, 마지스터에게 복종하는 상그라브가 되었다니. 셀레나를 비롯한 모든 궁인이 경악했다.

뒤를 이어 어둠 속에서 빨간 눈에 긴 송곳니, 창백한 얼굴의 실루엣이 모습을 드러냈다. 하얀 대리석으로 새긴 조각 같은 얼굴이 아더월드의 햇빛에 잠시 반짝이는가 싶더니 마지스터가 앉은 옥좌 옆의 그림자 속으로 사라졌다.

인간 사냥꾼, 무시무시한 뱀파이어 셀렌바. 모두 공포에 떨고 있었다. 몇몇 궁인은 직장을 잃는 한이 있더라도 접견실을 나가기로 결정했다. 친위대는 그들이 나가는 걸 막지 않았다. 그러나 스쿠프들이 은밀하게 나가는 자들을 촬영하고 있었다.

파브리스는 잔혹한 셀렌바를 본 척도 않고 앞으로 나섰다.

"나의 어린 추종자, 여기 모인 이들에게 어떻게 된 일인지, 네 덕분에 내가 어떻게 유령이 되었는지 설명해주어라." 마지스터가 닭살이 돋게 느끼한 목소리로 말했다.

파브리스는 마지스터의 명에 복종했다.

"나의 패밀리어 바룬을 잃고 슬퍼할 때 타라가 나의 나리에게 중상을 입혔지요."

동정하는 웅성거림이 일었다. 마법사에게 패밀리어는 살아 있는 동안 영혼의 동반자로 결속되어 있는 동물이었다. 그런 패밀리어를 잃는다는 것은 팔 하나를 절단한 것이나 다름없다. 패밀리어 없이 살아갈 수는 있지만, 마법사에게는 몹시 고통스러운 일이다.

"사랑하는 이들을 보호할 수 있을 정도의 강력한 마법을 원했기 때문에 나는 나리를 구하고 싶었어요. 그러나 내 마법이 약해서 공간이동이 잘되지 않았지요. 나리의 지시를 받아 트란스미투스 마법을 세

번이나 작동한 끝에 가까스로 이동하는 데 성공했습니다."

"그리고 나는 죽었다." 마지스터가 즐거워하는 어조로 말했다. "나의 추종자들에게 지시를 내린 직후에 내 혼은 비욘드월드로 날아갔다."

마지스터가 또다시 신호를 보내자 불쑥 나타난 상그라브 여섯 명이 둥둥 떠다니는 크리스털 관을 에워쌌다. 마지스터의 시신이 들어 있었다.

"사망한 지 몇 초 후, 나리의 몸은 혈액순환이 정지되었어요." 파브리스는 침울한 목소리로 말했다. "나리의 몸이 되살아날 수 있도록 크리스털 관이 손상된 세포를 재생하는 중이에요. 회복되는 즉시 나리가 여제를 해방시킬 겁니다. 그리고 여제는 나리의 감독을 받게 될 겁니다."

"물론 나는 이렇게 빨리 돌아오게 될 줄은 몰랐다." 마지스터는 아주 흡족한 목소리로 덧붙였다. "예기치 않았던 뜻밖의 기쁨이었지. 고로 나를 죽인 오무아 제국의 후계자 타라 덩컨에게 아주 고마워하고 있다!"

마지스터는 자신의 모습을 오랫동안 보여주는 것으로 마법을 낭비할 생각이 없었다. 그가 마법을 중단하자 상그라브의 마스크 대신에 천천히 리스베스 여제의 얼굴이 다시 나타났다. 금발의 여제가 아름다운 얼굴을 들고 주위를 둘러봤다.

"크리스털 관에 들어 있는 육신을 파괴하면 네놈이 완전히 소멸되는 건가?" 엘세스가 한마디 했다.

리스베스/마지스터가 분노의 휘파람을 불었다.

"그렇게 계속 나에게 대항하겠다는 건가, 할망구? 내가 누군지 알았는데도?"

엘세스는 어깨를 으쓱했다.

"지난 몇 달 동안 너에 대한 소문을 듣긴 했지. 네놈이 뭐 그리 대단하다고!"

셀레나는 숨을 죽였다. 선대 여제 엘세스가 미친 건가, 저런 식으로 마지스터와 맞서다니! 엘세스는 싸움을 촉발시킬 위험이 있다는 걸 전혀 모르는 건가? 마지스터가 얼마나 잔혹한지에 대해서는 셀레나가 얼마든지 증언할 수 있었다.

"지금은 너도 우리랑 똑같아." 엘세스는 대담하게 말을 이었다. "산자의 몸을 훔친 유령이니까. 나는 너를 두려워할 이유가 없고, 너는 나에게 아무 짓도 할 수 없어. 네가 거드름이나 피우는 저 멍청한 놈들을 규합할 수 있었던 이유는 알 만하다. 네가 멍청한 놈들에게 산 자의 육신을 점령하는 방법을 보여줬기 때문이지. 다른 유령들은 마법 능력이 뛰어난 최고 마구스를 지배하는 것도 몹시 어려운데 네가 강력한 여제인 내 딸의 의식을 무력화시키는 걸 보고 다들 깊은 인상을 받았을 테니까."

엘세스의 거침없는 발언에 질겁하면서도 셀레나는 속으로 그 말에 동의했다. 엘세스는 사실을 말하고 있다. 마지스터의 도움으로 최고 마구스들을 수월하게 점령하게 된 유령들이 가장 강력한 여제를 지배하는 마지스터를 믿고 따르는 것이야 당연한 일이 아니겠는가.

마지스터가 치를 떨면서 엘세스에게 삿대질을 했다.

"그 입 닥치시지, 할망구! 뱀파이어에게 물리면 유령이 소멸된다는 걸 알고 있거든. 더 이상 입을 놀리지 못하게 해주지. 셀렌바!"

"네, 나리."

"이 할망구를 없애버려라!"

"알겠습니다, 나리."

송곳니를 드러낸 뱀파이어가 고양이처럼 뛰어오르기 앞서서 몸을 웅크렸다.

선대 여제 엘세스가 명을 내리자 육신의 지원을 받지 않으면 마법이 너무 약하기 때문에 유령 다섯이 힘을 합했다. 엘세스를 따르는 유령들이 눈 깜짝할 사이에 만든 밧줄로 뱀파이어를 묶었고, 함께 날아올랐다. 셀렌바가 몸부림치면서 유령을 하나둘 할퀴고 깨무는 사이에 나머지 유령들이 머리 위쪽 힘의 장막을 피하기 위해 창문을 통해 뱀파이어를 내던지는 데 성공했다.

창문의 크리스털이 박살 났다. 잠시 후, 성난 고함소리에 이어 쿵 하는 둔탁한 소리…… 모두 소스라치게 놀랐다.

"깨어나려면 시간이 좀 걸리겠군." 선대 여제들 중 한 명이 흡족한 얼굴로 손을 비비면서 말했다. "착지하면서 다리가 부러졌는데 레파루스로 치료해줄 사람이 아무도 없을 테니 엘세스가 알아서 해요."

엘세스는 마지스터 앞을 막아섰다. 그 순간 궁인 여러 명이 엘세스를 에워싸면서 팔짱을 끼고 노려보자 예상 밖의 상황에 마지스터가 당황스러워했다.

궁인들이 알록달록한 풍선을 한 손 가득 들고 있기에 망정이지 일촉즉발의 상황이었다.

엘세스는 비웃음을 흘리면서 마지스터에게 내뱉었다.

"나는 여기 머물면서 네가 무슨 짓을 하는지 지켜보겠다. 네가 마지스터든 누구든, 아더월드에 온 걸 후회하게 만들어줄 테니까!"

"나는 누구도 두렵지 않다." 마지스터가 큰소리쳤다. "당신들의 반대를 물리치는 것은 시간문제일 뿐이고, 당신들은 배신자다."

"배신자?" 엘세스가 엄한 얼굴로 받아쳤다. "천만에. 난 내 국민의 안전이 가장 중요하다고 생각하는 사람, 아니 유령이다. 그리고 난 여기에 있을 생각이 전혀 없었다. 비욘드월드는 생활하는 데 아무런 불편이 없는 곳이니까."

"거기가 그렇게 좋아? 할망구, 내가 당신을 그곳으로 빨리 보내주지!"

"그래, 어디 한번 해봐라! 네놈이 어떻게 하는지 구경하는 것도 재미있을 것 같군."

마지스터는 그 말을 무시하기로 했다. 엘세스를 아더월드에서 쫓아낼 방법을 찾아야지, 아니면 사사건건 성가실 것 같았다. 그리고 유령들 중에 마지스터와 비슷한 야심을 가진 리스베스의 삼촌 반디우 대군이 있었다. 따라서 엘세스와 반디우 등 유령 몇 명을 제거하는 것이 급선무였다.

마지스터가 생각에 잠겨 있는 사이에 엘세스는 눈치를 채고 쪼르르 달려온 안락의자에 편안하게 앉았다. 그러다 셀레나의 눈길과 마주쳤다. 이때다 싶어 셀레나는 분노와 두려움을 담은 눈빛으로 메시지를 보냈다. '저는 적이 아닙니다. 우리를 도와주세요!' 엘세스는 아무런 반응을 보이지 않다가 천천히, 아주 천천히 눈을 깜박였다. 셀레나를 제외하고는 아무도 보지 못했다. 셀레나는 안도의 숨을 내쉬었다. 엘세스/에스메랄다와 단둘이서만 얘기할 방법을 찾아야 했다.

궁인들은 여전히 산산조각이 난 에스메랄다의 남편을 결합하기 위해 풍선을 거둬들이고 있었다. 누군가 마법으로 끈을 만들었고, 몇 분

뒤, 한 무더기의 풍선이 거대한 접견실 한복판에 둥둥 떠 있었다. 티그족 친위대원들이 양탄자를 타고 다니며 힘의 장막에 들러붙은 풍선들도 수거했다. 기적적으로 단 한 개의 풍선도 터지지 않았다. 리스베스의 먼 친척인 다섯 살 난 여자아이가 움켜잡은 풍선을 회수하는 것이 가장 힘들었다. 손에서 풍선을 빼내려고 하자 아이가 눈물을 뚝뚝 흘리면서 까무러칠 듯 울어댔다. 마지스터의 시선을 끌까 봐 불안해진 아이의 어머니는 재빨리 다른 풍선 하나를 만들었지만, 풍선이 하나 더 생긴 것에 신이 난 아이는 두 개를 다 갖고 싶어 했다. 잠시 승강이가 벌어진 끝에 풍선을 회수할 수 있었다.

아이는 예쁜 풍선 하나를 들고, 화가 머리끝까지 난 어머니를 따라 접견실을 나갔다.

에스메랄다는 관대하게 남편을 소생시키는 것에 동의했다. 유령의 마법이 풍선들을 후려치자 그들 앞에 알몸 남자가 얼빠진 미소를 지으며 서 있었다.

"플를브브블를, 플를브브블를."

남자는 그렇게 말하면서 주저앉았다.

다리 하나가 없기 때문이다.

아이와 승강이를 벌이던 어머니가 잘못 고른 풍선을 에스메랄다에게 준 것이다. 남자의 한 조각, 풍선으로 이뤄진 다리 한쪽이 아이의 손에 들린 채 궁전 어딘가에 있는 것이다. 에스메랄다의 남편은 그 풍선이 돌아오길 기다리는 수밖에 없었다.

이 예기치 못한 사건에 궁인들은 여러 가지 상상을 하면서 잠시나마 심각한 상황을 잊을 수 있었다.

어떻게 하면 엘세스와 얘기할 수 있을까 생각에 잠긴 셀레나, 엘세스와 반디우를 제거할 방법을 궁리하는 마지스터, 산 자의 몸을 점령하게 되길 애타게 기다리는 유령들, 모두가 그렇듯 자기들의 생각에 빠져 있는 사이, 파브리스는 만나게 될까 가장 두려워하던 무아노와 결국 맞닥뜨렸다.

그러나 방금 파브리스의 눈앞에 끌려온 무아노는 예쁜 모습의 친구가 아니었다. 불안한 데다 기진맥진한 야수가 히플리아의 강철로 만든 수갑을 차고 있는데 퉁퉁 부은 발목에 피딱지가 앉아 있었다.

무아노의 표범 쉬바는 보이지 않았다. 마법사와 패밀리어가 얼마나 중요한 관계인지 잘 아는 유령들이 패밀리어를 영혼의 동반자에게서 멀리 떨어진 동물원에 가둔 것이다.

"파브리스, 난 네가 죽었는지 알았어." 야수가 말했다.

"나도 내가 죽었다고 생각했어." 파브리스는 아주 진지하게 대답했다. "근데 너는 왜 야수의 모습을 하고 있어?"

미녀와 야수의 후손인 무아노는 자신의 의지대로 옅은 갈색 눈에 구불구불한 머리의 예쁜 소녀에서 갈퀴발톱과 이빨이 많은 털북숭이 괴물로 변할 수 있다는 걸 우연히 알게 되었다.

"리스베스…… 아니 마지스터가 유령들에게 내 몸을 점령하라는 명을 내렸어." 땀에 털이 젖은 야수가 지칠 대로 지친 목소리로 속삭였다. "하지만 이 모습을 하고 있으니까 유령들이 가까이 오려고 하지 않았어."

"두 달 전부터 이 모습으로 있었다는 거야?" 깜짝 놀란 파브리스가 목멘 소리로 물었다.

"계속은 아냐. 혼자 있을 때는 인간의 모습으로 돌아왔지. 하지만 유령들이 알아채고 나타나는 즉시 야수로 변신해야 했어."

"난 전혀 모르고 있었어." 파브리스가 고백했다. "마지스터가 나를 교육시키기 위해 상그라브들의 요새를 벗어나지 못하게 했거든. 그러다 어제 이 놀라운 소식을 알려주면서 나를 궁전으로 불러들였어."

무아노는 야수의 금빛 눈으로 파브리스의 까만 눈을 뚫어져라 쳐다봤다.

"네가 한 일, 너의 배신, 우리 원수의 편이 된 것은 왜 그랬느냐고 묻지 않을게. 이유를 알고 있으니까. 바룬을 잃었기 때문에 네가 거의 미칠 거 같다는 것도 알아. 그것도 이해해. 쉬바와 멀리 떨어져 있는 것만으로도 이렇게 힘든데 패밀리어를 잃은 너의 고통이 어떨지 상상이 돼. 하지만 한 가지는 알고 싶어. 네가 지금 하고 있는 모든 일이 그럴 만한 가치가 있니? 파브리스, 우리 모두를 배신할 정도로 정말 그럴 만한 가치가 있는 거야?"

파브리스는 괴로운 나머지 고개를 돌리는 것으로 시선을 피하면서 마법을 작동했다. 시커먼 불이 털북숭이 야수에게 날아갔다. 아연실색한 무아노는 몸이 줄어드는 느낌이 들었다. 털이 사라지는 것과 동시에 마법복이 알몸을 가려주었다. 수갑이 줄어들면서 가느다란 손목에 난 상처가 확연히 드러났다.

파브리스가 무아노를 인간으로 되돌려놓은 것이다. 이렇게 쉽게 해내다니! 예전의 파브리스라면 어림도 없는 일이다. 다시 한 번 시커먼 불이 수갑으로 향했고, 어떤 마법에도 버티는 것으로 알려진 히믈리아의 강철인데도 수갑이 철컥 열리면서 바닥으로 떨어졌다.

무아노의 손목에 난 상처도 사라졌다. 눈 깜짝할 사이에 치료가 된 것이다.

파브리스는 만족스러운 얼굴로 시커먼 불의 마법을 중단했다. 그러고는 얼굴이 일그러지더니 가슴에 손을 얹었다.

"응, 그럴 만한 가치가 있지. 치러야 할 대가는 크지만. 글로리아, 내 몸과 정신에 가하는 검은 마법의 압박을 견디기 힘들거든."

녹초가 된 무아노가 비틀거렸다. 파브리스는 재빨리 무아노를 품에 안으면서 답삭 들었다. 무아노를 노리는 유령들이 주위를 맴돌고 있었다. 화가 치민 파브리스가 늑대로 변신하자 유령들이 질겁한 브볼*9 떼처럼 흩어졌다. 파브리스는 송곳니를 드러내면서 미소를 지었다. 금지된 대륙에서 늑대에게 물린 뒤로 늑대인간이 된 파브리스는 마음대로 변신하는 능력을 얻었다. 하지만 예민한 후각 때문에 지금처럼 많은 사람이 모여 있고, 온갖 향수 냄새가 진동할 때는 아주 짜증스러웠다.

물론 좋은 점도 있었다. 늑대인간은 은을 이용한 공격이나 참수형을 당해야 죽음에 이르고, 모든 상처를 즉석에서 치료할 수 있으며, 아더월드에서 드래곤들을 제외하고는 강력하다는 비인간 종족 중에서 단연 민첩했다.

게다가 유령들이 파브리스를 두려워하고 있었다.

•••••••••••••
9. 아더월드의 참새에 해당하며, 위험이 닥쳤을 때 한 몸처럼 일사불란한 움직임으로 무시무시한 포식동물의 모습을 흉내 내 공격자들을 도망치게 만든다. 예를 들어, 매 떼의 공격을 받을 경우 순식간에 집결한 브볼들이 독수리 모습을 만들어 매들을 공격한다.

갑자기 접견실의 문 근처에서 소동이 일어났다. 피투성이가 된 셀렌바가 에스메랄다 모습의 엘세스를 향해 걸어오는데 격분한 얼굴이 당장이라도 죽일 기세였다.

유령들이 공격하기 직전에 마지스터가 셀렌바를 제지했다.

"이제 됐다, 기회는 또 있어. 지금은 가만 내버려둬."

파브리스는 이맛살을 찌푸렸다. 사냥꾼 셀렌바는 절대 호락호락하지 않은데…… . 무슨 짓을 할지 상상을 초월하는 뱀파이어였다. 파브리스는 마지스터에게 뭘 했는지 보여주어야 했다. 무아노를 안은 채 옥좌를 향해 걸어갔다. 새 주인을 따르기로 했을 때 이 정도로 속박되리라고는 상상하지 못했다.

반쯤 정신을 잃은 무아노를 안은 파브리스를 보면서 마지스터가 일어났다.

"무슨 일이냐?"

화가 나지만 속내를 드러내지 않으면서 파브리스는 늑대의 금빛 눈을 내리깔고 대답했다.

"너무 오랫동안 야수의 모습으로 있으면 오직 원초적 본능에 따라 행동하는 야수가 될 겁니다, 나리. 인간의 지성이 없어지면 무아노는 우리에게 아무런 쓸모가 없게 돼요."

"하지만 너는 그 아이를 설득해서 다시 변신시켰잖아." 마지스터가 흡족해했다. "네가 여기 오자마자 대단한 능력을 보여주는구나. 잘했다, 내가 즉시 그 아이를 유령에 들리게 하겠다."

어? 이상한데. 파브리스는 의문이 들었다. 마지스터의 능력이라면 무아노를 인간으로 바꿔놓는 것쯤은 식은 죽 먹기일 텐데.

마지스터는 왜 그 능력을 사용하지 않았을까? 유령에게 무아노를 점령하게 하는 것은 그리 힘든 일이 아니다.

"허락하신다면 우리 편으로 만들고 싶습니다." 파브리스는 마지스터를 자극하는 것은 위험하다는 걸 알기 때문에 고개를 숙인 채 감히 말했다. "무아노를 설득해 우리 편으로 끌어들이겠습니다."

"나의 추종자, 너에게 그런 권리를 준 적이 없다. 난 찬성하지 않아. 이 아이를 믿지 않거든."

화가 난 파브리스는 속으로 외쳤다. '그건 나도 마찬가지죠.'

무아노는 눈을 게슴츠레 뜨고 코를 찡그리면서 속삭였다.

"어쨌든 네 노력이 가상하다."

파브리스가 미처 반응하기 전에 야수로 변신한 무아노는 엄청난 몸무게로 강력한 근육질의 늑대인간을 제압했다.

그러고는 리스베스 여제 모습의 마지스터 앞으로 가서 씹어뱉듯이 말했다.

"노예로 사느니 죽는 편이 낫다. 나는 굴복하지 않겠다."

"넌 이제 겨우 열다섯 살이다, 어린 공주. 죽음이나 고통이 뭔지도 모르는 어린아이야."

마지스터는 옥좌에 등을 기대면서 잔혹한 미소를 흘렸다.

"파브리스?"

"네, 나리?"

"채찍질 몇 대면 이 반항아를 굴복시킬 수 있어. 의식을 잃으면 다시 변신시켜. 그런 다음 유령이 덮치면 되니까."

파브리스는 분노를 참느라고 이를 악물었다.

"알겠습니다, 나리."

"그리고…… 파브리스?"

"네, 나리?"

"채찍질은 네가 하거라."

그 말에 고개를 들던 파브리스는 악의적인 희열에 찬 마지스터의 시선과 마주쳤다.

파브리스는 허리를 숙이면서 굴복했다.

"알겠습니다, 나리."

"사냥꾼?"

"네, 나리?"

"파브리스가 하는 짓이 신통치 않으면 네가 책임져."

엘세스를 노려보던 셀렌바가 부들부들 떠는 야수를 향해 고개를 돌렸다. 뱀파이어는 하얀 송곳니를 드러내면서 냉소를 흘렸다.

"알겠습니다, 나리."

"하지만 깨물지는 마, 셀렌바. 비록 직계는 아니지만 랑코비트의 왕위 계승을 위해 그 아이가 필요할지도 몰라. 따라서 살려야 한다, 알았나?"

실망한 셀렌바는 한숨을 내쉬었다.

"알겠습니다, 나리."

셀렌바의 신호에 친위대원들이 파브리스와 무아노를 에워쌌다. 그들이 다시 수갑을 채웠지만, 힘이 없는 야수는 어깨를 축 늘어뜨리고 꼬리를 내린 채 가만히 있었다. 파브리스는 아무 말도 하지 않지만, 얼굴은 차가웠고 눈에 괴로워하는 빛이 역력했다.

이 길을 선택했을 때 파브리스는 이렇듯 괴로운 일이 일어날 줄은 상상도 못했다. 그 장면을 지켜보며 셀레나는 파브리스가 이제 와 자신의 결정을 포기하리라곤 생각되지 않았다. 파브리스는 무슨 수를 써서라도 계속할 테니까. 타라의 어머니는 그저 소년이 모두를 죽이지 않기만 바랄 수밖에 없었다.

한편으로는 끔찍한 시련 때문에 어쩌면 파브리스가 마지스디에게 반항할지도 모른다는 희망을 품었다.

마지스터가 파브리스의 자존심을 건드리는 실수를 저질렀기 때문이다. 무아노를 피가 날 정도로 때리라는 것으로도 모자라 셀렌바에게 거들라고 했으니.

파브리스가 티그족 두 명에게 붙잡힌 무아노와 함께 나가는 사이에 화가 치민 셀레나는 마지스터 앞에 서서 소리쳤다.

"이런 괴물! 아이들을 상대로 이런 유치한 짓을 하다니! 고작 그것밖에 안 되는 인간이야? 공격을 하더라도 당신에게 어울리는 상대를 골라야지!"

"당신은 끼어들지 마." 마지스터가 미소를 지었다. "당신은 괴롭히고 싶지 않소. 그리고 앞으로 몇 달 동안 해야 할 일이 있으니까."

"내가 무슨 일을 해야 하는데?" 셀레나가 물었다.

리스베스 모습의 마지스터는 흐트러진 드레스 매무새를 가다듬고 얼굴을 들었다. 그러고는 모두가 들을 수 있게 큰 소리로 외쳤다.

"당연히 우리의 결혼식을 준비해야지!"

10
거시기

아무나 마구 죽이는 괴물로 변신하면
친구를 만들기 힘든데……

*

칼/뱀파이어에게 입을 맞출 뻔한 뒤로 안젤리카는 입을 꼭 다물고 있었다. 칼이 안젤리카를 속인 것은 이번이 두 번째였다. 첫 번째는 살인 누명을 쓴 칼이 미남 청년의 모습으로 변신해(패밀리어처럼 붉은 사자를 데리고 있었다) 가짜 신분(제임스 본드라는 이름을 사용)으로 소개했을 때 안젤리카는 첫눈에 홀딱 반했었다. 그리고 이번에는 뱀파이어로 변신한 칼의 카리스마에 또다시 홀렸으니. 두 번씩이나! 안젤리카는 언제, 어떻게 할지 아직은 모르지만 반드시 복수하리라고 다짐했다.

안젤리카는 경탄을 금치 못하는 눈길로 자신의 손을 쳐다보면서 집안에 내려오는 빛의 손에 대한 전설을 떠올렸다.

빛의 손이란 지각단층 전쟁이 일어났을 때 조상 시프리엔 브란다우드가 소유하고 있던 무기였다. 재능 있는 마법사 시프리엔은 데미데루스의 도움을 받아 이 무기를 만들었고, 악마들과 싸우면서 처음으로 빛의 손을 시험했다. 레드 드래곤의 공격으로 목숨을 잃을 뻔했을 때 빛의 손을 사용하면서 엄청난 힘이 있다는 걸 알게 된 브란다우드는 자신의 혈통을 잇는 후손의 게놈에 '빛의 손' 유전인지를 삽입했다. 자세한 기능에 대해서는 전해지지 않지만, 빛의 손이 지각단층을 봉쇄하고, 아틀란티스를 파괴하는 데 성공했다는 전설이 내려오고 있었다.

빛의 손은 가공할 만한 무기였다.

그런 강력한 무기를 안젤리카가 지니게 된 것이다.

그런데 빛의 손이 타라의 마법만큼 강력할까? 천진한 얼굴을 하고 은근히 최고인 양 뽐내는 쪽빛 눈의 계집애를 볼 때마다 안젤리카는 짜증이 났다. 순간순간 타라를 박살 내버리고 싶은 충동이 일었다.

이제 안젤리카가 빛의 손을 지니게 되었으니 무슨 일이든 가능했다. 타라가 불의의 사고를 당한다든가 흔적도 없이 사라져버린다든가…… 얼마든지 가능한 일이었다.

트라비아에서 멀리 떨어져 있는 그들은 관리가 잘되어 있는 밭, 암소와 머리가 둘 달린 고라니의 일종인 모오오오우우우, 베에에, 트라둑들이 유유히 풀을 뜯어먹는 방목장의 상공을 날고 있었다. 안젤리카는 목가적인 풍경을 아주 오랜만에 보는데도 전혀 반갑지 않다는 생각을 잠시 하면서 황홀한 얼굴로 자신의 손에 눈길을 고정했다.

"어디로 달아나지 않아!"

난데없는 말에 안젤리카는 소스라치게 놀랐다.

"뭐라고?"

"네 손 말이야." 타라는 말을 이었다. "어디로 달아나지 않으니까 그렇게 지키듯 쳐다볼 필요 없다고!"

발끈한 안젤리카가 타라에게 삿대질을 했다.

"내가 너라면 나를 자극하지 않을 거야."

"그래, 알았으니까 너도 그 손가락이나 치워."

꺽다리는 얼굴이 일그러지면서 손가락을 구부렸다.

"너, 목숨을 갖고 장난치고 싶니?"

"안젤리카, 장난 아냐. 특히 내 목숨을 갖고 장난치지는 않아." 타라는 꺽다리의 손을 가리켰다. "너, 그거 사용할 줄 알아?"

안젤리카는 당황했다. 타라가 재빨리 화제를 바꾼 것이 적중한 것이다.

"당연히 사용할 줄 알지." 안젤리카는 거들먹거리면서 대답했다. "전혀 어렵지 않아. 손을 내밀고 내 마법을 보내면 쾅! 모든 게 박살이 나지."

"아니, 그건 네 마법이 아냐. 강의 시간에 들었는데……."

"네가 강의를 들어?" 깜짝 놀란 안젤리카가 말을 잘랐다.

타라는 어깨를 으쓱했다.

"응. 수학, 물리, 철학, 역사, 지리, 지정학, 거시경제학, 미시경제학…… 등의 강의를 듣고 있지."

"하지만…… 왜? 책을 한 번만 읽으면 다 기억할 수 있는데!"

"그렇지, 그런 점에서는 마법이 아주 유용하지. 하지만 책으로는 깊이 알 수 없는 것들을 가르쳐주고 전문 분야에서 활용할 수 있게 이끌어주는 선생님들이 있어. 그래서 나는 자연과학(표본으로 삼는 것들이 살아 있는 데다 공격적이라 타라는 이 시간을 정말 싫어했다) 강의 뿐만 아니라, 전투 훈련을 위해 검이나 창을 다루고 단도를 날리는 기술을 연마하고(타라의 실력이 형편없어 교관의 한쪽 귀가 날아갈 뻔했다), 요리도 배우고(증조할아버지 마니투가 그 실습 요리를 맛있게 먹어줘서 그나마 다행이었나), 외교적 의례(너무 제약이 많고 복잡해서 제일 싫어했다), 게다가 마법 강의도 듣고 있어. 최근에 받은 강의에서 지각단층 전쟁 때 마법의 에너지를 방출하지 않는 무기에 대해 들었어. 악마들도 알아채지 못했다고 했는데 선생님이 말한 그 무기가 빛의 손인 것 같아. 방출된 마법의 양이 아주 경미했다고 칼이 말했거든. 그런데 네가 언덕을 파괴하기 위해 빛의 손을 사용했을 때 탐지기는 마법의 에너지가 아니라 빛을 감지한 거였어."

안젤리카의 눈이 동그래졌다.

"그러니까 빛의 손은 사용해도 탐지되지 않는다는 말이잖아?" 안젤리카는 모르고 있었다는 내색을 하지 않으려고 받아쳤다. "그래, 내가하고 싶은 말이 바로 그거야! 내 빛의 손은 강력하면서 탐지기에 발각되지 않는 완벽한 무기란 말이지!"

'생각보다 빨리 그 효과를 경험하게 해줄게' 갈색 머리 꺽다리는 그렇게 속으로 말하면서 타라를 쏘아봤다.

"그래서 말인데 시험해볼 필요가 있을 거야." 타라는 그렇게 제안하면서도 안젤리카의 손에 그런 강력한 무기가 있다는 것이 달갑지 않았다.

대답은 반사적으로 튀어나왔다.

"너한테 시험해볼까?"

"에이. 그건 안 되지. 바위나 죽은 나무, 폐허가 된 오두막…… 같은 무생물을 상대로 시험해봐."

물론 맞는 말이지만, 안젤리카는 타라의 말이 맞다고 인정하기가 죽기보다 싫었다.

"나는 시험해볼 필요 없어." 안젤리카는 거만하게 말했다. "나에게 마법은 자연스러운 일이니까. 너랑은 달라!"

안젤리카가 코를 킁킁거리면서 눈살을 찌푸렸다.

"이게 무슨 냄새지?"

그 순간 실버가 돌아보면서 외쳤다.

"저 앞에 불빛, 보여요. 양탄자의 GPS(위성항법장치)를 보면 글루안트에 도착한 것 같아요. 어떡해요? 도시로 곧장 들어가요, 아니면 피할까요?"

"들어가자!" 안젤리카가 지시했다.

"피하자!" 타라가 외쳤다.

동시에 대답을 뱉어낸 두 소녀가 서로를 노려봤다.

"나는 이 냄새나는 농촌이 아닌 곳에서 잘 먹고 씻고 편안하게 쉬어야겠어." 안젤리카가 말했다.

"병사들이 진짜 모습을 보기 위해 적외선 안경을 착용하고 있어서 우리는 마법을 사용할 수 없어." 타라가 응수했다. "그리고 우리 둘은 대번에 발각될 거잖아. 실버에게 필요한 것을 사오게 하고 도시 밖에서 머무는 것이 안전해. 안젤리카, 아더월드의 운명이 우리에게 달려 있는데 침대에서 자고 싶다는 이유로 위험을 무릅쓸 수 없어."

실버는 고개를 끄덕였다.

"타라 아가씨 말, 맞아요. 우리 셋 함께 도시로 들어가는 건 현명하지 않아요. 내가 필요한 것 사가지고 올게요. 도시 밖에서 지내요."

안젤리카가 뭐라고 구시렁거리는데 기분이 몹시 상해 있었다.

"이 언덕에 착륙할게요." 어둠 속에서도 언덕이 잘 보이는지 실버가 말했다.

이번에는 타라가 냄새를 맡고 소리쳤다.

"잠깐, 여기는……."

너무 늦었다. 실버가 이미 양탄자를 착륙시켰는데 트라둑의 똥이 무더기로 쌓여 있었으니.

양탄자는 그대로 똥 무더기에 처박혔다. 퉤퉤, 안젤리카가 요란을 떨면서 좌석으로 펄쩍 뛰어올랐고, 그 바람에 양탄자는 똥이 섞인 진창에 점점 더 파묻혔다.

"다시 이륙해, 빨리!" 타라가 외쳤다.

실버가 애를 썼지만, 진창에 박히면서 올라앉은 오물의 무게 때문에 양탄자는 들리는 듯하다가 꾸르륵꾸르륵 절망적인 소리를 내면서 더 깊이 묻혔다. 실버와 두 소녀는 선택의 여지가 없었다. 셋은 양탄자에서 펄쩍 뛰었다.

농부들이 언덕에서 오물을 썩혀 밭으로 흘러들게 하려고 똥 무더기 주위에 마법의 울타리를 쳐서 막아놓았던 것이다. 실버와 타라, 안젤리카는 다행히 울타리를 따라 땅바닥으로 굴러갈 수 있었다. 오물진창은 양탄자를 꿀꺽 삼켜버렸다.

타라의 몸이 떨리고 있었다. 두려움 때문에 타라가 떠는 것이 아니라 오물을 뒤집어쓴 것에 화가 난 체인지라인이 마구 흔들어댔기 때문이다.

"휴, 똥 냄새 정말 지독하다!" 타라는 결국 내뱉었다.

"빌어먹을!" 안젤리카도 욕설을 퍼부었다.

실버는 입으로 숨을 쉬려고 애쓰고 있었다. 냄새 때문에 미칠 지경이었다. 기절을 하거나 토하면 너무 남자답지 못한 것이 아닌가. 어머니가 들려준 이야기에 똥을 뒤집어쓴 영웅이란 없었다. 위험한 순간 도주하다 진흙이나 피투성이가 되었다면 몰라도.

실버는 나오려는 한숨을 꾹 참았다. 그제야 실버의 상태를 알아차린 두 소녀는 불안한 얼굴로 쳐다봤다.

"이걸로 문제는 해결됐네." 안젤리카가 말했다. "주위가 온통 똥 냄새가 진동하는 밭으로 둘러싸여 있으니 도시로 들어가는 수밖에 없겠어."

"그래, 위험하지만 도시로 들어가야겠다." 꺽다리를 기쁘게 해주는 것이 유감스럽지만 타라도 동의했다.

안젤리카가 깜짝 놀라서 타라를 쳐다봤다.

"아끼는 안 된다면서?"

"이제는 양탄자가 없잖아. 들판에서 마법을 사용하는 것도 좋은 생각이 아니고. 씻으려고 물의 원소를 불렀다가는 대번에 발각될 테니까. 도시로 들어가서 씻고, 좀 쉬면서 새 양탄자를 사는 게 좋겠어. 그리고 어차피 이제부터는 각자 떨어져서 다녀야 할 거야. 지금쯤은 배추 상인이 양탄자를 도둑맞았다고 신고했을 테니까."

실버는 잠자코 고개를 끄덕였다. 이 끔찍한 냄새에서 벗어날 수만 있다면 뭔들 못할까. 더 이상 견딜 수 없는 코가 기권하겠다는 신호를 보내고 있었다. 그런데 어머니는 조심해야 한다고 당부했었다. 후각,

촉각, 미각, 시각, 청각의 귀중한 감각 중 어느 것 하나도 잃어서는 안 된다고 했다. 오감이야말로 실버를 어떤 희귀종이 아니라 인간임을 증명해주는 유일한 특성이기 때문이다.

어쨌든 지독한 악취는 소녀들의 향기를 덮어버리는 장점이 있었다. 소녀들의 향기는 너무 괴로웠다. 실버는 소녀들에게 가까이 가는 순간 감미롭고 유혹적이고 매혹적인 향기에 취했다. 그 향기만 맡으면 군침이 돌면서 깨물고 싶은 충동이 일었다. 그런 생각을 하면 안 되는데…… 절대로. 실버는 이런 상태로 계속 있다가는 죽을 것만 같았다.

"그런데 이 꼴로 들어가면 사람들이 쳐다볼 텐데 뭐라고 하지?" 타라가 말했다.

"설명은 무슨! 아무 말도 하지 말아야지." 안젤리카는 거만하게 물었다. "돈은 있어?"

"응, 내 체인지라인 안에 항상 있어."

"많아?"

"충분할 거야." 타라는 신중하게 대답했다.

실제로 작은 나라 하나를 살 정도로 많은 돈을 지니고 있었다. 리스베스 고모는 오무아 밖에 나가 있을 때 안전을 보장해주는 것은 돈이라고 말했다.

"그럼 됐네. 돈으로 안 되는 건 없으니까. 어수선한 시기라 우리를 이상하게 보겠지만."

그래, 돈만 있으면 뭐든 할 수 있기는 지구에서도 마찬가지였다. 훨씬 더 많은 시간을 살았기에 진정한 안식처로 여기는 지구를 생각하던 타라는 아이디어가 떠올랐다. 마법에 의존하면서 사는 아더월드의 사람들은 다른 방법이 있다는 걸 생각하지 못했다.

"우리 변장을 하고 도시로 들어가자." 타라는 마법복 호주머니를 뒤지면서 제안했다. "나는 마법을 사용하지 않아도 네 모습을 바꿀 수 있어, 안젤리카."

갈색 머리 꺽다리는 타라의 말을 건성으로 들었다.

"이 도시 최고의 호텔, 최고의 방에서 묵자." 안젤리카는 꿈에 부푼 얼굴로 말했다.

"그러면 최고의 경찰이 즉시 우리를 체포하겠지." 타라가 빈정거렸다.

"아니, 도망자들이 최고의 호텔에 숨을 거란 상상은 절대 하지 않을 거야. 내 생각이 맞을 테니까 너나 변신해."

"그건 아무 소용없어." 타라는 참을성 있게 대답했다. "아까 말했잖아, 병사들이 적외선 안경을 착용하고 있다고."

"내 말은 너의 멍청한 친구 칼처럼 뱀파이어로 변신하라는 거야."

"하지만 너도 크리스털 전광판에서 나의 두 가지 모습을 봤잖아. 인간의 모습과 뱀파이어의 모습, 내가 인간으로 다시 돌아와 있는 걸 아는 사람은 별로 없어. 내가 두 달 전만 해도 인간의 모습으로 돌아오지 못했던 거 기억 안 나?"

"당연히 알지, 네 눈엔 내가 바보로 보이냐?" 안젤리카는 멸시하듯 내뱉었다. "뱀파이어에서 다시 동물로 변신하면 적외선 안경이라도 탐지하지 못해. 그러니까 늑대나 박쥐로 변신해 도시로 들어가면 들키지 않고 통과할 수 있어. 나의 패밀리어라고 생각할 테니까."

타라는 고개를 끄덕였다. 성깔을 부려서 짜증 나는 소녀지만, 안젤리카의 말에 일리가 있었다. 좋은 생각이었다.

"그럼 아가씨, 어떻게 변장해요?" 실버가 안젤리카를 쳐다보면서 물었다.

"솜뭉치로." 타라는 호주머니에서 상자를 꺼냈다.

그러고는 상자에서 꺼낸 솜뭉치를 흔들었다. 살아 있는 궁전이 만일을 대비해서 마련해준 것이다. 50킬로그램의 체중을 90킬로그램의 거구로 만들 수 있는 양의 솜뭉치였다.

"이걸 마법복 안에 넣는 거야. 마법을 사용해서 모습을 바꾸는 것이 아니기 때문에 적외선 안경으로도 감지할 수 없어."

안젤리카는 질겁하면서 뒷걸음쳤다.

"무슨 소리야? 나를 뚱보로 만들겠다는 거야?"

"정답!" 타라는 천연덕스럽게 대답했다. "체인지라인의 도움을 받으면 아무도 너를 알아보지 못할 거야."

타라는 안젤리카의 뺨을 통통하게 만들 탈지면과 옷 속에 넣을 솜뭉치 여러 개를 꺼냈다. 체인지라인이 갈색 머리 소녀의 눈을 둥글게 강조하는 화장을 하고, 나이가 들어 보이게 주름을 그렸다. 그리고 머리를 틀어 올려 얼굴 윤곽을 드러내고, 파운데이션 크림으로 가무잡잡한 피부를 뽀얗게 만들었다. 타라는 입안에 탈지면을 집어넣고, 마법복 안에 솜을 마구 쑤셔 넣으면서 안젤리카를 포동포동한 뚱보의 모습으로 만들었다.

"이건 너무 쉽하잖아." 안젤리카가 악을 쓰는데 입안의 탈지면 때문에 시옷 발음이 이상해졌다. "솜을 샤용해 뚱보로 만든다는 게 말이 돼?"

"걱정 마, 아주 완벽하니까. 아무도 너를 알아보지 못할 거야."

"아이, 짜증 나. 너랑 다니는 건 정말 끔찍하다!" 화가 난 안젤리카가 쏟아붙였다. "여기서 일단 헤어지자. 그리고 돈이나 줘, 내가 먼저 호텔에 가서 너희를 기다릴게."

타라는 안젤리카가 돈을 슬쩍 빼돌리라는 걸 알았지만 아무 말도 하지 않았다. 꺽다리에게 크레디트-무트 금화가 가득한 돈주머니를 내주었다. 이어서 실버에게도 돈주머니를 건네자 소년이 흠칫 놀라면서 손사래 쳤다.

"그 정도 돈, 나 있어요. 고맙지만 사양해요."

안젤리카가 뒤뚱뒤뚱 도시를 향해 멀어져가는 사이에 타라는 변신했다. 변신이 점점 쉬워졌다. 셀렌바의 DNA를 복제한 세포유전자가 머릿속에 새겨져 있어서 타라는 어떻게 해야 하는지 방법을 알고 있었다. 따라서 단순한 뱀파이어가 아니라 인간의 피를 먹은 뱀파이어로 변신했는데 그것은 섬세하게 깎은 다이아몬드와 돌멩이만큼이나 큰 차이가 있었다.

타라가 칼의 유령을 죽인 뱀파이어와는 많이 다른 모습의 뱀파이어로 나타났을 때 실버는 소스라치게 놀랐다. 창백한 피부색에 새빨간 눈과 흰색 머리, 뱀파이어로 변신한 칼과 마찬가지로 키가 2미터는 되는 것 같았다.

무엇보다 굶주린 얼굴이었다.

"휴, 진짜 이상하다." 뱀파이어로 변신한 타라는 입술을 핥으면서 혼잣말로 중얼거렸다. "보통 뱀파이어와는 완전히 다르잖아."

타라는 냄새를 맡았다. 이게 무슨 냄새지? 타라의 눈이 동그래졌다. 실버에게서 나는 냄새였다. 화덕에서 갓 구워져 나온 뜨거운 빵이라고 할까. 타라는 유연한 몸짓으로 머리를 숙이며 실버에게 한 걸음 다가셨다.

"음, 너한테서 좋은 냄새가 나."

실버는 뒷걸음쳤다. 갑옷이나 다름없는 비늘 덕분에 두려움을 모르는 실버지만 난생처음 이상한 느낌이 들었다. 타라는 두려움을 주는 소녀였다. 실버는 헛기침을 하면서 타라의 말을 못 들은 척 딴소리를 했다.

"아가씨, 서둘러야 해요. 도시, 들어가려면 갈 길 멀었어요. 늦었어요."

이어서 어색한 침묵이 흐르는 동안 타라는 공기 속에서 냄새를 맡으며 재빨리 안젤리카의 뒤를 쫓았다. 그 뒤에서 페가수스가 날개를 파닥이며 고양이 울음소리를 내는데 주둥이에 송곳니가 삐죽 나와 있었다.

실버는 이마에 맺히는 땀을 닦았다. 이런 뱀파이어 모습의 타라와 맞서야 하는 일이 생긴다면 이길 자신이 없었다. 혼란스러웠다.

그때였다. 눈앞에 있던 뱀파이어의 키가 줄어들더니 갑자기 네 발로 달리는 것이 아닌가. 타라가 뱀파이어의 유전자를 이용해 하얀 늑대로 변신한 것이다. 타라/늑대가 송곳니를 드러낸 유령처럼 안젤리카 바로 옆에 불쑥 나타나자 껑다리가 공포의 비명을 내질렀다. 잠시 후 타라라는 걸 알아차린 안젤리카는 대뜸 욕설을 퍼부었다.

"야, 미쳤어? 깜짝 놀랐잖아!"

그렇게 말하면서 안젤리카는 발길질을 날렸다. 하지만 늑대가 날렵하게 피하는 바람에 몸이 둔한 안젤리카는 땅바닥에 쿵 주저앉았다. 혼자서 일어날 수 없는 안젤리카는 뒤집어진 쇠똥구리처럼 손발을 버둥거리며 바락바락 악을 썼다.

생각보다 이 여정이 순탄치 않으리란 예감에 실버는 한숨을 내쉬었다. 실버가 뚱보를 일으키려고 엄청난 노력을 하는데 늑대는 웃느라고 몸을 비틀고 있을 뿐 도와줄 생각이 아예 없는 것 같았다.

불행히도 실버가 뚱보를 너무 세게 잡아당기는 바람에 갑자기 일어나면서 둘의 이마가 심하게 부딪쳤다.

퍽 하는 소리가 났고, 벌렁 나자빠진 뚱보는 눈이 뒤집히면서 기절했다. 실버의 비늘에 찢어진 이마에서 피가 많이 나고 있었다.

"아이쿠, 또 비늘 때문에……." 기겁한 소년이 중얼거렸다.

이러면 정말 안 되지만 타라는 눈물까지 흘리면서 웃었다. 타라가 그렇게 웃고 있을 때 실버는 레파루스 주문으로 안젤리카를 치료했다. 갈색 머리 뚱보는 깨어나자마자 실버에게 욕설을 퍼부었다.

안젤리카와 실버는 전혀 알 길이 없지만, 타라는 로빈이 죽은 뒤 처음으로 가슴을 짓누르던 슬픔이 사라지는 거 같아 웃고 있는 것이다. 뚱보로 변한 안젤리카가 까무러치는 모습까지 봤으니 타라의 기분을 전환시키는 데 효력 만점이었다. 안젤리카에게는 정말 미안한 일이지만.

타라는 네 발로 종종걸음 치듯 걸어갔다. 늑대로 변신해 있기 때문에 정찰병으로 앞장서는 것이다.

타라/늑대는 속도를 내면서 안젤리카와 실버와의 거리를 벌렸고, 온몸으로 기쁨을 표시하듯 질주 본능에 이끌리며 속도를 즐겼다.

타라/늑대는 잠시 크레크레크레를 뒤쫓았다. 그러고는 마치 달리기 시합을 하듯 심장이 터져라 달아나는 동물을 앞지르는 것으로 만족했다. 야생동물의 냄새를 맡으면서 흥분이 됐지만, 늑대 아니 타라는 잡아먹고 싶은 동물적 본능을 억제했다.

갈랑은 달랐다. 배가 고픈 페가수스가 크레크레크레에게 달려들었지만, 동물은 귀도 까딱하지 않았다. 페가수스가 초식동물이라는 건 삼척동자도 알고 있지 않은가.

그러나 잘못된 판단으로 크레크레크레는 짧은 생을 마감했으니.

식사를 끝낸 갈랑이 주둥이를 핥은 다음 타라를 뒤따르기 위해 현란한 속도로 내달렸다. 그리 오래 걸리지 않아 도시가 보였다. 타라는 혀를 늘어뜨린 채 엉덩이를 대고 앉았다. 늑대는 땀이 나지 않지만 인간처럼 헐떡거리면서 입으로 열기를 배출했다.

타라는 갈랑을 쳐다보면서 무언의 지시를 내렸다. 유령들은 오무아의 후계자가 은빛 페가수스를 데리고 다닌다는 걸 알고 있었다. 그뿐만 아니라 아더월드에서 페가수스를 영혼의 동반자로 삼은 마법사는 타라가 유일했다. 때문에 그들을 찾는 것이 그리 어렵지 않을 거라는 타라의 설득에 갈랑은 마지못해서 어둠 속 나무에 날아가 앉았다.

타라는 다시 주변을 관찰했다. 글루안트 도시 주변은 활기가 넘쳤다. 페가수스나 양탄자를 탄 병사들이 정찰을 돌고 있었다. 이런! 유령들은 생각보다 치밀했다. 발각되지 않으려면 정말 조심해야 했다.

안젤리카와 실버에게 돌아가는 데 거의 30분이 걸렸다. 둘은 신중하게 거리를 유지하고 있었다.

"어디 갔다 온 거야?" 안젤리카가 다그치듯 물었다. "그러다 잡히면 어쩌려고!"

타라는 말을 편하게 하려고 뱀파이어에서 다시 인간으로 변신했다.

"병사들이 정찰을 도는지 살펴야겠는데 너희가 너무 느리잖아."

"그래서?"

"나쁜 소식은 정찰을 돌고 있다는 것이고, 좋은 소식은 여러 번 내

앞을 지나쳐갔는데 나에게 주의를 기울이지 않았다는 거야. 그들이 찾는 건 늑대가 아니니까. 도시로 들어가도 되겠어. 그런데 문제는 갈랑이야."

"갈랑이 왜? 그 멍청한 페가수스에게 무슨 문제라도 생겼어?"

타라는 자신의 생각을 설명했다. 안젤리카는 갈랑을 들판에 두고 가자고 했지만, 페가수스는 단호하게 거부했다. 마침내 타라보다는 마법 조절이 잘되는 안젤리카가 마법 방출을 최대한으로 제한하면서 산소마스크를 만들었다. 마법복의 호주머니에 엄청나게 많은 걸 집어넣을 수는 있어도 숨을 쉴 수는 없기 때문이다. 이윽고 갈랑은 산소 양이 일주일은 지낼 정도로 넉넉한 산소마스크를 쓰고 체인지라인 안으로 들어갔다.

타라는 실버와 안젤리카와 함께 움직이기 위해 박쥐(날아가는 기술에 별로 자신이 없기에)보다는 다시 늑대로 변신하기로 했다. 타라가 재빨리 네 발 동물로 변신하자 체인지라인이 목줄을 만들어주었다. 타라는 신중을 기하기 위해 주홍빛과 금빛 목줄을 평범한 파란색으로 바꿨다.

날아다니는 양탄자와 침대, 안락의자. 심지어 욕조들까지 끊임없이 도시를 들락거리고 있었다. 이정표가 있는 길을 일부러 피하는 타라 일행과는 달리 마법사들과 비마들은 브리양트가 밝혀주는 도로를 따라 이동하고 있었다. 길이 막힐 것 같으면 상공을 날아다니기 때문에 교통은 그리 혼잡하지 않았다.

물론 비행 수단을 이용하는 이들만 있는 것이 아니라 걸어 다니거나 페가수스, 매머드, 말, 호랑이, 트라둑을 타고 다니는 사람들도 있었다.

집으로 돌아가기 위해 무심코 트란스미투스를 사용하려는 순간 갑자기 금지되었다는 걸 기억한 마법사들의 입에서 불평이 쏟아졌다.

트란스미투스를 비롯한 마법 금지령 때문에 생활에 불편을 겪는 트라비아 시민들에게 유령들은 이미 인심을 잃은 상태였다.

타라와 실버, 안젤리카는 가슴을 졸이면서 군중 속에 섞였지만, 아무도 뚱보 여자와 소년, 늑대에게 관심이 없었다. 주택가가 가까워질수록 경비가 삼엄해졌다. 주요 노선을 따라 도처에 적외선 안경을 쓴 병사들이 도시로 들어오는 모든 이들을 감시하고 있었다. 긴 금발의 매력적인 여자 한 명이 체포되었다. 그 충격에 아름다운 모습은 온데간데없이 사라지고 깡마른 갈색 머리 소녀의 공포에 질린 모습이 드러났다. 타라와 실버, 안젤리카는 그 틈에 경비들의 눈을 피해 도시로 들어갔다.

그들은 이내 그토록 통제가 강화된 이유를 알아차렸다. 머리 위 상공에 둥둥 떠 있는 크리스털 전광판들에서 똑같은 뉴스를 방송하고 있었다. 레지스탕스의 활약이 갈수록 커져가고 있었다. 유령들이 랑코비트에서 가장 큰 마법전력 발전소의 가동을 중단시켰기 때문에 수많은 가정에 보급되는 마법 전류가 끊겨 있었다. 그 일로 브리앙트 가격이 급등하자 유령들에게 반발하면서 레지스탕스를 지지하는 시민들이 점점 늘어나는 추세였다. 따라서 병사들이 경계를 강화한 것은 레지스탕스 때문이지 세 명의 도망자들 때문이 아니었다.

타라와 실버, 안젤리카가 첫 번째 주택가를 통과했을 때였다. 갑자기 수십 명의 사람들이 몰려오더니 예쁘게 포장한 물건을 들이대면서 동시에 소리를 질러댔다.

그런데 세 사람에게서 풍기는 악취 때문인지 사람들이 금세 뒤로 물러섰다.

"빌어먹을!" 안젤리카가 나직한 소리로 내뱉었다. "펩쉬티!"

"뭐라고?"

"펩쉬티, 에이…… 발음이 잘 안 되잖아. 음, 펩시티! 이 도시에서는 공짜로 물건을 얻을 슈 있어. 하지만 네가 그 물건을 받을 경우에는 무조건 마음에 든다고 말하면서 흔쾌히 모든 테스트를 승낙해야 돼. 아니면 계약이 파기되고, 너는 감옥에 갇히게 돼."

셋은 전진했지만 사방에서 사람들이 물건을 내밀었다. 사탕, 치약, 막대사탕, 팬티형 기저귀, 칫솔, 세제, 제트 양탄자, 트럭 양탄자, 마법 세탁기, 마법 랜턴, 신발 흙털개, 책, 크리스털레오(지구의 비디오에 해당), 탈취제, 비누, 샴푸, 향수도 있었다.

인공 태양들의 빛으로 도시는 대낮처럼 밝았고, 사람들은 서로 자기 제품을 받으라고 아우성치고 있었다. 그들은 '블랑블랑블랑' 치약 덕분에 하얘진 이빨을 자랑하는 크로크-르캥을 용케 피했지만, 불쑥 나타난 드래코-티라노사우루스가 "반경 수 킬로미터 내에서 최상의 고기는 티렉스 정육점으로!" 하고 외칠 때 타라는 비명을 지를 뻔했다. 베에에 한 마리가 자신의 넓적다리를 코앞에 들이대면서 장난이라도 치듯 '아주 맛있는 다리야'라는 문구를 보여주는 끔찍한 광고판도 있었다. 물건을 선전하느라고 사방에서 터져 나오는 광고 문구들, 윙윙거리는 불빛…… 정신을 차릴 수가 없을 정도로 시끌벅적한 도떼기시장에 와 있는 것 같았다. 늑대 모습의 타라를 발견한 사람들이 우르르 몰려들었다. 개로 보였는지 개를 위한 먹이, 목줄, 목걸이, 부리망 등을 내밀었는데 전혀 필요 없는 것들이었다. 그러나 이번에는 또 다른 사람들이 거칠게 떠밀면서 비누와 탈취제를 선전하는 호객 행위를 했다. 펍시티의 주민들은 타지 사람들에게 물건을 시험해볼 기회가 많지 않기 때문에 폭동이라도 일어날 듯 분위기가 살벌해졌다. 그래서 아너월드 사람들은 시장에 내놓기 전에 기를 쓰고 자기들이 만든 물건을 시험하는 펍시티를 피하는 것이다.

그때였다. 요란한 광고 불빛 때문에 야릇하게 보이는 남자가 갑자기 버럭버럭 고함을 질러댔다. 그러더니 움직이는 모든 것에 마법의 광선을 발사하기 시작했다. 안젤리카와 타라는 땅바닥에 엎드렸지만, 실버는 끄떡도 하지 않았다. 시계가 없는(늑대의 발목에 시계를 찰 수 없기 때문에) 타라는 속으로 수를 세기 시작했다.

'애꾸눈 악어 하나, 애꾸눈 악어 둘(아더월드에서 1초는 지구보다 더 길기 때문에 단어를 추가해야 했고, 1분이 되려면 100을 세야 했다), 애꾸눈 악어 셋……'

애꾸눈 악어 100을 셌을 때 경찰이 사이렌을 요란하게 울리면서 현장에 도착했다.

경찰은 격렬하게 몸부림치는 남자를 제압했다. 샤먼들이 나타나 남자와 중상자들을 실어갔다. 그들이 멀어져가는데 남자의 고함소리가 들렸다.

"아, 소리!" 남자가 소리쳤다. "빌어먹을 소리 좀 없애줘!"

경찰이 남자의 머리에 올려놓은 빨간 식물이 붉은 장밋빛 꽃잎을 흔들면서 귀와 눈을 덮어버렸다. 잠시 후, 남자는 진정이 되었다. 타라는 무슨 식물인지 궁금했다.

남자가 발사한 광선 때문에 파손된 건물들이 지글지글 타고 있지만, 이미 마법으로 복구된 건물들 주위는 푸프푸프들이 돌아다니면서 깨끗이 청소하고 있었다.

아! 이럴 때는 유령들이 마법의 사용을 허락하고 있는 것이다.

타라는 다시 걸어가기 시작했고, 안젤리카는 마치 크리스털이라도 되는 것처럼 조심스럽게 다루는 실버의 부축을 받아서 일어났다. 물건 선전에 열을 올리는 도시에서 사는 것은 위험해 보였다. 타라는 늑대의 낯짝을 찌푸리면서 개처럼 혀를 늘어뜨렸다. 경찰은 아더월드 시간으로 1분도 채 지나지 않아서 출동했다. 이것은 호재일까, 악재일까?

마법의 광선을 발사하던 좀 전의 남자를 생각하면서 타라는 호재이길 빌었다. 금지령에도 불구하고 여기서는 마법을 절대로 사용하지 못하는 건 아니니까. 본의 아니게 이 도시를 선택한 건데 그들이 제대로 찾아온 것이다.

타라는 머리에 식물을 얹고 다니는 사람들을 보면서 깜짝 놀랐다. 식물이 일종의 살아 있는 필터인가? 요란한 소리와 광고 불빛을 차단시켜주는 걸까?

타라는 안젤리카에게 턱의 움직임을 잘 보라고 속삭이면서 말했다.

"트라둑 똥 냄새 때문에 발각될 것 같아. 안젤리카, 우리가 묵을 만한 호텔을 빨리 찾아봐. 서둘러!"

"난 네 하녀가 아냐. 어디다 대고 명령이야?" 안젤리카가 발끈했다.

남자를 제압했던 경찰이 수상한 점을 느꼈는지 치명적인 곤봉을 흔들면서 다가왔다. 타라/늑대의 가슴속 심장이 오그라드는 것 같았다.

"여기 무슨 일로 왔소?" 한 경찰이 물었다.

안젤리카는 백 살쯤 되는 노파처럼 허리를 구부정하게 숙였다.

"별일 아니에요, 경찰관님." 안젤리카는 떨리는 목소리로 대답했다. "들판에서 트라둑들을 몰고 오다가 사고가 났지요. 그래서 우리는……."

"저기! 호텔!" 실버가 그들의 말을 끊었다.

정말로 눈앞에 카흠보움들의 여왕 호텔에서 멋진 시간을 보내라고 선전하는 호텔 보이의 이미지가 보였다. 손님 두 명과 개가 관심을 보인다는 걸 알아챈 걸까? 호텔 보이의 이미지가 호텔은 패밀리어를 허락한다고 알리고는, 깜박이 화살표가 나타나더니 호텔로 향하는 길을 표시했다.

"괜찮은 호텔이지요." 경찰이 말했다. "좋은 밤 보내시오."

실버는 경찰의 의심이 사라지는 걸 느끼고 안도의 숨을 내쉬었다.

경찰에게 인사를 하고 깜박이 화살표를 따라가던 실버와 안젤리카는 병사들과 마주쳤을 때 등골이 오싹해졌지만, 적외선 안경을 쓴 병사들이 스쳐 지나가도 전혀 신경을 쓰지 않았다. 또다시 물건을 선전하는 이들끼리 싸움이 벌어졌을 때도 타라는 시간을 쟀다. 이번에도 경찰이 출동했는데 정확하게 애꾸눈 악어 100을 셌을 때였다. 타라는 정신을 집중해야 했다.

그런데 시내의 경찰들은 트라비아보다 훨씬 무사태평해 보였다. 펍시티에서 경찰이 출동하는 경우는 머리가 제정신이 아닌 사람들을 제압하기 위한 것이다.

타라는 안도했다. 그러니까 마법 능력이 강력한 오무아의 후계자를 찾는 것이 아니란 말이지? 좋았어.

그들이 호텔 앞에 이르자 깜박이 화살표가 다시 보이의 이미지로 변하더니 활짝 웃으면서 인사를 했다.

　"어떤 서비스를 원하십니까?" 호텔 보이가 물었다. "펍시티 서비스, 아니면 유료 서비스?"

　"유료 서비스로 하죠. 욕실과 응접실이 딸린 슈위트룸 세 개를 줘요."

　안젤리카의 요구에 보이의 미소가 흔들렸다.

　"죄송하지만 스위트룸은 숙박비가 가장 비싼 것 하나만 남아 있습니다. 너무 비싸서 지금까지 사용한 사람이 아무도 없을 정도지요. 유료 서비스를 원하셔서 정말 다행입니다. 이 도시에 있는 모든 호텔은 펍시티 서비스의 객실이 만원이거든요. 현재 광고 세미나가 열리는 중이고, 계약을 위해 전 세계에서 손님들이 와 계시지요."

　타라는 그러면서 왜 두 개 중 하나를 선택하라고 제안했는지 이유가 궁금했다.

　"우리 셋이 한 스위트룸에?" 깜짝 놀란 실버가 질겁했다. "안 돼요, 절대 안 됩니다."

　호텔 보이는 갑자기 눈앞에 나타난 일종의 키보드를 피아노 치듯 손가락으로 치고 미안해하는 얼굴로 그들을 쳐다봤다. 만원이라는 빨간색 글자가 깜박이고 있었다.

　"하지만 보시다시피 모든 호텔이 만원입니다. 빨리 주무셔야 한다면 트란스미투스 주문으로 비스케우까지 가면 되겠지만, 정부에서 트란스미투스 금지령을 내렸으니 권하고 싶지 않습니다. 택시를 대절해서 가는 방법도 있습니다. 비스케우는 여기서 한 시간 거리에 있으니까요."

안젤리카는 배가 고프고 피곤한 데다 몸에서 냄새가 나고 솜뭉치 때문에 움직임이 둔해 짜증이 폭발할 지경이었다.

"할 수 없죠." 안젤리카는 일행에게 의견을 묻지도 않고 결정했다. "그 방을 줘요."

"알겠습니다." 보이가 허리를 숙이면서 말했다. "안으로 들어가십시오."

실버가 정말 질겁한 얼굴로 반대했지만, 안젤리카는 들은 척도 하지 않았다. 실버는 마지못해서 안젤리카를 따라 매끄러운 계단을 비틀비틀 걸어갔다.

타라는 실버를 유심히 살폈다. 소년이 두려워하고 있음을 느꼈다. 뭘 두려워하는 거지? 이유는? 타라는 실버의 행동이 왜 그렇게 어설픈지 이해가 되지 않았다.

그들이 유료 서비스를 선택했기 때문인지 모든 광고가 사라졌지만, 광고 문구와 불빛이 어찌나 요란했던지 아직도 귀가 먹먹하고 눈앞이 어른거렸다.

"휴, 불빛과 소리…… 조용하니까 살 것 같네." 늑대의 발로 눈을 비비고 싶었던 타라가 나직한 소리로 내뱉었다.

그들은 그리스 신전으로 들어가는 느낌이 들었다. 원기둥, 장식기둥, 아케이드…… 정말 근사했다. 벽의 움푹한 곳에서 분수가 콸콸 소리를 내며 흐르는가 하면 천장의 파란색 프레스코화에서 새들이 날아다니고 있었다.

파란 벨벳 커튼에 가려진 작은 층계 위에서 호텔 보이의 이미지 두 개가 그들을 기다리고 있었다.

"유료 서비스를 선택하신 손님들을 환영합니다. 우리 도시에는 유료 손님이 거의 없는데 이렇게 우리 호텔을 찾아주시니 정말 영광입니다. 오늘 저녁이나 내일 아침 뉴스를 보여드릴까요? 우리의 크리스털리스트들은 부자 이방인들과 인터뷰를 하게 되면 아주 기뻐할 겁니다."

"아뇨." 안젤리카는 딱 잘라 거절했다. "방이나 보여줘요."

"물론 보여드리겠습니다. 부인 성함이……?"

"파카도." 안젤리카는 천연덕스럽게 대답했다. "그리고 난 부인이 아니라 아가씨예요."

"알겠습니다, 파카도 아가씨. 따라오십시오."

엘리베이터가 꼭대기 층까지 붕 떠올랐는데 넓은 유리창이 도시 쪽으로 나 있었다. 스위트룸이 한 층을 다 차지해 다른 객실은 없었다. 호텔 보이는 안젤리카와 실버에게 스위트룸 전용 엘리베이터를 작동하는 마스터키를 주었다.

"얼마나 머무실 겁니까, 아가씨?" 보이가 랑코비트를 상징하는 은빛과 파란빛으로 꾸민 스위트룸을 가리키면서 정중하게 물었다.

브리양트 불빛으로 환한 응접실에는 빨간색 실크 카펫 위에 파란색 벨벳 소파들, 탁자 두 개와 의자들이 놓여 있었다. 자극적인 꽃향기가 진동하고, 시원한 음료수들도 준비되어 있었다.

"지금으로서는 하룻밤만 묵을 생각인데 그다음은 두고 봐야겠어요." 안젤리카가 대답했다.

"그럼 크레디트-무트 금화 15닢입니다." 보이는 음흉한 미소를 지으면서 말했다. "선불이고, 내일 14시까지 사용하시면 됩니다."

안젤리카는 군말 없이 지불했다. 타라의 돈이라 아까울 것이 없다는 건가?

타라는 보이를 물어뜯지 않기 위해 이를 악물어야 했다. 크레디트-무트 금화 15닢이라니! 이건 완전히 날강도 심보였다. 지구의 화폐 가치로 계산하면 하룻밤 숙박비가 1만 2000유로(한화 약 1800만 원—옮긴이)에 해당하는 금액이 아닌가!

"그럼 쉬십시오." 보이는 크레디트-무트를 호주머니에 집어넣으면서 굽실거렸다. "무엇이든 필요한 게 있으면 바로 연락 주시고, 유료 식당을 자유롭게 이용하십시오."

"저녁은 여기서 먹겠어요." 안젤리카는 당당하게 대꾸했다. "음식은 쉬지 않게 주의해주쉬고요."

"잘 알겠습니다. 스위트룸 평면도는 탁자 위에 있습니다, 아가씨. 언제든 불러주십시오."

보이가 방을 나가자 안젤리카는 마스터키로 방문을 잠갔다. 타라는 그 틈에 뱀파이어보다는 자신의 모습으로 변신했고, 갈랑도 제 모습을 찾았다. 영혼의 동반자에게 무슨 일이 생길까 가슴을 졸이던 페가수스는 안도했다.

안젤리카는 재빨리 입에서 탈지면을 뺀 다음, 옷 속에서 빼낸 솜 뭉치들을 바닥에 내팽개치면서 후련한 얼굴을 했다.

"이런 변장 따위가 무슨 소용 있어!" 거북한 탈지면을 빼낸 안젤리카는 정확해진 발음으로 외쳤다. "무게가 1톤은 되는 것 같아!"

"그래도 병사들을 따돌렸잖아. 그게 중요한 거지. 실버, 네가 우리를 구해줬어."

"누가요? 내가요?" 실버는 어리둥절한 얼굴로 반문했다.

"응, 네가 때마침 호텔을 발견했다고 외치면서 경찰의 주의를 흐트러뜨렸잖아. 도망자라면 그렇게 태평할 수 없었을 텐데. 브라보!"

소년은 몹시 당황하는 것 같았다. 사실 그런 의도는 없었기 때문이다. 물론 경찰이 두렵지도 않았지만.

"실례가 안 된다면 나 먼저 씻겠어요." 실버는 코를 찡그리며 말했다.

"욕실이 세 개나 되는데 실례될 거야 없지." 스위트룸의 평면도를 들여다보며 안젤리카가 말했다.

실버는 가까이 있는 욕실로 들어가 문을 닫았다.

"침실은 두 개네." 안젤리카는 흡족한 얼굴로 중얼거렸다. "잘됐어. 실버와 내가 한 방에서 잘 테니까 타라, 너는 다른 방에서 자."

타라는 어깨를 으쓱했다. 행동이 어설픈 이 미스터리한 소년의 정체를 모르기 때문에 타라는 안젤리카의 제안이 마음에 들었다. 그리고 『궁정 비사』를 계속 읽어야 하는데 한방에 있으면 그럴 수 없지 않은가.

한바탕 입씨름이 벌어질 거라고 예상한 안젤리카는 타라가 순순히 수락하자 깜짝 놀랐다.

꺽다리는 미소를 지으면서 속으로 말했다. '미남 소년을 순순히 넘기다니 확실히 멍청한 계집애야. 시비를 걸면 베에로 둔갑시킬 작정이었는데…….'

그들은 샤워를 했고, 물의 원소들이 더러운 옷까지 빨아주었다. 타라는 체인지라인이 안도의 숨을 내쉬는 걸 느꼈다. 체인지라인은 자신이 공들여 만든 옷이 더럽혀지는 걸 아주 싫어했다. 물과 공기의 원소들은 안젤리카가 팽개쳤지만 내일 다시 사용해야 할 솜뭉치를 빨고 말렸다. 솜뭉치에 똥이 묻은 건 아니지만 냄새가 배어 있었다.

타라와 안젤리카는 당번 사이렌이 식사를 가져올 때를 대비해 보이지 않게 숨었다. 실버가 음식을 받고 돈을 지불했다. 음식이 상당히 푸짐한데 이상하게도 값은 그리 비싸지 않았다. 주변에 밭과 방목장이 많기 때문에 식료품을 구입하기가 어렵지 않은 모양이다. 타라는 디저트로 키디코이를 집었다. 꼬마도깨비 파보들이 만든 예언의 막대사탕을 빨아먹자 어김없이 앞날을 예언하는 글귀가 나타났다.

그의 생각이 아니다. 그걸 알게 되면 너는 그를 때려눕힐 것이다.

"음, 난 키디코이가 좋아. 근데 이번에도 밑도 끝도 없는 글이네."
타라가 중얼거렸다.

"근데 왜 먹어?" 안젤리카가 조롱했다.

"예언의 글귀와 상관없이 맛있으니까."

식사를 끝내고 접시를 치운 다음 타라는 마법복 호주머니에서 지도를 꺼냈다.

"아! 아주 일찍도 찾아줌!" 살아 있는 지도가 투덜거렸다. "좀먹지는 않았는지 이따금 나를 펼쳐볼 생각은 해야 되는 것 아님?"

"히믈리아로 가고 싶은데……." 지도가 골을 내거나 말거나(심술쟁이 지도는 항상 불평불만이 많기 때문이다) 개의치 않고 타라가 말했다. "가는 길과 시간이 얼마나 걸리는지 알려줘."

"여기서 트란스미투스로 히믈리아의 수도로 갈 경우, 어느 도시로 가는지 구체적으로 말하지 않았음, 약 100분의 1초 걸림." 기분이 더 나빠진 지도가 퉁명스럽게 말했다.

"트란스미투스를 사용할 수 있다면 너에게 물어볼 필요가 없지." 타라는 지도의 기를 죽이기로 작정한 듯 한술 더 떴다. "양탄자를 타고 간다고 가정하고 알려줘."

"2개월 18일 25시간 38초 걸림." 지도가 말했다.

안젤리카는 타라를 쳐다보면서 앙칼지게 쏘아붙였다.

"뭐? 두 달? 너랑 두 달이나 같이 다녀? 난 거절하겠어. 다른 방법을 찾아야 해!"

"제트 양탄자가 있으면 시간이 덜 걸림. 사흘이면 갈 수 있음." 지도가 말했다. "인공공기장치를 장착한 로켓 양탄자가 있으면 몇 시간이면 갈 수 있음."

"우리는 급해." 타라가 말했다. "살아 있는 지도, 로켓 양탄자의 가격이 얼마인지 알아?"

"나는 지도임." 지도는 토라진 목소리로 말했다. "이 도시에서 로켓 양탄자를 파는 사람이 누구인지, 어디서 파는지 알려줄 수는 있지만, 가격은 모름. 그건 내 소관이 아님! 그리고 로켓 양탄자는 뱀파이어들이 최근에 발명해서 이제 막 상품화됐기 때문에 흔하지 않음."

타라는 로켓 양탄자를 생산하는 회사를 누가 경영하고 있을지 짐작이 갔다. 드라큘 대통령의 딸, 이 세상에서 트롤을 토하게 만들었던 유일한 뱀파이어 킬라일 가능성이 컸다.

"오케이, 오케이." 타라가 혼잣말을 하다가 얼른 사과했다. "미안해! 그 양탄자를 어디 가면 구할 수 있는지 알려줘."

지도는 주소를 표시했고, 타라는 크리스털 볼로 녹화했다. 위험하지만 내일은 떠나야 했다. 타라가 비상금을 남겨두긴 했지만, 일행이 돈을 쓰는 속도로 보아 머지않아 빈털터리가 될 것이다.

여러 가지 걱정을 하면서도 타라는 녹초가 된 상태라 잠을 자고 싶은 생각밖에 없었다.

안젤리카가 카나리아에게 눈독을 들이는 고양이 같은 낯싹으로 실버에게 시선을 고정하고 있지만, 타라는 아랑곳없이 둘에게 잘 자고 인사하고 침실로 들어갔다. 그러고는 양치질을 하려고 침실에 딸린 욕실로 들어갔다.

누가 더 가여울까? 안젤리카에게 거의 노골적인 구애를 받아야 하는 실버? 아니면 실버의 날카로운 비늘 때문에 곤혹을 치러야 할 안젤리카?

오케이, 타라는 심보가 고약한 안젤리카에게 동정심을 가질 수 없었다. 그러다가 자신이 실버를 생각하고 있는 걸 문득 깨달았다. 너무 잘생기고, 너무 미스터리하고, 너무 불안해하는 소년은 판타지 소설에서 도끼를 들고 튀어나온 영웅 같았다. 대개 이런 영웅 이야기에서는 주인공이 뛰어난 무술과 용맹한 정신으로 모든 사람을 구하고, 오래전에 비열한 인간에게 빼앗겼던 왕자나 왕 또는 후계자의 신분을 되찾는 것이 보통인데⋯⋯.

그건 소설에서나 가능한 일이고, 아더월드에서는 영웅도 목숨을 잃었다. 그리고 이 소년은 악당들과 맞붙어 싸우기도 전에 죽을 것 같았다.

세수를 끝내자 체인지라인이 머리를 빗겨주었다. 타라는 침대에 누웠지만 긴장을 풀지 않았다.

눈을 감기 전에 『궁정 비사』의 도움으로 유령들을 전멸시킬 방법을 궁리해야 했다. 책을 펼치고 '유령'에 이어 '전멸시키다'라고 말하자 8000건에 이르는 수많은 경우가 나타났다. 타라는 쓴웃음을 지었다. 조상들은 다른 표현을 사용했을 수도 있었다. 소멸시키다, 죽이다, 학살하다, 돌려보내다, 섬멸하다…… 등. 처음 선택한 표현으로 찾지 못하면, 가능한 한 다른 표현을 모두 시도해봐야 하는 것이다. 생각만으로도 벌써 질려버린 타라는 오히려 세세히 기록해놓은 조상들이 유감스러웠다.

타라는 집중하기가 힘들었다. 실버가 머릿속을 떠나지 않고 있었다. 소년에게 이상한 점이 어찌나 많은지 책 한 권을 쓰고도 남을 것 같았다.

단어들이 뿌옇게 보이기 시작했을 때 타라는 잠잘 준비를 했다. 창문은 걸어 잠갔지만, 문제가 생길 경우 재빠르게 개입할 수 있게 방문을 약간 열어놓았다.

실버에 대해 이런저런 생각을 하던 타라는 두 달 만에 처음으로 로빈을 생각하지 않고 잠들었다는 사실도 깨닫지 못한 채 스르르 잠이 들었다.

실버는 졸음이 몰려왔다.

실버에게는 자는 것이 끔찍하게 괴로웠다.

지금까지는 동물이 아닌 누군가를 해친 적이 없었다.

그러나 날이 갈수록 거시기가 실버의 힘을 빼앗아가고 있었다. 실버가 자제력을 잃거나 잠들기가 무섭게 거시기는 피와 살을 요구했다. 실버는 거시기를 포식시키기 위해 가능하면 사냥하려고 노력했다. 익힌 고기를 먹는 것으로는 거시기가 만족하지 않기 때문이다. 그리고 거시기에게는 사냥할 때의 흥분도 포식 못지않게 중요하다는 생각이 들어서였다.

그러나 실버는 그 비밀을 두 소녀에게 털어놓을 용기가 나지 않았다. 그래서 함께 다닌 뒤로 실버는 사냥을 중단했고, 거시기는 굶주려 있었다.

실버는 타라와 안젤리카를 예쁜 소녀로 보는 반면에 거시기는 맛있는 식사로 보고 있었다.

타라에게 인간의 피를 먹은 뱀파이어의 모습으로 있으라고 말했더라면 좋았을 텐데. 그랬다면 타라는 공격을 받아도 버텨낼 수 있지 않을까.

실버는 스위트룸을 살폈다. 몸을 옭아맬 방법을 빨리 찾아야 하는데 밧줄 정도로는 소용이 없었다. 거의 모든 걸 갈기갈기 자를 수 있는 날카로운 비늘 때문에 히플리아의 철이 아니면 당해낼 수 없었다. 게다가 두 소녀는 알아채지 못했지만, 실버는 히플리아의 철을 댄 속옷을 껴입고 있었다.

아들이 수없이 많은 바지와 셔츠를 누더기로 만들자 실버의 어머니가 생각해낸 묘안이었다. 매번 옷을 꿰매주다 철을 댄 속옷까지 만들어 입혔건만 날카로운 비늘을 당해내지 못하고 옷은 결국 너덜너덜해지고 말았다.

수갑이 있지만 고정할 만한 대기 없었다.

침대? 거시기의 힘 때문에 오래 버티지 못할 것이다. 실버는 어느 날 밤 헛간 기둥에 몸을 묶어놓고 거시기를 제압하려고 했지만, 잠을 깨어보니 기둥은 그대로 몸에 묶여 있는데 헛간이 없어진 적도 있었다.

잠든 상태로 실버가 커다란 들보를 끌고 가면서 헛간이 붕괴된 것이다. 그날 저녁 헛간에서 잔 사람이 실버밖에 없어서 다행이었다. 하지만 실버는 농장 주인에게 무너진 헛간과 아무리 찾아봐도 감쪽같이 사라진 암소 값까지 추가로 변상해야 했다.

그리고 농장 주인이 암소의 흔적을 찾기 전에 황급히 떠났었다. 물론 실버는 암소의 행방을 알지만, 거시기의 배 속에 있다는 걸 어떻게 말한단 말인가.

실버는 거리에서도 잠을 잘 수 없었다. 행인들이 위험해질 우려가 있었다. 오늘 밤도 실버는 휴식을 취하지 못할 것 같았다. 실버는 맨 처음 거시기를 제압하는 데 실패했을 때 아버지가 만들어준 아주 튼튼한 철창우리가 그리웠다. 부모님의 집을 떠난 뒤로 도시나 마을에서 멀리 떨어진 들판에서 잠을 자는 게 습관이 되었다.

실버는 꼼짝 않은 채 눈을 감고 있다가 무기력 상태를 느끼면서 눈을 번쩍 떴다. 자지 않는 방법밖에 없었다.

하지만 실버는 녹초가 되어 있었다. 방을 같이 쓰자는 안젤리카의 제안을 거절하자 굉장히 신경질을 부리는 갈색 머리 꺽다리를 피해 응접실로 도망쳐 나왔다. 실버는 소파에서 벌떡 일어났다. 잠들면 안 돼, 잠들면 안 돼⋯⋯.

실버는 응접실을 성큼성큼 걸어 다녔다. 옆쪽 벽면에 책과 크리스털레오가 가지런히 꽂혀 있었다. 크리스털 스크린을 내리고, 엘프들이 아름다운 공주를 구하기 위해 거인들이 지키는 요새를 습격하는 액션 영화를 선택했다.

타라를 떠올리게 하는 영화였다. 지금까지 만난 사람들 중에서 유일하게 강한 인상을 준 소녀였다. 피를 빨아먹는 뱀파이어로 변신했을 때는 두렵기까지 했다. 타라가 미소를 지어 보일 때마다 실버는 심장이 빨리 뛰는 걸 느꼈다.

어설프고 어수룩한 실버는 타라의 동작이 아주 세련되고 매력적이라고 생각했다. 싸울 때의 모습은 정말 놀라울 정도였다. 난쟁이들은 전사들을 우상화했다. 난쟁이들 속에서 자란 실버는 마법을 싫어하면서도 그 강력한 힘은 존중하고 있었다. 아홉 살 때 아버지의 다리 위로 떨어진 나무를 공중부양시키고 다친 상처를 레파루스로 치료했을 때 부모님이 마법사라는 걸 일깨워주었는데도 실버는 마법 사용을 삼가고 있었다. 아버지와 어머니는 마법 능력이 없지만, 모든 난쟁이들과 마찬가지로 부모님은 흙과 바위를 용해시키고, 가장 단단한 화강암을 뚫고 들어가는 능력이 있었다. 이런 능력만 있을 뿐 아버지는, 타라의 친구이기 때문에 더 유명한 난쟁이 파프니르처럼 마법사는 아니었다. 난쟁이족에게 이미 살아 있는 전설이 되어버린 빨간 머리 파프니르를 만난다는 것도 실버로서는 대단한 영광인데 하물며 타라는 말할 것도 없었다.

또다시 실버는 타라를 생각하고 있음을 문득 깨달았다. 미소 지을 때의 얼굴, 불평할 때의 얼굴……. 자신의 문제에 정신을 집중해야 되는데 이상하게도 타라가 점점 더 머릿속을 차지했다.

실버는 알아채지 못했지만, 크리스털 스크린의 평면 화면에서 공주가 구조대 대장의 따귀를 갈기는 순간 소년의 초록색이 감도는 금빛 눈이 파르르 떨렸다. 거인들의 대장과 사랑에 빠진 공주는 요새를 떠나고 싶은 마음이 추호도 없었기 때문이다.

그 장면을 마지막으로 보면서 실버는 잠이 들었다.

그리고 거시기가 깨어났다.

11
빛의 손

엄청난 힘을 지니고 있다는 것은
때로 걸림돌이 될 수도 있는데……

*

거시기는 기지개를 켜면서 비웃음을 흘렸다. 소년은 필사적으로 버텼지만 결국 잠이 들고 말았다. 한 몸에서 둘이 동거한다는 것은 여러 가지로 불편했다. 거시기는 둘 중 누구의 의식이 더 강할지 가끔 의문이 들었다. 갑자기 위경련이 일어나는 바람에 생각을 중단했다.

거시기는 배가 고팠다.

두 침실에서 나는 맛있는 냄새가 식욕을 돋우고 있었다. 오늘 밤은 근사한 디너파티를 즐길 수 있겠어.

거시기는 실버의 육신을 갈퀴발톱과 송곳니, 가시, 침이 있는 괴물로 변신시켰다. 게다가 빛을 흡수하는 시커먼 키틴질이 온몸을 덮고 있어서 살상 무기나 다름없었다. 거시기에게 거추장스러웠던 실버의 겉옷이 사라지고 달랑 허리에 두르는 옷만 남았다. 많은 사람이 있는

246

곳에서 이따금 알몸 상태로 잠을 깨는 일이 잦다 보니 실버가 그 옷만은 반드시 걸치고 있어야 한다고 강력하게 요구했기 때문이다.

이윽고 거시기가 그림자처럼 소리 나지 않게 걸어갔다. 침실 중 하나의 방문이 약간 열려 있었다. 거시기는 망설이지 않았다.

방문을 열고 들어갔는데 침대에 누워 잠든 사람의 형체는 미동도 하지 않았다.

단숨에 침대로 달려든 거시기가 잔혹할 정도로 이불 속의 형체를 갈기갈기 찢기 시작했다.

깃털이 풀풀 날리고 있었다. 거시기는 엉망이 된 깃털 이불을 들추다가 흠칫 놀랐다. 이게 뭐야? 일렬로 놓인 베개 세 개······.

그때였다. 어디선가 느닷없이 날아온 끈끈이 그물이 거시기를 휘감았다. 격분한 거시기는 버둥거렸지만 날뛸수록 점점 더 그물이 온몸을 죄었다.

"그건 끊어지지도, 찢어지지도, 해지지도 않아." 많이 떨리면서도 애써 침착하려는 목소리가 말했다. "그물을 자를 수 있는 건 아무것도 없어. 네가 괴물이든 인간이든 버둥거려봐야 소용없다."

깜짝 놀란 거시기는 마음을 가라앉혔다. 거시기를 함정에 빠뜨리려고 했던 이들은 대체로 "오, 제발 안 돼!" 하고 외치면서 후회했다. 거시기에게 발사한 마법이 키틴질이나 실버의 비늘을 맞고 되돌아왔기 때문이다. 그런데 이 소녀는 생각보다 훨씬 영악했다. 마법을 사용하지 않고 함정을 놓았으니!

거시기는 송곳니와 가시가 가득한 아가리를 벌렸다.

"너는 이 녀석 죽이지 못해." 거시기가 악의에 차서 말하는데 슛슛

소리가 났다. "몸은 하나라도 우리는 둘인데 그러면 안 되지. 내가 녀석의 부모를 혼내주는 데는 실패했지만, 너와 네 친구쯤이야 조용히 보내줄 수 있지. 조만간."

타라가 미처 대답할 겨를도 없이 거시기가 눈을 감자 괴물의 몸이 빨간 안개 같은 것에 휩싸였다. 거시기가 사라지고 돌아온 실버는 눈을 뜨다가 로프(타라가 그물로 사용한 것은 거미줄로 짠 로프였다)에 꽁꽁 묶여 있는 자신을 보고 깜짝 놀랐다. 실버는 비늘로 비벼댔지만 로프는 끄떡도 하지 않았다.

허리에만 옷을 둘렀을 뿐 거의 알몸인데 실버는 모르고 있는 눈치였다. 타라는 얼굴이 빨개졌다. 그러나 위험을 무릅쓰고 등을 돌릴 수는 없었다. 타라는 실버의 얼굴에 시선을 고정했다.

"아가씨." 실버가 목멘 소리로 말했다. "나, 또 아가씨에게 무슨 짓 했어요? 괜찮아요?"

타라는 방금 일어났던 일이 믿어지지 않았다. 괴물이 침대를 공격했을 때 타라는 본능적으로 마법을 사용할 뻔했지만, 발각될지 모른다는 생각에 억제했다. 일단 거시기를 제압한 다음 타라는 실버와 안젤리카를 불러서 아무 일 없는지 확인하려던 참이었다.

그런데 실버가 이미 와 있으니 그럴 필요가 없었다.

"난 괜찮아요." 아직 충격에서 벗어나지 못한 타라는 대답하면서 침대를 가리켰다. "하지만 내 베개들을 저렇게 만들었어요."

타라는 자신도 모르게 다시 존댓말을 하고 있었다. 한 몸속에 존재하는 인간과 괴물을 차례로 상대하게 되다니……. 괴물은 분명히 그렇게 말하지 않았던가. 타라는 묘한 느낌이 들었다.

실버는 침대 쪽으로 시선을 던졌다. 끔찍한 모습을 보고 실버의 호흡이 멈췄다.

"아가씨, 예상하고 있었어요? 거시기 있다는 거 알고 있었어요?"

"아니, 전혀 몰랐어요." 타라는 솔직하게 대답했다. "아주…… 특이한 소년이라고 생각했지만 이 정도일 줄은 정말 몰랐어요."

타라는 어깨에 올라앉은 갈랑을 쓰다듬었고, 공포에 떨었던 페가수스도 동의한다는 뜻으로 머리를 끄덕였다.

"그런데 어떻게 베개를……?" 실버가 물었다.

"어떻게 베개로 위장할 생각을 했느냐고? 안전하다고 생각할 때도 여러 번 납치를 당한 경험이 있었죠. 그 뒤로 궁전 밖에 나와 있을 때는 침대에서 자지 않는 습관이 생겼어요. 베개를 이용해 침대에 사람의 형체를 만들어놓은 다음, 천장에 매단 해먹에서 잠을 자죠. 접착력이 있기 때문에 떨어질 염려는 없어요. 거시기가 내 침대에 달려드는 걸 보고 위에서 그물을 던질 수 있었죠."

"나, 아니었어요." 실버가 우울하게 대답했다. "거시기가 그랬어요."

타라는 다가서서 실버의 초록색이 감도는 금빛 눈을 뚫어져라 쳐다봤다.

"도대체 정체가 뭐예요?"

실버는 잠시 머뭇거렸지만 거시기가 타라를 죽이려고 했으니…… 이젠 솔직하게 털어놔야 했다.

"몰라요."

그건 타라가 예상한 대답이 아니었다.

"어떻게 모를 수 있죠?"

"그 이상의 답변, 해줄 수 없어요. 아가씨, 나도 정말 몰라요. 나와 같은 경우의 존재, 있는지 사방으로 찾아다녔어요. 어디에도 없었어요. 늑대인간들 속에도 나 같은 인간 없었어요. 나, 이 세상에 하나밖에 없는 희귀종이에요."

실버의 목소리에서 외로움에 사무친 아픔이 드러났다. 공감할 수 있을 것 같아 타라는 전율이 일었다.

"어떻게 그럴 수가! 이해가 안 되네요. 그럼 부모님은?"

"나, 아기였을 때 지금 어머니와 아버지에게 맡겨졌어요."

"그럼 친부모가 누군지 몰라요?"

"네. 나, 여덟 살이 되자 부모님보다 키가 더 크게 자라기 시작했어요. 아홉 살 때부터 마법 능력이 나타났는데…… 두 분이 양부모라고 털어놓으셨지요."

난쟁이족이 마법을 싫어하는데 그렇다면 혹시……?

"양부모가 난쟁이들이었나요? 도끼를 다루는 솜씨를 보니 난쟁이들의 기술인 것 같았어요."

"네, 맞아요. 누군가 양부모님이 농장 구입해서 작물 재배할 수 있을 정도의 큰돈 매년 보내주고 있어요. 난쟁이들과 달리 양부모님, 다른 사람들에게 팔 무기 아니라 그분들이 쓸 무기만 만들었어요. 그래서 도시에서 살 필요 없었어요."

"양부모는 실버가 특이하다는 걸 몰랐어요? 내 말은 그 두 분과 다른 것은 물론이고, 인간들과도 많이 다르다는 걸 모르고 있었냐는 뜻이에요."

"어릴 적에는 내 비늘, 지금처럼 날카롭지 않았어요. 그리고 양어머니, 아기 낳을 수 없는 분이에요. 두 분 생식세포 맞지 않아서요. 어머니는 나를 '하늘이 준 선물'이라고 불렀어요. 아, 보고 싶은 어머니!"

눈물을 흘리는 실버를 보면서 타라는 난처했다. 그렇지만 어깨를 토닥여주면서 달래줄 엄두가 나지 않았다. 피가 날 정도로 손이 찢기고 싶지도 않거니와 실버를 어떻게 위로해줄지 난감했다.

"아까 '나 아니고 거시기가 그랬다'고 했어요. 그럼 거시기를 제압할 수 없는 건가요?"

실버는 머리를 흔들었다. 아니, 거미줄 로프에 꽁꽁 묶여 있기 때문에 흔들려고 애를 쓰고 있다는 것이 맞는 표현이다.

"네, 거시기는 내가 잠들었을 때만 나타나요. 사냥, 좋아해서 가능한 한 포식시켜주고 있어요."

지구에서는 실버 같은 경우를 정신분열증, 이중인격장애라고 하는데 아더월드처럼 이런 증상을 겪는 이들이 살상 무기로 변하지 않는다는 것은 천만다행이었다.

"너희 둘, 새벽 4시에 도대체 이게 무슨 해괴망측한 짓거리야?"

등 뒤에서 외침이 들렸다.

질투 때문에 얼굴이 새파랗게 질린 안젤리카는 엉망이 된 침대와 꽁꽁 묶인 것으로도 모자라 거의 알몸 상태인 실버를 노려보고 있었다.

타라의 얼굴이 빨개졌다. 화가 난 갈랑이 날개를 파닥였다.

"후계자, 저렇게 묶어놓을 정도로 실버를 원했으면 말하지 그랬어. 내가 기꺼이 양보했을 텐데!"

타라의 말을 듣지도 않고 홱 돌아선 안젤리카는 방문을 쾅 닫았다.

"실버……." 타라가 말했다.

"네, 아가씨?"

"거시기가 다른 방을 선택했으면 좋았을 텐데."

"아가씨!"

"알았어. 알았어요. 농담이에요. 안젤리카가 계속 의심을 하게 그냥 묶여 있겠어요? 아니면 풀어줄까요? 하지만 나를 덮치면 안 되는데……. (타라의 얼굴이 더 빨개졌다) 내 말 무슨 뜻인지 알죠?"

"맹세코." 두 가지 의미가 담긴 말에 실버는 진지하게 대답했다. "나는 누군가 덮칠 생각 없어요. 아까 말했어요. 깨어 있을 때는 거시기 제압하고 있다고."

"그러니까 실버와 같은 방에서 자는 것은 위험한 일이군요." 타라는 지적하지 않을 수 없었다.

"모르겠어요." 실버가 이내 대답했다. "비늘이 이렇게 날카로워진 뒤로 난 한 번도 누군가와 같이 잔 적 없어요. 부모님의 안전을 위해 철창우리가 있었어요."

"부모님이 철창우리 안에서 주무세요?"

"아니, 철창우리 안에서 자는 거, 부모님 아니고 나예요. 1년 전 처음으로 거시기 제압하지 못했을 때 아버지, 나를 위해 철창우리 만들어주셨어요. 우리 농장은 멀리 떨어진 외딴 곳이라 천만다행이었어요. 내가 스파슈니어 하나를 통째로 망가뜨렸거든요. 그래서 몇 주일 동안 스파슈 고기만 질리게 먹었어요. 스파슈 꼬치구이, 삶은 스파슈, 스파슈 죽, 차가운 스파슈, 뜨거운 스파슈, 스파슈 구이 등."

실버가 유머라고 하는 말인가? 타라는 미소를 지었다.

"아, 그럼 철창우리를 만들어서 자면 되겠어요."

"아주 멋진 우리였어요. 그런데 아가씨?"

"네?"

"이게 좀 불편한데 풀어줄 수……?"

실버가 몸을 비틀면서 온몸을 휘감은 로프 그물을 가리켰다.

타라는 아직도 생생한 괴물의 이미지를 떠올리며 잠시 망설였다.

"위험하지 않다고 확신해요?"

"약속해요. 내가 덤벼들면 아가씨, 바로 여길 공격하면 돼요. 거시기의 상체 키틴질로 덮여 있고, 그 외부를 비늘이 감싸고 있어요. 하지만 여러 개 관절로 이루어진 무릎, 아주 약해 여기 부러뜨리면 거시기는 꼼짝 못해요. 그리고 이 부위는 표면이 작아 마법의 광선이 튕겨나가지 않아요."

실버가 자발적으로 그런 약점을 알려주는 것에 타라는 깜짝 놀랐다. 물론 타라의 따뜻함을 높이 평가한 소년이 신뢰를 보인 것이다.

타라가 잡아당겨서 세 번 흔들자 로프가 풀리면서 대번에 실버의 옷이 나타났다. 일어나던 실버가 비틀거리다 벌렁 자빠졌다. 쿵 하는 둔탁한 소리가 울렸다.

"또 무슨 짓거리야?" 다른 침실에서 안젤리카가 앙칼지게 소리쳤다. "여기 자는 사람도 있잖아! 조용히 해!"

이번에는 타라와 실버가 동시에 얼굴이 빨개졌다. 일어나 앉은 소년은 꼼짝도 하지 않았다. 또다시 안젤리카가 뛰어와 소란을 일으킬까 겁이 난 것 같았다.

"왜 그렇게 계속 중심을 잃는 거죠?" 유심히 지켜보던 타라가 물었다.

실버는 침통한 얼굴로 고개를 흔들었다.

"나도 몰라요. 다리가 항상 머리와 반대 방향으로 움직여요. 키가 크고 너무 무거워 동작 조절하기 많이 힘들어요. 그리고 누군가 다치게 하는 거 싫어요. 내가 넘어지는 게 나아요."

실버는 슬픈 미소를 지었다.

"사람들보다 벽이나 가구들이 저항, 약하니까요."

물론 맞는 말이다.

실버에게서 시선을 떼지 않은 채 타라는 로프를 감았다.

"정말 놀라워요." 실버는 로프를 둘둘 감아 호주머니에 넣는 타라를 쳐다보면서 말했다. "거시기의 키틴질과 내 비늘, 이걸 견디는 물질은 처음 봐요. 그게 뭐죠?"

"선물로 받은 거예요." 타라는 짤막하게 대답했다. 잠이 들면 무시무시한 괴물로 변하는 존재에게 너무 자세히 알려주고 싶지 않았다.

"그 물질로 내 옷 만들 수 있다면 유용하겠어요." 실버는 손으로 자신의 옷을 가리켰다. "히믈리아의 철을 댄 속옷을 입었는데 옷이 너무 빨리 해어지거든요."

드르르르가 타라에게 선물하기 위해 거미줄로 특별히 만들어주었던 걸 생각하면 옷을 지을 수도 있겠지만, 타라는 실버에게 대답해주지 않았다.

"지금으로서는 문제가 생길 경우 실버를 심하게 해치지 않으면서 움직이지 못하게 할 수 있는 건 이것밖에 없어요." 타라는 조곤조곤 말했다. "미안하지만 이게 뭔지 말해주지 않을 거예요. 그래야 문제가 생기면 제압할 수 있으니까."

실버는 갑자기 뻣뻣해진 몸짓으로 허리를 숙였다.

"아가씨 말, 맞아요. 나는 그 생각 못했어요. 용서하세요."

타라는 이상하지만 아주 정직한 소년에게 미소를 지어 보였다.

그러나 정직한 눈빛 너머에 타라를 통째로 삼켜버리고도 남을 괴물이 있다는 걸 한순간도 잊어서는 안 되었다.

"실버가 안젤리카에게 상황을 설명할래요? 아니면 내가 할까요?"

타라가 물었다.

실버는 물러서지 않았다.

"아니, 내가 해요, 아가씨." 실버가 용감하게 말했다.

실버는 다시 허리를 굽힌 다음 방을 나갔다. 타라는 천장을 응시하다 침대에 앉았다. 맙소사, 엉망진창이 된 침대……. 호텔 측에서 손해배상을 청구할 것이 틀림없었다.

타라는 주문을 읊으면 원래 상태로 복구할 수 있지만, 마법을 사용할 수 없기 때문에 한참 동안 생각에 잠겼다. 타라의 속임수에 이미 한 번 당했는데 거기시가 두 번은 당하지 않을 것이다. 타라는 다른 방법을 궁리해야 했다. 두 가지 의문이 생겼다. 첫째, 실버는 잠을 자지 않고 얼마나 견딜 수 있을까? 둘째, 실버가 이렇게 위험한데 앞으로도 계속 동행할 필요가 있을까?

그 순간 공포의 비명소리가 울렸다. 타라는 응접실로 뛰쳐나갔다.

안젤리카가 벽에 기댄 채 송곳니를 드러낸 괴물로 변한 거시기와 마주 보면서 오른손을 흔들고 있었다.

"안젤리카! 안 돼!" 타라가 고함쳤다.

너무 늦었다. 빛의 손이 번쩍하면서 실버에 이어 침대의자, 침실의 벽, 호텔의 벽, 지붕, 원소들로 가득한 물의 성(물이 부글부글 끓을 뻔했다)을 관통했고, 심지어는 하늘에 떠 있던 구름까지 어둠 속으로 사라지게 하는 엄청난 파괴력을 보여주었다.

남은 것은 실버밖에 없었다. 호텔의 맞은편 건물에서 자기 집의 벽과 침대, 잠옷, 천장이 사라진 걸 보면서 아연실색한 한 마법사가 입을 헤빌린 채 그들을 쳐다보고 있었다.

게다가 이번에는 실버가 허리에 두른 옷조차 남아 있지 않았다. 빛의 손이 모든 걸 사라지게 했던 것이다. 몹시 당황한 실버는 재빨리 몸을 가릴 옷을 부르는 주문을 읊었다.

갈색 머리 꺽다리는 어안이 벙벙한 얼굴로 손을 쳐다보고 있었다.

"잘 안 됐어." 안젤리카는 뭔가 못마땅한 목소리로 중얼거렸다. "오, 젤리소르의 충치여! 잘 안 됐어."

"아니, 아주 대단한 솜씨였어." 타라는 쿵쾅쿵쾅 빠르게 뛰는 가슴을 억누르면서 말했다. "주변에 있는 모든 걸 파괴했잖아!"

"아니, 잘되지 않았어." 안젤리카는 반박했다. "너의 소중한 실버가 산산조각이 났어야 하는데, 왜 아직 살아 있는 거지?"

이건 정말 뜻밖의 말이었다. 안젤리카는 실버를 죽일 뻔했는데도 완벽하게 해내지 못한 것만 걱정하고 있으니.

타라는 '너의 소중한 실버'라는 말에 개의치 않고 방으로 달려가 마법복 호주머니에 소지품을 집어넣었다.

"빛의 손은 무생물에게만 작동하는 것 같아." 타라가 설명하면서 재빨리 갈랑을 붙잡아서 산소마스크를 씌우고 호주머니에 집어넣었다. "네 손이 언덕을 파괴했을 때 나무들은 화를 면했던 거 너도 봤잖아." 타라는 안젤리카의 옷 속에 솜뭉치를 쑤셔 넣으면서 물었다. "그런데 왜 실버를 죽이려고 했어, 너 미쳤어?"

"실버 때문에 너무 무서웠단 말이야." 안젤리카는 시무룩한 얼굴로 마치 배신이라도 당한 것처럼 자신의 손을 쳐다보면서 대답했다. "침실에 있는데 실버가 나오라고 하더니(껀다리는 자신이 다른 걸 요구했다는 걸 밝히지 않았다), 너를 죽이려고 했던 이유를 설명하다가 갑자기 펑! 하면서 변신하더니 끔찍한 모습을 보여줬단 말이야! 너무 뜻밖의 일이잖아. 그래서 난 실버가 자제력을 또다시 잃었다고 생각하고 본능적으로 행동한 것뿐이야. (안젤리카는 손을 흔들다가 솜뭉치를 떨어뜨렸다) 실버를 없애버렸어야 했는데!"

"그런다고 달라질 건 없어." 타라는 안젤리카의 목을 조르고 싶은 충동을 억누르면서 말했다. "이제 우리는 발각된 거나 다름없어." 타라는 계속해서 안젤리카의 옷 속에 솜뭉치를 쑤셔 넣으면서 지적했다. "우리를 본 마법사가 자신의 집이 파괴된 걸 곧 알아챌 거야."

정말로 눈이 튀어나올 것 같은 맞은편 집의 마법사가 너무 놀라서 막혔던 목소리를 되찾았는지 팔을 마구 흔들면서 고함을 질러대고 있었다.

타라는 간섭할 엄두가 나지 않았다. 모든 걸 복원시킬 수도 있지만 유령들이 마법을 사용했다는 걸 알아차리고 몰려오면 발각되는 건 시간문제였다.

"실버, 안젤리카가 파괴한 것을 복원할 수 있겠어요?" 타라가 물었다.

"혼자서 안 돼요." 실버가 말했다. "내 마법, 좀 불확실해요."

"아하, 너희 둘이 잘 어울리는 이유를 이제 알겠다!" 안젤리카가 비아냥거리면서 솜뭉치를 던져버렸다. "잘 봐, 내가 하는 걸 잘 보고 배워!"

큰소리는 쳤지만 쉬운 일이 아니기 때문에 안젤리카는 인상을 쓰면서 실버가 마법으로 떠받치고 있는 호텔의 벽과 맞은편 집의 벽을 복원했다. 고래고래 소리치던 마법사가 입을 다물었다. 안젤리카와 실버는 지붕과 물의 성에 이어 나무 바닥을 복원했다. 들보는 건드리지 않고 나무 바닥만 사라지게 한 것이라 천만다행이었다. 아! 스팔렌디탈의 실로 짠 빨간 카펫도 찢겨나간 상태였다.

유령들에게 마법을 사용한 사람을 찾는 능력이 있다면 타라 일행은 끝장난 것이었다. 마치 '우리 여기 있다!'고 쓴 플래카드를 흔들면서 위치를 알려준 것이나 다름없지 않은가.

"서둘러, 안젤리카!" 타라가 완벽한 마법의 조화에 만족했는지 실버에게 미소를 보내는 갈색 머리 꺽다리에게 외쳤다. "솜뭉치를 집어넣으란 말이야! 경찰이 곧 들이닥칠 거야!"

"네가 그걸 어떻게 알아?"

"시간을 재봤으니까. 경찰이 출동하기까지 1분이 걸리는데 이미 50초가 지났어.¹⁰ 빨리, 서둘러!"

안젤리카는 옷과 입속에 솜뭉치와 탈지면을 차례로 쑤셔 넣었고, 타라도 재빨리 변신했다. 그들은 엘리베이터로 뛰어들었다. 느릿느릿 내려가던 엘리베이터 문이 열리고, 널찍한 입구로 나가던 실버는 기둥에 부딪힐 뻔했지만 아슬아슬하게 중심을 잡고 넘어지지 않았다. 로비 카운터에 거대한 몸집의 트리톤이 있었다. 안젤리카는 크레디트-무트가 가득한 돈주머니를 던져주면서 말했다.

· · · · · · · · · · · · · · ·

10. 아더월드의 1분은 100초에 해당된다.

258

"슈위트룸을 사용하다 두세 가지를 망가뜨렸는데 그 수리비예요. 그리고 급한 일이 생겨서 떠나야겠어요!"

트리톤이 입을 열려는 순간이었다.

한 무리의 경찰이 호텔로 들이닥쳤다.

때는 이미 너무 늦었다.

겁먹은 안젤리카의 얼굴이 굳어졌고, 타라와 실버도 뻣뻣해졌다.

한 경찰이 카운터를 향해 거들먹거리면서 걸어왔다.

"거기 트리톤, 여기서 강력한 마법 행위가 감지되었다. 어떤 정신 나간 놈이 광고를 참지 못하고 발광을 했겠지만, 혹시 모르는 일이니까 수색해야겠다. 무슨 소리를 듣거나 수상한 자를 봤나, 비인간?"

마지막 말이 마치 욕설처럼 울렸다.

복종할 생각이었던 트리톤이 물방울 속에서 뻣뻣해지더니 콧구멍을 벌름거렸다.

"아무 소리도 못 들었습니다." 트리톤은 안젤리카가 준 돈주머니를 감추면서 냉랭하게 대답했다.

"거기 당신들, 이 밤에 여기서 뭐 하는 거요?" 화가 난 경찰이 안젤리카와 실버 쪽으로 향하며 물었다.

이미 몸이 오그라들어 있던 안젤리카가 입을 떼려는 순간 트리톤이 끼어들었다.

"우리 호텔에 방금 도착하신 손님들입니다."

트리톤의 거짓말에 깜짝 놀란 안젤리카는 입을 다물었다. 트리톤은 태연했다.

"그럼 호텔 객실을 조사하겠다. 자네들은 샅샅이 뒤져서 정신 나간 놈을 찾아!"

명령이 떨어지자 층계와 엘리베이터로 우르르 몰려가는 경찰도 있고, 더 빨리 가기 위해 공중부양하는 경찰도 있었다. 경찰 한 명이 출입문을 지키고 있지만 거리가 멀어서 그들의 대화가 들리지 않았다.

"우리를…… 왜 도와줬어요?" 실버가 어리둥절한 얼굴로 속삭였다.

"유령들이 침략한 뒤로 랑코비트에서 일어나는 일들이 영 마음에 안 들어요." 트리톤이 정직하게 대답했다. "조금 전 경찰의 말투도 거슬리고요. 몇 주 전부터 인간들이 우리를 업신여기고 있어요. 그게 아주 기분 나빠요. 그렇지 않아도 호텔을 그만둘 생각이었는데 나한테 돈을 줬잖아요. 경찰은 호텔 주인과 내가 알아서 해결할 테니까 이 틈에 두 분은 빨리 도망치세요."

실버는 고맙다고 인사했다. 트리톤이 출입문을 지키는 경찰을 부르자 어슬렁어슬렁 걸어왔다. 타라와 안젤리카, 실버가 옆을 지나갔지만 경찰은 관심을 기울이지 않았다. 맞은편 집의 마법사가 무너진 벽이 그렇게 쉽게 복원되는 걸 보고 너무 놀란 나머지 갈색 머리 소녀와 소년, 함께 있던 또 한 명의 소녀가 행방불명된 후계자와 많이 닮았다고 신고할 생각조차 못한 것은 천만다행이었다. 사실, 유령들이 정권을 장악한 뒤로 그 마법사는 고위층 공무원들을 만나고 싶은 마음이 전혀 없었다. 어쨌거나 마법사는 실내장식을 바꾸고 싶던 차에 벽이 새롭게 복원된 것에 만족했고, 다만 한 가지 아쉬운 것이 있다면 예쁜 잠옷을 잃은 것이었다.

밖으로 나오자마자 실버와 안젤리카, 타라는 가능한 한 호텔에서 멀어지기 위해 전속력으로 달렸다.

아직은 캄캄하지만 광고 불빛 때문에 대낮처럼 환했고, 하늘에 뜬 두 달마저 어떤 제품에 대해 대대적인 광고를 하고 있었다. 어두워서 그런지 광고 영상이 훨씬 요란하게 느껴지는 데다 수많은 군중으로 활기가 넘쳐 보였다. 경찰을 피해야 하는 그들 셋의 입장에서는 행운이 따른다고 볼 수 있었다. 셋은 가슴을 졸이며 경찰복이 보일 때마다 군중 속에 몸을 숨겼다. 타라는 살아 있는 지도에게 상점들, 특히 양탄자 상점이 문을 여는 시간을 물었다.

"하루 온종일 열려 있음." 지도가 거만하게 대답했다. "여기는 펍시티임, 장사를 멈추지 않음!"

실제로 그들 셋이 숨을 헐떡이면서 상점에 도착했을 때, 딱 달라붙는 장미색 작업복 차림의 상인이 반갑게 맞았는데 상당히 큰 상점 안이 둥둥 떠 있는 양탄자들로 빼곡했다.

"어서 오세요, 손님들! 최상의 양탄자 상점에 오신 걸 환영합니다. 여기서 원하시는 걸 찾지 못한다면 그런 양탄자가 존재하지 않기 때문이지요. 우리 상점에 있는 양탄자들은 아더월드와 지구 방방곡곡에서 온 최상품들인데 우리 행성과 지구의 중력에 적응시킨 것이에요. 소형, 대형, 빠른 것, 느린 것, 편안한 것, 이 세상에 존재하는 양탄자는 전부 있습니다. 어떤 걸 찾으십니까? 펍시티 서비스와 유료 서비스 중 어떤 걸 원하십니까?"

그들이 유료 서비스를 원한다고 말하자 얼굴이 환해진 상인은 온갖 모델의 양탄자들을 선전하는 데 열을 올렸다.

3분쯤 지났을 때 타라는 상인을 깨물고 싶은 충동이 일었다. 상인이 거기 있는 양탄자를 모조리 팔아넘기려고 수작을 부리는 게 뻔했고, 특히 콧소리가 늑대의 예민한 귀에 거슬렸기 때문이다. 예의 바른 실버조차 얼굴을 찌푸리고 있었다.

타라는 실버가 화가 나 있을 때도 거시기가 튀어나오는지 궁금했다. 이번만은 그래주길 바랐다. 거시기가 상인을 잡아먹으면 귀찮지 않을 텐데.

정말 온갖 종류의 양탄자가 전부 다 있었다. 면허가 취소된 이들을 위해 시속 30타트롤을 넘지 않는 간단한 카펫형 양탄자부터 이 대륙에서 저 대륙을 한 시간 이내에 이동할 수 있는 최첨단 로켓 양탄자에 이르기까지 없는 게 없었다. 그런데 신고서를 작성해야 할 뿐만 아니라 전문 면허증이 필요하기 때문에 그들은 로켓 양탄자를 구입할 수 없었다. 모든 나라는 눈 깜짝할 사이에 국경을 넘을 수 있는 고성능 양탄자에 관한 한 구매 조건이 엄격했다.

타라는 양탄자를 잘 모르는 데다 늑대의 모습으로는 협상할 수 없었다. 실버도 마찬가지였다. 따라서 양탄자를 선택할 사람은 안젤리카였다. 꺽다리의 눈길이 스포츠카 모델의 사치스러운 양탄자에 머물렀다. 너무 눈에 띄는 빨간색의 근사한 양탄자는 지구의 페라리라고 해도 과언이 아니었다. 타라가 으르렁거리는 소리를 냈다. 그 소리의 뜻을 알아차린 안젤리카는 한숨을 내쉬면서 소용돌이형 화장실과 물의 원소를 내장한 미니 샤워기가 장착된, 은빛과 빨간색의 8인승 양탄자에 눈길을 돌렸다. 미니 주방과 불의 원소도 설치되어 있었다. 찬장은 마법복의 호주머니처럼 몇 년은 먹고도 남을 정도의 식량을 상하지 않게 저장할 수 있었다.

"빠르고, 편안하고, 유행을 타지 않는 모델이지요." 상인이 장담했다. "접이식 좌석은 360도 회전이 가능해 침대로도 사용할 수 있으며, 호주머니에 넣고 다닐 수도 있는 아주 편리한 휴대용 양탄자입니다."

"좋아요, 이걸로 사겠어요." 안젤리카가 돈을 내밀면서 결정했다.

"훌륭한 선택이십니다." 상인이 두 손을 문지르면서 말했다. "배달은 2주일 후입니다."

안젤리카는 금화 한 닢을 상인의 손에 쥐여주었다.

"일주일 내에 보내드리지요." 상인이 다시 말했다.

안젤리카는 금화 두 닢을 추가로 흔들었다.

"당장 포장해드릴까요?" 상인이 손을 내밀면서 물었다.

안젤리카는 고개를 흔들었다.

"당장 사용할 수 있게 서류를 작성해주세요. 바로 떠날 겁니다."

"알겠습니다, 아가씨."

안젤리카는 금화 두 닢을 상인 손에 쥐여주었다.

"'난 요리가 싫어' 서비스는 필요하지 않으세요?" 상인이 농락하는 미소를 지으면서 제안했다. "양탄자 외에 제공되는 1년치의 식량에는 8800인분의 식사, 과일, 채소, 음료수, 치즈, 과자 등이 포함되지요."

상인이 손짓을 하자 안쪽 벽이 미닫이문처럼 미끄러지더니 초록색 옷차림의 배달원이 나타났는데 주위에 수백 개의 요리가 둥둥 떠다니고 있었다.

그냥 두면 상인이 어떤 요리에 무슨 향신료가 들어 있다는 설명까지 늘어놓을 것 같아 타라는 주의를 주기 위해 으르렁거렸다.

"좋아요." 안젤리카가 수락했다. "당장 양탄자에 실어요."

배달원은 약간 실망한 표정을 지었지만, 재빨리 행동에 옮겼다. 놀라운 속도로 날아가면서 음식들이 양탄자의 찬장 안으로 들어갔다. 안젤리카는 수고비로 은화 한 닢을 주었다.

"'깨끗하고 향기로운 냄새가 나는 건 좋지만 난 하기 싫어' 서비스는 어떠세요?" 상인이 계속했다. "수건, 화장지, 세척제 등 직접 마법을 사용하지 않아도 되는 것들을 제공해주는데요."

상인은 정말 장사 수완이 대단했다. 정부에서 마법을 금하고 있다는 걸 이용해 사람들에게 필요하다고 생각되는 모든 것을 팔려는 심보였다. 안젤리카는 군말 없이 돈을 지불했다. 이윽고 상인에게 돈을 다 털리기 전에 그들은 사는 걸 멈췄다.

상인이 안젤리카가 알려준 가짜 이름으로 양탄자 등록 서류를 작성하는 동안, 타라는 꺽다리를 잡아끌어 턱의 움직임을 보지 못하게 가리면서 말했다.

"양탄자에 장착된 위치탐지기를 떼어달라고 해."

안젤리카는 타라를 쳐다보면서 미소를 지었다.

"너도 생각보다 바보는 아니구나, 후계자. 네 말이 맞아, 난 그 생각을 못했는데."

와우! 타라는 깜짝 놀라서 혀를 늘어뜨렸다. 안하무인인 안젤리카가 그 점에 대해 자신이 먼저 생각하지 못했다는 걸 인정하다니! 이건 기적이나 다름없었다.

안젤리가는 어려움 없이 상인을 설득해 위치탐지기 기능을 정지시키고 장치를 떼어내게 했다. 상인이 빠르게 대처하는 걸 보면 이런 일에 익숙한 것이 분명했다. 돈주머니에서 금화 한 닢이 또 사라졌다.

잠시 후, 그들은 양탄자 등록 서류를 갖고 상점을 나갔다.

그들이 펍시티를 떠날 때 크리스털 전광판에는 입속에 넣은 탈지면 때문에 빵빵한 안젤리카의 얼굴과 트리톤, 실버의 얼굴이 나타났는데 호텔의 보안 스쿠프들에 찍힌 이미지가 틀림없었다. 늑대로 변신한 타라를 패밀리어로 알고 있어서 천만다행이었다.

셋의 얼굴 밑에 경고문이 보였다. '사유재산을 파괴하고 금지된 마법을 사용한 죄로 수배 중인 위험한 인물들임.'

사람들이 수배자를 신고할 경우 보상금이 따르는지 전광판을 보는 사이에 실버는 시커먼 두건을 뒤집어쓴 채 머리를 숙이고 있다가 양탄자를 이륙시킬 수 있었다.

그들은 양탄자 엔진을 최대 출력으로 올려 날아갔고, 히플리아 방향으로 몇 시간을 비행하다 아침 식사를 위해 정지했다. 하지만 작은 소리만 나도 그들은 깜짝깜짝 놀랐다.

사실, 실버는 누군가를 해치게 되는 것 말고는 두려움이 없기 때문에 놀라는 것은 안젤리카와 타라였다.

아더월드는 방대한 행성이지만 인구가 많지 않아서 다행이었다. 사람의 발길이 닿지 않은 야생 들판과 숲도 지구보다 훨씬 많았다. 양탄자나 페가수스는 아주 드물게 마주쳤고, 그때마다 너무 빠르게 지나쳤기 때문에 다른 여행객들은 그들을 볼 수 없었다. 실버는 양탄자 사용법을 자세히 읽은 뒤에 유리창과 지붕을 닫았고, 바깥에서는 식별이 불가능한데도 그들을 전혀 보이지 않게 할 수 있는 흥미로운 옵션을 발견했다. 그 반대로 바깥을 볼 수 있는 방법을 알아내기까지는 몇 번의 실패를 거듭하면서 10여 분이 걸렸다.

그들은 양탄자 안에서 아침을 먹을 수도 있었지만, 저린 다리를 풀어줄 필요가 있었다. 붉은색 울창한 숲 속에 숨어 있는 빈터를 발견하고 착륙했다.

주위에 아무도 없기 때문에 타라는 정상적인 인간의 모습을 되찾았다. 타라는 뱀파이어의 모습을 피했다. 더군다나 셸렌바의 DNA를 받은 뱀파이어로 변해 있으면 인간의 피를 먹고 싶은 충동 때문에 견디기 힘들었다.

미스터리한 실버의 냄새를 느낄 때마다 군침이 도는 걸 보면 소년이 부분적으로 인간인 것은 틀림없었다. 그런데 이상하게도 안젤리카의 경우는 그렇지 않았다. 타라는 불쾌감을 주는 꺽다리는 겉모습만 인간이지 속은 림보의 악마이기 때문이라는 결론을 내렸다. 아니 어쩌면 그 정도로 안젤리카를 좋아하지 않기 때문인지도 몰랐다.

양탄자에 실린 수많은 요리와 양념을 사용할 수 있는 차림표가 있었다. 그들은 요리를 선택해 즐겁게 먹어치웠다.

실버와 가까이 있을 기회를 놓치지 않던 안젤리카가 이제는 노골적으로 멀리 떨어져 앉아서 경계했다. 안젤리카는 음식을 먹기 위해 입 속에 있는 탈지면과 지금은 필요하지 않은 솜뭉치를 옷 속에서 빼낸 상태였다.

"한 가지 문제를 해결해야겠어." 갑자기 꺽다리가 말했다. "더 이상은 위험한 자와 여행하지 않겠어."

안젤리카의 말은 옳았다. 타라도 그 애기를 어떻게 꺼낼까 궁리하던 중이었다.

실버는 고개를 떨어뜨렸다. 그리고 버림받는 아픔에 목소리가 떨릴 것이기 때문에 잠자코 있었다.

타라도 침묵했다. 도망치는 동안 많이 생각했지만 타라의 결론도 낙관적이지 않았다.

안젤리카는 팔짱을 꼈다.

"거시기란 놈이…… 실버가 잠들기가 무섭게 튀어나온단 말이지?"

실버는 초록색이 감도는 금빛 눈을 들고 고개를 끄덕였다.

"그러니까 너무 위험해. 피곤에 지쳐서 잠시 방심하는 순간 우리가 잡아먹힐 수도 있다는 거잖아. 그런데 어떻게 계속 같이 다녀? 난 싫어."

실버는 몸이 뻣뻣해졌다. 벌떡 일어나던 실버는 다리에 너무 힘을 주는 바람에 안젤리카 쪽으로 넘어질 뻔했다. 꺽다리가 비명을 지르는 순간 실버는 가까스로 중심을 잡았다.

"아가씨들 말, 맞아요." 실버는 마치 목구멍에 달라붙은 말을 억지로 떼어내는 것처럼 천천히 말했는데 어쩌나 절망적으로 보이는지 타라는 목이 메었다. "내가 아가씨들 불쾌하게 했어요. 정말 사과해요. 난 트라비아로 돌아가, 레지스탕스 돕겠어요. 오랫동안 나와 동행해줘서 고마워요. 그리고 아가씨, 공격한 거 용서하세요."

타라와 안젤리카에게 말할 겨를도 주지 않고 실버는 돌아서서 떠났다. 갑작스러운 이별에 당황한 두 소녀는 실버의 모습이 사라질 때까지 아무 말도 하지 않았다.

"그래도 조금은 반박할 줄 알았더니!" 안젤리카가 내뱉었다.

마음이 편치 않은 타라가 실버를 생각하고 있는 사이에 아더월드의 두 태양이 떠오르면서 들판이 찬란한 빛에 휩싸였다.

"거시기 때문에 우리가 위험한 건 사실이야. 실버 자신도 그걸 잘 알고 있고. 간밤에 나를 죽이지 않았던 건 순전히 우연이었어. 하지만 그렇게 실버를 떠나게 한 것이 마음에 걸려. 난쟁이족이 거시기를 반겨줄 거란 확신은 없지만."

"난쟁이족은 실버를 가만두지 않을 거야. 거시기가 공격할 경우 난쟁이들은 그런 위험한 괴물을 살려둘 리 없으니까."

"거시기도 의식이 있는 인격체야, 안젤리카. 함부로 없애버려도 되는 존재가 아냐."

안젤리카는 위협적인 손짓으로 타라에게 입 닥치라는 시늉을 했다.

"거시기든 미남 소년이든 상관없어. 난 그래도 반박이라도 할 줄 알았어. 그런데 용기도 없는 졸장부잖아!"

몇 시간 전, 칼을 장악한 유령이 공격했을 때 실버 덕분에 목숨을 구했건만…… . 기억력이 나쁜 건지, 아니면 인정이라곤 털끝만큼도 없는 건지, 타라는 안젤리카의 매정함에 혀를 내둘렀다.

무엇보다 타라는 실버가 떠난 뒤로 우울함과 허전함을 느끼고 있는 자신에게 놀랐다. 그러면서도 신하는 어느 누구도 소홀히 해서는 안 되며, 매사에 신중해야 한다는 후계자 수업을 받아서일까, 타라는 실버가 그렇게 훌쩍 떠나버린 것이 꺼림칙했다.

타라와 안젤리카는 다시 출발했다. 둘은 교대로 양탄자를 조종하면서 가능한 한 빨리 난쟁이, 트롤, 뱀파이어, 거인들의 나라들이 있는 방향으로 비행했다.

히믈리아는 타도르 산악지대에 있었다. 디라는 어느 난쟁이가 금이 넘치는 산이라 명명했다는 말을 떠올리며 정말 그 이름에 걸맞을지 궁금했다.

두 소녀는 가급적 도시를 피했고, 좌석들을 편안한 침대로 전환시켜 잠을 자면서 거의 양탄자 안에서 지냈다. 날씨가 덥지만, 강물이 너무 차갑기 때문에 양탄자에 딸린 미니 욕실을 이용하는 것으로 만족했다.

타라는 자신도 모르는 사이에 기력을 되찾았다. 체중이 많이 빠져 있어서 의식적으로 많이 먹었고, 둔해진 근육을 단련시키려고 날마다 한 시간씩 운동을 했다. 게을러서 빈둥거릴 거라고 생각한 안젤리카가 열심히 운동하는 걸 보면서 타라는 깜짝 놀랐다. 꺽다리의 체력 단련 방식도 산도르 황제가 가르치는 기술과 많이 비슷했다. 날렵하고, 공격적이고, 효과적인 기술이었다. 안젤리카에게 서로를 상대로 훈련하자고 제안했더라면 둘 중 한 명은 목숨을 잃을 수도 있었다. 훈련을 끝내고 나면 몸은 지치지만, 머릿속에 가득한 로빈의 모습이 옅어지면서 타라는 정신적 고통으로부터 해방되었다.

밤이 되면 유령들을 제거하는 방법을 찾기 위해 『궁정 비사』를 읽는 데 열중했다.

둘은 세상으로부터 고립되어 있었다. 3년 동안 습관이 된 탓인지 살아있는 돌과 대화를 나누면 큰 위안이 될 텐데, 타라는 발각될 우려 때문에 마법의 저장소인 살아있는 돌을 사용할 수 없는 것이 아쉬웠다.

타라를 위해서는 다행이지만, 안젤리카가 이상할 정도로 침묵을 지키고 있었다. 꺽다리는 기분이 나쁜 것 같았고, 타라에게 전혀 말을 걸지 않았다. 물론 한마디도 하지 않고 두 달을 보낸 경험이 있는 타라에

게는 전혀 힘든 일이 아니었다. 그렇지만 자신을 유심히 관찰하고 있
는 꺽다리의 시선 때문에 신경이 쓰였다.

그렇게 말을 하지 않고 지낸 지 엿새가 되었을 때 안젤리카가 불쑥
말을 거는 바람에 타라는 깜짝 놀랐다.

둘은 야생 브리얀트들의 불빛으로 환하고 시원한 개울이 흐르는 빈
터에 있었다. 욕실에서 달갑지 않은 곤충으로부터 보호해주는 안티피
크크크와 안티무슈티크를 발견했었다.

밤이었고, 타라가 책을 읽을 수 있게 갈랑이 브리얀트를 붙잡고 있
었다. 잠시 후, 축소된 페가수스에게 잡아먹히지 않을 거란 확신이 들
었는지, 날개 달린 요정이 갈랑의 등에 올라앉아서 『궁정 비사』를 비
춰주었다.

"그 속에 있어?" 안젤리카가 물었다.

깜짝 놀란 타라는 잠시 머뭇거리다 대답했다.

"그게 무슨 말이야?"

"네가 찾고 있는 것, 유령들을 죽이는 방법이 그 책 속에 있냐고?"

타라는 얼른 책을 덮었다. 책 속에 누구에게도 알리면 안 되는 극비
사항이 많은 데다 교활한 안젤리카가 사사건건 참견하는 것도 달갑지
않았다.

"그럴지도 모르지." 타라는 신중하게 대답했다. "근데 왜?"

"너와 함께 다닌 지 벌써 일주일이 넘었는데 마치 목숨이 걸린 것처
럼 그 책에 열중해 있으니까. 이런 상황에 그렇게 푹 빠져서 읽을 책이
란 없어. 따라서 누구라도 금방 눈치챌 수 있지. 그리고 네가 그 방법
을 아직 찾지 못했다는 결론도 쉽게 내릴 수 있어."

타라는 이를 악물었다. 껑다리가 고약하지만 아주 영리하다는 걸 자꾸 잊었다.

"찾을 거야. 시간문제일 뿐이야."

"마법서야?"

"그래…… 맞아."

"몇 페이지나 되는데?"

타라는 전혀 몰랐고, 확인해볼 생각도 한 적이 없었다.

"마지막 페이지를 톡톡 치면서 페이지 수를 물으면 책이 표시해줄 거야."

타라는 아더월드에 대해 모르는 일이 아직은 수없이 많다고 생각하면서 껑다리가 일러주는 대로 했다.

타라는 숨이 막힐 뻔했다.

"565만 2818쪽! 말도 안 돼!"

"말도 안 되기는! 그건 보통이야! 마법서에는 저자가 예를 들어 인용하는 다른 책들도 포함되어 있어. 독자들의 편의를 위한 저자들의 배려라고 할 수 있지. 너처럼 찾으면 죽는 날까지 책을 읽어야 할 거야. 훨씬 간단한 방법이 있어. 표지에 『궁정 비사』라고 적혀 있는데 나는 그 책을 잘 알아. 제국의 초창기부터 오무아의 모든 황제와 여제의 생애와 경험을 체계적으로 정리해놓은 책이지. 네 조상 중에서 유령들을 몰아낸 경험이 있기를 바라는 거지?"

이런! 안젤리카는 정말 잘 알고 있었다. 껑다리의 아버지가 최고 마구스라는 걸 생각하면 이상한 일도 아니었다. 안젤리카가 권력에 관해 많은 걸 알고 있다는 걸 생각했어야 했는데……. 『궁정 비사』가 권력과 관련된 책이라는 건 부정할 수 없지 않은가.

"그래, 맞아." 타라는 솔직하게 대답했다.

"넌 정말 운이 좋아. 빌어먹을 유령들을 없애버리고 싶은 건 나도 너 못지않으니까."

"운이 좋다는 건?"

"그 책을 갖고 있지 않았다면 주저 없이 너를 죽여버렸을 테니까."

타라는 침을 삼켰다. 결코 돌려서 말하지 않는 껑다리, 그것도 장점이라면 장점이다.

"게다가 빛의 손이 과대평가되었다는 걸 알았어." 안젤리카가 말을 이었다. "네 말대로 무생물만 박살 내니까. 그리고 유감이지만 너의 마법 능력이 훨씬 강력하다는 것도 인정해. 그래서 나에게는 선택의 여지가 없어. 협력하는 수밖에. 내가 도와줄게."

"안젤리카, 고맙지만 『궁정 비사』는 오무아의 후계자만 읽을 수 있어."

껑다리가 짜증스러워하는 몸짓을 했다.

"당연히 그렇겠지! 네 눈에는 내가 바보로 보이니? 너는 전혀 모르지만, 나는 마법서를 어떻게 이용하는지 방법을 알아. 책에서 그런 경우를 찾으려면 두 단어를 합해도 된다는 건 알아?"

"응, '유령들'과 '섬멸하다'를 합해봤는데 '유령이 섬멸시켰다', '유령들이 전멸시켰다'…… 등은 있지만, 내가 찾는 '유령이 섬멸되었다'는 찾지 못했어."

"온전한 문장으로 해봤어?"

"아니, 아직."

"'유령들을 섬멸하고 돌려보내는 방법'으로 해봐. 그다음에 '보조 기능'을 불러 '섬멸하다'를 포함해 '섬멸했다, 섬멸되었다, 섬멸하고 있었다, 섬멸한다, 섬멸할 것이다' 등을 입력해."

타라는 안젤리카의 말대로 하면서 가슴이 두근거렸다. 보조 기능이 있다는 것조차 몰랐는데 잘되었을 리가 있을까?

책이 결과를 나타냈는데 경우의 수가 1000건 미만이었다. 엄청나게 줄어들었다. 타라는 재빨리 첫 번째 경우의 페이지를 펼쳤다. '빌어먹을 유령들이 모든 걸 섬멸했다. 유령들을 그들의 세상으로 돌려보내는 것은 불가능한가!' 실망한 타라는 두 번째 경우로 넘어갔다. '어떻게 하면 유령들을 섬멸하거나 그들의 세상으로 돌려보낼 수 있을까?'

타라는 책을 던져버릴 뻔했다.

"방법은 없고 의문만 제기하고 있잖아. 조상들은 온종일 탁상공론에 그친 것 같아! 내가 원하는 건…… 어? 이건……."

갑자기 타라가 눈을 반짝이면서 벌떡 일어났다.

"네가 읽은 마법서 중에 요리책도 있어?"

후계자의 뜬금없는 말에 안젤리카가 타라를 쳐다보며 빈정거렸다.

"왜? 왕위를 포기하고 요리사라도 되려고?"

"응, 안젤리카 석쇠구이 요리를 해보고 싶어서." 타라가 받아쳤다. "농담이야. 이 책에는 이런저런 상황에서 어떻게 대처해야 하는지 많은 것이 설명되어 있어. 나의 현명한 조상들이 위험한 상황에 처했을 때 후손들이 조회할 수 있게 수많은 경우를 기록해놓았어. 예를 들어 '림보의 악마들이 공격할 경우, 고양이털로 악마퇴치 폭탄을 만들어 보름 동안 아침마다 터뜨릴 것' 등……. 악마를 퇴치하는 방법을 기록해놓은 것으로 봐서 분명히 유령들을 퇴치하는 방법도 있을 거 같아."

"그런 책을 가질 수만 있다면 나는 이 빌어먹을 빛의 손을 쥐버리겠어." 안젤리카가 부러운 듯 투덜거렸다. "하여튼 멍청한 것들은 항상 운이 좋단 말이야." 꺽다리가 목소리를 높였다. "그럼 이번에는 색인으로 가서 '방법과 해결책'을 조회해봐."

타라는 색인을 조회했고 원하는 것을 찾았다.

그러고는 한숨을 쉬었다.

"맙소사, 말도 안 돼. 10만 페이지가 넘어."

"이제 다시 한 번 '유령들을 섬멸하고 돌려보내는 방법'이란 문장을 입력해봐. 아니면 죽는 날까지 그 책을 읽어야 할 테니까. 그때는 아마 유령들이 비인간 종족들까지 장악하게 되겠지."

타라는 마음속으로 간절히 기도했다. 책을 톡톡 치고, 보조 기능을 불러 문장을 입력했다. 대번에 내용이 나타났다. '유령들을 섬멸하고, 소멸시키고, 전멸시키고, 죽이고, 학살하고, 제거하고, 때려눕히고, 쓰러뜨리고, 몰살하고, 살해하고, 해치워서 그들의 세상 비욘드월드, 림보, 지옥, 어디든 돌려보내는 방법.'

이 글을 남긴 조상은 후손들이 어떤 방법으로든 유령들을 물리치길 바라고 쓴 것 같았다.

내용은 이렇게 이어졌다.

'오무아의 후손들이여, 에드라킨족의 무시무시하고 뜨거운 나라에 유령들을 죽이는 기계가 있지만, 주의해야 한다. 그 기계가 방출하는 방사선에 닿으면 그 누구도 그 무엇으로도 치료할 수 없다. 그 기계는 아르루쉬르의 무덤 속에 묻혀 있다. 기계의 방사선은 유령들을 분해시킨다. 아더월드에 있는 유령들뿐만 아니라 다른 세계의 문이 열려 있을 경우에는 모든 유령이 단번에 끝장이 난다.'

"야호! 내가 찾았어!" 타라의 외침에 안젤리카가 소스라치게 놀랐다.

"우리가 찾은 거지!" 안젤리카가 쏘아붙였다. "뭐라고 쓰여 있는지 읽어봐. 준비하기는 쉬워?"

"응, 에드라킨족의 나라 아르루쉬르라는 곳으로 가서 어떤 기계를 파내면 돼. 그 기계만 찾으면 모든 유령을 섬멸할 수 있으니까 단번에 해결되는 거야. 고마워, 안젤리카. 너 아니었다면……."

타라는 공포에 질린 안젤리카의 얼굴을 보며 말을 중단했다.

"왜 그래?"

"네가 잘못 이해한 게 틀림없어!" 안젤리카가 외쳤다. "전부 다 읽어봐!"

타라는 모든 내용을 읽었다. 타라가 다 읽자 안젤리카는 마치 추위에 떠는 것처럼 두 팔로 몸을 감쌌다.

"우리가 졌어." 껏다리가 침울한 어조로 말했다. "모든 게 끝장났어."

타라는 가슴이 철렁 내려앉았다.

"그게 무슨 소리야?"

안젤리카는 타라를 뚫어져라 쳐다보면서 물었다.

"에드라킨족이 누군지 몰라? 어떤 괴물인지 알기나 해?"

"에드라킨족에 대해서는 아직 공부하지 않았어. 오무아와 교역하는 종족부터 수업을 시작했거든. 에드라킨 대제사장은 어디를 가든 경호 부대를 거느리고 다니며, 기회가 있을 때마다 아주 독특한 방식으로 경호부대를 배치한다는 정도만 알아."

안젤리카는 타라의 교육이 한심한 수준이라는 듯 눈살을 찌푸렸다. 이어 에드라킨족을 묘사하는 꺽다리의 어조가 어찌나 음울한지 타라는 오싹해졌다.

"에드라킨족은 인간과 교배시킨 고양이과 동물이야. 뒤쪽으로 찢어진 눈, 거의 없는 것이나 다름없는 콧구멍, 짧은 갈기, 회색과 검은색 또는 흰색의 짧은 털……. 아주 사납고 위험한 종족이야. 에드라킨족이 네 번이나 아더월드를 정복하려고 쳐들어왔는데 랑코비트의 우리 조상들이 다른 종족들과 동맹을 맺고 격퇴했어. 마법 능력이 있지만 마법은 제사장들만 사용할 수 있어. 마법을 사용하는 자는 눈 깜짝할 사이에 발각되어 후회할 겨를도 없이 목숨을 잃게 되지. 혹시 운이 좋아 살아남더라도 그들이 믿는 신, 미련한 소년 형상의 흉측한 브렌둑에게 제물로 바쳐지지. 그 신에게 혼을 빼앗기고, 불구덩이 속에서 영원히 고통을 겪게 될 거야. 지구의 종교에도 지옥과 천국이 있지?"

"응, 있어. 죄를 짓고 죽은 사람들이 악마들에게 고문을 당하면서 끝없이 벌받는 곳을 지옥이라고 하지. 네가 말하는 것과 아주 비슷해."

"아니, 전혀 달라. 네가 말하는 지옥은 천국과 비교되는 상대 개념이야. 하지만 에드라킨족의 신들이 보내는 지옥은 죄를 짓는 것과는 아무 관계없어. 무고한 제물을 선호하거든. 그래야 더 고통을 받으니까. 에드라킨족에게 잡혀서 죽으면 비욘드월드로 가지도 못해. 일단 붙잡았다 하면 영혼도 놓아주지 않으니까. 그 때문에 어떤 마법사도 저주받은 섬나라에 가지 않아. 에드라킨족은 잔혹하고 무자비하기 때문에. 그들은 상인들과 무역하지만, 그곳 정부의 허가 없이 섬에 발을 들여놓는 순간 먹잇감이 되고 말아. 모든 고양이과 동물이 그렇듯 에드라킨속은 사냥을 좋아하지만 특히 고문을 즐기지. 그들에게 붙잡히면 당장 죽는 것이나 다름없어. 이어서 견뎌야 하는 고통이 어찌나 끔찍한지 오히려 죽지 않은 걸 후회할 정도니까. 그들의 섬은 너무 덥고, 너무 습기가 많은 요새라고 할 수 있어. 제사장들이 미친 식물들의 성장을 위해 마법으로 기온을 조정하고 있거든. 주민을 통제하기 위해 제사장들과 킬러들만 돌아다닐 권리가 있는데 뭔가를 몸에 뿌려야 미친 식물들의 공격을 받지 않고 다닐 수 있다고 들었어. 그런 곳에 누가 발을 들여놓겠어? 그 저주받은 섬에 나는 안 가, 절대로."

안젤리카는 숨이 차서 말을 중단해야 했다. 타라는 얼이 빠져 있었다. 전혀 들어본 적이 없는 얘기였다. 게다가 '킬러'들이 돌아다닌다니, 생각만 해도 섬뜩했다.

안젤리카는 심호흡을 하고 말을 이었다.

"그리고 네가 알아챘는지 모르겠는데 그 기계에서 방출되는 방사선에 닿으면 누구도 치료할 수 없다는 문장이 있잖아. 그건 그 기계를 작동하면 죽는다는 뜻이야."

"응, 알고 있어." 타라는 침울하게 대답했다. "그래도 유령들을 몰아내는 것이 내 목숨보다 더 중요해. 어쨌든 난 포기할 생각이 없어."

타라의 손가락에서 반지가 소스라쳤다. 이건 또 무슨 일이지? 타라가 이제는 유령이 되겠다는 생각을 완전히 포기한 줄 알았는데…….

깜짝 놀란 안젤리카는 이맛살을 찌푸렸다. 타라는 말을 이었다.

"로빈을 그렇게 만든 잘못을 바로잡기 전에 내가 따라 죽었다면 비생산적인 일이 되었겠지. 그때 난 죽을 생각으로 아무것도 먹지 않았으니까."

안젤리카는 숨이 멎을 정도로 놀랐다. 이건 흥미로운 정보잖아! 타라가 구사한 '비생산적인'이라는 표현을 머릿속에 새겼다. 멍청한 후계자가 에드라킨족의 나라에 가겠다는 자신의 결정을 합리화하고 있었다. 타라는 눈치채지 못했지만, 안젤리카는 죽고 싶지 않았다. 타라를 지켜보고 있다가 결정적인 순간에 도망쳐야 했다. 어쨌든 안젤리카에게는 일석이조가 아닌가. 아버지의 적수인 두 사람, 타라와 마스터를 단번에 없앨 기회인데……. 아버지가 얼마나 기뻐할까!

살기를 품은 안젤리카의 속마음을 모르는 타라는 말을 계속했다.

"하지만 아더월드를 구하다가 죽는 건 달라. 그가 그건 못하게 막지 않을 거야."

"그? 그가 누군데?"

"로빈."

"로빈? 뭐야, 로빈과 대화를 나눴다는 뜻이야? 죽은 다음에?"

안젤리카는 타라가 미쳤다고 생각하는 얼굴이었다.

"응, 로빈의 유령이 나타나서 내가 죽지 못하게 했어. 하지만 로빈에게 가기 위해 갑자기 죽는 건 막지 못할 거야. 난 죽는 게 두렵지 않아. 차라리 빨리 죽고 싶어."

멍청한 후계자가 정말로 유령이 되고 싶어 하는 것 같았다. 아연실색한 안젤리카는 난생처음으로 할 말이 없어서 입을 다물었다.

"유령들과 살고 싶단 말이야? 너 완전히 돌았구나!" 안젤리카가 마침내 말했다.

타라는 즐겁게 미소를 지었다. 하지만 그 미소에 고통의 그림자가 어렸다.

"나 전염병 환자 아니니까 그런 눈으로 쳐다보지 마."

안젤리카가 신랄하게 쏘아붙이려는 순간 소름 끼치는 동물 울음소리에 둘은 소스라쳤다.

배에 구멍이 뚫린 크루이크크크 한 마리가 피를 쏟으면서 그들 앞에 와서 푹 쓰러졌는데 기름진 내장이 그야말로 콸콸 쏟아졌다. 그리고 뒤이어 나타난 존재는…… 맙소사, 거시기였다.

"너희들이 괜히 여기 있는 게 아니라고 사람들에게 알려주면 재미있는 일이 일어날 텐데, 안 그래?" 거시기가 피 묻은 송곳니를 드러내면서 비웃음을 흘렸다. "사람들이 곧 몰려올 테니까 나 대신 처리해. 그럼 이만 안녕, 계집애들아!"

거시기가 홀쩍 사라졌다.

진동하는 피비린내 때문에 구역질이 올라온 타라와 안젤리카는 벌떡 일어났다. 그때였다. 요란한 발소리에 타라가 재빨리 뱀파이어로 변신하자마자 우르르 몰려온 농부 열 명이 둘을 에워쌌다.

흥분한 농부들이 날카로운 쇠스랑을 휘두르고 있었다. 횃불과 미치광이 의사만 있으면 딱 영화의 한 장면인데.[11]

"이런 도둑년들!" 그중 한 명이 나섰는데 격분한 나머지 침을 튀기면서 말했다. "내가 612.5 신들의 축일을 위해 살찌워놓은 크루이크크크, 내 불쌍한 로시네트를 훔치다니! 내 동물값을 내놔!"

· · · · · · · · · · · · · ·

11. 영화 〈반 헬싱〉에 나오는 장면을 암시한 것이다. 지상의 모든 악을 소탕하는 신의 사제 반 헬싱. 전설적인 괴물 늑대인간과 프랑켄슈타인의 막강한 힘을 이용해 부활을 꿈꾸는 드라큘라의 음모를 파괴하기 위해 싸운다.

이런, 이름까지 있는 크루이크크크였다니! 보통 큰일이 아니었다.

안젤리카가 아주 거만한 태도로 나섰다.

"알았어요, 돈을 드리죠. 우리가 데리고 다니는 동물이 불미스러운 짓을 저질렀다니 미안합니다. 크레디트-무트 금화 한 닢을 드리죠. 크루이크크크 값의 열 배는 될 겁니다. 아! 떠나기 전에 이 고기값을 지불했으니 가다가 구워먹을 수 있게 갈비 넉 대와 넓적다리 하나를 준비해주세요."

안젤리카의 냉랭한 어조와 〈캐리비안의 해적〉에 등장하는 잭 스패로우처럼 손가락에 끼고 돌리는 금화가 농부들을 사로잡았다. 농부들이 쇠스랑을 내렸고, 그중에는 모자를 벗는 이들도 있었다.

"데리고 다니는 동물이라고요?" 농부는 금화에서 눈을 떼지 않은 채 기어드는 목소리로 물었다. "오, 조상의 혼령들이여! 대체 무슨 동물이죠? 림보에서 도망쳐 나온 괴물인가요?"

안젤리카가 얼른 둘러댔는데 어조는 여전히 냉랭했다.

"실험용 동물이에요. 아버지가 서로 다른 종의 동물을 교배시키는 실험을 하거든요. 이제부터는 목줄을 맬 테니까 걱정하지 마세요. 그리고 우리는 몇 시간 이내에 이 땅을 떠날 거예요. 여기 있는 내 친구는 그 동물보다 훨씬 위험하지요."

긴 송곳니를 드러내면서 무서운 얼굴을 하려고 애쓰는 타라의 핏빛 눈과 마주친 농부가 침을 꼴깍 삼켰다.

농부가 뒷걸음치는 걸 보면 성공이었다.

거북한 이빨 때문에 타라가 침을 흘리지 않으려고 애쓰고 있다는 걸 농부는 알아채지 못했다.

"거래가 이뤄진 거죠?" 안젤리카가 물었다.

"네, 그럼요, 아가씨. 로시네트를 당장 손질하지요. 고마워요, 아가씨."

안젤리카가 금화를 던져주자 농부가 받아서 이로 깨물어봤다. 타라는 꺽다리의 뻔뻔함에 깜짝 놀랐다. 타라라면 이런 방법을 생각지도 못했겠지만, 안젤리카의 머릿속에는 무슨 일이든 그 대가를 치러야 한다는 생각이 박혀 있었다.

시간은 오래 걸리지 않았다. 뜻밖의 횡재에 흥분한 농부들은 고깃덩어리들을 잘라낸 다음 안젤리카에게 갈비 넉 대와 넓적다리 하나를 넘겨주었다. 그러고는 냄새를 맡고 몰려올 포식동물들을 피해 재빠르게 어둠 속으로 사라졌다.

"안젤리카?"

"왜, 타라?"

"거시기를 잡아와야겠지?"

"나는 농부들에게서 우리를 구했잖아. 그러니까 실버 문제는 네가 해결해."

타라가 대답도 하기 전에 안젤리카는 양탄자 안으로 들어가서 지붕과 칸막이벽을 닫아버렸다.

타라는 한숨을 내쉬었다. 안젤리카를 뭐라고 표현해야 할까. 못된 계집애라는 말은 너무 약한데……

그때 으르렁거리는 동물 울음소리에 타라는 벌떡 일어났다. 정말이지 이 숲은 소란스러웠다. 산도르 황제는 잠재적인 위험이 느껴지면 확인하기 전에는 접근하지 말아야 한다고 누차 강조했다. 그래서 타라는 유리창을 두드리면서 안젤리카에게 소리쳤다.

"문제가 생겼어. 들어가게 해줘, 양탄자가 필요해."

안젤리카는 마지못해서 열어주었다.

"무슨 문제?" 안젤리카가 묻는 사이에 타라는 양탄자를 나무 꼭대기 위로 이륙시켰다.

"저길 봐!" 타라는 좀 전의 농부들에게 포위된 거시기를 가리켰다.

농부들은 숲의 야생동물에게 덫을 놓는 습관이 있는데 거시기가 그 덫에 걸린 것이다. 감춰져 있던 덫이 이제는 밧줄 끝에 매달린 채 공중에서 흔들리고 있었다.

뭔가 이상했다.

"근데 거시기가 왜 저러고 가만히 있지? 덫이 오래 버티지 못하게 생겼는데." 타라가 중얼거렸다.

"덫에 갇혀서 꼼짝 못하고 있는 것으로 보이려고." 안젤리카가 지적했다. "그러면 안심한 농부들이 다가올 것이고, 그때……."

"그때 튀어나오려고?" 타라는 새파랗게 질렸다.

"그렇지. 그래야 더 많은 사람을 잡아먹을 수 있으니까. 농부들은 도망칠 겨를도 없이 잡아먹힐 거야. 보통 영악한 놈이 아냐. 저 덫에 일부러 걸렸다는 것에 크레디트-무트 금화 만 닢을 걸게."

"내기할 필요 없어. 나도 너와 같은 생각을 했으니까. 우리가 데리고 다니는 동물이라고 말했는데…… 책임을 져야지. 내가 어떻게 해볼 테니까 너는 빠져."

"그래, 네가 죽으면 네 유령에게 나는 빠지라고 했다는 말을 상기시킬게." 안젤리카는 기분 나쁜 미소를 흘리며 이죽거렸다.

타라는 양탄자를 착륙시키고 빈터로 뛰어내리면서 외쳤다.

"피해요! 덫이 부서질 거예요. 빨리 피해요!"

아더월드의 농부들은 언제든 마법에 문제가 생길 수 있다는 걸 알고 있었다. 거시기의 광폭한 눈길을 받으면서 농부들은 이유를 묻지도 않고 후닥닥 숲 속으로 줄행랑쳤다.

"네가 또 나를 화나게 하는구나, 어린 인간." 거시기가 으르렁거렸다. "사사건건 나를 방해하기로 아주 작정을 했어. 정말 성가신 계집애야."

거시기는 거침없이 덫을 박살 내면서 수풀 위로 쿵 하고 떨어졌다. 뱀파이어 모습의 타라가 거의 2미터에 이르는데도 거시기는 50센티미터쯤 위에서 내려다보고 있었다. 타라는 얼굴을 쳐들고 침을 삼켰다.

거시기가 두 팔을 벌리면서 키틴질 상체를 드러냈을 때 타라는 한 덩어리의 가시와 침, 갈퀴발톱 앞에 있는 느낌이 들었다.

너무 길고, 날카로워서 소름이 끼치는 덩어리…….

타라는 잠시 눈을 감고 어떻게 해야 할지 생각했다.

"너는 나에게 마법을 사용할 수 없어, 어린 인간." 거시기가 주둥이를 핥으면서 말했다. "이번에는 끈끈이 그물이 나한테 안 통해."

"실버, 정신 차려! 너는 거시기가 아니잖아!" 타라는 엄습하는 두려움을 억누르면서 차분하게 말했다. "거시기는 너를 제압하지 못해. 난 너를 믿어. 내 목숨을 너에게 맡길게."

타라는 두 팔을 내리고 꼼짝하지 않았다.

이제껏 했던 가장 용감한 행동 중 하나였다.

타라가 반응하기 전에 거시기가 덤벼들었다.

타라의 눈이 동그래졌다. 그러나 타라는 움직이지 않았다. 거시기의 소름 끼치는 발과 굶주린 아가리를 피하지도 않았다.

안젤리카는 자신도 모르게 비명을 질렀다.

타라는 가시 돋친 덩치에 깔려 있었다. 뱀파이어로 변신해 있지 않았다면 충격 때문에 타라의 목이 부러졌을 것이다. 그리고 체인지라인이 뱀파이어의 가죽옷 안에 갑옷을 입혀놓지 않았다면 타라는 온몸이 가시에 찢겼을 텐데.

타라를 깔아뭉개고 있는 거시기가 부들부들 떨면서 으르렁거렸다. 공포에 질린 안젤리카는 양탄자에서 꼼짝도 못한 채 딸꾹질을 해댔다.

거시기가 타라를 집어삼키려 하고 있었다.

안젤리카는 후계자를 미워하지만, 이건 너무 참혹한 죽음이 아닌가.

이윽고 마치 꿈속에서처럼 거시기의 몸이 사라지고, 타라 위에 누운 실버가 입이 서로 닿을 듯한 자세로 소녀의 쪽빛 눈을 쳐다보느라고 사팔눈이 되어 있었다. 초록색이 감도는 금빛 눈과 쪽빛 눈이 마치 눈싸움을 하는 것 같았다.

비키라고 말해야 되는데……. 그제야 상황을 알아차린 타라가 비명을 질렀다.

"앗 따가워, 따가워! 실버, 네 비늘!"

질겁한 소년이 옆으로 굴렀다. 벌떡 일어난 타라는 너무 아파서 펄쩍펄쩍 뛰었다. 타라의 몸에 달라붙어 있던 체인지라인도 소년의 비늘에 찔려 있었다.

실버는 재빨리 옷을 나타나게 했다. 허리에 두른 옷을 빼고는 알몸이라는 걸 생각하지 못했던 것이다.

체인지라인은 거시기의 가시와 침을 버텨냈지만, 엄청난 충돌 때문에 타라가 즉사하지 않도록 운동에너지를 흡수해야 했었다. 실버가 다시 나타나는 걸 보면서 체인지라인은 타라가 받는 충격을 더 쉽게 흡수하기 위해 갑옷의 강도를 약화시켰는데 실버의 비늘을 까맣게 잊었던 것이다. 누군가 재빨리 상기시켜주었다면 좋았을 텐데.

실버는 몹시 난처한 얼굴로 허겁지겁 레파루스 주문을 읊었다. 타라는 통증이 가라앉자 안도의 숨을 내쉬었다. 뱀파이어의 가죽옷에 나 있던 구멍들까지 싹 사라진 걸 보면 체인지라인도 그 틈을 이용한 모양이었다.

피투성이가 된 타라의 옷을 보면서 눈이 동그래진 실버가 우물우물 말을 더듬었다.

"거, 거시기가…… 아가씨를…… 미, 미안해요. 저, 정말 미안해요."

실버도 자신이 더듬고 있다는 걸 알았는지 심호흡을 했다.

"아가씨, 무모했어요." 무슨 일이 있었는지 알아차린 실버가 마침내 명확한 발음으로 말했다. "거시기는 순식간에 아가씨를 집어삼킬 수 있었어요."

타라는 다리가 후들거려 땅바닥에 철퍼덕 주저앉았다.

"정말 겁이 났었어." 타라는 당황해서 어쩔 줄 모르는 실버를 쳐다보며 말했다. "이제부터 편하게 말할게. 너도 반말을 하고 나를 타라라고 불러주면 서로 훨씬 좋을 텐데."

"아가씨는 내가 공격하게 내버려뒀어요!"

"하지만 나를 죽이지 않았잖아. 그러기 전에 너는 멈췄어."

"하지만 아가씨는 내가 공격하게 내버려뒀어요!"

"타라의 모습으로 있었다면 그러지 않았겠지. 하지만 뱀파이어의 모습으로 있을 때는 훨씬 강하니까."

"하지만 아가씨는 내가 공격하게 내버려뒀어요!"

이 문장에서 실버의 뇌가 정지되어 있는 것 같았다. 아직 충격이 가시지 않은 소년의 눈빛이 흐렸다.

타라는 또다시 실버가 '하지만 아가씨는 내가 공격하게 내버려뒀어요'라고 말하기 전에 차단하고 싶었다.

"그래 완벽하게, 전적으로, 결정적으로 맞는 말이야."

"하지만 아가씨는 내가……."

이런, 실패.

"그만!" 타라가 말을 잘랐다. "버틸 필요가 있었어. 위험을 무릅쓰지 않고서는 너와 함께 여행할 수 없을 테니까. 그건 너도 알잖아! 거시기가 너를 지배하는 것만큼 너도 거시기를 지배할 수 있어! 그건 네가 우리를 해치지 못하게 할 수도 있다는 거야. 방금 그걸 입증했어. 실버, 아주 멋졌어! 넌 우리와 함께 지낼 수 있어! 이번 일로 전화위복이 된 셈이야."

잠시 침묵이 흘렀다. 문제가 생겼던 실버의 신경세포가 재결합되었다.

"실례의 말인지 모르지만 아가씨는 완전히 돌았어요." 실버는 핏기 없는 얼굴로 손을 떨면서 말했다.

와, 드디어 다른 말을 하네. 이제는 실버의 표현이 아주 많이 좋아져 있었다.

"너 완전히 미쳤어!" 여전히 양탄자에서 내려오지 않은 채로 안젤리카가 소리쳤다.

"봐요!" 실버는 한술 더 떴다. "안젤리카 아가씨도 나와 같은 말을 하잖아요."

실버는 잠시 생각하다가 덧붙였다.

"더 크게 소리 지르는 것 빼고."

"타라 네가 죽은 줄 알았단 말이야!" 안젤리카는 고래고래 소리를 질렀다. "네가 죽으면 어떤 멍청이, 어떤 바보가 에드라킨족의 나라에 가서 유령퇴치 기계를 작동하겠어?"

타라도 그 생각을 했는데……. 안젤리카가 나를 걱정해주는 건가?

"난 괜찮아." 타라는 다리에 힘이 없기 때문에 걷기 전에 시간을 벌 생각으로 흙을 털면서 말했다. "농부들이 다시 오기 전에 이 숲을 떠나는 게 좋겠어. 오늘 밤은 내가 많이 흥분했던 것 같아. 그리고 실버가 나를 치료하기 위해 마법을 사용했어. 레파루스 주문이라 시간이 좀 걸리겠지만 경찰이 올 거야. 그들이 올 때쯤은 여기서 멀리 떨어진 곳에 있어야 해."

실버는 여전히 미안해서 죽을 것 같은 얼굴로 고개를 끄덕였다.

그들 셋은 양탄자에 올랐고, 얼마 후 10여 타트롤 떨어진 들판에 착륙했다.

양탄자는 그들 셋이 잘 수 있을 만큼 공간이 널찍했다. 하지만 안젤리카는 실버가 잠이 오지 않기 때문에 괴물로 변신하는 일은 없다고 단언하는데도 절대로 실버와 같은 공간에 있지 않겠다고 펄펄 뛰었다.

다행히 여행하는 이들을 위해 고안된 양탄자였다. 양탄자에 비치된 목록을 찾았는데 침대가 내장된 텐트 두 개가 있었다. 타라와 실버는 빈터에 텐트를 세웠다. 안젤리카가 양탄자의 문을 닫기 전에 타라는 샤워를 하고 이를 닦은 다음 『궁정 비사』를 손에 들고 나와서 텐트 앞에 앉았다. 빨리 읽어서 유령들에 관한 정보를 얻어야 하는데……

그러나 이날 밤, 타라는 더 이상 읽고 싶지 않았다. 수많은 의문 때문에 머리가 터질 것 같았다.

게디기 거시기와 싸우면서 일부러 죽을 위험에 처했다. 지난번처럼 로빈의 유령이 유형화되기를 바란 터무니없는 희망 때문이었다. 물론 로빈이 나타나는 것이 목숨을 구해주기 위해서가 아니라는 건 타라도 알고 있었다.

로빈은 오지 않았다! 아마도 타라의 목숨이 위태로울 정도로 위험하지 않았기 때문일까? 그렇지만 타라는 혹시 로빈의 유령이 나타나주지 않을까 내심 기대했다. 만약 속이지 않았으면 나타났을까? 정직하게 말하면 타라는 속임수를 썼다. 거시기가 달려들면 부상을 당하리라는 걸 알고 있었다. 죽을 수도 있었다. 그런데도 모험을 감행한 것이다. 타라는 눈물을 닦았다.

많이 괴로웠다. 이따금 채찍에 가혹하게 얻어맞는 것처럼 가슴이 아팠다. 타라는 홀쩍거리다가 코를 풀었다.

얼마나 형편없고 한심한 짓을 저질렀나.

다시는 그런 짓을 하지 말아야 했다. 로빈과 얘기를 나누고 싶다는 이유로 목숨을 걸다니 어리석은 짓이다. 둘 다 유령이 되면 영원히 함께 지낼 수 있을 텐데. 타라는 비욘드월드가 어떤지 궁금했다. 모든 유령이 머무는 곳이기 때문은 분명 아니었다. 로빈과 함께라면 어떤 곳이든 행복할 것 같고, 그럴 자신이 있었다. 타라는 이날 밤 아무 소용이 없어 보이는 책을 손수건에 싸서 집어넣었다.

타라의 손가락에서는 크라에토미르의 반지가 충격에서 벗어나려고 애쓰고 있었다. 타라는 모르고 있지만, 거시기와 충돌할 때의 충격을 흡수한 것은 반지였다. 반지가 없었다면, 체인지라인도 무사하지 못했을 것이다.

체인지라인이 무사하지 못했다면, 반지를 끼고 있는 사람도 죽었을 것이다. 반지는 고민했지만, 타라가 죽게 내버려둘 수는 없었다. 반지를 끼고 있어줄 또 다른 누군가를 찾아야 하지 않는가. 그것도 아주 빨리.

갑자기 짤그랑거리는 소리에 이어 넘어질 듯 비틀거리는 발소리에 타라는 얼굴을 들었다.

눈앞에 실버가 서 있었다. 긴 머리에 아직도 나뭇잎 몇 개가 붙어 있었다. 걸핏하면 넘어지기 때문에 실버는 아예 신경도 쓰지 않는 것 같았다.

실버는 히믈리아의 철로 만든 긴 체인 목걸이를 손가락에 걸고 있었다. 타라의 빨간 코와 눈을 알아차리지 못한 것 같았다.

"목줄은 좋은 생각이에요." 실버가 농부들과 나누는 말을 들은 모양이었다. "굵은 나무에 묶어놓으면 나는 도망칠 수 없어요. 아가씨들을 해치지 못할 거예요. 오늘 밤은 잠이 오지 않으니까 괜찮을 거예요. 하지만 내일이나 모레는 거시기를 제압하는 데 유용할 거예요. 아가씨는 나를 믿는다고 했지만 정말 위험한 생각이에요."

양심의 가책을 느낀 타라는 얼굴이 빨개졌다. 미치도록 사랑하는 유령 때문에 죽어도 좋다는 생각으로 일부러 그랬다는 말을 어떻게 한단 말인가. 타라는 우울한 생각에서 벗어나게 해준 실버가 고마웠다.

"앉으면 안 될까? 키가 너무 커서 목이 아픈데."

실버가 어찌나 뚫어져라 쳐다보는지 타라는 울어서 얼굴에 이상한 게 묻어 있는 건 아닐까 의문이 들었다. 실버는 군소리 없이 앉아서 또다시 타라를 뚫어져라 쳐다봤다.

"아가씨는 나를 믿어주었어요." 실버가 말했는데 그 목소리에서 몹시 감격하면서도 많이 놀랐다는 걸 느낄 수 있었다. "왜죠?"

"황제와 여제로부터 3년 동안 교육을 받았어." 타라가 대답했다. "매사에 심사숙고해야 하며, 직관을 발달시키고 머리를 잘 써야 한다고 배웠지. 그래야 난관에 부딪혔을 때 보이지 않는 것까지 보려고 노력하면서 벗어날 방법을 찾을 수 있으니까. 그런데 언제부터 우리를 따라온 거야?"

질문이 아니라 대답을 기다리면서 정신을 집중하고 있었는지 실버는 잠시 어안이 벙벙한 얼굴이었다.

"헤어지고 나서 곧바로 거시기로 변신했어요. 내가 스스로 변신하기는 처음이었어요. 거시기도 깜짝 놀랐어요. 우리는 계속 달렸어요. 거시기는 믿을 수 없을 정도로 빠르고, 지구력도 강해서 잠자거나 먹기 위해서 멈출 필요가 없었죠. 오는 도중에 사냥하면서 해결할 수 있었고요. 내가 떠나기 전에 아가씨가 갈 거라고 했던 장소로 향했는데 아가씨들이 다시 이륙하고 몇 분 후에 도착했어요. 밤에는 이동하지 않고 양탄자가 멈춰 있었어요. 오랫동안 머물 때도 있어서 천만다행이었어요(안젤리카가 어찌나 깊이 잠드는지 깨우려면 타라는 애를 먹어야 했다). 그렇지 않았으면 나는 따라잡지 못했을 거예요. 거시기는 빠르지만, 아가씨들이 훨씬 빠르니까요. 며칠이 지났고, 그러다 마침내 아가씨들과 동시에 도착할 수 있었어요."

"그럴 것 같았어. 그런데 왜 우리를 공격하지 않았어? 우리가 방심하고 있었으니까 둘 중 하나를 죽이거나 중상을 입힐 수도 있었을 텐데."

실버의 초록색이 감도는 금빛 눈이 깜박거렸다.

"모르겠어요. 거시기는 아가씨들에게 겁주는 걸 더 재미있어했어요."

"바로 그래서 내가 거시기와 맞서 싸웠던 거야. 그런데 너는 우리를 공격하지 않았어! 나는 무의식적으로 네가 그 괴물을 제압할 거라고 생각했고, 그래서 위험을 무릅쓰기로 했던 거야. 그리고 사과할게."

"네? 뭘 사과해요?"

"안젤리카가 '우리가 데리고 다니는 동물'이라고 둘러댄 것에 대해서."

"그 표현이 왜요? 그게 거북해요?"

"흠흠, (타라는 목청을 가다듬기 위해 마른기침을 했다) 너를 그렇게 부르는 것이 예의에 어긋나니까."

"안젤리카 아가씨의 말은 틀리지 않았어요. 내가 아가씨들에게 죽은 동물을 내던졌고, 그래서 농부들이 몰려갔어요. 그리고 안젤리카 아가씨가 나를 어떻게 취급하든 그건 중요한 일이 아니잖아요."

자존심이 강하지 않아서 다행이라고 해야 하나?

"그래, 그게 중요한 건 아니지." 타라는 인정했다. "한 가지 문제가 생겼어. 산도르 황제의 말대로 사람들에 관한 정보는 최대한 많을수록 좋아. 그래야 예기치 않은 반응을 할 때 그들을 이해할 수 있으니까."

"네, 아버지도 비슷한 격언을 자주 말씀하셨어요. '다른 사람들을 이해해야 너 자신을 이해할 수 있다.' "

둘은 미소를 주고받았다.

"그럼 어쩌면 너는 내 문제를 이해해주겠다. 나는 유령들을 물리치는 기계를 찾으러 파트로크로 가야 해."

실버가 타라의 말을 끊었다.

"아까 안젤리카 아가씨가 말한 유령퇴치 기계, 그게 파트로크에 있어요? 에드라킨족의 나라에 있다는 거예요?"

실버의 잘생긴 얼굴이 어두워졌다. 타라를 제외하고 모든 사람이 에드라킨족을 잘 알고 있는 것 같았다.

"아! 네가 없을 때 유령을 섬멸하는 방법을 찾았어. 그건 좋은 소식이고, 나쁜 소식은 그 기계가 에드라킨족의 섬나라에 있다는 거야. 그곳으로 가서 기계를 작동시켜 유령들을 섬멸해야 하는데 아마 수십, 수백의 제사장들이 우리를 죽이려고 난리 칠 거야. 나는 거기 가야 할 이유가 있어. 내가 저지른 끔찍한 잘못을 바로잡아야 하니까. 그리고 안젤리카가 가야 하는 이유도 알아. 자기 부모님의 목숨을 구해야 하니까. 하지만 너는? 우리는 법을 어기고 도망치는 중인데 너는 며칠 동안 우리와 동행하고 있어. 나는 난쟁이족이 법을 위반하는 걸 끔찍하게 싫어한다는 걸 알아. 그래서 너를 이해할 수가 없어. 너에게는 무슨 이유가 있을까? 왜 우리를 따라다니는 거지? 처음부터 너는 나를 보호해주려고 했어. 경호원처럼. 왜지?"

실버가 일어났는데 타라의 말에 흥분해서일까? 이번에는 전혀 비틀거리지 않았다.

"아가씨는 죽을 위험을 무릅쓰고 있으니까요. 아가씨에게는 협객이 필요해요!"

"뭐라고?"

"그래서 나는 아가씨를 따라다닌 거예요. 거시기 때문에 자꾸 문제가 생기지만 그래도 아가씨를 보호하고 싶었어요. 그런데 그렇게 엄청난 모험이 기다리고 있을 줄은 몰랐어요. 이제야 내 삶의 목적을 찾은 거예요!"

타라는 태양처럼 환한 미소를 지어 보였고, 실버는 가슴이 두근거렸다. 소녀에게서 풍기는 순수하면서 고결한 느낌, 실버는 세상 끝까지라도 이 소녀를 따라가고 싶었다.

"뭔데?" 타라가 물었다.

"철창우리에도 불구하고 부모님을 해치게 될까 두려워서 나는 떠나기로 결심했어요. 앞으로 어떤 일을 하면서 살아야 할지 생각 많이 했어요. 대장장이 일을 배웠는데 나는 보통 난쟁이보다 힘이 훨씬 셌어요. 하지만 난쟁이가 아닌 존재가 만든 무기를 어떤 난쟁이가 사겠어요? 타고난 재능이 없는 내가 만드는 보석, 그것도 마찬가지였어요. 어릴 적에 어머니가 자주 들려주던 영웅 이야기들이 기억나요. 모험, 용맹스러운 기사, 악당들. 그래서 이제 나는 협객이 되기로 결정했어요."

이 말뜻은? 의아해하는 타라의 표정을 보고 실버가 설명했다.

"선의 이름으로 싸우는 기사가 되기로 결정했어요. 지구에 신앙의 이름으로 싸우는 기사가 있다는 거 알아요. 하지만 나는 신앙을 위해서가 아니라 선을 위해서 싸우는 기사가 될 거예요. 그리고 유령들을 섬멸하겠다는 아가씨의 모험, 그건 협객이 목숨을 걸고 도전할 만한 모험이에요. 아가씨는 악의 힘에 대항하고 있으니까요. 따라서 아가씨를 만난 건 내가 바라던 것 이상의 행운이에요."

환해진 얼굴, 열정으로 반짝이는 초록색이 감도는 금빛 눈, 캐러멜색 머리, 더욱 돋보이는 실버의 늠름한 체격, 어찌나 잘생겼는지 타라는 갑자기 숨이 막힐 것 같았다. 타라는 실버가 방금 한 말에 정신을 집중하려고 노력했다.

"협객 얘기로 돌아가자. 그러니까 우리의 모험에 동참하겠다는 뜻이야?"

"네."

실버가 마치 서툰 행동이 사라져버린 듯이 날렵하게 쭈그려 앉더니 초록색이 감도는 금빛 눈으로 타라의 쪽빛 눈을 응시하면서 속삭였다.

"아가씨를 경호하겠어요. 누구든 아가씨를 해치려고 하는 자는 후회하게 만들 거예요."

입으로 전해지는 실버의 숨결을 느낀 타라는 얼른 화제를 돌렸다. 소년이 얼굴을 너무 가까이 들이대고 있어서 거북했던 것이다.

"정말 궁금하네. 양어머니가 네 우유병에 뭘 넣어서 먹였기에 그렇게 힘이 세졌을까?"

"책 속의 영웅들을 보면……."

"우리는 빌어먹을 책 속의 주인공들이 아냐!" 양탄자의 지붕을 열고 몰래 엿듣고 있던 안젤리카가 갑자기 끼어들었다. "이건 현실이고, 실제 사건이야. 진실의 입들 덕분에 정부에서 악당에게는 벌을 내리기 때문에 아무도 그런 모험을 하지 않아. 우리 아더월드에서는 두꺼비로 둔갑시키는 정도라면 몰라도 아무도 누군가를 함부로 죽이지 못해, 살테렌스족을 제외하고는. 드래곤은 우리보다 더 개화된 종족이라 감히 죽이겠다고 덤비지 못하지. 아! 죽일 만한 종족으로 드래코-티라노사우루스가 있는데 그놈들은 보호동물로 규정되어 있단 말이야!"

쭈그리고 앉아 있다는 걸 잊었던 걸까, 몸이 뻣뻣해진 실버가 뒤로 벌렁 넘어졌다. 실버가 몸을 일으키면서 다시 앉는 사이에 타라는 가슴을 짓누르던 압박감이 사라지는 걸 느꼈다.

"이건 유령들을 몰아내고, 아더월드의 질서를 되찾기 위한 모험이에요." 실버가 반박했다.

"지금 빌어먹을 책 얘기가 아니라 빌어먹을 모험 얘기를 하는 거라고! 내 말 잘 들어. 타라가 그 기계를 작동하는 순간 에드라킨족의 나라를 통째로 날려버리거나…… 아니, 그보다는 자기가 먼저 호되게 당하고 말 거야. 에드라킨족이 떼거리로 몰려올 테니까. 타라는 절대 당해내지 못해. 그건 불가능한 일이니까. 다시 말해서 그 모험은 자살행위라고! 이제 알아들었어?"

실버는 안젤리카가 '빌어먹을'이란 말을 너무 자주 사용한다고 생각했다.

"아! 하지만 우린 셋이에요."

안젤리카는 이건 또 무슨 뚱딴지같은 소리야? 하는 얼굴로 눈살을 찌푸렸다.

"그게 뭐?"

"모험에서 3은 행운의 숫자니까요. 아가씨들과 함께 모험을 하게 돼 몹시 기뻐요. 고마워요."

"기가 막혀서!" 꺽다리는 분통을 터뜨렸다. "타라, 너한테 넘길게. 너 못지않게 미친 애니까!"

그렇게 쏘아붙이고 나서 안젤리카는 머리 위의 지붕을 쾅 닫아버렸다. 그런데 너무 빨리 닫다가 머리를 부딪쳤는지 꺄악 하는 비명소리에 이어 욕실이 뒤따랐다.

타라가 미소를 짓자 실버도 소심하게 미소를 살짝 흘리는 정도로 화답했다. 어설픈 행동이 돌아온 걸 보면 아직도 타라를 불편해하는 건가? 다치게 할까 두려워서일까, 아니면 또 다른 이유가 있는 걸까? 타라는 의문이 들었다.

"그러니까 네 말은." 타라는 생각에 잠긴 얼굴로 확인했다. "너의 이상을 실현하기 위해 위험을 무릅쓰고 우리와 함께 가겠다는 거지?"

"네, 아가씨."

"사랑이나 의무 때문에 하는 것보다는 바보 같은 짓이 아니지. 좋아, 너를 환영해!"

타라가 손을 내밀자 실버는 조심스럽게 살짝 건드린 다음 이내 물러났다.

"이제는 우리가 공식적으로 동지가 되었으니까 나한테 반말을 해도 돼."

앉은 자세인데도 실버는 정중하게 상체를 숙였다. 그렇지만 계속 존대했다. 타라는 늙은 부인이 된 기분이었다.

두 개의 밝은 달빛에 속은 스트리둘 몇 마리의 요란한 울음소리가 정적을 깨뜨릴 뿐 사위는 고즈넉했다.

실버는 한밤중에 일어났다.

타라는 잠을 자고, 갈랑이 불침번을 서고 있었다. 둘은 네 시간마다 교대하기로 했다.

그림자처럼 조용히, 아니 사실은 흡사 드래코-티라노사우루스가 나무나 나뭇가지, 덤불을 스치며 지나가다가 나무뿌리나 구멍 같은 데에 걸려 넘어지는 소리를 내면서 실버는 숲 쪽으로 가고 있었다. 타라는 벌떡 일어나 실버를 미행했다.

실버는 가까운 숲 속으로 들어갔다. 타딕스와 마딕스가 훤히 비추는 빈터 주위에 야생 브리앙트들이 둥지를 틀고 있었다. 이 장소의 환상적인 아름다움을 이미 알아본 사람이 있었던 걸까? 폐허가 된 하얀 대리석 신전 주위는 화려한 꽃 천지였다.

실버는 빈터 한가운데에서 걸음을 멈췄고, 입고 있던 옷 대신 달랑 짧은 반바지만 입은 차림이었다.

온몸에서 빛이 번쩍이는 조각상처럼 아름다운 실버의 모습에 숨이 멎을 뻔한 타라는 자신도 모르게 로빈에게 사과의 기도를 중얼거렸다. 전사처럼 긴 머리를 한 갈래로 땋았기 때문인지 눈부시게 아름다운 얼굴이 한결 돋보였다. 심호흡을 하면서 힘이 들어간 어깨의 긴장을 푸는 실버의 광대뼈가 달빛을 받아 반짝였다.

달빛을 받은 실버의 눈은 그 어느 때보다 금빛으로 빛나고 있었다.

실버는 손발을 길게 뻗으면서 부드럽게 근육을 푸는 일련의 준비운동에 들어갔다.

이제는 실버의 몸짓이 전혀 어설프지 않았다. 오히려 어찌나 생기가 넘치고 날렵한지 타라는 실버가 평소에는 왜 행동이 서툰지 그 이유가 정말 궁금했다.

이어서 숨을 헐떡이면서 실버가 뭐라고 중얼거리자 반바지가 강철 갑옷으로 변했다.

타라가 불필요하다고 생각했던 비늘이 실버의 몸을 보호해주는 기능이 있었던 것인가?

갑자기 어디선가 보석이 박힌 멋진 검이 실버의 손에 나타났는데 칼날에 번쩍이는 상징이 새겨 있었다. 실버는 자세를 취하면서 갑옷 옆구리에 부착된 칼집에 검을 집어넣었다. 연속 동작이 있었고, 어느새 실버의 손에 유형화된 검이 가상의 머리나 수족을 베어버린 다음 늘어진 뱀처럼 옆구리의 제자리로 돌아갔다.

타라의 눈이 휘둥그레졌다. 두 눈으로 본 것이 분명한데 도저히 믿기지 않는 장면이었다.

실버는 검도 기술을 실행하는 중이었다.

실버가 불굴의 전사였다니!

순수 혈통의 난쟁이들 중에서도 가장 강력한 난쟁이들만 불굴의 전사가 될 수 있었다. 그런데 난쟁이 양부모가 키웠을 뿐 실버는 난쟁이족이 아니었다.

언젠가 타라가 지구에는 재판관들이 있다고 했을 때 난쟁이 전사 파프니르는 불굴의 전사에 대해 말했었다. 아더월드에는 종족마다 진실의 입을 용케 피해서 달아난 악당들을 감시하고 제압하는 진압부대가 존재했다. 엘프족에는 엘프 전사들이나 엘프 사냥꾼들이 있고, 뱀파이어족에는 특별수사대가 있었다.

난쟁이족에는 불굴의 전사들이 있는데 이들은 아주 어릴 적부터 검도를 익히는 것으로 알려져 있다. 모든 난쟁이는 능수능란하게 도끼와 검, 칼, 단도를 다뤘다. 그것이 그들의 문화였다. 난쟁이들은 전투를 좋아하고, 죽는 것이 예외일 정도로 강인했다. 그러나 불굴의 전사는 차원이 달랐다. 난쟁이들 중에서도 키가 커야 하고, 대체로 세습제처럼 불굴의 전사들이 낳은 아들 중에서 선출되며, 무예를 숙달하기 위해서는 오랜 세월이 필요했다. 난쟁이들은 신체적 특성상 검으로 싸우기에 적합하지 않기 때문이다.

그런데 실버는 타라와 나이가 비슷하다고 말했다. 그것은 검도를 연마한 시간이 길어야 15년이나 16년, 17년밖에 안 되었다는 뜻이다.

3년 동안 황제로부터 하루에 몇 시간씩 훈련을 받았기 때문에 타라는 경험상 이런 기술을 연마한다는 것이 얼마나 더디고 고통스러운지 잘 알았다. 타라는 거의 어떤 무기로도 싸울 수 있고, 이제야 목표물을 공격할 자신도 생겼다.

처음에는 벽, 조각상, 태피스트리 앞에서 연습했고, 실수로 자신의 발을 내리친 적도 있었다.

이제야 겨우 적을 공격할 수 있게 되었는데…….

따라서 타라는 실버의 무술이 경지에 이르러 있음을 알아봤다. 적어도 100년이란 세월이 걸려야 완성될 수 있을 만한 무예였다. 타라는 이런 무술을 본 적이 있었다. 난쟁이들은 실리적이고, 금을 좋아하고, 명성을 좋아하기 때문에 불굴의 전사 몇 명이 아더월드에서 만든 몇 편의 영화와 지구에서 만든 〈반지의 제왕〉에도 출연해 검술을 선보였다.

파프니르에게서 불굴의 전사들에 관해 들은 뒤로 타라는 산도르 황제와 함께 그 전사들이 출연한 영화를 여러 편 보았다. 황제는 난쟁이족 불굴의 전사들이 어떻게 검을 다루는지, 어떻게 그들보다 키가 훨씬 더 크고 민첩한 종족들과 싸워 승리를 거두는지 보여주게 되어 아주 기뻐했다. 키가 1미터 70센티미터인 타라가 상대해야 하는 적들이 대체로 훨씬 키가 크기 때문에 좋은 공부가 될 거란 판단에서였다.

영화 속에서 한 난쟁이가 껄쩍껄쩍 뛰어다니다 마침내 상대를 때려 눕혔을 때 타라는 배꼽을 잡고 웃었는데, 그 장면이 〈스타워즈, 클론 전쟁〉 편에서 마스터 요다가 레이저 검을 들고 날아다니던 모습과 너무 흡사해 깜짝 놀랐던 기억이 있다. 같은 검술을 사용하고 있는 것이 아닌가.

영화는 허구라는 걸 잘 알면서도 그 순간 타라는 길에서 무시무시한 전사와 마주치는 일이 없기를 바랐다. 그런데 지금 눈앞에서 도저히 믿을 수 없는 일이 벌어지고 있었다. 실버가 바로 마스터 요다에 버금가는 실력을 갖춘 불굴의 전사라니!

난쟁이족은 결코 난쟁이가 아닌 다른 종족에게 검술을 전수하지 않는다는 것도 타라는 알고 있었다. 뭐 때문에 언젠가는 적이 될지도 모를 다른 종족에게 전술을 알려주겠는가? 그건 금지된 것이라기보다는 억만금을 줘도 그 자체가 아예 불가능한 일이었다.

미스터리가 또 하나 추가되었다.

실버가 또다시 검을 뽑았는데 동작이 어찌나 유연한지 마치 춤을 추는 것 같았다. 실버가 천천히 돌면서 보이지 않는 원, 정신적인 원을 그렸다. 검을 쥐고 있는 한 아무도 그 원으로 들어가지 말아야 했다. 그 원으로 들어간다는 건 죽음을 의미하니까.

실제로 불굴의 전사에게 대적할 수 있는 사람이 누가 있을까. 팔이 넷인 티그족도 불굴의 전사에게는 상대가 되지 않았다.

실버가 팔을 내렸고 검은 허벅지 쪽에 있었다. 타라는 눈을 깜박였다. 갑자기 공중으로 치솟은 검이 공기를 가르는가 싶더니 타라가 미처 알아챌 사이도 없이 다시 칼집으로 들어가 있었다. 그 동작이 어찌나 빠른지 타라는 눈앞이 흐렸다. 실버는 놀라운 힘과 유연하면서 날렵한 무예를 동시에 보이고 있었다. 다음 동작은 훨씬 더 빨랐다. 이동하면서 검을 뒤로 날렸다가 앞으로 내리고, 다시 뒤로 날리는데 그 동작이 현란했다. 실버는 보이지 않는 적을 상대로 싸우고 있었다. 누군가 정말로 대적했다면 눈 깜짝할 사이에 갈가리 찢겼을 것이다. 검도는 가능한 한 빨리 상대를 쓰러뜨리는 것이 관건이다. 상대에게 반격할 겨를을 주지 말아야 한다. 보이지 않는 가상의 원은 침범할 수 없는 영역인 셈이었다. 검이 날면서 빙글빙글 돌고 있었다. 경탄을 금할 수 없는 광경에 타라는 목이 메었다.

그렇게 한 시간이 흘렀다. 한 시간 동안의 완전무결한 무술 훈련.

타라는 문득 실버의 능력이라면 그들의 목숨을 구해줄 수 있으리라고 생각했다. 기계의 방사선에 중독될 타라의 목숨은 구해줄 수 없어도 실버 자신과 안젤리카의 목숨은 걱정하지 않아도 될 것 같았다. 유령들이 점령한 뒤로 마법을 사용하지 못한다는 걸 알기 때문에 이런 살상 무기와 싸우게 되리라고는 전혀 예상하지 못한 에드라킨족은 패배할 것이 틀림없었다. 수십 명이 한꺼번에 박격포 같은 중화기를 사용하지 않는 한 아무도 불굴의 전사와 대적할 수 없었다. 불굴의 전사들 간의 대적이라면 몰라도. 게다가 실버에게는 괴물로 변하는 능력까지 있으니……. 타라는 특출한 전사가 옆에 있다는 것만으로도 천

군만마를 얻은 듯 든든했다.

실버가 함께하겠다고 자청했지만 무고한 존재를 죽음의 길로 끌어들인다는 것 때문에 마음이 편치 않던 타라는 한결 가벼워졌다.

안젤리카는 좀 복잡했다. 타라는 안젤리카가 영리한 면도 있고, 빛의 손이라는 무기도 있지만, 이 서내리라는 확신이 들지 않았다. 하지만 실버가 안젤리카를 지켜줄 거란 생각에 마음의 짐을 내려놓을 수 있었다.

훈련이 마침내 끝났다.

검을 집어넣기 전에 실버는 놀라운 행동을 했다. 실버가 다른 손의 비늘을 세워 손가락을 깊게 베고는 칼날에 핏방울을 떨어뜨리는 것이 아닌가. 흡수지처럼 피를 빨아들이는 칼날을 보면서 타라는 또 한번 놀랐다.

미스터리한 실버가 불굴의 전사일 뿐만 아니라 혈검까지 갖고 있다니! 오무아 황궁의 무기고에 혈검 몇 자루가 있었다. 혈검 한 자루는 작은 왕국 이상의 가치가 있을 정도로 귀했다. 혈검은 규칙적으로 피를 먹여야만 칼날의 이가 빠지거나 무뎌지는 일 없이 날카로움을 유지한다. 단 강력한 마법이나 드래곤의 불에 최소 10분 동안 노출되었을 경우는 혈검이 부러질 우려가 있었다.

타라는 실버가 자신의 비늘에 손을 벨 수 있다는 것도 머릿속에 새겼다.

문득 한 가지 의문이 생겼다. 실버는 자진해서 모험에 동참하겠다고 말하면서도 왜 뛰어난 전사라는 걸 숨겼을까? 아니, 정확하게 말하면 숨긴 건 아니었다. 하지만 병사들을 상대할 때 왜 검이 아니라 도끼만 사용했을까?

타라는 살그머니 텐트로 돌아와 잠자리에 들었다. 땀에 젖은 몸을 맑은 개울물에 씻은 뒤 실버가 돌아왔을 때 타라는 깊은 잠에 빠져 있는 체했다. 그러나 타라는 텐트 출입문을 약간 열어놓고 실버를 관찰했다. 검은 보이지 않았고 평온한 얼굴이었다.

다음 날 아침, 실버는 아주 정상적으로 행동했다. 아침 식사를 준비하는 타라를 도와준답시고 음식을 태우고, 팬케이크를 불 속에 떨어뜨리고, 손에서 놓쳐 데굴데굴 굴러가는 사과를 잡으려다 나무뿌리에 걸려 자빠지면서 갈랑이 크게 다칠 뻔했다.

타라는 웃어야 할지 가엾게 여겨야 할지 난감했지만, 실버는 그 모든 어설픈 행동을 하면서도 기분은 거의 정상으로 보였다.

마침내 그들은 음식을 차려놓고 편안한 마음으로 불가에 둘러앉았다(타라는 다시 잠들지 못했기 때문에 반쯤 졸고 있었다). 양탄자에 주방이 있지만, 나무 타는 냄새를 좋아하는 실버를 위해서였다.

이상한 일이 일어났다. 발분의 버터와 비즈즈즈의 꿀을 바른 빵을 깨물려는 순간 타라는 갑자기 맛있는 빵 냄새에 사로잡혔다. 식욕과 살아갈 의욕을 동시에 잃었던 타라가 음식에 관심을 보이기는 몇 주일 만에 처음이었다. 마음껏 빵 냄새를 맡으면서 한 입 베어 물던 타라는 입안에 그윽한 향이 퍼지는 순간 행복해서 눈을 감았다.

살아 있는 거야. 살아남았어. 여전히 머릿속에 로빈이 있지만, 아픔은 차츰 희미해지고 있었다. 머지않아 로빈을 다시 만날 거라고 확신하기 때문일까.

타라는 기지개를 켜면서 공기를 깊이 들이마셨다. 마치 그리 멀지 않은 곳에서 멋진 선물이 기다리고 있는 것처럼 기분이 좋아졌다.

물론 이렇게 행복한 순간을 만끽하는 데 그럴 만한 이유가 있다는 걸 타라는 꿈에도 생각 못했다. 크라에토비르의 반지는 가능한 한 타라를 행복하게 만들기로 작정했다. 반지는 타라의 머릿속에서 로빈의 모습을 지우며 불안과 의기소침한 상태를 최소화하고, 최대한 행복과 기쁨을 느낄 수 있게 만들어주었다. 악마의 힘을 지닌 반지로서는 행복의 개념이 이해가 안 되지만, 반지를 끼고 있는 사람이 마음의 상처 때문에 무너지게 내버려두기보다는 강력한 힘을 잃지 않도록 행복과 기쁨을 주는 수밖에 방법이 없었다.

아침 식사를 끝낸 뒤에 타라는 살아 있는 지도를 펼쳐놓고 노선을 연구했고, 일행에게 경로를 설명했다. 타라보다는 그들이 아더월드를 더 잘 알고 있으니 잘못된 것은 바로잡아달라는 의미였다. 그런데 안젤리카는 침묵을 지키고 있었다. 다크서클이 짙게 드리운 눈가, 평소에는 풀어 헤치고 있던 긴 머리를 한 갈래로 촘촘하게 땋은 상태였다. 껑다리의 표정이 심각하고 결연해 보였다.

안젤리카가 심호흡을 하더니 빵을 풀 속으로 던지면서 말했다.

"곰곰이 생각해봤어. 밤새도록. 난 히플리아로 갈 거야. 남은 돈을 갖고 다음 도시에 가서 양탄자를 사겠어. 그러니까 너희 둘이 에드라킨족의 나라로 가서 빨리 해결해. 내 부모님이 구제 불능한 뚱보가 되기 전에!"

타라는 정말 하고 싶지 않지만 말했다.

"우린 네가 필요해, 안젤리카."

껑다리는 꼼짝 않은 채로 경계하는 시선을 던졌다.

"기계를 작동하기 위해서가 아니야." 타라는 안젤리카를 안심시켰다. "무덤 때문에 네가 필요해. 네가 말했잖아, 에드라킨족의 섬에서 마법을 사용하면 제사장들이 대번에 알아챈다고. 그런데 네 빛의 손은 마법 에너지가 아주 약하게 방출되잖아. 만약 내가 무덤을 파헤치기 위해 마법을 사용한다면 몇 초도 안 돼서 에드라킨족이 몰려올 거야. 이런저런 이유로 기계를 작동시키는 데 시간이라도 걸린다면 우리는 개죽음을 당하게 될 거야. 네가 무덤을 파헤쳐야 해. 기계는 아마 40미터쯤 아래 땅속 깊이 묻혀 있을 거야. 2000년 전에 살던 조상이 기록해놓은 글인데 그사이에 부식토가 엄청나게 쌓였을 테니까. 너만 할 수 있어, 안젤리카."

안젤리카는 자신의 손을 쳐다보면서 입술을 삐죽거렸다.

"이게 나의 아주 강력한 힘이 되어줄 거라고 생각했어." 꺽다리는 분통이 터지는 얼굴이었다. "그런데 결국은 나를 죽게 만들 저주의 손이 되다니!"

"네가 빠지면 우리는 성공할 가능성이 전혀 없어." 타라가 강조했다. "네가 있어야 우리는 성공할 수 있어."

안젤리카는 둘을 쳐다보다가 결정을 내렸다.

"싫어."

그러고는 돌아서려고 했다.

타라가 소리쳤다.

"싫어? 어떻게 싫다고 할 수 있어? 너는 그러지 못해, 안젤리카!"

안젤리카는 홱 돌아섰다.

"아니, 난 할 수 있어. 자, 봐! 난 짐을 다 챙겼어. 난 갈 거야. 위험한 모험에 끌릴 정도로 어리석기 짝이 없는 자칭 협객만 있으면 되잖아. 나는 실리적인 사람이야. 위험한 곳에는 가지 않아. 이상 끝."

타라와 실버의 반응에 신경 쓰지 않고 안젤리카는 짐을 들더니 턱으로 까딱 인사하고는 떠났다. 둘은 아더월드의 두 태양빛 속에 일렁이는 들판으로 멀어져가는 안젤리카를 멍하니 쳐다봤다.

타라는 쫓아가려고 했지만, 장갑 낀 손이 재빨리 어깨 위에 놓였다.

"원치 않는 전사에게 싸우라고 강요할 수는 없어요." 실버는 엄숙한 목소리로 말했다. "떠나게 두세요. 안젤리카 아가씨에게는 그럴 권리가 있어요."

안젤리카는 너무 이기적인 못된 계집애라고 소리칠 뻔했지만, 타라는 꾹 참았다. 신의에 대한 개념이 좀 다른 실버는 타라의 분노를 이해하지 못할 테니까. 타라는 마지못해서 고개를 끄덕였다.

성공할 수 있는 에이스 카드를 잃은 것이다. 죽는 건 두렵지 않지만, 안젤리카가 없으면 불리해지는데……

실버는 출발하기 전에 뉴스를 보는 것이 좋겠다고 말했다. 거시기에게 신경을 쓰느라고 좀처럼 그럴 여유가 없었지만, 이제는 정말 세상이 어떻게 돌아가는지 알 필요가 있었다. 타라는 파트로크에 대한 연구에 정신을 집중하고 싶었지만, 실버의 생각에 동의하면서 양탄자의 크리스털 볼을 작동했다.

실버는 26시간 방송하는 뉴스 채널을 선택했다.

크리스털 볼의 화면에 궁인들과 여러 나라의 대표들, 랑코비트의 왕과 왕비, 신하들의 모습이 나타났다. 타라는 눈살을 찌푸렸다. 이상했다. 낯익은 저 모습은……?

반사경 마스크로 얼굴을 가린 남자의 이미지, 긴 머리.

벌떡 일어난 타라가 고함을 지르는 바람에 멀어져가던 안젤리카가 놀아봤다.

"마지스터! 마지스터! 마지스터가 내 어머니와 같이 있어! 내 어머니를 납치하다니!"

고함소리가 어찌나 날카로운지 실버는 귀를 틀어막을 뻔했지만, 공식 성명을 발표하는 뉴스에 귀를 기울였다.

"아가씨, 마지스터가 누군가를 납치했다는 내용이 아니에요. 마지스터의 유령이 여제를 점령했고, 셀레나 덩컨이라는 분과 결혼한다는 내용이에요. 셀레나 덩컨이 아가씨의 어머니예요?"

너무나 놀란 타라는 다리가 풀려서 주저앉았다.

"이해가 안 돼. 이게 어떻게 된 거지? 하지만…… 하지만 그럼 파브리스가 마지스터를 죽였다는 뜻인가?"

그 순간 실버가 말한 두 번째 문장이 충격 때문에 무감각해진 타라의 뇌를 뚫고 들어왔다.

"어떻게 내 어머니와 결혼한다는 거지? 그 부분을 다시 돌려봐."

멀리서 안젤리카는 망설였다. 타라의 고함소리로 보아 무슨 일이 일어난 게 틀림없는데……. 호기심과 두려움 사이에서 고민하던 안젤리카는 결국 발길을 돌렸다.

"나를 돌아오게 하려는 수작이라면 경고하는데……." 껑다리가 타라 앞에 버티고 서서 물었다. "또 무슨 일인데?"

"안젤리카!" 분노의 눈빛을 이글거리면서 타라가 소리쳤다. "마지스터가 죽었어!"

"그렇다면 좋은 소식인데 왜 난리야?" 안젤리카가 받아쳤다.

"마지스터가 죽었다고! 그건 유령이 됐다는 뜻이잖아!"

이번에는 안젤리카가 털썩 주저앉았다.

"뭐?"

"마지스터가 리스베스 여제의 육신을 장악했어! 그리고 이틀 전에 내 어머니와 결혼하겠다고 발표했어."

실버는 여전히 주의 깊게 듣고 있다가 뉴스를 전해주었다.

"마지스터는 죽었지만 육신이 소생되고 있기 때문에 영혼도 곧 회복될 것이다. 그래서 덩컨 부인과 결혼할 것이라는 내용의 공식 성명이에요."

타라는 벌떡 일어났다.

"오무아로 가야겠어!"

안젤리카가 펄쩍 뛰었다.

"말도 안 되는 소리! 넌 거기 가면 안 돼!"

타라가 이를 드러냈는데…… 송곳니? 본능적으로 타라는 뱀파이어로 변신했는데 어찌나 험상궂은 얼굴인지 마치 이렇게 말하는 것 같았다. '까불지 마! 나를 화나게 하면 네 머리통을 뽑아서 농구를 할 테니까.'

그러나 안젤리카는 물러서지 않았다.

"오무아에 가면 너는 체포될 거야!" 화가 난 꺽다리가 또박또박 말했다. "오, 내 조상들의 혼령들이여! 타라, 마지스터는 제국의 모든 권력을 장악했어. 하지만 네가 유령들을 섬멸하면 마지스터에게서 영원히 벗어나는 거야."

타라가 앞으로 나서면서 핏대를 올렸다.

"네 부모의 일이 아니라고 그렇게 말하면 안 되지!"

안젤리카도 질세라 타라를 향해 얼굴을 들이댔다.

"내 목숨이 걸려 있는 문제이기도 해! 너만 모두를 구할 수 있어, 후계자! 너는 무슨 일이 있어도 실버를 데리고 에드라킨족의 나라로 가야 해!"

꺽다리는 용감했다. 여러 가지 단점에도 불구하고 이 장점만은 인정해줘야 했다.

타라는 물끄러미 안젤리카를 쳐다봤다. 이윽고 타라의 표정이 일그러졌다. 온몸이 오그라드는 느낌이 들었다. 안젤리카 문제가 의외로 쉽게 해결되었다는 생각에 타라는 속으로 쾌재를 불렀다. 꺽다리에게 똑같이 되돌려주면 되는 것이다.

"좋아, 오무아로 가지 않을 테니까 대신 너도 히플리아로 가지 마. 우리 셋 다 파트로크로 가는 거야."

이번에는 타라가 얼굴을 들이대면서 안젤리카에게 덧붙였다.

"이제 더는 군소리하지 않기 바란다. 아니면 너희 둘을 버리고 난 어머니를 구하러 오무아로 가버릴 테니까. 알았어?"

안젤리카는 무슨 말을 하려다가 입을 다물었다. 이번에는 자신이 함정에 빠진 것이다.

"그렇게 순진한 척하지 마. 가증스러우니까." 꺽다리가 쏘아붙였다. "너도 원하는 걸 얻기 위해 사람들을 교묘하게 이용하는 아주 무서운 애니까. 좋아, 함께 모든 유령을 섬멸하러 가자. 하지만 내가 죽게 되면 평생 너를 괴롭힐 거니까 명심해."

만족스러운 표정을 지어야 할 타라가 갑자기 아연실색한 얼굴로 안젤리카를 쳐다봤다.

"유령들. 맙소사! 네 말이 맞아, 모든 유령! 그럼 로빈도 포함되는 거잖아! 로빈에게 비욘드월드로 돌아가서 나를 기다리라는 말을 하기 전에는 기계를 작동할 수 없어!"

"로빈이 유령이라면 우리의 적이야." 안젤리카가 응수했다.

"로빈이? 절대로. 로빈은 나를 죽지 못하게 했어. 로빈은 나를 사랑해. 절대로 나를 배신하지 않아."

"하지만 위험해. 뱀파이어들의 대통령이 하는 말 들었잖아? 한 유령이 알면 다른 유령도 모두 알게 된다고. 우리가 하려는 일을 로빈에게 알리면 모든 걸 망치는 거야! 너무 위험하다고!"

"로빈은 내가 어디 있는지 알고 있었어." 타라는 반박했다. "유령도 유령 나름이지. 로빈은 비밀을 지킬 거야. 무슨 일이 있어도 나는 로빈에게 알려야 해."

"안 돼!"

"알릴 거야!"

"내가 못하게 막을 거야!"

"어떻게? 그 가소로운 빛의 손으로? 그게 나를 해칠 수 있을 것 같아?"

타라의 손에서 몰려나오는 불을 본 실버는 두 소녀가 숲과 들판, 이웃 마을을 쑥대밭으로 만들기 전에 재빨리 개입했다.

"기계를 작동하기 직전에 알리는 게 어때요? 최후의 순간에 죽은 연인을 불러서 상황을 설명하고, 비욘드월드로 돌아갈 시간을 주는 거예요."

"기계를 작동하기 전이든 후든 그건 네가 알아서 해. 문제는 기계의 작동 방식이야." 안젤리카는 타라가 반박하기 전에 얼른 말했다. "일단 작동이 되어서 모든 것이 순조롭게 진행되면 너는 하프엘프를 만나러 비욘드월드로 가면 될 테니까."

위험한 일에 그들을 끌어들이고 있다는 가책 때문에 내심 괴로워하는 타라와는 달리 안젤리카는 타라의 죽음을 말하면서도 전혀 거리낌이 없었다.

타라는 마음이 가라앉았다. 마법의 불이 타라의 손으로 들어가면서 꺼졌다. 머릿속을 사로잡고 있던 엄청난 분노도 사라졌다. 타라는 싸움을 대비해 바짝 긴장하고 있던 근육을 풀었고, 안젤리카에게 승리를 양보했다.

"알았어. 그렇게 할게."

안젤리카는 내색하지 않았지만 사실은 뜨끔했다. 타라의 손에서 불을 봤고, 자신의 마법으로는 후계자의 마법을 당해낼 수 없다는 걸 알고 있었기 때문이다.

"로빈을 어떻게 불러낼 건데? 암호는 있어? 남에게 들키지 않고 둘만 통하는 암호가 있냐고?"

타라가 미소를 지었는데 빈정거리는 듯한 미소였다.

"아, 그건 문제없지. 내가 죽기 일보 직전이 되면 나타날 거야."

안젤리카는 입을 삐죽거렸다. 타라가 미쳤다고 생각하면서 안젤리카는 본론으로 들어갔다.

"아주 위험할 거야." 꺽다리는 신랄하게 말했다. "그리고 목숨이 위태로운 순간을 자주 맞게 될 거야. 그러니까 우리가 기계를 두 눈으로 보기 전까지는 로빈에게 아무 말도 하지 않겠다고 약속해."

타라는 뱀파이어의 모습이라는 걸 깜빡 잊고 입술을 깨무는 바람에 너무 아팠지만, 고개를 끄덕였다.

"약속할게." 타라는 마침내 흐르는 피를 핥으면서 대답했다.

"아가씨들!" 더 이상의 싸움을 원치 않는 실버가 끼어들었다. "다 해결됐어요. 이제 여기를 떠나요. 우리의 운명을 향한 여행을 시작합시다."

타라는 실버에게 찬성한다는 손짓을 보였다.

그들은 모닥불을 끄고 텐트를 접었다. 잠시 후 이륙한 양탄자는 에드라킨족의 섬을 향하고 있었다.

자신의 정체성을 모르는 소년, 자신이 누군가에게 상처를 주었다는 걸 아직도 모르는 갈색 머리 소녀, 복수를 꿈꾸면서 죽은 남친을 만나러 떠날 생각만 하는 금발 소녀가 양탄자에 타고 있었다.

실버가 상상한 협객들의 영웅적인 위업은 이런 것이 아니었다.

이 모험이 그리 좋지 않게 시작되었다는 생각에 실버는 불안했다.

끈적끈적한 거미

적에게 겁을 주고 싶을 때는
가능한 한 혐오스러운 모습을 보이는 편이 나은데……

*

모험은 이것으로 끝나는 것인가. 여기서 지금. 마지스터는 침대 위쪽에 떠 있는 상태로 자신을 지켜보는 늙은 여제 유령을 쳐다봤다. 마지스터는 남자의 몸을 찾기 위해 마법을 낭비하고 싶지 않아 리스베스의 모습을 유지했다. 그런 데다 여자 잠옷이 생각보다 아주 편했다.

남자로 돌아가도 이 잠옷을 입으면 편할까?

아니, 그렇지는 않겠지.

집요하게 쫓아다니는 엘세스가 짜증이 나면서도 마지스터는 리스베스 여제의 호화로운 스위트룸을 만족스럽게 둘러봤다. 리스베스는 살아가는 멋을 알고 있었다. 대형 크리스털 평면 화면, 최첨단 매직컴퓨터, 세 개나 되는 욕실, 많은 사람이 뒹굴 수 있을 정도로 어마어마하게 큰 침대에는 아주 귀한 북극 젤레*의 털가죽이 덮여 있었다. 물고기를 먹고 사는 젤레는 혈액 속의 동결 방지 성분 덕분에 영하 80도에서도 살 수 있으며, 기온이 영하 20도로 오르는 봄에 죽는 동물이다. 그러나 새하얀 털이 얼음과 구별이 잘되지 않는 데다 숨어서 죽는 습성 때문에 찾기가 힘들다. 그래서 젤레 털가죽은 가격이 엄청난데 여제의 침대에 씌워놓은 크기라면 작은 왕국의 연간 수입에 맞먹을 것 같았다.

타라의 방과는 달리 리스베스의 스위트룸에는 여제를 알현하기 위해 궁인들이 기다리는 별실이 딸려 있었다.

금빛 목재 의자들이 휘어진 다리를 꿈틀거리면서 언제든 달려올 기세로 대기하고 있었다. 리스베스의 조상들이 활약했던 무용담과 수많은 로맨틱한 일화를 이야기하는 태피스트리들, 이 벽화에서 저 벽화로 넘나들면서 동물을 추격하는 사냥꾼들, 주홍빛 대리석 벽에 장식된 샹들리에와 브리앙트 랜턴들이 대낮처럼 환히 밝히고 있었다. 게다가 버튼만 누르면 벽이 대형 크리스털 창문으로 변하거나 리스베스가 잠시 바람을 쐬고 싶을 때는 완전히 사라지기도 했다. 창문은 궁전의 공원으로 나 있어서 예쁜 암사슴, 모오오오우우우, 흰색 담비들이 유유히 풀을 뜯어먹는 목가적인 풍경이 내다보이고, 아래위층 모두를 친위대원들이 차지하고 있었다. 즉 친위대원들을 거치지 않고는 여제에게 접근할 수 없을 정도로 철벽 경호였다.

인기척을 느낀 마지스터가 천장을 올려다보며 냉소적으로 물었다.

"어때요? 전망이 마음에 듭니까?"

마지스터가 에스메랄다의 모습으로는 절대로 여제의 침실에 들이지 않겠다고 으름장을 놓았기 때문에 엘세스는 조용히 상그라브들의 보스를 감시하기 위해 숙주의 몸을 떠나야 했다. 선대 여제와의 동거가 아주 만족스러운 에스메랄다는 문 앞에서 기다리겠다고 말했다. 그 옆에서 그녀의 남편도 마법의 나무다리(아이가 그만 풍선—남자의 다리—을 놓치면서 날아갔고, 아무도 풍선을 찾지 못하고 있었다)에 의지한 채 절룩거리면서 늙은 여제 유령이 나오길 기다리고 있었다.

엘세스의 유령이 마지스터를 경멸하듯 내려다봤다.

"내 딸의 몸을 차지하고 있는 게 아니라면 벌써 요절을 냈을 거다." 엘세스가 물어뜯을 듯한 기세로 내뱉었다.

"이제 당신은 딸을 구하기 위해 아무것도 할 수 없으니 당장 꺼져버리시죠."

엘세스는 음험한 미소를 지었다.

"싫다."

"꺼지라니까!"

"내가 할 수 있는 한 너를 못살게 굴기로 작정했거든. 너도 알다시피 유령은 잠을 자지 않아. 그러니 우리 함께 아주 많은 시간을 보내보자고."

마지스터는 이를 악물었다. 성가시지만 할 수 없지. 마지스터는 『궁정 비사』를 펼쳤다. 오무아 황궁에 보관되어 있는 원본으로 현재는 리스베스가 자신의 생애를 기록하고 있었다. 『궁정 비사』를 열람하는 이가 합법적인 여제이기 때문에 책은 거부할 이유가 없었다.

호기심이 동한 늙은 여제 유령이 침대 머리맡까지 날아와 마지스터의 어깨 너머로 살펴봤다.

"『궁정 비사』!" 성난 엘세스가 외쳤다. "돼먹지 못한 놈, 네가 읽을 책이 아니다!"

마지스터는 대꾸도 하지 않았다. 이틀 전부터 마지스터는 다른 유령들을 없애버릴 방법을 궁리하고 있었다. 현재까지는 이렇다 할 성과가 없었다. 은하계에서 가장 완벽에 가까운 살아 있는 컴퓨터라 할 수 있는 오무아의 디스쿠타리움도 답을 주지 못했다.

그러나 머지않아 방법을 찾아야 했다. 찾게 될 것이었다.

그러면 늙은 여제도 영원히 보내버릴 수 있는데…….

갑자기 마지스터가 소스라쳤다. 문에 달린 눈과 입이 손님이 왔다고 알리는 순간 마지스터의 대답을 듣지도 않고 문이 벌컥 열리더니 격분한 셀레나가 퓨마를 데리고 나타난 것이다. 결혼 발표를 한 뒤로 마지스터는 셀레나가 몹시 화를 내리라는 걸 알고는 의도적으로 셀레나를 피했고, 시간이 흐르면 분노가 누그러질 거라고 생각했다.

그런데 실패였다. 마지스터가 당황하고 있을 때 마법의 광선 두 개가 방패(주도면밀한 마지스터는 이미 방패를 만들어놓고 있었다)에 부딪히자 얼굴이 시뻘게졌다.

방패로 공격을 막는 데 정신이 팔린 마지스터는 셀레나를 따라 들어온 또 다른 유령이 리스베스의 속옷 서랍장 밑으로 숨는 걸 알아채지 못했다.

"문을 지키고 있는 보초를 두꺼비로 둔갑시켰다!" 셀레나가 고함쳤다. "계속해서 내 인생을 치욕스럽게 한다면 나도 더는 가만히 있지 않겠어!"

"거, 말 한번 시원하게 잘하는군, 브라보! 하지만 멜로드라마풍의 격앙된 어조로 외치는 것보다는 목소리를 깔면서 내뱉는 위협적인 어조가 훨씬 효과적이지." 엘세스가 한마디 했다.

셀레나는 엘세스의 유령을 힐끔 쳐다봤다. 셀레나의 손에는 여전히 마법의 광선이 번쩍이고 있었다.

"당신은 언제든 들여보내라고 지시를 받은 병사라 두꺼비로 둔갑시킬 필요가 없었는데. 병사가 엄청 놀랐겠군." 마지스터는 짐짓 침착하게 대꾸했다.

"병사는 놀랄 겨를도 없었으니까 걱정 마시지!" 셀레나는 언성을 약간 낮추면서 쏘아붙였다.

"나의 상냥하고 다정한 신부, 뭘 원하는 거요?" 마지스터가 애써 공손하게 물었는데 그에게 전혀 어울리지 않는 말투였다.

엘세스는 비웃음을 흘렸다. 셀레나는 상냥하고 다정한 신부의 모습이 전혀 아니었다. 상냥하고 다정하기는커녕 독기를 품은 사나운 얼굴이었다.

"나랑 결혼을 해?" 셀레나는 목소리를 깔면서 위협적인 어조로 내뱉었다(늙은 여제 유령은 금방 실천에 옮기는 셀레나가 마음에 들었다). "결혼이란 서로 사랑하고 서로를 존중해주는 두 사람의 결합이야. 그런데 난 당신을 사랑하지도, 존중하지도 않아."

마지스터가 벌떡 일어나는 순간 리스베스 대신 남자의 몸이 나타났는데 잊지 않고 반사경 마스크도 쓰고 있었다.

"결혼하면 당신은 나를 사랑하게 될 거요." 마지스터는 묘한 어조로 말했다.

셀레나는 두 손으로 머리를 부여잡으면서 하늘, 아니 침실의 천장을 쳐다봤다.

"어림없는 소리! 절대 그런 일은 없어! 나를 가만히 내버려두고 림보로 꺼져버려!"

셀레나의 언성이 다시 격해지자 엘세스는 나무라듯 쯧쯧 혀를 찼다.

셀레나가 방을 나가며 어찌나 쾅 닫았는지 문이 거세게 항의했다.

마지스터의 마스크가 파란색과 검은색 사이에서 망설이다가 파란색으로 변했다.

"딸을 다시 만나기 전까지는 그래도 다정했는데……." 생각에 잠긴 듯 마지스터가 중얼거렸는데 거의 빈정거리는 투였다.

"단비우로 인해 우리 황실과 맺어진 이 덩컨 가문은 정말 흥미로운 인물들을 배출한 것 같군." 늙은 여제 유령이 평하자 엘세스를 잊고 있던 마지스터가 깜짝 놀랐다.

"그런 말은 이사벨라 덩컨을 만난 다음에 하시죠. 아마 후회하게 될 테니까." 마지스터가 중얼거렸다.

마지스터는 보초를 바꾸고, 다음에는 경계를 게을리하지 말라는 뜻에서 두꺼비로 둔갑한 자를 정원의 늪으로 던져버리라고 명했다. 그러고는 여자의 몸으로 변해 침대로 올라갔다.

마지스터는 다시 『궁정 비사』를 읽기 시작했다. 엘세스의 유령이 마지스터의 머리 바로 위에 떠 있는데 그 모습이 마치 머리털 많은 투명한 물음표 같았다.

마지스터는 열심히 찾고 있었다.

불행히도 마지스터가 방법을 찾았다. 늙은 여제 유령이 읽을 겨를도 없이(마지스터가 가능한 한 내용을 가렸기 때문에) 마지스터는 책을 덮었다. 그러고는 흥분한 나머지 침대에서 일어나 앉았다. 이럴 수가! 유령들을 섬멸하는 기계가 있다니……. 에드라킨족의 나라에. 그런데 문제가 있었다. 유령이란 유령은 모두 소멸시키는 기계였다. 그렇나면 기계를 몰래 이곳에 가져다놓고 자신의 육신을 돌아오게 한다음 기계를 작동해 다른 유령들을 없애야 했다. 오무아를 손에 넣었으니 이제는 더 이상 다른 유령들이 필요 없었다. 나중에 혹시 필요하다면 비욘드월드에서 불러들이면 될 것이 아닌가.

벌떡 일어난 마지스터가 크리스털 볼을 작동하면서 명령했다.

"사냥꾼을 불러들여!"

그리고 잠시 머뭇거리다 덧붙였다.

"브주아 지롱도."

마지스터는 계획을 짜면서 스위트룸을 왔다갔다 서성거렸다. 그러다가 크리스털 볼을 다시 작동해 일련의 지시를 내렸다. 통화한 상대들이 잠시 아연실색해했지만, 마지스터는 그들이 복종할 것이라 믿었다.

셀렌바가 도착했다고 알리면서 문이 열렸다.

뱀파이어가 방으로 들어왔는데 눈이 새빨간 하얀 고양이 같았다. 셀렌바는 마지스터가 셀레나와 결혼하겠다고 발표한 뒤로 뿌루퉁해 있었다. 불만을 표시하는 뱀파이어를 의식한 마지스터도 셀레나가 불의의 사고로 죽는 일이 없도록 경호원을 두 명으로 늘려야 하는 게 아닌지 고심했다.

"나리." 뱀파이어가 허리를 굽혀 인사했다.

재미있는 호칭이 아닌가. 마지스터를 '보스'라고 부르던 셀렌바가 '나리'라고 호칭한 것은 그리 오래되지 않았다. 형식적이고 사무적인 느낌이 드는 '보스'보다는 친근하게 느껴지기는 하는데……. 어쨌든 셀렌바에게 심경의 변화가 일어난 것은 분명해 보였다.

느닷없이 남자의 몸을 되찾은 마지스터가 뱀파이어에게 다가갔다. 그러고는 뜨겁게 포옹하는 것으로 셀렌바를 어리둥절하게 만들었다. 마지스터는 키스를 할 때도 얼굴을 감추기 위한 환영을 지우지 않았었다. 셀렌바 역시 아직까지 마지스터의 진짜 얼굴을 몰랐다. 하지만 그가 키스할 때의 느낌은 아주 좋았다.

"질투하는 건가? 그렇게 쌜쭉해 있으면 안 되지." 마지스터는 장갑 낀 손으로 뱀파이어의 빨간 입술을 건드리면서 말했다. "셀레나는 내 아내가 되는 것뿐이야. 넌 나의 오른팔이잖아. 나는 절대 너를 버리지 않는다."

그런 말에 속을 리 없는 셀렌바는 씁쓸한 얼굴로 마지스터를 바라봤다. 뛰어난 언변으로 사람들을 이용하는 데 능한 인간이었다. 그리고 왜 마지스터가 방금 자신을 그토록 뜨겁게 포옹했는지도 잘 알고 있었다. 변치 않는 마음을 보여주는 것으로 셀레나를 해치지 못하게 하려는 것이다.

재미있는 건 셀렌바도 그럴 생각이 없다는 것이다. 어쨌든 지금은. 인간의 피를 먹는 바람에 셀렌바는 불임이 되었다. 셀렌바가 유일하게 후회하는 건 생명을 낳는 기적을 포기한 것이다.

전 약혼자였던 뱀파이어 사피르 드라고쉬와 자신의 동생 사틸라 사이의 자식들을 상상하면 셀렌바는 가슴속에 커다란 구멍이 뚫린 것 같았다. 전에는 상상조차 하지 않았던 일이다.

만약 셀렌바가 마지스터에게 아이를 낳아줄 수만 있다면…….

그랬다면 셀레나에게 벌써 불의의 사고가 일어났을 것이다.

말없는 뱀파이어가 무슨 생각을 하고 있는지 모르는 마지스터는 늙은 여제 유령을 가리키면서 말했다.

"저 교활한 할망구를 없애버려. 할망구에게 감시를 당하고 싶지 않다."

"알겠습니다, 나리." 셀렌바는 냉랭하게 대답하면서 엘세스에게 달려들었다.

몹시 화가 난 엘세스는 뒷걸음쳤다. 늙은 여제는 뱀파이어와 대적하는 게 두렵지 않았지만, 친구 유령들이 걱정되었다. 셀렌바가 친구 유령들을 비욘드월드로 돌아갈 겨를도 주지 않고 모두 없앨 위험이 있었다. 엘세스의 친구 유령들의 합세로 창 밖으로 내던져지는 수모를 당한 뒤로 독기를 품고 있는 뱀파이어가 복수할 것이 틀림없기 때문이다.

엘세스는 마지못해서 퇴장했다. 늙은 여제 유령이 벽을 뚫고 사라졌다.

그러나 셀렌바 역시 여전히 서랍장 밑에 숨어 있는 유령을 알아채지 못했다.

"좋아, 아주 좋아." 마지스터가 중얼거렸다. "넌 훌륭한 뱀파이어야. 더 자주 내 곁에 둬야겠어."

파브리스가 늦는 것에 화가 난 마지스터가 한마디 하려는 순간 늑대인간이 스위트룸의 문턱을 넘었다.

빨리 오기 위해 늑대의 모습으로 미친 듯이 달려온 것이 분명했다. 늑대가 몸을 흔들면서 콧바람을 내자 늑대와 소년이 포개지는 듯하다 인간으로 돌아온 파브리스가 허리를 굽혔다.

"용서하십시오, 나리. 최대한 빨리 온 것입니다."

"감옥에 있었지?"

파브리스의 얼굴이 창백해졌다. 마지스터는 자신이 알고 있는 이들에 대해선 그들이 뭘 하는지 예측 능력이 뛰어났다. 지구소년 역시 여러 각도에서 주의 깊게 살폈기 때문에 잘 알고 있었다.

"네." 파브리스는 어물어물 말했다.

"그 아이는 어떤가?"

속여봤자 아무 소용없다는 걸 아는 파브리스는 솔직하게 말하기로 했다.

"무아노…… 아니 글로리아 공주는 상태가 좋지 않습니다. 나리가 글로리아에게 레파루스 치료를 허락하지 않았으니까요. 글로리아는 내가 자기를 때렸다는 것만 기억하고 있어요. 아무리 애원해도 야수의 몸을 유지한 채 내가 자기를 고문하고 있다고만 생각해요. 두 번이나 내 목을 물어뜯으려고 했어요. 내가 늑대의 몸을 하고 있었기에 망정이지 목이 잘릴 뻔했습니다."

고집을 부리는 무아노 때문에 겪은 슬픔이 파브리스의 얼굴에 고스란히 드러났다.

"인간으로 변신할 수 있도록 그 아이를 치료해주고 유령들에게 점령하지 못하게 명한다면?"

"나리?"

파브리스는 경계하면서 함정일까 봐 두려워했다.

"나는 왜 불러?" 마지스터가 농담으로 받아쳤다. "내가 언제 너한테 뭐 물어봤니? 질문은 파브리스 네가 해야지. 이유를 묻고, 그 대가로 네가 어떻게 하면 되는지 물어야지."

"나리, 이유가 무엇이며 제가 어떻게 하면 됩니까?" 파브리스는 순종적으로 물었다.

"이유는 내 마음이 그렇기 때문이고, 어떻게 하면 되는지 그건 너 하기에 달렸다."

파브리스는 마지스터가 '당근과 채찍'을 쓸 거라고 짐작했다. 어르고 달래면서 으름장을 놓아 원하는 목적을 달성하겠다는 것이 분명했다. 사람의 심리를 이용하는 데 있어 마지스터를 따라올 자가 있을까.

파브리스는 조심스럽게 행동했다. 무릎을 꿇고 고개까지 숙이자 마법복이 망토처럼 뒤로 펼쳐졌다. 다른 상그라브들의 마법복과 마찬가지로 잿빛이지만, 파브리스의 상징인 파란 매머드가 새겨 있었다. 파브리스는 자신의 패밀리어를 죽인 드래곤과 위베른족을 마지스터 못지않게 증오했다. 그것이 그들의 유일한 공통점이었다.

"나리를 만족시키기 위해 제가 뭘 하면 됩니까?" 파브리스는 가슴을 졸이며 물었다.

만약 마지스터가 친구들을 죽이라고 한다면……? 친구들이 마지막 끈인데 그걸 끊어버린다면 어떤 희망도 없는 건데.

영원히.

마지스터는 복종하는 파브리스를 흐뭇하게 지켜보면서 시간을 끌었다. 그렇게 사람들이 자신을 두려워하는 걸 즐기고 있었다. 그래야 훨씬 더 복종을 잘하기 때문이다.

"셀렌바와 함께 에드라킨족의 나라로 떠나라." 마지스터는 부드러운 목소리로 말했다. "그리고 어떤 기계를 내게 가져와라. 일단 내 육신이 소생된 뒤에 궁전에서 그 기계를 작동해. 나를 위해 그래줄 수 있지?"

하지만 마지스터는 기계에서 방출되는 방사선 때문에 파브리스가 죽을 위험이 있다는 걸 언급하지 않았다. 한편으로는 파브리스가 그만큼 필요하지 않기 때문이고, 다른 한편으로는 늑대인간은 인간보다 생명력이 더 강하기 때문이기도 했다.

타라와 마찬가지로 지구에서 성장한 파브리스는 에드라킨족을 잘 몰랐다. 그래서 내심 불안해하던 최악의 명이 아닌 것에 안도하며 기꺼이 임무를 맡겠다고 대답했다.

파브리스는 고개를 숙이고 있기 때문에 마지스터의 마스크가 오렌지색으로 변하는 걸 보지 못했다. 마지스터가 깜짝 놀라고 있다는 표시였다. 사냥꾼 셀렌바는 마지스터가 소년을 죽음의 길로 보내려 한다는 걸 알아챘다.

"네가 같이 가라." 마지스터는 거침없이 뱀파이어에게 말했다. "실패는 용납하지 않는다. 너희 둘 다 반드시 성공해야 한다. 알았나?"

뱀파이어는 화를 삼키면서 허리를 굽혔다. 마지스터가 나까지 불가능한 미션으로 멀리 쫓아버리겠다는 것인가.

그러나 셀렌바를 잘 아는 마지스터는 뱀파이어가 오해를 하고 떠나게 두지 않았다.

"자살 미션이 아니다." 마지스터는 진지하게 말을 이었다. "소년과 너, 너희 둘은 반드시 나에게 그 기계를 가져와야 해. 우리의 생사가 걸린 문제니까. 신속하고 민첩하게 움직여야 한다."

셀렌바는 내색하지 않았지만 안심했다.

하지만 고통을 주는 남자, 아니 자기를 이용만 하는 남자를 왜 이렇게 미치도록 사랑하는지 알 수가 없었다.

324

"유령에 들리지 않은 티그족 병사들만 너희의 지시를 따를 것이다. 내가 하는 일을 다른 유령들에게 알리고 싶지 않아. 아! 에드라킨족의 나라에서는 마법의 양탄자는 사용하면 안 돼. 그건 탐지되니까."

"즉시 페가수스를 준비하겠습니다." 파브리스는 대답하면서 속으로 무아노에게 들러 작별 인사를 할 수 있게 되길 빌었다.

"아니, 그럴 필요 없다. 그런 평범한 이동 수단으로는 그곳에 가기 힘들어. 너희에게는 특별한 걸 제공해줄 테니까 나를 따라와. 그리고 누구에게도 발설하면 안 돼. 제삼자에게 말했다가는 쥐도 새도 모르게 죽는다는 걸 명심해. 알았나?"

"명심하겠습니다, 나리." 파브리스는 대답했다.

반면에 셀렌바는 '이 세상에 내가 발설할 사람이 누가 있다고?' 하는 얼굴로 고개를 끄덕였다.

셀렌바는 나를 그런 사지로 보내다니, 어떻게 이럴 수가 있냐며 따지고 싶은 마음이 굴뚝같았다. 하지만 그런다고 뭐가 달라질까.

그들이 나갈 때 숨어 있는 유령은 망설였다. 따라가야 하나? 하지만 위험을 무릅쓰고 싶지 않았다. 도처에 다른 유령들이 어슬렁거리고 있어서 리스베스/마지스터의 방으로 오기까지 얼마나 힘들었는데. 유령은 서랍장의 다리 주위에 웅크리고서 검은색 목재와 혼동이 될 정도로 더 시커멓게 변화시켰다.

마지스터와 셀렌바, 파브리스는 궁전의 지하실로 내려갔다. 지하 묘지 카타콤에 가까워질수록 파브리스는 목덜미의 털이 주뼛 서는 것 같았다. 파브리스의 호흡이 거칠어지자 뱀파이어의 예민한 후각으로 소년의 두려움을 느낀 셀렌바가 힐끔 쳐다보면서 재미있어했다. 파브리스는 주먹을 불끈 쥐었다. 늑대인간이 된 뒤로 뱀파이어와 맞서 싸울 경우 어떻게 될지 궁금했다. 아마도 둘 중 하나는 죽을 것이고, 그게 자신일 거란 생각이 들었다. 하지만 셀렌바에게 치명상을 입힐 기회가 있다면 절대로 놓치지 않을 것이다.

셀렌바가 탐색하는 듯한 눈길을 던졌다. 소년의 냄새가 달라졌는데 이제는 화가 나 있는 게 느껴졌던 것이다.

그들이 마법을 사용해 엄청나게 두꺼운 벽을 부수고 거대한 묘지로 들어갔는데…… 어? 숨이 턱 막히고 눈물까지 났다.

마지스터가 주문을 읊자 시원한 바람이 그들을 에워쌌다.

"아하, 미안." 마지스터의 마스크가 즐거워하는 장밋빛으로 물들었다. "냄새가 이 정도로 지독하다는 걸 깜빡 잊었다. 내 귀여운 친구들이 지금쯤 깨어나고 있을 텐데."

마지스터가 휘파람 소리처럼 들리는 언어로 주문을 읊었다.

"스스 트'비 스스'트 비, 크르르 스스 슈흐 스시, 스텐슈스, 벤슈스스 트'트! 슈흐흐보울 스스스'트 슈오울!"

소리가 어찌나 소름 끼치고 날카로운지 마치 살아 있는 것처럼 파브리스와 셀렌바의 귀를 할퀴었다. 파브리스는 모르는 언어지만, 셀렌바는 알고 있었다.

그건 악마의 언어, 저주받은 림보의 언어였다.

마법으로 결합시킨 썩은 다리들, 부패되어 너덜너덜해진 키틴질의 두꺼운 가죽이 천천히, 아주 천천히 펴지고 있었다. 자이언트 거미들? 천년의 잠에서 깨어난 거미들이 배출하는 시커먼 점액이 주위를 온통 더럽히고 있었다.

파브리스는 공포의 딸꾹질을 억누르면서 뒷걸음쳤다.

눈앞에 있는 것은 자이언트 거미들의 조상 격인 훨씬 더 크고 훨씬 위험한 거미들이었다. 섬뜩한 빛을 반짝이는 여덟 개의 눈만 남기고 몸뚱이가 온통 잿빛의 끈적끈적한 털로 뒤덮여 있었다. 아래턱이 움직이는데 누구라도 얼씬거리면 당장이라도 잡아서 짓이기거나 집어삼킬 기세였다. 자이언트 전갈에 비견할 만한 독침에서 먹잇감을 마비시키는 독이 방울져 떨어지고 있었다.

이런 거미들에게서 고상한 수수께끼[12]를 기대할 수 있을까? 먹잇감을 발견했다 싶으면 급습해서 참혹하게 죽이리라.

소름 끼치는 소리를 내며 거미 한 마리가 마지스터를 향해 펄쩍 뛰어서 넙죽 절했다. 거미가 자신을 천년의 잠에서 깨어나게 해준 사람을 알아본 것이다.

"너희 둘이 타고 갈 거미들이다." 셀렌바와 파브리스를 보며 마지스터가 말했다. "내 친구 마왕의 마법에 감염되었던 옛날 거미들이지. 엘프들과 마법사들이 치료하려고 애를 썼지만, 데미데루스의 반대에도 불구하고 동족인 거미들이 산 채로 유폐해버렸어. 그 시대의 거미들이 악마들과 전쟁할 때 거미족을 끌어들였다는 걸 상기시키기 위해 데미데루스에게 부담을 주려는 속셈이었던 거야."

독을 똑똑 떨어뜨리는 흉물에게서 가능한 한 멀리 떨어지기 위해 벽에 딱 달라붙은 파브리스가 잔뜩 겁먹은 얼굴로 말했다.

· · · · · · · · · · · · · ·

12. 아더월드의 거미들은 스핑크스처럼 특히 문자 수수께끼를 좋아한다. 먹잇감이 정답을 말하면 살려주고, 정답을 말하지 못하면 잡아먹는다.

"하지만 이렇게 끔찍한 것들을…… 어떻게 타고 갑니까?"

"안장이 있으니까 걱정할 것 없다. 일단 냄새 문제만 어떻게 잘 넘어가면 아주 편안할 거야. 거미들은 자지도 않고, 본능적으로 살아 있는 것을 공격하는 경향이 있지만 먹을 필요가 없을 뿐만 아니라 파괴할수 없는 거미집 덕분에 협곡에서 지내는 것도 문제없지. 충성을 다해너희에게 복종하면서 가공할 전사일 뿐만 아니라 아주 이상적인 이동수단이 되어줄 것이다."

마지스터가 몸을 숙이더니 장갑 낀 손으로, 경의를 표하느라 조아리고 있는 거미의 머리를 토닥였다.

"보기만 해도 공포를 불러일으키는 거미들이니까 그곳에 이르면 그효과를 절실하게 느낄 것이다."

파브리스는 상그라브들과 합류한 뒤로 마지스터가 완전히 미쳤다는 생각을 수없이 하고 있었다.

슬그머니 장갑을 닦고 나서 마지스터가 오무아 언어로 따라오라고명하자 거미들이 덩치 큰 개처럼 졸졸 따라갔다.

독을 흘리면서 악취를 풍기는 거미 부대를 이끌고 그들은 지하실을나왔다. 파브리스는 마지스터가 20마리의 거미들을 데리고 가는 것에주목했다. 그것은 티그족 병사 18명이 동행한다는 뜻이었다. 그중 한두 마리의 거미는 그들의 짐을 싣고 간다고 해도 최소한 16명의 병사가 필요하다는 것인데…… 그렇다면 그만큼 쉬운 임무가 아니라는 뜻인가. 에드라킨족에 대한 정보를 수집했으면 좋았을 텐데, 안심이 되지 않았다.

꼭두새벽인데도 많은 사람이 궁전을 돌아다니고 있었다. 거미들이 진진할수록 얼굴이 창백해졌고, 마지스터가 지나갈 때는 허리를 숙이는 이들도 있었다. 하지만 눈빛은 혐오감을 담고 있었다.

궁전의 위생을 담당하는 뚜껑 달린 푸프푸프들이 반들반들한 바닥을 더럽히는 끈끈한 거미들을 보면서 분개했다.

이윽고 나타난 본격적인 청소 부대가 거의 히스테릭한 성깔을 드러내며 마지스터 일행을 에워싸더니 거미들이 묻혀놓은 더러운 것을 흡수하기 시작했다. 거미들이 '묻지 마 식'으로 쏘아대는 끈끈한 거미줄에 걸려서 씩씩거리는 푸프푸프들도 있었다.

궁전에 자이언트 거미 좀비들이 나타났다는 소문이 삽시간에 퍼지면서 복도는 텅 비었다.

마지스터는 거미 부대를 이끌고 앞뜰로 나갔다. 미리 연락을 받고 대기 중이었는지 페가수스 조련사들이 즉시 사다리를 놓고 자이언트 거미들에게 안장을 얹기 시작했다. 뱃대끈을 매면서 거미의 등에 못을 직접 박는 것으로 보아 방금 급조한 것이 틀림없었다. 거미는 통증을 느끼지 못하기 때문에 안장을 벗길 필요가 없었다.

파브리스는 마지스터를 혐오하면서도 한편으로는 아주 사소한 것까지 모든 걸 예상하고 있는 섬세함에 탄복하지 않을 수 없었다.

파브리스가 갑자기 무릎을 꿇고 청할 것이 있다는 표시를 했다. 마지스터가 소년을 돌아봤다.

"무슨 일이냐?" 궁전의 하인들에게 명을 내릴 때는 여제의 모습을 이용하는 리스베스/마지스터가 감미로운 목소리로 물었다.

"나리의 분부라면 무엇이든 복종하겠습니다." 파브리스는 말문을 열었다.

"당연히 그래야지." 리스베스/마지스터가 말을 끊었다.

"저는 이 미션을 이행하여 나리가 원하시는…… 것을 가져오겠습니다." 파브리스가 말을 이었다.

"너는 잘해낼 것이다."

"나리께서는 야수가 치료를 받고 인간으로 돌아오더라도 유령에 들리지 않게 해주겠다고 말씀하셨습니다."

"미션을 이행한 다음에 그렇게 해주겠다."

"그건 불가능할 겁니다."

이번에는 답변이 나오지 않았다. 파브리스가 마지스터를 깜짝 놀라게 한 것이다.

"왜?"

"지금 야수를 치료해주지 않으면 감염된 세균이 등을 통해 몸속으로 퍼져서 랑코비트의 공주는 며칠 내에 죽을 겁니다." 파브리스는 단호한 목소리로 말했다.

페가수스 조련사들은 일손을 멈추지 않고 있지만, 앞뜰에 있는 이들이 모두 듣고 있다는 걸 의식한 마지스터가 속으로 말했다. '이 녀석, 제법이군.'

잔뜩 긴장하고 있던 파브리스는 뜻밖의 대답에 흠칫 놀랐다.

"그래, 좋아." 마지스터가 다정한 어조로 말했다. "출발하기 전에 글로리아 공주의 치료를 허락하겠다. 네가 돌아올 때까지 공주는 인간의 모습으로 있지만 유령에 들릴 걱정은 하지 않아도 된다."

마지스터는 몸을 숙이고 꿇어앉은 파브리스의 귀에 대고 속삭였.

"하지만 브주아 지롱, 네가 실패하면, 네 여친 글로리아는 유령에 들리는 것으로 끝나지 않아. 알았니?"

사악한 마법이 파브리스의 가슴을 짓눌렀다. 파브리스는 떨리는 손
으로 옷자락을 움켜쥔 채 애써 차분하게 말했다.

"실패하지 않습니다. 지금 치료하러 가도 됩니까?"

"그래, 어서 가봐!"

벌떡 일어난 파브리스는 가슴을 에는 듯한 아픔에도 불구하고 늑대
인간이 되면서 강력해진 근육을 이용해 전속력으로 달렸다. 몇 분 만
에 감옥에 이르렀다. 마지스터가 이미 지시를 내렸는지 무아노는 마
법을 무효화시키는 지역에서 벗어난 감방에 옮겨져 있었다. 그러나
여전히 묶인 상태로 히믈리아의 철로 만든 우리에 갇혀 있는데 도망
칠 수 없게 주위에 힘의 장막이 작동되고 있었다. 어쨌든 마법을 무효
화시키는 감방이 아니기 때문에 파브리스가 무아노를 치료하는 데는
문제가 없을 것이다.

티그족 간수가 무시무시한 샤트릭스를 데리고 감방을 지키고 있었
다. 간수는 파브리스를 보면서 기다리고 있었다는 듯 힘의 장막을 열
고 철창우리 안으로 들어가게 했다.

파브리스는 가슴을 졸이면서 널브러진 야수에게 다가갔다. 등에 난
상처에 세균이 심하게 감염되어 있었다. 레파루스 마법을 사용하면
제아무리 질긴 세균도 박멸할 수 있기 때문일까, 아더월드 사람들은
무엇이든 소독에는 신경을 쓰지 않았다. 무아노를 체벌했던 채찍은
며칠 전 어린 드래코-티라노사우루스 한 마리를 잡아오면서 사용한
것이었다. 동물은 자기를 괴롭히는 채찍을 물어뜯었고, 박테리아가 우
글우글한 침이 잔뜩 묻어 있었다. 파브리스가 무아노의 등을 채찍질할

때 박테리아들은 "와, 밥상이다!" 하면서 기쁨의 환호성을 질렀다. 지금 박테리아들은 야수의 야윈 몸을 완전히 장악하고 있었다.

야수의 털이 땀과 피로 범벅이 되었다. 의식이 가물가물한 무아노는 다른 감방으로 옮겨졌다는 것만 겨우 알아차리고 있는 상태였다. 야수의 몸으로 통증에 시달리면서 인간의 정신이 점점 사라지고 있었다.

파브리스를 발견한 것은 무아노가 아니라 야수의 노란 눈이었다.

성난 야수는 달려들기 위해 근육을 긴장시켰다. 야수는 채찍으로 맞았다는 걸 기억하고 있는 것이다.

하지만 너무 힘이 없어서 다시 쓰러진 채 움직이지 못했다.

"자, 자, 진정하고 가만히 있어, 내가 치료해줄게. *레파루스의 이름으로 상처는 사라지고 통증은 멈출지어다!*"

파브리스의 손에서 솟구친 시커먼 불이 등을 후려치자 야수가 통증 때문에 뒷발로 일어났다. 잠시 후, 벗겨진 살갗과 근육이 재생되었고, 채찍질 때문에 빠졌던 털이 다시 돋아났다. 파브리스는 이어서 조심스럽게 안티미크로부스와 안티박테리우스 주문을 읊었다. 몇 초 만에 마법이 야수를 서서히 죽이고 있던 세균을 박멸했다.

치료는 되었지만 녹초가 된 야수는 여전히 움직일 수 없었다.

파브리스는 마지막으로 무아노를 인간으로 변신시켰다. 털 사이로 소녀의 몸이 나타나더니 마법복 차림의 무아노가 파브리스의 품에 안겨 있었다. 파브리스는 무아노라는 별명을 좋아하지 않았다. 아름다운 글로리아에게 무아노는 너무 어울리지 않는다고 생각했다.

소녀가 힘겹게 예쁜 눈을 뜨고 파브리스의 검은 눈을 바라봤다.

"어떻게 된 거야?" 무아노가 물었다.

파브리스는 다정하게 무아노의 얼굴에 달라붙은 젖은 머리칼을 떼어주었다.

"네가 유령에 들리는 걸 거부했기 때문에 마지스터가 나한테 때리라고 명을 내렸어." 죄책감 때문에 마음이 편치 않은 파브리스가 대답했다. "그리고 상처가 세균에 감염되어 있는데 너를 치료하지 못하게 했어. 이제야 너를 치료하라는 허락을 받았어."

무아노는 눈을 감았다.

"나를 이렇게 인간으로 변신시켜놨다는 것은 내가 곧 유령의 공격을 받게 된다는 뜻이야. 그리고 지금으로서는 다시 야수로 변신할 힘도 없어."

"아니, 네가 유령의 숙주가 되는 일은 없을 거야." 파브리스는 무아노의 머리를 쓰다듬으면서 말했다. "마지스터와 거래를 했거든."

무아노는 경계하는 눈빛으로 쳐다봤다.

"거래? 무슨 거래?"

"마지스터에게 뭔가를 가져다주기로 했어."

눈치가 빠른 무아노는 이상한 낌새를 느꼈다. 초주검이 되어 있지만, 파브리스의 목소리에서 당황하고 있음을 느꼈다.

"무엇에 대한 대가로?"

파브리스는 반박했다.

"마지스터에게 대가를 요구할 수는 없어, 글로리아. 그는 명령을 내리고, 누구든 복종해야 하니까. 마지스터의 힘이 얼마나 대단한지 넌 상상할 수 없을 거야."

"하지만 거래라는 건 뚜렷한 이유가 있어야 하는 거지." 속아 넘어갈 리 없는 무아노가 날카롭게 지적했다. "충성의 대가로 그가 너에게 준 것이 뭔지 말해."

파브리스는 눈을 감았다. 무아노가 찬성하지 않으리라는 걸 잘 알 았지만 마지못해서 털어놓았다.

"네 목숨. 네 치료를 허락했고, 유령에 들리시 않게 하겠다고 약속했 어. 그러니까 넌 인간의 모습으로 있어도 돼. 그게 협상 조건이야."

하지만 무아노의 반응에 파브리스는 깜짝 놀랐다.

"그래, 그건 말이 되네. 그럼 네가 떠나 있는 동안 조심해서 너를 곤 경에 빠뜨릴 만한 어떤 구실도 만들지 않을게. 어디로 가는데?"

"나한테는 그걸 말할 권리가 없어." 파브리스는 우울한 얼굴로 대답 했다.

무아노는 약간 움직이면서 파브리스의 품에서 빠져나왔다. 얼굴이 굳어져 있었다.

"잘 안 될 거야."

"뭐가 잘 안 돼?"

"우리 사이, 네가 떠났을 때 난 심장이 떨어져나간 것처럼 아팠어."

"하지만 네가 날 차버렸잖아!" 파브리스가 울컥했다.

"내가 차버렸다고?"

무아노는 무슨 말인지 이해하지 못했다.

"우리 관계를 깨뜨리고, 나를 차버린 건 글로리아 너야. 넌 나에게 몹시 화가 나 있었어. 그리고 네 입으로 직접 헤어지자고 말했어. '사 귀든가 헤어지든가 선택하자'고 했어. 또한 '파브리스 너 때문에 계속 우울하게 지내고 싶지 않아. 우리 헤어지자'고 했잖아. 난 네가 했던 말을 어제 일처럼 생생하게 기억하고 있어!"

그렇지만 무아노는 귀가 의심스러울 정도로 파브리스의 항변이 비장하게 들렸다.

"파브리스, 그것이 네가 우리의 원수와 결탁한 이유는 될 수 없어. 어떤 이유로도 배신은 정당화될 수 없어."

"아직 나를…… 사랑해?" 파브리스는 자신 없는 목소리로 물었다.

"너를 사랑했지. 나를 괴롭히는 걸 용납하지 못하면서도 너를 사랑했어. 그런데 넌 우리를 배신했어. 시간이 흐를수록 내가 원하는 건 한 가지밖에 없었어. 어떤 대가를 치르더라도 너를 찾고 싶었어. 내가 너와 똑같은 짓을 하고 있다는 걸 깨닫는 순간까지. 내가 편집증세를 보이는 환자가 되어 있더라고. 그래서 나는 더 이상 너를 생각하지 않기로 했어. 이제는 오로지 나만 생각하고, 그 고통을 가라앉히겠다는 생각밖에 없어. 네가 그랬던 것처럼."

"뭐라고?"

무아노는 몸을 숙이고 속눈썹이 긴 파브리스의 검은 눈을 뚫어져라 쳐다봤다.

"넌 처음부터 너만 생각했어, 파브리스." 무아노는 매몰찼다. "너의 관심은 오직 너 자신과 빌어먹을 마법 능력이었어. 지금 네 모습이 어떤지 알아? 물론 강력해졌지. 하지만 너는 괴물의 하수인이 되었어. 그의 지시라면 뭐든 복종하는 사냥개나 다름없어. 내 마법 능력이 약하다고 생각했기 때문에 넌 내게서 멀어졌던 거야. 하지만 나는 너보다 훨씬 강해. 왜 그런지 알아?"

파브리스는 목이 꽉 막혀서 아무런 대꾸도 할 수 없었다.

"나는 마법 능력이 강력하지 않다는 것도, 잃는 것도 두려워하지 않으니까." 무아노는 부드럽게 말했다. "난 두렵지 않아. 하지만 너는 비겁해."

파브리스는 소스라치게 놀랐다. 얼굴 가득 분노를 숨길 수 없었지만, 두 달여 동안 죽을 고비를 넘기면서 자신을 통제하는 법을 터득했기 때문에 간신히 마음을 가라앉혔다.

무아노는 파브리스에게 반박할 겨를을 주지 않았다.

"비겁해." 무아노는 난쟁이가 망치로 모루를 두드리듯 비난의 말을 퍼부었다. "비겁하기 때문에 너는 마지스터에게 달라붙은 거야. 비겁하기 때문에, 두렵기 때문에. 이제 너는 모든 걸 잃었어. 첫째, 넌 가족을 잃은 거야. 네 아버지는 너의 변절 소식에 너무 충격을 받고 타공에 있는 공간이동의 문을 지키는 직책에서 물러나셨으니까. 둘째, 아더월드에서의 새로운 조국을 잃었어. 오무아와 마찬가지로 랑코비트에서도 상그라브들은 무법자들이야. 셋째, 친구도 모두 잃었어. 너를 포기한다는 사실에 많이 괴로워했지만 우리는 선택의 여지가 없었어. 마지막으로 너는 나를 잃었어. 처음에는 네가 영화처럼 반전을 노리는 거라고 생각했어. 확실하게 없애기 위해 적과 손을 잡은 척하는 거라고. 그런데 네가 마지스터 옆에 다시 나타났을 때 그게 아니라 완전히 변절했다는 걸 나도 알았고, 모든 사람이 알았어. 하지만 그게 영원할까? 우리를 잃었는데……. 혹시 네 잘못을 만회할 확실한 일을 한다면 몰라도."

파브리스는 턱이 아플 정도로 이를 악물었다. 그렇게 온화하고 부드러운 무아노가 이렇게 폐부를 찌르는 말만 골라서 하다니. 게다가 조목조목 다 맞는 말이 아닌가.

마지스터가 어떤 소식도 알려주지 않았기 때문에 파브리스는 아버지의 일을 정말 모르고 있었다. 가슴이 너무 아팠다.

파브리스가 무아노를 쳐다보는데 불안, 슬픔, 두려움…… 만감이 교차하는 얼굴이었다. 그때 크리스털 볼이 울렸다. 파브리스는 메시지를 받은 다음, 너무 무거운 짐 때문에 버거운 고개를 잠시 떨어뜨렸다.

"나는 여전히 너를 사랑해." 파브리스가 일어나면서 말했다. "내가 비겁하다는 말은 맞아. 나는 엄청난 잘못을 저질렀어. 너무 엄청난 잘못이라 마지스터를 쓰러뜨리는 것으로는 만회할 수 없을 거야. 내가 유일하게 할 수 있는 건 최악의 사태를 막기 위해 노력하는 거야. 그리고 네가 언젠가는 나를 용서해주길 기도할게."

파브리스는 몸을 숙였지만 무아노에게 입맞춤은 하지 않았다. 무아노의 부드러운 뺨을 스치는 정도로 만족하고 감방을 나갔다. 레파루스 치료에도 불구하고 아직 힘이 없는 무아노는 약간 비틀거리면서 일어났다.

무아노는 창살을 움켜잡은 채 열이 나서 뜨거운 이마를 차가운 쇠붙이에 대고 중얼거렸다.

"오, 파브리스! 너의 잘못된 선택 때문에 우리의 행성 전체가 위험에 빠져 있다는 걸 너 정말 모르는 거야? 네가 계속 충성을 다한다고 그자가 네 목숨을 살려줄까?"

무아노의 창백한 뺨을 타고 눈물이 주르륵 흘러내렸다.

"파브리스, 너를 구하기 위해 난 아무것도 해줄 수가 없어."

크리스털 볼로 명령을 받은 파브리스는 필요한 것을 모두 챙긴 다음 전속력으로 달렸다.

"이건 지도와 지령 문서야." 앞뜰에서 마지스터가 셀렌바에게 말하고 있었다. "현장에서는 마법을 사용하지 못한다. 따라서 600.5명 신들의 신전까지는 공간이동의 문을 이용하고 그다음 목적지인 연안까지는 양탄자를 타고 가."

티그족 최고의 전사들로 구성된 원정대였고, 유령에 들린 전사는 한 명도 없었다.

음산한 트럼펫 소리에 이어 북소리가 파병 소식을 알리고 있었다.

궁전의 육중한 문이 서서히 열리고 악취를 풍기는 시커먼 물결이 썩은 고름처럼 거리로 쏟아졌다. 이른 아침인데도 모여 있던 팅가푸르 시민들은 흉측한 거미 부대의 호위를 받으며 행진하는 파브리스와 셀렌바를 보면서 질겁했다. 이 무시무시한 원정대에 쫓길 불행한 이들의 명복을 빌기 위해 신에게 기도하는 이들도 있었다.

민첩하고 날쌘 거미들 앞에서는 누구도 움직일 수 없는데…….

오래전에 죽은 거미 좀비들은 먹을 필요가 없지만, 움직임을 포착하는 순간 본능적으로 거미줄을 발사했다. 하지만 수많은 동물, 사람, 나무, 꽃, 곤충, 등등 떠 있는 풍선(거미 한 마리가 우연히 낚아챈 풍선을 빨간 깃발처럼 날리고 있었다), 새, 개, 페가수스들 때문에 원정대의 행렬은 전진하기가 쉽지 않았다.

셀렌바는 부드득 이를 갈았다. '전진하지 않으면 고통을 주거나 죽여버리겠다'는 뱀파이어 식의 으름장이 통증을 느끼지 못하는 거미 좀비들에게는 먹히지 않고 있으니.

그렇지만 어느덧 공간이동의 문에 이른 그들은 마지스터가 말한 신전을 향해 출발했다. 다음 목적지는 비리디스의 연안이었고, 거기서 그들을 파트로크의 크로 항구까지 실어갈 화물선 두 척이 기다리고 있었다.

얼마 후, 신전에서 그들을 통과시킨 공간이동의 문지기는 내장이 모조리 빠져나가고 목에 구멍 두 개가 뚫린 채로 발견되었다.

셀렌바가 문지기의 입을 영원히 다물게 해버린 것이다. 뱀파이어는 문지기가 당장 유령이 되어 나타나지 않으리라는 걸 알고 있었다. 문지기의 유령이 누군가에게 그들의 목적지를 발설할 때면 원정대의 미션은 이미 오래전에 끝나 있을 것이다.

마지스터는 크리스털 볼을 통해 그들이 차례로 사라지는 걸 봤다. 배에 오르기 전 셀렌바는 크리스털 볼을 자기 쪽으로 돌렸다. 긴 이빨과 핏빛 눈으로 마지스터에게 인사를 하고 마지막으로 사라졌다. 그리고 크리스털 볼 교신은 끊어졌다.

마지스터는 침실로 가자마자 샤워를 했다. 거미들의 냄새가 지독했던 것이다.

침대에 누우려는 순간 마지스터는 문득 의문이 떠올랐다.

누군가 기계의 비밀을 알고 있다면? 에드라킨족은 그런 보물을 갖고 있다는 걸 알고 있을까? 에드라킨족이 협박할 가능성은? 압박을 가

해온다면? 육신이 소생되기 전에 그 기계가 작동되면 마지스터는 다른 유령들과 마찬가지로 완전히 소멸되는 것이 아닌가.

마지스터는 그 기계가 어떻게 에드라킨족의 나라에 있게 됐는지 이유를 알기 위해 『궁정 비사』를 다시 펼쳤다.

마지스터는 밤을 거의 꼬박 세우다시피 하면서 책을 읽었고, 마침내 그 기계가 파트로크에 있게 된 내막을 알아냈다.

과거 황제들과 여제들에게는 유령들의 침입이 그리 심각한 골칫거리가 아니었다. 오무아의 과학자들과 드래곤들이 기계를 만든 뒤로 두 번 사용한 것으로 기록되어 있었다. 마지막으로 사용한 때가 수천 년 전이었다. 기계는 오랜 세월 궁전의 지하실에 있었다. 그러고는 잊혔고, 그 존재에 대한 기억조차 영원히 사라지고 말았다.

그러나 기계는 여전히 그 자리에 존재했고, 기계에서 방출되는 물질이 생명체에 영향을 주고 있었다. 궁전의 한 샤먼이 지하실에 가서 포도주와 물을 가져오는 하인들에게 이상한 병이 돌고 있다는 걸 알아차렸다. 그리고 지하실에서 돌연변이를 유발하는 방사선을 방출하는 놀라운 기계를 발견했다. 그 시대의 에드라킨족은 오늘날의 모습처럼 퇴화한 괴물이 아니었다. 에드라킨족은 뱀파이어족, 드래곤족과 협력하여 아더월드에 존재하는 다양한 종족들의 유전형질 연구에 열중했다. 따라서 당시 오무아보다 더 현대적인 시설을 갖춘 에드라킨족의 연구소에서 그 기계를 분석하게 되었다. 더불어 기계가 생명체에 미치는 영향을 실험하기 위한 연구센터를 도시와 들판에서 멀리 떨어진 곳에 건설했고, 그곳을 '아르루쉬르'라고 명명했다.

에드라킨족은 수년이 걸린 끝에 그 기계가 정확히 어떤 작용을 하는지 알아냈다. 기계는 유령들을 섬멸할 뿐만 아니라 생명체들을 오염시켜 끔찍한 모습으로 변형시켰다.

불행히도 지각단층 전쟁이 터진 것이 그 시기였다. 아더월드를 정복하겠다는 야심에 불타는 미치광이 대장이 이끄는 에드라킨족이 아더월드를 공격했던 것이다.

에드라킨족이 패했을 때 연합군의 첫 번째 표적은 연구센터였다. 아르루쉬르 연구센터는 파괴되었다. 연합군이 상륙했을 때 항복한 에드라킨족과 협력하여 섬의 재건을 맡은 마법사들은 그 기계가 얼마나 중요한지 모르고 있었다. 그들 중에서 몇몇이 병에 걸리기 시작하자 그제야 기계의 중요성을 인식했다.

그들은 기계를 오무아로 가져가는 것보다는 땅속 깊은 곳에 묻어두는 것이 낫다고 판단했다. '아르루쉬르의 무덤'이란 말은 그렇게 해서 생긴 것이지만, 그 뒤로 또다시 기계는 잊혀졌고, 그 누구도 아르루쉬르의 무덤을 침범하지 않았다.

마지스터는 숨을 내쉬면서 눈을 비볐다. 피곤하지만 만족스러웠다.

이걸 아는 사람이 자신밖에 없다고 생각하며 책을 건성으로 훑어보던 마지스터의 눈에 한 문장이 들어왔다.

리스베스 여제가 써놓은 글이다.

'오늘 나의 후계자 타라 덩컨에게 『궁정 비사』 복사본을 주었다. 후계자가 이 책을 읽으면서 나라를 다스리다 나라를 위해 죽은 황제와 여제들의 통찰력을 배우기 바란다. 나는 독립심이 강하고, 반항적인 후계자에게 국민에 대한 나의 사랑을 느끼게 하는 것이 어려울까 걱정이 된다. 내가 후계자를 길들이지 못하면 우리 제국의 앞날은 순탄

타라 덩컨 341

치 않을 것이다.'

피곤이 싹 달아난 마지스터는 벌떡 일어났다.

"이런 어처구니없는 여제 같으니라고!" 마지스터는 분통을 터뜨렸다. "열다섯 살 소녀의 손에 이렇게 엄청난 비밀이 담긴 책을 쥐여주다니! 어린애를 이런 식으로 가르쳐도 되는 건가?"

마지스터는 곰곰이 생각했다. 악마의 힘을 지닌 사물들을 수호하는 지킴이들과 심판관들을 상대할 수 있는 사람은 여제와 타라밖에 없기 때문에 이제까지는 타라가 필요했다. 하지만 데미데루스의 직계 후손인 여제의 육신을 차지해 오무아를 장악한 이상 더는 타라가 필요 없었다. 이제는 혼자서도 해낼 수 있지 않은가. 생존을 위협하는 타라, 이제는 없애버릴 때가 된 것이다. 어쨌든 자신은 타라의 공격을 받고 죽지 않았던가.

이제는 타라에게 똑같이 갚아줄 때다.

마지스터는 한 가지만 다짐했다. 타라의 어머니 셀레나는 절대로 몰라야 해!

마지스터는 잿빛 망토 차림에 마스크를 쓴 본래의 모습으로 변신했다. 그러고 나서 연구실로 내려갔다. 가져와야 할 것이 있었다.

피가 들어 있는 유리병.

방으로 돌아온 마지스터는 죽은 뒤로도 손가락을 떠나지 않고 있는 검은 반지를 돌렸다. 마왕에게서 받은 아주 유용한 선물이었다. 거무스름한 해괴한 형체가 나타나더니 이내 어여쁜 금발 소녀가 순진무구한 미소를 지으면서 유형화되었다.

새까만 눈에 지옥의 불빛이 이글거린다는 건 소녀의 정체를 짐작하게 했다.

"부르셨어요, 나리?" 금발 소녀가 아양을 떨듯 물었다.

질투심 많은 셀렌바가 마지스터에게 호칭을 바꾼 진짜 이유는 이 소녀 때문이다. 소녀가 애교 섞인 어투로 '나리'라고 부르기 때문이다.

"네가 해줄 일이 있어, 림보의 여제관이자 보복의 팔인 크소아라쉬반리드로불라트레빌." 마지스터가 말했다. "진짜 모습으로 나타나주면 고맙겠다."

"기도할 건가요? 기도 좋죠. 그리고 나는 여제관이 아니라 죽음과 피의 여신인데요?"

어여쁜 금발 소녀 대신에 붉은 악마가 나타났는데 검은빛으로 찢어지는 노란 눈빛의 광채가 소름 끼치도록 무시무시했다. 시커먼 불이 타오르는 긴 뿔들, 갈퀴발톱과 조화를 이루는, 단검처럼 날카로운 꼬리. 어디를 보나 끔찍하게 추한 모습이지만, 어떤 면에서는 아름다웠다. 이 붉은 악마에게는 오무아에서 시중을 드는 에프리트처럼 소용돌이 모양이 아닌 암사슴의 갈라진 발굽이 달려 있고, 긴 팔다리는 보라색 줄무늬가 있는 검은 털로 덮여 있었다.

"여신이라?" 마지스터는 조소했다. "그건 좀 지나치지, 크소아라. 이제 용건을 말하겠다. 타라 덩컨을 알지?"

"인간, 열다섯 살, 강력한 마법, 두 달 전부터 행방불명, 당신을 죽였음." 크소아라쉬반리드로불라트레빌이 고분고분하게 읊었다. "네, 알고말고요."

'당신을 죽였음'? 마지스터는 건방진 말투에 기분이 상했지만 꾹 참으면서 한숨을 내쉬었다. 그러고는 붉은 악마에게 유리병을 내밀었다.

"이 병에 타라 덩컨의 피가 들어 있다. 그 아이의 피니까 너는 감히 나에게 맞서는 그 발칙한 계집애를 추적할 수 있을 것이다."

"그 계집애에 대한 불만이 많으시네요, 나리." 붉은 악마 크소아라 는 유리병을 받은 다음 대놓고 지적했다.

마지스터는 마스크 안에서 인상을 썼다.

"이 행성에 나타나면서부터 그 아이는 내 발에 박힌 가시야. 오늘은 그 가시를 빼버리기로 결정한 날이다."

상그라브들의 보스는 악마들이 은유적 표현에 익숙하지 않다는 사 실을 깜빡 잊고 있었다.

"뭘 빼버리기로 결정했다고요?"

"가시."

"무슨 가시요?"

마지스터는 마스크 안으로 손가락을 집어넣고 코를 틀어쥐었다.

"흠흠." 마지스터는 마른기침을 했다. "네가 타라 덩컨을 죽이기를 원한다고. 이제 알겠니?"

이번에는 붉은 악마의 얼굴이 일그러졌다.

"하지만 가시라고 말했잖아요. 그게 타라에 대한 말인지 내가 어떻 게 알겠어요? 타라의 어머니가 숲의 요정인가요? 나무의 후손이에요? 원하신다면 불에 태울 수 있어요."

마지스터는 이를 악물고 참았다. 림보의 제5서클에 속한 악마들은 사냥감을 추격했다 하면 죽여야 직성이 풀리기 때문에 마지스터가 접 촉할 일이 별로 없었다. 마지스터가 찾아야 하는 이들은 대체로 생포 해야 하는 경우라 붙잡혀왔을 때 최소한 질문에 대답할 수 있는 상태여야 했다. 마왕은 은하계에서 아마 가장 뛰어난 킬러라고 알려주었지만, 제5서클의 악마들에게 얕은꾀는 삼갈 필요가 있었다. 이 악마들은 말을 제대로 이해하지 못할 뿐만 아니라 귀찮게 하면 가차 없이 죽여버리기 때문이다.

그리고 너무 빨리 싫증을 내는 경향이 있었다.

마지스터는 대답을 기다리고 있는 붉은 악마에게 알려주었다.

"그 아이는 아마 너보다 훨씬 강력할 테니 불에 태우려고 하지 마, 크소아라. 그리고 나무의 후손이 아냐. 아주 영리하고 교활한 아이이니까 타라 덩컨을 찾으면 기습적으로 재빠르게 조용히 죽여."

붉은 악마의 몸이 축소되더니 예쁜 소녀의 모습을 되찾았다. 그러고는 엄지손가락을 입에 넣고 빨다가 잠시 후 빼더니 물었다.

"왜 조용히 죽여요?"

"뭐라고?"

"'타라 덩컨을 찾으면 기습적으로 재빠르게 조용히 죽여'라고 말했잖아요. 찾는다, 기습적으로, 재빠르게, 죽인다, 그건 알아들었어요. 하지만 왜 조용히 죽여야 하죠?"

"그거야 이목을 끌지 않기 위해서지!"

"이목을 끌지 말아야 해요?"

"중요한 거 아니니까 그만 됐다."

"그런데 왜 조용히 하란 말을 했어요?"

마지스터의 마스크가 빨갛게 변하고 있었다. 붉은 악마는 모르고 있지만, 죽기 일보 직전이었다.

마지스터는 화가 치밀지만 참고 또 참았다. 어쨌든 붉은 악마가 필요했기에 마음을 다잡았다.

"네 마음대로 해, 조용히 하지 않아도 되니까." 마지스터는 더 이상의 입씨름을 포기했다.

"하지만 나는……."

"슬루르크!" 마지스터는 악마의 언어로 욕설을 내뱉으면서 핏대를 올렸다. "하고 싶은 만큼 시끄럽게 소리를 내라니까! 트럼펫 소리, 폭죽 소리, 요란한 소리, 천둥소리, 번개소리…… 네 마음대로 하되 재빠르게 해치우란 말이다! 잘못되면 나와 마찬가지로 너의 주인인 마왕도 위험하게 되니까. 이제 가봐! 그 아이는 아마 파트로크로 가는 중일 테니까 우리 대륙이나 섬에서 찾을 수 있을 거다."

붉은 악마는 마지스터의 명확하지 않은 말 때문에 머뭇거렸다. 도대체 조용히 죽이라는 거야, 요란한 소리를 내면서 죽이라는 거야? 정확하게 알아야 되는데…….

붉은 악마는 유리병의 마개를 열고 냄새를 맡았다. 피 몇 방울을 혀에 떨어뜨렸다. 맛있는 냄새가 기억에 새겨졌다. 그 즉시 붉은 악마는 타라가 궁전에서 머물렀던 모든 곳의 냄새를 맡을 수 있었다. 그리고 가장 최근에 타라가 지나간 공간이동의 문 대합실로 연결되는 빨간선을 볼 수 있었다. 타라를 추격하려면 규칙적으로 피를 맛봐야 하는데 붉은 악마는 피의 양이 충분하기를 바랐다.

예쁜 소녀 모습의 크소아라는 마지스터 앞에서 허리를 굽힌 다음 유리병의 마개를 닫고 완벽한 가슴 안의 주머니에 집어넣고 방을 나갔다.

문이 닫히자 마지스터는 한숨을 내쉬면서 리스베스의 모습으로 돌아왔다. 몹시 피곤한 마지스터는 불을 끄라고 지시했다. 아침이지만 마지스터는 첫 번째 접견을 하기 전에 두 시간 정도 휴식을 취하기로 했다.

이제부터 방해하는 사람은 누구든 죽는 날까지 후회하게 될 것이다.

서랍장 밑에서 치를 떨고 있던 유령이 벽을 뚫고 황금빛 복도로 나갔다. 셀레나, 셀레나를 찾아야 해!

벽에 찰싹 붙어 있던 팔이 넷 달린 시커먼 실루엣이 미행하고 있지만, 유령은 알아채지 못했다.

셀레나가 발분 버터와 미암 잼을 바른 빵으로 아침 식사를 하면서 평온하게 차를 마시고 있을 때 유령 하나가 불쑥 나타나서 고함을 질렀다.

셀레나는 깜짝 놀라며 찻잔을 놓쳤다. 찻잔이 공중으로 떠올랐다 떨어지면서 푹신한 장밋빛 카펫이 깔려 있는데도 박살이 났다. 그녀의 패밀리어 퓨마가 침입자를 향해 으르렁거렸다.

셀레나는 아무 소용없다는 걸 알면서도 유령과 싸울 기세로 벌떡 일어났다. 잼 바른 빵을 휘둘러봤자 그게 무슨 위협이 될까.

"놈이 우리 딸을 죽이려 하고 있소!" 유령이 카펫에 닿기도 전에 사라지는 눈물을 흘리며 소리쳤다. "놈이 우리 딸을 죽이려 한단 말이오!"

유령은 공격하려는 것이 아니라 절망적으로 손을 비틀고 있었다. 셀레나는 심장박동수가 90으로 다시 내려가자 이번에는 흥분하지 않기로 마음먹었다.

유령이 내지르는 소리가 이제야 귀에 들어왔다.

누구의 목소리인지 알아차렸다.

단비우, 죽은 남편의 목소리.

키가 크고 잘생긴 유령. 금발에 타라와 똑같은 흰 머리털이 또렷이 보였다. 멋진 파란 눈에서도 예의 그 시니컬한 빛이 반짝이고 있었다. 그런데 같은 눈빛이지만, 지금은 시니컬하기보다는 불안에 떨고 있는 것이 역력했다.

아! 그 남편이 투명한 유령의 모습으로 공중에 떠 있는 것이다. 셀레나는 무지갯빛을 띠는 다른 유령들과는 달리 단비우는 단조로운 빛이라는 것도 알아봤다.

"오, 내 조상들의 혼령들이여!" 격분한 셀레나가 외쳤다. "나를 이렇게 놀라게 하다니!"

셀레나의 반응에 깜짝 놀랐는지 유령이 고함을 멈추고 그녀 앞에 섰다.

"내 말 못 들었소? 놈이 우리 딸을 죽이려 한단 말이오! 우리 딸을!"

"그렇게 고함을 지르는데 당연히 들었죠." 셀레나는 냉소적으로 대답했다. "누가 우리 딸을 죽이려 하는데요? 그리고 우리 딸 누구를 말하는 거죠?"

유령은 어안이 벙벙한 얼굴이었다.

"우리 딸 누구냐니, 그게 무슨 말이오?"

"타라? 아니면 마라? 자르는 당신의 아들이니까 그 아이를 말하는 건 아닐 테고."

아연실색한 단비우는 자신이 유령이라는 걸 잊고 주저앉았다가 바닥을 뚫고 들어가 버렸다. 셀레나는 바닥을 살피면서 외쳤다.

"오! 단비우? 돌아와요, 제발!"

약간 당황한 유령이 다시 나타났다.

"미안하오, 방금 뭐라고 했소?"

"타라 말고도 당신에게는…… 어쨌든 나에게는 쌍둥이 자르와 마라가 있어요. 당신이 죽고, 내가 마지스터에게 납치되었을 때 나는 임신 중이었어요. 임신 2주라서 우리가 모르고 있었던 거예요."

"난 전혀 모르고 있었소! 그 소식은 비욘드월드에 전해지지 않았으니! 그런 일을 아무도 말해주지 않다니, 멍청한 놈들! 내가 아더월드에 왔기에 망정이지!"

셀레나는 눈살을 찌푸렸다.

"마지스터가 비욘드월드에서 당신을 불러들였다는 뜻이에요? 나와 결혼하겠다는 마지스터가 내 남편인 당신을 불러들였다는 건 아무래도 이해가 안 되는데……."

단비우는 묘한 미소를 지었다.

"그건…… 아니오. 아더월드로 향하는 유령 행렬에 슬그머니 끼어들었소. 거기서는 내가 누군지 아는 유령이 아무도 없었기 때문에. 어쨌든 당신을 제외하고는. 어떻게 된 일인지 자세히 설명해주오."

셀레나는 마지스터에게 억류되어 있던 10년 동안 상그라브들이 단비우의 아이들을 교육시키면서 어떻게 꼭두각시로 만들어놨는지를 얘기했다. 그러나 마지스터는 결국 쌍둥이 아이들 마라와 자르에게 배신당했고, 자르는 현재 지구에서 외할머니 이사벨라의 엄격한 감독을 받고 있다고 말했다.

흥분한 단비우의 유령은 아내가 겪은 고통을 위로해주는 걸 잊고 천장을 향해 날아갔다.

"내 자식이 셋이라니! 딸 둘에 아들 하나! 이럴 수가……."

"그래요, 당연히 놀랐겠죠." 셀레나는 쌀쌀맞게 대꾸했다. "하지만 당신은 내 질문에 대답하지 않았어요. 내 딸들 중 누가 위험하다는 거죠? 짐작은 하지만 누가, 왜 위협을 받고 있는지 알아야지요!"

"그런데 여기는 안전하오?" 단비우는 대답하기 전에 확인하려는 듯 갑자기 물었다.

"참, 일찍도 물어보는군요." 셀레나가 비아냥거렸다. "안전하니까 걱정 마요. 내가 방을 비울 때마다 마지스터가 곳곳에 스쿠프와 마이크를 설치해놓지만, 들어오는 즉시 내가 그것들을 파괴해버리죠. 자, 이제 누군지 대답해요."

단비우는 리스베스의 방에 숨어 있다가 알게 된 마지스터의 계략을 모두 얘기했다. 아르루쉬르, 기계, 크소아라, 타라를 죽이라는 마지스터의 명령.

손가락을 물어뜯다가 천장을 쳐다보던 셀레나는 화가 나서 손가락을 뺐다.

"타라? 그렇다면 놀랄 일이 아니군요. 왜 그런지 알아요? 마라라면 걱정이지만, 타라는 곤경에서 벗어날 수 있을 거니까."

단비우는 목소리가 나오지 않았다.

"……?"

"타라는 림보의 붉은 악마보다 훨씬 위험한 존재들과도 당당히 싸워서 이겼던 아이니까요." 셀레나가 말했다. "그 정도는 큰 문제도 아니죠."

단비우는 자신의 귀가 믿어지지 않았다.

"셀레나. 다시 말해주겠소? 제대로 들은 건지 도무지 믿을 수가 없어서."

"나이가 들면서 귀머거리가 된 거예요? 아니면 유령은 인간보다 귀가 안 들리는 건가요?"

이번에는 단비우가 눈살을 찌푸렸다.

"나를 너무 차갑게 대하는구려, 셀레나. 화가 많이 나 있는 것 같은데……."

셀레나가 다가가자 유령이 뒤로 물러났다.

"화가 나 있는 것 같다고요? 그럼 왜 화가 나 있을까요?" 셀레나는 격분했다. "당신은 2년 동안 거짓말을 했어요. 당신은 신분을 숨기고 있다가 죽어버리면서 나를 그 미치광이 괴물에게 넘겼어요! 그것만으로도 화가 날 이유는 충분하지 않은가요? 그 미치광이에게 억류된 채 지옥 같은 나날을 보냈던 내게는 고생했다는 말 한마디, 미안하다는 말 한마디 하지 않고 오직 자신에게 두 아이가 더 있다는 것에만 관심이 있다니!"

단비우는 이맛살을 찡그렸다.

"그렇게 소리 지르지 마요, 여보. 나 귀먹지 않았소."

"아니, 당신은 귀가 먹었어!" 셀레나는 더 크게 고함을 질렀다. "아무리 말해도 알아듣지 못하는 멍청하고 무책임한 바보! 그렇게 중요한 걸 어떻게 나한테 숨길 수 있죠?"

단비우는 위엄을 보였다.

"하지만 우리 딸이 위험하다고 방금 알려줬……."

"당신이 오무아의 황제였다는 걸 숨겼잖아!" 셀레나는 거칠게 내뱉었다.

단비우는 무력하게 입술을 실룩거렸다. 이윽고 침착하게 말했다.

"아, 그거? 그럴 만한 이유가 있었고……."

"도대체 그 이유라는 게 뭔지 어디 들어보죠." 셀레나가 냉랭하게 말을 끊었다.

단비우는 더 이상 핑계를 대는 것이 이롭지 않다는 걸 깨달았다.

"오무아로 돌아가고 싶지 않았소. 랑코비트에서 익명의 사람으로 사는 것이 좋았기 때문에. 수색령에도 불구하고 사라진 황제와 랑코비트 궁전에 프레스코화를 그린 화가가 같은 사람이라는 걸 아무도 알아채지 못했소. 그래서 난 그냥 당신의 남편으로 살 수 있었던 거요. 물론 내가 황제라는 걸 알렸다면 장모께서 나를 삼류화가로 얕보는 대신 아주 흡족해했겠지만."

셀레나는 단비우가 또다시 뒤로 물러나야 할 정도로 바짝 다가섰다. 셀레나는 목소리의 세기를 몇 데시벨 내렸지만, 오히려 더 차갑고 날카롭게 들렸다.

"내가 그 짐승 같은 놈에게 억류되어 있던 10년 동안 우리 딸은 모성애와는 거리가 먼 내 어머니 이사벨라의 손에서 자랐어요. 타라는 당신에게서 받은 그 어처구니없는 혈통 때문에 끊임없이 위협을 받고 있는데 당신은 변명이라고 하는 말이 고작 내 어머니를 기쁘게 하고 싶지 않았다는 거예요? 당신이 그렇게 멍청한 사람이었어요?"

"당신 말대로 난 그 잘못에 대한 대가를 아주 비싸게 치르고 있는 바보요." 단비우는 솔직하게 인정했다. "그러다 죽기까지 했으니."

그 말에 가슴이 찡해진 셀레나가 한 걸음 물러났다.

"당신은 언제부터 열다섯 살밖에 안 된 우리 딸이 악마와 싸워서 이길 거란 자신감을 갖게 되었소?"

"타라가 마지스터를 죽이고, 드래곤들의 쿠데타를 막고, 실루르의 옥좌와 저주받은 왕홀을 파괴하고, 배반한 드래곤이 작동한 스톤헨지의 기계를 정지시키고, 악마들의 침략으로부터 두 번이나 지구를 구하고, 붉은 여왕을 쓰러뜨리는 것으로 금지된 대륙에서 수천 년 동안 노예로 살았던 늑대인간들을 해방시키는 등 아더월드를 침략하려는 모든 음모를 좌절시켰을 때부터 타라를 믿게 되었죠."

타라가 그렇게 엄청난 일들을 해냈단 말인가! 단비우는 셀레나의 말을 들으면서 그저 놀랄 수밖에 없었다.

"우리 딸 타라가?"

"그래요, 우리 딸 타라가 해낸 업적이죠. 그 아이의 마법 능력은 상상 이상으로 강력해요. 유능한 인재들로 하여금 그 아이를 따르게 하는 능력도 있죠. 타라를 위해서라면 목숨을 내놓는 친구들이 있고, 타라도 친구들을 위해서라면 목숨을 내놓을 정도니까. 우리가 낳은 딸은 진정한 전사가 되었어요, 단비우. 타라는 싫어하면서도 용감하게 후계자의 임무를 이행하고 있어요. 그 예쁜 아이가 난 정말 자랑스러워요."

셀레나의 목소리에 모성애와 딸에 대한 자부심이 고스란히 배어 있었다. 단비우는 감격했다. 하지만 3년 전 악마들의 림보에서 재판관의 부름을 받았을 때 봤던 예쁜 소녀의 모습과 셀레나가 묘사하는 용감무쌍한 전사가 같은 아이라는 것이 믿어지지 않았다. 단비우는 세상의 모든 어머니가 그렇듯 셀레나도 자식의 재능을 과장하는 것이라고 생각했다.

셀레나의 말투가 많이 부드러워져 있다는 걸 눈치채지 못한 단비우는 회의적인 미소를 지었다.

셀레나도 남편의 미소에 주의를 기울이지 않았다.

"그런데 두 달 전부터 타라와 연락이 안 돼요." 셀레나가 말을 이었다. "행방불명이에요. 숨어 있는 것이 분명한데 그 아이에게 마지스터의 계략을 알릴 방법이 없어요."

"크리스털 볼로 연락하면?"

"단비우, 그 아이는 바보가 아니에요. 도청이 되기 때문에 벌써 오래전에 크리스털 볼을 꺼냈어요. 그리고 우리가 메시지를 남기면 마지스터가 즉시 당신이 여기 있다는 걸 알게 될 거예요. 하긴 이미 유령이 된 당신은 걱정할 필요가 없겠지만."

단비우는 슬픈 표정으로 셀레나를 물끄러미 쳐다봤다.

"나를 사랑하지 않소?"

셀레나는 그토록 사랑했던 남편의 얼굴을 응시하면서 솔직하게 대답했다.

"많은 시간이 흘렀어요, 단비우. 너무 많이 흘렀어요. 우리에게 무슨 미래가 있어요? 당신은 유령인데!"

단비우는 몸을 웅크리면서 셀레나 가까이 내려왔다.

"난 지금도 당신을 사랑하오, 셀레나. 비욘드월드에서 지내면서도 늘 당신을 생각했소. 당신이 와서 우리가 다시 만나는 순간과 우리가 다시 결합되는 순간을……."

"내가 죽기를 바라는 거예요?" 남편의 충격적인 말에 셀레나가 외쳤다.

"아, 그런 뜻이 아니라……. 언젠가는 그런 날이 올 것이고, 늙고 주름살이 진 당신이라도 난 상관없다는 뜻으로 한 말……."

셀레나는 벌떡 일어났다.

"늙고 주름살이 진 당신이라도? 어떻게 그런 말을 할 수 있죠?"

단비우는 큰 실수를 저질렀다는 걸 깨달았지만 이미 늦었다.

"아니, 내 말은 당신이 늙어서 주름이 졌을 때 죽어도, 그런 모습으로 와도 걱정할 필요가 없다는 뜻으로 한 말이오. 내 마음을 모르겠소?"

"아니, 난 당신의 마음을 이해할 수 없어요." 셀레나는 턱에 경련이 일어날 정도로 이를 악물면서 대답했다. "그거 알아요, 단비우?"

"그거라니?"

"내가 왜 당신을 사랑했는지조차 이제 기억나지 않아요!"

단비우에게 말할 겨를도 주지 않고 셀레나가 나가면서 문을 쾅 닫는 바람에 뒤따르던 퓨마는 하마터면 꼬리를 다칠 뻔했다.

단비우는 멍하니 입을 벌리고 있었다.

"하지만…… 하지만…… 셀레나!"

그러나 문은 이미 닫혔고, 장밋빛 아름다운 방의 가구들이 등 뒤에서 단비우를 비웃는 것 같았다.

"빌어먹을, 나는 왜 이 모양일까!" 단비우는 투덜거렸다. "내 딸이 위험하다는 걸 알리러 왔다가 도리어 셀레나를 화나게 만들어버렸으니. 여자들이란! 셀레나가 원하든 원치 않든, 붉은 악마 크소아라에 대해 내 딸에게 알릴 방법을 찾아야 해. 나는 타라를 찾을 수 없지만, 붉은 악마는 타라를 찾을 수 있어. 따라서 악마를 뒤쫓아야 해……."

단비우의 유령은 연기 같은 몸을 둥글게 웅크리면서 벽을 뚫고 나갔다. 잠시 후 공간이동의 문을 지키는 병사들에게 뭔가를 묻고 있는 크소아라를 발견했다. 눈 깜짝할 사이에 붉은 악마는 꼬리로 병사의 목을 휘감고 마구 흔들어댔다.

"아니, 아니, 그게 아니지. 맛있는 냄새가 나는 어린 인간이 어디로 갔는지 알고 싶다. 그 인간의 이름은 타라 덩컨이다."

병사의 목에서 우지끈거리는 불길한 소리가 나더니 병사가 힘없이 축 늘어졌다. 격분한 붉은 악마는 늘어진 병사를 마구 흔들었다.

"너희들은 정말 아주 허약한 종족이야. 그런데 어떻게 림보의 위대한 악마들에게 승리했는지 아직도 이해가 안 돼. 자, 그럼 이번에는 누구 차례지?"

"트라비아!" 재빠르게 서류를 조회하던 병사가 외쳤다. "트라비아로 떠났습니다. 랑코비트로 병사와 유령 분대를 파견했지만 찾지 못했습니다. 트라비아에 도착하자마자 살아 있는 궁전을 떠났다고 생각합니다."

"쯧쯧, 너희들이 여기 있는 건 생각하기 위해서가 아니다. 내가 살아 있는 궁전으로 가겠다. 타라 덩컨이 거기 있는지, 없는지는 가보면 알겠지."

병사들이 공간이동의 태피스트리들을 작동했고, 그 순간 단비우의 유령은 붉은 악마의 허리를 휘감았다.

방에서 나온 셀레나와 퓨마는 천천히 복도를 걸었다.

어쨌든 티그족 병사 둘과 유령 여섯이 따라다니고 있기 때문에 가능한 한 조심스럽게 행동해야 했다. 물론 셀레나는 거짓말을 했다. 단비우 앞에서 보여준 장면은 거의 지어낸 것이다.

천부적인 재능을 지닌 바이올리니스트처럼 셀레나는 단비우를 속이기 위해 분노를 연주한 것이다.

그리고 단비우는 셀레나의 분노를 분명히 느꼈을 것이다.

셀레나는 주저치 않고 단비우를 속였다. 어쨌든 단비우는 유령이 아닌가. 한 유령이 알면 다른 유령들도 모두 알게 된다고 했는데……. 셀레나의 진짜 의도를 어느 누가 알아챌 수 있을까? 단비우는 유령퇴치 기계에 대한 진실을 말했던 걸 수도 있었다. 딸을 구하기 위해서일까? 아니면 유령의 몸을 구하기 위해서일까?

타라를 배신할 수밖에 없는 피치 못할 사정이 있다면, 단비우도 거짓말을 할 수 있었다.

퓨마 셈보르가 셀레나의 머릿속으로 이미지를 보냈다. 단비우와 셀레나가 포옹하는 장면이었다. 하지만 셀레나는 싸움을 몹시 싫어하는 퓨마가 보낸 이미지를 거부했다.

점점 더 빨리 걸어가면서 셀레나는 위험을 무릅쓰지 말아야 한다고 생각했고, 또 그래야 한다고 확신했다. 믿을 만한 유령이 없었다. 늙은 여제 유령 엘세스는 적이 아닌 것 같지만, 확신이 없었다. 그리고 단비우가 셀레나를 제대로 알고 있다면 절대로 딸을 위험에 빠지게 가만히 내버려두지 않으리라는 걸 눈치챘을 텐데.

그런데 왜 눈이 촉촉해지는 걸까? 왜 이토록 믿고 의지할 사람이 간절한 걸까? 그리고 든든한 어깨에 기대어 울고 싶은 걸까?

화가 난 셀레나는 눈물을 닦았다.

걸음을 재촉하면서 감옥을 향해 돌진했다.

유령들은 마법을 무효화시키는 작은 조각상 때문에 감옥을 꺼려했다. 조각상이 유령들에게는 크게 위협적이지 않지만 께름칙한 모양이었다.

그렇다면 이제 병사들만 떼어내면 되었다.

통제 구역을 벗어난 셀레나는 간수에게 어떤 죄수를 면회하겠다면서 열쇠를 요구했다.

간수는 궁전의 감독관 칼리 부인처럼 팔이 여섯 달린 티그족인데 열쇠를 선뜻 내주지 않았다.

"당신 위로 상사가 아주 많은 것으로 알고 있는데." 셀레나는 차분하게 물었다. "당연히 계급 순서에 따라 차례로 보고해야겠죠?"

티그족 간수는 찌푸린 얼굴로 미소를 지었다.

"저는 직속상관인 하사에게 보고하면 됩니다. 그다음 하사가 대위에게, 대위가 소령에게, 소령이 대령에게, 대령이 마침내 친위대장 크산디아르에게 보고해야 되기 때문에 시간이 좀 걸릴 겁니다."

셀레나는 미소로 화답했다.

"그렇군요. 면회는 오래 걸리지 않을 거예요."

그렇게 말하면서 열쇠를 받은 셀레나는 꾸물거리지 않고 곧장 조각상의 영향력이 미치지 않는 곳으로 갔다.

무아노의 감방이었다

셀레나가 멀찍이 떨어져 있으라고 명하자 병사들이 군소리 없이 복종했다. 티그족 병사들은 셀레나를 지키라는 명을 받았지 감시하라는 명을 받은 것이 아니었다. 티그족 대다수는 유령에 들리지 않았고, 후계자의 어머니에 대한 애정에는 변함이 없었다.

그렇지만 셀레나가 느닷없이 감방을 감시하는 스쿠프들을 태워버렸을 때 병사들은 소스라치게 놀랐다. 경보기가 작동하다가 멈췄다. 아! 셀레나는 모르고 있지만 티그족 여성이 그림자처럼 따라다니며 도와주고 있는 것이다.

깜짝 놀란 무아노가 힘겹게 창살 쪽으로 다가와 셀레나에게 미소를 지었다. 인간 모습의 무아노는 야수로 두 달을 지낸 까닭에 많이 수척해 있었다.

"덩컨 부인, 저를 찾아주시다니 황송합니다."

셀레나는 더 일찍 무아노를 만나러 오지 않은 것에 죄책감을 느꼈다. 감옥에도, 유령들의 침략으로 부상을 입은 이들이 누워 있는 의무실에도 가지 않았다.

셀레나는 감방의 자물쇠에 열쇠를 집어넣고 재빠르게 열었다.

"셀레나라고 불러주렴. 그리고 난 네가 필요해."

무아노는 어리둥절한 얼굴이었다.

"무슨 일이세요?" 소녀가 목이 멘 목소리로 물었다.

"너를 풀어주려고 왔어."

"네? 저를 풀어줘요? 하지만……."

"네가 내 딸을 찾아서 붉은 악마가 죽이려고 뒤쫓고 있다는 걸 알려야 해. 크소아라란 이름인데 전해들은 바에 따르면 친구나 예쁜 소녀 등 어떤 모습으로도 변신이 가능하대. 제발 타라가 아무도 믿지 말아야 하는데……. 그리고 마지스터가 아더월드에 있는 모든 유령을 섬멸할 어떤 기계를 찾아오기 위해 원정대를 파견했다는 것도 알려야 해. 에드라킨족의 나라 파트로크에 그 기계가 묻혀 있다는데……."

무아노는 숨을 죽였다. 기계?

"마지스터는 영악해서 에드라킨족에게 그 기계의 기능을 설명해주지 않고……." 셀레나는 침울하게 말을 이었다. "타라가 그 섬으로 갈 거라고 알렸을 거야. 따라서 에드라킨족은 타라를 죽이려고 온갖 짓을 다 할 테고, 그렇게 되면 타라는 크소아라와 에드라킨족의 공격을 피하기 어려울 거야. 누가 가서 내가 알아낸 정보를 타라에게 말해줘야 하는데……."

무아노는 엄청난 얘기를 들으면서 마치 해머에 뒤통수를 얻어맞은 것 같았다. 소녀는 두 손으로 머리를 감싸면서 감방 안쪽으로 뒷걸음 쳤고, 절망적인 신음소리를 냈다.

"저는 갈 수 없어요! 그럴 수 없어요!"

셀레나는 모든 걸 예상했지만 이 반응만은 아니었다. 괴로워하는 무아노를 보면서 셀레나는 알아차렸다.

"파브리스 때문에 그러니?"

"네, 파브리스…… 저는……."

"내 말 들어봐, 글로리아 공주. 내 딸이 먼저 유령퇴치 기계를 찾으면 어떻게 되는지 아니?"

셀레나는 타라가 유령퇴치 기계가 존재한다는 것과 기계가 있는 장소를 알고 있기를 바라며 말한 것이다.

"유령들이 섬멸되고……."

"그래, 맞아. 당연히 마지스터도 섬멸되는 거지. 따라서 네가 파브리스에게 마지스터를 떠나 우리에게 돌아오는 것이 좋겠다고 설득하라는 거야."

아연실색한 무아노는 셀레나를 쳐다봤다.

"마지스터에게 뭔가를 가져다주기로 했어요!"

"뭐라고 했니?"

"파브리스가 말했어요. 마지스터에게 뭔가를 가져다주기로 했다고. 파브리스의 미션! 나한테 말하지 않으려고 했던 것이 바로 그 기계였어요! 원정대까지 파견했으니…… 파브리스는 반드시 그 기계를 찾아서 마지스터에게 가져올 거예요!"

아! 셀레나는 무아노에게 그렇게 자세히 말해줄 생각이 없었는데. 하지만 무아노가 알고 있으니 차라리 잘된 일인지도 몰랐다.

"그래, 맞아. 파브리스가 원정대를 지휘하고 있어. 셀렌바와 함께."

무아노는 흔들렸다.

"파브리스는 거래를 했다고 말했어요. 미션을 성공하는 대가로 내 목숨과 거래를 한 거예요."

셀레나는 입술을 깨물었다. 마지스터는 부하에게 충성심을 부추기는 데 천부적인 재능이 있었다. 실패할 경우 피와 죽음을 전제로 하는 협박……. 그러나 무아노가 자신과 같은 생각을 해준다면 일이 잘 풀릴 수 있을 거란 희망에 셀레나는 숨을 죽였다.

무아노는 셀레나를 실망시키지 않았다.

"그건 끔찍한 일이에요!" 무아노는 흥분했다. "파브리스와 타라의 목적이 같다면 둘이 맞서 싸워야 한다는 건데! 무엇보다도⋯⋯."

"무엇보다도 파브리스가 자신의 성공이 네 목숨을 보장하는 것이라고 생각한다면 당연히 혈투를 벌이겠지."

완전히 얼이 빠진 무아노가 감방에서 뛰어나왔다.

"내가 둘을 만나야겠어요!"

"그래, 그래서 네가 필요하다는 거야."

"하지만 궁전을 어떻게 빠져나가죠?" 감방에서 나오는 죄수를 보고 눈살을 찌푸리는 병사 둘을 가리키며 무아노가 물었다.

셀레나는 작은 물건을 흔들면서 무아노에게 내밀었다.

"이게 있거든. 자동 트란스미투스 기구야. 오무아 연구소에서 나한테 여러 개를 만들어줬어. 지난번에 마지스터가 나를 공격했을 때 도망치기 위해 하나를 사용했지. 허가 없이는 아무도 궁전에 들어오거나 나갈 수 없도록 마지스터가 트란스미투스 방지 주문을 강화해놨어. 하지만 엘세스의 유령이 궁인을 풍선으로 둔갑시켰을 때 리스베스의 육신이 자동 트란스미투스 기구를 사용해서 이동했더라고. 내가 갖고 있는 것과 똑같은 거였어. 그래서 마지스터가 자동 트란스미투스는 차단하지 못했다는 걸 알았지. 옥좌에서 리스베스가 이동하는 일이 일어나지 않았다면 난 알아채지 못했을 거야. 이걸 사용하면 자동으로 너를 랑코비트에 있는 내 어머니 소유의 집으로 이동시켜줄 거야."

무아노는 눈살을 찌푸렸다.

"그럼 미리 알려야 할 텐데……."

타라의 할머니, 인정사정없는 이사벨라를 잘 아는 무아노는 꼬치구이로 둔갑되고 싶은 마음이 없었다.

"그럴 필요 없어. 지금 지구에 계시니까. 일단 랑코비트에 이르면 그 즉시 도착한 곳에서 멀리 떨어진 곳으로 이동해. 위성이 트란스미투스 이동을 탐지할 수 있으니까. 또다시 붙잡히는 일은 없어야지. 그리고 레지스탕스 조직과 접촉하려고 노력해봐. 그들은 네가 타라의 친구라는 걸 알기 때문에 도와줄 거야. 레지스탕스와 접촉하지 못하면 에드라킨족의 섬으로 가. 거기서는 아주 조심해야 해. 마법을 사용할 수 없으니까."

에드라킨족과 그 종족의 이상한 금기를 알고 있는 무아노는 고개를 끄덕였다. 그러고는 의심스러운 얼굴로 공 모양의 마법 기구를 받아 들었다.

"그런데 이게 작동하지 않으면 어떡하죠?"

"그럼 다른 방법을 찾아야지." 셀레나는 실패할 경우를 생각해보지 않았지만 무아노에게 고백할 마음은 없었다.

무아노는 궁금하지만 차마 꺼내지 못하고 있던 질문을 했다.

"왜 이걸 사용해서 도망치지 않으세요?"

"나는 궁전에서 너희들을 도울 생각이야. 자, 크리스털 볼도 받아. 이 번호는 전화번호부에 등록되어 있지 않고, 나도 똑같은 걸 갖고 있으니까 우리는 도청당하지 않고 통화할 수 있어. 중요한 정보를 입수하면 알려줄게."

갑자기 무아노는 불안이 엄습했다.

"하지만…… 쉬바는?"

"마지스터에 대한 두려움에도 불구하고 나를 따르는 병사들이 있어. 내가 이곳으로 오는 동안 병사들이 네 표범을 이미 자유로운 상태로 어딘가에 숨겨놨을 거다. 마지스터는 절대 찾지 못하는 곳이니까 걱정하지 마. 궁전은 어마어마하게 넓은 곳이야. 내가 지켜줄게. 하지만 나는 너희들을 만나게 해줄 수는 없어, 너무 위험해서."

무아노는 확신이 들지 않았지만 순순히 고개를 끄덕였다. 다만 쉬바가 영혼의 동반자와 멀리 떨어져 있다는 걸 느끼더라도 불안해하지 않길 바랐다.

"이제 떠나." 셀레나가 속삭였다. "병사들이 이상한 낌새를 챌지도 모르니까."

무아노는 주위를 둘러봤다. 복도 끝에서 크산디아르와 많은 사람이 달려오고 있었다. 셀레나의 병사 둘도 불안한 표정으로 다가오고 있었다.

시간이 없었다. 무아노는 셀레나를 힘껏 껴안았다.

그러고 나서 뒷걸음치다가 마법 기구를 바로 앞에 던졌다.

번개 같은 것이 번쩍했고, 순식간에 무아노가 사라졌을 때 셀레나는 안도의 숨을 내쉬었다. 성공이었다!

그때 그림자가 감옥의 어둠 속으로 사라지고 있었지만, 셀레나는 알아채지 못했다.

셀레나의 얼굴에서 아름다운 미소가 사라졌을 때 크산디아르를 점령한 유령이 이끄는 병사들이 몰려왔다. 셀레나는 패밀리어를 안심시키려고 퓨마의 금빛 털을 쓰다듬었다.

이제는 마지스터를 만나 담판을 지어야 한다.

그리고 무엇보다 마지스터를 제거하기 위한 작전을 세워야 한다.

상황이 복잡해지고 있었다.

칼/뱀파이어

영웅적인 일을 해도 누구 한 사람
찬사를 보내지 않는 것은 아무도 모르기 때문인데……

*

거시기는 죽은 모오오오우우우를 보면서 웃고 있었다. 우캬캬캬!
중증 정신병자가 웃으면 저런 웃음일까?

그들은 거시기의 행동을 속박하고 있었다. 그리고 거시기가 사냥을
하는 한 자기들을 해치지 않을 거라고 생각했다. 거시기는 이를 갈고
있었다. 과연 그럴까? 곧 그 환상이 깨질 텐데. 이 어처구니없는 여행
이 끝나기 전에 예쁜 소녀 둘을 잡아먹을 테니까.

거시기는 주둥이를 핥으면서 형편없는 녀석이 몸을 장악하게 내버
려두었다.

가시가 돋친 괴물의 몸뚱이가 멋진 실버의 모습으로 변했다. 내장
이 드러난 짐승에 눈길이 머무는 순간 실버는 공포의 비명을 간신히
참았다.

티라를 공격할 때 그랬던 것처럼 가끔은 실버가 거시기를 제압하는 데 성공했다. 실버가 아무것도 기억하지 못할 정도로 가끔은 거시기가 머리를 완전히 지배하는 데 성공할 때도 있었다. 벌어진 일을 보고 나서야 의식을 되찾는다는 것은 정말 짜증 나는 일이었다.

가까운 곳에 맑은 개울이 흐르고 있었다. 실버는 개울물에 몸을 씻기로 했다. 온몸이 피범벅이었다.

피는 실버를 가장 괴롭히는 것이기도 하고 아니기도 했다. 실버는 피 냄새가 좋았다. 그래서 자신이 혹시 뱀파이어와 비슷한 종족이 아닐까 하는 의문도 들었다. 그가 아는 한 뱀파이어는 오로지 피만 먹고 살 정도로 피를 좋아하는 유일한 종족이다.

실버는 혀끝으로 이를 더듬었다. 아니, 인간의 치아가 틀림없다. 실망한 실버는 한숨을 내쉬었다. 자신이 누구인지 알려고 애쓰지만 이번에도 단서가 될 만한 것이 사라져버렸다.

이런, 옷까지 벗어서 빨아야 완벽하게 씻을 수가 있었다. 실버는 거시기에게 불만을 터뜨렸다.

"멍청한 녀석." 실버는 옷을 벗으면서 큰 소리로 말했다. "짐승을 죽이기 전에 네 옷, 아니 우리 옷을 벗을 수 없어? 그랬으면 이렇게 옷을 안 빨아도 되잖아?"

머릿속에서 비웃는 소리가 들렸다. 아니, 거시기는 실버를 편안하게 해줄 생각이 전혀 없었다.

알몸 상태가 되었을 때 뒤에서 나는 목소리에 놀란 실버는 물속으로 뛰어들었다. 아주 신중한 난쟁이들은 알몸이 될 경우 몸에 난 털을 이용할 줄 아는데 실버는 그렇지 않았다.

"혼자서 말하는 거야, 실버?" 목소리가 물었다.

실버를 찾아서 기쁜 안젤리카는 뜻밖의 멋진 구경거리를 즐기고 있었다. 도끼와 검술로 단련된 소년의 근육질 어깨는 눈부시게 하얀 피부였다. 물에 젖은 캐러멜색 머리털까지 온몸이 햇빛을 받아 번쩍거렸다. 안젤리카는 실버의 복부 근육에 탄복하면서 '초콜릿 복근'이라는 말로는 그 완벽한 아름다움을 표현할 수 없다고 생각했다.

실버와 며칠을 보내면서 안젤리카도 마침내 거시기에게 익숙해졌다. 밤에는 여전히 일행과 함께 자는 걸 거부하면서 양탄자 안에 틀어박혀 있지만, 낮에는 활기를 되찾고 실버를 유혹할 방법을 궁리했다.

에드라킨족을 잘 모르는 실버와 타라와는 달리 안젤리카는 그 저주받은 섬에서 죽을 확률이 더 높다고 예상했다. 타라가 마법과 기계를 작동하는 바로 그 순간에 에드라킨족이 몰려올 것이고…… 그러면 빛의 손도, 타라의 마법도, 유령퇴치 기계도 그들을 구할 수 없을 것이다.

아더월드를 구하기 위해 처음으로 하게 된 이타적 행동이 하필이면 들어본 적도 없을 정도로 위험한 일이라는 것이 안젤리카는 견디기 힘들었다.

타라는 꺽다리가 얼마나 원망하고 있는지 잘 알기 때문에 가능하면 에드라킨족에 대해 묻지 않으려고 애를 썼지만 불안했다.

두 소녀 중 하나를 해치게 될까 걱정이 된 실버는 점점 더 고립되었다. 타라는 후계자 교육을 받을 때 산도르 황제가 게릴라전이나 매복, 소수의 병사들로 막대한 군대와 싸워 이긴 전투를 설명하며 들려줬던 말이 생각났다.

"타라, 전투원들은 무슨 일이 있어도 서로에게 믿음을 주어야 해. 서로에 대한 신뢰감이 없으면 임무를 이행할 수 없어."

그런데 그들 셋은 서로에 대한 믿음이 별로 없었다.

게다가 타라는 날이 갈수록 양심의 가책 때문에 괴로웠다. 실버와 안젤리카가 필요하지만, 이 미션을 혼자서 이행할 방법을 찾게 해달라고 기도하고 있었다.

하지만 친구들과 어머니에게 작별 인사할 시간이 없다는 것은 아쉬웠다. 그래서 타라는 최후의 날이 오면 가족에 대해 느끼는 사랑을 『궁정 비사』에 글로 남기기로 결심했다. 타라는 아직 여제가 아니므로 그럴 자격이 없지만, 자신에 대해 뭔가를 남기고 싶었다. 그리고 『궁정 비사』는 너무 소중한 책이라 어떻게 해서든 오무아로 돌려보내야 했다. 이 복사본에 글을 쓰더라도 자동으로 원본에 전사된다면 좋겠지만, 마지막 심정을 기록해서 어떻게 해서든 책을 보내야 하는데……

셀레나는 딸의 마지막 생각이 어머니를 향한 것임을 알고 그나마 위안을 받지 않을까.

그런 생각을 하면서 타라는 승강이를 벌이고 있는 안젤리카와 실버를 바라봤다. 실버가 개울가에 벗어둔 옷을 집어가려고 하는데 안젤리카도 그러길 바라는 눈치였다.

다만 그 방법에 의견이 일치하지 않았다. 실버는 옷을 던져주길 바라고 안젤리카는 실버가 물에서 나와 직접 가져가길 바랐다.

우연히 죽은 모오오오우우우에 눈길이 머물자 타라의 얼굴에서 미소가 사라졌다. 타라는 개울을 향해 걸어가면서 한숨을 내쉬었다.

"안젤리카?"

"왜?" 방해를 받은 것에 화가 난 꺽다리가 퉁명스럽게 대답했다.

"그 모오오오우우우, 목걸이가 있지?"

안젤리카가 고개를 돌리는 순간, 마치 기다리고 있었다는 듯 실버가 그 틈을 놓치지 않고 튀어나왔다가…… 재빨리 물속으로 잠수했다. 번개같이 빠른 동작에 안젤리카는 한 방 먹은 셈이다.

"반칙이잖아!" 안젤리카가 외치는 사이에 실버는 물에 둥둥 떠 있는 옷가지를 손에 잡히는 대로 허겁지겁 입었다.

꺽다리는 타라를 째려보고 흡혈파리 떼가 축제라도 벌이듯 윙윙거리면서 들러붙는 죽은 동물을 살펴봤다.

"목걸이가 두 개 있어. 두 머리에 하나씩."

"슬루르크!"

이제는 타라의 입에서도 무의식적으로 아더월드의 욕설이 툭툭 튀어나왔다.

"그런 뜻으로 한 말이 아냐. 또 어떤 농부에게 보상해야 될 일이 생긴 것 같아 하는 말이야. 실버, 야생동물을 공격하는 것이 정상인데 거시기는 가축을 물어뜯어 죽이는 걸 더 즐기는 듯싶어. 왜 야생동물이 아니라 가축을 괴롭히는 걸까?"

"타라 아가씨, 그건 아닌 거 같아요." 실버는 물속에서 넘어지지 않고 부츠를 신느라 애쓰면서 대답했다. "우리를 짜증 나게 하려고 일부러 그러는 것 같아요."

"그런 의도라면 성공했다고 거시기에게 말해줘. 정말 뚜껑이 열리려고 하니까."

"뚜껑? 무슨 뚜껑 열려요?" 실버는 진지하게 물었다.

"머리에서 연기가 풀풀 나기 시작했다고."

"연기……? 연기가 어디 있어요, 아가씨?"

난쟁이들과 마찬가지로 은유적 표현을 이해하지 못하는 실버는 어정쩡하게 눈만 끔벅이고 있었다.

타라는 안쓰러운 마음이 들었다.

"거시기가 나를 짜증 나게 했다는 뜻이야."

"실버, 난 네 발에 아무런 관심 없어." 안젤리카가 빈정거렸다. "그러니까 부츠는 물에서 나와서 신어도 돼. 이제 뭐 볼 게 남아 있다고!"

그 순간 풍덩 하는 소리가 났다. 물에서 나오다가 미끄러진 실버가 자빠지면서 놓친 부츠가 물살을 따라 떠내려가고 있었다. 실버는 쏜살같이 부츠를 낚아챈 다음 침을 퉤퉤 뱉으면서 물가로 올라왔다.

"가축 주인을 위해 죽은 동물 옆에 크레디트-무트 동화 한 닢을 남겨두고 가야겠어요." 하고 말하면서 실버는 물이 뚝뚝 떨어지는 부츠를 신었다.

타라는 정확하게 어디에 와 있는지 알기 위해 지도를 펼쳤다. 그들은 오래전에 랑코비트 국경을 넘어 비리디스에서 가장 큰 도시 티란과 오소르를 통과했는데 사람들이 별로 없어서 다행이었다.

갑자기 실버가 멋진 코를 찡그렸다.

"이상해요. 무슨 냄새가 나는데…… 처음 맡아보는 냄새가 나요."

그들은 밤새도록 양탄자로 비행하다가 두 시간 전 동틀 무렵에 착륙했었다.

타라는 지도를 접은 다음 안젤리카의 반대에도 불구하고 언덕 꼭대기까지 올라갔고, 실버에게 오라는 손짓을 했다. 프랑스 남서쪽 바닷가에서 살았던 타라는 무슨 냄새인지 대번에 알아차렸던 것이다.

대륙 여행이 끝나가고 있었다. 실버는 눈앞에 펼쳐진 안개 대양을 경탄하는 시선으로 바라봤다.

감격한 실버는 목이 메었다.

"아름다워요." 실버가 마침내 입을 열었다.

"저게 뭐가 아름다워? 그냥 찝찔한 소금물일 뿐인데." 감성이 메마른 안젤리카가 내뱉었다. "이상한 동물이 우글우글한 저 물에 빠지면 당장 살려달라고 소리칠걸!"

경이로운 순간을 망쳐버리는 데 안젤리카를 따라올 사람이 있을까.

"이제 배를 찾아야겠어." 타라가 말했다.

안젤리카와 실버는 깜짝 놀란 얼굴로 타라를 쳐다봤다.

"배?" 안젤리카가 물었다. "그건 뭐 하러?"

"파트로크까지 배를 타고 가려고."

"양탄자로 충분히 갈 수 있어. 넌 정말 우리 행성에 대해 너무 몰라! 너 같은 애를 어떻게 오무아의 후계자로 만들려고 하는지 난 정말 이해가 안 돼!"

타라는 무슨 말을 하려다 입을 다물었다. 사실, 타라는 오무아와 랑코비트 외의 다른 나라 국민들에 대해 모르는 것이 너무 많았다. 물론 잘 모르기 때문에 타라는 때로 골탕을 먹기도 했지만, 모두가 불가능하다고 생각하는 것들을 해냈고, 그래서 살아남을 수 있었다.

"그래, 네 말이 맞다. 몰래 배를 탈 필요는 없겠어. 선장에게 발각되면 철창에 갇혀 있다가 평생을 노예로 살다 죽을 텐데 그런 위험을 무릅쓸 필요는 없지."

안젤리카와 실버는 눈썹을 지렁이처럼 꿈틀거렸다.

"그래요, 마법 때문에 배가 난파될 거예요, 아가씨." 실버는 천천히 말했다. "노 젓는 배를 사용하는 비마들이 있다는 건 알지만, 나는 사람들이 노 젓는 이유를 잘 모르겠어요. 그리고 지구에 노예가 있다면 나는 아가씨 행성으로 가서 그들을 구하는 일부터 시작해야 될 것 같아요."

"아니, 아니. 지구에도 노예는 없어. 이를테면 그렇다는 말이지." 타라는 얼른 말했다.

무슨 말을 해도 의사소통에 문제가 없는 지구의 소꿉동무 파브리스와 함께 있는 것이 아니라는 걸 타라는 잠시 깜빡했다.

타라는 나오려는 한숨을 꾹 참았다. 친구들이 많이 그리웠다.

크레디트-무트 동화 한 개를 동물의 이빨 사이에 끼워 넣은 다음 그들은 해안 쪽으로 방향을 잡았고, 죽은 모오오오우우우에게서 멀어져갔다.

얼마 후, 이 일로 '기적의 크레디트-무트'란 전설 같은 이야기가 떠돌게 될 줄이야! 크레디트-무트의 가치가 가축의 값보다 훨씬 크다 보니 그 마을에서 자신이 키우는 가축을 여러 마리 죽이는 사건이 발생했던 것이다.

아무것도 하지 않고 돈을 벌고 싶어하는 약빠른 이들은 어디나 존재하기 마련이다.

다음 날 아침 가축의 이빨 사이에서 동화를 발견하게 될 거란 욕심에 가축의 목을 벤 이들은 실망하고 말았다.

타라와 실버, 안젤리카는 바다로 가기 위해 밤이 되길 기다렸다. 바다에는 소형 보트들이 많이 보였고, 상공에는 양탄자며 페가수스 등 그 밖의 비행 수단들이 오가고 있기 때문에 조심해야 했다.

그들이 있는 상공에서 내려다보이는 해안은 굴곡이 심해 거센 파도가 무섭게 바위를 때리고 있었다. 타라는 어린 마법사들과 비마, 트리톤들이 파도타기를 하면서 즐거운 비명을 지르는 광경을 보았다.

한순간 타라는 그들이 너무나 부러웠다. 노래 같은데 누구는 저토록 즐기며 살아가건만 누구는 고통스러운 생활만 하고 있으니. 타라는 모든 걸 팽개쳐버리고 파도타기를 하며 즐거워하는 무리에 합류하고 싶은 충동이 일었다.

하지만 이내 그 충동이 싹 달아나버렸다. 그 무리 중 녹초가 돼서 나온 이들이 물을 사방으로 토해내며 괴로워했다.

파도타기를 너무 과하게 했던 것이다.

마침내, 두 달 타딕스와 마딕스가 떠올랐다. 아더월드의 밤과 지구의 밤은 사뭇 달랐다. 아더월드는 은하계의 중심 가까이에 있어서 별들이 몰려 있었다. 밤하늘이 타오르듯 번쩍거렸다. 달의 인력 때문에 산더미같이 이는 거친 파도에 과감히 맞서는 용감한 뱃사람들에게 감탄하면서 타라는 모두 같은 마음인지 안젤리카와 실버를 쳐다봤다. 실버가 미소를 지어 보였다. 소년도 감동해 있었다. 그들은 가슴 벅찬 순간을 함께 나눴다.

앞으로 맞게 될 일을 상상하면서 공포에 떠는 안젤리카는 풍광을 감상할 여유가 없었다.

출발하기 직전, 그들은 뉴스를 봤다. 랑코비트에서 유령들에 대한 파상적 공세가 일어났고, 랑코비트의 왕과 왕비는 구제되었다. 목에 붕대를 감고 뉴스에 나온 왕과 왕비는 안도의 눈물을 펑펑 흘리고 있었다. 그런데 온몸이 반짝이는 것들로 뒤덮여 있었다. 타라는 소금이라는 걸 알아차렸다.

베어 왕이 발표했다.

'불이 꺼져 있어서 우리는 볼 수 없었지만, 남성인지 여성인지 모를 뱀파이어가 내 몸을 차지하고 있던 유령을 공격한 다음 왕비의 몸을 차지하고 있던 유령도 물리쳤습니다. 그러고는 홀연히 사라졌습니다. 그러나 우리를 또다시 점령하려고 하는 유령들에게 그가 메시지를 남겼습니다.'

베어 왕이 호주머니에서 피에 얼룩진 종이를 꺼내더니 가까이 있는 스쿠프의 렌즈에 갖다댔다. 굵은 글자로 쓴 메시지가 보였다.

나는 너희를 찾아내는 방법을 알고 있다.
나는 너희를 섬멸할 방법을 알고 있다.
가차 없이 없애버릴 것이다.
또다시 인간들을 건드리면
너희는 내일을 맞지 못할 것이다.
서명: 드라큘라

타라가 갑자기 웃음을 터뜨려서 실버와 안젤리카는 소스라치게 놀랐다.

"칼이야!" 서명한 이름을 보면서 타라가 우스워죽겠다는 얼굴로 외쳤다. "지구의 영화를 그렇게 좋아하더니! 칼이 틀림없어! 가족을 구하는 김에 랑코비트에서 유령들을 몰아낸 것이 틀림없어. 마지스터는 좋아하지 않을 텐데. 전혀 좋아하지 않겠어!"

실제로 마지스터는 노발대발했다.

아더월드의 모든 방송 채널에서 뉴스를 내보낸 직후에 마지스터는 오무아 제국의 모든 국경을 봉쇄하며, 크라살비와 외교 관계를 단절한다는 성명을 발표했다. 뱀파이어들은 무고하다면서 격렬하게 항의했다. 게다가 인간의 피에 중독되면 수명이 줄어들 뿐만 아니라 미치광이가 되기 때문에 크라살비에는 인간의 피를 먹은 뱀파이어가 없다고 주장했다.

뱀파이어들의 대통령을 인터뷰하기 위해 크라살비로 몰려간 크리스털리스트들은 그 주장이 사실이라는 걸 확인했다. 인간의 피에 중독된 뱀파이어 둘은 오무아에 있고, 하나는 빌랭에 있었다. 하지만 랑코비트에 있던 뱀파이어는 부상을 입은 상태로 이미 크라살비에 돌아와 있었다.

따라서 현재 랑코비트에는 뱀파이어가 전혀 없다는 걸 알고 있기 때문에 크라살비의 대통령은 인간의 피를 먹었다는 문제의 뱀파이어에 대해 몹시 불안해했다.

뱀파이어 대통령의 딸 킬라와 엘프 아르노의 합작품이 시작된 것은 이때부터였다.

'뛰어난 재치와 수완'에서 누구도 따라올 수 없는 커플, 킬라와 아르노가 진가를 발휘하기 시작했다.

인터뷰에 응한 킬라는 크라살비의 통제를 피할 수 있는 뱀파이어는 둘밖에 없는데 그중 셀렌바는 마지스터를 추종하기 때문에 그 사건과는 무관하며…… 다른 한 사람은 타라 덩컨이라고 밝혔다.

이어서 뱀파이어 대통령의 딸과 친구라는 자격으로 인터뷰에 응한 비정치적인 엘프 신분의 아르노는 한술 더 떠 그런 엄청난 사건을 조종한 사람으로 타라를 지목했다.

킬라와 아르노의 인터뷰 화면이 전파를 타면서 모두 유령들을 습격한 사건의 배후에 타라가 있다고 확신하기에 이르렀다. 타라가 지구에서 자란 소녀이며, 드라큘라는 브램 스토커라는 작가를 시작으로 여러 작품에 등장했고, 영화로도 각색될 정도로 유명한 지구의 전설이라는 예리한 논평도 이어졌다.

안젤리카는 웃음이 터지기 직전의 얼굴로 타라를 쳐다봤다.

"모두 네가 범인이라고 생각하는 것 같다."

"그래, 나도 봤어. 친절하게 설명까지 해주다니 고마워."

"하지만 좋은 점도 있어요." 실버가 지적했다. "그들은 아가씨를 랑코비트에서 찾을 거예요. 여기가 아니라. 그건 좋은 일이에요."

"오무아의 후계자로서 모든 사람이 나를 인간의 피를 먹고, 유령들을 잡아먹는 괴물로 생각하는 건 별로 기분 좋지 않은데."

안젤리카가 킥킥거렸다. 타라는 냉소적이거나 빈정거리는 웃음을 제외하고 안젤리카가 진짜로 웃는 걸 본 적이 없었다. 그런데 지금 꺽다리가 키득거리는 것은 재미있어하는 정도가 아니라 금방이라도 포복절도할 것 같은 걸 간신히 참고 있는 웃음이었다. 실버와 타라는 어리둥절한 눈길을 교환했다.

놀라서 쳐다보는 타라와 실버의 얼굴과 마주치는 순간 안젤리카는 결국 웃음이 터지고 말았다. 급기야 눈물까지 흘리고 있었다.

"칼이 화가 나서 펄펄 뛰고 있을 게 틀림없어." 안젤리카는 눈물을 닦으면서 고소해서 죽겠다는 어조로 말했다.

"화가 나? 왕국을 구했는데 왜 화가 나?"

"영웅적인 일을 해낸 건 자기니까. 랑코비트의 근위병을 속이고 피를 빨아먹으면서 유령들로부터 군주들을 구해냈으니 훈장을 받아 마땅한 입적이잖아. 그런데 그 모든 공을 타라 너한테 빼앗겼으니! 분해서 펄펄 뛸 일이 아니냐 말이야. 아유, 고소해!"

아! 이제야 타라는 안젤리카가 그렇게 즐거워하는 이유를 이해할 수 있었다. 꺽다리의 말은 일리가 있었다. 칭찬을 받아 마땅한 칼에 대한 얘기는 전혀 없었으니⋯⋯. 크리스털리스트들이 뱀파이어에게 희생된 이들과 인터뷰를 했는데 레파루스 치료에도 불구하고 모두 목에 흉터가 크게 남아 있었다. 랑코비트 정부의 고위층 15명이 유령들의 속박에서 벗어나 있었다. 새로 나타난 유령들은 정체불명의 뱀파이어가 남긴 경고를 무시했다가 유령들이 잡아먹혔다는 것을 알고 랑코비트의 사람들을 장악하라는 마지스터의 명을 우습게 여기기에 이르렀다.

유령들은 어둠을 두려워하기 시작했다. 정체불명의 뱀파이어가 칠흑 같은 어둠 속에서만 공격하기 때문이다.

다른 행성들의 정보국도 그 사실을 알고 있었다. 그러나 누군가를 24시간, 아니 26시간 또는 32시간을 꼬박 지킨다는 건 불가능했다. 더군다나 그 상대가 자유자재로 변신하여 방어체계를 뚫고 들어가는 데 마법이 필요 없는 뱀파이어일 경우에는.

그 결과로 유령들이 하나둘 도망치기 시작했고, 얼마 지나지 않아 랑코비트에는 유령이 거의 사라졌다. 아무도 잡아먹힐 위험이 없는 비욘드월드가 훨씬 편안하고 평화로운 곳이라고 생각하면서 유령들

대부분이 그곳으로 돌아갔다.

마침내, 크리스털리스트들은 한 가지 의문을 던졌다. 타라 덩컨은 언제 오무아에 나타나서 마지스터와 맞서 싸울까? 큰돈을 걸고 내기를 하는 이들도 있었다. 타라가 마지스터를 없애버리기로 굳은 결심을 한다는 쪽에 많은 돈이 걸려 있었다.

타라는 벌떡 일어났다.

"가야겠어!"

소스라치게 놀란 안젤리카가 눈을 부릅떴다.

"너, 또 시작이야? 말했잖아……."

"랑코비트가 아니라 파트로크로! 마지스터에게 시간을 줄수록 피해가 커질 거야. 마지스터가 아직까지 아더월드에 전쟁을 선포하지 않는 것이 놀라워. 외교 관계를 단절하고, 국경을 봉쇄하는 건 사실 그리 중요한 게 아냐. 무역? 그 멍청한 마지스터는 무역은 안중에도 없는데! 식탁에 더 이상 빵이나 고기가 올라오지 않을 때 그제야 잘못을 알겠지. 하지만 그때는 너무 늦을 거야."

안젤리카의 눈이 삐딱해졌다.

"어쩌면 그 지옥의 섬에서 죽을지도 모르는데 넌 무역을 걱정하고 있어?"

당황한 타라는 이맛살을 찌푸렸다. 여제와 황제에게 개인의 이익보다 제국의 이익을 생각하라는 교육을 받았다. 타라는 안젤리카의 비난을 무시했다. 언젠가는 설명해줄 날이 오겠지.

타라는 양탄자에 뛰어올랐고, 그들은 파트로크를 향해 출발했다.

저 멀리 보이는 거대한 대양은 비어 있지 않았다. 그들은 바다 상공을 날아가면서 붉은 발분을 포획하는 장면을 봤다.

뱃사람들이 양탄자를 향해 손을 흔들었을 때 안젤리카는 구시렁거리면서 비행 고도를 높였다. 그들은 이목을 끌지 않을수록 좋았다. 이동하는 양탄자들과 페가수스들이 쉬었다 갈 수 있게 일정한 간격으로 플랫폼이 마련되어 있었다. 하지만 그들은 셋이기 때문에 교대하면서 멈추지 않고 계속 비행했다. 그리고 실버가 수면을 취할 필요가 있을 때면 거시기 때문에 쇠사슬로 묶어놓은 다음, 갈랑이나 타라, 안젤리카 (거시기를 무서워하기 때문에 불평을 늘어놓았지만)가 보조를 섰다.

좀 작기는 해도 물의 원소로 샤워를 하기에 충분했지만, 이따금 그들은 미역을 감기 위해 양탄자에서 다이빙을 했다.

헤엄이 서툰 실버는 양탄자에 남은 채 두 소녀에게 문제가 생길 경우 언제든 개입하기 위해 주위를 살폈다.

그렇게 이따금 미역을 감던 중에 크라켄, 나중에 안젤리카가 표현한 바에 따르면 '그들을 아침밥으로 착각한 멍청한 크라켄'과 맞닥뜨리게 되었다.

비 막이 덮개를 씌운 양탄자에 편안한 자세로 앉은 그들이 억수같이 쏟아지는 비 때문에 더욱 파도가 거세지는 바다 상공 위를 날아가고 있을 때였다. 갑자기 무지막지하게 큰 문어의 다리 같은 것이 치솟았다. 순식간에 그들 셋과 페가수스는 끔찍한 이미지를 향해 곤두박질쳤다. 굶주린 크라켄이 아가리를 쩍 벌리고 있는데 상상을 초월할 정도로 많은 이빨이 드러나 있었다.

그들을 태운 양탄자는 어떻게 해볼 겨를도 없이 아가리 속에 들어갔는데 겁먹은 발분 한 마리와 죽어가는 물고기 수천 마리 외에도 배 세

척의 선원들이 검과 마법으로 문어 아가리를 공격하고 있었다.

실버는 검을 찾고 있었고, 타라와 안젤리카가 고함치면서 마법을 사용하려고 할 때, 자신이 낚은 것들의 맛을 보던 크라켄이 뭔가 차가우면서 먹을 수 없는 걸 느꼈는지 과감하게 세 척의 배만 뱉어냈다.

그런데 크라켄이 뱉어낼 때의 엄청난 가속도 때문에 그들의 양탄자까지 하늘 높이 내동댕이쳐졌다. 그러나 자동안전장치에 크라켄의 침이 묻으면서 문제가 생겼는지 양탄자가 추락하기 시작했고, 안젤리카는 재빠르게 마법을 날렸다.

극도의 공포에 사로잡힌 그 짧은 순간, 그들은 파손된 양탄자가 성난 바다에서 박살 날 거라고 생각했다. 하지만 엄청난 행운이 따라주었다. 파도의 정점인 물마루에 닿으려는 순간 양탄자가 기적적으로 다시 날아오르기 시작했다. 신중한 안젤리카는 어떤 크라켄도 닿을 수 없을 정도로 높이 양탄자를 상승시켰다.

"돌아가요!" 실버가 지르는 고함소리에 타라와 안젤리카는 소스라치게 놀랐다.

"뭐라고?" 안젤리카가 물었다.

"저 선원들! 선원들을 도와주러 돌아가야 해요!"

안젤리카는 마치 미친 사람을 쳐다보는 얼굴로 눈을 희번덕거렸다.

"저 괴물의 아가리 속으로 돌아가고 싶단 말이야? 머리가 잘못된 거 아냐?"

"아니에요! 그들을 도와야 해요! 죽을 거예요!"

안젤리카는 냉소를 흘리면서 조종석을 내주었다.

"그래, 그럴 수 있는지 네가 어디 한번 해봐, 제발!"

불행히도 안젤리카의 말이 맞았다. 선원들을 구할 수 없을까 봐 불안에 떨면서 실버는 한 시간 동안 그 주위를 빙빙 돌았다. 그러나 바다에 아무것도 보이지 않는다는 것은 크라켄이 배 속의 먹이들을 익사시키려고 잠수한 게 틀림없었다.

마지못해서 패배를 인정한 실버는 파트로크 쪽으로 기수를 돌렸다. 타박상을 입은 타라와 안젤리카는 레파루스 마법으로 서로를 치료해 주었고, 한쪽 날개의 힘줄을 다친 갈랑도 치료했다.

타라는 이제 실버를 다른 눈으로 보게 되었다. 그동안은 다쳐서 몸에 혹이 생겨도 변함없이 착하고 친절하며, 못 견디게 고독하면서도 낙천적인 소년이라고 생각했다. 이제는 그 이상한 비늘 깊은 곳에 목숨이 위태로운 상황에서도 다른 사람들의 목숨을 소중하게 여기는 정의로운 인간이 있다는 걸 확인했다.

왠지 관심이 가는 소년이었다.

그러나 양심의 가책 때문에 타라는 실버에 대한 관심을 접었다. 로빈 이외의 다른 소년에게 관심을 갖다니, 그건 안 돼.

그러면서도 실버가 다정한 미소를 지어 보이면 타라도 미소를 보냈다.

안젤리카는 의혹의 눈길을 보내며 입술을 삐죽거렸다. 꼴 보기 싫은 타라와 어리석은 실버, 흉측한 거시기와 어서 빨리 헤어져 랑코비트의 푹신한 침대를 되찾는 날만 꿈꾸었다. 그러나 잘생긴 소년을 가증스러운 후계자에게 넘겨줄 생각은 전혀 없었다.

이윽고 파트로크 섬이 보이고 크로 항구 가까이 이르렀다. 그런데 다들 한꺼번에 어디론가 싹 사라진 걸까. 오는 동안에 마주쳤던 배와 양탄자, 다른 이동 수단들이 눈에 띄지 않았다. 때를 잘 맞췄기 때문에 해는 이미 지고 어둠이 내리고 있었다.

그러다 타라는 착륙하려고 점찍어놓은 항만에 정박해 있는 배들을 발견하고 깜짝 놀랐다. 여섯 척이나? 에드라킨족의 악명 높은 평판을 생각하면 도저히 믿을 수 없는 일이었다.

작은 마을 정면에 거대한 정글이 반쯤 드러나 있었다.

"배들이 왜 정박해 있지?" 타라가 물었다. "위험한 곳이라고 생각했는데."

"희귀 식물 때문이지." 안젤리카가 불안 때문에 입술을 질근 깨문 채 대답했다. "에드라킨족은 어디에도 존재하지 않는 희귀 식물을 재배하고 있어. 흥분의 식물, 꿈의 식물, 기쁨의 식물, 슬픔의 식물, 고통의 식물, 죽음의 식물 등이 있지. 식물에서 수액을 추출하거나 있는 그대로 사용할 수도 있는데…… 너 뱅뱅 알아?"

타라는 등골이 오싹했다. 크라살비로 향하던 중 트롤들에게 뱅뱅 밀매꾼으로 체포되어 곤욕을 치렀던 기억이 났다.

"알아." 타라는 짤막하게 대답했다.

"여기가 원산지야. 에드라킨족이 한 상인에게 뱅뱅을 팔았는데 그걸 싣고 가던 상인이 타도르 산에서 죽었어. 그리고 얼마 후, 그 산에 뱅뱅이 숲을 이루게 되었지. 트롤들은 치통이나 그 밖의 통증을 치료하는 데 뱅뱅 가루를 사용하고 있어. 하지만 인간이 뱅뱅 가루를 먹을 경우 행복을 느끼다가 황홀경에 빠져서 죽음에 이르지."

실버는 얼굴을 찡그렸다. 저주받은 몸으로 태어난 것 때문에 고통을 안고 살아야 하는 실버로서는 이성을 잃어버릴 정도로 위험한 걸

먹는 사람이 있다는 이야기를 이해할 수 없었다.

"그건 밀매잖아?" 지구에서 마약에 관한 영화를 많이 본 타라가 물었다.

"밀매? 아니, 정당한 상업 행위야. 뱅뱅 가루 판매를 금지한 사람은 아무도 없어. 뱅뱅 가루에는 사람을 죽이기도 하지만 병을 치료하는 성분이 있어서 샤먼들에게 꼭 필요한 아주 귀중한 재료이니까. 펍시티에서 횡설수설하던 남자의 머리에 경찰이 올려놨던 식물 기억나?"

타라는 고개를 끄덕였다. 그렇지 않아도 그 식물이 궁금했는데!

" '흡수의 꽃'이라고 하는데 요란한 빛과 소리를 걸러낼 수 있기 때문에 뇌를 보호하는 역할을 해주지. 하지만 야생 상태에서는 빨아들인 소리를 폭발적인 음파로 재생한 다음 방어나 공격할 때 이용하는데 꽃이 군락을 이루고 있어서 훨씬 더 위험해. 펍시티의 꽃은 소리를 흡수해도 즉시 빼낼 필요가 없도록 변형시킨 거야. 만약 그 꽃을 머리에 얹은 정신병자를 앰뷸런스에 싣고 가는데, 간호사가 꽃을 치우는 걸 잊었다가는 큰일 나. 오래 놔두면 가는 도중에 꽃이 폭발할 수도 있으니까."

"그럼 그 꽃도 여기가 원산지야?"

"응. 에드라킨족이 발명한 꽃이야. 에드라킨족은 불법으로 암거래를 하는 것이 아니라 오히려 식물을 실용적으로 만들어내는 천재적인 생물학자들이라고 할 수 있어."

안젤리카는 호주머니에서 멋진 브로치를 꺼냈다. 가녀린 꽃잎에 보석들이 박혀 있고, 곤충처럼 날개를 부드럽게 윙윙거리고 있었다. 금, 에메랄드, 루비가 박힌 꽃이 갑자기 변했다. 금이 칙칙해지다가 구리로 변하더니 다시 회색 은이 되었고, 에메랄드는 반짝이는 사파이어로 변했다. 이어서 루비는 광채를 따다가 다이아몬드로 변해 살아 있는 보석처럼 번쩍번쩍 빛을 발했다.

"이것도 에드라킨족이 만들었어." 안젤리카는 초롱초롱한 눈으로 설명했다. "에드라킨족이 토쿨린*이라고 부르는 '보석-꽃'이야. 수확하기가 힘든 것이라 고조부께서 거금을 주고 사들였고, 우리 집안에 대대로 내려오는 보물 중 하나야."

아더월드란 행성은 정말 알아야 할 것이 끝도 없었다. 보석-꽃의 덧없는 아름다움에 감동하면서도 타라는 뱅뱅을 만들어낸 에드라킨족에게 친근함이 느껴지지 않았다.

또 다른 의문이 들었다. 집안의 보물이라면서 안젤리카는 왜 그렇게 귀중한 걸 호주머니에 넣고 다니는 걸까?

타라는 그 점에 대해 묻는 대신 다른 질문을 했다.

"그럼 에드라킨족의 나라에 아무나 들어갈 수 있는 거야?"

안젤리카는 입술을 실룩거렸다.

"그렇다고 할 수 있지. 목숨을 걸어야 한다는 것이 문제지만, 공식적으로 희귀 식물을 구매하겠다고 요청해 허가를 받으면 배나 양탄자로 갈 수는 있어. 그런데 이따금 돈도 힘도 없으면서 희귀 식물을 훔치러 가는 정신 나간 자들이 있다는 얘기를 들었어. 그럴 경우 에드라킨족은 모른 척하고 있다가 뒤를 쫓는대. 어차피 미친 식물이나 제사장들에게 걸리면 거의 살아남을 수가 없으니까. 생존자들의 이야기를 들으면 저 섬에 발을 들여놓고 싶은 마음이 싹 달아나지."

"섬의 상공을 비행할 수는 있어?"

"모든 항공 교통 레이더에 걸리지 않을 정도로 아주 높이 비행한다면 가능하겠지. 하지만 낮게 비행하는 순간 에드라킨족 신들이 걸어 놓은 주문 때문에 양탄자는 추락하게 돼. 따라서 우리는 걸어서 가야 해. 그리고 지도를 보면 아르루쉬르는 우리가 있는 이 지점에서 적어도 50타트롤은 떨어서 있어."

타라 일행은 착륙할 곳을 점찍어두고 있었다. 아르루쉬르가 바다에서 아주 멀리 떨어져 있는 건 아니라 하루에 몇 타트롤씩 전진하다 보면 그곳에 이를 수 있을 것 같았다.

그들은 식량과 물 등 당장 필요한 것들을 챙겨 마법복의 주머니에 집어넣었다. 상인이 휴대용이라고 했으니 양탄자는 착륙한 다음 접으면 될 일이다.

타라는 입술을 깨물면서 『궁정 비사』를 펼쳤다.

"잡아먹히지 않고 에드라킨족의 숲을 통과하기." 타라는 책을 톡톡 치면서 말했다.

여러 가지 경우가 나타났다. 예상보다는 그리 많지 않았고, 그중 관심을 끄는 것은 두 가지였다. 사실, 오무아 제국의 황제와 여제들은 파트로크 섬에서 헤매고 다닐 기회가 없었다. 그러나 두 가지 경우는 에드라킨족이 패전한 뒤에 공식적으로 방문했으며, '신들의 기름'이 있으면 미친 식물들의 공격을 받지 않고 숲에서 이동할 수 있다고 기록되어 있었다.

불행히도 '신들의 기름'은 신전에만 있었다. 그런데 그 신전의 문턱을 넘는 이들은 누구를 막론하고 제물로 바치려고 달려드는 잔혹한 제사장들이 있다는 것이 문제였다.

좋은 생각이 떠올랐다. 타라는 파란 숲 속에 숨어 있는 파란색 작은 마을을 자세히 관찰했다. 달빛 속의 숲은 짙은 파란색이 아니라 터키석과 블루 사파이어를 버무려놓은 것처럼 선명한 파란색 광채를 눈부시게 반짝이고 있었다. 생동감이 넘치는 숲 속에서 나무들이 신경질적으로 몸을 흔들고 있는데 분명히 바람 때문은 아니었다.

음, 안젤리카가 말한 미친 식물들인가? 그렇다면 미친 식물들이 엄청난 군락을 이루고 있다는 뜻인데……

갑자기 타라는 미소를 지었다. 아, 식물이 있잖아! 그것도 보통 식물이 아니라 아주 대단한 식물! 타라는 체인지라인의 주머니에 손을 집어넣고 로빈의 엘프 망토를 꺼냈다. 지켜보던 실버가 눈살을 찌푸렸다. 타라는 망토 주머니에서 물건들을 꺼내 가지런히 늘어놓았다. 눈이 황홀할 정도로 화려한 금목걸이, 루비 목걸이, 에메랄드 목걸이, 반지, 호화로운 머리띠, 왕관들[13](이번에는 안젤리카가 시기 어린 눈으로 흘겨보았다), 그리고 무기도 제법 많았다.

마침내 타라는 찾았다.

살아 있는 나무의 싹이 움튼 어린 나뭇가지. 몇 년 전 황무지 늪으로 가던 중 성난 소 떼를 피하기 위해 타라와 로빈, 파프니르, 파브리스, 무아노, 칼은 잎이라곤 없는 나무 위로 피신한 적이 있었다. 그때 나무가 갑자기 호통을 쳐서 그들은 몹시 놀랐다. 땅이 메마른 그 초원에서

· · · · · · · · · · · · · ·

13. 활의 정령인 릴란드릴이 거의 약탈한 것이나 다름없는 보석들을 로빈에게 선물로 주었다. 엘프는 수명이 아주 길기 때문에 혹시라도 합법적인 주인을 만나게 될까 봐 로빈은 이 보석들을 아주 조심스럽게 간직하고 있었다.

유일하게 살아 있지만 거의 죽어가고 있는 나무였다. 로빈은 땅속의 물을 찾아서 나무에 이르게 해주었고, 나무는 로빈에게 어린 나뭇가지 하나를 주면서 말했다. "너희들이 자라나게 하고 싶은 방향에 이걸 꽂아. 그리고 '살아 있는 나무의 이름으로 즉시 자라거라' 하고 말하면 된다. 이 나뭇가지가 너희들에게 아주 유용하게 쓰일 때가 있을 거야. 내 목숨을 구해준 데 대한 감사의 표시로 주는 선물이란다."

모든 엘프와 마찬가지로 숲과 공생 관계를 유지하고 있는 로빈은 가시덤불 속에서 위험에 처했을 때 그 나뭇가지를 시험해봤다. 그리고 나뭇가지가 다른 식물들로부터 보호해준다는 사실을 알았다.

타라는 나뭇가지를 체인지라인의 주머니가 아니라 자신의 가슴 부분 안주머니에 집어넣었다. 이어서 엘프의 망토를 도로 집어넣으면서 타라는 로빈의 뜻을 알아차렸다. 로빈이 남겨준 유품…… 타라는 가슴이 미어졌다. 죽었는데도 자신을 계속 보호해주고 있다니.

아름다운 숲 속에 자리 잡은 마을의 건물들은 낮고 길고 밋밋했다. 에드라킨족은 햇빛을 싫어하는지 창문이 거의 없었다. 경사진 지붕은 물기 때문에 번들거렸다. 빨갛고 파란 두 태양 때문에 아더월드는 날씨가 덥지만, 정글은 믿을 수 없을 정도로 울창한 데다 습했다. 타라는 안젤리카가 해준 말을 떠올렸다. 에드라킨족은 식물 성장에 적합한 열대성 환경을 만들기 위해 마법으로 기후를 조작한다고 했다. 지금은 밤이지만, 두 달이 떠서 숲을 비추고 있었다.

타라가 나뭇가지를 찾는 사이에 마을과 가까운 해변에 해적으로 보이는 인간들이 상륙해 있었다. 즉시 경적이 울리기 시작했다. 갑자기 눈에 띄지 않던 건물의 문이 열리고 에드라킨족 10여 명이 튀어나왔는데 방금 섬에 상륙한 해적 50명에 비하면 수가 턱없이 적었다.

"서둘러야겠어." 타라가 외쳤다. "착륙할 기회야."

"착륙한다고? 마을이 저렇게 가까운데? 너 미쳤어? 금방 발각되고 말 거야!"

"아니, 어수선한 틈을 이용해 착륙하면 돼. 그리고 우리는 마을 가까이 있어야 해!"

"왜?"

그사이에 뱀파이어로 변신한 타라가 이빨을 드러내고 미소를 지었다.

"신전을 공격할 거니까!"

14

에드라킨족의 신들

화나게 만들지 않는 편이 나은 이들이 있는데……

*

그건 학살이었다.

그들은 처참하게 살해되었다.

타라는 에드라킨족이 감히 공격해오는 해적들과 밀수업자들, 미치광이들을 잔혹하게 죽이는 모습을 목격했다. 한동안 그 끔찍한 장면이 타라의 머리를 떠나지 않았다. 작은 마을의 전 주민보다 훨씬 많은 인간 50명은 에드라킨족이 공격할 때 비웃었다. 거칠기로는 누구에게도 뒤지지 않는 해적들은 갈퀴발톱의 공격을 대비해 조끼를 착용하는 등 나름대로 만반의 준비를 했다. 그러나 그들은 생명에 직결되는 주요 부위에만 신경을 썼지 다리와 팔을 소홀히 했다.

에드라킨족은 해적들을 추격해 수족을 절단했다.

에드라킨족은 아주 민첩했고, 갈퀴발톱을 사용하지 않을 때는 끝이 휘어진 시커먼 칼을 날렸다. 작은 마을의 에드라킨족 주민 절반을 죽였지만 해적들도 전체 인원 중 절반이 목숨을 잃었다. 25대 5의 싸움이라는 수적 우세에도 불구하고 상황은 인간들에게 유리하게 돌아가지 않았다.

해적들은 갈기갈기 찢기는 동료들을 보면서 숲 쪽으로 후퇴했고, 에드라킨족은 피리 소리를 내는 이상한 혀로 괴성을 지르면서 돌격했다.

타라는 그 틈을 이용해 숲 근처에 양탄자를 착륙시켰다.

"빨리, 빨리 내려." 타라가 속삭였다.

그러고는 버튼을 눌러 양탄자를 접은 다음 호주머니에 집어넣었다.

그들은 마법복 대신 면허 받은 도둑의 검은색 줄무늬 복장을 하고 있어서 거의 보이지 않았다. 실버는 오팔 광택이 나는 비늘을 가리기 위해 얼굴을 포함해 온몸을 옷으로 감쌌다.

실버가 타라에게 너무 바짝 붙어 있어서 여러 번 몸이 스칠 뻔했다. 섬에 발을 내디딘 뒤로 실버는 아주 예민해져 있었다. 타라는 자칭 협객이라고 선언한 실버에게 선두에 서라는 신호를 보냈고, 그 뒤를 갈랑이 검은색과 회색 줄무늬 날개를 펼치며 따라갔다.

타라는 수족이 잘린 불쌍한 인간들을 생각하니 구역질이 올라왔지만 계속 전진했다. 그들이 가까이 갔는데도 마을에서는 아무런 기척이 없었다.

에드라킨족은 인간들의 도시, 타트리스족과 엘프, 땅신령들의 도시와는 다르게 밤에는 활동하지 않는지 바닷가 마을 크로의 거리엔 아무도 보이지 않았다.

타라 일행은 마을을 굽어보는 신전을 향해 그림자처럼 움직였다. 넘어지거나 소리를 내지 않으려고 조심하는 실버를 보며 타라는 안쓰러워 몸이 오그라드는 것 같았다.

발각될지 모른다는 두려움 때문에 가슴을 졸인 탓에 그들은 숨을 헐떡이면서 마침내 목적지에 이르렀다.

신전우 파란색의 커다란 건물이었다. 이상한 점은 타라가 이제껏 아더월드에서 봤던 신전들과는 달리 조각 장식이 전혀 없다는 것이다.

신전은 세련된 멋이나 특별한 매력이 없고, 삭막해 보일 정도로 밋밋했다. 심지어 예상과는 달리 공포 분위기도 느껴지지 않았다.

에드라킨족이 수시로 드나들어서일까, 신전의 문이 활짝 열려 있었다. 제사장들은 침입자들을 전혀 두려워하지 않기 때문일까? 아니면 침입자들이 너무 두려워 신전에는 감히 발을 들여놓을 생각조차 못하기 때문일까?

"여기서 망을 보고 있어." 타라는 실버와 안젤리카에게 속삭였다. "내가 들어가서 신들의 기름을 훔쳐올게." 타라는 호주머니에서 꺼낸 양탄자를 주면서 실버에게 덧붙였다. "10분이 지나도 내가 나오지 않으면 기다리지 말고 도망쳐. 내가 붙잡혔다는 뜻이고, 너희는 나를 위해 아무것도 해줄 수 없으니까."

실버는 반박하려고 했지만, 타라는 겨를을 주지 않고 쏜살같이 신전으로 들어갔다. 갈랑은 축소된 상태로 타라의 어깨에 앉아 있었다.

천장에 달린 흰색 꽃들이 신전 내부를 은은하게 밝혀주고 있었다. 타라는 신전이 어떤 종류의 돌로 지은 것인지 몰랐다. 아주 단단해 보이는데 이상하게 미지근했다. 타라는 너무 가까이 다가서지 않으려고 조심했다. 조명 불빛처럼 밝혀주던 꽃들이 더는 보이지 않았다.

신전의 외부에 장식을 하지 못한 것에 한풀이라도 하듯 예술가들이 내부에 많은 것을 조각해놓았는데 그 이미지들이 혐오스러웠다. 신들에게 희생양으로 바쳐진 에드라킨족의 모습을 표현한 것들이었다.

에드라킨족의 신들은 촉수, 송곳니, 갈퀴발톱, 오톨도톨한 혹, 끈적끈적한 것을 좋아하나? 타라는 구토증이 이는 것을 가까스로 참았다.

타라는 벽과 조각상들에 대한 관찰을 그 정도에서 중단하고 미션에 집중했다. 신들의 기름을 찾아야 했다.

갑자기 타라는 머리를 흔들었다. 윙윙거리는 소리가 들렸던 것이다. 질겁한 타라는 주위를 둘러보면서 어디서 나는 소리인지 살폈다. 알 수가 없었다. 타라는 정신을 집중했다. 작은 중얼거림 같았다.

타라의 머릿속에서 나는 소리였다.

이제 미쳐가고 있는 건가? 잠시 후, 아무 일도 일어나지 않자 안심한 타라는 서둘러야 하기 때문에 다시 걸음을 뗐다.

신전에는 아무도 없는 것 같았다. 다른 것들보다 훨씬 크고 혐오감을 주는 조각상이 보이고, 그 발치에 양쪽으로 손잡이가 달린 커다란 항아리가 놓여 있었다. 조각상의 머리는 천장에 거의 닿아 있는데 몸과 머리통에 엄청나게 많은 촉수가 꿈틀거리고 있었다. 현무암을 깎아서 조각한 듯 전체적으로 까맣고, 촉수들은 노란색과 빨간색이라 묘한 효과를 연출했다. 그 주위에서 빨간색과 검은색 꽃이 뿜어내는 향기 때문에 타라는 숨쉬기가 힘들었다.

살금살금 항아리로 다가갔다. 뚜껑을 열어보니 푸르스름한 기름이 들어 있었다.

신들의 기름이라면 좋을 텐데. 식물을 위한 비료? 아니면 램프용 연료? 그것도 아니면 살과 뼈를 부식시키는 물질?

타라는 정체불명의 액체에 손가락을 담그고 싶은 충동을 억제하고 호주머니에서 꺼낸 천을 액체에 적셨다. 그러고는 조심스럽게 빛을 발하는 꽃에 다가갔다. 액체를 묻힌 천이 스치자마자 꽃이 몸서리를 치듯 오므라들었다.

성공! 신들의 기름이다.

타라는 기름이 얼마 동안 효력이 있는지 모르지만 서둘렀다. 체인지라인의 주머니를 벌리고 항아리를 밀어 넣었다. 체인지라인이 즉시 팽창하면서 항아리를 삼켰다.

좋았어!

타라는 돌아섰다. 그리고 한 에드라킨과 맞닥뜨렸다.

에드라킨이 송곳니를 드러냈다.

타라도 똑같이 했다.

에드라킨은 깜짝 놀랐다.

"뱀파이어?" 에드라킨이 휘파람 같은 소리를 내면서 말했다. "신들의 저주를 받은 뱀파이어가 우리 섬에는 무슨 일이냐?"

"산책 중." 타라는 무릎이 후들거리면서도 셀렌바의 거만한 태도를 흉내 내면서 대꾸했다. "나를 가만 내버려두는 게 좋을 텐데, 어린 고양이?"

에드라킨은 야옹거리면서 갈퀴발톱을 세웠다. 타라는 침을 삼켰다. 오케이, 에드라킨족에게 '어린 고양이'라고 부르면 안 되겠어.

타라는 미소를 지으면서 위협하듯 송곳니들을 쭉 내밀었다.

"내 말 잘 들어. 섣불리 행동하지 않는 것이 좋을 거다. 네 동지들은 숲에서 해야 할 일 때문에 바빠서 여기 못 온다는 거 알고 있거든? 나를 그냥 가게 내버려둬. 아니면 우리 둘 중 하나는 몹시 후회하게 될 테니까."

에드라킨의 얼굴에 당황하는 기색이 역력했고, 거의 보이지도 않는 코를 찡그렸다.

"신들의 저주를 받은 뱀파이어, 전투보다 우리 신들의 심판을 받는 것이 어떠냐?"

전투를 벌이는 것으로 마을 전체의 이목을 끄는 것보다 조용히 끝나는 게 당연히 낫겠지만…… 타라는 신중해야 했다.

"협상하자는 건가?" 타라가 물었다.

"뭐라고?"

"내 말은 조건이 뭐냐고."

"기도하자."

오! 누가 더 빨리 무릎이 아픈가 시합이라도 하자는 건가?

"그게 다야?"

에드라킨은 기분 나쁜 미소를 지었다.

"이 마을을 보호해주는 수많은 신 중 한 분이 은혜를 베풀 자에게 응답하실 것이다."

"좋아. 그럼 은혜를 받지 못하는 자에게는 무슨 일이 일어나는데?"

"소멸된다."

타라는 잠시 숨을 멈췄다. 오래 생각할 필요가 없었다.

"알았어!"

"받아들이는 건가?"

"아니, 나는 전투를 택하겠어!"

"너무 늦었다. 나는 이미 기도하기 시작했다." 납작 엎드린 에드라킨이 머리 위에 달린 고양이과 동물의 동그란 귀를 뜯어버릴 듯 비벼대면서 고함을 질렀다. "에드라킨족의 신이여, 내 말 들으소서! 이 저주받은 피조물에게 벼락을 내리소서!"

"에이, 그건 반칙이지!" 타라는 무릎이 후들거렸다. "이 나라에서는 신들에게 그런 식으로 기도하나?"

에드라킨의 목이 쉬어서 신들이 그 기도를 듣지 못한 걸까? 반응이 없었다. 타라도 소름 끼치는 조각상을 올려다보면서 한마디 했다.

"신이시여, 이 미치광이의 말을 들어주지 않으신다면 정말 고맙겠어요."

머릿속에서 목소리가 쩌렁쩌렁 울려 타라는 우거지상을 했다.

"너는 나를 믿느냐?"

눈이 동그래진 타라는 '별로'라고 대답하는 것은 현명하지 않다고 생각하며 소극적으로 대응했다.

"네? 그게……."

어디서 나는 소리지? 뭔가가 찢어지는 듯한 엄청난 소리가 났다. 거대한 톱으로 산을 자르면 저런 소리가 날까? 타라는 귀를 틀어막았다.

신들이 오고 있었다.

타라는 비명을 질렀다.

조각상이 움직였고, 그 위에서 불쑥 나타난 뭔가가 타라 앞에 떨어졌다.

쿵!!!

아주 작은 것인데 촉수들이 오글오글했다.

위에서 떨어졌다는 걸 고려하면 크게 다쳤을 것 같은데…….

타라는 비명을 멈추고 살펴봤다. 거대한 조각상의 축소판이었다.

아주 작지만, 에드라킨족의 신들 중 하나가 틀림없었다.

"이게 어떻게 된 거야……. 내가 왜 이렇게 작아졌지?" 작은 신이 모기만 한 소리로 물었다.

타라는 몸을 숙이고 으스러뜨리고 싶은 충동을 간신히 억제했다.

"뭐라고요?"

신은 머리통들, 어쨌든 머리로 사용하는 것이 아프다는 낯짝을 하면서 목소리에 온힘을 불어넣었다.

"내가 왜 이렇게 작아졌냐고?"

"글쎄…… 난 몰라요."

신은 머리통 두 개를 문지르면서 한숨을 내쉬었고, 핑핑 돌던 눈알이 멈췄다. 그러고는 주위를 둘러보다 또다시 한숨을 내쉬었다.

"너는 믿음이 없구나, 우리의 저주를 받은 피조물?" 신이 타라를 향해 10여 개의 눈을 쳐들었다.

'저주를 받은 피조물'이라는 표현이 거슬리지만 타라는 개의치 않았다.

"당신은 나의 신이 아니에요. 그러니까 솔직히 말해서 나는 당신을 믿지 않아요."

신이 촉수 하나를 치들더니 불쾌한 낯짝으로 쳐다봤다.

"그 때문이었구나. 우리는 신도들의 믿음을 양식으로 삼는데 네가 나를 믿지 않으니 이렇게 작아진 것이다. 다른 신도들이 못 봐서 천만다행이야. 그랬다면 천년 동안은 계속 조롱당할 텐데. 자, 본론으로 돌아가자. 무슨 일로 왔느냐?"

아! 신은 사람의 머릿속을 읽는다고 생각했는데 에드라킨족의 신은 그렇지도 않은 모양이군.

"그게…… 아르루쉬르의 무덤으로 가야 해요." 타라는 기계적으로 대답했다.

"이유는?"

"내 친구를 죽인 유령들을 섬멸할 기계를 찾으려고요."

타라는 소스라치게 놀랐다. 지금 뭐 하고 있는 거지? 적에게 목적을 알려주다니! 타라는 눈살을 찌푸렸다. 마법은 느껴지지 않는데 꽃향기가…….

타라는 알아차렸다.

꽃들. 꽃들이 뿜어내는 향기가 진실을 말하게 만든 것이다. 에드라킨족의 신들은 이 술책으로 신도들을 지배하고 있었다. 이제 알았으니 타라는 버텨낼 수 있을 것이다.

"문제될 거 없다." 신이 아주 흡족한 낯짝으로 대답했다. "기계가 있는 곳으로 내가 데려다줄 테니까."

타라는 어리둥절했다. 뭐라고? 촉수가 오글오글하는 신이 기계가 있는 곳으로 데려다주겠다고 제안하는 거야?

"설마, 정말이에요?" 타라는 믿기지 않는다는 얼굴로 물었다.

"물론이다! 너를 데려가서 무덤을 파괴해줄 테니 너는 기계를 가져. 유령들을 섬멸하고 질서를 회복시켜. 그다음 대륙으로 돌아가서 네 인생을 살아. 원한다면 네 친구를 소생시켜줄 수도 있으니 걱정하지 마."

진실이라고 믿기에는 너무 멋진 말이 아닌가. 타라는 아더월드에서 많은 걸 경험했다. 물론 때로는 전혀 쓸데없는 것도 있었지만.

타라는 작은 신의 10여 개의 눈을 뚫어져라 쳐다봤다.

"그 대가로 뭘 원하죠?"

작은 신은 난처한 낯짝을 했다.

"대수롭지 않은 것."

"대수롭지 않은 것이라고요?"

"너희 인간들은 대수롭지 않게 여기지만 우리는 중시하는 것이지. 나는 단지 네 영혼을 원한다."

신이 아주 작은데도 타라는 겁을 먹고 뒷걸음쳤다.

"내 영혼이요? 그건 어림없어요. 미쳤군요!"

"네 친구를 소생시켜주는데도?" 신이 유혹하듯 말했다. "그 정도쯤은 나한테 어린애 장난인데 어떠냐?"

가슴이 미어지는 타라는 잠시 생각했다. 그 대가로 어느 정도의 희생은 각오하고 있었지만, 영혼이라니 이건 너무 심하잖아.

"아뇨, 내 영혼은 이 세상 무엇과도 바꿀 수 없어요. 내 영혼은 내 것이고, 영원히 내 것으로 남을 거예요. 다른 걸 요구하시죠."

"네가 가진 것 중에서 우리가 중요하게 여기는 건 그것밖에 없다."

신이 등을 돌리고 나서(말이 그렇다는 것이지 사실, 어찌나 작은지 돌아섰다고 말할 수도 없는 움직임이었다) 반쯤 봄을 일으킨 자세로 그 모습을 쳐다보는 에드라킨을 향해 움직였다.

에드라킨에게 가까워질수록 신이 타라와 비슷할 정도로 키가 커지기 시작했다.

"음, 나아졌군." 신이 흡족해했다. "정말 훌륭한 숭배자로군. 당장 너를 소멸시키지는 않을 생각이다."

에드라킨은 다시 납작 엎드리는 것으로 맹목적인 복종심을 보였다. 정작 자기가 숭배하는 신은 기대를 저버리고 저주받은 피조물에게 응답하고 있건만.

신이 신호를 하자 촉수 때문에 구멍이 잔뜩 뚫린 의자 같은 것이 바로 뒤에 유형화되었다.

신은 만족스러운 낯짝으로 의자에 앉았다.

"항아리가 사라진 것으로 보아 너는 기름을 가져가기 위해 우리 신전을 더럽혔구나. 내가 기름을 주면 그 대가로 넌 무엇을 내놓겠느냐?"

"돈이 있어요." 타라는 약간 얼이 빠진 어조로 말했다.

신은 촉수를 흔드는 것으로 그 제안을 물리쳤다.

"내가 그까짓 돈으로 뭘 하겠느냐? 나는 좀 더 물질적인 것이 필요하다."

타라는 신과 협상하고 있다는 것이 도무지 믿어지지 않았다.

지구에서는 바람, 소원, 욕구, 희망이 실현되게 도와달라고 열심히 기도하는데 아더월드에서는 관심 있는 걸 놓고 협상을 벌이다니……. 특히 이 미치광이들의 세상에서 통용되는 법칙을 세세히 모르는 타라는 지구의 방식이 훨씬 마음에 들었다.

상황을 뒤집어야 하는데……. 타라는 솔직한 답변이 어떻게 작용하는지 시험해보기로 했다.

"무엇을 원하세요? 원하는 게 뭔지 전혀 모르겠어요." 타라가 말하는 사이에 어깨에 앉은 갈랑이 날개를 파닥였다. 타라가 섣부른 생각으로 자신들을 죽일 수도 있는 신의 심기를 건드리는 것이 불안했던 것이다. "에이스 카드를 내놓으세요. 그래야 빨리 결론을 내리죠."

신이 미소를 지었는데 이빨을 다 드러내지 않는다는 것은……?

"너희 인간들은 걸핏하면 은유적 표현을 사용하는구나. 우리 신들은 사용하지 않는 표현이지만…… 어쨌거나 너의 표현대로 '에이스 카드'를 내놓겠다. 우리의 기름을 가져가는 대가로 손가락을 내놓아라. 길의 절반을 갈 수 있는 양의 기름이면 손가락의 두 마디를 내놓고, 기계가 있는 곳까지 갈 수 있는 양의 기름이라면 손가락 하나를 통째로 내놓아라."

타라는 구역질을 참았다.

"내 손가락을 바치라는 거예요?"

"그건 비싸지 않은 대가다!" 엎드려 있던 에드라킨이 갑자기 끼어들었다. "내 사촌은 집을 얻는 대가로 손 하나를 통째로 바쳤다."

잠시 후, 자신이 감히 참견했다는 것에 질겁한 에드라킨은 재빨리 손을 호주머니에 집어넣었다. 타라는 거리낌 없이 말했다.

"집을 얻으려고 손을 바친다는 건 미친 짓이다. 그 손으로 자기가 직접 집을 지으면 될 것을 왜 그런 짓을 해?"

"그게 훨씬 빠르니까." 에드라킨이 응수했다. "그리고 신께서 지어 주시는 집인데!"

타라는 역겨웠다. 피와 살을 바쳐야 도움을 주는 게 무슨 신이야?

타라의 반응을 보면서 신이 촉수들을 꼬물거렸다.

"너는 내 신도들이 손가락, 손, 발…… 등을 다시 회복시킬 수 있다고 생각하는 모양이구나. 아니, 너는 잘못 알았다. 우리의 제사장들만 마법을 사용할 권리가 있다. 신도들은 우리에게 신체 일부를 바치는 것을 영광으로 생각한다. 그리고 그걸 다시 회복시키는 건 명예로운 일이 아니다. 따라서 네가 손가락을 바치면 다시는 회복시킬 수 없다. 그건 절대로 금지되어 있으니까."

타라는 슬금슬금 뒷걸음쳤다.

"미안하지만 난 그럴 수 없어요. 파트로크의 풍습을 잘 모르지만, 나의 것인 피, 살, 침, 머리칼 중 뭔가를 갖게 된다면 나에게 주문을 걸 수 있다는 것쯤은 알고 있어요."

신이 깜짝 놀라는 것 같았다. 그리고 약간 기분이 상해 보였다.

"어린 인간, 내가 원하면 언제든 너에게 주문을 걸 수 있어. 주문을 걸기 위해 필요한 것은 없다. 나는 신이니까!"

"아, 그래요? 그런데 어쩌죠? 난 아무것도 주지 않을 건데. 그리고 원하신다면 항아리를 돌려드리겠어요."

신이 반응하기 전에 체인지라인은 타라의 소리 없는 명에 복종했다. 체인지라인의 주머니에서 튀어나간 항아리가 엎어지면서 신은 파란색 기름을 뒤집어썼고, 타라와 갈랑, 에드라킨에게도 기름이 제법 많이 튀었다. 화가 나서 이성을 잃은 신이 촉수들을 뻗는 순간 타라는 재빠르게 몸을 숙였고, 때마침 일어나던 에드라킨이 새까맣게 타버렸다.

신도를 잃은 신이 대번에 줄어들었다.

"슬루르크!" 신이 욕설을 내뱉었다. "아, 다시 줄어드는구나!"

타라는 뒤도 안 돌아보고 도망쳤다. 치타처럼 신전 밖으로 튀어나간 타라는 어리둥절한 안젤리카와 실버를 지나쳐 숲을 향해 내달렸다. 타라의 온몸에 기름이 묻어서일까, 터키옥색 식물들이 마지못해서 길을 열어주었다.

실버와 안젤리카는 무슨 일인지 물어볼 겨를조차 없었다. 그들은 타라를 따라 전속력으로 달렸고, 식물들이 길을 막기 전에 통과할 수 있었다.

타라는 속도를 약간 늦췄다. 안젤리카는 따라오면서 숨을 헐떡이는 반면에 실버는 뱀파이어와 같은 속도로 달리는데도 멀쩡했다. 가끔 비틀거리면서도 실버는 정말 놀라울 정도로 빠르게 타라를 따라잡고 있었다.

"무슨 일이에요?" 실버는 타라가 날렵하게 뛰어넘은 덤불과 수풀을 불도저처럼 뚫고 나오면서 물었다.

실버는 나뭇가지 하나를 피하다가 넝쿨과 정면으로 충돌하자 그 식물을 뿌리째 뽑아버리고는 계속 달려왔다. 실버는 넝쿨과 충돌할 때 눈을 다쳤는지 반쯤 감고 있었다.

"신과 협상을 벌였어." 타라는 숨을 헐떡이면서 안젤리카가 따라올 수 있게 속도를 조절했다.

"네?"

"신, 에드라킨족의 신과 협상을 벌였다고!"

그제야 실버는 무슨 말인지 알아들었다.

"그래서요?"

"그게 잘 안 됐어. 신이 화가 난 것 같아."

마치 그 말을 증명하듯 신의 분노가 폭발하면서 신전의 지붕이 멀리 날아갔다. 숲이 갑자기 조용해졌다. 타라는 작게 줄어든 신이 지원해 주는 에드라킨이 없는 상황에서는 힘을 쓰지 못하겠지만, 신도들이 또 다른 신들을 현실 세계로 불러들일 것이라고 생각했다.

실버의 눈이 휘둥그레졌다.

"정말 신, 화 많이 난 것 같아요. 왜죠?"

타라는 신전에서 있었던 일을 자세히 얘기하면서 주위를 유심히 살폈다. 뒤에 넝쿨을 달고 따라오는 안젤리카와는 달리 식물들이 조심스럽게 실버를 피하고 있었다. 아니, 실버의 몸이 식물들을 밀어내는 건가? 정말 이상했다. 타라는 정체불명의 실버에 관한 또 하나의 사실을 머릿속에 추가로 입력했다. '건드릴 수 없는 비늘로 뒤덮인 천연 갑옷, 난쟁이들의 손에서 자라면서 익힌 검술, 무시무시한 괴물로 둔갑하는 변신술, 식물에게 두려움을 주는 존재…….' 정말 기괴하지만, 실버는 정체성에 대한 혼란 때문에 마음이 무거우면서도 아주 친절하고, 어린애 같은 천진무구한 면도 지닌 소년이었다.

어디인지 전혀 모르기 때문에 타라는 달리기를 멈췄다. 아르루쉬르가 어느 쪽인지 알아야 했다. 기진맥진한 안젤리카도 옆구리를 잡으면서 멈춰 섰다.

"헉, 헉…… 왜 이…… 이렇게 뛰어야 하는지 이유는 알아야지?"

"타라가 신을 화나게 했어요." 실버가 심각한 어조로 설명하는데 이제부터는 '아가씨'라는 호칭을 쓰지 않기로 한 모양이다. "멀리 가는 게 좋겠어요. 거시기도 신에게 대항할 수 없어요. 아니, 시도해본 적 없어요. 신과 마주친 적이 없어서 모르겠지만, 내 비늘 갑옷도 신의 분노를 견딜 수 없을 거예요."

"인간들은 너를 감당할 수 없어." 안젤리카가 비아냥거리면서 숨을 돌리기 위해 허리를 구부렸다. "후계자, 감당이 안 되기로는 너도 누구에게 빠지지 않지! 그래서 이제는 신들에게 맞서는 거야? 다음 계획은 뭔데? 아무리 적이라도 상대할 적이 따로 있지, 목숨을 재촉할 일 있어? 신들을 상대로 무슨 뾰족한 수가 있다고!"

나무 하나가 안젤리카를 향해 촉수를 날렸는데 꺽다리는 등을 돌리고 있어서 보지 못했다.

타라가 느닷없이 안젤리카를 와락 끌어안았다.

안젤리카는 어찌나 놀랐는지 가만히 있었다. 잠시 후 상황을 파악한 꺽다리가 몸을 빼면서 격분했다.

"너 미쳤어? 도대체 이게 무슨 짓이야?"

타라는 냉소적인 미소를 지었다.

"왜? 내가 너를 사랑하기라도 할까 봐?"

"무슨 헛소리야?" 안젤리카는 질겁했다. "내게 가까이 오지 마!"

그 뒤에서 기분이 상한 촉수가 뒷걸음쳤다.

잔뜩 겁먹은 안젤리카를 보면서 타라는 웃음을 참을 수 없었다. 소리를 크게 내지 않으려고 입을 틀어막으면서 포복절도하는 타라는 눈물까지 글썽거렸다.

어안이 벙벙한 얼굴로 쳐다보던 실버는 안젤리카의 몸에 신의 기름이 묻어 있는 걸 봤다. 그리고 악착같이 따라붙던 미친 식물들이 갑자기 안젤리카에게서 떨어진 이유를 알아차렸다.

"아! 이제 알았어요. 안젤리카를 보호하기 위해 기름을 묻힌 서죠?"

터진 웃음보 때문에 대답할 수 없는 타라는 고개를 끄덕였다.

안젤리카는 기름이 묻은 옷을 쳐다보면서 안도의 숨을 내쉬었다.

"오, 내 조상들이시여! 그렇다고 갑자기 사람을 놀라게 하면 어떡해? 멍청하기는!"

타라는 전혀 미안하지 않기 때문에 사과하지 않았다. 그리고 미션에 정신을 집중하면서 심호흡을 한 다음 지도를 꺼냈다. 다행히 방향은 제대로 들어서 있었다. 타라는 또다시 웃음이 터질까 봐 눈이 뒤집힐 것 같은 안젤리카의 얼굴을 생각하지 않으려고 애를 썼다.

미션, 미션, 미션. 정신 집중.

"지금은 에드라킨족 제사장들이 해적들을 추격하고 있어." 타라가 말했다. "따라서 그렇게 빨리 신전으로 돌아오지 않을 거야. 그리고 신이 신전을 폭발시켰기 때문에 잔뜩 겁먹은 에드라킨족이 그 근처에는 가지 못할 거야. 하지만 어떤 신도가 기도를 하러 신전으로 들어가는 순간……."

"엄청난 일이 터지겠지. 아니, 정확하게 말하면 너한테 엄청난 일이 일어나겠지. 그리고 실버와 나는 이미 오래전에 도망쳤을 테고." 안젤리카는 눈을 부라리면서 결론을 내렸다. "그래서 이제 어떡할 건데?"

"가능한 한 빨리 도망쳐야지. 서두르지 않으면 아마 우리는 타 죽을 거야."

"우리가 왜? 너는 그럴 만한 짓을 했지만, 난 아무 짓도 안 했잖아!"

타라는 대꾸 없이 파란 숲 속으로 질주했다. 나뭇가지와 뿌리에 걸려 넘어질 듯 아슬아슬하게 실버가 그 뒤를 쫓았고, 안젤리카는 선택의 여지가 없었다.

그들을 추격하는 신이 있었으니…….

15
파브리스
육식동물이 어쩌다 채식주의자가 되었을까

*

바로 그래서 덫에 걸려들었다.

신에게 쫓기게 된 타라가 무작정 뛰었고, 실버와 안젤리카는 타라를 따라 덩달아 뛰었기 때문이다.

에드라킨족은 숲으로 도망친 해적들을 붙잡는 데 실패했다. 해적들은 기름을 갖고 있지 않은데도 숲의 식물들을 방어하기 위해 다른 방법을 쓰는 것 같았다.

에드라킨족은 이내 그들이 아주 영리한 인간들이라는 걸 알아차렸다. 정글 속으로 달아난 해적들이 여러 무리로 흩어졌기 때문이다. 게다가 필요한 식물을 정확하게 알고 있었다. 에드라킨족은 무더기로 파헤쳐진 식물을 발견하고 이빨을 부드득 갈았다. 그래서 숲 속 곳곳에 함정을 놓았던 것이다.

정글 속 통로 곳곳에 거의 보이지 않는 거미줄들이 쳐 있었다. 타라는 뱀파이어의 눈인데도 어두컴컴해서 통로 하나가 열리고 있는 걸 알아채지 못했다. 머리가 먼저 거미줄에 걸린 타라는 옴짝달싹할 수가 없었다.

빠져나가려고 몸부림치는 순간 거미줄이 움직였고, 방울 소리가 요란하게 울렸다. 도처에 방울이 엄청나게 매달려 있었다. 방울 소리를 들은 에드라킨족의 날카로운 괴성이 숲 속에 울려 퍼졌다.

전속력으로 달려오다 제때에 멈춰 선 실버가 두 손을 흔들자 날카로운 비늘이 섰다.

"잠깐!" 타라는 가급적 움직이지 않으려고 애쓰면서 말했다. "내 호주머니에서 톨리스 기름을 꺼내 발라주면 돼. 그러면 이 거미줄에서 내가 빠져나갈 수 있어. 너도 달라붙기 때문에 거미줄을 잘라내지 못할 거야."

실버는 동작을 멈추고 거미줄을 피해 타라의 호주머니에서 톨리스 기름을 꺼내는 데 성공했다.

"안젤리카, 타라를 풀어줘요." 실버가 부탁했다. "내가 하면 타라의 몸에 상처를 입히니까요.

그 목소리에서 타라는 실버의 고뇌를 느낄 수 있었다. 안젤리카는 툴툴거리면서도 톨리스 기름을 발라 타라를 재빨리 구해냈다.

끈끈이 거미줄에서 빠져나오는 타라를 보면서 실버는 아무 말없이 이마를 찡그렸다. 거시기를 움직이지 못하게 했던 로프와 비슷하지 않은가!

이제 실버가 톨리스 기름이 거미줄을 무력화한다는 걸 알았으니 타라는 거시기를 제압하는 최고의 방법을 잃은 것이다. 물론, 실버의 몸 속에 동거하는 이상한 동물이 이 섬에서 톨리스를 찾아내야 하겠지만.

그들은 방울들을 피해서 가능한 한 멀리 가려 했지만, 에드라킨족이 추격하고 있었다. 실버가 옆에 있지만, 타라는 마법을 사용하지 않고 시는 너무 잔혹한 에드라킨족과 맞서 싸우기에 역부족이라는 걸 느꼈다. 하지만 마법을 사용하면 30초 내에 에드라킨족의 나라 절반을 쑥대밭으로 만들고, 아더월드를 구할 수 있는 가능성까지 날려버리는 것이 아닌가.

그래서 그들은 뛰었다. 숨이 넘어갈 정도로.

안젤리카는 몹시 힘들어했다. 너무 숨이 차서 욕설도 내뱉지 못할 정도였다. 실버는 안젤리카가 고통을 덜 받도록 재빨리 히믈리아의 철로 만든 덮개를 꺼내 어깨와 겨드랑이 밑에 감싸준 다음 부축했다. 그렇게 해서 그들은 속도를 냈지만, 타라는 그리 오래 버티지 못하리라는 걸 알았다.

상황이 불리해지고 있었다.

"더는 못 가겠어." 안젤리카가 죽는소리를 했다. "심장이 터질 것 같아."

꺽다리의 얼굴이 잿빛으로 변한 걸 보면 엄살이 아니었다. 한계에 이른 안젤리카는 기진맥진해 있었다.

무슨 소리가 들려서 타라는 걸음을 멈췄다.

안젤리카는 힘겹게 숨을 몰아쉬면서 그 자리에 주저앉았다. 실버가 안젤리카를 향해 몸을 숙였는데 그 얼굴에 불안한 기색이 역력했다.

허리를 세우는 실버는 손에 혈검을 쥐고 있었다. 어디서 나타난 거지?

"안젤리카와 여기 남아 있을게요." 실버가 말했다. "혼자서 임무 이행해요, 타라 덩컨. 내 검과 내가 목숨 걸고 안젤리카의 몸을 돌볼 거예요."

"그 말을 이제야 하다니!" 안젤리카는 헐떡거리면서 말했다. "원하는 대로 내 몸을 돌봐도 돼."

안젤리카에게 아직은 농담할 힘이 남아 있는 건가.

좋은 징조.

에드라킨족이 곧 그들을 따라잡을 것이다.

나쁜 징조.

이제 작전을 바꿔야 했다. '적의 주의를 흐트러뜨린 다음 기습하라'는 것이 산도르 황제의 가르침이었다. 그 순간 또다시 이상한 소리가 들렸다. 타라는 길이라고 생각했는데 흡사 마차가 지나가면서 남긴 자국처럼 뭔가에 의해 움푹 파인 게 보였다.

그런데 그 자국의 폭이 다수의 무리가 지나갈 수 있을 정도로 꽤 넓었다. 타라는 뱀파이어의 눈으로 그 자국을 살폈다. 자이언트 거미들이 남긴 것 같은 이상한 자국이었다.

파트로크에는 자이언트 거미가 없는 걸로 아는데…… 게다가 파손된 안장의 고리가 길에 떨어져 있는 것으로 보아 이 거미들은 누군가를 태우고 지나간 것이 분명했다. 탐험대? 원정대? 하필 지금 여기를? 불길한 징조.

그때였다. 땅바닥에서 무언가가 타라의 눈에 띄었다.

몸을 숙이고 금빛 털 뭉치를 집어서 냄새를 맡던 타라가 갑자기 어? 이 털이 어떻게 여기 있지? 하고 의문을 갖는 얼굴이 되었다.

타라가 안젤리카를 내려다보자 소스라치게 놀란 꺽다리가 어린아이처럼 두 팔로 몸을 감싸면서 달아났다.

"에이, 저리 가!" 안젤리카는 딸꾹질까지 하면서 외쳤다. "걸핏하면 껴안으려고 하는 버릇 빨리 고쳐, 너!"

"칙칙은 금물! 네가 좋아서 껴안은 게 아니라 네 목숨을 구해준 거니까 입 닥쳐!" 타라가 응수했다.

머쓱해진 안젤리카는 반박하고 싶었지만, 때로는 신중한 태도를 보이는 것이 현명하기 때문에 입을 다물었다.

타라는 반짝거리는 털 뭉치를 손에 쥐고 자국을 따라 돌진했다.

금빛 털, 늑대의 털……

무언가가 숲 속을 달려오고 있었다. 파브리스는 매복하며 늑대의 감각으로 그 소리를 듣고 있었다. 미친 듯이 달리면서 나뭇가지들을 부러뜨리는 소리……. 주위에서 일어나는 일들을 보면 그냥 흘려버릴 수도 있지만, 파브리스는 귀를 곤두세웠다.

괴상한 존재들이 사는 괴상한 숲.

이 빌어먹을 섬은 온통 괴상했다.

밀물이 몰려와 모든 걸 휩쓸어버리면 시간도 절약되고 그 이상 좋을 수가 없을 텐데. 파브리스는 팔에서 나는 냄새를 맡으며 오만상을 찌푸렸다. 만지는 것마다 파란 기름으로 얼룩지고 있었다. 좀비 거미 한 마리는 몸뚱이에 기름이 덜 발렸는지 숲이 집어삼켰는데 마치 존재한 적도 없던 것처럼 사라져버렸다. 두려움을 느낀 파브리스는 잠시 쉴 때마다 꼼꼼하게 기름을 발랐고, 줄곧 늑대의 모습을 유지했다. 그런데 이번만은 사냥하고 싶은 마음도 전혀 생기지 않았다.

현재 파브리스 일행은 격렬히 저항하는 나무와 식물들을 없애버리고 만든 빈터에 있었다. 에드라킨족 길잡이 둘을 데려오느라고 시간을 낭비해 화가 난 셀렌바가 엄청나게 잔소리를 퍼붓고 있었다. 하지만 원정대는 야영하기 위해 텐트를 세웠다.

파브리스는 자는 사이에 살금살금 다가온 나무들에게 목이 졸리지는 않을까 걱정되었다.

이제 정말 기름밖에 믿을 게 없었다.

달려오는 소리가 난 것은 그들이 보초들을 배치하고 있을 때였다.

그들 쪽으로 오는 소리였다. 셀렌바도 고감도 청각으로 그 소리를 감지했다.

"음, 피…… 피 냄새가 느껴져. 에드라킨이 아냐. 인간의 냄새야."

"인간의 냄새요? 이런 썩어……(파브리스는 에드라킨족 길잡이들의 시선을 의식하고 얼른 정정했다) 이 섬에 인간이 뭘 하러 오겠어요?"

"이따금 인간들이 옵니다." 길잡이 중 하나가 탐욕스러운 얼굴로 말했다. "머물지는 못하지만."

"당신들에게 쫓겨나서요?"

"우리가 잡아먹죠."

파브리스는 소리가 나지 않게 침을 삼키려고 노력했다.

"아, 물론 우리의 신들에게 영혼을 바친 뒤에 잡아먹지요." 또 다른 길잡이가 덧붙였다.

"그래, 네 말이 맞다." 첫 번째 길잡이가 말을 이었다. "우리가 숭배하는 신들에게 먼저 바쳐야지."

길잡이들이 불안한 눈길을 던지면서 마치 격렬하게 씻는 것처럼 고양이과 동물의 머리 위에 달린 동그란 귀를 비벼댔다.

바로 그때 숲 속을 달려오던 것이 내처 빈터로 뛰어들었다.

에드라킨 길잡이들은 격분한 신들이 그들을 위협하는 것이거나 메시지를 보낸 것이라고 생각했다. 그래서 두려움에 사로잡혔다. 얼마나 공포에 떨었는지 길잡이 하나가 심장마비로 즉사했다. 다른 길잡이는 눈이 흐릿해지더니 웅크리고 앉아서 귀가 떨어져나가라 비벼대기 시작했다.

"나는 충성스러운 신도, 나는 충성스러운 신도, 나는 충성스러운 신도……."

식물들에게 상처를 입었는지 침입자가 포효하면서 파브리스 앞에 버티고 섰다.

파브리스는 숨이 멎는 것 같았다. 무아노……?

"이런, 이런!" 우아한 걸음으로 다가온 셀렌바가 몸을 숙이고 속삭였다. "네 여친이잖아? 너한테 채찍으로 맞은 걸 앙갚음하러 왔을까? 너한테 화가 많이 나 있을 텐데, 아주 많이."

무아노는 파브리스가 반응할 겨를도 없이 덤불 속으로 내몰았다. 잠시 후, 둘 다 사라졌고, 싸우는 소리에 나무들이 부들부들 떨었다.

"애들이 그렇지 뭐!" 셸렌바는 역겨워하는 어조로 구시렁거렸다. "계획을 바꿨으니까 길을 알려줘." 셸렌바는 여전히 꿇어 엎드리고 있는 에드라킨 길잡이의 옆구리를 발로 걷어찼다. "갈 길이 먼데 시간을 너무 낭비했다."

무아노의 흔적을 뒤쫓아온 에드라킨들이 유령처럼 나타났다가 분개하면서 이내 돌아섰다. 야수가 뱀파이어의 수중에 있으니 먹이를 내놓으라고 할 수가 없었던 것이다.

티그족 병사들이 텐트를 거두고 있었다.

아무도 질문하지 않았다. 티그족 병사들은 신경이 날카로워져 있었다. 가장 두려운 대상이 숲인지, 에드라킨족인지, 뱀파이어인지 알 수가 없어 그들은 감히 셸렌바에게 왜 파브리스를 기다리지 않느냐고 물어볼 엄두조차 내지 못했다.

셸렌바가 이틀 동안 굶었는데…… 괜히 뱀파이어의 심기를 건드렸다가는 간식거리가 되기 십상이었다.

"야, 늑대인간!" 셸렌바가 싸우는 쪽을 쳐다보면서 외쳤다. "서로 물고 뜯으면서 실컷 싸우고 난 다음에 우리에게 합류해. 기름은 이틀 동안만 효력이 있다는 거 잊지 말고! 살고 싶으면 우리를 따라잡아야 해. 애들아, 그럼 재미있게 놀다 와!"

그러고 나서 셸렌바는 출발 신호 명령을 내렸다.

무아노/야수가 낙승했고, 파브리스/늑대는 믹서에 갈리는 느낌이었다. 무아노는 야수의 갈퀴발톱과 송곳니를 거리낌 없이 사용하면서 늘대에게 고통을 주고 있지만, 본의 아니게 무아노를 죽이게 될까 걱정이 된 파브리스는 무조건 참고 있기 때문에 사실 불공평한 싸움이었다.

무아노는 격분해 있었다. 세상만사에 대해 화가 나 있었다. 유령들을 아더월드로 끌어들인 타라에 대해, 도와줄 거라고 믿었는데 배신하고 채찍질까지 가한 남친에 대해, 뱀파이어의 송곳니로 목을 깨물게 한 마지스터에 대해, 털이 젖는 걸 끔찍하게 싫어하건만 섬에서 너무 멀리 떨어진 곳에 내려주는 바람에 몇 킬로미터를 헤엄치게 만든 레지스탕스에 대해, 무아노가 발가락 하나를 넣어준 뒤로 계속 잡아먹으려고 달려드는 숲에 대해, 해적으로 오해하면서 계속 쫓아오는 에드라킨족에 대해, 사랑을 주었다가 '이제 알았지? 사랑은 이런 거야!' 하는 식으로 도로 빼앗아간 세상에 대해 화가 나 있었다. 무아노는 그 화풀이 대상으로 파브리스를 미친 듯이 고문하고 있는 것이다.

무아노의 화를 풀어줄 최선책은 아무런 방어도 하지 않는 것임을 파브리스는 깨달았다. 그저 녹초가 된 권투 선수처럼 움직이지 않은 채 얻어맞고 있었다.

축 늘어진 늘대의 몸뚱이를 가혹하게 대하던 무아노/야수는 이 정도 화풀이로는 성이 차지 않는 것 같았다.

야수는 경멸하듯 늘대의 머리를 향해 발길질을 날렸고, 그 충격으로 나가동그라진 늘대가 한 나무에 쿵 부딪쳤다. 나뭇가지와 잎이 우수수 떨어졌지만, 방금 본 광경에 놀란 나무는 미친 것들을 건드리지 않는 것이 좋겠다고 판단했는지 가만히 있었다.

늘대는 꿈쩍도 하지 않았다. 상처가 대번에 아물었는데도(늘대인간이 가진 치유 능력 때문에) 늑대는 움직이지 않았다. 무아노의 분노가 마침내 서서히 수그러들고 있었다. 무아노/야수는 경계하면서 다가 갔다. 늑대는 금빛 눈을 뜨고 있지만 미동도 하지 않았다. 늑대가 가장 약한 목을 드러내고 있었다.

"퉤!……." 무아노/야수는 털 뭉치를 내뱉었다. "너는 늑대가 아냐. 그렇게 목을 드러내고 있으면 내가 불쌍하게 여길 줄 알고? 어림없어!"

"네가 하고 싶은 대로 해." 파브리스/늑대는 헐떡거리면서 말했다. "너와 싸우고 싶지 않아. 원한다면 날 죽여. 크로크둘**14**! 난 녹초가 되었으니까."

파브리스가 저런 상스러운 말을 내뱉다니…… 무아노는 깜짝 놀랐다.

"억울해하지 마. 마지스터에게 달라붙으면서 네가 초래한 일이니까."

"유령들을 돌아오게 한 건 내가 아냐!" 파브리스가 반박했다. "타라가 그런 대형 사고를 치지 않았다면 나는 마지스터를 죽인 영웅이 되었을 거야. 그리고 마지스터의 유령은 아직 비욘드월드의 림보에 있을 것이고, 마지스터에게 원한이 있는 수많은 적들에게 늘씬하게 얻어맞았을 거야. 글로리아, 그랬으면 나는 영웅이 되었을 거라고!"

마지스터가 죽었다면, 상그라브들이 파브리스를 살려둘 리 없기 때문에 죽은 영웅이 되는 것이지만…….

무아노는 나무 밑동에 기대고 주저앉은 늑대를 경멸하듯 아래위로 훑어봤다.

· · · · · · · · · · · · ·

14. 7권에서는 욕설이 자주 나오고 있다. 크로크둘이 욕설이라는 것 말고는 나 역시 정확하게 무슨 뜻인지 전혀 모른다.

"한심한 영웅이겠지." 무아노는 3미터에 이르는 털북숭이 몸을 웅크리면서 말했다. "어처구니없는 선택을 한 한심한 영웅!"

파브리스는 한순간 반박하려다가, 불행히도 틀린 말이 아니라 침묵했다. 자이언트 거미에게 잡아먹히지 않기 위해 빌어먹을 수수께끼의 답을 찾느라고 진땀을 흘리던 순간부터 파브리스는 아더월드의 생활이 자신에게 맞지 않는다는 걸 깨달았다.

야수가 일어나서 숲 속으로 가려는데 파브리스가 팔, 아니 다리를 붙잡으면서 부드럽게 끌어당겼다.

"그건 내가 누구보다도 잘 알고 있어." 한숨을 쉬면서 말하는 파브리스를 보면서 무아노는 깜짝 놀랐다. "하지만 내가 마지스터를 따라오지 않았다면 글로리아 너를 만나지 못했겠지."

파브리스는 늑대의 눈으로 야수의 눈을 뚫어져라 쳐다봤다.

"그래서 전혀 후회하지 않아." 파브리스는 무아노가 몸을 숙여야 할 정도로 작은 소리로 속삭였다.

그렇게 말하고 나서 늑대가 재빠르게 야수를 포옹했다.

그러고는 주둥이를 포갰는데…… 늑대의 주둥이에 야수의 주둥이라 솔직히 불편하기 짝이 없었다.

무슨 말이든 해야 하는데…… 말이 나오지 않는 무아노는 뒷걸음쳤다. 파브리스는 무아노의 냉랭한 눈빛을 보면서 입맞춤으로는 여친의 마음을 돌릴 수 없다는 걸 깨달았다.

파브리스는 할 말이 많았지만 한 가지만 물었다.

"근데 너는 우리를 어떻게 찾았어? 에드라킨족의 표현으로 '신들의 저주를 받은' 이 섬에 어떻게 왔어?"

야수의 얼굴은 태연했다.

"네가 그게 왜 궁금한데?" 무아노는 경계하는 어조로 물었다.

무아노의 말에 함축된 뜻을 알아차린 파브리스가 말했다.

"마지스터나 셀렌바에게 알리려고 물어본 게 아냐. 글로리아, 난 네가 어떻게 여기 왔는지 알고 싶을 뿐이야. 네가 불쑥 우리에게 나타난 것을 우연의 일치로 보기에는 너무 믿어지지 않는 일이라서……."

거짓이 아니라는 걸 보여주려는 듯 파브리스가 변신했다. 금빛 눈의 늑대 대신 검은 눈의 금발 소년이 나타났다.

무아노는 망설이면서 아무 말없이 섬에 이르기까지의 과정을 떠올렸다. 무아노는 살아 있는 궁전에서 '나는야 인간의 피를 먹는 뱀파이어'가 된 칼을 만났고, 둘은 타라에 대한 아주 중요한 정보를 교환했다. 칼은 타라가 히믈리아로 떠난 것으로 알고 있었고, 무아노는 파트로크로 떠나야 하는 이유를 칼에게 설명했다.

무아노는 선택의 여지가 없었다. 붉은 악마 크소아라에 대한 정보를 타라에게 알리려면 히믈리아로 가야 하지만, 유령퇴치 기계를 찾는 것도 중요했다. 무아노는 칼의 도움으로, 레지스탕스 조직원들이 기습을 받았을 때 무사히 빠져나온 트리톤 몽타뉴크리스토가 빌려준 배에 오를 수 있었다.

랑코비트에서 일어났던 그 많은 일은 '자신도 모르게 뱀파이어가 된 칼리반 달 살란의 모험'이란 제목으로 책을 한 권 쓰고도 남을 정도였다. 그러나 칼은 미션이 끝나지 않았기 때문에 무아노와 동행할 수 없었다.

그래서 지원해줄 칼이나 타라, 파프니르도 없이 배에 오른 무아노는 완전히 버림받은 느낌이었다.

그리고 로빈이 죽었다니! 오, 아더월드의 모든 신이시여…….

친구들과 똘똘 뭉쳐 지내는 데 익숙해진 무아노는 완전히 혼자라는 생각에 외롭고 힘들었던 것이 언제였는지 기억도 나지 않았다.

배를 타고 오는 동안 무아노는 생각할 시간을 가셨다. 파브리스와 셀렌바보다 먼저 목적지에 이르는 것은 도저히 불가능하기 때문에 그들이 기계를 손에 넣기를 기다렸다가 빼앗는 쪽으로 작전을 세웠다.

그래서 레지스탕스의 첩자들이 알려준 파브리스와 셀렌바의 원정대가 거미 부대를 이끌고 상륙한 곳 부근에 내린 다음 헤엄쳐서 육지에 올랐다. 그러고는 원정대가 어디로 가는지 전혀 모르기 때문에 그들이 남긴 흔적을 따라온 것이다.

자이언트 거미들이 남긴 악취와 끈적끈적한 점액.

원정대가 어찌나 기름을 뒤집어썼는지 그 흔적의 한복판을 따라 지나가면 식물들의 공격을 피할 수 있으니 일석이조였다.

그러나 무아노는 한두 번 나무들에 너무 가까이 접근했다가 부상을 당했다. 너무 아프고 따가웠지만 다행히 걷지 못할 정도는 아니었다.

해적들을 추격하던 에드라킨족이 사방에서 튀어나온 적도 있었다. 순식간에 사라진 해적들을 찾다가 에드라킨족이 무아노를 발견한 것이다. 무아노는 도망쳤고, 하필이면 셀렌바가 야영하기 위해 멈춰 있는 원정대의 진영으로 뛰어든 것이다.

물론 원정대가 깜짝 놀라는 틈을 이용해 내처 달아날 수도 있었지만, 파브리스를 보는 순간 무아노는 분노가 치밀었다. 그래서 도망치는 대신 파브리스에게 달려들었던 것이다. 무아노는 화가 나면 이따금

인가이라는 걸 잊을 정도로 야수적 성향이 훨씬 강해져 난폭해졌다.

문제는 야수로 변신해 있는 순간이 마음에 든다는 것이다.

파브리스는 무아노가 야수로 있을 때는 강력한 힘을 존중해주지만, 연약한 소녀의 모습으로 있을 때는 우습게 여기는 경향이 있었다. 무아노는 이번 기회에 따끔한 맛을 보여주는 것은 당연한 일이라고 정당화했다.

게다가 파브리스를 마구 때린 것에 쾌감까지 느꼈으니.

멍청한 짓을 했으니 맞아도 싸!

이런 생각들이 머릿속을 주마등처럼 지나갔다. 파브리스는 참을성 있게 무아노의 대답을 기다렸다.

"너를 뒤쫓아왔어." 무아노는 그간의 사정을 생략하고 짤막하게 대답했다.

"뭐라고? 내가 마지막으로 봤을 때 넌 그 악명 높은 오무아의 감옥에 갇혀 있었어. 어떻게 거길 탈출할 수 있었지?"

"나를 지지하는 친구들이 도와줬지. 그래서 지금 이렇게 여기 있는 거고."

"내 추측이 맞는다면 너도 기계 때문에 온 거지? 그런데 너 혼자서 왔단 말이야?"

무아노는 망설이다가 솔직해지기로 했다. 파브리스의 태도가 공격적이지 않고, 그 교활한 셀렌바가 무아노를 봤으니 경계하고 있을 것이 틀림없었다.

"그래, 원정대를 뒤쫓아온 거 맞아. 이제는 선택의 여지가 없어. 정글과 싸우면서 너희들보다 더 빨리 가야 하니까."

"그건 미친 짓이야. 넌 산 채로 잡아먹힐 거라고!"

"아니, 야수의 모습으로 있으면 힘이 세니까 난 할 수 있어. 너한테 셸렌바와 맞서 싸우라는 말은 하지 않겠어. 하지만 네가 진군을 지연시켜주면 고맙겠어. 마지스터가 완전히 죽고, 아더월드의 질서가 다시 잡히면 우리는 정상적인 삶을 되찾을 거야."

파브리스는 고개를 설레설레 저었다.

"셸렌바는 절대로 네가 기계에 접근하지 못하게 할 거야. 내 생각에 셸렌바가 너를 봤기 때문에 이미 아르루쉬르 지역을 경비하기 위해 틀림없이 척후병을 보냈을 거야."

"난 셸렌바가 두렵지 않아." 무아노는 유혹하는 어조로 모험을 시도했다. "우리 둘이면 셸렌바를 이길 수 있어. 그건 나도 알고 너도 알잖아."

"아니, 티그족 병사들도 있어. 그건 자살행위야."

침착하게 행동하기로 마음먹었건만 무아노는 그 말에 발끈했다.

"천만에, 아무것도 하지 않는 것이 자살행위지. 파브리스, 눈을 떠, 제발! 나는 정말 이해할 수 없어. 너를 이해할 수 없어."

예전의 파브리스라면 힘을 원한다고 응수했을 것이다. 하지만 두 달 동안 지옥을 경험했고, 무아노에게 깊은 마음의 상처를 주었던 지금의 파브리스, 이 소년의 눈빛에는 두려움이 어려 있었다. 파브리스가 가슴에 올린 손에서 경련이 일었다. 그 손에서 악마의 힘을 지닌 마법의 반지가 꿈틀거리고 있었다.

아더월드를 구하려면 파브리스를 죽여야 하나? 파브리스는 모르고 있지만, 무아노는 털 속에 은장도를 감추고 있었다. 칼끝이 어찌나 뾰족한지 바늘 같아서 늑대의 가슴속 깊숙이 찌를 수 있고, 치명적인 상처를 입힐 수 있었다. 은에 알레르기 반응을 일으키기 때문에 늑대인간을 죽일 유일한 방법이다. 그다음 셀렌바를 공격하고, 티그족 병사들을 해치울 것이다. 그러고 나서 기계를 작동하면 모든 것이 해결되는데…….

무아노가 불안에 떨면서 망설이고 있을 때 파브리스는 미소를 지었다.

갑자기 파브리스가 머리 위쪽에 있는 나무를 올려다보면서 경악했다.

"오!"

무아노는 몸을 반쯤 돌리면서 하늘을 향해 고개를 쳐들었다.

갑자기 돌변한 파브리스는 무아노를 한 방에 때려눕혔다.

사실, 파브리스는 의도적으로 인간으로 변신해 있었던 것이다. 모든 사람과 마찬가지로 무아노 역시 이제 파브리스가 인간의 몸도 늑대 못지않게 강력하다는 걸 모르고 있음을 이용한 것이다.

무아노는 의식을 잃으면서 즉시 소녀의 모습으로 돌아왔다.

파브리스는 손을 털면서 중얼거렸다.

"어휴, 고집불통!"

어긋났던 손의 뼈마디가 다시 맞춰지자 파브리스는 오만상을 찌푸렸다. 파브리스는 허리를 숙이고 마치 헝겊인형처럼 무아노를 업은 다음 셀렌바 일행을 따라가기 위해 숲 속으로 사라졌다.

파브리스는 달리 방법이 없었다. 무아노를 도망치게 하면 셀렌바가 살가죽을 벗기려고 달려들 것이다. 어차피 기름이 없는 무아노는 멀리 가지도 못하고 숲에 산 채로 잡아먹히고 말 텐데……. 무아노를 살리려면 어쩔 수 없는 선택이었다.

　깨어나면 몹시 화를 내겠지만, 파브리스는 무아노가 죽게 내버려둘 수 없었다.

　파브리스는 슬픈 미소를 짓지 않을 수 없었다.

　무아노의 마법복 주머니 인에 치명적인 은상도가 감춰져 있었으니…….

16
안젤리카

적대적인 환경에 있을 때는
손을 주머니에 넣고 있는 것이 나은데,
어리석게 손을 잃고 싶지 않다면……

*

그 장면을 지켜보는 눈들이 있었다. 타라와 실버, 안젤리카의 눈이었다. 에드라킨족이 그들의 흔적을 찾지 못하도록 나무에 올라가기로 했는데 실버(타고난 능력인지, 아니면 훈련으로 습득한 것인지 모를 뛰어난 높이뛰기 능력 덕분에)와 타라(뱀파이어의 강력한 근육 덕분에 안젤리카까지 데리고)는 보통 인간들보다 훨씬 높이 뛰어오를 수 있었다.

파브리스와 무아노의 싸움은 흥미진진했다.

그러다 갑자기 파브리스가 그들이 올라앉은 나무를 향해 고개를 쳐들면서 경악할 때는 정말 가슴이 철렁했다.

하지만 그것은 파브리스가 무아노를 속이기 위해서였을 뿐 그들을 발견한 것이 아니었다.

파브리스가 무아노를 때려눕혔을 때 타라는 눈을 감아버렸다. 정말 괴롭지만 대의를 위해 과감하게 내린 결정이었다.

아무도 없다는 걸 확인한 다음 그들은 나무에서 내려갔다. 타라는 방금 본 충격적인 장면 때문에 몹시 심란했다.

실버와 타라는 눈길을 주고받았고, 짧은 순간이지만 똑같이 유감스러워하는 감정을 공유했다. 누구든 맨손으로는 만질 수 없는 실버는 파브리스와 무아노가 몹시 부러웠고, 타라는 친구들을 잃어버린 느낌 때문에 가슴이 서늘해졌다.

타라는 가슴이 미어졌다. 옆에 있는 실버는 타라의 눈빛에 어린 슬픔을 없앨 수 있다면 검을 빼어들고 이 숲의 나무들을 모조리 베어버리고 싶었다.

"지구소년 파브리스가 멋있어졌는걸!" 어지간히 놀랐는지 이제야 숨을 돌린 안젤리카는 호기심이 동하는 목소리로 말했다. "음…… 많이 컸어."

신경을 거스르는 말에 타라는 가자미눈을 떴다.

"안젤리카?"

"뭐?"

"내가 너라면 왜 권력을 갈망하는 위험천만한 정신병자들에게만 마음이 끌리는지 의문을 갖겠어."

"꼭 그런 것만도 아니지." 안젤리카는 태연하게 지적했다. "난 이 미남과 정말 잘해보고 싶었어. 빌어먹을 비늘만 없었다면 벌써 오래전에 내 남자로 만들었을 거야."

실버는 초록색이 감도는 금빛 눈으로 안젤리카를 응시하면서 냉정함을 유지하려고 애쓰는 듯했다. 하지만 광대뼈가 불그레하고 얼빠진 눈이 된다는 건 실버가 안젤리카의 말에 귀를 기울이고 있다는 뜻이다. 타라는 왠지 모르게 실버의 그런 반응이 거슬렸다.

"게다가 실버는 권력을 원하는 것도 아니잖아." 안젤리카가 말을 계속했다. "오로지 협객, 그것도 아주 잘생긴 협객이 되겠다는데. 그러니까 정신병자들만 좋아하는 건 아니지!"

"아무래도 실버 속에 있는 거시기가 너를 유혹하고 있는 게 틀림없어." 타라가 속삭이면서 목소리를 낮추라고 손짓했다. "조심해, 원정대가 그리 멀리 있지 않아."

"그럼 원정대도 우리랑 같은 이유로 와 있는 거야?" 안젤리카는 타라의 손짓에 아랑곳하지 않고 물었다. "마지스터도 그 정보를 알아낸 건가? 그래서 기계를 손에 넣으려고?"

"마지스터가 내 고모의 몸을 점령했으니까 『궁정 비사』에서 그 정보를 알아내는 건 시간문제였어."

"방해해서 미안한데 좀 전의 그 사람들이 누구예요?" 실버가 물었다.

실버의 목소리에서 그 장면을 얼마나 이상하게 생각하고 있는지가 역력하게 느껴졌다.

타라가 빠르게 설명해주었고, 실버는 고개를 끄덕였다. 복잡한 사랑 이야기, 실버는 이해할 수 있었다. 찜찜한 것은 이 섬에 그들과 같은 목적을 가진 사람이 너무 많다는 사실이었다.

셋은 서로를 쳐다봤다. 그들의 모험이 경쟁 체제로 돌입해 있었다.

어느 쪽이 승리하느냐에 따라 아더월드의 운명이 판가름 나는 것이다.

그사이에 정글이 다시 시끄러워지고 있었다. 그들은 아르루쉬르 방향으로 출발하면서 조심스럽게 자이언트 거미들이 열어놓은 길을 따라갔다.

숲 속에 들어온 뒤로 타라는 주위를 관찰할 시간이 없었다. 이제는 흥분과 두려움이 누그러지면서 정신을 집중하자 뱀파이어의 감각들이 많은 정보를 가져왔다.

우선 정글은 생명으로 가득했다. 세 걸음을 떼기가 무섭게 갈가리 찢으려고 달려드는 미친 식물만 있는 것이 아니었다. 빨간 목의 파란색 새들, 개구리, 뱀들이 있었고, 무지갯빛 곤충들은 어찌나 아름다운지 타라는 에드라킨족의 신에게 쫓기는 상황이 아니라면 걸음을 멈추고 감상하고 싶었다. 숲에 사는 생명체들은 색이 아주 화려해서 새인지, 곤충인지, 꽃인지 구별하기가 어려웠다. 달빛을 받아 반짝이는 형형색색의 생명들을 보면서 타라는 햇빛이 쏟아지고 있다는 착각이 들었다. 그중에서도 사파이어빛의 나무들은 단연 장관이었다. 파란 나무들은 투명하기까지 해서 평온하게 수축 운동을 하는 잎맥을 타고 흐르는 수액이 선명하게 보였다. 달빛이 스쳐갈 때는 거대한 블루 다이아몬드처럼 뿜어내는 눈부신 광채에 휩싸였다.

환상적인 숲이지만 기괴했다. 아름다움에도 불구하고 이따금 돌연변이처럼 형태가 변형되는 식물들이 공포를 불러일으키기 때문이다. 안젤리카의 말에 따르면 에드라킨족은 식물들이 필요한 것을 생산할 수 있도록 고문하고 노래까지 불러준다는데……. 그래서일까, 식물의 고통이 느껴지는 것 같았다.

갑자기 숲 속이 시끄러워지기 시작했다. 한 식물이 노래를 부르자 다른 식물이 그 노래를 반복하고, 또 다른 식물로 이어지더니 급기야

수백, 수천의 식물이 합창을 했다. 식물들의 노래가 어찌나 이상한지 때로는 머리털이 곤두서기도 했고, 때로는 어찌나 아름다운지 눈물이 흐르기도 했다.

아무리 노래라지만 끈질기게 계속되는 소리를 들어야 하는 것은 견디기 힘들었다. 타라는 손가락으로 귀를 틀어막고 펄쩍펄쩍 뛰었다. 그래도 소용없었다.

타라는 머릿속에 울리는 소리를 떨쳐내면서 전진하는 데만 정신을 집중했다. 문득 셀렌바가 파브리스에게 소리쳤던 말이 기억났다. 기름은 이틀 동안만 효력이 있다고 했다. 이틀 동안 적어도 40타트롤(그들은 이미 10타트롤을 주파했다)을 가야 하는데…… 도저히 불가능할 것 같았다. 그렇다면 셀렌바의 기름을 훔쳐야 하나? 그런데 이상했다. 로빈을 만날 거라 생각하면 죽음을 두려워하지 말아야 하는데 겁이 났다. 타라는 공포에 떨고 있었다.

타라는 실버와 안젤리카에게 신호를 보내면서 늑대로 변신했다.

타라가 힘겹게 진군하는 원정대를 발견했던 것이다. 타라는 살금살금 접근했다. 나무들이 대체로 자이언트 거미들이 지나갈 수 있게 비켜주고 있지만, 단단히 뿌리를 내린 나무들 사이를 빠져나가기에는 거미들의 덩치가 너무 컸다. 그래서 티그족 병사들이 방해가 되는 나무들을 쓰러뜨려야 했다. 그 바람에 식물들이 분노했고, 기름을 발랐는데도 거미들은 가죽이나 살이 벗겨지고, 심지어 다리까지 뜯겨나갔다. 덕분에 타라 일행의 전진은 훨씬 수월해졌다. 타라는 늑대의 미소를 지었다.

셀렌바가 무아노를 거미에 태워 꽁꽁 묶어놓은 것을 보면서 타라는 친구가 여전히 의식을 잃은 상태라는 것이 불안했다.

하지만 지금은 무아노를 돕기 위해 아무것도 할 수 없기 때문에 타라는 원정대를 유심히 살폈다. 한 거미에게 기름이 실려 있고, 병사 두 명이 지키고 있는데 목숨을 지켜줄 유일한 희망인 기름에서 한시도 눈을 떼지 않고 있었다.

타라는 동태를 완전히 파악한 뒤에 살금살금 돌아섰다.

일행 쪽으로 돌아가던 타라는 아연실색했다.

나무들이 안젤리카와 실버를 공격하고 있었다!

안젤리카가 보석-꽃을 손에 쥐고 있었다.

타라는 대번에 알아차렸다.

안젤리카가 보석-꽃을 발견하고 슬쩍 꺾어온 것이 분명했다. 귀한 꽃을 훔친 소녀를 공격하려는 나무의 힘이 기름의 효력을 능가하고 있었다. 안젤리카를 구하기 위해 실버가 달려들었다. 실버의 검이 현란한 속도로 나무의 넝쿨을 베어버리는데 그 주위로 산산조각 난 넝쿨이 비가 쏟아지듯 떨어졌다. 날카로운 비늘도 달려드는 촉수들을 무력화시키는 데 한몫 단단히 했다.

한편 안젤리카는 곤경에 처해 있었다. 나무의 촉수들이 두 팔을 휘감고 있어서 빛의 손을 사용할 수 없는 껑다리가 공포에 질린 채 질질 끌려갔다. 사람을 집어삼킬 입이 없는 식물이지만, 나무가 안젤리카를 어떻게 할지 타라는 짐작이 갔다. 나무는 넝쿨로 안젤리카를 밑동에 휘감아놓고 촉수로 생명의 액을 빨아먹을 것이다.

그럴 경우, 나무 수액의 농도가 진해져서 딱딱해질 것이고, 무더지지 않는다는 혈검의 칼날도 점점 더 딱딱해지는 수액으로 덮인다는 것이 문제였다. 그러면 혈검은 아무것도 벨 수 없게 되는데……. 타라는 실버의 분노가 눈에 선했다.

타라는 상황을 살피다가 공격받기 쉬운 늑대보다는 뱀파이어로 다시 변신했다. 그러고는 갈퀴손톱을 세우고 나무 뒤쪽으로 달려갔다. 타라는 촉수가 아니라 나무를 직접 공격할 생각이었다.

먹이를 끌어오는 데 정신이 팔린 탓인지, 타라가 밑동을 공격하는데도 나무는 느끼지 못했다. 타라는 강철도 꿰뚫을 수 있는 뱀파이어의 손톱으로 종이를 찢듯 나무를 쪼개고 있었다. 그리 오래 걸리지 않아 나무의 심장에 이르렀다. 곧바로 촉수들이 타라를 향해 돌진했지만, 이미 때가 늦었다. 타라의 작전이 적중한 것이다. 한숨 돌린 실버는 마침내 검을 거두고 도끼 두 개를 꺼내 들었다. 그러고는 사시나무 떨듯 부들부들 떠는 안젤리카를 구해냈다. 이번에는 실버가 나무를 공격하려고 달려들었지만, 나무는 신음소리를 내면서 비틀거리다가 우르릉 쿵쾅 엄청난 소리를 내면서 쓰러졌다.

나무 뒤쪽에서 타라가 불쑥 튀어나왔는데 온몸이 수액으로 끈적끈적했다.

"모두 무사하지?" 타라는 만족스러운 얼굴로 속삭였다.

실버는 갑자기 말문이 막힌 듯 타라를 물끄러미 쳐다보기만 했다.

"넌 뭐 하고 있었어?" 이번에는 안젤리카가 감히 소리를 지르지 못하고 중얼거리듯 말했다. "우리가 적어도 한 시간이나 싸우고 있었는데……."

"한 시간? 기껏해야 몇 분밖에 안 되는데." 실버가 딱 잘라 말했다. "고마워요, 타라. 우리의 목숨을 구해줬어요. 나에 대한 식물의 혐오감에도 불구하고 내 비늘로 나무를 세압하지 못했어요."

아! 실버도 알아챘구나. 그 목소리에서 식물도 자기를 좋아하지 않는다는 것에 실버가 깊은 상처를 받은 것이 느껴졌다. 타라는 속으로 생각했다. '나라면 이 섬의 미친 식물들이 좋아하지 않는 걸 오히려 기뻐할 텐데.'

"어떻게 된 일이야?" 타라가 물었다.

"아무 일도 없었어." 안젤리카는 호주머니에 보석-꽃을 집어넣으면서 천연덕스럽게 대답했다.

하지만 실버는 거짓말을 할 줄 몰랐다.

"안젤리카가 경솔한 행동을 했어요." 실버는 안젤리카가 째려보거나 말거나 폭로했다. "집안이 소유하는 것보다 더 크고 아름다운 보석-꽃을 꺾었어요. 그래서 나무가 공격했어요. 어쨌든 나무를 죽인 건 유감스러운 일이에요. 나무는 방어한 것뿐인데."

타라는 인상을 썼다. 물론 맞는 말이지만 타라로선 선택의 여지가 없었다. 몇 분 후면 둘 다 죽을 상황이었다. 이미 많은 죽음을 경험했는데 두 명이 더 추가되는 것만은 어떡하든 막아야 했다.

그들은 그렇게 나무의 공격에서 벗어났고, 실버는 혈검을 닦았다. 그리고 원정대를 뒤쫓기 시작했다.

타라는 따가운 시선을 느꼈다. 처음에는 안젤리카가 지켜보는 것이라고 생각했지만, 꺽다리는 나무들을 엿보느라고 타라에게 신경 쓸 겨를이 없었다. 문득 뒤돌아보던 타라는 실버가 마치 처음 보는 사람처럼 뚫어져라 쳐다보고 있는 걸 알았다.

이때부터 실버는 타라에게서 눈을 떼지 않았다. 타라는 당황했다. 실버가 너무 쉽게 마음의 상처를 받기 때문에 왜 그러는지 이유를 물어볼 엄두가 나지 않았다.

그러나 계속되는 실버의 시선이 아주 거북했다. 아니, 정확하게 말하면 거북하다기보다는 혼란스러웠다. 이렇게 되면 실버가 어디로 가는지, 어디에 누워 있는지, 어디에 처박혀 있는지 평소보다 두 배로 신경이 쓰일 것이기에.

새벽 2시경, 셀렌바의 원정대가 마침내 야영하기 위해 멈췄다. 타라 일행도 1킬로미터 떨어진 곳에 정지했다. 타라의 몸에 스며든 기름이 면 앞으로 하루 반나절 정도 효력이 있을 것이지만, 안젤리카의 옷에 묻은 기름으로는 어림없었다. 나무들이 안젤리카에게 다시 접근하고 있었다. 타라는 안젤리카가 신경 발작이라도 일으켜 적에게 발각되기 전에 기름을 훔치기로 했다. 다시 늑대로 변신한 타라는 원정대 진영으로 향했다.

기름으로 원을 그려놓고 줄지어 세운 텐트들, 푹신한 침낭을 보면서 타라는 이날 밤 편안한 잠을 잘 티그족 병사들이 부러웠다. 타라는 길게 엎드린 채 늑대의 인내심으로 때를 기다렸다.

고된 진군에 녹초가 된 티그족 병사들에게서 그리 멀지 않은 곳에 좀비 거미들이 보이는데 잠을 자지 않고 있었다. 하지만 셀렌바가 뭐라고 한마디 내뱉자 마비된 것처럼 거미들이 꿈쩍도 하지 않았다.

그 한가운데에서 파브리스와 야수 모습의 무아노가 또 다투고 있었다.

거미에서 내린 무아노는 침낭에 묶여 있는데 불만을 표시하고 있었다. 다정하고 수줍은 무아노가 내뱉는 욕설을 들으면서 타라는 부모와 함께 타도르 산에서 난쟁이들 속에 살았다고 한 말이 실감났다. 망치와 곡괭이를 다루는 난쟁이들은 실수로 바위나 광석 대신 손가락이나 발가락을 때렸을 때 욕설을 내뱉는 것으로 불만을 표시하는데 그 습관이 배어 있는 걸까?

무슨 이유인지 욕을 먹으면서도 파브리스는 즐거워하는 것 같았다. 파브리스는 정말 이상하게 변해 있었다.

잠시 후 파브리스가 하는 말에 무아노는 물론이고 타라도 아연실색했다.

"그렇게 욕해봐야 아무 소용없어. 네가 나를 사랑하고 있다는 거 아니까!"

그런데 파브리스는 마치 모두가 듣기를 바라는 것처럼 큰 소리로 말했다.

야수는 적어도 10초 동안 멍하니 입을 벌리고 있었다.

이윽고 무아노/야수가 말했다.

"잘못 생각했어. 내 감정은 전혀 그렇지 않으니까."

"아니, 맞아." 파브리스는 아주 흡족한 표정으로 건들거리면서 단정적으로 대꾸했다. "네가 나를 사랑하고 있다는 거 알아. 그게 아니면 왜 이 끔찍한 정글까지 나를 찾으러 왔겠어?"

살아남은 에드라킨 길잡이가 분노의 눈빛으로 파브리스를 쏘아봤지만, 더 이상의 반응은 보이지 않았다. 자기보다는 신들이 이 무례한 이방인들에게 심판을 내리리라고 믿는 걸까?

타라는 재미있어하는 동작으로 늑대의 혀를 말았다. 무아노의 답변이 정말 궁금했던 것이다.

"내가 지금까지 봤던 어리석고, 자기중심적인 바보들 중에서 네가 가장 형편없어. 내가 묶여 있지 않다면 그 말도 안 되는 생각을 집어치우게 만들어줄 텐데!"

그러나 무아노가 갑자기 입을 다물어 파브리스의 얼굴에서 미소가 사라졌다. 셀렌바가 다가오고 있었다. 뱀파이어 앞에서 싸울 수는 없었다.

"이 아이가 너 때문에 온 거라고 생각하니?" 뱀파이어가 흉악한 고양이처럼 파브리스 주위를 돌면서 이죽거렸다. "그런데 어쩌지? 얘는 네가 아니라 나 때문에 온 건데!"

파브리스의 눈빛이 흔들렸다.

"뭐라고요?"

"너 무슨 생각하는 거야?"

파브리스는 전혀 이해가 되지 않는 얼굴을 했다. 무아노가 셀렌바를 좋아한단 말인가?

셀렌바는 파브리스의 표정을 보며 웃음을 터뜨렸다.

"당연히 나를 죽이러 온 거지! 우리의 나리에게 그 기계를 가져가는 걸 막기 위해서. 하지만 네가 이 아이를 잡아왔으니 궁전으로 데려가자. 장담하는데 나리께서 너를 흡족해할 거야. 아주 많이."

그렇게 말하면서 셀렌바는 뒷걸음치는 파브리스의 뺨을 꼬집고는 낄낄거리면서 자신의 텐트로 들어갔다.

"미안해." 파브리스가 속삭였다. "하지만 셀렌바가 나를 얼간이로 생각하는 게 나으니까."

"너 내 편이구나?" 무아노가 갑자기 기뻐하는 어조로 말했다. "나를 도와줄 거지?"

파브리스는 유감스러운 눈길을 던졌다. 무아노의 희망을 꺾어야 하는데…….

"미안하지만 그건 안 돼. 마지스터가 원하면 무슨 일이 있어도 기계를 가져가야 해. 무아노, 내가 말했잖아. 난 마지스터에게 맞설 수 없다고. 특히 마지스터가 나에게 악마의 마법을 감염시킨 뒤로는. 그 마법이 살아 있는 동물처럼 내 심장을 갉아먹고 있어. 머지않아 심장을 다 먹어치울 것이고, 나는 아무것도 남지 않을 거야. 빈 조개껍데기처럼."

파브리스는 심호흡을 하고 미친 숲을 향해 두 팔을 벌렸다.

"세상을 지배할 마지스터가 총애하는 부관이 되는데 이 정도는 그리 나쁜 것도 아니잖아?"

파브리스는 농담하려는 것인데 잘되지 않았다.

무아노는 눈을 감았다. 파브리스와 의사소통이 안 되는 것이 끔찍했다. 파브리스를 미워하고 싶은데 불가능했다. 거만하게 굴었다면 그럴 수 있겠는데, 잔혹하게 나왔다면 그럴 수 있겠는데……. 파브리스는 불행한 패배자였고, 그 목소리에서 마지스터를 얼마나 두려워하는지 느낄 수 있었다. 무아노는 파브리스를 이해했다. 그래서 두려웠다.

그토록 가슴앓이를 했건만 아직 파브리스를 사랑하고 있으니까.

무아노는 눈을 떴다. 두려움을 극복하고 기계를 작동하게 도와달라고 설득할 방법을 찾아야 했다. 파브리스에게 말로 하는 것은 소용이 없기 때문에 이제 무기는 한 가지밖에 없었다. 침묵. 무아노는 파브리스에게서 얼굴을 돌리고 고개를 숙였다.

파브리스는 즉각적으로 반응했다.

"글로리아? 괜찮아?"

무아노는 대답하지 않고 눈을 감았다.

몇 분 동안 파브리스가 말을 걸었지만, 무아노는 대꾸하지 않았다. 파브리스는 어찌할 바를 모르다가 포기하고 잠을 자러 갔다.

타라는 덤불 속에서 머리를 흔들었다. 무아노와 파브리스의 관계는 점점 더 어려워지고 있었다. 파브리스를 이해 못하는 건 아니었다. 현재 견디기 힘든 상황이라는 것도 알고 있었다. 핏속에 흐르는 악마의 마법이 도와주지 않는 것이 틀림없었다. 무아노에 대한 사랑과 마지스터에 대한 두려움 사이에서 하나를 선택해야 하는 날, 파브리스는 죽을 수도 있었다. 파브리스에게 미치는 무아노의 영향력이 얼마나 큰지 타라는 너무나 잘 알기에. 타라는 셀렌바가 그 영향력을 과소평가하기를 빌었다. 파브리스와는 달리 셀렌바는 무아노가 미션에 방해될 거란 의심이 들면 가차 없이 죽일 것이다.

타라는 망설였다. 무아노를 구해주어야 하나? 그러면 발각될 위험이 있는데, 그냥 기름 항아리만 훔쳐가야 하나?

타라는 황제와 여제에게 배운 대로 했다. 우선 동태를 살폈다. 무아노는 캠프 중앙에 있어서 모든 시선에 노출되어 있는 반면에 기름 항아리들은 한쪽 구석에 있었다. 셀렌바가 악취 때문에 거미 부대를 멀리 떨어진 곳으로 몰아냈던 것이다. 티그족 병사 한 명만 지키고 있는

데 힘든 진군으로 녹초가 되어 있었다. 꾸벅꾸벅 조는 것으로 보아 곧 곯아떨어지리라.

타라는 기름을 훔치기로 결정했다.

그림자처럼 거미를 향해 살금살금 기어갔다. 식물들이 다가오지 않는 걸 보면 늑대의 털에 묻은 끈적끈적한 기름이 이 직은 효력이 있었다. 밤이라서 기름 항아리들을 땅바닥에 내려놓은 상태였다. 타라/늑대는 땅바닥에 배를 깔고 기어갔다. 출발하기 전에 타라는 체인지라인의 도움으로 털을 검은색과 파란색으로 물들였기 때문에 거의 보이지 않았다. 나무가 어찌나 울창한지 달빛이 땅바닥까지 이르지 못했다. 그리고 눈에서 빛이 반짝이지 않도록 타라는 눈을 반쯤 감고 있었다.

그것으로는 충분하지 않았다.

갑자기 잠을 깬 병사가 일어났다. 병사의 눈길이 타라 쪽으로 향했다. 타라는 숨을 죽이면서 꼼짝하지 않았다.

발각된 건가?

병사는 네 개의 손으로 마지스터에게 받은 박살기[15]를 휘두르면서 걸어왔다. 타라는 침도 삼키지 못하고 있었다. 마법을 사용할 수 없는데 어떻게 박살기에 대항한단 말인가.

그때였다. 등 뒤에서 목소리가 들렸다.

"쏘지 마요!"

식물과 에드라킨족의 갈퀴발톱에 옷이 갈가리 찢긴 인간 세 명이 빈

---

15. 지구의 기관총과 흡사한 무기. 지구에서 들여와 처음에 사용할 때보다는 과학과 마법을 섞어 개량했기 때문에 예측 불가능한 방식으로 작동한다.

터에 불쑥 나타났다. 그들은 타라 옆을 그냥 지나쳐서 걸어가다 멈춰섰고, 두 손을 쳐들어 항복 표시를 했다. 그들이 커다란 배낭을 메고 있는데 그 안에서 식물들이 격렬하게 버둥거리고 있었다.

이제는 모두 잠을 깼기 때문에 타라는 아무것도 할 수 없었다.

타라는 살금살금 뒷걸음쳐서 숲으로 들어갔다. 기회를 다시 엿봐야 했다.

불행히도 그것이 항아리에 접근할 수 있던 마지막 기회였다. 인간들도 기름 항아리를 훔쳐가려는 것이었다. 그러나 그때 기름 항아리들을 텐트 안에 보관하기로 생각을 바꾼 셀렌바가 갑자기 나타났으니.

타라는 다시 뱀파이어로 변신하면서 속으로 욕설을 내뱉었다.

인간들이 셀렌바에게 자기들도 데려가 달라고 사정했다.

"물론이지. 나를 따라와." 셀렌바가 말했다.

"안 됩니다." 에드라킨 길잡이가 항의했다. "우리의 신들에게 바쳐야 합니다."

"너, 원주민. 간섭하지 마! 내가 데려간다니까. 그리고 그 이유를 말하지 않았잖아!"

그러고는 느닷없이 한 명에게 달려들더니 셀렌바가 피를 빨아먹기 시작했다.

파브리스는 고개를 돌리는 반면에 무아노는 눈에 쌍심지를 켜고 혐오감을 드러냈다. 셀렌바가 그런 야만적인 짓을 저지를수록 파브리스의 충성심이 흔들릴 것이 아닌가. 파브리스가 제발 정신을 차리고 결단을 내려야 할 텐데.

몸속으로 뱀파이어의 독이 퍼지는 사이에 남자의 비명이 그쳤다. 공포에 사로잡힌 나머지 두 명이 비명을 질러댔다. 뱀파이어의 끔찍한 만행에 경악하면서도 티그족 병사들은 그 둘을 제압하면서 입을 다물게 해야 했다.

타라는 셀렌바의 식사에 동참하고 싶은 충동을 가까스로 참아내야 했다. 뱀파이어의 몸이 피를 원했다. 정상적인 식사를 하려면 인간으로 다시 변신해야 했다. 아니면 배가 고파서 결정적인 순간에 싸우지 못할 것이다.

지금으로서는 아무것도 할 수 없었다. 타라는 살며시 뒷걸음쳐 숲 속으로 사라졌다.

타라가 돌아갔을 때 실버는 몹시 불안한 얼굴로 기다리고 있었다. 뱀파이어 모습의 타라를 보자 그제야 안도했다.

갈랑도 영혼의 동반자를 반겨주었다. 갑자기 인간의 모습으로 돌아온 타라를 보면서 깜짝 놀란 실버는 소녀가 호주머니에서 꺼낸 샌드위치를 우적우적 먹는 모습을 보고서야 이유를 알아차렸다. 갈랑도 자기 몫의 곡식을 게걸스럽게 먹었다. 페가수스/뱀파이어의 모습이 한층 위협적이라 좋기는 해도 한 끼분의 맛있는 귀리와는 바꿀 수 없지 않은가.

"무슨 일이에요? 비명소리가 들렸는데……." 잠든 안젤리카를 깨우지 않으려고 실버가 속삭였다.

"살아남은 해적들이 기름을 훔치려다가 붙잡혔어."

"그래서……?"

"셀렌바의 야참이 되고 말았지."

"아아." 실버는 태연하게 대꾸했다. (그도 그럴 것이 거시기는 더 끔찍한 짓도 서슴지 않으니!) "기름은 훔쳤어요?"

"아니, 접근할 수 없었어. 그리고 지금은 셀렌바가 지키고 있어. 기름을 훔치지 않고 어떻게 해봐야지. 한 가지 방법이 있긴 한데……."

내친김에 숲 속으로 들어간 타라와 실버는 거미들이 지나간 길을 따라갔다. 나뭇잎이나 나뭇가지, 죽은 거미 이외의 다른 것이 예민한 발바닥에 느껴졌다.

기름.

티그족 병사들, 거미들, 셀렌바와 파브리스는 모두 기름을 바르고 있었다. 많은 양은 아니지만 땅에 기름이 묻어 있었다. 따라서 타라는 원정대가 야영했던 빈터에 기름이 많이 스며들었을 거라고 내심 기대했다. 흙이 기름을 모조리 흡수하지 않았다면 뒹굴기만 해도 희망을 가질 수 있지 않을까.

타라와 실버가 돌아가보니 식물들이 잠이 든 안젤리카를 포위하고 있었다.

이런 상태로는 밤을 보낼 수 없었다.

"바리케이드 같은 걸 만들어야 해요." 실버가 말했다. "밤새 우리를 식물들로부터 지켜줄 만한 것으로."

"응. 내가 갖고 있는 살아 있는 나뭇가지가 저 식충식물들을 물리치는 데 도움이 되면 좋겠는데."

"식충식물…… 딱 맞는 표현이에요."

타라는 살아 있는 나뭇가지를 꺼내면서 생각했다. 살아 있는 나무가 로빈에게 준 선물인데 나한테도 도움을 줄까? 마법을 사용할 수 없지만, 나뭇가지의 마법은 순 식물성이라 에드라킨족이 감지하지 못할 것이다.

타라는 식물의 마법을 부르면서 원하는 것을 설명했고, 머릿속의 지시에 따라 숲의 비옥한 흙 위에 그들을 에워싸는 커다란 원을 그렸다. 나뭇가지가 수많은 씨앗을 뱉어냈다.

즉시 살아 있는 나무와 똑같은 나무들이 완벽한 원을 그리면서 쑥쑥 자라기 시작했다. 나무 밑동들이 어찌나 빽빽한지 그 안으로 어떤 식물도, 어떤 나뭇가지도, 어떤 넝쿨도 비집고 들어올 수 없을 정도였다. 마치 거대한 식물 텐트 안에 갇혀 있는 느낌이었다. 타라는 만족스러운 미소를 지었다.

"대단하네요." 실버가 짤막하게 말했다. "이제 어떡할 거예요?"

"에드라킨족이 마법으로 이 숲의 식물들을 변질시켜놨어. 우리의 나무들로 맞서는 방법밖에 없어. 살아 있는 나뭇가지가 포자를 뿌리니까 순식간에 나무가 자라서 숲을 이룰 정도가 됐잖아."

"하지만 우리도 갇혀 나갈 수 없어요." 실버가 지적했다.

"그건 중요하지 않아. 날이 밝으면 우리 나무가 이 숲의 식물들을 물러나게 할 거니까. 지금은 안전한 게 우선이야. 그래도 차례로 불침번을 서는 것이 좋겠어."

불침번을 서기 위해 잠을 깬 안젤리카는 꼭두새벽에 진창에서 뒹굴어야 한다는 걸 알고 벌레 씹은 얼굴이 되었지만, 선택의 여지가 없었다. 기름의 효력이 약해질수록 식물들이 점점 더 대담해진다는 걸 꺽다리도 알고 있었다. 새벽녘 식물의 장벽을 발견한 안젤리카는 깜짝 놀랐다. 그동안 작은 소리에도 소스라치게 놀라 잠을 제대로 자지 못했고, 악몽까지 꿨던 안젤리카는 그 가치를 제대로 평가했다.

먹은 걸 소화한 뒤에 다시 뱀파이어로 변신한 타라는 몇 시간 동안 푹 잠을 잤다. 동이 트자 그들은 출발했다.

셀렌바와 파브리스가 야영했던 땅에 예상대로 기름이 스며 있었다. 악취가 진동했지만 타라와 갈랑, 안젤리카, 실버는 코를 틀어막은 채 기쁜 마음으로 땅바닥에 뒹굴었다. 정말로 나무의 촉수들이 더 이상 다가오지 않았다.

경계심이 많은 셀렌바가 따라오는 이들에게 함정을 놓았을 경우를 대비해 타라 일행이 길 옆을 따라 전진하고 있을 때였다. 안젤리카가 나뭇가지 같은 걸 밟았는데 시끄러운 소리를 냈다. 겁을 먹고 걸어가다 파란 이끼 속에 숨은 마른 나뭇가지에 또다시 발이 걸리자 안젤리카는 눈살을 찌푸렸다. 앞서가던 실버도 나뭇가지를 연달아 으스러뜨렸다. 그들이 전진할수록 점점 더 시끄러워졌다. 갑자기 안젤리카 앞에서 마치 시끄러운 소리에 잠을 깬 것처럼 빨간 식물이 꽃잎을 활짝 폈다. 창백해진 안젤리카는 옴짝달싹하지 못했다.

"실버, 타라!" 안젤리카가 외쳤다. "절대 움직이지 말고, 어떤 소리도 내지 마!"

타라가 발을 들려고 하다 내리자 나뭇가지 하나가 으스러졌다.

빨간 식물들이 마치 매복해 있던 군대가 적을 포위하는 것처럼 움직였다.

안젤리카의 얼굴은 이제 창백한 정도가 아니라 공포에 질린 잿빛이었다.

"흡수의 꽃이야." 안젤리카가 작은 소리로 말했다. "움직이지 마. 그리고 말할 때도 나무 사이로 부는 바람처럼 속삭여야 해. 아니면 우리 모두 죽는 거야!"

타라는 이해가 되지 않았다. 흡수의 꽃이라면? 펍시티의 경찰이 미친 남자의 머리에 올려놨던 그 꽃? 그런데 안젤리카가 왜 저토록 두려워하지?

공포에 질린 실비도 다라도 이유를 물어볼 엄두가 나지 않았다.

"아주 천천히 움직여야 해." 안젤리카가 지시했다. "이제 깨어났으니까 우리의 발에 나뭇가지들이 밟힐 때 내는 시끄러운 소리를 모조리 흡수했다가 폭발성 음파로 토해내면서 지나가는 모든 것을 갈기갈기 찢어버릴 거야. 그렇게 해서 번식하는 식물이니까. 사냥한 동물의 뼈와 피는 식물의 종자를 위한 비료가 되거든."

단순한 나뭇가지라고 생각했던 것이 뼈라는 걸 알고 이번에는 타라가 창백해졌다. 수천, 수만 개의 뼈가 널려 있었다.

그들은 일종의 납골당에 들어와 있는 것이다.

타라는 까치발을 하고 '표범의 걸음'으로 걷기 시작했다. 뱀파이어가 알려진 대로 엄청나게 날렵하고 유연해서 천만다행이었다.

나뭇가지 하나가 또 으스러졌다.

슬르루크, 사방이 온통 뼈였다! 타라는 멈춰 섰다가 '홍학의 걸음'으로 한 발을 쳐들었다. 안젤리카가 타라를 노려봤다.

"너 우리를 다 죽이고 싶어서 그래?"

"그럼 너는 이 끔찍한 곳을 어떻게 빠져나갈 건데?" 타라는 화가 나서 속삭였다. "나야 박쥐로 변신하면 날아가기라도 하지만, 너희는 꼼짝 못하잖아!"

"바로 그거야. 그러니까 네가 우리 셋을 위해 필요한 걸 찾아야지! 뱀파이어의 본능에 도움을 청하란 말이야." 안젤리카는 대꾸했다. "뱀파이어는 사냥하는 습성이 있잖아!"

타라는 정신을 집중했다. 만약 뱀파이어가 이런 상황이라면 어떻게 했을까?

뱀파이어라면 위로 걷지 않고, 나뭇가지, 즉 뼈를 밟지 않기 위해 그 밑의 흙을 밟으며 걸으리라.

타라는 비옥한 부식토 속으로 발을 슬그머니 집어넣고는 밟기를 기다리는 뼈다귀들을 별안간 멀리 차버렸다. 이끼 위로 떨어진 뼈다귀들은 아무 소리도 내지 않았다.

안젤리카는 쓸모없는 애는 아니군, 하는 얼굴로 미소를 흘렸다.

실버와 안젤리카는 타라의 행동을 따라했다. 망보는 식물들이 부르르 떨었고, 빨간 꽃들은 수상쩍은 것을 찾고 있지만, 세 침입자는 조심스럽게 한 발짝 한 발짝 나아갔다.

그러나 거대한 격자무늬를 이룬 뼈다귀들은 지면에만 있는 것이 아니라 흙 속에도 있었다. 그런데 실버는 무겁고, 걸음이 서툴렀다. 가볍게 발을 내디딘다 싶었는데 중심을 잃으며 서로 얽혀 있는 뼈와 이끼를 으스러뜨렸고, '와지끈' 하는 소리가 울렸다.

이어서 끔찍한 일이 터졌다.

타라와 안젤리카, 실버는 머리 위로 두 팔을 쳐들고 할 수 있는 한 눈과 귀를 보호했다. 그 모든 소리를 흡수한 꽃들이 마치 과부하에 걸린 듯 폭발성 음파를 토해내 주위에 있는 것들을 박살 냈던 것이다.

잠시 후 잠잠해지자 빨간 꽃들은 음파의 폭격에 살아남은 것이 있는지 주의 깊게 살폈다.

"모두 괜찮아요?" 실버가 나직한 소리로 물었다.

"응." 타라가 모기만 한 소리로 말했다. "하지만 큰일 날 뻔했어. 이제 어떡하지?"

"빠져나가요, 타라." 실버는 침착하게 상황을 정리했다. "원정대와 거리 너무 벌어지면 그들이 우리보다 먼저 기계를 손에 넣을 텐데, 그러면 유령들을 섬멸할 기회를 잃어버리는 거예요."

"그건 절대로 안 돼." 타라가 자신들을 버리고 떠나는 걸 원치 않는 안젤리카가 반대했다. "그들이 돌아오는 길목을 지키고 있다가 기계를 회수할 수도 있어. 여기서는 트란스미투스도, 양탄자도 사용할 수 없으니까. 매복하고 있다가 결판을 내는 거야."

실버는 확신이 없는 얼굴이지만 잠자코 있었다. 안젤리카가 공포에 떨고 있다는 걸 안 것이다.

언제 나타났는지 에드라킨족 다섯이 꽃들에 포위된 타라 일행을 지켜보고 있었다.

에드라킨족은 꽃들의 표적이 되지 않기 위해 입을 꾹 다물고 아무 말도 하지 않고 있었다. 하지만 함정에 빠진 사냥감들을 보면서 눈빛은 좋아죽겠다는 듯 즐거워했다. 그중 하나가 뒷걸음치더니 큼직한 돌을 집어 들고 세 사람이 있는 곳으로 힘껏 던졌다.

돌이 퍽! 소리를 냈다.

꽃들은 쾅! 소리를 냈다.

타라는 귀가 떨어져나가는 것 같았다. 아무리 머리를 쥐어짜도 꽃들의 장벽을 뚫고 나갈 방법이 없었다. 그때 에드라킨들이 돌을 마구 던지기 시작했다. 퍽, 퍽! 뼈다귀 위로 떨어지면서 돌들이 내는 소리에 세 사람은 옴짝달싹도 할 수가 없었다. 게다가 이제는 아예 그들을 겨냥한 돌들이 날아오고 있었다. 돌에 맞은 타라의 머리에서 피가 흘러내렸다. 실버는 타라의 입에서 새어 나오는 신음소리를 들었다.

격분한 실버는 돌아서서 전광석화처럼 재빠르게 도끼를 날렸고, 에드라킨 하나가 눈 사이에 꽂힌 도끼를 보느라고 사팔눈이 되어 푹 쓰러졌다.

질겁한 에드라킨들이 도끼를 뽑아서 보복하려고 했지만, 동료의 이마에 박힌 도끼는 마치 그 몸의 일부가 된 것처럼 꿈쩍도 하지 않았다. 실버가 두 번째 도끼를 던지는 시늉을 하자 에드라킨들이 재빨리 나무 뒤에 숨었다.

"타라, 괜찮아?" 실버는 많이 걱정되는 목소리로 물었다.

"네가 하는 말이 반말로 들리는 걸 보면 내가 날아오는 돌에 머리를 맞은 게 틀림없네." 타라가 속삭이는 소리로 대꾸했다. "네가 둘로 보이지만 괜찮아."

"그리 오래 버티지 못할 거야." 안젤리카가 울먹였다.

"나는 꽃들의 음파 공격에 맞설 수 있어. 비늘 갑옷이 보호해줄 거야."

"말도 안 되는 소리!" 타라는 반대했다. "그러다 폭발하면 어쩌려고!"

빗발치듯 쏟아지는 돌이 또다시 꽃들을 자극했고, 타라는 재빨리 몸을 피했다. 웅크리고 있던 안젤리카는 흐느껴 울었다.

에드라킨들의 조준이 점점 정확해졌다.

이러다간 돌에 맞아 죽거나 산산조각이 날 텐데……. 타라는 마법을 사용하는 수밖에 없었다.

타라의 손에 마법의 에너지가 몰리고 그들 셋을 위한 음파 방어 장막이 작동되었을 때 도저히 믿어지지 않는 일이 일어났다.

꽃잎을 활짝 펼치고 가능한 한 많은 소리를 흡수하던 꽃들이 토해내는 소리였을까? 난데없이 트럼펫 소리가 요란하게 울려 퍼졌다. 그와 동시에 번개가 치는 듯한 섬광에 이어 천둥소리, 폭죽 터지는 소리가 나더니 트란스미투스를 사용할 수 없는데도 그들의 머리 바로 위로 흉측한 악마가 유형화되었다. 악마가 어찌나 크게 고함을 지르는지 그 소리가 트럼펫과 천둥소리를 덮어버렸다.

"나는 제5서클의 악마 크소아라쉬반리드로불라트레빌이다. 마지스터의 명으로 너 타라 덩컨을 처형하⋯⋯."

악마는 말을 끝마칠 시간이 없었다.

과부하에 걸린 꽃들이 크소아라와 에드라킨들, 숲을 향해 소리를 토해내는데 거의 폭격 수준이었다.

소리의 폭격에 얼빠진 표정을 짓던 크소아라는 힘 한번 쓰지도 못한 채 폭발하고 말았다.

악마뿐만 아니라 20미터의 거리에 있는 빨간 꽃들을 포함한 모든 것이 폭발했다.

사방에서 악마와 트럼펫, 에드라킨들의 파편이 비 오듯 쏟아졌다.

한바탕의 소동이 가라앉자 실버가 장갑 낀 손으로 엎드려 있는 타라와 안젤리카의 손목을 잡아끌었다. 그들은 실버에게 이끌려 숲으로 도망쳤다. 실버는 안젤리카의 손목을 잠시 놓고, 폭발하는 순간 에드라킨의 이마에서 튕겨나가 나무 밑동에 박힌 도끼를 회수했다. 반쯤 녹초가 되어 있으면서도 타라는 속으로 애꾸눈 악어 하나, 애꾸눈 악어 둘, 애꾸눈 악어 셋⋯⋯ 하면서 붉은 악마가 나타난 순간부터 흐르는 시간을 재고 있었다. 애꾸눈 악어 열여섯, 애꾸눈 악어 열일곱, 애꾸눈 악어 열여덟, 애꾸눈 악어 열아홉, 애꾸눈 악어 스물…….

실버가 갑자기 둘의 손목을 놓고 나뭇가지로 덮어주었다. 다행히 그들은 이미 나무가 울창한 정글 안에 들어와 있어서 몸을 숨길 수 있었다.

에드라킨족 제사장 수십이 붉은 악마가 나타났던 바로 그곳에 유형화되었다. 타라는 에드라킨족이 굉장히 빠르다는 것에 주목했다. 이 섬에서는 누군가가 마법을 사용한 위치를 정확하게 탐지하는 데 20초밖에 걸리지 않았다.

아주 빨랐다.

죽은 악마와 동족의 파편을 발견한 에드라킨족 제사장들이 치열한 싸움이 벌어졌다고 믿는 눈치여서 타라 일행에게는 천만다행이었다. 그곳은 초토화되었고, 실버와 두 소녀의 흔적을 발견하지 못했던 것이다.

타라는 안도했다. 휴, 이 상태로는 파리 한 마리 죽일 힘도 없는데 정말 잘됐어.

반쯤 부서져서 시커멓게 그을린 커다란 트럼펫 다섯 개를 발견했을 때 에드라킨족 제사장들은 경악하는 표정이었다. 그중 한 제사장이 트럼펫 하나를 불어보았는데, 소리가 어찌나 큰지 다른 제사장들을 깜짝 놀라게 했다. 하지만 그 주변에서 살아남은 흡수의 꽃들은 앞으로 며칠 동안은 소리를 저장할 수 없기 때문에 더는 위험하지 않았다.

그런데도 제사장들은 입을 꾹 다물고 아무것도 만지려 하지 않았다.

수색 시간이 어찌나 오래 걸리는지 타라는 잠이 들 뻔했다. 자다가 소리를 낼까 봐 타라는 졸음을 쫓고 있었다.

다행히 신들의 기름이 동물이나 곤충에게도 효력이 있어서 그들 셋은 물리거나 쏘이지 않은 채 숨어 있을 수 있었다.

썩은 이빨로 보아 늙수그레한 에드라킨이 생존자가 있는지, 잠재적 사냥감이 있는지 확인하기 위해 현장 주변을 수색하라고 지시했다. 에드라킨 둘이 살육 현장 주위를 원을 그리면서 돌기 시작했다.

페가수스는 타라의 머리에서 불과 5센티미터 옆을 지나가는 에드라킨들을 지켜보면서 가슴을 졸였다.

그러나 에드라킨들은 타라 일행을 보지 못했다. 에드라킨 둘이 아무 성과도 얻지 못하고 돌아오자 늙은 에드라킨은 철수하라고 명했다.

이윽고 에드라킨들이 하나둘 사라졌다.

타라는 숲 전체를 뒤흔들어놓을 정도로 큰 폭발음이 진동했으니 셀렌바가 누군가를 보냈을 거라고 예상했지만, 뱀파이어는 전혀 신경 쓰지 않는지 아무도 오지 않았다. 한참 뒤, 타라 일행은 이제는 길을 나서도 안전하다고 판단했다.

지칠 대로 지친 그들은 일어나서 흙을 털고 편안하게 얘기를 나누었다. 잠시 쉬고 싶은 마음도 있지만, 셀렌바의 원정대가 전진하고 있으니 그럴 수 없었다.

그들은 원정대가 지나간 길을 따라 전진할 경우 셀렌바가 함정을 놓았을 수도 있다는 생각에 길 옆을 따라갔다. 하지만 도리어 흡수의 꽃들이 만든 함정에 빠지지 않았던가.

그래서 타라 일행은 위험이 있는지 정찰하기 위해 갈랑을 먼저 보내놓고 티그족과 거미들이 지나가면서 만들어놓은 길에서 기다렸다. 엄폐물이 없어서 위험하기는 해도 전진하기가 수월한 데다 간간이 핏자국이 보인다는 것은 티그족 전사들이 식물들의 공격을 받았음을 알려주는 것이기도 했다. 따라서 식물들에 대한 긴장을 늦추지 않고 가는 데는 오히려 도움이 되었다.

얼마 후, 안젤리카가 힘없는 목소리로 물었다.

"무슨 일이 일어났었는지 누가 설명 좀 해줘."

"트럼펫 소리가 울렸어." 실버는 자신 없는 어조로 말했다.

"그다음에 폭죽 터지는 소리가 났고." 타라가 덧붙였는데 환청을 들은 건지 확신이 없는 목소리였다.

"번개 같은 섬광에 이어 천둥소리도 났잖아." 안젤리카는 피곤한 어조로 지적했다.

"도저히 믿어지지 않는 광경이었어." 타라가 대꾸했다.

"붉은 악마가 한 말 들었지?" 안젤리카가 말했다.

타라는 고개를 끄덕이려고 하다가 생각을 바꿨다. 그랬다간 머리가 떨어져나갈 것 같았다.

"응, 마지스터가 보냈다고 했는데 붉은 악마가 그런 말을 하지 않았어도 난 이미 이상한 낌새를 눈치채고 있었어."

"이름이 크소아라…… 뭐라고 하면서 턱이 빠져나가라 소리를 질러댔어." 실버도 한마디 했다.

"붉은 악마가 왜 그렇게 소리를 꽥꽥 질러댔는지 아는 사람?" 안젤리카가 물었다.

"그 요란한 천둥소리, 폭죽 소리, 트럼펫 소리 때문에 다른 방법이 없었겠지. 게다가 꽃들이 악마를 공격했으니까. 그 순간에는 고막이 터지는 줄 알았어."

"고막이 터졌어?" 실버가 놀란 얼굴로 물었다.

"아니, 그게 아니라." 타라가 대답했다. "귀가 먹먹해질 정도로 소리가 컸다는 뜻이야. 내 귀에는 아무 이상 없어."

안젤리카까지 이상한 표정으로 타라를 쳐다보다가 의문을 제기했다.

"마지스터가 너를 죽이려고 악마를 보내면서 왜 트럼펫이나 폭죽 소리를 내게 했을까?"

"안젤리카, 천둥, 천둥소리를 빠뜨렸어." 실버가 너무 진지하게 덧붙였다.

잠시 침묵이 흘렀다.

안젤리카는 한마디 하려다가 두 손 들었다는 얼굴이었다. 서로 쳐다보다가 웃음을 터뜨린 세 사람은 눈물까지 흘리면서 데굴데굴 구르며 포복절도했다. 언제 죽을지 모르는 위험한 숲 속이지만 웃음을 멈출 수 없었다. 한 사람이 숨을 돌리려고 할 때마다 나머지 둘이 "천둥, 천둥소리를 빠뜨렸어!" 하면서 배꼽을 잡고 웃었다.

타라는 웃음을 그치지 못할 것 같았다. 얼마나 웃었는지 뺨과 배가 아팠다. 그 순간에 에드라킨들이 왔다면 세상에서 가장 위험한 곳으로 이름난 곳에서 미친 듯이 웃어대는 인간들에 경악하면서 셋을 체포했을 것이다.

마침내 안젤리카가 눈물을 닦았다.

"그러니까 우리는 왜…… 그런 일이 일어났는지 모르는 거네."

안젤리카는 트럼펫이나 천둥소리란 말을 아예 하지 않았다. 하도 웃어서 뱃가죽이 당겼다.

타라는 고개를 끄덕였다.

"그 일은 이 이상한 숲의 미스터리 사건으로 남겠지. 하지만 마지스터는 머지않아 자기가 보낸 자객이 우리의 목숨을 구했다는 사실을 알게 될 거야. 분해서 펄펄 뛰면서 난리 치는 모습이 눈에 선하다!"

정찰 임무를 마치고 돌아온 갈랑이 타라의 머릿속으로 이상한 이미지를 보내서 타라는 깜짝 놀랐다. 하마터면 또다시 폭소를 터뜨릴 뻔했다.

"풍선? 원정대가 풍선을 갖고 다녀?"

갈랑이 머리를 끄덕였다. 폭발 사건의 충격이 아직 가시지 않은 페가수스는 거미 몸뚱이 위에서 둥둥 떠다니는 빨간 풍선을 발견했을 때 신경 발작을 일으킬 뻔했다. 거미는 풍선에 집착하고 있는 것 같았다. 원정대를 따라갈 때도 기름을 훔치러 갔을 때도 타라는 풍선을 보지 못했는데 누군가에게 빼앗길까 봐 감추고 있었던 걸까?

"페가수스가 뭐래?" 안젤리카가 물었다.

"셀렌바의 원정대가 풍선을 들고 다닌대."

"그게 아니잖아!"

"사실이야!"

"뜬금없이 풍선은 또 뭐야? 어떤 건데?"

"빨간색이래."

그들 셋은 그 이상한 정보에 대해 곰곰이 생각하는데 아직도 미소를 머금고 있었다.

"점점 더 이상해지고 있어." 안젤리카는 한숨을 내쉬었다. "그런데 아무리 생각해도 이해가 안 되는 게 있어. 나는 마지스터가 악마의 사물들을 손에 넣기 위해 네 목숨을 지켜주고 있다고 생각했거든?"

"마지스터는 내가 필요 없다는 걸 보여준 거야. 이제는 마지스터가 여제의 몸을 점령했으니까 언제든 악마의 사물들을 손에 넣을 수 있잖아."

갑자기 안젤리카가 새파랗게 질린 얼굴로 타라의 머리 위쪽으로 시선을 고정한 채 뒤로 물러났다.

"천만에." 등 뒤에서 목소리가 말했다. "지킴이들도 유령들이긴 하지만 아주 특별한 유령들이지. 나는 지킴이들에게 상황을 설명했고, 주의를 주었다. 만약 마지스터가 악마의 사물들을 탈취하려고 하면 지킴이들이 저지할 것이다. 나의 누나 리스베스의 몸을 해치지 않겠다고 지킴이들이 약속했다. 그 비열한 자가 뜻밖의 난관에 부딪히는 꼴을 보면 아주 재미있을 거야."

타라가 돌아섰는데 누구의 목소리인지 이미 알고 있었다.

눈앞에 단비우, 오무아의 전 황제가 유령 상태로 공중에 떠 있었다.

아버지!

17
결혼식

결혼식은 신부가 찬성할 때
준비하는 것이 좋은데……

*

마지스터는 두려움이라는 걸 거의 모르고 살았다. 감동을 받는 일
도 거의 없었다. 그러나 지금 마지스터는 예외적인 일이 일어나리라
는 예감이 들었다.

마지스터 앞에 늑대인간들의 대통령 틸이 있었다.

조상인 아나자시 종족보다 훨씬 큰 키에 금빛 눈과 머리털, 틸에게
서는 달아오른 화덕의 열기처럼 뜨거운 기운이 느껴졌다.

늑대인간 틸은 냉정하게 불만을 표시했다. 늑대인간들이 영웅으로
떠받드는 타라 덩컨이 없기 때문이다. 마지스터가 타라 덩컨을 어딘
가에 가두었다고 의심하는 틸은 후계자가 무사하다는 걸 확인하기 전
에는 유령과의 평화 협정을 체결할 수 없다고 버티고 있었다.

이번만은 거짓말이 아닌데 상대가 믿어주지 않자 마지스터는 몹시

짜증이 났다.

"단언하건대 나는 타라 덩컨이 지금 어디 있는지 전혀 모릅니다." 마지스터는 여제의 날카로운 목소리로 말했다. "나도 찾고 있지만(그건 사실이었다. 아더월드 방방곡곡에 타라 덩컨을 찾는 수배령이 내려져 있으니까!), 도저히 찾을 수가 없어요."

마지스터가 그렇게 말하면서 놀랍게도 한숨을 내쉬자 늑대인간들의 대통령이 마침내 인정했다.

"거짓은 아닌 것 같군요. 아니, 당신이 점령한 육신이 그렇게 믿고 있는 것 같으니 의혹은 거두겠소."

마지스터는 눈살을 찌푸렸다. 마지스터가 여제의 모습으로 회의를 하는 것은 틸이 남자보다는 여자에게 정중하게 대할 거라고 생각했기 때문이다. 그러나 틸의 태도는 아름다운 여인의 육신 속에 들어앉은 마지스터를 꿰뚫어보고 있는 것 같았다.

"그럼 이제 평화 협정을 체결하는 겁니까?" 마지스터는 꾹 참으면서 의연하게 물었다.

"아니요." 틸은 분명히 대답했다. "타라 덩컨을 만나지 못한다면 우리는 어떤 협정도 체결하지 않겠소. 우리 늑대인간들은 아더월드의 주민들을 대하는 당신의 방식에 문제가 있다고 생각하오. 그 방식은 그만두라는 충고를 드리겠소."

"그런데 당신의 늑대인간 한 명이 나를 위해 일하고 있지요."

"우리의 뜻을 잘 모르는 어린 늑대지요. 우리가 잘 가르칠 겁니다."

"국제 무대에 새로 등장해서 직무 수행 중인 군주를 위협하는 것은 아주 잘못된 일이라는 걸 잘 모르는 모양이오." 마지스터는 분노를 드러내지 않으려고 애를 쓰면서 차분하게 응수했다.

"하지만 당신은 찬탈자이지 군주가 아니오." 늑대인간들의 대통령은 거리낌 없이 대꾸했다.

"전쟁을 선포하면 당신의 군대와 싸우는 건 이 나라의 병사들이오."

"그렇겠죠. 병사들은 당연히 상관과 자기 나라에 충성해야 하니까요. 그러나 우리 늑대인간들과 맞서게 될 때 당신의 병사들이 애국적으로 싸울 수 있을지는 두고 볼 일이오!"

그렇게 말하고는 틸이 느닷없이 커다란 늑대로 변신했다. 움찔한 마지스터는 본능적으로 물러서려다 가까스로 억제하는 눈치였다. 길이가 단도에 가까운 송곳니와 갈퀴발톱들을 세운 늑대가 떡 버티고 서 있으니!

"나는 당신의 병사들이 우리와 싸울 마음이 들 거라고 생각하지 않소." 늑대인간이 장밋빛 혀를 늘어뜨리면서 으르렁거렸다. "우리를 죽일 수 있는 수백만의 군사가 있다면 모를까."

"나는 전쟁을 원하는 게 아니오." 마지스터가 일어나면서 말했다. "언론에서 말하는 것처럼 나는 타 종족을 혐오하지 않소. 다만 드래곤들을 우리 행성에서 몰아내고 우리 방식대로 행성을 다스리길 바라는 것이오. 그뿐이오. 그 때문에 내가 여기 있는 것이고."

"그러니까 당신 방식대로 행성을 다스리겠다는 것 아니오?" 미친 붉은 여왕의 폭정을 경험했던 틸이 지적했다. "당신 말대로 우리는 국제 무대에 새로 등장했지만 그렇게 어리석지는 않소. 지금은 개입하지 않겠소. 하지만 우리가 정한 기한 내에 타라 덩컨이 돌아오지 않는다면 우리는 당신 쪽에서 전쟁을 선포한 것으로 간주하겠소."

마지스터는 천장을 쳐다볼 뻔했다. 타라 덩컨, 타라 덩컨, 하나같이 타라 덩컨을 찾고 있으니!

도무지 되는 일이 없는 나날이었다.

셀레나가 미친 듯이 화를 냈기 때문에 마지스터는 그녀가 무아노를 풀어주었다는 걸 알았을 때 처음에는 별다른 반응을 보이지 않았다.

하지만 셀레나가 소녀를 풀어주게 가만히 있었던 티그족 병사들을 처형했다. 메시지는 명확했다. "내 아내가 될 여자를 도와주고 싶으면 그렇게 해, 말리지 않을 테니까. 그 대신 너희가 죽는다."

새로 셀레나를 경호하게 된 병사들은 훨씬 조심스럽게 행동했다. 한 발짝만 움직여도 줄줄 따라다니는 통에 셀레나는 굉장히 짜증이 났다.

셀레나가 신경질을 부리면 마지스터는 어울리지 않게 다정한 모습을 보이려고 애를 썼다.

"우리의 결혼식 준비는 다 했소?" 마지스터가 느끼한 어조로 물었다.

"난 당신과 결혼하지 않아요." 셀레나는 솔직하게 대답했다.

그들은 마지스터가 남성적 취향으로 새로 꾸며놓은 리스베스의 스위트룸에 있었다. 나쁘지 않았다. 검은색과 차가운 금속을 좋아하는 사람이라면 아주 좋아할 분위기였다. 세련된 가구들은 엄청난 비용을 들여 지구에서 수입해온 것들이다. 안락의자의 가죽이 어찌나 반들거리는지 않으면 미끄러질 것 같았다. 셀레나는 아더월드의 가구들처럼 의자가 달려올 줄 알고 앉다가 넘어질 뻔했다. 그 모습을 보면서 마지스터는 아주 즐거워했다.

문득 셀레나의 머릿속을 스치는 생각이 있었다. 마지스터가 지구인

인가? 그래서 몇 년 전까지만 해도 전혀 알려지지 않았던 걸까? 지구
인이라서 드래곤들을 증오하는 걸까? 아더월드에 존재하는 종족들은
오히려 드래곤들을 좋아하는 편이었다. 셀레나는 자세히 조사해볼 필
요가 있다고 생각하면서 지구에 있는 어머니 이사벨라에게 도움을 청
하기로 마음먹었다.

"하지만 당신은 나와 결혼하게 될 거요. 그 이유를 모르겠소?"

마지스터의 목소리에 셀레나는 정신을 차렸다.

셀레나는 대답하지 않았다. 그녀는 이런 게임의 규칙을 잘 알고 있
었다. 마지스터는 예전에도 뭔가를 원한다면서 만약 거부하면 12명을
죽이겠다고 협박한 적이 있었다. 그녀는 하는 수 없이 마지스터가 원
하는 걸 들어주었다. 하지만 부르르 떨면서 굴복하지 않은 적도 있었
다. 그러자 마지스터는 정말로 사람들을 죽였다. 그 뒤로 셀레나는 마
지스터가 제안하는 게임에 절대로 말려들지 않았다.

"나를 강제로 복종시키기 위해 이번에는 누구를 죽이려고요?" 셀레
나가 마침내 물었다.

리스베스/마지스터의 얼굴이 충격받은 표정을 지었다.

"당치 않은 생각이오. 나는 훨씬 더 소중한 걸 당신에게 돌려줄 생각
이오."

셀레나는 기다렸고, 마지스터는 리스베스의 얼굴로 미소를 지었다.

"당신의 기억을 돌려주겠소. 특히 자르와 마라가 태어났을 때의 기
억, 그리고 그 아이들과 당신의 생활에 대한 기억. 어떻소, 마음에 드
는 제안 아니오?"

셀레나는 경계하는 얼굴로 쳐다봤다. 마지스터는 너무 인자하다고

생각되는 어머니에게서 자르와 마라를 떼어놓기 위해 셀레나에게 아메모루스 주문을 날렸다. 그녀는 친자식들에 대한 기억을 완전히 잊었고, 아이들은 마지스터가 친아버지라고 생각하면서 자랐다.

그런데 이제 마지스터가 그 기억을 돌려주겠다고 제안한 것이다. 결혼을 승낙해주는 대가로.

정말 추악한 남자다. 하지만 셀레나는 마지스터에 대한 작전을 세웠고, 작전의 일부로 복종하는 것처럼 보였다. 셀레나는 마치 순종하듯 고개를 숙였다.

"당신이 이겼어요." 셀레나는 부드러운 어조로 말했다.

"늘 그랬듯이." 마지스터가 리스베스의 얼굴로 빙긋이 웃었다. "그럼 우리의 결혼을 승낙하는 거요?"

"당신과 관련된 것들을 포함하여 내 기억 전체를 돌려준다면 승낙할게요."

리스베스/마지스터는 눈살을 찌푸렸다.

"그건 협상 조건에 들어 있지 않은데."

"왜요, 난처한 기억이 있나 보죠?"

"아니, 그런 건 아니지만……."

"마지스터?"

"말해요."

약간 맞서는 척해야지 아니면 마지스터가 의심할지 몰랐다.

"이게 흥정할 일은 아니죠? 내 기억을 온전하게 돌려달라는 건데. 지금 당장 돌려주는 것이 아니라면 결혼은 포기해요."

마지스터는 미소를 지었다. 셀레나는 모르지만, 마지스터는 육신이 죽은 뒤로 시간이 경과하며 마법이 약해지고 있어서 이제는 기억을 돌려주려고 생각하던 차였다.

마지스터는 두 손을 맞잡으면서 고개를 끄덕였다.

"알겠소. 기억 전체를 돌려주는 대가로 당신은 나한테 뭘 주겠소?"

"아직도 나한테서 원하는 게 있어요?"

"당신의 사랑. 우리가 결혼한 뒤에도 나를 사랑해주길 원하오."

셀레나는 놀란 얼굴로 쳐다봤다. 그녀는 아름다운 시누이의 이미지와 근육질의 마지스터를 일치시키기 힘들었다. 마지스터도 그걸 알아차렸는지 갑자기 마스크로 여성의 얼굴을 가리면서 남성으로 변했다. 그렇게 변신한 마지스터의 모습은 여전히 당당하고 위압적이었다.

이럴 때 딸이 즐겨 쓰는 수법이 있는데…… 셀레나가 이 순간을 모면할 방법을 궁리하고 있을 때였다. 갑자기 온갖 기억이 밀려오면서 망치로 머리를 얻어맞은 듯한 충격에 셀레나는 의식을 잃고 푹 쓰러졌다. 옆에 있던 퓨마도 까무러쳤다.

이런, 너무 늦었군. 그래도 두꺼운 카펫이 충격을 흡수해준 것에 만족하면서 마지스터는 셀레나를 끌어안고 아름다운 얼굴을 바라봤다. 셀레나는 그의 유일한 아킬레스건이었다.

마지스터가 침대에 눕히자 셀레나는 어머니 이사벨라의 눈처럼 초록빛에 금빛이 감도는 아름다운 눈을 떴다.

"어떻게…… 된 거죠?"

충격이 너무 심했는지 셀레나는 기억이 나지 않았다.

"당신이 우리 결혼을 승낙한 뒤에 잃어버린 기억을 돌려주었는데 생각 안 나오?" 마지스터는 걱정하는 척했다.

셸레나는 떨리는 손으로 이마를 짚었다. 아니, 기억이 났다. 마법을 작동한 걸 보지도 못했는데 마지스터가 어떻게 한 거지?

마지스터가 10년 동안 지워버렸던 기억이 물밀 듯 밀려왔다. 단비우에 대한 사랑, 마지스터가 남편을 죽이고 납치했을 때의 절망. 이어서 단비우를 잊게 하려고 걸었던 첫 번째 민투스 주문, 쌍둥이 출산, 남편을 잃은 슬픔과 딸과 헤어진 아픔을 달래주었던 아이들의 존재, 마지스터와의 끝없는 싸움.

갑자기 일어나 앉은 셸레나는 안도의 숨을 내쉬었다.

마지스터에게 굴복한 적이 없었던 것이다. 단 한 번도! 혹시나 하는 의혹 때문에 그동안 얼마나 고민하며 살았던가. 하지만 마지스터는 난생처음으로 셸레나의 의사를 존중해주었다. 그는 마법의 힘을 빌려서가 아니라 셸레나 스스로 자기에게 오기를 바랐다. 그러다 셸레나가 너무 괴로워하자 기억을 앗아간 것이다.

셸레나는 자신이 누구인지, 마지스터가 무슨 짓을 했는지 모르기 때문에 얼마 동안은 행복했다. 그러나 셸레나의 재치 있는 답변과 유머가 그리운 마지스터는 기억을 돌려주었다. 그러고는 자신의 생각에 위배되는 가치관, 즉 신의, 연민, 생활규범, 존중, 공감, 사랑…… 등에 대한 정상적인 가치관을 셸레나가 아이들에게 주입시킬 때는 또다시 아메모루스 주문을 날려서 기억을 잃게 했다.

쌍둥이들을 신봉자로 만들고 싶은 욕심에 마지스터는 셸레나에게서 아이들을 떼어냈고, 그녀는 아이들의 존재조차 잊었다. 마지스터는 쌍둥이들을 공포에 떨게 하면서 잔혹하게 교육시켰다. 마라는 복종하지 않았지만, 자르는 후계자로 키워도 될 만한 가능성을 보여주었다. 자르는 권력의 개념을 이해했고, 수단 방법을 가리지 않아도 된다는 잘못된 교육을 받았다. 셀레나는 이제라도 어머니 이사벨라가 명예롭지 않은 권력은 파국에 이를 뿐이라는 걸 손자에게 교육시켜주기를 진심으로 빌었다.

셀레나는 마지스터를 쳐다봤다. 그는 공격당할 경우를 대비해 멀찍이 물러나 있었다. 이번만은 마지스터가 두렵지 않은 셀레나가 부드럽게 말했다.

"강제로 당신을 사랑하게 한 적이 없었군요."

"난 내가 원하는 걸 얻기 위해 속임수 쓰는 걸 좋아하오." 뜻밖에도 부드럽게 나오는 셀레나에게 놀란 마지스터가 대꾸했다. "하지만 당신? 당신에게는 그럴 수 없소. 난 당신을 미친 듯이 사랑하니까. 셀레나, 그건 절대로 잊으면 안 되오."

"언젠가는 당신의 얼굴을 보여줄 거죠?"

마지스터는 소스라치게 놀랐다.

"모든 일이 잘되어 내가 이 나라를 지배하고, 아더월드를 드래곤들의 속박에서 해방시키는 날이 오면 그때 당신은 내 얼굴을 볼 것이고, 아더월드의 모든 종족이 내 얼굴을 보게 될 것이오. 더 이상 숨을 필요가 없으니까. 당신과 내가 이 세상을 통치합시다."

정말 이상한 것은 마지스터는 셀레나가 자기를 사랑하지 않는다는 걸 이해하지도, 인정하지도 않는다는 점이었다. 마지스터는 셀레나가 언젠가는 반드시 자기를 사랑할 거라고 굳게 믿고 있었다.

그런 일은 절대 없을 텐데. 하지만 마지스터를 좀 더 알게 되었으니 이제는 셀레나가 권모술수에 능한 이 파렴치한을 조종할 차례였다.

"당신과 나, 타라, 자르, 마라는 한가족이에요. 하지만 우리가 진정 한가족을 이루려면 타라도 살아 있어야 해요. 크소아라를 불러들여야 해요."

마지스터는 마치 말벌에 쏘인 것처럼 소스라쳤다. 셀레나는 속으로 쾌재를 지르면서 마치 채소값에 대한 이야기를 하고 있었다는 듯 담담한 어조로 말을 이었다.

"당신이 타라를 해친다면 결혼은 단념해요. 나는 타라가 여기서 합당한 예우를 받으며 살기를 원해요. 감옥에 가두지도, 수갑을 채우지도 않은 자유로운 몸으로."

마지스터는 타라를 죽이라고 악마를 보냈다는 걸 부인하지 않았다. 그리고 셀레나에게 그걸 어떻게 알았는지, 언제부터 알고 있었는지도 묻지 않았다.

"그 아이는 나를 죽이려고 할 거요." 마지스터는 냉랭하게 말했다

"그럴지도 모르죠." 셀레나는 어깨를 으쓱했다. "하지만 그 아이보다는 당신이 훨씬 강하고, 지금은 유령이니까 큰 위험도 없을 거예요. 그리고 일단 육신을 되찾으면 당신은 얼마든지 방어할 수 있잖아요."

"나는 타라가 어디 있는지 전혀 모르오." 이날 마지스터가 이 말을 하는 게 벌써 네 번째였으니 지겨워지기 시작했다. "그리고 나는 랑코비트에서 유령들을 괴롭히는 것이 타라라고 생각하고 있소."

"내 딸이 무사히 오지 않는 한 난 결혼하지 않아요." 셀레나는 차분한 목소리로 압박했다.

마지스터가 말하려고 했지만, 셀레나는 손을 들어 막았다.

"더 이상 토 달지 말아요. 당신에게 호의적인 태도를 보이기 위해 결

혼식과 웨딩드레스를 준비하고 있을게요. 하지만 내 딸이 무사히 돌아오지 않는 한 결혼식은 없을 거예요."

셀레나는 충분한 시간을 갖고 마지스터에게서 벗어나기 위한 작전을 짜고 있었다.

무엇보다도 타라가 기계를 찾아서 작동하기를 바랐다. 그러면 아더월드는 마지스터에게서 해방되는 건데…….

그렇게 말하고 셀레나가 방을 나가자 마지스터는 마음껏 이를 갈 수 있었다. 늑대인간들에 이어서 이제는 셀레나까지 모두 타라가 돌아와야 한다고 주장하고 있으니! 정말 분통이 터졌다!

그렇지만 이번에는 선택의 여지가 없었다. 이해할 수 없는 이유로 지킴이들이 악마의 사물들을 내놓으려고 하지 않기 때문에 마지스터는 늑대인간들과 싸울 준비가 되어 있지 않았다. 늑대인간들을 이기려면 악마의 사물들이 필요했다. 물론 드래곤들을 이기기 위해서도 꼭 손에 넣어야 하는데.

마지스터는 반지를 돌렸다.

붉은 악마가 나타났다.

마지스터는 깜짝 놀랐다.

크소아라가 아니라 붉은 털에 노란 줄무늬가 있는 악마였다.

"크소아라는 어디 가고?" 마지스터가 불안한 어조로 물었다.

"죽었어요." 악마는 태연하게 대답했다.

아연실색한 마지스터가 멍하니 입을 벌리고 있는데…… 날카로운 신음소리가 새어 나왔다. "뭐라고?"

"크소아라는 죽었어요. 영문을 알 수 없는 트럼펫 사고로. 나는 누구를 죽여야 하나요?"

"뭐라고? 아니, 아니다, 그래서 부른 게 아냐!"

"그럼 왜 나를 불렀어요?"

노란 줄무늬 붉은 악마는 거만하게 꼬리를 탁탁 치면서 사라졌다.

마지스터는 불손한 악마의 버릇을 고쳐주기 위해 다시 부를 마음조차 없었다. 그는 반지를 쳐다봤다.

림보의 악마들이여, 대체 그 빌어먹을 타라가 또 무슨 짓을 한 겁니까?

마지스터는 마스크 안에서 음흉한 미소를 지었다. 악마들을 빼놓고는 아무도 크소아라의 죽음을 모르고 있다는 건 그나마 다행이었다.

18
유령

보이지도 만져지지도 않는 존재가
사람들을 감시할 수 있다는 건 너무 과장인데……

*

"유령이야." 안젤리카가 속삭였다. "이제 우리는 끝장이야! 타라,
덤벼들어서 깨물어. 우리를 밀고하기 전에!"

"아니, 난 덤벼들지 않아. 그리고 물어뜯지도 않을 거야, 적어도 지
금은."

"뭐? 그게 무슨 말이야? 빨리 해치우라니까!"

"그럴 수 없어."

"도대체 무슨 헛소리야? 타라, 너 미쳤어?"

"내 아버지야."

"뭐?"

"선대 황제 단비우, 내 아버지라고! 안녕 아빠?"

단비우는 타라의 헝클어진 머리와 이마에 난 상처, 흙이 묻은 코, 긴

이빨을 유심히 살폈다.

"오, 내 사랑. 얼굴이 왜 그 모양이야? 괜찮은 거니?"

타라가 얼굴에 대해 칭찬을 듣고 싶었다면 실패한 것이다.

"사실은 어리광을 부리고 싶었거든요." 타라는 두 팔을 내밀면서 말했다.

타라는 따뜻한 체온이라곤 없는 아버지의 횅한 느낌에 안타까운 표정이었고, 두 팔로 힘껏 딸을 껴안던 유령도 허망한 표정을 지었다.

"미안하구나. 내가 유령이 아니라면 얼마나 좋을까……!"

"아빠, 나도 정말 아빠가 보고 싶었어요!"

"나도 네 어머니와 네가 정말 그리웠다. 하지만 타라, 네가 한 일은……."

"무책임하고, 멍청하고, 형편없고, 위험하고, 어리석고…… 온갖 최상급 형용사를 다 사용해도 모자랄 정도로 어처구니없는 잘못을 저질렀다는 건 나도 알아요."

"나는 고맙다는 말을 하려는 거야."

타라는 멍하니 입을 벌렸다.

"아, 그래요?"

"그래, 그게 성공했다면 나는 아주 기쁜 마음으로 돌아왔을 텐데! 실패해서 정말 아쉽지만 그래도 너를 만나고, 네 어머니와도 재회하는 특혜를 누렸어. 비록 짧은 시간이었지만."

눈이 부실 정도로 멋진 미소를 짓는 단비우의 유령을 보면서 실버는 타라의 매력이 아버지에게서 온 것임을 알았다.

"어떻게 빠져나갈 생각이니?"

"이 숲에 함정이 많아서 힘들지만 나아질 거예요. 그런데 아빠가 여긴 무슨 일로, 어떻게……?"

이 질문 속에는 여러 가지 뜻이 함축되어 있었다. 우리를 어떻게 찾았어요? 아빠가 그럴 수 있다면 다른 유령들도 할 수 있는 거예요? 아빠가 붉은 악마를 해치운 거예요?

"크소아라가 마지스터로부터 너를 죽이라는 지령을 받는 현장에 내가 있었어. 그래서 붉은 악마를 미행했지. 붉은 악마가 너를 찾아낼 줄 알았으니까. 너를 공격하기 전에 개입하려고 했어. 그런데 놀랍게도 붉은 악마가 섬으로 트럼펫들을 먼저 보내서 요란한 소리를 낸 다음에 곧바로 유형화되는 거야. 트란스미투스 방지 주문이 작동되어 있는데도 붉은 악마는 개의치 않는 것 같았어. 알릴 겨를이 없었는데 네가 해치웠어. 내 딸, 정말 대단하구나."

한 식물의 넝쿨이 단비우의 유령을 휘감으면서 가시로 가슴을 찌르려고 했지만, 유령은 아랑곳없었다. 실망한 식물이 단단한 꽃잎을 닫으면서 물러갔다.

타라는 부르르 떨면서 대답했다.

"붉은 악마는 내가 해치운 게 아니에요. 근데 의문이 있어요. 그 요란한 트럼펫 소리는 왜 냈을까요?"

단비우는 크소아라와 마지스터가 입씨름을 벌이던 장면을 얘기했고, 타라와 안젤리카, 실버는 또다시 폭소가 터질 뻔했다. 그러나 시간이 없는 단비우는 계속 들으라는 손짓을 했다.

"그래서 네 어머니를 만나러 갔지."

타라는 그제야 아버지를 만난 기쁨에 어머니의 소식을 묻지 않았다는 걸 깨달았다.

"엄마는 괜찮아요?"

"응. 네 어머니가 어찌나 소리를 질러대는지 귀머거리가 될 뻔했다. 점점 더 네 외할머니를 닮는 것 같구나."

단비우와 타라는 미소를 주고받았다.

"엄마는 뭐래요?"

"나한테 멍청한 바보라고 소리치는 것 말고 무슨 말을 했냐고 묻는 거지? 네가 이 세상을 여섯 번도 더 구했다면서 붉은 악마는 너의 상대가 안 된다고 했어. 난 그 말을 믿지 않았는데 네 어머니의 말이 맞았어. 너를 제대로 알고 있는 거야."

크소아라가 트럼펫 소리를 내지 않고 기습적으로 공격했다면 타라는 오래 살지 못했을 텐데. 게다가 흡수의 꽃들까지 제때에 실력 발휘를 해주었으니 정말 운이 따라주었던 것이다.

주변의 숲이 살랑거리면서 빨강, 초록, 보라, 파랑, 노랑 등 어지러울 정도로 색을 바꿨다. 그들은 몸 상태가 좋지 않았다. 타라는 머리에서 피가 나고, 안젤리카는 다리를 절뚝거리고, 실버만 비교적 정상이었다.

"결혼 얘기는 어떻게 됐어요?" 어머니가 걱정이 된 타라가 물었다.

단비우의 유령이 침울해졌다.

"그 때문에라도 기계를 빨리 작동해야 해. 감히 내 아내와 결혼할 생각을 하다니. 자기 손가락으로 제 눈을 찌르는 맛이 어떤지 그 오만한 폭군에게 확실히 알려줘야지."

타라는 안심했다. 아, 아버지는 어머니를 여전히 사랑하고 있어. 다행이야.

"불행히도 그 비열한 작자가 리스베스를 점령하고 있어. 보통 놈이 아니다. 만약 그자가 악마의 사물들을 손에 넣으면 이 세상은 가망이 없어. 악마들을 불러들이고 드래곤들을 몰아내고, 내가 사랑하는 이들을 노예로 만들 거야. 그런 일은 절대 일어나면 안 돼!"

그 말에 불안해진 타라와 실버, 안젤리카는 웃음이 싹 달아났다.

"한 유령이 알면 다른 유령도 모두 알게 된다고 들었는데요, 폐하?" 실버가 정중하게 물었다. "그럼 여기 있는 따님이 위험해지는 건 아닙니까?"

"훌륭한 지적이구나. 하지만 우리가 원할 때만 정보를 공유할 수 있어."

"나 때문에 많은 사람이 고통을 겪었어요." 타라가 말했다. "그리고 아빠, 로빈이 죽었어요!"

타라는 아버지가 위로해줄 거라고 기대했는데 그렇지 않았다.

"로빈이 누구니?"

"아! 아빠도 만난 적 있어요. 림보로 재판관을 만나러 갔다가 아빠를 처음으로 만났잖아요? 그때 로빈도 거기 있었어요. 하프엘프였는데 기억 안 나요?"

"아, 그랬니? 그래서 너와는 무슨 사이인데?"

"내 남자친구예요."

단비우는 눈살을 찌푸리면서 딸을 뚫어져라 처다봤다.

"뭐라고? 하프엘프가 남자친구라고? 농담이지?"

"농담 아니에요. 근데 아빠는 무슨 이유로 하프엘프를 반대하는 거예요?"

"타라, 엘프들이 얼마나 통제할 수 없고, 무분별한 종족인지 너도 알잖아. 오무아를 전쟁의 도가니로 몰아⋯⋯."

"아아, 그만하세요!" 타라는 발끈해서 말을 잘랐다. "아빠까지 그런 말을 할 줄은 정말 몰랐어요!"

"죄송한데요." 유령과 타라가 서로 노려보고 있을 때 안젤리카가 빈정거리는 목소리로 끼어들었다. "로빈은 이미 죽었는데 이런 대화를 한다는 게 좀 이상하다고 생각하지 않으세요?"

고개를 떨어뜨리는 타라의 어깨가 축 늘어졌다. 몹시 당황한 유령은 공중에서 몸을 비비 틀고 있었다.

"오, 젤리소르의 충치여! 정말 미안하구나. 내가 왜 그랬는지 모르겠어. 황제였을 때의 타성이 아직 남아 있었던 모양이야. 미안하다. 네 남자친구에게도 미안하고."

아버지가 진심이라는 걸 느낀 타라는 고개를 끄덕였다. 단비우는 화제를 바꿨다.

"앞으로 어떻게 할 건지 말해주면 내가 도울 일이 있을지 모르지. 교란작전을 펼 거니?"

그들은 단비우를 쳐다봤다. 전 황제도 그들을 쳐다보면서 손가락으로 허공을 톡톡 치는데 초조한 표정이었다.

"어떤 작전이니?"

전 황제 앞에서 감히 무슨 작전을 말하란 말인가? 작전이랄 것도 없는데⋯⋯.

"무덤까지 갈 생각이에요. 안젤리카가 빛의 손으로 무덤을 파괴할 예정이고요."

단비우는 호기심을 보이면서 안젤리카를 처다봤다.

"브란다우드 가문의 자손이니?"

"네, 폐하, 영광스럽게도 그렇습니다. 하지만 나에게 이런 능력이 있는지 몰랐습니다. 얼마 전에야 내 손에서 빛의 손을 발견했으니까요. 죽음의 손을 갖고 있다는 표현이 더 어울리겠지요. 무덤이든, 기계를 가져가려는 원정대든 모조리 파괴할 수 있으니까요."

"아! 용감한 전사로구나. 음, 그래, 훌륭해."

"그다음에 내가 기계를 작동할 거예요." 안젤리카를 칭찬하는 아버지의 말이 신경에 거슬린 타라가 말을 끝맺었다.

단비우는 깜짝 놀라서 딸을 처다봤다.

"넌 하면 안 돼!"

"왜요? 아빠도 방금……."

"아, 그래, 물론 유령들을 섬멸해야지. 하지만 네가 기계를 작동하면 안 돼. 방사선 때문에 너는 죽어!"

죽는다는 말에도 타라는 눈썹 하나 까딱하지 않았다.

"하는 수 없죠. 그렇게 되면 아빠에게 가는 것이고, 로빈도 만나게 되겠죠. 로빈이 지금 아더월드에 있는데도 우리는……."

"아니, 로빈은 없다." 단비우가 무뚝뚝하게 대꾸했다.

"네?"

"이미 비욘드월드에 가 있는 것이 틀림없어. 하프엘프의 유령은 보지 못했으니까. 우리 유령들은 어디에 있는지 정확한 위치를 알 수는 없지만, 아더월드에 어떤 유령들이 와 있는지는 알 수 있거든. 하프엘프는 없었다."

믿기지 않는다는 표정을 짓는 타라의 얼굴에 경련이 일었다.

로빈이 나를 저버렸다니! 기다리지도 않고 비욘드월드로 떠나버렸다니!

안젤리카는 질겁했다. 타라가 포기하면 기계를 누가 작동하지?

갑자기 실버가 앞에 섰는데 어쩌나 바짝 다가서는지 타라는 이마에 닿는 숨결을 느꼈다. 실버가 초록색이 감도는 금빛 눈으로 타라를 쳐다보는 사이에 캐러멜색 머리털이 바람에 흩날렸다.

"내가 할 거니까 너는 걱정하지 마. 너는 죽을 필요 없어. 난 네가 죽는 걸 원치 않아. 내가 막을 거야."

타라의 눈이 동그래졌다. 언제부터인지 실버의 어눌한 말투가 거의 없어졌을 뿐만 아니라 자신의 생각을 자신감 넘치게 표현하고 있었다.

"뭐라고?"

"네 아버지의 말씀이 맞아. 너는 틀림없이 죽게 될 거야. 나는 비늘이 있어서 전혀 위험하지 않아."

"아니, 위험하긴 너도 마찬가지야." 단비우의 유령이 말했다.

"유령, 아니 폐하?" 안젤리카가 끼어들었다.

"왜?"

"딸을 살리고 싶으시죠?"

"그거야 당연하지."

"그럼 딸의 입을 닥치게 해주세요."

이런 버릇없는 말투에 익숙하지 않은 전 황제는 눈살을 찌푸리다가 건방진 소녀의 말이 맞다는 걸 알아차렸다.

실버가 미소를 지었는데 그 미소에 타라를 걱정하는 애정이 담겨 있었다.

"나는 협객이라는 거 잊지 마. 그런 미션은 내가 할 일이야."

혼란스러운 타라는 실버에게서 뒷걸음쳤다. 가슴이 두근거리고 입이 마르는 것 같았다. 이건 흡수의 꽃들에게 공격을 받아 생긴 후유증이 틀림없어.

"그건 말도 안 돼." 타라는 자신 없는 목소리로 대꾸했다. "이 행성으로 유령들을 불러들인 건 나니까 그들을 몰아내는 것도 내가 해야 돼."

실버와 단비우가 동시에 입을 벌렸지만, 타라가 위엄 있게 손을 들었다.

"다 맞는 말이에요. 하지만 내 마음을 이해해줘요. 처음에는 너무 큰 충격에 괴로웠고…… 그때는 정말 죽고 싶다는 생각을 했어요. 나도 죽음을 아름답다거나 로맨틱하다고 생각하는 건 아니에요. 내가 유령이 되어 아빠와 로빈과 함께 살게 된다는 걸 몰랐다면 죽겠다는 생각은 하지도 않았을 거예요. 난 그렇게 어리석지도 비겁하지도 않아요. 이제 로빈은 떠났고, 나를 원치 않는다는 걸 알았어요. 내가 생각했던 것보다 로빈은 훨씬 현명하다고 봐야겠죠."

마지막 말을 하는 타라의 목소리가 흔들렸다.

딸의 괴로움을 모르는 아버지가 끌어안으려고 하자 타라는 손을 들었다.

"하지만 내가 저지른 잘못인데 다른 사람이 그 대가를 치르게 할 수는 없어요. 기계는 내가 작동할 거예요. 그런데 아빠, 약속할게요. 나는 인간의 피를 먹는 뱀파이어의 모습으로 기계를 작동할 거예요. 보통 뱀파이어도 아주 빠르지만, 인간의 피를 먹는 뱀파이어는 훨씬 더

빠르니까요. 방사선은 나를 해칠 겨를이 없을 거라고 확신해요."

"너는 오무아의 후계자로서 더 이상 바랄 것이 없을 정도로 믿음직하고 훌륭하구나. 리스베스 여제가 바라는 것 이상이야. 하지만 나도 무슨 방법을 찾아볼게."

"아빠는 떠나야 해요." 타라는 가슴이 아프지만 말했다. "기계를 작동하면 아빠도 소멸되니까요. 비욘드월드로 다시 떠나기 전에 엄마에게 작별 인사를 하고 가세요. 내가 사랑한다는 말도 전해주시고요. 다 잘될 거예요, 아빠. 나를 믿으세요."

안젤리카는 하늘을 쳐다봤다. 휴, 눈물샘을 자극하는 작별의 시간이 되겠군. 안젤리카의 예상은 적중했다. 유령이 오열하자 타라도 눈물을 흘렸다. 그들을 쫓던 에드라킨들이 죽었기에 망정이지 당장 발각되었을 것이다. 훌쩍거리던 타라는 코를 풀었고, 마침내 유령이 작별 인사를 했다.

그리고 단비우의 유령이 사라졌다. 단비우도 트란스미투스 방지 주문의 영향을 받지 않았다. 절대로 뚫지 못한다고 주장하는 트란스미투스 방지 주문이 유령에게도 악마에게도 통하지 않는다는 걸 알면 에드라킨족의 코가 납작해질 텐데.

안젤리카는 경멸하는 눈으로 눈물겨운 장면을 지켜봤다.

"황제였다는 남자가 어쩌면 그렇게 질질 짤 수가 있어! 17년 전에 도망치길 잘했지, 황제의 역량을 지니지 못했던 거야!" 꺽다리가 독설을 날렸다.

타라는 안젤리카를 째려보고 원정대가 터놓은 길을 따라갔다. 타라는 안젤리카와 가족에 대해 이러쿵저러쿵 얘기하고 싶은 마음이 추호도 없었다.

게다가 로빈이 떠났다는 것에 상처를 받은 타라는 아무 말도 하고 싶지 않았다. 로빈이 어떻게 그냥 떠나버릴 수 있지? 작별 인사도 하지 않고 비욘드월드로 가버리다니……

넝쿨이 휘파람 같은 소리를 내면서 달려들거나 말거나 아랑곳없이 생각에 빠진 타라가 그냥 지나가자 무색해진 식물이 공격을 하지 못했다.

갑자기 눈앞에 사람의 시체 같은 것이 보였다.

가슴이 철렁한 타라는 파브리스나 무아노를 생각하면서 뛰어갔다.

타라가 다가가자 식물들이 물러섰기 때문에 시체를 확인할 수 있었다.

파브리스도 무아노도 아니었다. 휴!

죽은 지 몇 시간이 지난 듯한 시체……. 식물들이 갈기갈기 찢어놨는데도 피가 난 흔적이 없다는 것은 뱀파이어의 소행이 틀림없었다. 셀렌바가 피를 다 빨아먹은 건가?

타라는 떨리는 손으로 이마의 땀을 닦았다. 셀렌바나 마지스터가 죽이기 전에 파브리스와 무아노를 구해낼 방법을 찾아야 했다.

그들은 숲에서 두 번째 밤을 보내기 위해 멈췄다. 아마도 토끼보다 클 경우에는 자동으로 식물들의 공격을 받기 때문인지 큰 짐승은 없었다. 그들은 기름 덕분에 위험하지는 않지만, 계속 신경을 써야 하기 때문에 타라는 이번에도 살아 있는 나뭇가지를 사용해 나무 장벽을 세웠다.

아이스크림이나 얼음이 그리울 정도로 정글이 무덥기 때문에 불을 피울 필요는 없었다.

게다가 비까지 내리기 시작했다. 따뜻한 비는 밤새도록 내려 지붕을 이룬 나뭇가지 사이로 스며들었다.

잠을 자던 안젤리카가 악몽을 꾸는지 두 번이나 비명을 질렀다.

타라는 체인지라인이 입혀준 모자 달린 망토를 걸치고 정글과 마주하고 있었다. 잠을 잘 수 없었기 때문에 먼저 불침번을 서겠다고 했다. 나뭇가지에 올라앉은 갈랑은 커다란 나뭇잎 밑에서 젖은 털을 말리고 있었다. 타라는 정상적인 식사를 위해 인간으로 다시 변신해 있었다. 뱀파이어보다는 인간으로 있을 때 윙윙거리는 소리가 더 크게 들리는 것 같아 주저했지만 피를 먹고 싶은 충동 때문에 어쩔 수 없었다. 타라는 축축한 밤공기를 깊이 들이마셨다.

내일, 내일이면 아르루쉬르에 도착하는데…….

타라는 뭘 어떻게 할지 아무런 생각이 없었다. 노란색과 장미색의 날다람쥐가 머리 위로 지나갔다. 나무 장벽을 세웠을 때 갇힌 모양이다. 날다람쥐를 바라보면서 문득 떠올랐다. 아! 박쥐로 변신하면 날 수 있잖아! 박쥐의 발로 기계를 작동하는 버튼 같은 걸 누르고 재빠르게 날아가면 방사선을 피할 수 있지 않을까? 좋은 생각이었다.

생각에 잠긴 타라를 보면서 실버가 다가왔는데 비늘을 세웠다면 찔릴 정도로 바짝 다가섰다.

"나 스무 살이야." 실버는 뜬금없이 말했다.

타라는 쪽빛 눈으로 실버를 쳐다봤다. 잘생긴 얼굴에 눈이 부신 타라는 또다시 숨이 막히는 것 같았다.

"뭐라고?"

"나 스무 살이라고. 그리고 나는 불굴의 전사야. 난쟁이들은 나를 인정하지 않지만, 아버지가 불굴의 전사이기 때문에 나는 불굴의 전사 수련을 받았어. 음…… 불굴의 전사가 뭔지 알아?"

작전을 짜는 데 골몰하고 있지 않았다면, 약간 흥분한 어조로 비밀을 고백하는 실버의 말에 타라는 웃음이 나왔을 텐데.

"네가 불굴의 전사라는 거 알고 있어."

"그걸 어떻게 알아?"

"거시기를 믿을 수 없어서 갈랑을 데리고 너를 감시했지. 그러다 네가 훈련하는 걸 보게 됐어. 정말 대단한 무예였지. 실버, 난쟁이들이 그 무예를 연마하려면 수백 년이 걸린다고 들었어."

"아버지도 내가 비정상적인 경우라고 하셨어." 실버는 자랑스럽게 말했다. "아버지가 시범을 보이면 나는 그대로 따라 할 수 있었거든. 아주 쉽게. 아버지가 어머니와 훈련하는 걸 보면서 그대로 흉내 낸 것이 두 살 때였어."

타라는 눈이 동그래졌다.

"어머니도 불굴의 전사야?"

실버의 집에서 싸움이 나면 그야말로 스릴이 넘치겠군.

"응. 양부모님은 키가 크고 유연하고 날렵하셔. 광산에서 작업하는 데는 쓸모없지만, 검을 다루는 데는 아주 이상적이지. 그래서 그분들에게 나를 맡겼던 거라고 생각해. 불굴의 전사들만큼 나를 안전하게 지켜줄 사람은 없을 테니까."

그 목소리에서 버림받은 아픔이 느껴졌다. 안쓰러운 마음에 타라는 실버를 안아주고 싶은 충동이 일었지만 간신히 억제했다. 비늘 때문에 살이 찢길 위험이 있기 때문이기도 하고, 실버가 몹시 거북해할 것이기 때문이다.

얼굴에 빗방울이 뚝뚝 떨어지고 있다는 것도 잊은 듯 타라는 팔짱을 꼈다. 체인지라인이 재빨리 비를 막아주었다.

"친부모는 찾아봤어?"

"아니. 돈 문제 때문에 한 번도 친부모를 찾으려고 하지 않았어. 내가 친부모를 찾으면 매년 양부모에게 보내주는 돈이 즉시 중단될 테니까. 농장을 경영하려면 돈이 필요한데 부모님은 나 때문에 불굴의 전사 이외의 다른 직업을 가질 수 없어. 그래서 나는 친부모를 찾지 않기로 결심했지."

그렇게 말하면서 슬픈 미소를 짓는 실버를 보며 타라는 가슴이 아팠다.

"하지만 내가 우연히 친부모를 만나는 경우는 계약이 유지되겠지. 그래서 나는 여행하면서 눈과 귀를 열어두고 있어. 이제 나에 대해 다 말했으니까 너는 나를 믿어야 해. 내가 너를 지켜줄 거야. 마법으로는 나를 해칠 수 없고, 내 검에 당할 자는 아무도 없어. 에드라킨족도 상대가 안 돼. 그들의 갈퀴발톱? 내 몸은 찢지 못해. 그러니까 기계를 내가 작동하게 해줘. 그다음에 우리 함께 떠나자."

실버가 금빛 눈으로 타라의 눈을 뚫어져라 쳐다보는데 그 눈빛에서 세상의 모든 고통을 저지할 것 같은 자신감이 느껴졌다.

갑자기 실버가 믿어지지 않는 행동을 했다. 그 누구도 만지지 못한다면서 두려워하던 실버가 선뜻 강철 장갑을 낀 손으로 타라의 뺨을 살짝 건드리는 것이 아닌가.

그러고는 몸을 숙인 실버의 숨결이 타라의 입술에 닿았다.

"너를 죽게 놔두지 않을 거야. 너는 내 인생에 의미를 주었어. 네가 아니었다면 난 인간들을 맺어주는 이 이상한 감정을 전혀 알지 못했을 거야."

타라는 온몸이 마비되는 느낌이 들었다. 아무도 그런 눈으로 자신을 쳐다본 적이 없었다. 실버는 마치 믿을 수 없을 정도로 아름다우면서도 접근할 수 없는 사람이라도 되는 듯 타라를 쳐다보고 있었다.

"그…… 그게 무슨 뜻이야?" 타라는 멍한 얼굴로 물었다.

실버는 고통이 가득한 눈으로 타라를 쳐다봤다.

"넌 이해 못할 거야. 넌 이해 못할 거야."

"그래, 난 무슨 말인지 모르겠어." 혼란스러워진 타라가 말했다. "난 텔레파시 능력이 없으니까. 그러니까 내가 이해하길 바란다면 설명해줘."

실버는 잠시 망설이다가 열렬하게 고백했다.

"네 옆에 있으면 강력한 불가에 있는 것 같아. 네 불길이 나를 뜨겁게 달구면서 내 가슴에 불을 지르고 있어."

타라는 반박하려고 했지만, 마지막 말에 입을 다물었다.

실버는 더는 다가오지 않았지만, 비늘이 날카롭다는 걸 잊었는지 타라의 뺨을 만지려 했다.

"사랑이 뭔지는 나도 알아. 부모님은 서로 사랑하기 때문에 결합했고, 사랑이 나와 그분들을 결합시켰어. 하지만 누군가를 사랑한다는 것, 내게는 일어날 수 있는 일이 아니라고 생각했는데…… 내 목숨을 구해준 너를 사랑하게 됐어."

타라의 귀가 윙윙거렸다. 뭐라고? 실버가 지금 무슨 말을 하는 거지?

"처음에는 몰랐어. 네가 하는 말을 들으면서 많이 슬퍼하고 있지만 아주 강한 아이라고 생각했어. 차츰 네가 내 영혼 속으로 들어오기 시작했고, 그러다 내 가슴속으로 들어왔지. 네가 내 목숨을 구해주었을 때, 내가 나무와 싸우고 있을 때, 생기가 가득하고 어지러울 정도로 아름다운 모습으로 네가 나타났어. 그때 마침내 깨달았어."

실버의 목소리에 사랑뿐만 아니라 애원에 가까운 간절한 마음이 담겨 있기에 타라는 눈물이 핑 돌았다.

"네가 없는 세상은 나에게 꽁꽁 얼어붙은 회색 풍경일 뿐이야." 실버는 나직하지만 강한 어조로 말을 이었다. "네가 웃음 지을 때면 그 미소에 대해 시를 쓸 수 있을 것 같아. 네 미소는 태양 같으니까. 그 태양 같은 미소가 나를 얼마나 흔들어놓는지 넌 모를 거야. 온몸이 뜨거워지면서 모든 것이 잘될 것 같으니까. 네가 눈물 흘릴 때면, 그 슬픔이 내 가슴을 찢는 것처럼 아파. 너를 아프게 한 눈물의 바다에 세상이 잠기는 것 같아. 넌 아무것도 요구하지 않지만, 네가 원하면 내가 앞장서서 세상을 공격할 거야. 처음에는 너를 보지 않았어. 너는 너무 키가 크고, 수염도 없고, 도끼도 갖고 있지 않았으니까. 그러다 차츰 나는 눈을 떴어. 넌 미쳤다고 생각될 정도로 용감하고, 솔직하고, 관대하고, 난쟁이 못지않게 고집스러웠어. 너는 좋아하는 것과 싫어하는 것이 아주 분명했어. 그리고 네가 그 파란 눈에 온 세계를 담고 있을 줄은 정말 몰랐어."

목이 멘 타라는 모든 확신이 흔들리는 것 같았다.

실버의 눈에서 금빛 눈물이 주르륵 흘러내렸다.

"하지만 너를 만질 수 없다는 것, 너를 안을 수 없다는 것은 죽음이

나 다름없어." 실버는 고개를 떨어뜨리고 중얼거렸다. "때로는 너무 고통스러워 숨을 쉴 수가 없어. 정말 견디기 힘들어."

실버가 고개를 들었는데 눈빛이 이글거리고 있었다.

"난 너에게 다가갈 수 없어. 너를 스치는 것만으로도 상처를 입히기 때문에 피를 흘리게 하느니 내 손을 잘라버리는 게 나아. 내 침은 너를 해칠 수 있어. 내 몸에 있는 것은 너에게 독이 되니까."

실버의 입술이 타라의 입술에 거의 닿고 있었다.

"그리고 너를 죽게 만들 거야."

타라가 무슨 말을 하기도 전에 실버는 허리를 펴더니 갑자기 어둠 속으로 사라졌다.

다리에 힘이 빠진 타라는 질퍽한 땅바닥에 털썩 주저앉았다. 무슨 일이 일어난 거지? 타라는 이해가 되지 않았다. 겨우 며칠 전에 알게 된 소년이, 아니 이젠 청년이라고 해야 하는 실버가 타라에게 일생일 대의 사랑이라고 고백한 건가?

눈물이 흘러내렸다. 타라는 원치 않았다. 다시 사랑하고 싶지 않았다. 너무 고통스러웠다. 다른 누군가를 사랑한다는 건 로빈을 배신하는 것이고, 로빈을 잊는 것인데……. 그건 생각할 수도 없는 일이었다.

문제는 실버의 순수함이었다. 그 고백을 무시하고 싶어도 실버는 마음의 상처를 쉽게 받기 때문에 걱정이 되었다. 사랑을 고백할 때 흔히 사용하는 미사여구를 이용한 것도, 다른 사람들의 근사한 말을 인용한 것도 아니었다. 실버는 자신의 마음을 있는 그대로 말한 것이다. 솔직하고, 직설적이고, 호소력 있는 말로 실버는 타라를 감동시켰다.

타라는 거의 잠을 이루지 못했다. 타라는 실버가 너무 원망스러웠다. 모든 것에 자신이 있었건만! 기계를 작동해서 아더월드를 구할 수 있다고, 이 모험에 성공해서 살아남을 수 있다고…….

타라는 자신에게 쏟아지는 사랑이 부담스러웠다. 아버지의 사랑, 어머니의 사랑, 실버의 사랑……. 타라가 없어지기를 바라는 사람은 안젤리카밖에 없있다.

마침내 깜빡 잠이 든 타라는 동이 틀 무렵 눈을 떴다. 에드라킨족의 신들을 봤는데 꿈이었나?

악몽이었다. 신들은 타라에게 말했다. "너를 추격하지 않는 것은 성공하기를 기다렸다가 희망을 앗아가기 위해서다. 그게 훨씬 재미있으니까." 게다가 신들은 타라가 불안해하고 있다는 걸 알고, 그 불안이 그들에게 맛있는 양식이 된다고 했다. 타라는 꿈속에서 공포의 비명을 질렀지만, 신들이 갈퀴발톱과 송곳니를 들이댄 채 쳐다보고 있다가 건드리기 직전에 사라졌던 것이 기억났다. 타라는 잠을 깼는데 기분이 좋지 않았다. 꿈이 너무 현실 같았다. 게다가 이 꿈으로 신이 다시 나타나지 않는 이유가 설명되지 않는가.

꿈 덕분에 타라는 실버에 대한 생각에서 벗어날 수 있었다. 사랑한다고 고백하는 실버와 죽이고 싶어하는 이들, 어디에 정신을 집중해야 할지 그리 어렵지 않았다. 그래서 타라는 당황해 있다는 걸 들키지 않으려고 침묵을 지켰다.

아침에 일어난 안젤리카는 타라의 빨간 눈과 실버의 슬픈 얼굴을 보며 무슨 일이 있었는지 대충 짐작했다.

그들은 다시 출발했고, 비를 맞으면서 가는 동안 안젤리카는 실버에게 다가갔다. 이날 아침 안젤리카는 발걸음이 무거웠다. 벌써 몇 번째 넘어지면서 온몸에 진흙이 묻었다. 안젤리카는 오늘따라 자꾸 넘어지는 자신에게 짜증이 나면서도 눈길도 주지 않는 실버가 섭섭했지만, 넘어지는 걸 알아채지 못한 거라고 생각하면서 태연하게 물었다.

"어젯밤 너희 둘 무슨 얘기했어? 타라가 오늘 아침 많이 피곤해 보이던데."

실버는 거짓말을 할 줄 몰랐다. 융통성이 없을 정도로 너무 솔직한 점도 난쟁이족의 습성이다.

"만질 수 없다는 걸 내가 얼마나 괴로워하고 있는지 타라에게 말했어. 그리고 경험할 수 없을 거라고 생각했던 사랑이란 감정을 느끼게 해줘서 얼마나 고마워하는지 말했어."

안젤리카가 비틀거리면서 또다시 넘어질 뻔했지만, 실버는 아랑곳없이 말을 계속했다. 난쟁이족은 여성도 남성 못지않게 강하기 때문에 실버 역시 여성에 대한 친절에 익숙지 않았다.

"오, 내 조상들의 혼령들이여!" 마침내 실버를 따라잡은 안젤리카가 물었다. "네가 뭐라고 했는데?"

"내 사랑을 고백했어, 왜?"

안젤리카는 이를 갈았다. 그런 고백을 자신이 아니라 하필이면 미워하는 계집애에게 했다는 것이 기분 나쁘고, 무엇보다 실버의 사랑으로 타라가 임무를 포기하게 내버려두고 싶지 않았다.

타라와 실버 사이가 더 이상 진전되지 않게 막을 필요가 있는데…… 머리를 쥐어짜면서 궁리하던 안젤리카는 심각한 얼굴로 고개를 끄덕였고, 잠시 후 입가에 미소가 번졌다.

"네가 타라를 너무 힘들게 한 게 틀림없어." 안젤리카는 슬픈 어조로 밀어붙였다.

"내가 힘들게 해? 왜?" 실버가 어리벙벙한 얼굴로 물었다.

"타라는 아직 잃어버린 사랑에 대한 상처가 낫지 않았어, 실버. 그런데 타라가 어떻게 네 고백을 받아들이겠어? 타라의 눈이 빨개진 거 못 봤어? 너 때문에 밤새도록 울었나 봐!"

실버가 질겁하여 안젤리카를 향해 고개를 돌렸다.

"나 때문에? 난 타라를 울리고 싶지 않았어!"

"나라면 다시는 타라에게 그런 말을 하지 않겠어. 네가 계속 그러면 타라는 훨씬 상처를 받을 거야."

실버는 잠시 생각하다가 고개를 끄덕였다.

"네 말이 맞아, 안젤리카. 충고 고마워. 내 감정으로 더는 타라를 귀찮게 하지 않을 거야."

안젤리카는 미소를 감추며 덧붙였다.

"하지만 나는 무슨 말이든 다 들어줄 수 있는데!"

"뭐라고?"

"나한테는 사랑한다는 말을 해도 된다고! 난 다 들어줄 수 있거든. 나는 현재 남자친구가 없으니까. 어때? 좋은 생각 아냐? 한 가지만 해결하면 되는데……. 그 빌어먹을 비늘을 사라지게 할 무슨 방법 없을까? 솔직히 말해서 그건 불편하잖아. 너무 불편하단 말이야."

괴로운 듯 실버의 눈빛이 흔들리고 있었다. 실버가 단음절 이상의 대답을 하지 않는데도 혼자서 신이 난 안젤리카는 계속 조잘대고 있었다.

그러다 안젤리카는 입을 다물었다.

그들이 도착한 것이다.

눈앞에 아르루쉬르의 무덤이 보였다.

19

뱀파이어

발코니에서 우연히 만난 아름다운 여인이
반드시 글래머는 아닌데……

*

　셀레나가 창가에서 유령들에 대한(궁극적으로는 마지스터에 대한) 저항운동을 조직화할 방법을 구상하고 있을 때 머리 위에서 뱀파이어가 떨어졌다.

　질겁한 셀레나를 데굴데굴 구르게 만든 것은 정확하게 말하면 박쥐/뱀파이어였다. 핑크빛과 금빛 화장대 위로 떨어진 박쥐는 움직이지 못한 채 끽끽거렸다.

　셀레나는 마법을 작동하고 공격할 만반의 준비를 했다. 기분 전환 거리가 생긴 것이 기쁜(휴! 날아다니는 것들이란!) 퓨마 셈보르가 박쥐를 향해 갈퀴발톱을 세우다 놀란 울음소리를 내면서 뒷걸음쳤다. 박쥐가 부풀어 오르다 점점 커지더니 면허 받은 도둑의 검은색 가죽 옷 차림의 뱀파이어로 변했기 때문이다.

그러나 뱀파이어가 공격하지 않자 셀레나도 마법의 광선을 껐다.

"휴, 타라가 날아다니는 것이 이렇게 어렵다는 말을 해주시 잃있기 든요." 뱀파이어는 두 손으로 머리를 감싸면서 말했다. "아이고, 머리야! 그리고 부인의 패밀리어가 고양이라는 걸 깜빡 잊었네요!"

셈보르가 으르렁거렸다. 뭐, '고양이'라고?

딸의 이름을 듣고 셀레나가 얼른 뛰어갔다.

"그런데 누구⋯⋯."

그제야 뱀파이어를 알아본 셀레나는 말을 중단했다. 눈이 믿어지지 않았다.

"칼?"

"네, 저예요!"

"오, 내 조상들의 혼령들이여! 칼, 네가 어떻게 뱀파이어로 변신한 거야?"

셀레나는 그렇게 물어놓고는 칼에게 말할 기회도 주지 않고 자신이 대답했다.

"내가 이렇다니까. 타라가 너를 변신시켜놓은 거지? 내 딸이 뱀파이어로 변신해 있었던 것처럼?"

칼은 고개를 끄덕이다가 뇌가 흔들리는 것 같아 오만상을 찌푸렸다.

"아야!" 칼은 신음소리를 냈다. "뱀파이어가 튼튼하기에 망정이지 나는 벌써 오래전에 뇌진탕으로 죽었을 거예요!"

셀레나는 칼이 일어나게 도와주었다. 젊은 여인의 방에 난생처음 들어온 칼은 핑크빛과 금빛 일색의 실내장식을 보면서 눈을 깜박였다. 하지만 칼은 아무 말도 하지 않았다. 나전과 금을 박아 화려하게 장식된, 다리가 부드럽게 휘어진 안락의자 하나가 칼의 엉덩이 밑에 와서 멈췄다. 아름다운 원탁 하나도 음료수를 마실 경우를 대비해 칼 바로 옆으로 이동했는데 길게 늘어지는 핑크빛 레이스로 덮여 있어서 다리는 보이지도 않았다.

칼이 앉자마자 셀레나의 질문이 쏟아졌다.

"내 딸을 만났니? 타라는 괜찮지? 왜 너를 변신시킨 거니? 무슨 일인데? 타라는 어디 있니……?"

셀레나는 칼이 말하려는 순간 손으로 중단시켰다.

"아니, 마지막 질문은 잊어. 알고 싶지 않구나. 내가 타라가 어디 있는지 안다는 걸 마지스터가 눈치채면 그걸 이용해 음모를 꾸밀 거야. 하지만 다른 질문은 말해주렴."

칼은 유령들이 습격한 뒤로 타라에게 일어났던 일을 모두 얘기했다. 셀레나는 딸이 그토록 고통을 겪었다는 걸 알고 부르르 떨었다. 곁에서 위로하며 지켜줬어야 했는데…….

"고맙다. 네가 내 딸의 목숨을 구해줬어. 넌 영웅이야. 랑코비트의 유령들을 공격한 게 너였구나?"

칼은 뱀파이어의 이빨을 드러내며 미소를 지었다.

"먼저 부모님을 구한 다음 베어 왕과 티타니아 왕비, 장관들을 점령한 유령들을 퇴치하자 남은 유령들이 겁을 먹기 시작했어요. 그러고는 마침내 유령이 모조리 랑코비트를 떠났어요. 그래서 우리 가족을 안전한 곳에 피신시켜놓고, 오무아의 도둑 대학으로 왔어요. 레지스탕스에서 나를 만나길 원하는 사람이 거기 있다고 알려왔거든요."

칼은 마치 그때의 놀라움을 떠올리는 듯 잠시 침묵했다.

"그 사람이 마라였어요."

셀레나의 얼굴이 환해졌다.

"마라? 마지스터가 타라와 마찬가지로 그 아이도 찾고 있어. 그럼 마라가 계속 도둑 대학에 있었다는 거야?"

칼은 고개를 끄덕였다.

"네, 우리는 숨는 데 능하거든요. 교수님들이 병사들과 유령들로부터 마라를 지켜주고 있어요. 대학의 높은 분들은 거의 유령에 들렸지만, 지위가 낮은 사람들만 마라가 어디 있는지 알기 때문에 위험하지 않아요. 마라가 오무아의 레지스탕스 운동을 주동하고 있어요. 부인의 막내딸은 아주 조숙해요."

칼은 자세한 얘기를 하지 않았지만, 그가 도착했을 때 마라가 목을 끌어안고 입맞춤을 했는데 열세 살 소녀의 순수함이라고 할 수 없었다.

"마지스터가 그 아이를 그렇게 만들어놨어." 셀레나는 씁쓸하게 대꾸했다.

"마라가 궁전으로 들어갈 수 있는 새로운 암호를 알려주며 부인은 믿을 수 있다고 말해줘서 여기 온 거예요."

그들은 미소를 주고받았다.

"그 아이는 안전한 거지? 잘 숨어 있는 거지?"

칼은 망설이다가 솔직하게 대답했다.

"타라요? 부인, 타라에게 안전이라는 말이 어울리는지 모르겠어요. 어쨌든 내가 마지막으로 봤을 때 타라는 위험한 곳으로 가는 것 같지 않았어요. 하지만 딸을 잘 아시잖아요. 타라는 아마 유령들을 돌아가게 할 방법을 찾고 있을 거예요. 그리고 내 생각에는 꼭 찾아낼 거예요."

"위험해지면 내가 정보를 알려줄게. 그리고……."

"이미 무아노에게서 들었어요." 칼이 말을 잘랐다. "기계에 대해서, 파브리스에 대해서도 알고 있어요."

"아, 그래? 무아노도 만났어? 그사이에 정말 많은 일을 했구나. 근데 넌 중요한 걸 말하지 않았어. 여긴 뭐 하러 온 거니?"

칼은 손가락 세 개를 폈다.

"첫째, 블롱딘을 데려가려고 왔어요. 패밀리어와 헤어진 지 두 달이 넘어서 힘들어지기 시작했어요. 내가 알기로 블롱딘은 궁전에 숨어 있는 게 틀림없어요. 둘째, 엘레아노라가 비욘드월드에서 아더월드로 오지 않았는지 확인하러 왔어요. 나는 빠르게 도망치느라고 그녀를 찾아볼 겨를이 없었거든요. 셋째, 부인을 도울 일이 있는지 보러 왔어요. 랑코비트에 있는 유령들은 소탕했으니까 여기도 그렇게 할 수 있을 거예요."

셀레나가 어쩌나 뚫어져라 쳐다보는지 칼은 뱀파이어의 이빨 사이에 손가락이나 피가 묻어 있는 게 아닐까 의문이 들 정도였다. 이윽고 셀레나가 흘리는 비웃음에 칼은 등골이 오싹해졌다.

"네가 뱀파이어라는 걸 그는 몰라." 셀레나는 흡족한 얼굴로 중얼거렸다.

"그가 누구예요?"

"네가 타라라고 생각하고 있어." 셀레나는 대답하지 않고 말을 계속했다.

"마지스터요?"

"따라서 네가 여기서도 계속 유령들을 해치우면 그는 타라가 싸우러 왔다고 생각할 거야."

"부인, 불안하게 왜 그러세요?"

"내가 더 친절하고 상냥하게 대해주면 그는 내가 뭔가를 숨기고 있다고 생각할 거야. 그러다가 내 딸을 숨겨놨다고 생각하겠지……."

"당연하죠." 칼은 혼란스러우면서도 셀레나의 논리적인 생각에 빨려들고 있었다.

"너를 추적하기 위해 특공대를 구성할 것이고……."

"나는 면허를 거의 딴 것이나 다름없는 도둑이기 때문에 얼마든지 따돌릴 수 있어요."

"……너에게 함정을 놓을 거야."

셀레나는 칼의 말을 듣지 않고 있기 때문에 대답할 필요가 없었다. 그래서 칼은 "으흠?"이란 중성적인 대꾸로 맞장구를 치기로 했다.

"그는 전적으로 너를 잡는 데만 혈안이 될 거야. 그리고 계속되는 너의 도전 때문에 미쳐버리겠지."

"으흠?"

"모든 주르스탈이 그 사건을 다루게 되고, 정보를 얻기 위해 크리스털리스트들이 열심히 뛰어다니겠지. 내가 정보를 계속 흘리면, 그는 너를 잡는 일에 전념하느라고 타라에 대해 신경을 쓰지 못할 거야. 그렇게 되면 타라는 자유롭게 그 일을 해낼 수 있어. 그래, 아주 좋은 생각이야. 이것으로 내 작전이 더 확실해지는 거야."

셀레나가 도대체 무슨 말을 하는 건지 궁금하면서도 칼은 시종일관 "으흠?"으로 대답했다. 무슨 작전이지? 셀레나가 벌떡 일어나서 칼은 깜짝 놀랐다.

"시간당 유령을 몇이나 죽일 수 있니?"

"으흠?"

셀레나는 초조한 듯 손가락을 튕겼다.

"칼, 내 말 듣고 있니? 시간당 유령을 몇이나 죽일 수 있냐고?"

어? 이제는 제대로 대답해야 되는 건가?

"부인, 그건 빵을 먹어치우는 것처럼 간단하게 해치울 수 있는 일이 아니에요. 유령들을 죽이려면 우선 아주 어두워야 돼요."

"깜깜해야 된다고? 왜?"

"유령들은 몸에서 빛이 나는데 그 빛은 완전히 깜깜해야만 보이거든요. 실수로 숙주를 죽이면 안 되니까요. 그리고 유령들만 퇴치하는 것이기 때문에 살아 있는 숙주가 나를 보는 걸 원치 않아요. 마지스터가 나를 타라라고 믿기를 바라신다면 특히 나는 '유령들을 죽이는 정체불명의 뱀파이어'로 남아야 해요. 공포 분위기는 그래야 훨씬 효과가 있으니까요."

"그래, 네 말이 맞아. 정체불명의 뱀파이어로 꼭꼭 숨어서 마지스터의 숨통을 조르는 거야."

"하지만 내가 사냥하는 동안 부인은 내 패밀리어를 찾아주셔야 해요. 나에게는 정말 중요한 일이에요."

"그래, 꼭 찾아줄게."

칼은 일어나서 물었다.

"좋아요. 누구부터 시작할까요?"

"크산디아르. 크산디아르부터 시작해."

20
기계

작은 기계에 그토록 엄청난 파괴력이 있다니……

*

발굴 작업이 이미 시작되어 있었다. 주위는 신전을 밝혀주던 것과 똑같은 흰색 꽃 모양의 브리앙트들이 현장을 환하게 비추고 있었다.

타라는 영화 〈미라 2〉를 보는 느낌이 들었다. 물론 분위기는 훨씬 기괴해서 으스스하지만.

타라는 온몸이 부르르 떨렸다.

마법을 사용할 수 없기 때문에 티그족 병사들이 삽과 곡괭이로 땅을 파고 있었다. 타라는 쌓여 있는 부식토를 유심히 살피면서, 부드러워 보이지만 기계가 있는 데까지 흙을 파내려면 족히 이틀은 걸릴 거라고 계산했다. 지금으로서는 기계를 어떻게 손에 넣을지 뾰족한 방법이 없기 때문에 시간적 여유가 있다는 것이 그나마 다행이었다.

"운이 따라주네." 타라 옆으로 기어온 안젤리카가 속삭였다. "우리가 할 일을 대신해주고 있잖아!"

"근데 저들을 어떻게 쫓아버리지?"

그들은 이제야 마지스터가 원정대에 좀비 거미들까지 보낸 이유를 알았다. 전갈의 꼬리가 달린 자이언트 거미들은 어덟 개의 다리로 거의 미친 듯이 흙을 파내고 있었다. 사방으로 날아가는 흙덩어리 때문에 셀렌바와 파브리스는 멀찍이 피해 있었다. 마치 거대한 포크레인 같았다.

타라는 계산을 수정했다. 이런 속도라면 몇 시간밖에 걸리지 않을 텐데!

다행히 거미들이 단단한 지층에 이르렀을 때 속도가 현격히 떨어졌다. 거미는 피로를 느끼지 못하지만, 다리의 키틴질이 빠른 속도로 부서지거나 닳고 있었다. 흙이 바위처럼 단단하게 굳어 있었기 때문이다. 거미들은 머지않아 다리가 다 부러져 더는 흙을 파내지 못할 것 같았다.

타라와 안젤리카, 실버가 있는 곳까지 셀렌바의 욕설이 들렸다.

"화가 많이 난 거 같아." 실버가 말했다. "어떻게 저런 심한 욕을!"

"난 신선하다고 생각하는데." 안젤리카는 미소를 지었다. "어쨌든 아주 독창적이잖아!"

뱀파이어가 크리스털 볼을 꺼냈다.

그러고는 살아남은 에드라킨 길잡이 앞에서 크리스털 볼을 흔들었다.

"내가 이걸 사용하면 무슨 일이 일어나는데?" 셀렌바가 짜증스러운 어조로 물었다.

"우리의 제사장들이 올 것이고, 당신을 신들에게 바칠 겁니다."

"난 너희 제사장들이 겁나지 않아." 셀렌바는 폭발했다. "너희 신들도 두렵지 않아!"

에드라킨이 비웃음을 흘렸다.

"제발 그걸 사용하세요. 그러면 내 임무는 끝나고, 우리는 당신들을 몰아내게 되니까요."

셀렌바는 아랑곳하지 않고 크리스털 볼을 켰다.

만일을 대비해서 마법도 작동했다.

크리스털 볼 위로 이미지가 나타났다. 여제의 모습이지만 눈빛이 이글거리는 것으로 보아 마지스터는 몹시 격분해 있었다. 파트로크와 오무아 간의 시차로 인해 그곳은 이미 밤이었고, 마지스터 뒤쪽 창문 너머의 도시는 컴컴했다.

"나리." 셀렌바는 땅바닥에 무릎을 꿇고 머리를 조아리며 말했다. "거미들이 더 필요합니다. 여기 있는 것들을 데리고는 속도를 낼 수 없습니다! 에드라킨족에게 트란스미투스 방지 주문을 해제하는 허락을 받아서 거미들을 더 보내주시겠습니까? 아니면 마법을 사용해도 된다는 허락을 받아주십시오. 그러면 몇 초 만에 해치울 수 있습니다."

마지스터는 다른 일에 열중하느라 뱀파이어의 말을 듣지 않고 있었다. 셀렌바는 고개를 쳐들다가 크산디아르의 모습을 보고 깜짝 놀랐다. 크산디아르가 티그족 친위대원 둘에게 붙잡혀 있는데 레파루스 치료에도 불구하고 회복되지 않았는지 목에 붕대를 감고 있었다. 옛 부하들에게 붙들린 친위대장은 몸부림치면서 증오심으로 이를 갈고 있었다.

"유령에게서 벗어난 지 얼마나 됐느냐?" 마지스터가 거칠게 물었다.

"한 시간쯤 됐습니다, 폐하. 금방 알아채지 못했기 때문에……. 그리고 수상도 공격을 받은 것 같은데 찾지 못했습니다. 유령들도 사라졌습니다. 샅샅이 뒤졌지만 어디에도 없습니다. (친위대원이 크산디아르의 목을 가리켰다) 대장님이 물렸는데 뱀파이어의 소행이 틀림없습니다."

그런데 친위대원의 목소리에서 미묘하지만 분명히 기쁨이 느껴졌다. 마지스터도 그걸 감지했다.

"그 계집애, 그 계집애의 짓이야. 타라 덩컨! 나에게 앙갚음하려고 망할 계집애가 여기 나타난 거야!" 마지스터가 고함을 질렀다.

뱀파이어가 반응할 겨를도 없이 마지스터는 크리스털 볼을 끊어버렸다. 셀렌바는 꺼진 크리스털 볼을 응시하며 아연실색했다.

"도대체 이게 무슨 일……."

병사들의 시선을 의식한 셀렌바는 냉정을 되찾았다.

에드라킨은 산타할아버지를 기다리는 표정으로 주변을 두리번거리고 있었다.

그러다가 몹시 실망하는 표정이 되었다.

산타할아버지는 다른 데서 많이 바쁜 모양이었다. 기다리는 이는 오지 않고, 곤충 몇 마리만 다가왔다가 신들의 기름 냄새를 맡는 순간 윙윙거리며 날아가 버렸다.

에드라킨은 귀를 비벼대다가 절망적인 어조로 기도하기 시작했다.

셀렌바는 마지스터가 면전에서 크리스털 볼을 끊어버린 것이 믿어지지 않았다. 분노가 가득한 눈빛으로 뱀파이어는 자신의 텐트로 들어갔다.

그 순간 티라는 무아노의 웃음소리를 들었다. 친구도 당황한 뱀파이어를 지켜보다가 고소해하고 있는 것이다.

"어딘가에 정말 너의 쌍둥이가 있는 거 아냐?" 놀란 안젤리카가 속삭였는데 얼굴이 진지했다.

"모르지. 하지만 그건 아니라고 생각해. 마지스터가 펄펄 뛰는 걸로 봐서 또 누군가가 유령들을 몰아낸 모양이야. 내가 무슨 생각하는지 알지?"

안젤리카는 오래 생각할 필요가 없었다.

"칼이 오무아에 있다고 생각하는 거야?"

"응, 칼이 아니면 또 다른 뱀파이어가 있는 거겠지. 하여튼 셀렌바가 지원을 받는 일이 물 건너 갔으니 우리에게는 잘된 일이야!"

"마법을 사용하는 허락이나 트란스미투스 주문 방지를 해제하는 허락을 마지스터가 받아낼 가능성은 전혀 없어." 안젤리카가 단언했다. "근데 셀렌바가 크리스털 볼을 사용했는데도 제사장들이 나타나지 않은 게 이상해. 더 중요한 일이 생겼나?"

제사장들은 절호의 기회를 기다리고 있었다. 꿈속에서 신들이 말하지 않았던가. '모든 희망을 앗아가기 위해서'라고. 타라는 머릿속이 복잡했다. 신들과 경합을 벌여야 하는가? 그들이 막기 전에 기계를 작동시켜야 해. 유일한 위안은 방사선의 여파로 서서히 죽는 것이 아니라 송곳니와 촉수들로 달려드는 불사의 신들과 싸우다 빨리 죽는 것이다.

타라는 무릎이 얼어붙고, 위가 뒤틀리는 느낌이었다.

타라가 공포에 사로잡혀 있음을 모르는 안젤리카는 티그족 병사들에게 집중하면서 어떤 방식으로 순찰을 도는지 살폈다.

거미들을 지원받지 못하게 된 셀렌바는 마지스터에 대한 분풀이를 하듯 거미들과 티그족 병사들을 잠시도 쉬지 못하게 닦달했다.

그들은 밤을 새워서 흙을 팔 기세였다.

크리스털 볼을 사용했는데도 아무도 나타나지 않자 안심한 셀렌바는 마법을 사용하기로 결정했다. 뱀파이어는 마법을 작동했고, 빠른 속도로 흙이 줄어들었다.

마침내 에드라킨족의 신들은 명을 어긴 이들에게 다른 방법으로 벌을 내렸다.

숲의 분노가 폭발했다. 식물들이 신들의 기름 장벽을 휩쓸어버리면서 티그족 병사 셋과 셀렌바의 야참으로 예정된 인간, 거미 세 마리를 낚아채고는 말 그대로 으스러뜨렸다. 거미들의 턱도, 식물들을 꼼짝 못하게 하려고 날린 거미줄도, 손이 넷 달린 티그족 병사들의 검도 식물의 힘을 당해내지 못했다. 그들의 비명소리가 길게 울려 퍼졌다. 타라와 실버, 안젤리카는 기름의 효력이 떨어질 때를 대비해 잔뜩 경계했지만, 식물들이 거들떠보지도 않는 것으로 보아 신들은 타라에게 다른 계획이 있는 것이 틀림없었다.

원정대의 일원들이 살육되는 광경을 보고도 나 몰라라 하던 셀렌바가 넝쿨이 자신을 공격해오자 마법을 껐다. 식물들은 죽은 티그족 병사들과 인간, 거미들을 끌고 즉시 물러갔다.

셀렌바는 명심했다. 마법=죽음, '단순 무식한' 공식이었다. 뱀파이어는 공포에 질린 티그족 병사들과 태평한 거미들에게 고함을 질렀고, 다시 작업이 시작되었다. 에드라킨은 아무 말도 하지 않았지만, 여봐란 듯이 흡족한 미소를 흘렸다.

타라가 돌아서서 속삭였다.

"자, 받아. 톨리스 기름인데 이걸 바르면 거미줄 공격을 받지 않을 거야."

"그랬다가 신들의 기름이랑 맞지 않아서 괜히 효력만 떨어지는 거 아냐?" 안젤리카는 불안한 얼굴로 물었다. "식물들이 갑자기 나에게 군침을 흘리면 어떡해?"

"그렇지 않아. 아니, 사실은 나도 전혀 모르지만 지금은 위험을 무릅쓸 수밖에 없어."

실버가 먼저 톨리스 기름을 바르는 것으로 시범을 보였다. 식물들이 멀찍이 떨어진 채 다가오지 않았다. 그러자 타라와 안젤리카도 톨리스 기름을 발랐다. 이어서 체인지라인의 도움으로 마법복을 눈에 띄지 않는 색으로 위장했다. 발굴 지역은 사파이어빛 나무들로 에워싸였고, 땅바닥에 흩뿌려진 꽃들이 눈부신 빛을 반짝였다. 게다가 아더월드의 두 태양과 별, 두 개의 달, 브리앙트 등의 수많은 빛 때문에 구덩이 안에서는 발굴 지역 바깥에 있는 타라 일행이 보이지 않았다.

거미들이 흙을 파헤치면서 수많은 곤충들이 날아다녔다. 첫 번째로 보초를 서게 된 안젤리카는 곤충이라면 질색이기 때문에 옷을 껴입기로 했다.

밤새 지켜보던 타라와 실버는 잠시라도 눈을 붙이기 위해 숲 속으로 들어갔다. 그들은 세 시간마다 교대하기로 했다. 타라는 재빠르게 행동해야 할 경우를 대비하여 나무 장벽을 세우지 않았다.

자는 것을 꺼리던 타라는 깜빡 잠이 들었는데 아니나 다를까, 신들이 나타나는 꿈을 또 꾸었다. 땀에 흠뻑 젖어서 잠을 깬 타라는 하마터면 비명을 지를 뻔했다.

"타라, 괜찮아?" 실버가 걱정이 가득한 목소리로 속삭였다.

"응." 타라는 부르르 떨면서 대답했다. "악몽을 꿨어. 괜찮으니까 너는 자."

"나는 안 잤어. 거시기가 나를 제압하고 말썽을 피울 수도 있으니까."

"그래, 거시기의 독특한 취향을 생각하면 그럴 수도 있지. 잘 생각했어."

어둠 속에서 실버의 목소리가 다정하게 변했다. "우리는 어쩌면 내일…… 아니 몇 시간 후에 죽을지도 몰라. 타라, 너에게 고맙다는 말을 하고 싶었어. 안젤리카는 그런 얘기를 다시는 하지 말라고 했지만……."

"안젤리카?" 타라는 감정을 억제하는 목소리로 물었다. "안젤리카에게 무슨 얘기를 했는데?"

"내가 너에게 사랑을 고백했다고 말했어. 사실은 네가 나를 두렵게 했을 때, 그때부터 너를 사랑하게 된 것 같아."

안젤리카는 알 필요가 없는데 뭐 하러 말했느냐고 내뱉으려던 타라는 마지막 말이 뇌리에 박혔다.

"뭐라고?"

"인간의 피를 먹는 뱀파이어로 변신했을 때 네가 나를 보면서 말했어. 맛있는 냄새가 난다고. 나를 아주 맛있는 음식처럼 쳐다보는 사람은 처음이었고…… 그때 네가 정말 두려웠어."

아! 기대를 저버리지 않는 이 솔직함! 타라는 실버의 솔직함이 정말 마음에 들었다.

"이더월드 사람들은 사랑에 대한 개념이 정말 이상한 것 같아." 타라는 한숨을 내쉬었다. "무아노도 비슷한 말을 했어. 파브리스가 갑자기 달려들어서 끌어안았을 때부터 사랑하게 되었다고. 하지만 사랑은 달콤하고 따뜻하고 부드러운 것이지 '둘 중 누가 먼저 쓰러지는지 내기할까?' 하는 식으로 힘자랑하는 게 아냐."

어둠 속에서 숨죽인 소리가 들렸다. 타라는 몇 초가 지나서야 실버가 웃고 있다는 걸 알아차렸다.

"우리 난쟁이들은 사랑에 대해 얘기하는 것에 익숙하지 않아. 그런데 내가 사랑을 고백했다는 건 나 자신의 겉모습뿐만 아니라 내면도 인간임을 입증하는 건 아닐까? 아버지는 어머니를 처음 보는 순간 불같은 사랑에 빠졌어. 어머니는 집 근처 공원에서 훈련 중이었는데, 때마침 공원을 지나가던 아버지가 본 거야. 그리고 대번에 자신과 똑같은 불굴의 전사 훈련이라는 걸 알아봤지. 그래서 아버지는 가까운 꽃집으로 쏜살같이 달려가 꽃다발을 사들고 공원으로 돌아갔어. 거기까지는 좋았는데 아버지가 꽃다발을 등 뒤에 감추고 있다가 기습적으로 어머니 앞에서 흔드는 바람에 목숨을 잃을 뻔한 사건이 되고 말았어."

"어머니가 어떻게 했기에?"

"공격이라고 생각한 어머니는 그게 뭔지 묻지도 않고 꽃다발을 뭉개버렸어. 꽃이 다 떨어진 앙상한 줄기만 품에 안자 아버지는 격분했지. 아주 비싸게 주고 산 꽃이거든."

타라는 웃음을 참았다.

"그래서 아버지가 어떻게 했는데?"

"아버지는 배상을 요구했지."

"어떤 배상?"

"꽃다발을 뭉개버린 것에 대한 대가로 결혼해달라는 배상."

그 대가로 결혼이라니! 와, 난쟁이들은 정말 거침이 없구나!

"그래서 어머니는 어떻게 했는데?"

"웃긴다고 생각했지. 어머니는 1년 동안 아침마다 매번 다른 꽃 한 송이를 들고 어떤 집 앞으로 오면 생각해보겠다면서 주소를 알려줬어."

타라는 아름다운 이야기로 머릿속에 가득한 두려움을 잊게 해준 실버가 고마웠다.

"와우, 1년이면 454송이의 꽃이잖아! 그래서 아버지는 뭐라고 대답했는데?"

"다음 날 만나러 오겠다고."

"아버지가 그걸 받아들인 거야?"

"당연히 받아들였지. 처음에는 순조로웠어. 불굴의 전사 지도자의 제자로서 히믈리아를 위한 미션 때문에 직접 갈 수 없을 때는 누군가에게 대신 꽃을 가져가게 할 정도로 열성을 보였으니까. 그런데 제동이 걸렸어. 딸을 어린애로만 보는 내 외할아버지가 누군가가 아내, 즉 외할머니에게 꽃을 보낸다고 오해를 한 거야."

타라는 제때에 손으로 웃음을 틀어막았다.

"농담이지?"

"천만에. 아버지의 사랑이 진실한 건지 확인하고 싶었던 어머니가 모습을 나타내지 않았기 때문에 아버지는 집 앞 층계에 꽃을 두고 가야 했거든. 그런데 문제는 어머니가 주소만 알려주고 이름을 말해주지 않아서 아버지는 누구에게 주는 꽃이라는 걸 표시할 수가 없었어. 게다가 어머니는 외할아버지가 그 일에 끼어드는 걸 원치 않아서 그 꽃이 자기에게 온 것이라고 말하지 않았고."

타라는 어떻게 되었을지 뻔히 상상이 갔다.

"할머니는 날마다 누군가가 자기에게 꽃을 놓고 간다면서 아주 즐거워했어. 기분이 상한 할아버지는 유부녀를 탐하면 어떻게 되는지 보여주기로 작정하고 별렀지. 그러던 어느 날 아버지가 꽃을 두고 돌아설 때 머리 위에서 엄청나게 많은 돌이 떨어지는 거야. 54번째 꽃송이를 가져간 날이었는데……."

"맙소사." 타라는 웃음을 참느라고 배를 움켜잡았다. "그래서 어떻게 됐어?"

"기습 공격을 가까스로 피한 아버지는 방어를 했지. 그러다 오해의 희생양이 되었다는 걸 알았어. 할아버지가 남의 아내에게 눈독을 들이는 무례한 놈은 절대로 가만두지 않겠다고 고함쳤거든. 할아버지는 아내에게 보내는 꽃이라고 확신하고 있었으니까. 여자에게 속았다는 걸 알고 격분한 아버지는 할아버지를 때려눕히고는 가버렸지."

어둠 속에서 타라는 놀란 토끼 눈이 되었다. 아내가 될 여자의 아버지를 때려눕히는 건 그리 좋은 생각이 아닌데…….

"집 안에 있다가 싸우는 소리에 놀란 어머니가 마침내 무슨 일인지 보러 뛰어내려왔지. 그리고 쓰러져 있는 자신의 아버지를 봤고, 한 난쟁이가 아버지를 죽이려 했다고 외치는 할머니의 증언을 들은 거야. 그러다 땅바닥에 떨어진 꽃을 보면서 사태를 파악했지. 어머니는 아버지가 할아버지에게 딸과의 결혼을 허락해달라고 했다고 생각하고 소리를 지르기 시작했어."

타라는 웃음소리를 내지 않으려고 어찌나 애를 썼던지 볼이 아팠다. 이제껏 들어본 것 중 가장 복잡하게 얽히고설킨 이야기였다.

"아직 정신이 없는 할아버지는 아내에게 치근거리는 난쟁이를 쫓아냈는데 딸이 왜 그렇게 화를 내며 난리 치는지 이해할 수 없었지."

"맙소사, 말도 안 되는 얘기야!"

"잠깐, 아직 끝나지 않았어. 그리 멀지 않은 곳에 있던 아버지는 어머니가 외치는 소리를 들은 거야. 울화가 치민 아버지는 화풀이라도 하려고 되돌아갔지. 무엇보다도 비싸게 주고 산 꽃다발이 아까웠으니까."

타라는 어둠 속에서 미소를 지었다. 난쟁이들은 도가 넘치게 인색한 건 아닌데 한 푼이라도 아끼는 습관이 몸에 밴 종족이었다.

"거리 한복판에서 남이 하는 말은 전혀 듣지 않고 서로 악을 쓰면서 싸우는 난쟁이 넷, 그 장면을 상상해봐."

도저히 참을 수가 없는 타라는 소리를 내지 않으려고 입을 틀어막았다.

"그래서 어떻게 끝났어?"

"경찰이 왔는데 네 난쟁이가 하는 말을 도무지 알아들을 수가 없어 모두 연행했지."

"실버! 꾸며낸 얘기지? 말도 안 돼!"

"우리 난쟁이들은 거짓말 못해." 실버는 아주 진지하게 대답했다. "그게 단점이기도 하지만."

"단 한 번도?" 타라는 농담으로 받아쳤다.

"난쟁이들은 복수심이 강해." 실버는 타라의 말에 개의치 않고 말했다. "이해가 되지 않던 미스터리가 풀리자 할아버지는 위아래도 모르는 무례한 놈은 절대로 사위로 맞지 않겠다고 딱 잘라 말했지."

"그렇게 간단하게 끝났을 것 같지 않은데 그래서 어떻게 됐어?"

"아버지도 괴팍한 늙은이의 딸과 결혼하고 싶지 않다고 받아쳤어. 그 말에 격분한 어머니는 아버지, 즉 나의 외할아버지를 때려눕힌 난쟁이와는 결혼할 마음이 없다고 응수했지. 그때 할머니가 나섰어. 그런데 할머니는 아더월드에서 목소리가 아름답기로 이름난 성악가였거든."

타라는 경적을 울리는 것처럼 쩌렁쩌렁한 난쟁이들의 노래를 들어 본 적이 있었다.

"할머니가 어찌나 크게 소리를 질러댔는지 할아버지 말로는 그날 고막이 터질 뻔했고, 유치장 철창이 흐물흐물해질 정도였다는 거야. 공공질서 문란 행위에 벌금형을 내리려던 경찰관의 입까지 다물어버리게 했다니 상상이 가지? 할머니는 목소리를 내리깔고 나의 아버지에게 자초지종을 설명하라고 명했어. 먼저 말하려는 할아버지를 보며 할머니가 다시 소리를 지르려고 하자 할아버지는 얼른 입을 닫아버렸어. 엄청난 고함소리에 벼락을 맞고 싶지 않았으니까. 아버지가 어머니에게 첫눈에 반해 날마다 꽃을 가져가게 되었다고 말하자 할머니는 어머니에게 그 꽃이 누구를 위한 것인지 왜 말하지 않았냐며 설명하라고 했어. 어머니는 한편으론 할아버지의 반응이 두려웠고, 다른 한편으로는 이 남자가 정말로 그 이상한 약속을 지킬 거라고 생각하지 않았다고 설명했어."

"할머니가 아주 현명한 분이셨네. 그래서 할머니가 모든 책임을 할

아버지에게 돌리는 것으로 문제를 해결하셨어?"

"정확해. 모두 할아버지에게 비난의 눈길을 보냈으니까. 할머니는 아내를 믿지 못한 할아버지를 용납할 수 없다고 비난했어. 할아버지가 딸을 과잉보호한 것을 인정하자 어머니는 기회를 놓치지 않고 아버지의 청혼을 긍정적으로 생각하겠다는 약속을 받아냈지. 거의 5년이 지나서야 허락을 받았고, 두 사람은 마침내 결혼했어. 그리고 100년 동안 오무아에서 살았는데 아이를 낳을 수 없다는 걸 알게 되었지. 그래서 입양을 신청했어."

"그랬구나. 하지만 공식적으로 입양된 거라면……."

"아니, 나를 그분들에게 맡긴 누군가는 공식적 절차를 거치지 않았어. 그분들이 아이를 원한다는 걸 알고 편지와 함께 나를 맡겼으니까. 그 편지에는 아기를 키우면서 부모로서 행복을 누리고, 아기도 행복을 누리게 해달라고 적혀 있었어. 그래서 양부모님은 다른 이들에게서 나를 보호하기 위해 도시를 떠나 농촌으로 가야 했어. 그러니까 양부모님이 그 약속을 지켰던 것은 나를 키워주는 대가로 보내주는 돈 때문이 아니라 나를 안전하게 키우기 위해서였어. 내가 너에 대해 느끼는 감정을 고백했을 때 말했듯이 나는 사랑이 뭔지 알아. 타라, 사랑은 복잡한 감정이지만, 나는 서로 사랑하는 부모님을 보면서 자랐고, 나를 사랑으로 키워주신 것도 알아. 하지만 사람들을 해치는 비늘 때문에 나에게 사랑이란 감정을 느끼는 날이 올 거라고는 생각하지 않았어. 그래서 너에게 고맙다는 말을 하고 싶었던 거야. 그런 감정을 느끼게 해줘서 정말 고마워. 나에게는 아주 소중한 거니까. 그리고 너에게 사과하고 싶어. 내 감정을 고백한 것이 너를 가슴 아프게 하리란 생각은 못했어. 로빈에 대한 너의 사랑이 크다는 걸 알았지만, 네가 전혀 말하지 않았기 때문에⋯⋯."

웃음이 싹 달아난 타라는 신중하게 말했다.

"내가 로빈에 대해 말하지 않은 건 죽고 싶을 만큼 괴로웠기 때문이 야. 칼이 내 목숨을 구해주지 않았다면 난 죽었을 거야. 로빈을 생각하 지 않고서는 하루도 살 수 없었으니까. 실버, 너는 내가 이제껏 만난 사람 중에서 가장 이상하고 놀라운 존재야. 너는 용맹하고, 친절하고, 잘생기고, 현명하지만, 난 너의 사랑을 받아들일 수 없어. 비늘이 없었 더라도 그건 안 되는 일이야. 여전히 로빈을 사랑하고, 몇 시간 뒤에는 죽을 위험이 있기 때문이기도 해. 그리고 사랑하는 사람을 잃는 것보 다 더 고통스러운 건 없어."

실버가 한숨을 내쉬는 소리가 들렸다.

"난 네가 죽게 놔두지 않을 거야. 그건 있을 수 없어. 그리고 기다릴 거야. 그래, 난 기다릴 거야."

"아니, 난 너를 기다리게 하지 않을 거야." 타라는 단호하게 말했다. "로 빈도 똑같은 말을 했어. 내가 자기를 사랑하게 되길 기다리겠다고. 그 리고 내가 나이가 들기를 기다리겠다고. 실버, 그런데 나는 위험해. 몇 번인지 수를 헤아릴 수 없을 정도로 내 친구들을 위험에 빠뜨렸어. 게 다가 내가 사랑하는 로빈을 죽게 했어. 너를 멋있다고 생각할 여자는 수없이 많아. 네가 그 비늘과 독성이 있는 침에서 벗어나는 날, 그날이 오면 틀림없이 많은 여자가 너를 쫓아다닐 거야. 그 여자들 중에서 나 보다 더 너를 두렵게 할 여자를 만날 거라고 확신해."

마지막 말은 타라 자신이 생각해도 좀 이상했지만, 실버가 관심을 가질 만한 말을 하려면 어쩔 수 없었다.

침묵…….

"실버." 타라는 부드럽게 불렀다. "내 말 듣고 있어?"

그러나 실버는 대답하지 않았다.

타라는 일어나서 주위를 둘러봤다.

실버가 보이지 않았다.

그 순간 들리는 고함소리에 소스라치게 놀란 타라는 발굴 지역을 향해 질주했다.

타라의 얼굴이 창백해졌다.

원정대가 기계를 찾아낸 것이다.

21
작전
누가 뭐래도 선택의 여지가 없는 카드

*

마지스터는 크리스털 볼을 작동했다. 아름다운 셀레나의 얼굴이 나타났다.

"여보세요?" 마지스터를 알아본 셀레나가 경계했다.

"기분이 좋아 보이는구려." 마지스터는 유쾌한 어조로 말했다.

"아, 네." 셀레나는 성의 없이 대답했다. "무슨 일이죠?"

"마침내 크소아라를 불러들였소. 이제 위험하지 않으니까 타라 걱정은 하지 않아도 되오."

"그거 좋은 소식이군요!" 셀레나는 매력적인 미소를 지으면서 대꾸했다. "정말 고마워요, 친애하는 친구!"

어안이 벙벙한 마지스터가 무슨 말을 하기도 전에 셀레나는 크리스털 볼을 끊어버렸다.

한편 셀레나가 크리스털 볼을 받을 때 옆에 숨어 있던 틸이 통화가 끝나자 어둠 속에서 나타났다.

"'친애하는 친구'?" 늑대인간들의 대통령이 비아냥거렸다. "엘세스 여제께서 부인을 지지하는 이들이 많다고 알려주지 않았다면 의심했을 겁니다."

셀레나 뒤쪽에 떠 있는 선대 여제 엘세스의 유령도 놀란 표정을 짓고 있었다.

"어허, 너무 티를 내면 안 되지! 그러다 마지스터가 의심이라도 하면 어쩌려고!"

셀레나는 음흉한 미소를 지었다.

"아니, 그는 너무 오만해서 그것으로 망할 거예요. 틸 대통령은 내 작전을 어떻게 생각하세요?"

"뱀파이어라는 뛰어난 에이스 카드가 있지만, 허점이 너무 많습니다." 틸이 머리를 긁적이면서 말했다. "하지만 가녀리게 보이는데도 부인은 거의 알파 늑대에 버금가는 용맹한 여성이라는 것은 인정합니다."

감탄을 나타내는 어조였다. 틸은 이상을 실현하기 위해 투쟁하는 용맹한 셀레나가 자신의 취향이라고 생각했다. 게다가 아름답기까지 하지 않은가.

틸은 셀레나에게 추파를 던졌다.

"아, 고마워요." 틸이 무슨 생각으로 하는 말인지 전혀 관심이 없는 셀레나는 칭찬이라고 여겼다.

"준비가 되려면 얼마나 걸리겠습니까?" 틸이 진지하게 물었다.

"빨리 움직여야지요. 날이 갈수록 마지스터의 힘이 커지고 있으니까."

"그럼?" 틸이 물었다.

"내일 한밤중이요. 30시간 후 우리는 작전을 개시할 겁니다. 준비해 주세요."

"여러분은 정말 순진하시네요." 갑자기 누군가가 말해서 모두 소스라치게 놀랐다. "죄송한 표현이지만, 그건 미친개에게 먹이를 던져주는 꼴이 될 수도 있습니다."

명색이 퓨마인데 인기척조차 느끼지 못했다는 것에 놀란 셈보르가 으르렁거렸다.

그들이 맞서 싸울 기세로 돌아섰다. 벽에서 떨어져 나온 그림자 하나가 윤곽이 또렷해지더니 주홍빛 머리에 검은 눈의 아름다운 티그족 여성이 상냥한 미소를 지어 보였다.

그러고는 손에 들고 있는 것을 보였는데 새까맣게 탄 스쿠프 여섯 개였다.

늑대인간들의 대통령이 몸을 웅크리면서 으르렁거리자 셀레나가 손으로 막았다.

"잠깐, 친구예요. 세네? 여길 어떻게……?"

"유령들과 숨바꼭질을 하는 중이에요." 카무플레 국장 세네 센스사스가 대답했다. "사람들의 눈길을 피하는 남다른 재주로 유령들을 따돌릴 수 있거든요."

"내 후각도 그렇지요." 틸이 씁쓸한 표정으로 말했다. "하지만 우리를 너무 놀라게 했소."

명색이 늑대인간인데 냄새도 맡지 못한 것에 틸은 자존심이 상하고 적잖이 당황한 눈치였다.

세네는 활짝 웃어 보였다.

"궁전 안팎에서 활동하는 레지스탕스들을 연결해주면서 여러분도 주시하고 있었지요. 한 뱀파이어가 유령들을 공격했을 때 처음에는 나도 타라라고 생각했어요. 그래서 숨어서 지켜보다가 범인이 칼이라는 걸 알고 깜짝 놀랐어요. 무엇보다 칼에게 크산디아르를 가장 먼저 구하라고 하셨는데 부인에게 감사합니다. 내 사랑이 마지스터의 노예가 되어 있는 꼴을 정말 볼 수가 없었는데……."

"크산디아르는 핵심 요원 중 한 사람이니까요." 셀레나가 말했다. "그래서 그를 선택한 거예요." 그러고는 스쿠프들을 가리키며 물었다. "그런데 그건 뭐죠?"

"아, 이거요? 부인의 방을 감시하는 두 번째 장치예요." 세네는 시커멓게 탄 작은 카메라들을 호주머니에 집어넣은 다음 손을 닦았다. "지난 몇 주 동안 부인의 방에서 여러 번 차단시켜야 했어요."

셀레나의 얼굴이 창백해졌다.

"두 번째 장치?"

"네."

"하지만 스쿠프들은 내가 매번 다 파괴했는데……."

"복잡한 주문이 걸려 있는 장치죠. 부인이 첫 번째 스쿠프들을 파괴하는 순간 그 뒤에 설치된 다른 스쿠프들이 소리 없이 자동으로 작동되기 때문에 부인은 알 수 없었을 거예요."

"세네가 아니었다면 칼과 내가 했던 작전이 모두 들통이 났을 거란 뜻이에요? 엘세스 여제, 틸 대통령과 계획하고 있는 작전도 그럼?"

"네, 맞아요." 세네가 대답했다.

갑자기 셀레나가 달려들어서 세네의 손을 붙잡았다.

"고마워요, 정말 고마워요."

"내가 할 일을 했을 뿐입니다, 부인. 우리 제국이 위험에 처해 있어요. 나는 오무아 제국의 비밀정보국 요원이 되면서 나라를 지키겠다고 맹세했습니다."

"세네, 당신은 나라의 보물이에요. 틸 대통령?"

"네, 부인?"

"불을 꺼주시겠어요?"

틸은 의아한 표정을 짓다가 시키는 대로 했다. 응접실이 어둠에 잠겼다.

셀레나는 안도의 숨을 내쉬었다.

세네에게서 빛이 나지 않았다.

"좋아요." 셀레나가 말했다. "이제 불을 다시 켜주세요."

틸이 불을 켰다. 다시 환해졌을 때 그의 눈에 의문이 가득했다.

"마지스터가 또 무슨 짓을 꾸몄을지 알 수 없어서…… 미안해요." 셀레나는 약간 난처해하면서 세네에게 말했다. "내가 당신의 손을 붙잡은 것은 방을 나가거나 위장술로 숨지 못하게 하려는 것이었어요. 유령들은 어둠 속에서 빛을 발하기 때문에 숙주의 몸에서도 빛이 나거든요. 이제는 당신이 우리 편이라는 것이 확실해졌어요. 다시 한 번 고마워요."

틸 대통령은 고개를 끄덕이면서 경의를 표했다.

"세네 정보국장, 당신 덕분에 우리가 살았군요. 고맙소, 당신이 부르면 언제든 늑대들이 달려올 거요. 당신은 우리 늑대인간들의 존경을 받을 겁니다."

이번에는 세네가 허리를 굽히면서 경의를 표했다.

"천만의 말씀입니다. 방금 얘기하던 작전에서 내가 뭘 도와드리면 되는지 알려주시지요."

셀레나는 기대 이상으로 운이 좋다고 생각하면서 미소를 지었다.

그러고 나서 계속 마음에 걸렸던 점을 물었다.

"왜 나예요?"

"무슨 말씀인지요?"

"왜 나를 감시하고 있었죠? 유령들의 행동을 감시하는 건 이해하겠는데 나는 왜?"

"사실은…… 미션이었어요."

"미션이라니요?"

"유령들이 습격하기 직전에 리스베스 여제께서 타라에게서 눈을 떼지 말라는 명을 내리셨지요. 정보국의 일 때문에 26시간을 꼬박 감시한 건 아니지만, 어쨌든 타라를 감시했어요. 그래서 금지된 대륙에도 후계자를 따라갔던 것이고요."

"타라를 감시하고 있었군요. 당신도 타라가 돌아왔다고 생각해요?"

"네, 처음에는." 세네가 대답했다. "그러다가 그게 아니라는 걸 알아차렸지요."

그때였다. 갑자기 들리는 목소리에 그들은 또다시 깜짝 놀랐다.

"타라는 파트로크 섬에 있소!"

셀레나의 스위트룸 벽을 통과한 단비우가 다가오고 있었다.

"오, 내 조상들이시여!" 엘세스 여제가 중얼거렸다. "10분도 안 돼서 벌써 두 번이나! 심장이 없기에 망정이지 심장마비로 죽었을 거야. 어허, 노크하는 것도 안 배웠나?"

세네와 단비우는 어이가 없는 표정으로 엘세스를 쳐다봤다.

"아, 그래, 알았네. 내 말 신경 쓰지 말고 어서 얘기들 하게."

셀레나는 질겁한 얼굴로 단비우에게 다가갔다.

"우리 딸이 지금 파트로크에 있다고요? 히믈리아가 아니고? 맙소사, 그럼 에드라킨족과 싸우고 있단 말이에요? 타라는 괜찮아요?"

"식충식물들의 숲에서 적들에게 에워싸여 있는 상태요. 그리고 유령퇴치 기계를 타라가 직접 작동할 생각이던데 당신은 알고 있었소?"

셀레나는 어깨를 으쓱했다.

"아뇨, 난 그게 정확하게 어떤 기계인지도 모르는데……."

"아주 위험한 기계요." 단비우가 말했다. "셀레나, 타라가 기계를 작동하면 방사선 때문에 죽게 돼요. 당장 죽는 건 아니지만, 돌이킬 수 없게 된단 말이오."

"확실해요?"

"셀레나, 나는 오무아의 황제였던 사람이고, 데미데루스의 직계 후손이오. 리스베스 누나에게 후손이 없기 때문에 황태자이기도 했소. 따라서 나는 『궁정 비사』를 자유롭게 접할 수 있었고, 수년 동안 읽으면서 내 머릿속에 내용이 거의 다 입력되어 그 기계에 대해서도 똑똑히 기억하고 있단 말이오."

다리에 힘이 빠져서 안락의자에 털썩 주저앉은 셀레나는 두 손으로 얼굴을 감쌌다.

"타라가 죽으려는 건가, 로빈 때문에?"

"타라는 어떻게서든 자신의 잘못을 바로잡아야 한다는 생각에 빠져 있었소."

"살신성인!" 틸이 탄복했다. "정말 믿어지지 않을 정도로 용감한 소녀입니다."

틸의 말을 들은 척도 않고 단비우는 셀레나에게 말을 이었다.

"당신의 의견을 묻기 위해 돌아온 거요. 당신이 나보다 그 아이를 더잘 아니까 어떻게 설득해야 하는지 방법을 알려줘요. 그 아이를 단념하게 하려면 무슨 말을 해야 하는 거요?"

셀레나는 얼굴을 비볐다. 타라가 어머니 이사벨라 못지않게 고집쟁이라는 걸 벌써 오래전부터 알고 있었다. 일단 결정을 내리면 누구도 타라의 고집을 꺾을 수 없었다.

셀레나는 애석한 눈길로 단비우를 쳐다봤다.

"당신은 비욘드월드로 돌아가야 해요."

"뭐요? 하지만……."

셀레나는 벌떡 일어났다.

"못 알아들었어요? 그 아이는 아무도 말리지 못해요. 기어코 그 기계를 작동할 거라고요. 타라가 기계를 작동할 때 당신이 여기 있으면 영원히 소멸될 거예요. 단비우, 당신은 우리 딸의 힘이 어느 정도인지 전혀 몰라요. 타라는 살아남을 거예요. 난 그렇게 믿어요. 하지만 내 말잘 들어요. 당신이 소멸되면, 타라는 사랑하는 로빈뿐만 아니라 아버지의 혼마저 영영 죽었다는 죄책감까지 짊어지게 돼요. 당신까지 보태지 않아도 제국의 일로 늘 위험에 빠져서 살아야 하는 아이라고요!"

"하지만 그건 당신 생각이지 확실한 게 아니잖소! 그 아이가 생각을

518

놀리게 해서 구해야 돼요. 나…… 내가 당신과 그 아이를 얼마나 사랑하는데!"

셀레나는 창백해졌다.

"알아요. 그러니까 타라를 위해 떠나라는 거예요. 당신을 위해서가 아니라……."

"방사선이 그렇게 치명적입니까?" 부부의 대화를 끊으면서 세네가 물었다. "타라를 구할 수 있는 무슨 방법이 없을까요?"

"없소." 단비우가 대답했다. "『궁정 비사』에……."

"오래전이었잖아요." 셀레나가 말을 잘랐다. "그 뒤로 과학과 의학이 엄청나게 발전했어요. 단비우, 제발! 내 말 믿어요. 당신은 파트로크로 돌아갈 필요 없어요. 우리를 믿고, 타라를 믿어야 해요."

셀레나는 단비우의 파란 눈을 뚫어져라 쳐다봤고, 그녀가 느끼는 감정을 모두 전했다. 단비우는 애통했다. 셀레나도 아직 남편을 사랑하고 있었다. 그녀는 남편도 구하고 싶고, 딸도 구하고 싶었다. 그녀는 들러리가 되기를 거부했다. 그녀는 부드러우면서 강했다. 그녀는 아내였고, 단비우는 아내를 위해서라면 죽을 수 있을 정도로 사랑했다.

단비우는 사랑하는 아내의 말을 따르기로 결심했다.

엘세스 여제가 마른기침을 했다. 자신의 존재를 상기시키기 위해서였다.

"타라가 언제든 기계를 작동할 수 있는 건가?"

"네." 단비우는 셀레나에게서 눈길을 떼고 대답했다.

"나도 유령이잖아." 엘세스가 말했다.

"네, 저와 똑같은 신세지요." 단비우는 한숨을 내쉬었다.

"그 기계에 산산조각이 나고 싶지 않지만 나는 위험을 무릅쓰겠다."

엘세스 여제는 단비우의 관심을 끄는 데 성공했다.

"무슨 말씀인지?"

"나는 에드라킨족의 섬나라에 가본 적이 없지만, 생존자들이 전하는 말에 따르면 에드라킨족 신들이 굉장히 까다롭다는 건 알고 있지. 너의 딸, 타라의 능력을 믿는 건 알겠는데…… 그래서 한 가지 묻겠다. 그 아이가 실패할 경우를 대비해 우리가 직접 마지스터를 제압할 작전을 짜야 한다는 것에 모두 동의하는가?"

셀레나는 하염없이 흐르는 눈물을 닦으면서 말했다.

"타라의 마법 능력은 강력하지만, 옳으신 말씀입니다, 폐하. 실패할 수도 있습니다."

"그 누구도 타라에게 기계를 작동하라 마라 간섭할 수 없다. 우리는 모든 상황에 대비하고 있어야 한다. 따라서 마지스터를 제압하고, 리스베스를 제국의 수장으로 복귀시킬 작전을 짜야 한다. 마지스터를 제압하는 데 성공하면 나는 즉시 떠날 것이다." 엘세스가 손가락으로 단비우를 가리켰다. "젊은 유령, 너도 떠나. 타라가 기계를 작동하면 일이 수월해지겠지만, 여기 있으면 소멸되기 때문에 우리는 떠나야 한다. 하지만 실패할 경우에는 뱀파이어에게 리스베스의 피를 빨아먹게 하는 것으로 끝을 봐야 할 것이다. 그리고 파트로크로 원정대를 파견해 에드라킨족에게서 타라를 구하고 가능하면 기계도 함께 회수해야 한다. 다음 세대를 위해서라도 기계를 연구해야 한다."

단비우는 간청하는 눈길로 셀레나를 쳐다봤지만, 그녀는 꿋꿋하게 단호한 눈길을 보냈다. 단비우는 한숨을 내쉬었다.

"좋아요. 파트로크로 가지 않겠소. 그 미치광이를 제압한 뒤에 곧바로 비욘드월드로 가겠소. 당신을 믿겠소, 내 사랑 셀레나. 타라가 제발 아주 많은 세월이 흐른 뒤에야 나에게 오길 바라오."

셀레나는 희미한 미소를 지었다.

"네, 약속할게요."

그들은 무거운 마음으로 작전을 수정했다. 세네가 합류하면서 어렵다고 생각한 것들이 갑자기 아주 쉬운 일로 바뀌었다.

그들은 계획을 면밀히 검토했고, 이제 행동으로 옮기면 되었다.

"우리를 믿으셔도 됩니다, 부인." 틸이 말했다. "우리는 준비가 되었습니다. 부인의 편에서 싸우는 것은 영광입니다. 복수 작전은 혈전이 될 것입니다."

"신들이시여, 우리를 불쌍히 여겨 승리를 허락하소서." 늙은 여제 엘세스는 유령의 가슴에 성호를 그으며 중얼거렸다.

"아니면 죽음이죠." 틸이 단정적으로 말했다.

늙은 여제는 얼굴을 찌푸렸다.

"죽음은 너무 과장이고!"

신 1000

어떻게 해야 불사의 적들을 이길 수 있을까

*

구덩이에서 승리의 춤을 추는 셀렌바, 어디서 본 듯한 장면인데······.**16**
그들이 기계를 찾은 것이다.

크리스털 볼을 탁 끊어버린 마지스터의 태도에 자존심이 상한 셀렌바는 기계를 찾았다는 소식을 알리지 않을 작정이었다. 거미들이 파놓은 구덩이를 내려다보면서 뱀파이어는 티그족 병사들에게 기계를 들어 올리라고 명했다.

타라는 가슴이 두근거렸다. 마침내 유령들을 섬멸할 수 있는 기계를 보는 것인가. 그 순간 타라는 〈스타게이트〉의 한 장면이 떠올랐다. 외계 종족 고아울드들이 고대인들의 기계를 파내는 장면을 바라보는

---

16. 타라는 영화 〈인디펜던스 데이〉의 한 장면이 떠올랐다.

오닐 대령의 심정도 이랬을까? 이제는 기계를 빼앗아 작동하는 방법을 알아내야 하는데……. 지금 내 옆에도 오닐과 함께 지구를 구하는 다니엘 잭슨 박사나 사만다 카터가 있다면 얼마나 좋을까?

기계의 크기가 의외로 작은 것에 모두 놀라고 있었다. 가로세로의 길이가 1미터인 정육면체…… 그리 무거워 보이지도 않았다.

그런데 흙을 파내지 않던 거미가 두 마리 있더라니 그중 한 마리에는 안장이 얹어져 있었다. 기계를 싣고 가기 위해 남겨둔 것이다.

흙을 파느라고 다리가 닳아 쓸모없게 된 거미들은 정글에 버려졌다. 셀렌바가 뭐라고 한마디 하자 좀비 거미들이 마침내 골격만 남은 채 최후의 죽음을 맞았다.

해안 방향으로 출발 신호를 내리던 뱀파이어가 갑자기 뻣뻣해지더니 멈춰 섰다.

실버가 버티고 서 있는데 톨리스 기름 때문일까. 아더월드의 햇빛을 받아 유난히 번쩍번쩍 빛나고 있었다. 옆구리에 찬 검도 번쩍거렸다.

타라는 침을 삼켰다.

"이 두꺼비 같은 놈은 또 뭐야?" 뱀파이어가 으르렁거렸다.

뱀파이어의 핏빛 눈에 엄청나게 화가 나 있는 것이 그대로 드러났다. 셀렌바는 누구든 걸리기만 하면 마지스터에 대한 화풀이를 할 기세로 실버에게 다가섰다.

실버는 협객의 자세로 정중하게 고개를 약간 숙였다.

"내 이름은……."

실버는 신원을 밝힐 겨를이 없었다. 상대에 대한 예의로 고개를 숙이느라고 뱀파이어에게서 눈을 떼었는데…… 이런! 명예롭게 싸울 상대가 따로 있지!

셀렌바가 갑자기 달려들어 두 주먹으로 실버의 머리를 가격했으니! 갑작스러운 공격에 실버는 힘 한번 쓰지 못한 채 풀썩 쓰러졌다.

그런데 셀렌바도 고통의 비명을 질렀다. 믿을 수 없을 정도로 단단한 실버의 머리통에 손목이 부러졌고, 손은 뼈가 드러날 정도로 찢겨 있었다. 그사이에 실버는 정신을 차리기 위해 머리를 흔들었다.

질겁해서 달려간 파브리스가 셀렌바에게 레파루스 치료를 해주려다 멈췄다. 여기서 마법을 사용했다가는 식물들에게 잡아먹힐 텐데…….

"뭐 하고 있어? 빨리 치료해주지 않고!" 셀렌바가 고통스러워하면서 말했다.

"그, 그럴 수 없어요." 지구소년 파브리스는 더듬거렸다. "식물이 우리를 공격할 거예요! 그리고 마지스터…….'

"마지스터는 신경 쓰지 마." 셀렌바가 고함쳤다. "빨리 치료해!"

그러나 파브리스는 뒷걸음쳤다.

"안 돼요." 파브리스는 단호하게 대답했다. "여기서 오래 지체하지 않고 빨리 출발하면 하루도 안 걸려 해안에 이를 수 있으니까 그때 치료해줄게요. 당신 때문에 이 미션을 망칠 수는 없어요."

고통스러워하는 뱀파이어를 보면서 고소해하는 걸까. 파브리스의 목소리에서 아주 약하지만 즐거워하는 것이 느껴졌다.

파브리스에게 농락당할 셀렌바가 아니었다. 갈가리 찢긴 손인데도 길어진 손톱을 세우더니 눈 깜짝할 사이에 무아노의 목을 찔렀고, 피가 흘렀다.

"나를 치료해." 셀렌바가 외쳤다. "아니면 이 계집애의 목을 따버리 겠다!"

파브리스는 새파랗게 질렸다. 잔혹하고 격한 이 행성은 열다섯 살의 소년이 감당하기에 녹록한 세계가 아니었다. 아직은 협박할 줄도 몰랐다.

덜덜 떨면서 파브리스는 셀렌바에게 다가가 마법을 작동했다.

나무들이 부르르 떨었다.

파브리스는 레파루스 주문을 날렸고, 셀렌바의 상처는 아물었다. 나무들이 흥분하면서 수많은 넝쿨이 그들에게 달려들었다. 파브리스는 비명을 질렀다.

셀렌바도 비명을 질렀다.

티그족 병사들은 모두 넝쿨에 휘감겨 끌려갔다. 기계를 실은 거미와 함께 남은 거미도 끌려갔다. 셀렌바는 싸우려고 했지만 나무들을 상대로는 아무것도 할 수 없었다.

거미 두 마리는 힘없이 이 나무에서 저 나무로 옮겨지고 있었다. 기계는 거미의 등에 단단히 묶여 있어서 떨어질 것 같지 않았다. 성난 거미들이 넝쿨을 잘라내고 있지만, 바통을 이어받듯 새로운 넝쿨이 휘감는 통에 거미는 빠져나올 수가 없었다.

셀렌바는 미친 듯이 거미를 뒤쫓았다. 뱀파이어의 강력한 몸으로 정글을 헤치고 나가던 셀렌바는 문득 나무들이 왜 거미와 티그족은 잡아가면서 자신을 비롯해 파브리스와 무아노는 잡아가지 않는지 의문이 들었다. 오히려 잡혀가지 않는다는 것이 무슨 함정인지도 몰랐다.

뱀파이어는 돌진하면서 마법을 작동했다.

그사이에 파브리스는 무아노를 풀어주었다. 둘 다 변신했고, 이번에는 같은 목적으로 셀렌바를 쫓아갔다. 야수는 늑대 못지않게 빠르게 내달렸고, 파브리스는 달리기 시합을 하게 된 것이 즐거운지 웃음을 터뜨렸다.

에드라킨도 거친 숨을 쉬면서 뒤따르고 있지만, 고양이과 동물은 장거리 경주에 맞지 않기 때문에 점점 뒤처졌다.

타라가 에드라킨을 추월했다. 그로기 상태의 실버를 안젤리카에게 맡겨놓고 타라는 인간의 피를 먹는 뱀파이어의 힘으로 기계를 뒤쫓았다.

쫓고 쫓는 추격전…… 목적은 하나, 기계를 손에 넣으려는 것이다.

성난 에드라킨이 갑자기 멈춰 섰다. 그것으로 자기가 할 도리는 지킨 것이다. 신성한 숲에 이방인들이 점점 많아지고 있었다. 에드라킨은 꿇어앉아서 귀가 떨어져나가라 비벼대면서 신들에게 어서 와달라고, 자기를 버리지 말라고 간청했다.

이번에는 신들이 그에게 응답했다.

눈 깜짝할 사이에 에드라킨은 나무들에 에워싸인 빈터에 옮겨져 있는데 그 한가운데에 기계가 놓여 있었다. 기계를 싣고 있던 거미는 박살이 났는지 떨어져나간 조각들이 꿈틀거리고 있었다.

성난 황소처럼 빈터로 돌진해 들어오던 셀렌바는 아연실색했다.

눈앞에 제사장 1000이 소름 끼치는 송곳니를 드러내고 있었고, 바로 옆에 신 1000이 뱀파이어를 거만하게 훑어보고 있었으니.

파브리스는 무아노를 약간 앞서서 달리다 하마터면 빈터로 뛰어들 뻔했다. 기계가 어디 있는지 보려고 머리를 들던 파브리스는 속이 뒤집힐 뻔했다.

　나무 사이로 신들이 부분적으로 보였던 것이다. 얇은 막으로 이뤄진 날개, 가시에 찢긴 촉수, 탐욕스러운 상어 아가리, 흉악한 낯짝, 보는 것만으로도 기절할 것 같은 괴물이었다.

　말이 신이지 어쩌나 흉측한지 이런 괴물들과 맞닥뜨리면 림보의 악마들도 줄행랑치리라.

　제사장들의 열렬한 기도를 양식으로 삼는 신들이 힘을 과시하는 걸까. 공기에서 탁탁 튀는 소리가 나더니 구름들이 부딪치면서 벼락을 쳤다.

　전속력으로 질주해오던 무아노는 두려움에 떨며 웅크려 있는 파브리스에게 걸려 넘어질 뻔했다.

　야수가 소리를 지르려는 순간 늑대가 얼른 아가리를 발로 막으면서 턱으로 가리켰다. 야수의 눈알이 동그래졌다.

　"오, 내 조상들이시여! 저게 뭐야?"

　"에드라킨족의 신들이야. 기계는 아무도 손에 넣지 못할 것 같아. 이번 미션은 셀렌바도 후회가 막심하겠어. 살아남는 것도 힘들게 생겼으니."

야수는 눈을 가늘게 떴다.

"파브리스?"

"응?"

"친구야? 적이야?"

"지금은 네 편이야." 파브리스가 속삭였다. "하지만 나를 믿지는 마. 내가 무슨 짓을 할지 모르니까……."

무아노는 말을 잘랐다. 알고 싶지 않았다.

"좀 더 가까이 가서 보자."

둘은 빈터가 내려다보이는 작은 언덕까지 기어 올라갔다. 신들이 나무들 사이에 숨어서 그 주위를 에워싸고 있었다.

셸렌바는 빈터 한복판에 있는 기계 옆에서 부르르 떨었다.

"나는 내 주인의 명을 받고 왔다." 셸렌바는 차분한 어조로 말했는데 손가락에서 마법의 연기가 나고 있었다.

1000개의 목소리가 합창하듯 한목소리로 터져 나오는데 찌렁찌렁 울렸다.

"우리에게 주인이라는 건 없다."

"당신들의 주인이 아니라 나의 주인을 말하는 것이다."

"닥쳐라, 우리의 인내심에도 한계가 있는 법!"

"나는 당신들을 방해하고 싶지 않다." 셸렌바는 주저 없이 말했다. "그러니까 이 기계를 갖고 떠나게 해달라. 그리고……."

"아니, 아직은 안 된다."

갑자기 날아온 초록색 마법의 광선을 맞고 셸렌바는 마비되었다. 마법은 꺼졌고, 뱀파이어의 눈에서 번뜩이는 분노의 빛만 셸렌바가 아직 살아 있음을 알려주었다.

파브리스와 무아노는 등 뒤에서 나는 인기척에 소스라치게 놀랐다. 타라가 소리 없이 나타났는데 어깨 위에 갈랑이 앉아 있었다.

"파브리스." 타라는 감정을 싣지 않고 담담한 어조로 인사했다.

이런 곳에서 이런 순간에 타라를 만날 줄이야. 파브리스는 안절부절못하면서 침을 삼켰다.

"타라?" 파브리스는 시선을 피하면서 대답했다.

무아노는 안도하면서 함박미소를 지었다.

"오, 내 조상들이시여! 타라, 너를 만나서 얼마나 기쁜지 모르겠어. 어떻게 지냈어? 괜찮은 거야? 너 여전히 뱀파이어 모습이네. 칼을 만났는데 네가 히믈리아로 갈 거라고 했어. 근데 어떻게 여기 와 있는 거야?"

"숲을 통과하는 데는 뱀파이어 모습이 안전하니까. 그리고 나도 똑같은 질문을 해야겠다. 괜찮아? 에드라킨들에게 쫓기는 너를 볼 때도 그랬지만, 파브리스와 싸울 때는 심장마비가 일어날 뻔했어."

파브리스는 난감해했다.

"어, 그게…… 내가 채찍으로 때렸기 때문에 글로리아가 화가 많이 나서……."

"네가 뭐 어쨌다고?"

무아노가 캠프에 도착했을 때 셀렌바가 작은 소리로 말했기 때문에 타라는 무슨 일이 일어났는지 정확히는 모르고 있었다.

"그게…… 얘기하자면 길어." 무아노는 난처해하며 말을 잘랐다. "파브리스를 뒤쫓다가 내가 냉정을 잃었거든. 아, 참, 몽타뉴크리스토가 무사하다고 안부 전해달랬어."

트리톤이 경찰을 따돌렸다는 걸 암시하는 말이었다.

더 이상의 설명을 바랄 때가 아니지 않은가. 타라는 살아남으면 그때 무아노에게 자세히 물어보기로 마음먹었다.

"어떻게 된 일이야?" 타라가 물었다.

"나도 확실히는 모르겠어. 신들이 우글우글하고, 셀렌바는 마비되어 있어. 저기 봐, 기계가 있잖아. 뭔가를 기다리고 있는 것 같아."

신들이 기다리고 있는 건 맞는데…… 뭔가가 아니라 누군가를 기다리는 것이다. 타라는 심호흡을 했다. 먼저 확인할 것이 있었다.

"파브리스, 너 누구 편이야?" 타라는 오랜 소꿉동무에게 물었다.

파브리스는 한숨을 내쉬었다. 앞으로 계속 따라다닐 질문이라는 걸 느꼈던 것이다.

"솔직히 나도 모르겠어." 파브리스는 정직하게 대답했다. "이 모험에서 살아남을 자신도 없고…… 윽, 이게 뭐야?"

파브리스는 옆구리를 찌르는 은장도를 쳐다봤다.

"내가 도와줄게." 무아노가 다정하게 말했다. "너에게 선택할 기회를 주지 않을 거니까. 움직이지 말고 여기 가만히 있어. 아니면 이 칼로 심장을 찔러버릴 거야. 은으로 만든 칼이니까 알아서 해."

"글로리아, 넌 그러지 못해!" 파브리스가 속삭였다.

"1초도 망설이지 않을 거야!" 무아노는 야수의 눈을 부릅뜨면서 받아쳤다. "너는 선택의 여지가 없었다고 여러 번 말했어. 악마의 마법이 가슴을 갉아먹고 있어서 복종할 수밖에 없다고 했어. 이제 내가 그 말을 똑같이 돌려줄게. 우리가 실패하고 마지스터가 승리하면 그자에게 말해. 선택의 여지가 없었다고."

달려들 것처럼 근육이 팽팽해진 늑대가 야수의 눈을 노려봤다. 하지만 무아노는 끄떡도 하지 않았고, 은장도를 쥔 손에 힘을 주었다.

늑대는 힘이 쭉 빠졌다.

"그래, 알았어. 네가 늑대인간보다 더 강한 것 같아. 글로리아, 항복. 네가 더 강력하다는 거 인정할게. 늑대인간은 은장도를 상대로 아무 것도 할 수 없으니까."

예쁜 소녀의 모습으로 돌아온 무아노는 다른 손으로 마법복 호주머니를 뒤졌다.

"아!" 무아노는 미소를 지으면서 말했다. "은장도만 있는 게 아니라 이것도 있거든."

무아노의 손에서 체인 달린 은빛 수갑이 반짝이고 있었다.

격분한 파브리스가 저항할 겨를도 없이 무아노는 여전히 은장도로 위협하며 수갑을 채웠다.

"히플리아의 철과 은을 섞어 만든 거니까 벗어나려고 애써봐야 소용없어. 내가 랑코비트에서 이미 늑대인간에게 시험해봤는데 수갑이 끄떡도 하지 않았으니까."

벗어나려고 버둥거리던 파브리스는 타라와 무아노에게 예전의 친구들이 아니라고 볼멘소리를 했다. 그러고는 무아노의 마음을 사로잡았던 속눈썹이 긴 검은 눈의 소년으로 변신했다.

무아노는 흔들리지 않았다. 수갑의 철이 늑대 모습일 때보다 더 가늘어진 파브리스의 팔목에 맞게 줄어들었다.

늑대인간의 힘으로 수갑의 체인을 쉽게 끊어버릴 수 있을 거라고 생각하던 파브리스는 실망했다. 무아노의 말대로 체인은 끄떡도 하지 않았다.

"이제 어떡할 건데?" 파브리스는 동정을 구하는 목소리로 말했다. "그리고 언제 무슨 일이 생길지 모르는데 이렇게 손이 묶여 있으면 싸울 수 없잖아. 두 손이 자유로워도 이길 수 있을지 알 수 없는 판에……. 그럼 내가 너무 불쌍하잖아."

"이제부터 생각해봐야지." 예전의 친구로 돌아온 듯한 파브리스를 보며 타라는 안심이 되었다.

신들이 빈터를 에워싸면서 편안하게 자리를 잡았다.

갑자기 날아온 에드라킨이 뱀파이어 앞에 착지했다. 셀렌바는 깜짝 놀라서 으르렁거렸다.

타라와 친구들의 얼굴이 굳어졌다.

뭔가가 시작되고 있었다.

"우리의 충성스러운 신도가 우리를 대표하여 피에 굶주린 이방인과의 결투에 나선다." 신들이 에드라킨을 가리키면서 한목소리로 말했다.

에드라킨은 절대로 신들에게 거역하지 않겠지만, 싸우고 싶은 마음이 없어 보였다. 사실, 에드라킨은 신들이 이방인들을 묵사발로 만들어 당장 내쫓아버리길 바랐다. 그런데 뱀파이어와 맞서 싸우라니, 전혀 예상 밖의 상황에 당혹스러웠다.

에드라킨은 무릎을 꿇고 귀를 비벼댔다.

"나는 에드라킨족의 신들을 숭배합니다."

하지만 에드라킨의 힘없는 목소리는 이렇게 말하고 있는 것 같았다. '이 자리를 피할 수만 있다면 오른팔이라도 내놓겠습니다.'

신들이 풀어주자 셸렌바는 아직 마비된 팔다리를 뻗어보면서 죽을 상을 지었다.

　"오, 모든 신들이시여, 나의 뱀파이어 신들이시여, 정녕 내가 이 작은 고양이와 싸우기를 원하십니까? 농담이겠죠?"

　"우리는 농담이 뭔지 모른다. 싸워라!" 목소리가 대답했는데 이들의 삶에는 '유머와 웃음'이라는 것이 아예 없는 것 같았다.

　갑자기 날아온 마법의 광선을 정통으로 맞은 에드라킨이 몸집은 물론이고 키가 쑥쑥 커지기 시작했다. 눈 깜짝할 사이에 에드라킨은 뱀파이어보다 머리 두 개가 더 커졌고, 근육질의 어깨도 더 우람하게 변했다.

　타라의 눈이 동그래졌다. 에드라킨을 향해 마법의 광선을 발사하면서부터 어딘지 모르게 신들이 변하는 느낌이 들었던 것이다.

　셸렌바는 주눅 들지 않았다. 에드라킨의 갈퀴발톱이 단검만 하게 커지는데도 뱀파이어는 흔들리지 않았다.

　"아하, 알겠다." 뱀파이어는 한결같이 자신만만한 어조로 말했다.

　그러고는 신들을 향해 고개를 쳐들고 물었다.

　"이 결투의 쟁점은 무엇인가?"

　"너의 목숨." 신들이 한목소리로 대답했다.

　"나의 목숨? 오케이. 그럼 기계는? 기계를 갖고 떠나지 못한다면 결투에 별로 관심이 없는데."

　침착함을 넘어 배짱까지 두둑한 뱀파이어의 태도에 신들이 당황하는 것 같았다.

　"기계는 네 목숨의 대가에 들어 있지 않다."

"그럼 나는 싸우지 않는다." 뱀파이어가 대꾸했다.

"싸우지 않으면 너는 죽는다."

뱀파이어는 어깨를 으쓱했다.

"이 기계를 가져가지 않으면 어차피 나의 주인이 나를 죽일 것이다. 따라서 당신들의 위협 따위에는 관심이 없다."

그때 수백만의 말벌이 한꺼번에 윙윙거리는 듯한 소리가 들리는데 귀가 먹먹해질 정도였다.

"너의 냉혈한 정신은 거짓말하지 않고 있구나. 너는 정말로 네 주인이 죽일 거라고 생각하는구나. 단순한 죽음으로는 재미가 없다. 싸워서 이겨라. 그러면 기계를 갖고 떠날 수도 있다."

타라는 숨을 죽였다. 셀렌바가 거짓말하고 있는데 신들은 그걸 알아채지 못했다. 마지스터는 그의 오른팔인 셀렌바를 절대로 죽이지 않을 것이다.

신전에서도 그러더니 신들은 머릿속을 읽는 능력이 없었다. 그리고 이곳에는 진실을 말하게 만드는 꽃들도 없었다.

"고맙다." 뱀파이어는 흡족한 얼굴로 대꾸했다.

"그 말은 살아남은 다음에 하라." 목소리가 음험하게 덧붙였다.

하지만 셀렌바는 이미 신들에게 관심이 없었다. 초조하게 기다리고 있는 에드라킨을 향해 돌아선 뱀파이어는 긴 갈퀴손톱을 세웠다.

뱀파이어는 준비가 끝나기를 기다리고 있던 에드라킨에게 달려들어 실버에게 했던 것과 똑같은 공격을 했다. 가슴을 갈가리 찢는 공격에 에드라킨은 뒷걸음쳤다. 그러나 어느새 앞지른 뱀파이어가 에드라킨의 머리 위를 뛰어넘어 착지했다.

그런데 이상한 것은 강철도 찢을 수 있다는 갈퀴손톱이 에드라킨의 단단한 근육에는 효과가 없었다. 찢기기는 했는데 치명적인 상처는 아니었다.

그리고 상처에서 흐르는 액체도 빨간색이 아니라 초록색이었다.

에드라킨은 고통스러워하면서도 앞으로 나아갔다. 셀렌바는 뒷걸음치다가 에드라킨을 빙빙 돌면서 뛰어다니기 시작했다. 군데군데 찢어진 에드라킨의 몸뚱이에서 초록색 액체가 흘러내렸다. 에드라킨은 공격할 때마다 고통스러운 비명을 지르면서도 끈질기게 뱀파이어를 밀어붙였다.

신들은 조용히 지켜보고 있었다.

갑자기 셀렌바가 빈터를 에워싼 나무들을 뛰어넘으려고 했지만 불가능했다. 보이지 않는 장벽에 부딪혀서 내동댕이쳐진 셀렌바가 그 충격으로 반쯤 녹초가 되자 에드라킨이 기회를 놓치지 않고 덤벼들었다.

"너는 나갈 수 없다."

신들이 뱉어내는 소리가 음산하게 울렸다.

"에드라킨 신도 역시 나갈 수 없다. 싸워라."

셀렌바의 호흡이 가빠지기 시작했다. 영리한 에드라킨이 목을 보호하고 있기 때문에 여러 번 시도 끝에 뱀파이어는 근육질의 팔뚝에 이빨을 박는 데 성공했다. 하지만 셀렌바는 웩, 피를 내뱉었다. 초록색 피⋯⋯?

뱀파이어 역시 에드라킨의 공격으로 여러 군데 상처를 입어 에드라킨이 흘린 초록색 액체 못지않게 많은 피를 흘리고 있었다. 셀렌바는 선택의 여지가 없었다.

그래서 마법을 작동했다.

긴장한 신들이 주의 깊게 살폈다.

셀렌바는 욕설을 내뱉으면서 마법의 불을 발사했다.

이번에도 빈터를 에워싸는 것 같은 보이지 않는 장벽에 부딪혔다. 눈이 초록색으로 변한 에느라킨이 포효하는데 훨씬 동물적으로 보였다. 단숨에 달려드는 에드라킨을 가까스로 피했지만 셀렌바는 이번엔 허벅지에 부상을 당했다.

타라는 결투 장면이 아니라 신들을 살피고 있었다. 또 신들이 변해 있었다. 뭔가 이상하다 싶었는데 제대로 짚은 것이다.

신들의 키가 줄어 있었다. 많이 줄어든 건 아니지만 알아볼 수 있을 정도였다. 타라는 생각에 잠겼다.

셀렌바는 허벅지 부상에도 불구하고 번개같이 빠르게 에드라킨의 등을 갈가리 찢었다. 그러나 에드라킨은 멈추지 않았다.

뱀파이어가 옆구리의 털을 뽑는 순간 의도적으로 허리를 드러냈던 에드라킨이 느닷없이 셀렌바의 팔을 잡았다. 뱀파이어는 저항했지만 팔을 빼지 못했고, 우지끈 불길한 소리를 내면서 팔이 부러졌다.

셀렌바는 고통스러운 비명을 질렀다. 에드라킨이 놓아주면서 얼굴을 가격했는데 뱀파이어의 목이 부러질 뻔했다.

에드라킨은 승리의 포효를 내지르면서 신들을 향해 머리를 쳐들었다. 신들도 함께 포효했고, 그 괴성이 숲 전체에 울려 퍼졌다.

"믿을 수가 없어." 파브리스가 얼이 빠진 얼굴로 중얼거렸다. "에드라킨이 셀렌바를 이기다니! 여길 떠나는 것이 좋겠어. 셀렌바가 졌으니 저 기계는 누구도 가져갈 수 없겠어."

타라는 고개를 끄덕였다. 결투를 해봐야 빠져나갈 구멍이 없었다. 신들은 어리석지 않았다. 승리한 에드라킨은 셀렌바를 쓰러뜨리기 위해 만반의 준비가 되어 있었다. 역시 누구든 때려눕히는 무적의 영웅은 책 속에서나 가능했다.

갑자기 신들이 작은 언덕을 돌아보더니 한목소리로 외쳤다.

"이제 네 차례다, 타라 덩컨. 기계를 가지려면 우리 챔피언에게 도전하라. 챔피언이 기다리고 있다."

무아노와 파브리스는 질겁했다.

"제기랄!" 파브리스가 속삭였다. "우리가 여기 있는 걸 알고 있잖아?"

"아마도." 타라가 대답했다. "이제는 확실해졌어. 내가 뭘 해야 하는지도 알아."

몇 분 전부터 타라는 마음이 굉장히 평온해지는 걸 느꼈다. 이곳에 온 것은 수백, 수천만의 목숨을 구하기 위해서였다. 어깨 근육이 풀리는 것 같고, 무거운 짐에서 벗어난 느낌이 들었다.

이제는 왜 그토록 긴장되고 불행하게 느껴졌는지 이해가 되었다. 로빈의 죽음 때문만은 아니었다. 남자친구가 죽었다고 열다섯 살의 소녀가 따라 죽는다는 것이 말이 되는가.

처음에 이 모험에 뛰어들기로 마음먹었던 것은 로빈을 따라가기 위해서였지만 그건 아주 잘못 생각한 것이었다.

진정한 임무는 무고한 사람들을 구하는 것이다.

타라는 미소를 지었고, 그 미소는 눈물이 날 정도로 아름다웠다.

이제는 실버에 대해 느끼기 시작한 묘한 감정을 받아들여도 되는 것 아닐까? 타라는 행동은 어설퍼도 저주받은 몸으로 태어난 걸 괴로워

하는 실버가 정말 마음에 들었다. 실버에게 흔들리는 마음을 떨쳐냈
던 것은 로빈을 배신하지 말아야 한다는 생각 때문이었다.

그것도 잘못 생각한 것이다. 타라는 배신하기는커녕 여전히 로빈를
사랑하고 있었다. 아마 영원히 사랑할 것이다.

하지만 실버를 사랑할 권리도 있었다. 실버를 사랑하는 것이 어떤
신을 모독하는 것도, 도덕을 해치는 것도, 어떤 법을 어기는 것도 아니
지 않은가.

타라는 죽을 권리도, 사랑할 권리도, 살 권리도 있었다.

"이제 너희 둘은 떠나야 해." 타라가 불쑥 무아노와 파브리스에게
말했다. "갈랑도 함께 데려가."

두 친구가 놀란 얼굴로 타라를 쳐다봤고, 갈랑은 항의하는 울음소리
를 냈다.

"뭐?"

"신들과 나의 결투야. 너희들의 희생은 헛된 죽음이 될 거야. 너희
들이 해줄 일이 없을 테니까. 나는 싸우면서 기계를 작동할 기회를 엿
볼 거야. 그러니까 너희는 떠나야 해. 아니면 신들이 너희들을 이용해
나를 위협하겠지. 그러면 내 마음이 약해져 흔들리게 될 거야. 가서 실
버와 안젤리카를 찾아. 양탄자를 갖고 있으니까 가능한 한 빨리 도망
쳐. 그리고 내가 기계를 작동하지 못하면 너희들이 유령들과 싸워야
할 거야."

파브리스는 타라를 응시했다.

"글로리아의 말대로 나는 용감하지 않아. 하지만 곤경에 처한 너를
버리고 갈 수는 없어. 친구야, 난 그럴 수 없어."

타라는 오랜만에 들어보는 '친구야'라는 표현이 정겹다고 생각하면서 말했다.

"그래, 알아. 하지만 나를 믿어. 그게 가장 좋은 방법이야. 나중에라도 싸우려면 우선 살아남아야지. 죽으면 아무 소용없잖아. 죽은 영웅이 뭔지 알아?"

"몰라."

"시체."

"아!"

"아더월드도 나도 죽은 영웅은 필요 없어. 우리는 살아 있는 전사들이 필요해. 그리고 신들은 나를 기다리고 있어. 신들과 나는 이미 이틀 전부터 협상을 벌이고 있거든."

무아노의 눈썹이 치켜 올라갔다.

"협상?"

타라는 보조개가 파일 정도로 활짝 웃었다.

"응, 내 악몽 속으로 신들이 들어왔거든. 아주 독창적인 방식으로 나를 찾아왔지. 어쨌든 신들과 담판을 지을 사람은 나밖에 없어."

타라의 침착한 어조에 놀란 무아노와 파브리스는 새파랗게 질렸다.

타라는 강력한 뱀파이어의 모습 대신 본래의 모습으로 변신했다.

"너 왜 그래?" 질겁한 무아노가 물었다.

"셀렌바는 나보다 훨씬 강한 뱀파이어야. 셀렌바만큼 뛰어난 전사도 아닌데…… 내가 패배할 게 뻔하잖아. 걱정하지 마, 작전이 있으니까."

타라가 일어났는데 흰 머리털이 섞인 긴 금발이 뜨거운 바람에 날렸다.

친구들의 눈에 눈물이 글썽였다.

"타라!" 무아노가 중얼거렸다. "안 돼. 그럴 수 없어!"

"타라! 너를 두고 갈 수 없어." 파브리스도 반대했다.

"제발, 어서 피해. 너희들을 사랑해."

타라는 격렬하게 버둥거리는 갈랑을 떠밀었고, 무아노는 기계적으로 붙잡았다.

그리고 친구들이 붙잡기 전에 일어난 타라는 빈터를 향해 내려갔다.

23
결투

보는 것만으로도
무릎이 얼어붙고 위경련이 일어나는
적과 어떻게 맞서 싸우나

*

타라의 손가락에서 크라에토비르의 반지는 경악했다. 이 섬에 도착한 뒤로 상황이 좋지 않게 돌아가고 있었다.

그렇지만 타라가 운명에 맞서기로 결정했을 때 크라에토비르의 반지는 소녀를 막기는커녕 부추기기까지 했다. 신이라고 하는 존재들에 대해 자세히 알아둘 필요가 있었다. 림보의 악마들로서는 자기들보다 더 흉측한 모습에 강력한 힘을 지닌 존재들이 있다는 것이 달가울 리 없지 않은가. 최악의 경우 타라가 패배하더라도 에드라킨족의 신을 새 주인으로 맞게 될 텐데……. 그렇게 되면 새 주인이 훨씬 혐오감을 주는 모습이라는 것이 나쁘지 않고, 이 존재들의 본질에 대해서도 마왕에게 알려줄 수 있으니 반지에게는 일석이조였다.

크라에토비르의 반지는 타라의 정신이 너무나 평온한 것에 놀랐다. 지난 며칠은 그토록 의혹과 불안, 두려움에 떨었건만 모두 사라지고 없으니.

차분한 걸음으로 빈터를 가로지른 타라는 기계를 향해 다가갔다. 그러고는 기계를 유심히 살피다가 당황했다. 직선, 곡선, 이상한 무늬만 가득하고 버튼이라고는 보이지 않았다. 발명가들은 왜 단순하게 만들려고 하지 않을까? 눈에 확 띄는 빨간색 버튼 같은 걸 달아놓으면 좀 좋아? 하긴 바보가 아닌 다음에야 어떤 발명가가 이런 기계를 만들면서 '보이지 않는 걸쇠가 있으니 되도록 작은 갈퀴로 풀어서 작동할 것'이라고 대놓고 알려줄까.

타라는 한숨을 내쉬었다. 이어서 신들에게 정중하게 물었다.

"사용법을 아세요? 나는 이 기계를 가져가려는 것이 아니라 작동하고 싶을 뿐이거든요."

신들이 동요했다.

"기계를 원치 않는다?"

"누구, 내가요? 전혀 원하지 않죠."

그 말에 신들은 아연실색했다. 좋았어, 1번 테스트는 타라가 생각하고 있는 것을 확인시켜주었다. 그들은 머릿속을 읽지 못했다. 그들이 꿈속으로 들어왔던 것은 타라가 잠이 들어서 무의식 상태였기 때문이다.

"기계를 원치 않는다?"

타라는 활짝 웃어 보였다.

"네, 원치 않아요. 기계는 당신들이 잘 간직하세요. 나는 단지 그걸 작동하고 싶은 것뿐이니까요."

성난 신들이 으르렁거리자 또다시 수백만의 말벌이 윙윙거렸다. 타라는 얼굴을 찌푸렸다. 고통스러웠다.

"기계를 원하면 싸워야 한다."

"나는 원치 않는다니까요!"

목소리가 짜증스러운 어조로 말을 바꿨다.

"기계를 작동하고 싶으면 싸워야 한다."

"꼭 그래야 하겠어요?"

"그렇다."

"오케이! 알았어요! 하지만 문제가 있어요."

"무슨 문제? 싸우면 죽으니까 너는 그것으로 끝인데!"

"바로 그거예요. 나는 셀렌바(타라는 기계 옆에 쓰러져 있는 뱀파이어를 가리켰다)처럼 뛰어난 전사가 아니에요. 열다섯 살 소녀일 뿐이에요. 따라서 당신들이 내세운 유전자 변형 괴물체가 나를 으스러뜨리겠죠. 그건 결투가 아니라 살육이라고요!"

"유전자 변…… 뭐라고?"

"유전자 변형 괴물체."

목소리는 잠시 생각하다가 받아들였다.

"결투가 아니라 살육? 그건 재미없다. 동등하게 싸우게 하겠다."

"괜찮다면 나는 마법으로 싸우고 싶어요. 마법이 내 말을 잘 듣는 건 아니지만, 그래야 송곳니나 갈퀴발톱에 무참히 당하는 걸 막을 수 있잖아요."

신들은 망설였다. 소녀의 마법이 강력하면 에드라킨에게 자신들의 마법을 많이 보내줘야 했다. 하지만 결투를 너무 좋아하기 때문에 타라의 제안을 거부할 수 없었다.

타라는 모르고 있지만, 신들은 그 섬에서 몹시 지루해하고 있었다. 그래서 어쩌다 한 번씩 하나둘 섬을 나가봤지만, 대륙으로 가기만 하면 마치 존재한 적도 없는 것처럼 사라져버렸다. 그래서 섬 밖에서는 보이지 않는 적이 자기들을 노린다고 생각하게 되었다. 그 뒤로 불안해진 신들은 불쌍한 주민들을 공포에 떨게 하는 것으로 권태로움을 이겼다. 그러던 차에 타라와 셀렌바는 아주 오랜만에 만나는 흥미로운 먹잇감이었다.

초록색 마법의 광선이 날아와 건드리자 에드라킨이 바람 빠지는 풍선처럼 줄어들더니 정상적인 크기를 되찾았다. 이어서 날아온 광선이 번쩍번쩍 빛나는 것으로 보아 신들이 이번에는 에드라킨에게 마법을 불어넣고 있었다. 그 뒤의 제사장들이 비틀거렸고, 신들의 키는 또다시 몇 미터 줄어들었다. 이제 신들은 제일 큰 나무들의 키를 넘지 못했고, 그중에는 사람의 키만 한 신들도 있었다.

2번 테스트도 성공! 신들은 그만큼 힘을 잃은 것이다.

물론 그 대가로 에드라킨이 백열전구처럼 빛나고 있었다. 귀와 눈에서까지 쏟아져 나오는 섬광, 정말 이상한 광경이었다.

"따라서 내 요구를 들어주는 겁니까?" 타라는 공손하게 물었다.

"너는 네 마법으로 싸워라. 에드라킨은 우리의 마법으로 싸운다."

명확해서 좋군.

타라는 마법을 작동했다. 상처에도 불구하고 누런 송곳니를 드러낸 에드라킨이 소름 끼치는 미소를 흘리며 마법을 작동했다.

"네가 이 싸움을 포기하는 대가로." 타라는 차분하게 물었다. "너의 상처를 치료해준다면 나를 보내주겠나?"

육식동물 에드라킨은 무슨 말인지 모르거나 표현을 이해하지 못했는지 포효하면서 마법을 날렸다.

타라는 옆으로 펄쩍 뛰었다.

마법은 상대를 명중시켜야 효과가 크다는 걸 타라는 이미 오래전부터 알고 있었다. 그래서 타라는 싸움에 맞는 마법을 궁리했다.

마법의 광선이 아니라 강력한 분수를 발사했다. 에드라킨이 펄쩍 뛰면서 피한 분수는 그 뒤의 나무를 강타했다. 나무는 마비가 되었고, 분수가 사방으로 뻗어나갔다.

도처에서 짙은 파란색 물이 분출했고, 주변의 식물이 마비된 듯 온통 뻣뻣해졌다. 에드라킨의 어깨 위로도 물방울이 후드득 떨어져 근육이 마비되었다. 동작이 불편할 정도는 아니지만, 약간 거북한 것은 틀림없어 보였다.

어깨가 마비되어 있지만 에드라킨은 동시에 타라가 피하지 못하게 연속으로 공격했다. 선택의 여지가 없는 타라는 방패로 막았다. 하지만 강한 충격 때문에 고통스러웠다. 에드라킨의 연속 공격이 격렬해질수록 신들의 키가 점점 줄어들었다. 그걸 노린 것이지만 타라는 신들이 예상보다 강력한 것에 내심 놀라고 있었다. 그때, 방패를 뚫고 들어온 공격에 타라는 부상을 입었다.

타라는 고통의 비명을 질렀다. 불에 달군 단검이 옆구리를 뚫고 지나간 것처럼 화끈거리고 따가웠다. 체인지라인이 충격을 반쯤 흡수해주었는데도 타라는 토할 뻔했다.

신들이 박수를 쳤다. 타라는 뒷걸음치면서 혼자 힘으로는 안 된다는 걸 깨달았다.

이제는 도움이 필요했다.

'살아있는 돌.' 타라는 '머릿속으로 말했다. '네가 필요해!'

'아, 친절하지 않은 타라!' 살아있는 돌이 성난 어조로 말했다. '계속 혼자 내버려두더니…… 왜 나를 찾는데?'

타라의 호주머니에서 튀어나와 작은 태양처럼 빛을 번쩍이던 살아있는 돌은 그제야 두 가지 사실을 알아차렸다. 타라가 부상을 당했으며, 끔찍한 것들에게 포위되어 있다는 것. 살아있는 돌은 타라와 입씨름할 때가 아니라는 걸 알아차렸다.

'힘을 원해?'

'응, 그래주면 고맙겠어.'

'힘을 줄게. 예쁜 타라를 위해 예쁘게 싸워줄게! 야만적인 적들이야?'

'응, 네 표현대로 아주 야만적이야. 고마워, 살아있는 돌.'

깜짝 놀라는 에드라킨의 눈길을 받으며 두 팔을 벌리는 타라의 눈빛이 새파랗게 변해 있었다. 이어서 살아있는 돌이 크리스털 왕관처럼 타라의 머리에 내려앉았다.

신들이 성난 말벌처럼 요란을 떨었지만 냉정을 되찾았는지 이내 조용해졌다.

신들이 보내는 마법의 초록빛이 후려치자 이번에는 에드라킨이 날아올랐다. 타라는 살아있는 돌의 도움으로 미사일처럼 날아오는 마법을 흡수해버렸다. 성난 에드라킨이 다시 공격했는데 신들과 제사장들의 지원을 받기 때문에 이제 인간을 쓰러뜨리는 것은 시간문제라고 생각하는 듯싶었다.

타라는 파란색 태양처럼, 에드라킨은 초록색 태양처럼 빛나고 있었다. 마법의 광선들이 교차하면서 주변에 있는 것들이 변형되었다. 특히 타라의 분수 공격을 받은 식물들은 모두 마비가 된 상태였다.

타라는 에드라킨을 죽이려는 게 아니라 지치게 하려는 것이다. 타라 자신도 같이 녹초가 되는 것이 문제지만.

타라는 옆구리가 물어뜯기는 것처럼 아팠다. 살아있는 돌은 '야만적인 적들'과 싸우느라고 타라를 치료해줄 겨를이 없었다. 타라는 마법의 저장소라고는 해도 살아있는 돌이 에너지를 너무 많이 소모하는 것이 마음에 걸렸다.

기계를 작동하기 전에는 죽을 권리가 없기 때문에 타라는 실패하지 않아야 했다.

그래서 살아있는 돌의 지원을 받아 전력을 다하고 있는 것이다. 타라는 모르지만 크라에토비르의 반지도 힘을 합하고 있었다.

타라의 마법이 엄청난 힘으로 폭발했다. 신들도 타라의 공격에 맞서느라 많은 힘을 짜내야 했기에 이제는 키가 2, 3미터에 이를 정도로 줄어들었다.

방패로 신들의 공격을 막아내고 있지만 타라는 오래 버티지 못할 것 같았다. 마치 강력한 망치가 내리치는 것처럼 방패에는 이미 균열이 생기고 있었다.

타라가 더 이상 견딜 수가 없다고 느끼는 순간, 갑자기 이상한 일이 벌어졌다.

신 하나가 사라졌다.

다른 신들은 타라와 싸우는 데 열중하느라 주의를 기울일 수 없었다. 하나, 둘, 셋…… 신들이 연달아 없어지기 시작했다.

스무 번째 신이 사라지면서 힘이 현저하게 떨어지자 나머지 신들은 그제야 상황을 알아차렸다.

압박에서 벗어난 타라는 기회를 놓치지 않고 전력을 다해 공격했고, 일시적으로 버림받게 된 에드라킨은 방패를 만들어야 했다.

맙소사! 생각지도 못했던 광경에 한눈을 팔다가 타라는 죽을 뻔했다.

셀렌바, 실버, 안젤리카, 무아노, 파브리스가 에드라킨 제사장들과 싸우고 있는 것이 아닌가! 친구들이 떠나지 않은 것이다. 타라를 버리지 않은 것이다. 무아노가 결국 수갑을 풀어주었는지 파브리스가 늑대의 모습으로 후위를 지키고 있었다.

셀렌바는 죽은 게 아니었다. 의식을 잃었다가 깨어난 뱀파이어는 타라와 신들의 싸움을 유심히 살폈고, 신들을 이기려면 제사장들을 죽여야 한다는 걸 알아차렸다. 셀렌바가 타라의 친구들을 어떻게 설득했는지(파브리스를 제외하고), 레파루스 치료까지 받은 것 같았다. 유일하게 살아남은 거미가 머리에 매단 빨간 풍선을 휘날리며 그림자처럼 뱀파이어를 쫓아다니고 있었다.

뱀파이어와 거미는 뒤쪽으로 가서 제사장들을 하나둘 제거했다.

햇빛을 받아 번쩍번쩍 빛나는 실버는 검을 휘두르면서 저항하는 것을 모조리 쓰러뜨렸다. 늑대 모습의 파브리스와 야수의 무아노는 뛰어난 전사들인 에드라킨들을 재빨리 해치워야 해서 나란히 싸우고 있었다. 셀렌바는 혼자 싸우고 있는데 제사장들에게 어떤 공격을 하는지 굳이 말할 필요도 없었다. 안젤리카는 실버가 가능하면 죽이지 않으려고 애쓰면서 쓰러뜨리는 에드라킨들을 때려눕히고 있었다. 거미가 하는 짓은 뱀파이어보다 훨씬 끔찍해서 타라는 고개를 돌려야 했다.

격분한 에드라킨들이 방패를 만들었고, 실버의 검이 튕겨 나왔다. 셀렌바의 송곳니, 파브리스와 무아노의 갈퀴발톱, 거미의 무시무시한 아가리도 방패 앞에서 무력했다.

언제부터인가 공격에 합세한 나무들이 갑자기 방어에 전념하는 것 같았다.

에드라킨 제사장들은 신들에게 에너지를 공급하느라고 나무들의 변화를 모르고 있었다. 신들이 타라에 대한 공격을 강화했다.

타라가 굴복하면 친구들이 무참히 살육되는 것이다.

그보다 더 최악은 유령들에게 권력을 넘기게 되는 것이다.

그런데 문제는 더 이상 버틸 수 없다는 것이다. 땀으로 끈적끈적하게 달라붙은 머리털, 벌겋게 달아오른 얼굴, 숨쉬는 것도 힘들었다. 타라는 정신을 활짝 열고 살아있는 돌과 그 밖의 모든 것에 도와달라고 기도하면서 기계적으로 가슴 부분(살아 있는 나무의 나뭇가지가 안주머니에 들어 있었다)에 손을 얹었다.

'드디어!' 머릿속에서 엄청나게 큰 목소리가 기뻐했다. '인간아, 너는 믿을 수 없을 정도로 정신이 닫혀 있었다! 내가 이틀이나 말을 걸었지만 너는 듣지 않았다! 저놈들은 내가 맡겠다. 내가 도울 수 있게 방패를 내려, 지금 당장!'

타라는 경계를 늦추라고 명하는 머릿속의 누군가에게 순순히 복종할 수는 없었다.

'당신은…… 누구죠?'

'나는 숲이다. 트롤들의 나라 크랑카르에서 너와 싸우다가 패했던 숲이다. 나를 믿어라, 인간아, 이건 네 능력으로는 불가능한 싸움이다.'

'그런데…… 어떻게…… 내 머릿속에서?'

'네가 지니고 있는 살아 있는 나무의 나뭇가지는 내 자식 중 하나이다. 이곳에서 끔찍한 일이 벌어지고 있다. 에드라킨족이 이 숲의 정령을 매수하였다. 이 숲의 정령은 내 딸이고, 살아 있는 나무는 내 아들이다. 내 딸이 도움을 청했지만, 니는 지금까지 아무것노 해주지 못했다. 너는 우리를 도와주고, 우리는 너를 도와주겠다!'

타라는 어리둥절했다. 설마 내가 미치고 있는 것 아니겠지? 숲이 나에게 말하려고 애를 썼다니!

오케이, 오케이.

타라는 복종했다.

마지못해서 경계를 늦추면서 방패를 치웠다.

한순간 깜짝 놀란 에드라킨이 소름 끼치는 미소를 흘렸다.

"항복해. 하지만 너무 늦었다. 나의 신들은 용서하지 않는다."

에드라킨이 그렇게 말하고 마법을 날렸는데 이번에는 불덩어리였다.

불은 정확하게 타라의 얼굴 바로 앞에서 멈췄다.

하마터면 잿더미가 될 뻔한 타라는 침을 꼴깍 삼켰다.

'놈들은 너를 해치지 못했지만 아주 강력하다.' 숲이 말했다. '내가 트란스미투스 방지 주문을 깨뜨리고 섬에 유형화할 수 있도록 네 정신을 활짝 열어라.'

아직 살아 있다는 것이 믿어지지 않는 타라는 복종했다. 타라는 눈을 감고 섬을 둘러싸고 있는 트란스미투스 방지 주문에 정신을 집중했다. 하지만 그리 간단하지 않았다.

에드라킨족의 신들이 분노의 고함을 지르는 사이에 타라는 머릿속에서 느껴지는 숲을 의식하면서 마법을 작동했다.

'어린 인간아, 너와 나의 힘을 함께!'

타라와 숲은 섬을 둘러싸는 마법의 장막을 공격했다.

이런 막강한 힘을 견뎌낼 준비가 전혀 되어 있지 않았는지 쿠르릉 하는 소리를 내면서 장막이 굴복했다.

이제 신들의 목소리에서 느껴지는 것은 분노가 아니라 공포였다.

어머니 숲의 정령이 기뻐하면서 부서진 장막을 뚫고 들어왔다. 타라의 친구들을 공격하던 식물들도 동작을 멈췄다.

신들이 고함을 지르자 어머니 숲의 정령이 휩쓸어버렸다. 이번에는 에드라킨 제사장들이 분개했다.

"내 딸에게 무슨 짓을 한 것이냐?" 어머니 숲의 정령이 노발대발했다. "털 없는 고양이들, 내 딸에게 무슨 짓을 했느냐 말이다!"

타라의 마법에서 물질과 힘을 얻기 위한 활력을 끌어내던 어머니 숲의 정령이 갑자기 초록색의 거대한 실루엣으로 유형화되었는데 그 모습이 트롤과 아주 흡사했다. 커다란 손에는 큼직한 몽둥이까지 들고 있었다. 어머니 숲의 정령이 신들에게 덤벼들자 그 뒤에 있던 제사장들이 충격을 받고 비틀거렸다. 잘못된 그림을 지우듯 신들이 하나둘 사라졌다.

에드라킨 제사장들도 가짜 신들의 모습을 버리고 새로운 형체를 띠기 시작했다. 격분해 있는 어머니 숲의 정령/트롤의 앞에 또 다른 초록색 트롤로 유형화된 딸 숲의 정령이 몽둥이까지 든 똑같은 모습으로 나타나더니 무작정 달려들었다.

에드라킨 여러 명이 픽, 픽 쓰러질 정도로 격렬한 싸움이 벌어졌다.

어머니 숲의 정령/트롤이 승기를 잡았다. 녹초가 된 타라는 그 참에 어머니 숲의 정령/트롤에게서 벗어나 친구들에게 갔다.

여기저기서 번개가 치면서 군데군데 뚫린 분화구에서 연기가 나고 있었다. 타라, 실버, 안젤리카, 파브리스, 무아노, 심지어 셀렌바까지 사방으로 도망쳤다. 미사일처럼 날아간 갈랑이 타라의 뺨을 비볐다. 얼마나 두려웠으면!

트롤 둘이 이제는 몽둥이를 버리고 서로에게 달려들었다.

그 충돌로 주위에 있는 모든 것이 쓰러졌다. 타라는 돌풍에 휩쓸려 날아갈 뻔했다. 실버가 제때에 붙잡아주어 천만다행이었다.

"휴, 정말 무서웠어. 고마워, 실버. 정말 간발의 차이였어. 넌 괜찮아? 그런데 아까는 어떻게 된 거야? 그런 식으로 셀렌바에게 맞서다니! 미친 거 아냐?"

"거시기에게 맞섰던 네가 그런 말을 하면 안 되지! 네가 나보다 한 수 위야." 실버가 이마에 주름을 잡으면서 응수했다. "예의라는 걸 전혀 모르는 뱀파이어였어!"

정말 분개하는 어조였다.

"잠깐, 허리를 다쳤잖아!" 실버가 깜짝 놀라는 얼굴로 말했다. "내가 레파루스로 치료해줄게."

타라는 통증이 사라지자 안도의 숨을 내쉬었다.

"휴, 살 것 같다. 고마워, 실버."

"천만에, 나의 연인."

나의 연인……? 나이 든 사람들이나 쓰는 표현에 타라는 닭살이 돋는 것 같았다. 앞으로 계속 듣게 생겼으니…… 휴!

이렇게 딴 생각을 하느라고 타라는 성난 에드라킨 다섯이 달려드는 걸 실버에게 알려줄 겨를이 없었다.

제사장들의 갈퀴발톱에 맞서기 위해 뱀파이어로 변신하려던 타라는 가슴이 철렁했다. 이런! 마법이 고갈되어 변신이 되지 않았다. 실버가 눈치를 채고 타라 앞에 버티고 섰다. 실버의 혈검이 나타났는데 피를 충분히 먹었는지 묵직해 보였다. 에드라킨 하나가 펄쩍 뛰는 순간 휙! 검이 공기를 가르며 팔이 하나 없어졌다. 팍! 검의 손잡이가 머리를 후려치자 에드라킨은 푹 고꾸라졌다. 이번에는 남은 넷이 한꺼번에 달려들었다. 검이 번쩍였다. 실버는 전광석화같이 빠르게 이동하면서 검을 현란하게 움직였다. 과연 불굴의 전사였다.

몇 초나 지났을까. 에드라킨들이 피투성이로 땅바닥에 쓰러져 있었다.

끔찍한 광경에 타라는 경악했다. 실버는 자신이 쓰러뜨리기는 했지만 피를 너무 많이 흘리지 않게 에드라킨들의 상처에 붕대를 감아주고 일어났다. 그 멋진 모습에 타라는 가슴이 뭉클했다. 검을 칼집에 집어넣고 돌아서서 타라를 향해 다가오던 실버는 땅바닥에 떨어져 있던 에드라킨의 팔에 발이 걸려 비틀거리다 주저앉았다.

날카로운 비늘을 의식한 타라는 실버가 일어나게 도와주지 않았다.

"고마워." 타라는 구역질을 억누르면서 말했다. "당장은 아니지만 마법이 돌아오긴 할 텐데……. 내가 너무 무리했거든."

"에드라킨들이 너에게 접근하게 내버려두지 않겠어, 나의 연인." 실버는 다정하게 대꾸했다. "나를 위협하려면 이런 놈들이 천 명쯤 한꺼번에 덤벼야 할 거야."

타라는 어이가 없는 얼굴로 말했다.

"아, 그러서? 근데 난 그런 경험은 하고 싶지 않은데."

등 뒤에서 땅이 흔들리고 있었다.

타라는 싸움판을 유심히 관찰했다.

"기계를 작동해야겠어." 타라가 속삭였다. "싸움을 벌이느라 정신이 없을 테니 절호의 기회아. 고양이 앞의 생선, 아니 굶주린 코끼리 앞의 잘 익은 바나나와 같아."

통역 주문이 타라의 말을 뭐라고 전했는지 실버가 이상한 표정으로 쳐다봤다.

나무들이 휙휙 날아다녀서 그들은 벌써 몇 번째 몸을 숙여야 했다.

초록색 트롤 둘이 숲을 휩쓸어버리면서 이동하는데 타라와 실버 쪽을 향하고 있어 건너편에 있는 안젤리카 앞의 통로가 열렸다.

타라는 안젤리카에게 기계를 낚아채서 작동하라는 신호를 보냈다. 『궁정 비사』에는 '버튼을 누르고 기다려야 한다'고 적혀 있었다. 셀렌바도 타라도 버튼이라는 걸 보지 못했지만.

안젤리카가 대답 대신 집게손가락으로 머리를 톡톡 쳤다. '기계를 작동하면 내가 죽는 건데 내가 돌았냐?'라는 뜻의 보디랭귀지인가? 아니, 거만한 표정을 지으며 집게손가락을 관자놀이에 대는 것은 너 속은 것 몰랐지?라는 뜻인가.

맙소사! 타라의 얼굴이 굳어졌다. 안젤리카의 거만한 표정! 그럼 지금까지 안젤리카가 거짓말을 하고 있었던 것인가? 기계를 갖기 위해 의도적으로 접근했던 것인가?

안젤리카는 타라의 표정이 약간 달라지는 걸 봤지만 무슨 일인지 몰랐다. 타라가 죽일 듯이 노려보고 있었다. 안젤리카는 타라가 무슨 말을 할지 기다릴 생각이었지만 더는 꾸물거릴 시간이 없었다.

기계를 잡으려는 셀렌바를 발견한 것이다. 안젤리카는 질풍같이 달렸고 간발의 차로 기계를 낚아챘다. 그리고 셀렌바가 반응하기 전에 트란스미투스 주문을 읊었다.

기계와 안젤리카가 사라졌다. 하지만 바로 직전에 안젤리카의 눈과 마주친 타라는 가슴이 철렁했다. 안젤리카가 승리의 미소를 짓고 있었던 것이다. 그러고는 집게손가락으로 타라를 향해 방아쇠를 당기는 시늉을 했다.

타라의 예상대로 안젤리카가 배신한 것이다.

그 모습을 지켜보던 셀렌바도 트란스미투스 주문을 읊으면서 사라졌다. 고래 싸움에 새우등 터진다고, 뱀파이어는 트롤들의 싸움에 휘말리고 싶지 않았던 것이다. 거미는 트롤들에게 부딪치면서 놓친 풍선이 공중으로 날아가자 괴성을 질렀다.

그러나 그것도 잠시…… 한 트롤의 발에 짓밟힌 거미는 마침내 영원히 잠들 수 있었다.

이로써 도망친 셀렌바와 남아 있는 파브리스를 제외하고 원정대는 전멸되었다.

달려드는 에드라킨들을 때려눕히면서 파브리스와 무아노가 외쳤다.

"이제 뭘 하지?"

"숲의 정령을 도와야지!" 타라가 소리쳤다.

"트롤이 둘이잖아? 어느 것이 우리 편이지?"

타라는 입을 열려다가 다물었다. 무아노의 말대로 두 트롤은 완벽하게 똑같았다. 타라는 '내 딸에게 무슨 짓을 한 것이냐?'고 외쳤던 어머니 숲의 정령을 찾기 위해 싸우는 방식에 집중했다.

에드라킨들의 지원을 받는 트롤은 거칠게 싸우는 반면에 다른 트롤은 가능하면 최악의 사태를 막으려고 애썼다. 타라는 어떻게 해야 할지 알고 있었다.

타라는 마법을 시험해봤다. 실버의 레파루스 치료가 효험이 있었는지 몇 분의 휴식으로 마법이 충전되어 있었다. 혈관을 타고 마법이 몰려왔다. 타라는 두 트롤의 싸움이 벌어지고 있는 공중으로 떠올랐다.

그러고는 에드라킨들의 지원을 받는 초록색 트롤을 향해 마법의 광선을 날리면서 장막으로 에워쌌다. 갑자기 공기 속에서 단단한 것이 부서지듯 우지끈거리는 소리가 났다. 딸 숲의 정령과 연결된 끈이 잘린 걸까, 느닷없이 에드라킨 제사장들이 하나둘 쓰러지더니 숨이 끊어졌다.

타라는 어리둥절해 있었다.

"장막을 열어주지 마라!" 타라의 마법에 딸이 꼼짝 못하게 되자 어머니 숲의 정령이 명했다. "에드라킨들이 더럽혀놓았으니 내 딸을 정화시켜야 한다."

타라는 절차를 시각화한 다음, 에드라킨들을 독이라고 생각하고 해독하기 위한 레파루스 주문을 날렸다.

딸 숲의 정령은 잠시 아무런 반응을 보이지 않았다. 그러다 어머니의 품에 뛰어들어 고통과 기쁨의 고함을 질렀는데 딸꾹질까지 섞인 소리가 어찌나 큰지 타라와 친구들은 오만상을 찌푸리면서 귀를 막았다.

"이제 마법의 장막을 열어도 된다." 어머니 숲의 정령이 말했다. "내 딸은 이제 괜찮을 것이다."

타라는 복종했다. 딸 숲의 정령은 장막이 열리면서 자유로워지자 부르르 떨었다.

"너에게 많은 빚을 졌구나, 인간아." 어머니 숲의 정령이 말했다. "사악한 본능을 채우기 위해 내 딸을 노예로 만들었던 이 에드라킨들 때문에 나와 딸은 수천 년 동안 헤어져 있었다!"

"무슨 말인지 모르겠어요." 타라가 말했다. "신들이었잖아요?"

"아니다. 에드라킨 제사장들이 내 딸의 마법을 사용하여 만든 가짜 신들이었어. 제사장들이 각자 자신의 신을 만들고 있었던 것이다. 그리고 주문을 걸어 내 딸을 미치광이로 만들어 노예로 삼은 것이다. 하지만 이제는 끝났다. 내 딸을 해방시켰으니까."

"신전에서 신이 내 영혼을 원한다고 말한 것은 그럼……?"

"그건 아무런 의미 없는 말이다. 내 딸은 네 영혼을 원했을 리가 없다. 신이 믿게 하려고 에드라킨에게 대신 말하게 한 거니까."

타라는 이치에 닿지 않는다는 점을 지적했다.

"하지만 신전에서 신이 에드라킨을 죽였는데요?"

"내 딸의 정령은 나타나기 위해서 영혼을 부를 필요가 없다. 신들에 대한 에드라킨의 강한 믿음으로 충분했으니까. 에드라킨이 너를 죽이려고 했는데 네가 무의식적으로 버텨냈기 때문에 내 딸의 정령이 네 뜻에 따라 에드라킨을 제거했던 것이다."

"그러니까 처음부터 딸의 정령과 통할 수 있었고, 정령이 내 말을 들었을 거란 뜻이에요?"

"그래, 하지만 네 정신은 굳게 닫혀 있었다. 너는 내 딸의 말을 듣지 않았다."

그럼 이 끔찍한 상황을 면할 수도 있었단 말인가! 오케이, 메시지 접수. 정신을 열어두고 있을 것!

타라는 소름이 끼쳤다.

숲이 타라의 눈앞에 이미지들을 나타나게 했다. 악마들에게 쫓겨나는 에드라킨족, 드래곤족과 동맹을 맺고 악마들과 싸우는 에드라킨족, 감사의 뜻으로 에드라킨족에게 아더월드로 이민하라고 제안하는 드래곤족, 아무도 발을 들여놓을 수 없는 섬에 가장 어린 숲의 정령과 함께 고립되는 에드라킨족, 고향 행성에서 가져온 신의 조각상 앞에 엎드려 기도하는 최초의 에드라킨족.

딸 숲의 정령이 정확하게 천 개의 조각으로 나뉘었는데 각 조각이 에드라킨의 노예가 되어 있었다.

타라는 이제야 이해가 되었다.

"제사장들이야 괴물이라지만, 다른 에드라킨들은 아무런 책임이 없잖아요!"

"에드라킨들이 또다시 내 딸을 이용하지 못하게 조치를 취해야겠다. 숲은 더 이상 에드라킨의 말을 듣지 않을 것이다."

타라가 반박하려는 순간 목소리가 말했다.

"이제는 뭘 원하느냐?"

타라는 깊이 생각하지 않고 어머니를 찾고 싶다고 대답하려다가 입을 다물었다.

강력한 존재들을 상대할 때는 오해의 소지가 있는 말은 피해야 했다.

"방금 안젤리카가 기계를 훔쳐 도망쳤기 때문에 우리는 레지스탕스를 찾아서 마지스터와 싸워야 해요. 그리고 칼을 찾으면 더 좋고요."

"칼이 감옥에 갇혀 있으면 어쩌려고?" 불안한지 파브리스가 갑자기 끼어들었다.

"그래, 맞는 말이야. 우리까지 감옥에 갇힐지도 모르는데 곧장 칼을 찾아가는 건 어리석은 짓이겠지!" 타라가 대답했다. "말이 나온 김에 다시 한 번 묻겠는데 파브리스 너, 우리 편이야, 아냐? 원한다면 숲의 정령에게 여기서 너를 지켜달라고 부탁해줄게."

파브리스는 타라의 쪽빛 눈을 뚫어져라 쳐다봤다.

"지금은 너희들 편이야. 하지만 타라, 마지스터 앞에 선다면…… 모르겠어. 마지스터의 힘(파브리스는 부들부들 떨었다), 그의 힘이 어찌나 강력한지 내가 버텨낼 자신이 없어. 여기 있는 동안은 그의 영향력이 약해지긴 했어. 그래서 무아노 옆에서 싸울 수 있었고, 내 정신도 밝아졌어. 하지만 오래갈지는 모르겠어. 타라, 내가 다시 약해지면 마지스터는 틀림없이 나를 죽일 거야. 악마의 마법이 나를 완전히 점령하는 날, 난 너희들이 가장 미워하는 적이 되어 있을 거야."

"파브리스, 악마의 마법에 감염되려면 본인이 그걸 받아들여야 해. 따라서 네가 거부하면 악마의 마법에서 벗어날 거라고 생각하는데?"

"아니, 다른 마법사들이 시도해봤어." 파브리스는 시무룩한 얼굴로 말했다. "마지스터가 그 이미지를 보여줬는데…… 정말 처참한 죽음이었어."

"하지만 너는 보통 사람들과는 달라! 늑대인간이잖아!"

타라는 그렇게 말하고 자이언트 트롤을 향해 고개를 쳐들었다.

"어머니 숲의 정령이여, 몽타뉴크리스토라는 이름의 트리톤에게 우리를 보내줄 수 있어요? 이제는 트란스미투스 방지 주문이 해제되었죠?"

"알았다."

"고마워요."

"내 딸을 구해줘서 고맙다. 이 은혜는 영원히 잊지 않겠다. 그리고 이깃으로 트롤들의 뛰어난 지능에 대한 비밀을 폭로함으로써 나에게 진 빚은 해결되는 것이다."

아, 그게 빚이었나? 타라는 전혀 모르고 있었다.

공포에 질려서 반쯤 미쳐 있는 에드라킨들의 눈길을 받으면서 거대한 트롤 둘이 타라와 친구들을 오무아로 보내주었다.

타라 일행은 오무아 제국의 수도 팅가푸르의 황궁 뒷문 앞에 와 있었다.

유리창 청소부 작업복 차림의 늑대인간 무리, 가슴받이가 달린 멜빵바지 차림의 난쟁이들, 그리고 깜짝 놀라는 트리톤이 보였다.

24
매직 6총사
치밀하게 계획된 작전도 실패할 수 있는데……

*

"잠깐! 동지들, 동지들!" 파브리스가 외쳤다.

공격해오는 것이라고 생각하고 변신하던 늑대인간들이 동작을 멈췄다. 타라도 트리톤이 발사한 마법의 광선을 쉽게 피했다.

"워워, 진정해요. 같은 편인데!"

난쟁이들의 전투를 지휘하던 파프니르는 환호성을 억누르면서 타라를 번쩍 들어 올렸다. 빨간 머리 난쟁이는 얼마나 기쁜지 친구의 갈비뼈를 으스러뜨릴 뻔했다.

"타라!" 파프니르가 소리쳤다. "너의 망치가 맑은 소리로 울리기를! 네가 얼마나 그리웠는지 몰라!"

"파프니르! 너의 모루가 맑은 소리로 울리기를! 괜찮아? 유령들은?"

"난쟁이들은 점령할 수 없지. 아마 우리의 성깔 때문일지도 몰라. 고

약하잖아!"

둘은 깔깔대고 웃었다.

난쟁이 전사는 타라를 내려놓고, 무아노와도 재회의 기쁨을 나눴다. 하지만 파브리스를 발견하고는 고갯짓만 까딱했다. 난쟁이들은 배신자를 아주 싫어했다. 파브리스가 슬픈 미소를 지어 보였다.

그 유명한 난쟁이 전사 파프니르, 살아 있는 전설을 보게 된 실버는 눈알이 튀어나올 뻔했다.

"파프니르, 실버를 소개해줄게. 우리를 도와줬어."

타라는 몸을 숙이면서 파프니르의 귀에 대고 속삭였다.

"불굴의 전사야."

난쟁이의 눈이 휘둥그레졌다. 파프니르가 실버에게 무슨 말인가 하려는 순간 그제야 정신을 차린 트리톤이 외쳤다. 갑자기 뒤에서 유형화되는 타라를 보면서 너무 놀란 나머지 몽타뉴크리스토는 한동안 얼이 빠져 있었다.

"마마! 여긴 어떻게……?"

"나도 같은 질문을 해야겠어요. 직업을 바꿨어요?" 타라는 트리톤의 이상한 복장을 가리키면서 응수했다. "혹시 파산?"

하지만 트리톤은 긴 설명을 늘어놓는 대신 본론으로 들어갔다.

"그건 물론 아니죠! 우리는 지금 마지스터와 유령들을 제거하기 위해 궁전을 쳐들어갈 겁니다. 동참하겠어요?"

"하나보다는 둘이, 셋보다는 넷이 낫겠죠!" 타라가 단호한 어조로 대답하는 사이에 파브리스의 얼굴이 창백해졌다. "우리가 어떻게 하면 되죠?"

"마마의 머리와 페가수스는 너무 눈에 띄니까 가려야겠어요. 우리처럼 멜빵바지에 청소부 모자를 쓰세요. 마마의 어머니가 결혼식 준비를 위해 유리창 청소부로 우리를 고용했기 때문에 궁전으로 들어가는 건 문제가 없거든요. 안티살리쉬르 주문이 있지만, 어머니께서는 '번쩍번쩍 빛나기'를 바란다고 하셨지요."

"어머니가?"

"네, 부인은 궁전 내 레지스탕스의 수장이십니다."

"어머니가?"

암소의 공격을 받은 드래곤의 충격이 이럴까. 타라는 도저히 믿어지지 않는 얼굴이었다.

"부인은 마지스터를 제압하기 위해 작전을 세우고 있습니다. 아주 놀라운 분이세요."

"어머니가? 하지만…… 어머니는……." 타라는 말을 잇지 못했다.

"물론 혼자가 아니세요." 몽타뉴크리스토가 말했다. "늑대인간들의 대통령 틸, 엘세스 선대 여제 유령이 협력하고 있거든요. 마마의 친구 칼도 있고요. 다행히 카무플레 국장 세네 센스사스가 우리 모두를 위한 인식 패스를 충분히 구해주었습니다."

어머니가 많은 이들을 끌어들인 것이다.

"친위대 대원들은 대부분 우리 편이라 문제가 없을 겁니다." 몽타뉴크리스토가 말을 맺었다.

그 어조에 아직은 많은 문제가 있음을 암시했지만, 타라와 실버, 파브리스, 무아노는 군말 없이 청소부 작업복으로 갈아입은 뒤 인식 패스를 손목에 찼다. 타라는 갈랑의 항의에도 불구하고 페가수스에게 산소마스크를 씌워 호주머니에 집어넣었다.

에드라킨족의 숲에서 지친 몸으로 돌아온 타라 일행은 휴식을 취하고 싶었지만, 그럴 상황이 아니었다.

궁전의 문을 지키는 병사들이 통행증을 확인한 뒤에 청소부들을 통과시켰다. 늦은 밤인데도 그들은 업무 시간을 무시하고 청소를 시작했다.

분홍빛 작업복 차림의 세탁부 여자 두 명이 그들을 접견실 쪽으로 안내했고, 칼리 부인이 할 일을 그들에게 지시했다. 팔이 여섯인 티그족 감독관은 유령에 들리지 않았지만, 궁전의 질서를 위해 없어서는 안 될 중요한 자리라 해고당하지 않은 모양이었다. 칼리 부인이 타라에게 윙크를 보냈고, 천천히 돌아서서 멀어져갔다.

"그래도 조심해야 해요." 몽타뉴크리스토가 유리창 청소 도구를 만지는 척하면서 타라에게 말했다. "친위대 전원이 레지스탕스 음모에 가담하지 않았고, 유령들이 감시하고 있으니까 조심해야 합니다."

그들은 유령 둘과 마주쳤는데 다행히 유령들은 난쟁이들과 늑대인간들로 이뤄진 유리창 청소부들에게 관심을 갖기에는 다른 걱정거리가 많은 것 같았다.

칼이 마지스터에게 협력하는 유령들을 잡아먹거나 공포에 떨게 한 덕분이었다.

타라는 세제를 묻힌 고무 브러시를 들어 유리창을 닦기 시작했다. 뭔가를 궁리하거나 긴장을 풀 때 많은 시간을 보냈던 공원이 내다보였는데 병사들이 나무 뒤에 숨은 연인들을 못 본 체하면서 순찰을 돌고 있었다.

타라는 미소를 지었다. 고모 때문에 사람들의 눈을 피해 로빈과 공원에 숨어들었던 기억이 떠올랐던 것이다.

타라는 반복된 동작을 하면서 휴식을 취하듯 편안한 느낌이 들었다. 유리창을 닦고 있지만 일하고 있다는 생각이 들지 않았다. 다쳐서 피를 흘리거나 비명을 지르지 않아도 되는 일상적인 일, 이것이야말로 정상적인 삶이 아닌가! 잠시 동안 날아다닐 수 있는 레비투스 벨트 덕분에 그들은 마법을 사용하지 않고도 유리창을 닦을 수 있었다.

덕분에 타라의 친구들도 잠시 휴식을 취할 수 있었다.

실버는 파프니르 옆에서 유리창을 닦고 있는데 둘은 이미 깊이 있는 대화를 나누는지 표정이 아주 진지했다. 아마도 검과 도끼의 전술 효과를 비교하는 것일지 몰랐다. 둘은 서로에게 빠져 있는 것 같았다.

차츰 그들은 리스베스 여제의 거처에 가까워지고 있었다.

갑자기 무기고 쪽에서 폭발음이 들렸다. 깜짝 놀란 파브리스는 떨어질 뻔했고, 궁인들과 병사들이 사방으로 뛰었다.

"이게 신호예요." 트리톤이 속삭였다. "엘세스를 도와주는 유령들이 무기고에서 폭탄을 터뜨린 거예요. 이걸 신호로 칼 덕분에 유령에게서 벗어난 친위대장 크산디아르를 세네 센스스스가 풀어주기로 되어 있지요. 크산디아르가 친위대를 다시 장악하면 후방은 걱정하지 않아도 될 겁니다."

타라는 고개를 끄덕였지만 입술이 마르고 가슴이 두근거렸다. 타라는 각오가 되어 있었다. 그 뒤로 늑대인간들이 있고, 파프니르와 난쟁이 무리가 도끼를 꺼내 들었다. 실버도 검을 뽑아 들었다.

여제의 거처 문 앞에서 친위대원 두 명과 보초를 서는 마지스터의 상그라브 두 명이 신경전을 벌였다.

그때 어디선가 불쑥 나타난 그림자가 상그라브 두 명을 때려눕혔다. 칼의 솜씨였다.

"타라!" 하고 외치던 칼이 파브리스를 발견하고 눈살을 찌푸렸지만, 입은 치아가 다 드러날 정도로 함박미소를 지었다. "너 여기서 뭐 하는 거야? 기계는 찾았어? 이제 마음 놓고 유령들을 죽여도 되는 거야?"

"아니, 안젤리카가 기계를 갖고 도망갔어." 타라는 짤막하게 대답했다. "칼, 너까지 여기 있으니까 정말 너무 좋다. 어때, 넌 괜찮아?"

칼은 안색이 좋지 않았다. 몹시 지쳐 있는지 얼굴이 핼쑥했다.

"지긋지긋해." 뱀파이어 모습의 칼은 한숨을 내쉬었다. "유령들에게서 구하기 위해 사람들의 피를 빨아먹으며 지내는 게 신물이 나려고 해. 내가 감자튀김을 얼마나 그리워하는지 넌 모를 거다. 제발 마지스터가 마지막이면 좋겠어."

"아니, 마지스터는 내가 해치워야지!" 타라는 서슬이 퍼렇다.

칼은 고개를 끄덕이며 파프니르와 무아노, 실버, 파브리스가 있는 쪽으로 갔다.

칼은 파브리스의 등을 툭툭 치면서 속삭였다. 파프니르와는 달리 칼은 그래도 친구를 반겨주었다.

타라는 몽타뉴크리스토가 멋진 솜씨로 문을 폭파할 거라고 기대했다. 그러나 트리톤이 정중하게 한 늑대인간에게 양보하자 늑대인간은 반쯤 까무러쳐 있는 보초의 옆구리에 단검을 들이대면서 위협했다.

문이 눈을 번쩍 뜨고 입을 열었다.

"누구?"

"크소알." 티그족 친위대원이 늑대인간이 시키는 대로 말했다. "마지스터 주군에게 무기고에서 일어난 폭발 사고에 대해 보고를 하러 왔다."

"미안하지만 아무도 들이지 말라는 명을 받았다." 문이 대답했다. 그러고는 눈과 입이 다시 닫혔다.

"와." 칼이 구시렁거렸다. "네 어머니도 정말 장난이 아냐."

타라의 눈동자가 크게 흔들렸다.

"뭐? 엄마가 왜? 안에 마지스터와 같이 있는 거야?"

"응. 그럼 어디 계실 줄 알았는데?"

"안전한 곳에 있을 거라고 생각했지!"

"우리가 궁전을 장악하는 사이에 셀레나 부인이 마지스터를 붙잡아 두기로 했어. 습격을 받았다는 보고가 마지스터에게 들어가면 안 되니까."

"다들 완전히 미쳤어." 타라는 핏대를 올렸다. "엄마에게 그런 위험한 일을 시키다니!"

"모든 걸 계획한 사람은 셀레나 부인이고, 우리는 작전대로 실행하고 있을 뿐이야. 타라, 네 어머니는 할머니 이사벨라 못지않아. 할머니, 어머니 모두 대단한 분들이야."

"듣기 싫어." 타라는 발끈했다. "괴물에게 엄마를 맡겨둘 수 없어!"

타라는 문 앞에 버티고 서서 마법을 작동했다. 이어서 윙윙거리는 엔진 소리가 나더니 문이 폭발했다.

폭발의 충격이 가라앉자마자 시트를 둘러쓴 금발 여인이 부서진 벽을 통해 부리나케 달아났다.

질풍같이 내달리는 사람은 리스베스 여제였다.

아니, 정확하게 말하면 마지스터였다.

25
마지스터

손가락을 물리지 않고 미끄러운 물고기들을 잡으려면
아주 촘촘하고 질긴 그물이 있어야 하는데……

*

엘세스를 도와주는 선대 여제 유령들이 무기고에서 폭탄을 터뜨리기 한 시간 전 셀레나는 자신을 감시하는 병사들을 유인하기 위해 마지스터의 방으로 갔다.

마지스터는 셀레나의 방문에 깜짝 놀랐다.

"셀레나, 한밤중인데 당신이 어떻게 여길 왔소?"

셀레나가 리스베스 여제의 모습을 상대로 대화하는 걸 거북해하기 때문에 마지스터는 얼른 남자 모습으로 변신했다.

"우리 얘기를 좀 해야죠?" 셀레나가 눈을 반짝이면서 다정하게 말문을 열었다.

셀레나를 볼 때마다 늘 그렇듯이 마지스터는 가슴이 뛰었다. 이번만은 아름다운 얼굴에 경계심이나 증오심이 없었다.

"물론이지. 무슨 말이든 해봐요." 마지스터는 좋아서 어쩔 줄 모르는 목소리였다.

그때 마지스터의 크리스털 볼이 울리자 퓨마가 울음소리를 냈고, 셀레나는 한숨을 쉬었다.

"휴, 이렇게 바빠서야! 우리 결혼식에 대해 당신과 의논할 생각이었는데 시간 있을 때 다시 오죠." 셀레나는 토라진 목소리로 말했다.

마지스터는 크리스털 볼을 들고 통화하려다 동작을 멈췄다.

"우리 결혼식에 대해 의논하러 온 거였소?"

"네."

셀레나는 호주머니에서 두루마리를 꺼냈는데 결혼식 준비물을 적은 목록이 수 미터에 이르고 있었다.

"당신은 누구를 초대하고 싶어요? 그걸 알아야 하는데 아무런 얘기가 없잖아요? 결혼식 날짜, 시간도 정해야 하잖아요. 빨간색 웨딩드레스에 어울리는 특별한 보석도 필요하고요. 그리고 당신의 모습, 그건 언제 되찾을 거죠? 내가 결혼하는 사람은 당신이잖아요? 리스베스와 결혼? (셀레나는 진저리치는 시늉을 했다) 그건 있을 수 없는 일이죠."

마지스터는 숨을 깊이 들이쉬었다. 지금처럼 셀레나가 경계하지 않고 애인을 대하듯 허심탄회하게 얘기하길 얼마나 고대했던가. 기쁜 나머지 웃음이 나오려고 하자 마지스터는 품위를 잃기 전에 정신을 차렸다.

마지스터는 크리스털 볼을 꺼버리는 것으로 셀레나를 안심시켰다.

"자, 이젠 방해받지 않을 거요." 마지스터는 쾌활한 어조로 말했다.

셀레나는 상큼한 미소를 날렸다. 그러고는 마지스터에게 다가가 소파에 쓰러질 듯 주저앉았다. 셀레나가 쿠션을 톡톡 치자 셈보르는 그녀의 발밑에 엎드렸다.

"그럼 이리 와서 이걸 같이 봐요."

행복한 신음소리를 내면서 옆에 앉은 마지스터는 마스크로 가린 얼굴로 셀레나가 결혼식 준비를 위해 적어놓은 목록을 살폈다. 그녀는 알아채지 못했지만, 마지스터의 눈이 휘둥그레졌다.

오, 내 조상들의 피여! 이 여자가 제국을 망하게 하려는 것인가!

하지만 무슨 상관이람! 내 재산도 아닌데!

마지스터는 치미는 울화를 꾹 참으며 부드럽게 말했다.

"결혼식 하객을 만 명이나 초대하겠다는 거요? 좀 많지 않소? 통제하기 쉽지 않을 텐데."

셀레나는 입술을 삐쭉거렸다.

"그래요?" 셀레나는 실망하는 목소리로 말했다. "하지만 아더월드에 당신의 힘을 보여주고 싶어했잖아요? 그렇게 하려면 성대한 결혼식을 올리는 것보다 효과적인 게 있을까요? 나는 아름다운 결혼식을 원해요. 아주 화려한 결혼식⋯⋯."

마지막 말이 귀에 꽂혔다. 마지스터는 몰래 한숨지었다.

"당신이 원한다면 그렇게 하시오. 하지만 루비와 옐로우 다이아몬드로 도배를 한 사륜마차는 너무 과한 것 같소."

"음, 맞는 말이에요. 너무 요란하겠죠? 그럼 옐로우 사파이어로 장식하는 건 어떨까요? 덜 번쩍거릴 텐데."

작은 탁자 위에 놓인 크리스털 볼에 문자메시지가 오고 있지만, 마지스터는 셀레나에게 신경을 쓰느라고 알아채지 못했다.

그때 갑자기 문이 열리고 틸과 병사들이 들이닥치자 마지스터는 아연실색했다.

누군가가 그들에게 문의 비밀번호를 알려준 것이다.

셀레나가 외쳤다.

"빨리 제압해요!"

늑대인간들이 민첩하게 때려눕혔고, 마지스터는 옴짝달싹할 수 없었다. 마법을 날리지 못하게 두 손은 등 뒤로 묶여 있었다. 늑대인간들이 일으키는데 그로기 상태인 마지스터의 머리가 가볍게 흔들렸다.

"문!" 셀레나가 명했다. "아무도 들이지 말라."

그렇게 말하고 나서 셀레나는 마지스터를 돌아보면서 덧붙였다.

"몸에 지니고 있는 것을 모조리 압수해요. 보석도 포함해서. 악마를 불러내는 반지를 끼고 있으니까."

늑대인간들이 마지스터의 마법복을 벗겼고, 빨간색 원이 표시된 근육질 가슴이 드러났다.

힘이 없어서 그 모습을 유지할 수 없는 마지스터는 리스베스의 모습을 되찾았다. 늑대인간들은 개의치 않았지만, 리스베스의 완벽한 상체를 보고 있는 것이 거북해진 셀레나는 시트를 씌워 등 뒤로 묶었다.

셀레나는 틸을 쳐다보며 냉담한 어조로 물었다.

"왜 예정대로 몽타뉴크리스토를 기다리지 않고 들이닥친 거죠?"

늑대인간들의 대통령은 셀레나의 차가운 시선에 어찌할 바를 몰라 했다.

"그게, 부인이 걱정돼서…… 미안합니다."

"교란작전일 거라고 짐작은 했지만." 마지스터가 비아냥거렸다. "이렇게 치밀할 줄이야! 당신 대단한 솜씨였어. 화려한 결혼식을 원한다며 다이아몬드, 사파이어 운운해서 내가 그 말도 안 되는 얘기를 듣느라고 궁전이 장악되는 것도 모르게 했으니. 몇 놈의 모가지를 잘라버려야겠군."

"누구의 모가지를 잘라? 당신은 이제 끝났는데." 셀레나는 차갑게 대꾸했다.

이번만은 마지스터의 목소리에서 변화가 느껴졌다. 마지스터가 불안에 떨고 있었다.

말은 자신 있게 했지만 마지스터는 사실 돌아가는 상황을 짐작조차 못하면서 허세를 부리고 있었다.

"단비우?" 셀레나가 목소리를 높였다. "엘세스? 나와도 돼요, 위험하지 않아요."

두 유령이 나타났다. 엘세스는 즐거워하는 표정이지만, 단비우는 표정이 어두웠다.

단비우는 자신을 죽인 자의 눈앞에 떠 있었다.

"네놈에게 육신이 없다는 걸 천만다행으로 알아!"

흠칫 놀란 마지스터가 숨이 멎는 듯 잠시 멈칫하다가 말했다.

"단비우, 정말 오랜만이군."

"나를 죽인 비열한 놈!"

"고의가 아니었다."

"내 딸을 유괴하려고 했으면서…… 무슨 헛소리야?"

마지스터는 한숨을 쉬었다.

"그 시절의 나는 적이 아니었다. 난 당신을 죽이고 싶지도, 그럴 필요도 없었다. 모든 것이 조용히 지나갈 수 있었는데……. 내가 타라를 품에 안는 순간 갑자기 들어와서 미친 듯이 달려들었던 거 기억 안 나나? 나한테 설명할 겨를도 주지 않았어!"

단비우는 격분해서 숨이 막힐 뻔했다.

"내 아기를 유괴하는데 당연히 달려들지 가만히 구경하고 있을 아버지가 어디 있어?"

"그렇게 고함칠 필요 없어." 마지스터는 얄미울 정도로 담담한 어조로 응수했다. "나 귀먹지 않았으니까. 내가 반격으로 마법을 날렸는데 당신이 넘어지면서 머리를 다쳤지. 내가 레파루스로 치료하려고 할 때 이번에는 셀레나가 들어왔어. 셀레나를 제압하고 나서 다시 당신을 치료하려는데 이사벨라와 호랑이가 나를 공격했지. 휴, 덩컨 모녀! 완전히 미친 여자들이야! 호랑이는 죽었는데 이사벨라는 정말 강력했어. 패밀리어가 죽자 완전히 미쳐 날뛰는 바람에 내가 거의 죽을 뻔했으니까. 마비가 되어 있는 셀레나 뒤에 숨어서 트란스미투스 주문을 사용했다가 셀레나까지 데리고 이동하게 된 거야. 그런데 불행히도 이사벨라가 마법을 소진했기 때문에 뇌진탕을 일으킨 당신의 머리를 치료하지 못했어. 그래서 이사벨라는 당신에게 타라를 지켜주고, 마법사가 되지 않도록 아더월드에서 살게 하지 않겠다는 피의 맹세를 했고, 당신은 죽었지. 그건 가슴 아픈 사고였어."

단비우는 어이가 없는 얼굴로 쳐다보다 외쳤다.

"넌 내 딸을 유괴하려다 나를 죽였고, 내 아내를 납치했어. 용서를 빌어도 시원찮은 판에…… 뭐, 가슴 아픈 사고?"

"아니지."

"뭐가 아니야?"

"용서를 빌 일은 아니지. 가슴 아픈 사고일 뿐이니까."

"이미 죽어서 운 좋은 줄 알아!" 단비우가 고함쳤다. "아니면 기꺼이 목을 졸라버렸을 테니까!"

"좋아, 좋아." 엘세스가 끼어들었다. "이제 우리는 여기서 더 이상 할 일이 없다. 비욘드월드로 돌아가야지. 단비우, 친구들, 떠날 준비하세."

선대 여제 엘세스가 두 팔을 쳐들자 머리 위로 시커먼 소용돌이가 나타났다. 두 달 넘게 엘세스를 도와주었던 유령들이 수다를 떨면서 소용돌이 속으로 휩쓸려 들어갔다. 아더월드의 기후가 마음에 들지 않는다면서 유령들은 집으로 돌아가는 걸 기뻐했다.

단비우는 마지스터에게 마지막으로 경멸조의 눈길을 던진 뒤 셀레나의 아름다운 눈을 뚫어져라 응시했다.

셀레나의 매혹적인 모습에 단비우는 유령인데도 숨이 멎는 것 같았다.

"당신을 기다리겠소. 필요하다면 영원히 기다리겠소. 영혼을 다 바쳐서 당신을 사랑하오, 셀레나."

셀레나는 눈물을 참을 수 없었지만 대답은 하지 않았다.

엘세스가 나무라듯 한마디 했다.

"창피하지 않은가?"

단비우는 소스라쳤다.

"네?"

"네 아내는 아직 젊은데 더 오래오래 살아야지. 아내를 이런 식으로 혼자 살게 할 권리는 없어. 다른 누군가를 사랑할 수 있는데 너만 기억하면서 살게 한다는 건 부당하지. 그건 해서는 안 될 일이야!"

단비우는 말문이 막혔다.

셀레나는 한숨지었다. 늙은 여제의 말이 좀 신랄하긴 해도 맞는 말이 아닌가.

"그래요. 나를 기다리지 말아야 해요. 난 새로운 인생을 살 거예요. 모든 인간은 혼자 살기 위해 태어난 것이 아니니까. 당신도 비욘드월드에서 좋은 여자를 찾아봐요. 당신도 나도 혼자서는 살 수 없잖아요."

셀레나의 매정한 말에 단비우는 힘없이 고개를 떨어뜨렸다.

단비우와 셀레나는 마주 보았다. 죽은 남자와 살아 있는 여자의 사랑, 이뤄질 수 없는 사랑이라는 걸 그들도 알고 있었다. 유령과 산 사람은 절망의 몸짓으로 부르르 떨었고, 눈이 빨개졌다.

틸은 코를 훌쩍이고 있는 자신에게 놀랐다. 그 뒤에서 늑대인간들도 눈물을 흘렸다. 틸은 맘속으로 사랑은 다시 꽃필 수 있다는 걸 셀레나에게 보여주겠다고 다짐했다. 셀레나가 고통을 견딜 수 있게 도와줄 것이다.

단비우는 셀레나에게 다가갔다.

그러고는 유령의 손으로 그녀의 얼굴을 어루만지면서 몸을 숙이고 유령의 입술을 포갰다.

셀레나는 신음했다. 아주 순간적이지만 뭔가가 닿는 듯한 묘한 느낌이 들었다.

단비우는 파란 눈에 사랑을 가득 담은 채 아무 말없이 뒷걸음쳐 소용돌이 쪽으로 향했지만 사랑하는 셀레나에게서 눈을 떼지 못했다.

"당신을 영원히 사랑하오. 행복하기를!"

단비우는 셀레나의 모습을 눈에 담아가려는 듯 소용돌이 속으로 사라지는 마지막 순간까지 뒷걸음쳤다.

셀레나가 인형처럼 털썩 주저앉자 퓨마가 다가갔다. 기회를 놓칠세라 틸이 재빨리 뛰어가 셀레나를 부축해주었다. 여제의 번뜩이는 눈에서 마지스터의 분노가 이글거렸다.

무거운 침묵…… 한 늑대인간이 요란하게 코 푸는 소리에 정적이 깨졌다.

"영영 떠나지 않을 것 같더니 가버렸군." 로맨틱을 모르는 것 같은 늙은 여제 엘세스가 말했다. "이제는 나도 떠나야 하니까 마지스터는 알아서 해결하게. 나도 지치는군!"

틸의 품에서 벗어난 셀레나는 늙은 여제를 향해 공손하게 허리를 굽혀 인사했다. 이번에는 엘세스가 사라졌다.

마지스터가 아무런 반응을 보이지 않았지만, 셀레나는 단비우가 떠나는 걸 보면서 그가 즐거워하고 있다는 걸 느꼈다. 마지스터에게 고통을 주고 싶은 셀레나가 목소리를 높였는데 거친 어조에 늑대인간들이 긴장했다.

"이제 당신과 나, 서로에게 진 빚을 갚아야지!"

리스베스/마지스터가 대꾸하려는 순간 문이 폭발하면서 늑대인간들이 나가동그라졌다. 리스베스는 두 손이 묶여 있는데도 폭발의 충격으로 부서진 벽을 통해 로켓처럼 튀어나갔다. 밖에서 늑대 무리와 난쟁이들, 타라, 칼, 파프니르, 무아노, 그리고 얼굴이 번쩍거리는 이상한 청년이 아연실색한 얼굴로 쳐다보고 있었다.

달아나는 리스베스를 뒤쫓으면서 타라가 외쳤다.

"마지스터다! 잡아라!"

틸, 늑대들, 실버가 재빠르게 타라를 앞질렀다. 그리 빨리 달리지 못하는 난쟁이들이 뒤처지자 파프니르가 불같이 화를 냈다. 속도를 내면서 궁전을 내달리던 타라는 바닥에서 반짝이는 쇠붙이를 발견했다. 마지스터가 수갑을 푼 게 틀림없었다.

진속력으로 날리는 여제, 그 뒤를 쫓는 유리창 청소부들…… 질겁한 궁인들이 비켜섰다. 바짝 뒤쫓는 늑대들 사이로 시트를 펄럭이며 숨이 끊어지게 달려가는 마지스터의 뒷모습이 보였다. 그리고 복도 모퉁이에서 마지스터는 온데간데없이 사라졌다.

타라는 너무 숨이 차서 허리를 굽혔다.

늑대들과 실버가 되돌아왔다.

"놓쳤습니다, 부인." 틸이 숨을 헐떡이면서 달려온 셀레나에게 말했다. "마법을 사용하지 않은 건 틀림없으니까 비밀 통로로 빠져나간 것 같습니다."

모두 아연실색해서 서로를 쳐다봤다.

너무 충격을 받아서 아무것도 할 수 없는 셀레나는 눈물을 흘렸다. 타라가 다가가 어머니를 껴안았다. 오랜만에 만난 갈랑과 셈보르도 의젓하게 인사를 나눴다.

"엄마, 잘될 테니까 걱정 마세요. 마지스터는 붙잡힐 거예요."

"누가 문을 폭발시켰니?"

"내가 그랬어요. 미안해요, 엄마. 문이 우리를 들여놓지 않으려고 해서 엄마가 위험한 상태라고 생각했어요."

셀레나는 원망하지 않는다는 듯 딸을 끌어안았다. 하지만 신경 발작을 일으킬 것 같은 셀레나의 모습에 틸은 진정시키려고 애를 썼다.

"너무 걱정하지 마세요." 틸은 셀레나의 손목을 잡고 침착하게 말했다. "마지스터는 이제 더 이상 궁전의 주인이 아닙니다."

"하지만 리스베스의 몸속에 있는 한 그자가 합법적인 통치자예요!" 셀레나가 핏대를 올렸다. "여제를 장악하고 있는 한 마지스터가 제국을 지배하는 것이라고요! 따라서 법적으로는 우리가 침략자들이란 말입니다! 마지스터를 찾아야 해요, 빨리."

"부인." 틸이 응수했다. "지금은 마지스터가 어디로 사라졌는지 전혀 알 수가 없습니다. 림보로 돌아갔을지도 모르고요! 어쨌든 우리 전사들과 티그족 친위대가 궁전 전체에 배치되어 있으니 마지스터를 찾아낼 겁니다."

셀레나는 화가 치밀지만 힘없이 고개를 끄덕였다. 그들은 리스베스 여제의 방으로 돌아갔다. 여제 후계자로서 컴퓨터의 비밀번호를 알고 있는 타라의 도움을 받아 늑대인간들의 대통령은 인식 패스를 통해 자신의 부하들에게 명을 내렸다. 이제 마지스터의 흔적을 찾는 일은 시간문제였다.

그때 갑자기 크리스털 전광판에 마지스터의 모습이 나타났다.

어느새 변신해서 마스크를 쓴 마지스터가 그들을 응시하고 있었다. 마치 현기증이 나는 듯 마지스터가 잠시 비틀거렸다. 타라는 모습을 감추었다. 마지스터에게 궁전에 와 있는 걸 알릴 필요가 없지 않은가. 유리창 청소부의 모자를 푹 눌러쓰고 있으면 타라를 알아볼 수가 없다.

"그러니까 당신과 나의 전투를 벌이자는 뜻이오?" 마지스터가 셀레나를 응시하며 물었다.

셀레나는 입을 열려다가 어두운 표정으로 다물었다.

"좋소." 셀레나가 아무 말도 하지 않자 마지스터가 말을 이었다. "당신은 당신의 전사들을 데리고, 나는 나의 전사들을 데리고 어디 해봅시다. 내가 이기면 당신은 나와 결혼하고 나에 대한 음모도 중단하고, 당신이 이기면 내가 떠나겠소. 어떻소?"

"당신은 우리를 상대로 절대 이기지 못해!" 틸이 으름장을 놓았다. "항복하시지! 궁전은 우리가 탈환했으니까."

"그냥 조용히 엎드려 있지, 강아지." 마지스터가 신랄하게 대꾸했다. "당신이 상관할 일이 아냐. 이건 셀레나와 나의 문제니까."

셀레나를 향한 늑대인간의 마음을 알아챈 마지스터는 틸을 연적으로 인정할 마음이 전혀 없었다.

늑대인간이 개 취급을 받는 것에 격분하자 셀레나는 틸의 손목을 잡아주는 것으로 진정시켰다.

"함정이라는 걸 알지만 당신의 제안을 받아들이죠."

마지스터의 마스크가 놀라는 빛을 띠었다.

"받아들이겠다고 했소?"

"네, 접견실에서 만나요. 지금 당장."

"기다리겠소."

마지스터의 목소리가 울려 퍼졌다.

"엄마? 무슨 작전이라도 있는 거예요?" 타라가 물었다. "몽타뉴크리스토? 틸 대통령?"

"군중 속으로 돌진해 마구 물어뜯는 겁니다." 싸우고 싶어서 몸살이 난다는 듯 늑대인간들의 대통령이 말했다. "우리는 작전을 짰고, 그들은 짜지 않았어요. 전통적 방식으로 실행할 겁니다."

"우리 트리톤 전사들의 물로 익사시킬 겁니다." 몽타뉴크리스토가 말했다.

"그래요, 마지스터를 깔아뭉개 버리면 되겠어요." 더는 두려움 속에서 살고 싶지 않은 셀레나가 단언했다.

"그건 작전이 아니죠!" 황제에게서 전술을 배운 타라는 어이없다는 얼굴로 말했다. "적의 약점을 이용해야 합니다. 유령인 데다 악마의 마법을 사용하기 때문에 마지스터를 이기는 것이 그리 쉽지 않으니까요. 칼?"

뱀파이어가 타라를 향해 돌아섰다.

"응?"

"따라와, 가면서 할 일을 말해줄게. 모두 나가시죠!"

타라는 그들에게 계획을 설명했다. 그리고 시간을 보면서 이맛살을 찌푸렸다.

마지스터를 놓친 지 20분이 지나 있었다. 그가 또다시 무슨 짓을 꾸미기에 충분한 시간이었다.

그들이 접견실에 도착했을 때 마지스터가 그들을 기다리고 있었다. 옥좌 옆에 놓인 철창우리 안에서 스파슝으로 둔갑해 있는 바리우스가 발작을 일으키듯 요란을 떨면서 사방으로 털을 날리고 있었다.

털이 냄새를 킁킁 맡자 다른 늑대인간들도 똑같이 냄새를 맡았다.

악취를 풍기는 존재를 느낀 늑대인간들의 털이 곤두섰다. 늑대인간들이 머리를 쳐들고 으르렁거렸다.

늑대인간들은 마지스터의 병사쯤이야 가볍게 쓰러뜨릴 수 있다고 생각했다. 그들의 수가 100에 이르는데 패할 확률은 거의 없었다. 물리치기 힘들다는 난쟁이 전사들도 함께 있으니 가공할 전력이 아닌가.

그런데 마지스터의 병사들은 악마들이었다.

셀레나는 악마 무리에 크소아라가 끼여 있지 않은 걸 확인했다. 단비우는 크소아라에게 검은색 털에 보라색 줄무늬가 있다고 했는데 머리 위에 떠 있는 악마 셋은 짙은 파란색과 분홍빛 털에 샛노란 줄무늬가 있었다.

타라는 어머니 셀레나와 틸 뒤에 몸을 웅크리고 있다가 기습적으로 허를 찌를 작정이었다.

늑대인간들이 으르렁거리자 악마들은 즐거운 비명을 질렀다.

"와우, 인간도 늑대도 아닌 것들이잖아!"

"맛없게 생긴 놈들인데…… 그럼 이번에는 건드리는 순간 부서지는 일은 없겠지?"

"그리고 인간들은 '맛없게 생긴 놈들'이라고 하지 않아."

"그럼 뭐라고 부르는데?"

"늑대인간."

"그런 것도 있어?"

"하지만 '맛없게 생긴 놈들'이라고 하면 안 되는 이유가 뭔데?"

"그걸 내가 어떻게 알아? 인간들은 그렇게 부르지 않는다니까! 너, 이해가 되는 인간을 만나본 적 있어?"

"그럼 저 조그만 것들은 뭐야?"

"그것도 몰라? 너 정말 무식하다. 난쟁이들이잖아. 미니 인간들, 지각단층 전쟁 때 싸웠잖아?"

파프니르는 이마에 주름을 잡았다. 뭐, '미니 인간들'?

"청록색의 저놈은?"

"트리톤인데 아주 질기고, 가시가 많아서 잡아먹기 힘들어."

악마 셋의 입씨름을 들으면서 마지스터의 마스크가 빨간색으로 변했다. 마지스터가 손짓을 하자 사방에서 유령에 들린 최고 마구스들이 불쑥불쑥 나타났다. 함정이었나?

마지스터는 한숨을 길게 내쉬고 셀레나를 향해 마스크를 돌렸다.

"항복하겠소?" 마지스터는 거드름을 피우는 어조로 물었다. "당신의 풋내기 늑대들을 죽이는 건 시간 낭비가 될 텐데."

그 순간 마지스터는 충격을 받았다.

셀레나 뒤에 숨어 있던 타라가 불쑥 나타났으니!

타라는 청소부 작업복을 벗고 번쩍거리는 전투 갑옷 차림이었다. 타라의 어깨에 앉은 갈랑이 사나운 울음소리를 냈다.

마스크가 파리하게 변한 마지스터가 뒤로 물러났다.

"타라? 하지만……."

"싸움을 원한다고 했죠?" 타라가 물었다.

말을 끝내기가 무섭게 타라는 마지스터를 향해 데스트룩투스 마법을 날렸다. 마지스터가 잽싸게 피하면서 빗나간 마법의 광선은 악마의 엉덩이 털을 지글지글 태웠다.

"앗 뜨거워!" 악마가 비명을 질렀다. "오, 내 할머니의 창자여! 대가를 치르게 해주겠다, 인간아!"

붉은 악마가 털북숭이 새처럼 타라를 향해 돌진했다. 늑대 하나가 펄쩍 뛰어서 악마와 정통으로 부딪쳤다. 늑대와 싸우게 된 악마는 타라를 잊었다.

덕분에 타라는 정신을 집중해서 마지스터를 공격할 수 있었다. 그런데 마지스터는 단단한 방패를 만들거나 비켜서는 것으로 마법의 광선을 피했다.

뭔가 거북한 것이 있나? 마지스터는 평소의 날렵한 움직임을 보이지 않고 있었다.

셀레나까지 합세해 있는 힘을 다해 두려움과 분노를 표출하였다. 마지스터는 타라와 셀레나의 맹렬한 공격에 비틀거렸다. 악마의 마법으로 타라의 강력한 공격을 피하고는 있지만 오래 버틸 수 없을 것 같았다. 페가수스와 퓨마도 공격하고 있어서 갈가리 찢기지 않도록 조심하면서 마법의 광선과 방패로 두 패밀리어를 제압했다.

위험을 감지한 타라와 셀레나는 두 패밀리어를 다른 쪽으로 보냈다.

싸움이 점점 격렬해졌다. 늑대 무리의 절반은 파프니르와 난쟁이 전사들, 무아노, 실버, 트리톤의 도움을 받아 악마들을 공격하는 반면에 나머지 늑대들은 최고 마구스들의 마법에 맞서고 있었다. 마법의 광선에 철창우리가 산산조각 나면서 깃털이 홀랑 타버린 스파슌이 승리의 울음소리를 내면서 날아갔다.

마지스터는 알아채지 못했지만, 타라와 셀레나의 목적은 마지스터를 쓰러뜨리는 것이 아니라 주의를 흐트러뜨리는 것이었다. 리스베스를 죽일 수 없었고 티가 나지 않게 최선을 다해 공격해야 했다. 싸움이 격렬해지길 기다렸다가 칼이 몰래 접견실로 들어오기로 되어 있었기 때문이다.

셀레나와 타라의 공격을 대비하느라고 마지스터는 등을 돌리고 있었다.

오케이.

칼이 뱀파이어의 근육을 사용해 마지스터의 몸을 건드리려는 순간 이었다. 불쑥 나타난 그림자 하나가 칼을 잡아끌었다.

셀렌바를 알아본 칼/뱀파이어가 울부짖었다.

셀렌바가 파트로크에서 곧장 궁전으로 돌아온 것이다.

"내가 이 정도도 대비하지 않고 여기에 와 있을 거라고 생각했니?" 타라의 공격을 가까스로 막으면서 마지스터가 이죽거렸다. "그럼 네가 나를 너무 모르는 거지."

셀렌바가 칼을 덮치는 사이에 타라는 집요하게 마지스터를 공격했다. 뱀파이어 둘이 커다란 고양이처럼 뒹굴고 있었다. 갈퀴손톱 대 갈퀴손톱, 송곳니 대 송곳니. 그러나 셀렌바는 칼보다 훨씬 노련했다. 칼은 도둑으로서의 재능으로 부족한 경험을 보완하고 있지만 셀렌바를 이기기에는 힘이 달렸다. 셀렌바는 칼의 발길질을 피하면서 도리어 턱을 가격했다. 그 충격으로 반쯤 녹초가 된 칼은 빙그르르 돌다가 고꾸라졌다. 뱀파이어가 칼을 죽이려고 하는 순간 이번에는 실버가 나서서 그 치명적인 일격을 검으로 막았다. 지난번에 힘 한번 써보지 못하고 맥없이 당한 것에 복수를 하려고 이를 갈았던 것이다. 혈검 대 갈퀴손톱. 둘이 싸우는 동안 칼은 게슴츠레한 눈으로 일어나려고 안간힘을 썼다. 싸움에 끼어들지 않으려고 한쪽 구석에서 두 손으로 머리를 감싸고 있던 파브리스가 그제야 고개를 들고 칼을 향해 레파루스 주문을 날렸다. 우거지상을 하면서 일어난 칼이 셀렌바와 싸우는 실버에게 합세했다. 그러자 뱀파이어들의 싸움에 오히려 방해가 된다는 걸 알아차린 실버가 말했다.

"이 뱀파이어는 너한테 맡기고 나는 타라를 도울게!"

타라는 정신을 집중하면서 마지스터를 향해 마법의 불덩이를 날리고 있었다. 부상당할 리스베스 고모를 생각하면 미안하지만 중상이 아니길 바라는 수밖에 없었다.

마지스터가 주문을 읊으면서 방패를 바꿨는데…… 이? 마법을 흡수해버리는 것이 아닌가. 뜻밖의 일이었다. 타라의 마법을 흡수해 자신의 마법 에너지로 삼다니!

마지스터는 두 손에서 번쩍거리는 시커먼 불을 곧장 타라를 향해 되돌려 보냈다. 바로 그때 타라에게 오던 실버가 마법의 불을 발견하고 달려들었다.

실버는 악마의 마법에 정면으로 충돌했다.

자신의 비늘이 마지스터의 불을 밀어내리라고 생각한 것이 아니라 본능적으로 행동한 것이다. 실버는 타라를 구해야 한다는 생각밖에 없었다.

그러나 비늘은 마지스터의 마법을 되돌려 보내지 않았다. 불에 휩싸인 실버는 이제껏 느껴보지 못한 아주 끔찍한 고통 때문에 비명을 지르며 바닥에 쓰러졌다. 그리고 검을 놓쳤다.

"실버!" 타라가 외쳤다.

타라는 둘 다 보호할 수 있는 방패를 재빨리 만들었다.

마지스터도 깜짝 놀랐다. 타라를 죽이려는 것이 아니라 힘을 빼앗아 굴복하게 만들려는 것인데 멍청한 녀석이 갑자기 뛰어든 것이다. 안됐지만 하는 수 없었다. 마지스터는 마법의 불로 타라의 방패를 후려쳤다.

셀레나는 숨을 헐떡이면서도 딸을 구하기 위해 마지스터에게 마법의 광선을 날렸다. 그러나 마지스터는 방패를 세워 셀레나의 공격을 막았고, 다른 손으로는 타라의 힘을 빼앗기 위해 집요하게 괴롭혔다.

위험을 느낀 틸이 달려들었기 때문에 마지스터는 타라에 대한 공격을 중단해야 했다. 마지스터의 마법에 얻어맞은 늑대가 몇 미터 뒤로 내동댕이쳐지면서 셀레나에게 부딪혔다. 거의 녹초가 된 셀레나는 마법을 날릴 수가 없었다.

성난 마지스터가 파브리스에게 으름장을 놓았다.

"너의 주인인 나에게 복종해야지! 그 빌어먹을 틸을 제압해. 아니면 내 손으로 너를 죽여서 네 털가죽으로 카펫을 만들겠다!"

질겁한 파브리스는 악마들과 싸우고 있는 무아노에 이어서 늑대 무리의 대장 틸을 쳐다봤다. 그러고는 혈관 속에서 고동치는 악마의 마법과 무아노를 향한 사랑을 생각하면서 고민에 빠졌다.

"어린 늑대!" 유령에 들린 최고 마구스 두 명의 마법 공격을 막아내면서 틸이 외쳤다. "나에게 돌아와!"

늑대 무리의 부름이 파브리스의 피를 끓게 했다.

"파브리스!" 이번에는 무아노가 필사적으로 외쳤다. "우리를 도와줘!"

사랑의 부름이 파브리스의 마음을 움직였다.

그것으로 충분했다. 사랑과 늑대인간의 무리가 마지스터보다 훨씬 강렬하게 파브리스의 마음을 움직였다. 마지스터를 향해 돌아선 파브리스는 바닥에 침을 탁 뱉었다.

"당신의 더러운 마법은 더 이상 원치 않아요. 무아노의 말이 맞아요. 당신은 결국 나를 죽이고 말 거예요. 나는 이미 잘못을 저질렀고,

두 번은 저지르지 않겠어요."

그렇게 말하고 파브리스는 허리에 두르는 옷만 달랑 걸친 늑대인간의 모습으로 변신하더니 이전에는 그 누구도 하지 않았던 행동을 보였다.

믿어지지 않는 엄청난 힘으로 악마의 마법을 거부하면서 완전히 놀아내고 있는 것이다. 정말 용기 있는 행동이었다.

파브리스의 몸에서 거칠게 빠져나온 악마의 마법이 마지스터를 둘러싸기 시작했다. 파브리스는 점점 더 고통스러운 비명을 질렀고, 벼락을 맞은 듯 몸이 뒤로 휘어지더니 털가죽이 벌어지고 있었다.

타라는 신음했다. 파브리스가 죽어가고 있었다! 악마의 마법을 거부할 수 있다는 말을 하지 말았어야 했는데!

늑대의 몸이기에 견뎌내고 있는 것이다. 세포가 재생되고는 있지만, 반쯤 의식을 잃은 파브리스가 뒤로 넘어졌는데 가슴에 있는 원에서 연기가 난다는 것은 해방되고 있다는 표시였다. 그러나 파브리스가 악마의 마법을 마지스터에게로 돌려보내면서 그것이 본의 아니게 마지스터의 회복을 도와준 셈이 되었다.

마지스터가 마법을 완전히 흡수하는 사이에 파브리스는 일어났고, 고통에도 불구하고 비틀거리면서 틸을 도우러 갔다.

타라는 바닥에 주저앉은 채 실버를 보호하고 있지만 기진맥진해 있었다. 그걸 알아챈 마지스터가 소름 끼치는 미소를 흘렸다.

"너의 지구인 친구에게 고마워해야겠다, 타라. 그 아이가 마법을 보내주지 않으면 오래 버티지 못했을 텐데 지금은 몸 상태가 아주 좋거든! 너도 제법 잘 버텼어, 타라. 이제 나에게 도전하는 놈들이 어떻게 되는지 잘 봐둬!"

미지스터가 공격하려는 순간 갑자기 날아온 그림자 하나가 마지스터의 머리를 부리로 마구 쪼아댔다. 마지스터에게 호되게 당했던 바리우스의 앙갚음이었다. 커다란 칠면조가 부리와 며느리발톱으로 공격세례를 퍼부었지만, 마지스터의 마스크는 환영에 지나지 않기 때문에 그냥 통과해버렸다. 그 틈을 타 타라가 재빠르게 마법을 날렸다. 충격을 받은 마지스터가 휘청거렸다. 마지스터는 투포환 선수처럼 빙글빙글 회전하다가 스파슌을 향해 마법을 날렸다.

꺅! 하는 소리가 나면서 칠면조는 금빛 털을 날리며 높은 천장으로 내동댕이쳐졌다. 타라는 마법을 사용하려고 했지만 에너지를 거의 다 소모한 상태였다. 방어는 할 수 있지만 마법의 광선을 날리는 것은 불가능했다.

성난 마지스터가 다시 마법을 작동했다.

마지스터는 타라가 반격하기 전에 실버를 향해 파괴력을 지닌 불덩이를 날렸다.

실버가 어찌나 크게 비명을 지르는지 벽이 심하게 흔들렸다. 실버가 아직 살아 있는 것은 피부의 키틴질 덕분이었다. 녀석이 죽지 않은 것에 의아해하면서 마지스터가 한 번 더 실버를 공격하려고 하자 타라는 약하지만 주의를 끌기 위해 마법의 광선을 날렸다. 셀레나도 합세했다. 셀레나와 싸워야 하는 것이 짜증스러운지 마지스터가 앞으로 걸어가더니 갑자기 주먹으로 그녀의 얼굴을 가격했다.

예상하지 못한 타라는 어머니가 피를 흘리면서 쓰러지자 비명을 질렀다.

마지스터가 돌아봤다. 타라는 그 틈에 방패를 내리고 실버에게 레파루스 주문을 날렸다. 하지만 아무런 반응이 없었다. 격분한 타라가 철천지원수에게 달려들 기세로 일어났다.

마지스터가 메노투스 주문을 읊었고, 타라는 히플리아의 철로 만든 수갑을 차게 되었다. 그러나 타라는 대가들에게서 전술을 배운 제국의 후계자였다. 게다가 창의력이 뛰어났기에 손으로만 마법을 발사하지 않았다. 공중으로 뛰어오르다 획 돌면서 마지스터를 향해 집중포화를 퍼붓듯 두 발로 마법을 발사했던 것이다.

자신의 가슴에서 연기가 나는 걸 보면서 아연실색한 마지스터가 비틀거렸다. 타라는 평소처럼 마법의 불을 단번에 사용하지 않았다. 즐겨 보는 비디오게임에서 장화 끝에 장착한 레이저 광선총 덕분에 발을 사용하여 쏘는 장면을 응용했던 것이다. 첫 번째 마법의 불에 이어서 네 번의 연속적인 불들은 방패에 부딪혔지만, 마지스터는 마지막으로 날아온 불에 부상을 입었다. 타라는 마지스터에게 부상을 입히려는 것일 뿐 죽일 생각은 없었다. 마스크 너머에 진짜 고모의 육신이 있다는 걸 잊지 않았다.

타라는 바닥으로 다시 내려왔는데 여전히 손을 움직이지 못하는 상태로, 신발에서는 연기가 나고 있었다. 히플리아의 철이 굴복하기를 바라며 타라는 수갑을 풀기 위한 주문을 읊었다. 그 순간 갑자기 믿을 수 없는, 상상도 할 수 없는 일이 일어났다.

실버의 몸집과 키가 커지기 시작했다. 얼굴이 일그러지면서 시커멓게 탄 살 속에서 아가리가 나타났다.

마지스터는 재빨리 까무러쳐 있는 셀레나를 안고 뒷걸음쳤다. 실버의 몸이 엄청나게 커지고 있기 때문에 수갑에서 벗어난 타라도 뒤로 물러섰다.

등에서 돌기가 삐죽삐죽 나오자 실버는 비명을 질렀다. 두 손이 찢어지면서 손톱 대신 발톱이 나타났다. 불에 탄 피부가 뚜렷이 드러나고, 비늘이 자라면서 온몸이 오팔빛 가죽으로 덮였다. 그리고 동공이 변했다.

온몸의 뼈가 우지끈거렸다. 늑골이 확장되고, 다리가 쭉쭉 늘어나자 실버는 더 크게 비명을 질렀다.

등에서 살을 뚫고 나온 날개들이 엄청나게 크게 자라나다 펼쳐졌는데 피와 액체가 묻어서 축축하고 끈끈했다.

갑자기 타라는 알아차렸다.

드래곤! 실버가 드래곤으로 변신하다니!

멋진 동물이 일어났다.

드래곤으로 변형되는 과정이 어찌나 힘든지 실버는 거의 제정신이 아니었다. 실버는 눈알이 튀어나올 것 같은 얼굴로 쳐다보는 두 발 동물들을 향해 눈을 내리깔았다. 그러고는 자신의 발가락에 달린 갈퀴 발톱들을 발견하고 경악했다.

온몸이 무지갯빛으로 번쩍거려 눈이 부실 정도였다. 인간의 모습 못지않게 파충류의 모습으로도 아름다웠다. 가슴 부위의 비늘이 검은색인데 별 모양을 이루고 있었다.

타라는 무지갯빛 비늘을 본 적이 있었다. 어디서 봤지?

"나는 드래곤이다!" 실버가 넋이 나간 얼굴로 말했다. "내가 누구인지 알았다. 나는 드래곤이다!"

타라는 힘겹게 침을 삼켰다. 마지스터는 숨을 몰아쉬었다.

"타라, 나의 철천지원수를 이곳으로 불러들이다니! 드란보우글리스 펜쉬르와 연락이 되었단 말이지? 모든 통신을 차단했다고 생각했는데. 아니면 발육이 덜 된 이 드래곤을 아더월드 어딘가에서 찾아낸 건가?"

어린 드래곤이 눈두덩을 찌푸렸다.

"누구한테 발육이 덜 됐다는 거야, 인간아?"

마지스터는 으름장을 놓았다.

"네가 인간이든 드래곤이든 달라지는 건 없다. 어차피 넌 죽을 목숨이니까!"

그렇게 말하면서 마지스터가 마법의 불을 발사했고, 드래곤이 포효했다. 악마의 마법이 이렇게 아플 줄이야! 실버/드래곤은 응수하려고 했지만, 꼬리에 적응이 되지 않아 비틀거리다 지붕을 받치는 기둥 중 하나에 쾅 부딪쳤다. 불길한 소리를 내면서 기둥이 부서졌고, 지붕의 파편이 머리 위로 떨어지면서 드래곤은 푹 쓰러졌다.

늑대들, 난쟁이들, 파브리스, 무아노, 트리톤, 셀렌바, 악마들이 깜짝 놀라 잠시 싸움을 멈췄다. 지친 상태로 그들은 다시 싸움을 시작했지만, 악마들과 유령에 들린 최고 마구스들에게 점점 유리한 상황이었다.

마지스터는 비아냥거렸다.

"네 지지자들은 정말 형편없구나. 이제 끝내자."

"아니, 난 당신을 내버려두지 않을 거야." 타라가 외쳤다.

타라는 살아있는 돌과 크라에토비르의 반지를 불렀고, 두 아티팩트는 응답했다. 마지스터가 마법을 날렸지만, 타라는 이미 드래곤을 보호하고 있었다. 파란색 장막이 드래곤을 완전히 에워싸고 있었다.

갑자기 얼어붙은 듯 동작을 멈춘 마지스터는 마스크가 창백해지면서 비틀거렸다.

"안 돼. 있을 수 없는 일이야!"

마지스터는 셀레나를 내려놓고 드래곤을 향해 걸음을 떼었다. 그러고는 아연실색한 타라가 반격하기 전에 드래곤 위로 떨어진 파편을 치우고 파란 장막을 통해 유심히 살폈다.

"별! 안 돼, 아마바!"

마지스터는 타라를 향해 돌아서면서 외쳤다.

"너, 무슨 짓을 한 거야? 이건 말도 안 돼. 있을 수 없는 일이야! 네가 이 아이를 어떻게 찾았어?"

마지스터는 정신이 나간 것 같고, 힘이 다 빠진 것 같았다. 그 틈을 타서 틸이 재빨리 기절해 있는 셀레나를 마지스터의 손이 미치지 않는 곳으로 옮겨놨다.

타라는 남은 힘을 끌어 모으고 있었다. 마지스터를 제압할 절호의 순간이었다.

정맥 속으로 마법의 에너지가 몰려오자 타라가 검푸른 불덩이를 만들었는데 느닷없이 꺼졌다. 엄청난 충격파가 타라와 주위에 있는 전사들을 강타했던 것이다.

순식간에 균형 감각을 잃으면서 악마들까지도 모두 쓰러지는 바람에 싸움이 중단되었다.

그들은 귀를 통해 뇌가 빠져나갔다가 다시 들어오는 느낌이 들었다. 공포와 고통의 비명소리들이 궁전에 울려 퍼졌다.

잠시 후, 언제 그랬느냐는 듯 별안간 고요해졌다.

타라가 눈을 떴을 때 마지스터, 악마들, 셀렌바는 사라지고 없었다. 유령에 들린 최고 마구스들은 의식을 잃은 채 널브러져 있었다.

그리고 실버는 인간, 아니 하프드래곤의 모습으로 돌아와 있었다.

타라가 실버에게 달려갔다. 그리고는 덥석 품에 안았는데 비늘에 찔리지 않았다.

녹초가 된 타라는 눈물을 흘렸고, 축 늘어진 실버는 아무런 반응이 없었다.

실버가 금빛 눈을 떴고, 눈물로 얼룩진 타라의 얼굴을 봤다.

실버는 단번에 이해가 되지 않았다.

타라가 나를 끌어안고 있다니!

실버는 떨리는 손을 들었다.

비늘이 사라지고 없었다.

너무 놀란 실버는 하마터면 기절할 뻔했다. 정신을 차리려고 애를 쓰면서 자신 없는 목소리로 불렀다.

"타라…… 타라?"

실버가 깨어난 걸 알아차린 타라의 눈이 동그래졌다. 실버는 안도한 타라의 몸이 부드러워지는 걸 느꼈다.

"실버, 난 네가……. 괜찮아?"

"어…… 어떻게 된 거야?"

"네가 갑자기 드래곤으로 변했어." 타라는 아직도 떨리는 목소리로 속삭였다. "마지스터가 너를 죽이려다가 너의 비늘 색깔과 가슴에 있는 문양을 보고 멈칫하더니 이렇게 말했어. '아마바, 이건 있을 수 없는 일이야!' 그래서 나도 알아차렸어."

실버는 전혀 이해하지 못해 물었다.

"넌 무슨 뜻인지 알아?"

쉽게 이해시킬 수 있는 상황은 아니지만 타라는 심호흡을 하고 나서 말했다.

"너는 마지스터의 아들이야!"

26
하프드래곤
때로는 유명하지 않은 아버지가 더 나은데……

*

실버의 몸이 뻣뻣해지자 타라는 본능적으로 느낀 것을 설명했다.

"넌 마지스터와 드래곤들의 왕의 여동생 아마바쉬로우쉬바 사이에서 태어난 아들이야. 아마바는 오빠인 왕이 인간과의 결합으로 낳은 아이를 용납하지 않으리라는 걸 알기 때문에 자신이 품고 있던 알을 믿을 만한 아무개에게 맡긴 것 같아. 그러다 왕이 아마바를 죽였고…… 너에 대해 아는 이는 아무도 없었던 것 같아. 네가 아직 태어나지도 않은 때였으니까. 아마바도 네가 어떤 모습으로 태어날지 몰랐을 테고. 마침내 네가 태어났는데 인간의 모습이었던 거야. 드래곤들이 너를 죽일 게 뻔하기 때문에 아마바의 부탁을 받은 아무개가 난쟁이 부모에게 너를 맡긴 것 같아. 너를 키워주는 대가로 매달 돈을 보내주기로 하고. 누군가 너의 존재를 알더라도 난쟁이들의 나라로 찾으러 갈 생각은 절대 하지 않을 테니까."

"하지만…… 내 아버지, 내 아버지가 마지스터라고? 그…… 그건 말도 안 돼!"

"아니, 확실해. 크리스털레오를 봤거든. 마지스터는 드래곤들에게 억류되어 있었어. 아마바를 사랑했고, 악마의 셔츠를 훔쳤기 때문에. 아마바와 같이 있었다는 이유로 고문받는 장면을 찍은 영상이었어. 아마바는 마지스터의 아이를 낳고 싶어했던 것 같아. 아이는 사랑의 증표라고 할 수 있으니까. 나는 드래곤들의 왕을 만난 적이 있어. 너의 무지갯빛 비늘을 보면서 어디서 본 적이 있다고 생각했는데 그 무지갯빛은 비늘이 아니라 날개의 깃털 색깔이었어. 무지갯빛과 네 가슴에 있는 별 문양은 혈통을 표시하는 게 틀림없어. 마지스터도 그 문양을 보고 너를 알아봤으니까. 실버, 아마바쉬로우쉬바는 드래곤 언어로 저녁별이란 뜻이야. 드래곤들의 행성에 갔을 때 언어를 배웠는데 이름에 어떤 뜻이 있다는 걸 알았어. 너의 드래곤 이름은 실버쉬로우쉬부가 틀림없고, 뜻은 은빛별이야. 그리고 비늘의 별 문양은 네 어머니에게서 물려받은 유전적 특성일 것이고."

"하지만 내 아버…… 마지스터가 왜…… 왜 나를 버렸……."

"몰랐을 거야. (타라는 아연실색하던 마지스터의 표정을 봤는데 분명히 거짓이 아니었다) 네가 살아남을지 자신이 없었기 때문에 아마바쉬로우쉬바는 마지스터에게 말하지 않았을지도 모르지. 서로 다른 종족의 결합으로 생긴 자식을 낳는다는 것은 여러 가지로 복잡하거든. 실버, 나 역시 마지스터의 정체를 모르지만 자식을 버릴 사람이라고는 생각하지 않아. 마지스터는 내 어머니를 사랑하는 것만큼 아마바를 사랑했어. 네 존재를 알았다면 사랑했을 거야.”

어쩌면 상상할 수 없는 변태성욕자일지도 모르지만, 타라는 말하지 않았다.

“그럼 우리의 만남이?” 실버가 의심하는 목소리로 물었다.

“네 아버지와 너를 맞서 싸우게 하려는 음모라고 생각하지는 마. 의심의 여지가 없는 우연이었으니까.” 타라는 단정적으로 말했다. “네가 우리 편이라 천만다행이었어. 네가 없었다면 우리가 졌을 거야. 네가 마지스터가 날린 불덩이 앞으로 달려들면서 내 목숨을 구해줬어. 고마워. 넌 진정한 협객이야.”

하프드래곤 실버는 잠시 침묵하고 있다가 말했다.

“내 아버지. 나한테 아버지가 있는데 괴물이었다니!”

금빛 눈에서 눈물이 흘러내렸다. 실버에게는 끔찍한 순간이었다. 타라는 가만히 내버려두었다. 실버는 숨을 길게 들이쉬면서 타라의 눈을 뚫어지게 쳐다봤다.

이윽고 실버는 타라의 얼굴을 향해 손을 들어 보였다.

“너를 만져봐도 될까?”

타라는 고개를 끄덕였다.

“변형되면서 네 비늘이 사라졌잖아. 거시기도 다시는 나타나지 않을 거야. 인간적인 부분과 드래곤적인 부분, 다시 말해 인간의 반사신경과 드래곤의 반사신경이 충돌한 결과로 행동이 서툰 거였으니까 이젠 잘 넘어지지 않을 거야.”

실버는 희미한 미소를 지었다.

“비늘이 사라졌다고 아쉬울 건 없지. 더군다나 거시기는 정말 다시는 보고 싶지 않아. 다른 사람들은 어떻게 됐어?"

그때 밖에서 고함소리가 쩌렁쩌렁 울리더니 한 최고 마구스가 절룩거리면서 접견실로 들어왔다.

"유령들이 사라졌어." 최고 마구스는 너무 기뻐서 감격해 있었다. "다 떠났어! 유령들이 섬멸되었다!"

그렇게 소리치고 안락의자에 주저앉은 최고 마구스는 두 손으로 얼굴을 감싸면서 눈물을 흘리기 시작했다.

타라는 미소를 지었다. 퍼즐의 조각들이 맞춰지고 있었다.

"유령들은 섬멸되었어. 확실하지는 않지만, 안젤리카의 아버지도 마지스터와 결탁할 생각은 아닌 것 같아. 안젤리카가 기계를 갖고 사라졌을 때 마지스터에게 가져가는 것이라고 생각했거든. 근데 내가 잘못 생각한 것 같아."

"아, 그래?"

"응. 안젤리카는 처음부터 자기 아버지를 위해서 그랬던 거였어. 부모님은 유령에 들리지도 않았는데 거짓말을 했으니까. 텔레크리스털에서 그들의 모습을 봤는데 너무 순간적으로 지나갔기 때문에 잊고 있었어. 레지스탕스가 결성되었을 때 안젤리카의 아버지는 마지스터에게 맞서기 위해 딸에게 입단하라고 명했던 게 틀림없어. 그러다 몽타뉴크리스토가 나와 접촉하자 안젤리카에게 나를 미행하라고 했던 거야. 안젤리카는 못됐지만 아주 영리한 아이야. 나를 놓치지 않으려고 별의별 짓을 다 했어. 내가 유령들을 섬멸할 방법을 찾으리라는 걸 알고 있었지. 그런데 두 가지 돌발 상황으로 계획에 차질이 생겼어. 하나는 빛의 손을 얻게 된 것, 안젤리카에게는 엄청난 충격이었을 거야. 다른 하나는 기계가 에드라킨족의 나라에 있다는 정말 상상도 못한 일이 일어났어. 그래서 단념할 뻔했지. 죽음을 무릅쓰고 싶지는 않았으니까. 안젤리카는 내가 혼자 가길 바랐어. 내가 억지로 같이 가게 만들자 펄펄 뛰었지만 선택의 여지는 없었어. 아버지가 용서하지 않을 테니까. 안젤리카는 나나 에드라킨족보다 사기 아버지를 훨씬 더 두려워하는 것 같아."

"하지만…… 이유가 뭐지?"

"안젤리카가 자기 아버지는 세상을 지배하는 것에 아주 관심이 많다는 말을 흘린 적이 있어. 안젤리카의 아버지 역시 마지스터 못지않게 위험하고 냉혹한 인간이라고 생각해. 따라서 그에게는 마지스터 같은 막강한 상대가 당연히 껄끄럽겠지."

"그러니까 안젤리카는 기계를 갖고 자기 집으로 갔겠네."

"응. 기계를 어떻게 작동하는지 방법을 알아내는 데 시간이 좀 걸렸겠지. 그러다가 기계를 작동한 거야. 안젤리카의 아버지가 직접 작동한 것이 아니라 누군가 희생할 사람을 찾았겠지만."

실버는 유령 무리 속에 아버지의 유령도 포함되어 있다는 사실을 돌연 깨달았다.

"기계를 작동했다고? 그럼 내 아버…… 마지스터는? 그는…….."

"나도 몰라, 실버. 기계 작동으로 인한 충격파 때문에 정신을 잃었다가 깨어났을 때 마지스터와 셀렌바, 악마들은 사라지고 없었으니까."

타라는 마지스터의 유령이 소멸되었기를 진심으로 바랐지만, 실버에게 그 말을 할 수는 없었다.

실버는 금빛 눈을 감고 한숨을 내쉬었다.

"굉장히 피곤해."

"몸이 변형되는 것에 익숙지 않아서 힘들 거야. 게다가 부상 때문에 피를 많이 흘렸어."

타라의 목소리에서 불안을 느낀 실버가 눈을 떴다.

"너를 구하고 싶었어. 너를 만난 건 정말 행운이었어, 타라. 네가 내 인생에 빛을 준 거야."

타라는 이를 악물었다. '타라, 넌 내 인생을 시커멓게 태워버렸어!' 라고 말하는 것처럼 들렸던 것이다.

서로 일어나게 도와주는 늑대인간들, 무기를 닦거나 부상자들을 부축하는 난쟁이들, 눈꺼풀을 파르르 떨면서 깨어나는 셀레나를 레파루스로 치료해주는 칼이 보였다. 무아노는 악마의 마법을 몰아내면서 가슴에 입은 화상 때문에 괴로워하는 파브리스를 치료해주고 있었다. 가슴의 흉터는 파브리스가 죽는 날까지 지녀야 할 낙인이나 다름없었다. 일단 회복이 되자 파브리스도 무아노의 몸에 난 상처를 치료해주었다. 마법이라면 질색하는 난쟁이들이 소리를 지르거나 말거나 몽타뉴크리스토는 꿋꿋하게 중상을 입은 난쟁이들과 최고 마구스들을 치료했다.

타라는 실버의 눈과 마주쳤는데 자신의 얼굴을 뚫어져라 쳐다보고 있었다.

"한 가지 부탁해도 될까?" 실버가 뜬금없이 물었다.

"뭔데?"

실버는 마치 용기를 내야겠다는 듯 심호흡을 했다.

"나를 만질 수 있겠어?"

타라는 숨을 죽였다.

실버가 간절한 눈빛으로 뺨을 내밀었다. 타라는 손으로 실버의 뺨을 만지려다가 이것으로는 충분하지 않으리란 생각이 들었다. 이렇게 두려움으로 온몸을 떨고 있는데!

타라는 쪽빛 눈으로 실비의 금빛 눈을 바라보았다.

그리고 얼굴을 숙이고, 뺨을 피해서 실버의 입술에 자신의 입술을 포갰다.

너무 깜짝 놀란 실버는 옴짝달싹 못하고 있었다. 실버와 사랑에 빠진 것이 아니기 때문에 사랑의 키스는 아니었다. 아직은 사랑이 아니다. 순수한 입맞춤이었다. 타라는 주저하지도, 두렵지도 않았다. 비늘이 사라졌다는 것도, 침에 독성이 있다는 것조차 생각하지 않을 정도로 정말 순수한 의미의 입맞춤이었다.

타라는 영원히 가슴에 남을 충격적인 감동을 실버에게 안겨준 것이다.

"타라?"

믿기지 않는 목소리에 타라는 일어나려다 비틀거렸다.

누군가가 타라를 향해 달려오고 있었다. 말도 안 돼! 다리가 후들거려 일어날 수 없는 타라는 고개를 쳐들었다. 잊을 수 없는 얼굴, 그리고 크리스털 눈을 응시했다.

로빈.

하프엘프의 얼굴은 핼쑥했다. 아름다운 긴 머리 대신 검은 머리털과 흰 머리털이 섞인 짧은 머리로 바뀌었는데 흉하지는 않았다.

살아 있는 로빈을 보게 되었는데 하필이면 오해받기 쉬운 이런 상황에! 타라는 가슴이 철렁 내려앉았다. 그리고 두 달 반 동안 훌쩍 큰 마라가 미소를 지으면서 칼에게 달려갔다.

타라는 실버를 내려놓고 일어나려는데 다리에 힘이 없었다.

"로빈? 맙소사, 로빈? 난…… 난 네가…… 죽은지 알았어! 어떻게 이런 일이! 너의 유령까지 봤는데!"

로빈 바로 뒤에 있던 바이올렛 엘프가 걸어왔다.

발라였다.

"로빈의 유령을 봤다는 건 네 머리가 잘못됐다는 거지." 발라가 손가락까지 돌리면서 이죽거렸다.

"하지만 로빈이 죽는 걸 분명히 봤어." 타라는 고집스럽게 주장했다. "내 눈앞에서 일어난 일이었단 말이야!"

"완전히 죽은 게 아니었어." 발라가 말했다. "내가 살렸지. 정확하게 말하면 활의 정령 릴란드릴과 내가 로빈을 살렸어. 로빈에게 몽타뉴크리스토에 대한 소식을 알려주러 가다가 때마침 들이닥친 유령들에게 쫓기게 되었지. 그때 크산디아르 친위대장이 너를 안고 네 방에서 뛰쳐나오는 걸 봤어. 너를 뒤쫓아가려고 하는데 열려 있는 방문 틈으로 쓰러진 로빈이 보였어."

"난 살리려고 노력했어." 타라가 중얼거렸다. "노력했지만……."

"활의 정령 릴란드릴 역시 일종의 유령이야." 발라가 모든 이의 관심을 끌기 위해 말을 잘랐다. "위험을 느낀 릴란드릴이 로빈을 점령한 유령을 해치웠지. 하지만 로빈은 살리기 불가능할 정도로 치명적인 상태였어. 팔다리가 다 부러졌는데 심장과 뇌가 남아 있는 것이 기적일 정도였으니까. 나는 레파루스와 레비부스 주문을 날렸고, 릴란드릴도 나를 도왔어. 우리는 로빈의 혈액순환을 정지시킨 다음 궁전을 나와 우리의 조국 셀렌다로 떠났어. 로빈의 할머니와 치료사들의 도움으로 가까스로 살리는 데는 성공했지만, 두 달 반 동안 의식불명 상태였어. 그사이에 불구가 될 거라고 생각했던 팔과 다리가 다시 자라서 얼마나 다행이었는지 몰라."

로빈의 어깨 위에서 축소된 소우르브가 히드라의 머리들을 끄덕였다. 두 달 넘게 끔찍한 날들을 보낸 소우르브도 영혼의 동반자가 살아나면서 많이 진정된 모양이었다.

"몇 시간 전에 깨어났어." 로빈이 힘없는 목소리로 말했다. "레지스탕스가 마지스터에게서 궁전을 탈환하러 간다는 말을 듣고 곧장 달려온 거야."

"아직은 이렇게 움직이면 안 되는데." 발라는 못마땅한 표정으로 말했다. "회복되려면 아직 멀었단 말이야."

"그런데 좀 전에 보니까 네가 누군가에게 입을 맞추고 있었어." 로빈이 몹시 괴로워하는 목소리로 말했다.

타라는 별일 아니라고, 실버와는 그런 사이가 아니라고 말하고 싶었지난 그만두었다. 그렇게 말하면 실버의 가슴에 비수를 꽂는 것보다도 더 큰 상처를 주기 때문이다.

"난…… 네가 죽었다고 생각했어." 타라는 마치 악몽을 꾸는 것처럼 같은 말만 반복했다.

"이해할 수가 없어. 내가 살아 있다는 걸 발라가 알려주지 않았단 말이야? 트라비아에서 너를 만났다고 했는데!"

타라가 벌떡 일어났다.

"아냐, 로빈. 나를 믿어야 해. 발라는 네 목숨을 구했다는 말을 한 적이 없어!"

타라는 이제야 레지스탕스 조직원들이 모였을 때 발라의 태도가 이상했던 것이 이해되었다. 로빈이 살아 있는 걸 알고 있었으면서! 타라는 울화가 치밀어 주먹을 불끈 쥐었다.

"글쎄! 내가 말 안 했나?" 바이올렛 엘프가 간교한 미소를 지었다. "기억이 안 나네."

타라가 달려들려고 할 때 실버가 힘겹게 몸을 일으키면서 물었다.

"타라, 무슨 일이야?"

타라는 돌아서서 얼른 실버를 부축해주었다. 실버가 허리에 팔을 두르자 타라의 얼굴이 빨개졌지만 뿌리치지 못했다.

상처받은 로빈의 눈길을 피하며 타라는 실버를 의자에 앉혔다.

그러고는 실버가 내미는 손을 모른 체하고 돌아섰다.

타라가 어떻게 하든 둘 중 하나는 상처를 받을 것이다. 빨리 이 자리를 도망치고 싶은 마음밖에 없었다. 난처해서 어찌할 바를 모르는 타라가 돌아섰는데 셀레나가 다가오면서 두 팔을 벌렸다.

폭풍우가 몰아치는 바다에서 등대를 발견한 배, 아니 난파한 배의 돛대에 매달린 조난자가 인명구조원을 발견했을 때의 심정이 이럴까. 타라는 달려가서 어머니의 품에 안겼다.

그러고는 울음을 터뜨렸다. 무거운 짐을 내려놓고 엄마의 품에 안겨 우는 어린 딸로 돌아갔다.

셀레나는 머리를 쓰다듬어주면서 다정하게 속삭였다.

"응, 그래, 이제 끝났어. 괜찮아, 내 딸, 내 아기, 내 강아지, 내 사랑……."

아직 힘이 없는 로빈도 의자에 앉았다. 연적을 뚫어져라 쳐다보던 로빈은 가슴이 미어졌다. 아주 잘생긴 미남이었다. 인간들보다는 잘생겼다고 자부하던 엘프의 우월감이 갑자기 사라져버렸다.

"너는 누구야?" 로빈이 좀 거만하게 물었다. "나의 타라와는 무슨 사이지?"

"나는 마지스터와 아마바의 아들이야." 실버는 의연하게 대답했다. "그리고 '너의' 타라는 아니지."

로빈은 입을 멍하니 벌리고 있다가 벌떡 일어났다.

"뭐라고? 누구의 아들이라고?"

"마지스터와 드래곤들의 왕의 여동생 아마바의 아들." 실버는 하프엘프의 귀에 문제가 있다고 생각하면서 다시 말해주었다.

그리고 못 들었을까 봐 되뇌었다.

"그리고 '너의' 타라는 아냐!"

"체포해요!" 로빈이 실버를 가리키며 외쳤다. "우리 적의 아들이에요!"

로빈을 따라와 있던 티그족 병사들이 머뭇거렸다. 마지스터를 상대로 함께 싸웠던 늑대들이 으르렁거리면서 실버를 보호하기 위해 앞을 가로막고 섰다.

그러자 티그족 병사들이 검을 뽑아 들었다.

분위기가 험악해지자 참다못한 셀레나가 개입했다.

"어허! 이제 싸움은 지긋지긋하다!" 셀레나가 고함을 질렀다. "갈퀴 발톱과 검, 그것들을 빨리 치우지 못할까! 누가 누구를 체포하겠다는 건가? 실버는 우리를 위해 싸워준 타라의 소중한 친구야. 로빈, 어리석은 짓 당장 그만둬. 너는 여기 없었고, 무슨 일이 있었는지, 어떻게 된 일인지 전혀 모르잖아! 내가 폭발하기 전에 어서 흥분을 가라앉히고 자리에 앉아!"

로빈은 실버를 흘겨보며 의자에 앉았다. 티그족들이 검을 집어넣자 늑대들이 인간으로 변신했다.

타라는 어머니가 건네준 손수건에 대고 소리 나게 코를 풀었지만, 기분이 나아지지 않았다. 묻고 싶은 말이 많았다. 도대체 죽지도 않았는데 어떻게 로빈의 유령이 찾아왔던 걸까?

그 순간 타라는 깨달았다.

안젤리카가 따라오지 않았다면, 실버를 만나지 않았다면 기계를 작동했을 테고, 그랬다면 자신의 행동은 헛된 죽음이 되는 것이다. 아더월드에 살아 있는 로빈을 찾겠다고 비욘드월드로 떠날 뻔했으니!

타라는 전율이 일었다. 믿어지지 않을 정도로 운이 좋았던 것이다. 몇 분만 더 운이 따라주었다면 실버에게 입맞춤을 하는 바로 그 순간에 로빈이 나타나는 일은 없었을 텐데…….

타라가 용기를 내서 실버와 로빈 사이에 자리를 잡을 때 크산디아르가 뛰어 들어왔다. 여전히 목에 붕대를 감고 있지만 상태는 괜찮아 보였다.

"마지스터의 시신과 크리스털 관을 찾았습니다!"

"어디? 어디요?" 셀레나가 물었다. "빨리 말해요!"

"여제 폐하의 거처에 딸린 제2접견실에 있습니다."

타라는 다리에 힘이 없지만 어머니를 쫓아 달렸다. 실버와 로빈도 절룩거리면서 뒤따랐는데, 건강 상태가 나쁘지만 누가 더 빨리 가는지 경쟁하고 있었다. 그들이 동시에 문턱을 넘으려다 넘어질 뻔했을 때 타라는 이를 악물었다. 인생이 점점 꼬이고 있었다. 타라는 마음이 아팠다.

여제의 거처까지는 시간이 얼마 걸리지 않았다.

제2접견실은 공식적인 제1접견실만큼 웅장하지는 않았다. 보석장식이며 조각품이며 그림이며 생동감 넘치는 벽화가 있지만, 그래도 다른 데보다는 많지 않아 훨씬 사람 냄새가 나는 듯했다.

한복판 공중에 크리스털 관이 둥둥 떠 있고, 금빛 마스크를 쓴 남자가 들어 있었다.

마지스터.

그들은 경계하면서 다가갔다. 그러나 마지스터는 미동도 하지 않았다.

"마지스터의 유령은 소멸되었어." 셀레나가 말했는데 목소리를 높이지는 못했다. "이제는 그의 육신도 소멸시켜야 해."

"만약 관에 방어 장치가 있다면 위험할 수 있으니까 일단 대비해야 합니다." 틸이 말했다.

"안 돼요." 실버가 간청했다. "제발 죽이지는 마세요. 그 사람은…… 그 사람은 내 아버지예요. 아버지라는 걸 방금 알았……."

하프드래곤과 싸우고 싶지 않은 틸은 늑대인간들을 시켜 포위하게 했다.

"미안해. 하지만 너는 이 인간이 얼마나 사악한지 몰라서 그래. 이 행성에서 영원히 없어져야 할 인간이다. 파브리스!"

"네?"

"네가 해! 어떤 점에서는 다 너 때문에 일어난 일이니까."

파랗게 질린 파브리스가 시한폭탄 같은 관에 다가섰다. 그러고는 허리춤에서 단도를 뽑았다. 제국을 배신하고 마지스터와 결탁한 죄가 오래가리라는 걸 알고 있었다. 앞으로 몇 년 동안은 온갖 궂은일을 도맡아 해야 될 것이다. 그래도 죽거나 영혼이 없는 괴물의 노예가 되는 것보다는 나았다.

파브리스가 늑대의 힘을 이용해 밀어낸 관 뚜껑이 떨어지면서 둔탁한 소리가 울려 퍼졌다.

눈앞에 마스크를 쓴 마지스터가 누워 있었다.

파브리스는 단도를 쳐들었다.

아버지를 죽이는 모습을 차마 볼 수 없는 하프드래곤은 눈물을 흘리면서 고개를 숙였다.

"잠깐!" 타라가 외쳤다. "잠깐!"

"왜?"

"가슴! 잘 봐! 숨을 쉬고 있어!"

"그래서?"

"생각해봐. 마지스터가 자신의 육신을 되찾지 못한 상태에서 유령이 소멸되었다면 어떻게 숨을 쉴 수 있겠어?"

"나야 모르지." 빨리 끝내고 싶은 파브리스가 대꾸했다. "마지스터가 무슨 주문을 걸었나?"

타라는 열심히 날아다니면서 현장을 찍는 스쿠프들을 쳐다봤다. 지금 당장은 궁전의 통신이 차단돼어 있기 때문에 스쿠프들이 주르날리스트들과 접속되지 않지만 녹화하고 있었다. 타라는 생각에 잠겼다. '내가 마지스터였다면 유령퇴치 기계가 적들의 손에 있다는 걸 알았을 때 어떻게 했을까?'

유령 상태로 있다가는 소멸되기 때문에 마지스터는 자신의 몸을 되찾으려고 했을 것이다. 힘이 없어도 필사적으로 노력했을 것이다. 싸움이 벌어지는 동안 타라는 마지스터를 유심히 살폈다. 그런데 악마의 마법이 그리 강력하지 않았다. 실버를 죽이고도 남았을 텐데……. 마지스터가 동정을 베풀었을까? 아니면 마법의 힘이 약해졌을까? 타라는 후자 쪽으로 마음이 기울었다. 마지스터가 여러 번 비틀거리는 걸 봤기 때문이다.

마지스터는 파브리스가 돌려보낸 마법으로 겨우 버티고 있는 것이 역력했다. 마지스터는 정상이 아니었다. 타라는 뭔가 이상한 느낌이 들었다. 그럼 리스베스의 육신은? 가슴이 철렁 내려앉은 타라가 파브리스에게 말했다.

"냄새! 너에게는 인간보다 훨씬 예민한 늑대의 후각이 있잖아. 늑대로 변신해서 냄새를 맡아봐!"

파브리스는 눈살을 찌푸렸지만 순순히 말을 들었다.

늑대로 변신한 파브리스는 몸을 숙이고 길게 숨을 들이쉬었다. 금

610

빛 눈이 휘둥그레졌다.

"오, 내 조상들의 피여! 마지스터가 아냐. 맙소사, 이건…… 여제의 향수 냄새 같아! 라벤더 향이 나!"

타라는 주문을 읊었다. 파브리스가 움찔했지만, 마법의 광선은 마지스터의 몸을 건드렸다.

뭔가가 깨지는 듯한 소리에 이어 여제의 모습이 나타나자 모두 가까이 다가섰다.

늑대들에게서 벗어난 실버는 안도하면서 무릎을 꿇었다. 아버지가 아니었다!

여제가 흐릿한 눈을 떴다.

"이게…… 어떻게 된……. 아이고, 머리야!"

파브리스와 갈랑이 리스베스를 관에서 나오게 도와주었고, 스쿠프들이 그 장면을 촬영했다. 리스베스가 바닥이 꺼져드는 느낌 없이 두 다리로 서 있기까지는 몇 분이 걸렸다.

리스베스 여제의 번득이는 시선을 느끼며 타라는 어찌할 바를 몰라 했다.

"나의 후계자, 나한테 무슨 할 말 없니?"

"무사하셔서 기뻐요."

"그게 아니지."

"네?"

"그것도 아니지."

"죄송합니다."

"그건 됐고!"

타라는 말문이 막혔다.

"나는 두 달 넘게 이 사악한 마지스터에게 억류되어 있었다." 여제가 말했다. "이 쓰레기 같은 놈을 죽인 게 너라면 용서해줄 수도 있어."

"그게…… 사실은 아니에요."

"뭐? 아니라고?"

"도망쳤어요."

"하지만 마지스터의 아들을 붙잡았습니다." 티그족 친위대원 한 명이 자랑스럽게 말했다.

여제는 소스라치게 놀랐다.

"마지스터의 아들?"

"얘기하자면 길어요." 타라가 대답하면서 친위대원을 쏘아봤다. "우리가 마지스터의 아들을 붙잡은 건 아니에요. 오히려 우리를 도와 아버지를 공격했으니까요."

리스베스 여제는 그들에게 따라오라고 손짓하면서 파브리스에게 몸을 의지하더니 놀란 얼굴로 쳐다보는 무아노를 아랑곳하지 않고 침실까지 부축해달라고 했다.

그러고 나서 리스베스는 마지스터의 흔적을 완전히 없애려는 듯 샤워를 하면서(마법으로 몸을 보이지 않게 했다) 타라의 설명을 들었다.

타라는 기계를 갖고 도망친 안젤리카, 칼, 세네, 선대 여제 엘세스, 아버지 단비우, 파프니르, 틸과 함께 궁전에서 일어난 일, 마지스터가 셀레나에게 벌인 일 등을 얘기했다. 발라도 상황을 자세히 모르는 로빈과 엘프들을 위해 설명해주었고, 크산디아르는 친위대를 위해 설명했다.

얼마나 끔찍한 상황이었는지 그들이 새삼 깨닫고 있을 내 리스베스의 크리스털 볼이 울렸다.

안젤리카의 아버지, 브란다우드가 걸어온 것이다.

리스베스 여제가 타라의 설명을 듣고 있을 때 머리가 희끗희끗한 브란다우드의 거만한 얼굴이 나타났다.

"특혜를 베풀어주셔야 합니다, 폐하." 브란다우드는 의례적인 인사말을 건네고 나서 덧붙였다.

뜻밖의 말에 리스베스 여제의 눈이 이글거렸다.

"특혜라?" 여제는 부드럽지만 위협적인 목소리로 되물었다.

"특혜라기보다는 서로 돕자는 표현이 맞겠습니다." 눈치 빠른 브란다우드가 얼른 정정했다. 우리 행성을 구하기 위해 가장 충성스러운 내 하인 한 명을 희생시켜야 했으니까요."

브란다우드 뒤쪽의 이미지가 확대되더니 유령퇴치 기계와 불안한 표정으로 기계에 다가서는 젊은이의 모습이 보였다. 기계 위에 달린 꽃처럼 생긴 돌에 꽃대 같은 것이 솟아 있었다. 브란다우드가 기계를 여는 데 성공한 것이다.

젊은이가 꽃대를 누르자 꽃대가 돌 속으로 들어가면서 강렬한 빛이 번쩍했다.

젊은이는 비명을 지르기 시작했다. 오랫동안 사용하지 않은 기계라 많은 에너지가 축적되어 있었고, 갑자기 방출된 방사선에 젊은이는 갈가리 찢겼다. 이어서 엄청난 폭발이 일어났고, 방사선이 벽을 뚫고 사방으로 퍼져나갔다.

브란다우드는 충격받은 얼굴들을 관찰하다가 크리스털 화면에 다시 모습을 드러냈다.

"방사선의 효과가 생각보다 즉각적이었습니다."

그렇게 위험한 기계일 줄이야! 타라는 토하고 싶었다. 로빈과 실버, 파브리스, 무아노도 얼굴이 창백했다. 안젤리카가 자신도 모르게 타라의 목숨을 구해준 것이다. 이제는 알았을 텐데…… 지금쯤 꺽다리는 땅을 치면서 후회할 게 틀림없었다.

"알겠소." 리스베스 여제는 마지못해서 인정했다. "그래서 원하는 게 무엇이오, 브란다우드 선생?"

"아주 사소한 것입니다, 폐하. 어떤 작위를 바라는 것도, 영지를 바라는 것도, 성을 바라는 것도 아닙니다. 다만 내 딸 안젤리카가 폐하의 궁전에서 수석 조수로 일할 수 있길 바랍니다. 랑코비트도 좋은 곳이지만 오무아 궁전에 비할 수는 없지요."

안 돼! 하고 소리칠 뻔했지만 타라는 입술을 깨물면서 꾹 참았다.

속으로 몹시 놀랐지만 리스베스 여제는 내색하지 않고 물었다.

"그게 다요?"

"네, 그것으로 족합니다." 브란다우드가 단언했다.

여제는 생각에 잠긴 얼굴로 브란다우드를 응시했고, 그는 아주 순간적이지만 자신이 없는 표정을 지었다.

"좋아요." 리스베스 여제가 결정을 내렸다. "협조해줘서 고맙군요. 그대의 딸을 기다리겠소."

그렇게 말하고 여제는 브란다우드에게 대답할 겨를도 주지 않고 크리스털 볼을 끊었다.

여제는 자신의 입술을 톡톡 치면서 타라를 쳐다봤다. 실버와 로빈

사이에 끼여 있는 타라는 흡사 두 마리 늑대에게 몰리는 토끼 같았다.

그 뒤에서 타라를 전적으로 지지하는 매직 5총사와 셀레나가 버티고 있었다.

리스베스 여제는 주위를 둘러보다 크산디아르를 발견했다. 눈이 마주친 친위대장이 차려 자세를 취했다.

"친위대장?"

"예, 폐하."

"내 후계자를 체포하여 즉시 독방에 가두시오."

27
후계자
세상을 구하고 그걸 후회할 수도 있는데……

*

크산디아르는 난처해하면서 후계자에게 다가갔고, 체포하는 것이 아니라 데려가는 거란 생각이 들게 하려고 노력했다. 여제의 명령에 모두 충격을 받았지만, 크산디아르는 군인이기 때문에 즉시 복종했다. 친위대장은 두툼한 손으로 타라의 가냘픈 어깨(그동안 살이 얼마나 많이 빠졌는지 비쩍 말라 있었다)를 잡고 밖으로 밀어냈다.

여제의 목소리가 너무나 냉랭했기 때문에 다른 사람들은 감히 따라가지 못했다. 그러나 친위대장에게 잡혀서 타라가 방을 나가는 순간 엄청난 항의가 터져 나왔다.

크산디아르는 타라를 향해 정중하게 허리를 굽혔다.

"정말 죄송합니다, 마마. 감옥 옆의 별궁으로 마마를 모시겠습니다. 고위층 죄수들을 독방에 가둘 때 묶게 하는 곳입니다."

친위대장은 타라가 격분할 거라고 생각했는데 뜻밖의 반응을 보였다.

"침대는 있죠?"

"아, 네, 마마."

"아무도 들어오지 못하게 문 앞을 지키고 있을 건가요?"

"그렇습니다, 마마. 면회는 금지되기 때문에 마마는 아무도 만나지 못합니다."

타라가 고개를 돌려 지어 보이는 아름다운 미소를 보며 크산디아르는 어리둥절했다.

"지금은 특히 로빈도, 실버도 보고 싶지 않은데 차라리 잘됐어요. 너무 지쳐서 그냥 자고 싶을 뿐이거든요."

크산디아르는 너무 놀라서 걸음을 멈출 뻔했다. 타라는 정말이지 종잡을 수가 없었다. 독방에 가둔다면 화가 나야 정상 아닌가?

그럼에도 불구하고 그는 명령에 복종해야 했다.

타라는 행복했다. 씻고, 자고, 먹고, 자고, 씻고, 또 자고, 그렇게 규칙적인 생활을 한 지 이틀 후 훨씬 사람다운 모습으로 돌아온 것 같았다. 녹초가 되었던 갈랑도 푹 쉰 덕분에 깃털에서 윤기가 흘렀다.

마침내 타라가 슬슬 따분해지기 시작할 때 일명 독방이라는 별궁의 호화로운 문이 열리고 크산디아르가 나타났다. 그런데 괴로워하는 얼굴로 타라의 눈을 피했다.

크산디아르 혼자였다.

타라는 한순간 불안이 엄습했다.

"크산디아르, 아더월드를 유혈의 도가니로 만들어놓은 것에 대한 형벌이 내려진 거예요?" 타라는 작은 목소리로 물었다.

크산디아르는 대답하지 않고 나가자는 손짓을 했다.

타라는 점점 더 불안해졌다.

"설마 이렇게…… 되는 건 아니죠?" 타라는 칼로 목을 긋는 시늉을 했다.

친위대장이 난처한 눈길로 쳐다봤다.

"나는 말할 권리가 없습니다, 마마. 따라오십시오."

타라는 한마디 쏘아붙이려다가 참았다. 크산디아르가 어찌나 침울해 보이는지 차마 나무랄 수가 없었다.

크산디아르는 아무도 마주치지 않는 비밀 통로로 타라를 데려갔고, 잠시 후 곧장 옥좌 앞에 이르렀다.

타라는 입을 멍하니 벌렸다. 눈앞에 수많은 궁인들, 아더월드를 대표하는 온갖 종족의 외교관들이 있었다. 주홍빛과 금빛 드레스 차림의 여제는 오무아를 상징하는 100개의 금빛 눈을 가진 주홍빛 공작을 새긴 옥좌에 앉아 있었다. 이번에는 금발인데 그래서인지 타라와 많이 닮아 보였다.

여제를 에워싸면서 공중에 떠 있는 최고 마구스들도 보석이 박힌 주홍빛과 금빛의 예복 차림이었다. 여제 오른쪽에는 안개 대양의 해적들을 소탕하러 원정을 나간 사이에 소식을 듣고 멀리서 레지스탕스를 지원하다가 마침내 돌아온 산도르 황제가 있었다. 왼쪽에는 셈나샤오비로다인트라쉬부가 보였다. 드란보우글리스펜쉬르에서 곧장 도착한 파란빛과 은빛 드래곤이 금빛 눈으로 접견실을 유심히 살피고 있었다.

셈 선생님도 괴로운 표정을 짓고 있어 타라는 당황했다.

베어 왕과 티타니아 왕비가 랑코비트를 상징하는 파란색과 은색 차림인데 유령에 들려 있을 때의 폭식 덕분에 좀 뚱뚱해 보였다. 셈 신생님과 랑코비트의 군주들이 함께 있는 걸 보고서야 타라는 드래곤과 랑코비트의 상징이 같은 색이라는 걸 알아차렸다.

뱀파이어들의 대통령도 킬라와 아르노를 데리고 참석해 있었다. 타라를 발견하자 두 악동의 얼굴이 환해지면서 요란하게 손을 흔들어댔다. 셀레나에게 푹 빠진 늑대인간들의 대통령 틸이 눈을 떼지 못하자 퓨마가 아주 못마땅한 낯짝을 했다. 개와 고양이는 앙숙이라더니……. 은빛 드레스를 입은 엘프들의 여왕이 보내는 차가운 시선과 마주친 타라는 이를 악물었다.

그때 트럼펫 소리가 어찌나 요란하게 울리는지 타라는 소스라치게 놀랐다. 은하계 전체로 중계 방송하는 스쿠프들의 렌즈와 수많은 시선을 받으며 타라는 크산디아르가 가리키는 자리에 가서 앉았다.

그런데 여제의 옆자리가 아니라 발치였다.

자르는 아직 이사벨라와 함께 지구에 있는 반면에 타라의 여동생 마라는 트롤 보디가드 그룰의 경호를 받고 있었다. 그 옆에 칼, 무아노, 실버, 파프니르, 파브리스, 몽타뉴크리스토가 보였다. 그들 모두 오무아의 영웅을 나타내는 흰색 옷차림인데 마법복에 각자의 상징이 뚜렷이 드러나 보였다. 칼은 여우, 무아노는 표범, 실버는 드래곤, 파프니르는 도끼, 파브리스는 매머드, 몽타뉴크리스토는 발분. 털이 없는 스파슌으로 둔갑해 있는 바리우스 덩컨은 검은 눈으로 사람들을 경계하고 있었다. 바리우스의 흰색 마법복에는 으르렁거리는 늑대의 머리가 있었다.

마라의 마법복만 아무것도 없이 깨끗했다. 아직 정하지 않은 것 같았다. 마라에게는 단도나 장검, 독이 들어 있는 유리병 같은 게 딱 어울리는데…….

아직 몸이 회복되지 않은 로빈은 무리에서 떨어져 있지만, 타라에게서 눈길을 떼지 않고 있었다.

서기장이 큰 소리로 그들을 호명하면서 직책이나 작위를 열거했다. 타라는 영혼 약탈자로부터 아더월드를 구했을 때 여제가 친구들에게 오무아의 작위와 영지를 내렸던 걸 깜박 잊고 있었다.

칼이 제일 먼저 호명되었다.

타라를 만날 수 없었기 때문에 칼은 여전히 뱀파이어 모습이었다. 칼의 여우도 마찬가지였다. 타라는 칼의 뱀파이어 변신이 패밀리어에게도 영향을 미친다는 걸 잊고 있었다. 공원의 동물들을 공격하는 블롱딘을 아무도 주목하지 않았기에 망정이지 유령 킬러의 정체가 벌써 들통이 났을 텐데.

칼이 앞으로 나갈 때 환호성이 일면서 궁인들의 박수가 쏟아졌다. 칼은 활짝 웃으면서 여제 앞에서 무릎을 굽혔다.

"너의 군주들을 구하고, 유령들을 제압하면서 마지스터를 물리치는 데 여러 수훈을 세운 것에 나, 리스베스틸랑넴, 오무아의 여제는 우리 제국 최고의 영웅에게 내리는 '공작의 황금 깃털' 훈장과 그에 따르는 상금을 수여하노라."

칼은 함박미소를 짓지 않을 수 없었다. 어떤 보상을 바라고 한 일은 아니지만 기분은 아주 좋았다.

칼은 타라를 힐끔 쳐다봤다. 피가 너무 뜨거워지는 건가. 칼은 갑자기 초콜릿 아이스크림을 먹고 싶었다.

"나의 후계자?" 리스베스가 소리쳤다.

타라는 소스라치게 놀랐다. 그리고 어조가 엄격했기 때문에 타라도 똑같은 어조로 답했다.

"네, 폐하?"

"네가 칼리반을 뱀파이어로 만들어놓았다고 들었다. 이제 이 어린 영웅을 정상으로 돌려놓기 바란다."

"알겠습니다, 폐하."

타라는 벌떡 일어나서 칼의 손을 잡았다.

"무슨 일이야?" 타라가 그 참에 속삭였다. "옷차림들이 장례식에 온 것 같아! 우리가 이긴 거 아니었어?"

칼은 이맛살을 찌푸렸다.

"나도 모르겠어. 본보기로 처벌을 내릴 거란 소문이 돌고 있긴 한데 걱정하지 마. 일이 잘못되면 계획을 세워서 너를 피신시킬 거니까."

뭐, 피신? 피신시킨다고?

타라가 대꾸하려는 순간 여제가 불렀다.

"나의 후계자?"

"네, 네, 지금 하겠습니다, 폐하."

변형형질 전환은 쉬웠다. 타라는 기력을 완전히 회복했고, 크라살비에서처럼 다른 누군가를 두꺼비로 둔갑시키는 일도 일어나지 않았다.

칼은 고통의 비명을 질렀다. 궁인들의 얼굴이 창백해졌고, 차마 못 보겠다며 밖으로 나가는 이들도 있었다.

마침내 어린 도둑이 본래의 온전한 모습으로 돌아왔다.

칼은 타라에게 씩 웃어주고는 비틀거리면서 자리로 돌아갔다. 마라가 칼을 부축해주면서 타라를 쏘아봤다.

이번에는 파브리스의 차례였다.

환호성이 훨씬 약했다.

파브리스는 어제 앞에 무릎을 꿇고 앉았는데 정말 마음이 편치 않았다.

그러나 여제는 마지스터에 대한 영웅적 행동을 치하하면서 파브리스에게 황동 훈장을 수여했고, 랑코비트로 돌아가라는 엄명을 내렸다.

파브리스는 얼이 빠진 얼굴로 일어났다.

차례가 되어 앞으로 나간 무아노는 '황금 깃털' 훈장을 받았다. 무아노는 훈장을 받아 마땅했다. 표범을 쓰다듬는 무아노는 행복에 겨운 얼굴이었다.

몽타뉴크리스토도 같은 훈장을 받았고, 박수갈채가 터져 나왔다.

이윽고 파프니르는 '은 깃털' 훈장을 받았는데 이게 손으로 깎은 거 맞아? 하는 실망한 얼굴로 쳐다보고 있었다. 같은 훈장을 받은 바리우스 덩컨은 누군가가 또 스파슌으로 둔갑시키기 전에 가능한 한 빨리 이곳을 떠나야겠다고 다짐하는 표정이었다.

다리가 하나밖에 없는 남편과 동행한 뚱보 여자는 '황동 솜털' 훈장을 받았다. 선대 여제 엘세스의 유령을 도와주었다는 공로를 인정받은 것이다. 그 순간 에드라킨족의 숲에서 거미가 달고 다니던 것과 아주 비슷한 빨간 풍선이 남자의 엉덩이에 들러붙더니 다리가 나타났다. 좋아서 어쩔 줄 모르는 남자는 아내에게 열렬한 키스를 퍼부었다.

다른 이들은 보상금을 받았다. 유령과 대항하여 많은 이들이 싸웠디. 목숨을 잃은 이들의 경우는 친족이 보상금을 받았다. 그들이 보내는 원망의 눈초리에 타라는 가슴이 아팠다.

마침내 실버가 호명되었다.

하프드래곤은 진정이 된 것 같았다. 다른 이들처럼 앞으로 나섰지만, 여제가 보상금을 내리기 전에 실버는 손을 들었다.

"아버지와 통화했습니다." 실버는 호주머니에서 크리스털 볼을 꺼내면서 차분하게 말했다. "보여드려도 되겠습니까, 폐하?"

리스베스 여제의 눈이 번뜩였다. 내키지 않았지만 불안한 얼굴로 승낙했다. 실버는 크리스털 볼을 켜면서 모두가 볼 수 있게 이미지를 확대했다. 실버의 얼굴 앞에 마지스터의 마스크가 나타났을 때 궁인들이 뒷걸음쳤다.

"아마바의 아들이라고?"

"아버지?"

"그런데 왜 나를 공격했니? 네가 어떻게 감히? 넌 내 아들이야!"

마지스터는 자신이 아들을 죽일 뻔했던 것에 대해서는 미안하다는 말도 후회한다는 말도 하지 않았다. 과연 마지스터다웠다.

"죄송합니다, 아버지." 실버는 공손하게 대답했다. "아버지인지 몰랐습니다."

"몰랐다고? 어떻게 그럴 수 있어?"

"난……(난쟁이라고 말할 뻔했지만 신중한 실버는 생각을 바꿨다) 아주 좋은 분들이 나를 키워주셨습니다. 그분들 역시 내가 누구인지 몰랐습니다. 따라서 그분들을 찾아서 응징할 필요는 없습니다. 나를 사랑으로 키워주신 좋은 분들입니다."

"원하는 게 무엇이냐?"

"아버지를 알고 이해하고 싶습니다."

마지스터는 망설였다. 아들이 있었다니! 여전히 믿어지지 않는 모양이었다. 크리스털 볼 화면을 향해 마스크를 들이댔다.

"좋아. 가장 가까운 공간이동의 문으로 가서 엘프들의 나라 셀렌다의 하얀 숲으로 오너라. 거기 도착하면 다른 지시를 내릴 것이다. 통행료를 내려면 돈이 필요할 텐데?"

"필요한 만큼 있습니다, 아버지."

"그럼 됐다."

마지스터는 통화를 끊었다.

타라는 펄쩍 뛰었다.

"안 돼!"

궁인들이 웅성거렸다.

실버는 부드러우면서 의젓한 어조로 말했다.

"미안해. 하지만 아주 중요한 일이야. 아버지가 잘못된 길에서 빗겨나도록 내가 노력할 거야."

"실버, 네가 잘못 생각하는 거야." 타라가 외쳤다. "마지스터는 너를 가만두지 않을 거야! 사악하단 말이야!"

실버는 고개를 떨어뜨렸고, 캐러멜색 머리가 얼굴을 가렸다.

"내가 해야 할 일이고, 내가 가야 할 길이야."

실버는 얼굴을 들고 금빛 눈으로 타라의 쪽빛 눈을 뚫어져라 쳐다봤다.

"하지만 너에게 돌아올게. 약속해."

624

그러고는 타라가 붙잡기 전에 돌아서서 쏜살같이 방을 뛰쳐나갔다.

여제는 친위대원들에게 붙잡지 말라는 명을 내리면서 크산디아르 옆에 있는 세네에게 은밀한 신호를 보냈다. 하프드래곤의 뒤를 좇아 카무플레 국장의 모습이 눈 깜짝할 사이에 사라졌다. 세네는 실버를 절대로 놓치지 않을 것이다.

리스베스 여제는 한숨을 내쉬었다.

"저 어린 하프드래곤이 마지스터 문제를 해결해주면 좋겠지만…… 글쎄 쉽지 않을 거야. 그다음은?"

"타라틸랑넴 덩컨과 여동생 마라 덩컨의 차례입니다, 폐하." 서기장 이 대답했다.

여제의 표정이 어두워졌다.

마라와 함께 호명된 것에 약간 놀란 타라는 화려한 옥좌 앞에 섰다.

리스베스 여제가 일어나서 왕홀로 바닥을 치는 것으로 중대한 선언 이 있음을 알렸다. 여제는 심호흡을 하고 낭랑한 목소리로 말했다.

"나, 리스베스틸랑넴, 오무아의 여제는 타라틸랑넴 덩컨이 일으킨 중대 사건으로 인해 타라틸랑넴 덩컨을 오무아의 후계자에서 파면한 다. 나는 마라 덩컨을 오무아 제국의 공식적 후계자로 임명하노라. 아 울러 아더월드의 여러 정부들이 소송을 제기하였으므로 사형을 선고 하는 것이 마땅하나 실수를 만회하기 위한 영웅적 행동을 참작하여 지구로 영구 추방하는 것으로 감형하며, 이 선언은 즉각적으로 효력 을 갖게 된다. 이상 끝."

그렇게 말하고 나서 리스베스 여제는 옥좌에 앉았다.

충격적인 선언에 놀란 타라와 마라는 서로를 쳐다봤다.

"사형선고?" 타라가 중얼거렸다.

"공식적 후계자?" 마라는 목이 메었다.

최고 마구스들은 이미 주문을 읊었고, 마라의 흰색 마법복은 100개의 금빛 눈을 가진 공작이 아름다운 주홍빛으로 바뀌었다.

마라는 마법복을 내려다보면서 한숨지었다. "자르가 나를 죽이려고 할 거야."

"내가 추방된다고? 지구로?" 도무지 믿기지 않는 타라가 되뇌었다.

타라는 자신의 귀가 믿어지지 않았다. 여제의 슬픈 눈빛을 보면서 타라는 고모도 원치 않았지만, 법에 얽매여 있기 때문에 달리 방법이 없다는 걸 알아차렸다.

크산디아르가 친위대원 두 명과 함께 뒤에 서 있었다.

타라와 마라는 불안한 얼굴로 웅성거리는 군중을 헤치고 나아갔다. 방금 제국의 서열이 바뀐 것이 아닌가. 궁인들은 변화를 좋아하지 않았다.

크산디아르 친위대장은 타라를 방으로 데려간 다음 편지를 건네주고는 문밖에서 보초를 섰다.

타라는 편지봉투에 찍힌 국새를 보면서 눈이 휘둥그레졌다.

100개의 금빛 눈을 가진 주홍빛 공작.

타라의 눈 밑에서 편지가 열리고 글이 반짝거리면서 눈앞으로 튀어올랐다.

사랑하는 타라,

시간이 흐르면서 너는 나의 친딸이나 다름없이 소중한 아이가 되

었다. 용감하고, 독립심이 강하고, 고집스러운 성격, 그건 너의 큰 장점이었다. 이미 여러 번 우리 아더월드를 구해주었는데도 불구하고 너를 지구로 추방하는 것은 네 목숨을 구하고, 우리 제국의 명성을 잃지 않기 위해 생각해낸 최선의 방법이었다. 일시적인 추방이 되길 바라면서 반역하는 마법사들인 셈샤나쉬, 인간의 피를 먹는 뱀파이어, 우리의 법을 무시하고 지구에 정착한 늑대인간들을 추적해서 체포하는 임무를 너에게 맡긴다. 너는 네 할머니 이사벨라가 지휘하는 알파 조직의 일원이 될 것이다.

타라, 하찮은 임무라고 생각하면 안 된다. 지구인들에게 마법이 알려지면 안 된다는 걸 명심해라. 안정이 되고 조용해지면 너를 돌아오게 할 거야. 마라는 정치에 관심이 없다는 걸 잘 알고 있다. 내 동생 단비우가 궁전을 도망쳤을 때 싫어하는 걸 강제로 시키면 안 된다는 걸 이미 깨달았거든.

사랑한다.

너의 고모 리스베스.

글이 지워지고 편지는 사라졌다. 고모가 편지를 보냈다는 걸 아무도 알 수 없었다. 타라는 눈물을 글썽이고 있는 자신에게 놀랐다. 고모가 사랑한다는 표현을 쓰기는 처음이었다. 엄격하고 냉정한 리스베스 여제에게서 사랑한다는 말을 듣다니 너무나 뜻밖이었다.

몇 분 후, 칼과 무아노, 파브리스, 로빈이 들이닥쳤는데 몹시 흥분해 있었다. 보초들은 타라를 나가지 못하게 하라는 명만 받았기 때문에 친구들을 순순히 들여보냈다.

"자, 이거 받아!" 칼이 타라가 실의에 빠져 있을 때 압수했던 클릭을 돌려주며 말했다. "이것만 갖고 있으면 언제든 우리와 연락할 수 있어."

타라는 미소를 지으면서 귀에 클릭을 걸었다. 이런 멋진 친구를 잃어야 하다니, 도저히 받아들일 수 없는 무아노는 타라를 끌어안았다.

"영원한 자별이 아니라 잠시 헤어져 있는 것뿐이야." 타라는 눈물을 참으면서 말했다. "지구로 나를 만나러 오면 너희들에겐 멋진 휴가가 될 거야!"

무아노와 칼은 오만상을 찌푸렸다. 지구를 여행할 때마다 좋았던 기억이 없었기 때문이다.

"나는 물론 갈 거야." 파브리스가 말했다. "아버지와 얘기를 나눴고, 문지기 직책을 다시 맡기로 하셨어. 그래서 곧 아버지를 만나 내가 저지른 잘못을 설명해야 돼."

파브리스의 얼굴을 봐서는 잘되고 있는 것 같았다.

그때 갑자기 로빈이 친구들을 보면서 말했다.

"타라와 단둘이 할 얘기가 있는데 괜찮지?"

그러고는 로빈이 단호하게 방문을 가리켰다. 무아노는 미소를 지었고, 칼은 구시렁거렸으며, 파브리스는 고개를 끄덕였다.

파프니르는 한 번 더 타라를 꼭 끌어안으면서 속삭였다.

"얘가 너무 짜증 나게 하면 머리를 탁, 때려. 난쟁이들은 그러면 되거든. 혹시 모르잖아, 엘프에게도 통할지!"

타라는 웃음을 터뜨릴 뻔했다.

"지구로 향하는 공간이동의 문 대합실에서 기다릴게. 좀 이따 봐."

칼이 말했다.

친구들은 마지못해서 타라의 방을 나갔다.

타라는 두근거리는 가슴으로 로빈을 쳐다봤다.

살이 많이 빠진 하프엘프는 쇠약해져 있었다. 머리털이 자랄 수 없을 정도로 혼수상태에 있었다는 뜻이지만, 타라는 짧은 머리가 그리 마음에 들지 않았다.

"아직은 말할 수 없어서 미안해." 타라가 말했다.

로빈은 타라가 실버와의 입맞춤에 대해 말하고 있음을 알아차렸다.

"나 힘들어, 타라. 실버에 대한 네 감정이 뭔지 모르겠어. 나에 대한 네 감정이 뭔지도 모르겠고. 내가 없는 지난 두 달 반 동안 실버와 무슨 일이 있었는데?"

오! 로빈은 최악의 상황을 의심하고 있는 것이다. 타라는 온몸이 뻣뻣해지면서 분노가 치밀었다.

해명하고 싶은 마음이 싹 달아난 타라는 팔짱을 꼈다.

"난 네가 죽었다고 생각했어." 타라는 단호하게 말했다. "난 아무 짓도 하지 않았어, 로빈. 다만 유령들을 불러들이는 실수를 한 것뿐이라고! 그리고 네가 살아 있다는 걸 발라가 숨기지 않았다면 이렇게까지 되진 않았을 거야."

"발라 탓하지 마!" 로빈이 소리쳤다. "발라는 내 목숨을 구해줬어!"

로빈의 말을 들으면서 혼란스러워진 타라는 마음을 가라앉히고 말 속에 담긴 뜻을 생각했다.

이윽고 타라는 알아차렸다.

로빈은 타라를 원망하고 있었다. 곁을 지키면서 자신을 구해주지 않았던 것, 유령들을 불러들인 것, 실버에게 입맞춤한 것을 원망하고 있는 것이다.

"그래, 네 말 맞아." 타라의 어조가 어찌나 차가운지 하프엘프는 긴장했다. "네 곁을 지키면서 의식을 잃지 말고 유령들과 계속 싸웠어야 했는데."

로빈은 깜짝 놀랐다.

"의식을 잃었다고?"

"나도 어쩌다 의식을 잃었는지는 몰라. 크산디아르가 나를 발견해서 안전한 곳으로 데려갔고, 그다음은 칼이 나를 살렸어. 내가 너를 따라가기 위해 죽으려고 했으니까. 칼이 나 때문에 정말 고생 많이 했어."

로빈은 아연실색한 얼굴로 한 발짝 앞으로 다가섰다.

"난…… 난 몰랐어!"

"당연하지, 네가 그걸 어떻게 알 수 있었겠어? 유령들을 불러들인 것은 사과할게. 너를 지켜주지 못한 것도 사과할게. 고의는 아니지만 너를 저버린 것에 대해서도 사과할게. 하지만 내가 실버에게 입맞춤한 것에 대해서는 사과하지 않겠어. 난 실버를 아주 소중한 친구로 생각하니까. 그리고 다시 말하지만 난 네가 죽었다고 생각했어! 실버는 내 목숨을 구해줬어. 실버는 비늘 때문에 누구와도 가까이 지낼 수 없었던 고독한 사람이야. 나는 전적으로 그를 신뢰한다는 걸 실버에게 보여주고 싶었어. 그래서 나는 용서를 구하지 않아!"

로빈은 타라를 뚫어져라 쳐다봤다.

"비늘? 무슨 비늘?"

"실버는 자기가 드래곤의 자식이라는 걸 모르고 있었어. 몸을 뒤덮은 비늘은 아무도 접근하지 못하게 만드는 흉기나 다름없기 때문에 실버가 얼마나 괴로워했는지 몰라."

"아, 그래? 그럼 너희 둘…… 너희 둘은……."

타라는 어처구니가 없는 얼굴로 천장을 올려다봤다.

"맙소사, 로빈! 나는 네가 죽었다는 슬픔 때문에 반쯤 미쳐 있었고, 너를 따라가기 위해 기계를 작동해 죽을 생각을 했고, 에드라킨족의 숲에서 수많은 괴물들에게 쫓기면서 가짜 신들과 싸우고 있었는데 넌 한다는 생각이 고작 그거야? 내가 그딴 짓을 할 시간이나 있었는지 알아? 너 정말 돌았구나!"

로빈의 얼굴에 미소가 감돌았다. 로빈이 타라를 안아 덥석 들어 올리고는 빙빙 돌았다.

"당장 내려놔!" 아직 화가 나 있는 타라가 소리쳤다.

로빈은 순순히 말을 들었다. 타라가 소리를 지르기 때문이 아니라 더는 기운이 없어서였다.

로빈은 타라를 꼭 끌어안았다.

"미안해." 이번에는 로빈이 말했다. "네가 나를 미치게 만들었어. 난 팔다리가 잘린 상태로 두 달이나 의식을 잃고 있었고, 너는 행방불명되었어. 궁전에서 네 어머니가 늑대인간들과 함께 모의를 주도하고 있다는 걸 알았을 때 난 제정신이 아니었어. 그래서 당장 달려왔는데 네가 그러고 있는 모습을 보자 이성을 잃었던 거야. 오, 타라, 얼마나 보고 싶었는지 몰라!"

타라도 힘껏 포옹했다.

"나도 네가 미치도록 보고 싶었어."

그때 크산디아르가 문을 열었다가 부둥켜안은 타라와 로빈을 보고 헛기침을 했다.

"미안하지만 지금 떠나야 합니다. 로빈 망질, 우리 후계…… 마마는
짐을 싸야 하니까 나가주게."

타라와 로빈은 동시에 한숨을 내쉬었다. 로빈은 마지못해서 방을
나갔다.

타라는 필요한 것들을 챙겨 체인지라인에 집어넣은 다음 침대에 앉
았다.

이번에는 타라가 도망치는 것이 아니었다. 타라는 마법이 싫다고,
아더월드는 괴상하고 잔혹하고 야만적이라고 입버릇처럼 말했다. 그
런데 이번에는 놀랍게도 마법의 행성이 타라를 내치고 있었다.

타라는 추방령을 곰곰이 생각하면서 고모가 얼마나 머리를 써서 내
린 결정인지 깨달았다. 아더월드의 여러 나라에서 누군가를 지구에
가서 살게 하는 것은 사형선고나 다름없는 형벌이었다. 따라서 지구
를 선택한 이사벨라의 결정은 당시 굉장히 충격적인 일이었다.

아더월드 사람들은 이번 추방령으로 지구에서 자란 타라가 아주 편
안하고 자유롭게 살 수 있음을 간과한 것이다.

타라는 이제 평범한 소녀로 돌아가는 것이다. 의사나 변호사, 금융
중개인, 재난 구조원, 회계사, 제빵사가 되는 일은 절대로 없겠지
만…….

여제의 명을 받아 타라는 감시자가 되는 것이다.

타라의 손가락에서 크라에토비르의 반지가 흥분했다. 주위에서 뭔
가 이상한 일이 일어나고 있음을 감지한 반지는 소녀의 머릿속에 접
근했다. 명확하지는 않지만 반지는 타라가 아더월드에서 멀리 떠나게

되었다는 걸 알았다.

마법이 훨씬 약해지는 세상으로 가려는 것이다. 마법의 에너지가 차츰 줄어들면서 반지가 결국에는 소멸되는 세상?

크라에토비르의 반지는 받아들일 수 없었다.

타라가 침대에서 일어나려는 순간, 반지는 놀라울 정도로 거칠게 소녀를 제압해버렸다.

그리고 장악했다.

8권에서 계속……

아더월드의 용어 해설

🐿️ 아더월드_ 아더월드는 지구 표면적의 1.5배에 이르는 마법 행성으로 태양 주위를 공전하며, 하루 26시간, 1년 454일, 14개월로 이루어져 있다. 위성으로는 두 개의 달 마딕스와 타딕스가 아더월드의 주위를 돌고 있으며, 춘·추분에 조수간만의 차가 몹시 크다.

아더월드의 산들은 지구의 산보다 훨씬 더 높으며, 채굴되는 광물은 대체로 마법의 폭발성이 있어서 추출하는 것이 상당히 위험하다. 지구(육지 29%, 바다 71%)보다 바다가 차지하는 비율은 적으며(아더월드: 육지 45%, 바다 55%), 그중 두 개의 바다는 민물이다.

아더월드를 지배하는 마법은 동물상, 식물상과 마찬가지로 기후에도 영향을 미친다. 그로 인해 계절을 예측하기가 아주 힘들다(아더월드에서는 한여름에도 폭설이 내려 1미터나 되는 눈에 덮일 수 있다!).

아더월드의 7계절 분류: 계절 1 카일로스(지역에 따라 −30∼−50℃ 까지 내려간다), 계절 2 보탄트(지구의 봄 날씨와 유사하다), 계절 3 트레보, 계절 4 파이초, 계절 5 플루초, 계절 6 모인초, 계절 7 살탄(우기).

아더월드에는 인간, 난쟁이, 거인, 트롤, 뱀파이어, 땅신령, 꼬마도깨비, 엘프, 유니콘, 키마이라, 타트리스, 드래곤 등 수많은 종족이 살고 있다.

✺ 그 밖의 다른 행성

🐉 **드란보우글리스펜쉬르_** 드래곤들의 행성. 지능이 높은 거대한 파충류인 드래곤은 마법 능력을 타고나서 어떤 형상으로든 변신할 수 있으며, 대체로 인간으로 변신해 있다.

마법사들 편에 서서 림보의 악마들과 싸우고 있다. 세계의 영토를 점령하기 위해 악마들과 대립하면서 드래곤들은 지구의 마법사들과 충돌하는 순간까지는 알려져 있는 모든 세계를 정복했다. 끊임없이 악마들과 싸워야 하는 드래곤들은 지구인 마법사들과 전쟁을 벌인 뒤에 지구인들과 동맹을 맺는 것이 유리하다는 결론을 내렸다. 지구를 지배하겠다는 계획은 포기했지만, 마법사들이 지구를 지배하는 것도 인정할 수 없는 드래곤들은 지구의 마법사들에게 아더월드에서 더 많은 마법사를 양성하고 훈련시키자고 제안했다.

수년 동안 드래곤들을 경계하면서 고심한 끝에 지구의 마법사들은 결국 그 제안을 받아들이고 아더월드에 정착했다.

드래곤들은 드란보우글리스펜쉬르를 비롯해 지구, 아더월드, 마딕스와 타딕스 등 많은 행성에 살고 있으며, 특히 인간들의 일에 사사건건 참견한다. 드래곤들이 가장 끔찍하게 싫어하는 적은 림보에 사는 악마들이다.

림보_ 악마의 세계로 악마들의 영역. 림보는 서클이라고 불리는 여러 세계로 나뉘어 있으며, 서클에 따라 악마들의 능력과 학식이 차이 난다. 제1, 2, 3서클의 악마들은 거칠고 아주 위험하다. 제4, 5, 6서클의 악마들은 마법사들과 정해진 조건 내에서 서로 도움을 주고받는다(마법사는 필요한 것을 악마에게서 얻을 수 있으며 악마의 경우도 마찬가지다). 제7서클은 마왕이 군림하는 서클이다.

림보에 사는 악마들은 저주받은 태양이 제공하는 악마의 에너지를 먹고산다. 다른 세계로 가기 위해 림보를 나갈 경우엔 생명력이 강한 존재의 살과 정신을 먹어야 한다. 전 세계를 침략하던 중 갑자기 나타난 드래곤들과의 전쟁에서 패배한 뒤로 악마들은 림보에 갇히게 되었고, 마법사나 마법 능력이 있는 존재의 긴급 요청이 있어야만 다른 행성으로 갈 수 있게 됐다. 악마들은 이런 활동범위 제한을 견디기 힘들어서 끊임없이 해방될 방법을 모색하고 있다.

악마들이 지구를 침략하려는 이유는 아쿠알릭, 즉 바닷물에 중독되어 있기 때문이다. 악마들에게 바닷물은 알코올과 같은 작용을 하는데 림보에는 바다가 없다. 게다가 지구의 바닷물 맛을 특히 좋아하기 때문이다. '모든 인간을 죽이고 짠물을 실컷 마시겠다'는 것이 악마들의 신조다.

🐚**산티보르**_ 텔레파시 능력이 있는 식물성 존재 진실의 입들이 사는 얼음 행성.

🐚**지구**_ 인간과 비밀 임무를 맡은 마법사들이 살고 있다.

☀ 아더월드의 나라들과 종족

🐚**간디스**_ 거인들의 나라로 수도는 제오폴. 세력 있는 그로아르 가문이 통치하며 흑장미 섬과 황무지 늪이 있다. 나라의 문장은 '주문방지' 돌로 쌓은 벽에 아더월드의 태양이 올라앉은 형상이다.

🐚**랑코비트**_ 인간이 지배하는 가장 큰 왕국으로 수도는 트라비아. 왕국의 문장은 은빛 초승달 아래 금빛 뿔의 하얀 유니콘이다. 베어 왕과 티타니아 왕비가 통치하고 있으며, 타라와 어머니 셀레나의 조국이다. 약 8천만의 주민이 살고 있고, 뱀파이어들을 받아들이는 드문 나라 중 하나다.

🐚**멘탈리르**_ 보우 대륙 동쪽의 광활한 평원이며 유니콘들과 켄타우로스들의 나라. 유니콘은 생김새와 크기가 말과 같고, 이마에 나선형 뿔이 하나 있으며 발굽은 갈라져 있고 털은 흰빛이다. 지능이 떨어지는 유니콘도 간혹 있지만, 대부분은 영리하며 그 지능은 드래곤들의 지능에 견줄 수 있다. 유니콘의 이 특성을 어떤 종족의 지능이나 동

물의 지능으로 분류하기는 힘들다.

켄타우로스는 반은 남자나 여자의 형상, 반은 말의 형상을 하고 있는데 두 종류가 있다. 상반신은 인간, 하반신은 말의 형상을 한 켄타우로스와 상반신은 말, 하반신은 인간의 형상을 한 켄타우로스. 켄타우로스가 어떤 마법에 걸려 있는지는 알 수 없으나 소금이나 향유 같은 생필품을 얻기 위해서가 아니면 다른 종족들과 섞이기를 싫어하는 까다로운 종족이다. 사납고 거칠어서 영역을 침범하는 이방인들을 발견하면 가차 없이 화살을 쏘아댄다. 켄타우로스의 샤먼 부족은 평원에서 하얗고 파란 맹독성 개구리 플로프들을 잡아 그 등을 핥는 것으로 미래를 점친다고 전해진다. '찌르레기 대전'이 벌어지는 동안 켄타우로스들이 엘프들에게 몰살되었다는 것은 이 방법이 100퍼센트 믿을 만한 것이 아님을 말해준다.

살테렌스_ 살테렌스들의 나라로 수도는 살라. 나라의 문장은 파란색 투명한 소금을 물고 곧추서 있는 커다란 벌레. 왕은 없고 위대한 카샤라고 불리는 족장과 재상 일파봉이 통치하며 여러 부족으로 나뉘어 있다. 노예제도를 주장하는 종족으로 사자와 표범의 잡종인 두 발 동물이다. 침투할 수 없는 사막에서 숨어 지내면서 마법의 소금 광산을 개발한다.

셀렌다_ 엘프들의 나라로 수도는 세보른. 문장은 대각선으로 시위를 메긴 두 개의 활 위로 보이는 은빛 보름달.

엘프들은 마법사들과 마찬가지로 마법에 재능이 있다. 겉모습은 인간이며 뾰족한 귀와 고양이의 눈처럼 동공이 수직으로 움직이는 크리스털 눈, 은발이 특징이다. 아더월드의 숲과 평원에서 살며 가공할 만한 사냥꾼이다. 엘프들은 전투와 싸움, 상대를 유인하는 온갖 종류의 게임을 좋아하기 때문에 그들의 에너지를 적절히 이용하기 위해 경찰국이나 국가정보국에 고용된다.

하지만 엘프들이 옥수수나 마법의 귀리를 경작하기 시작하면 아더월드의 종족들은 불안해한다. 그건 엘프들이 전쟁을 시작할 거란 뜻이기 때문이다. 실제로 전시에는 사냥할 겨를이 없기 때문에 엘프들은 곡식을 재배하고 가축을 기르며, 일단 전쟁이 끝나면 예전의 생활로 돌아간다.

또 다른 특성으로 아이들이 걸어 다닐 수 있을 때까지 남성 엘프들은 배에 달린 육아낭 같은 작은 주머니에 아기를 넣고 다닌다. 여성 엘프는 남편을 다섯 명 이상은 가질 수 없다. 엘프는 거의 죽지 않기 때문에 아이들이 별로 없다. 하프엘프 로빈은 혼혈이라는 이유로 엘프들에게 따돌림을 받고 있다.

스몰컨트리_ 땅신령, 꼬마도깨비 파보, 요정, 고블린의 나라로 수도는 스몰빌. 문장은 원 안에 도안한 꽃, 새, 거미. 땅신령은 파란색, 꼬마도깨비는 초록색, 고블린은 회색, 요정은 여러 가지 색이다.

땅신령은 작달막하고 단단한 체구이며 오렌지색 털이 나 있다. 돌을 먹고 살며, 난쟁이들과 마찬가지로 광부들이다. 땅신령의 오렌지색 털은 고성능 가스 탐지기이다. 털이 곤두서면 별 탈이 없지만, 털이 내려앉는 순간부터 땅신령은 광산에 가스가 있다는 걸 알아채고 도망치기 때문이다. 또한 알 수 없는 이유로 인해 땅신령들만 '진실의 입들'과 교감할 수 있다.

스몰컨트리의 익살꾼인 꼬마도깨비 파보들은 키디코이라는 막대사탕을 만들어낸 이들이다. 착시 현상을 일으키거나 일시적으로 보이지 않게 할 수도 있으며 금을 좋아해 비밀주머니에 숨겨둔다. 그 주머니를 찾아낸 자는 두 가지 소원을 빌 수 있고, 귀한 금을 회수하려면 반드시 그 소원을 들어줘야 한다. 하지만 꼬마도깨비들은 반대로 해석하는 데 선수여서 예측 불허의 결과가 일어날 수 있으므로 소원을 비는 것에는 항상 위험이 따른다.

요정들은 꽃을 가꾸면서 작지만 효과적인 마법을 날리며, 고블린들은 요정과 움직이는 것은 무엇이든 잡아먹으려고 한다.

오무아_ 인간이 지배하는 가장 큰 제국으로 수도는 팅가푸르. 제국의 문장은 100개의 금빛 눈을 가진 주홍빛 공작이다. 타라의 고모인 여제 리스베스틸랑넴 탈 바르미 압 산타 압 마루와 삼촌인 황제 산도르 탈 바르미 압 마르치 압 브레비스가 통치하고 있다. 제국을 설립한 최고 마구스 데미데루스의 후손들이다. 오무아에는 약 2억의 주민이 살고 있다. 다른 나라들과 교역하고 있으며, 셀렌다를 제외하고 가장 많은 수의 엘프 군단을 거느리고 있다.

크라살비_ 뱀파이어들의 나라로 수도는 우를라. 나라의 문장은 천문관측기 위에 무한을 상징하는 누운 8자와 별이 올라앉은 형상이다.
뱀파이어는 총명하고, 인내심이 많으며, 학식이 깊다. 수명이 아주 길고, 수학과 천문학에 몰두하며, 대부분의 시간을 명상하는 데 보내면서 삶의 의미를 추구한다.

아더월드의 뱀파이어는 동물의 피를 먹고살기 때문에 가축을 키운다. 브르르르아아아, 모오오오우우우, 지구에서 수입한 말, 염소, 양 등. 하지만 몇몇 피는 금지되어 있다. 유니콘이나 인간의 피를 먹으면 미치게 되며, 수명이 절반으로 줄고, 햇빛을 쐬면 치명적인 알레르기가 일어나기 때문이다. 반면에 뱀파이어에게 물리면 독이 퍼지게 되며, 뱀파이어에게 물린 인간은 그들의 노예가 된다. 게다가 독성 피가 전이되면 뱀파이어가 되는데 이 경우의 뱀파이어는 파괴적이고 악독하기 때문에, 저주에 희생된 뱀파이어는 동족으로 구성된 특별수사대는 물론 아더월드의 모든 종족에게 쫓겨 다닌다.

크랑카르_ 트롤들의 나라로 수도는 크리아. 나라의 문장은 나무 꼭대기에 몽둥이가 걸려 있는 형상이다. 트롤 외에 식인귀, 오크, 고블린 들이 살고 있다.

트롤은 거대한 몸집에 납작한 이빨이 있는 초록빛 털북숭이로 채식주의 종족이지만, 고기를 흡수할 경우 식인귀가 될 수 있다. 식인귀가 되면 크랑카르에서 쫓겨난다. 먹고살기 위해 나무를 마구 죽이며(이것이 엘프들의 울화를 치밀게 한다), 쉽게 자제력을 잃어버리는 성향이 있어서 한번 성질이 나면 닥치는 대로 짓뭉개버리기 때문에 평판이 나쁘다.

타트란_ 타트리스, 카흠보움, 타츠보움의 나라로 수도는 시티

빌. 문장은 양피지 위에 놓인 직각자, 컴퍼스, 크리스털 볼.

타트리스는 머리가 둘인 특성을 가지고 있다. 관리 능력이 뛰어난 데다 신체적 특성 덕분에 행정관이나 정부 고위층에서 일하고 있다. 오로지 일을 중요하게 여기면서 헛된 꿈을 꾸지 않는 현실주의자들이다. 또한 꼬마도깨비 파보들이 즐겨 놀리는 대상 중 하나이며, 이 장난꾸러기들은 유머가 결핍된 종족이라는 소리를 듣지 않기 위해 수세기 동안 끈질기게 타트리스 종족을 웃기려고 애쓰고 있다. 게다가 파보들은 웃기는 데 성공한 자들 중 1등에게는 상까지 수여하고 있다.

카흠보움은 빨간 눈과 촉수들이 있는 노란색 덩어리 모습을 하고 있으며 주로 도서관 사서로 일한다. 타츠보움은 촉수로 놀라운 멜로디를 연주하는 음악가들이다.

파트로크_ 에드라킨족이 사는 나라로 수도는 키크로크. 나라의 문장은 바람의 원소에 올라앉은 불새. 에드라킨족은 강력한 마법사들이며, 생김새는 인간과 비슷하지만 귀가 뾰족하고 털로 덮여 있는 육식동물에 가깝다. 머리털은 두상의 절반 정도까지만 자라며, 코는 거의 보이지 않는다. 다른 종족을 싫어하지만 의무적으로 여러 나라와 교역하고 있다. 에드라킨족은 아더월드를 정복하기 위해 네 번이나 침략을 시도했다.

히믈리아_ 난쟁이들의 나라로 수도는 미나트. 대장장이 씨족이 통치하고 있다. 나라의 문장은 광산 지하의 전쟁용 모루와 쇠망치.

키와 몸통 폭의 길이가 똑같은 단단한 체구가 난쟁이들의 신체적 특징이다. 아더월드의 광부, 대장장이로 활동히고 있으며, 뛰어난 금속 가공업자, 보석 세공인도 거의 난쟁이들이다. 성격이 몹시 까다로운 것으로 알려져 있고, 마법을 싫어하며 아주 길고 복잡한 노래를 즐겨 부른다. 또한 돌을 통과하거나 돌을 용해시키는 특별한 재능을 지니고 있는데 마법과는 다른 차원의 힘이다.

☀ 아더월드와 주변 행성의 동·식물상 및 속담

🐾 **가즈즈_** 사슴뿔이 달린 네 발 짐승으로 털이 빨간색(트롤들의 나라에서는 초록색)이다.

🐾 **간다리_** 대황에 가까운 식물이며, 꿀처럼 단맛이 난다.

🐾 **갬볼_** 마법에 흔히 이용되는 파란 이빨의 설치류 동물. 그 살가죽과 피에 마법이 침투하지 못할 정도로 땅을 깊이 파고 들어간다. 건조시키면 딱딱해졌다가 가루처럼 변하며, '갬볼 가루'는 힘든 마법을 실행할 수 있게 한다. 몇몇 마법사들은 갬볼 가루를 식용하는데, 그 가루가 환각 증세를 일으키기 때문이다. 갬볼 가루 복용은 아더월드에서 엄격하게 금지되어 있으며 위반할 경우 엄중한 처벌을 받는다.

🐾 **글로우톤_** 털북숭이 동물. 길게 늘어나는 특성이 있어서 목을 조

르는 밧줄로 사용한다.

🐾 **글루릅스**_ 머리가 아주 갸름한 초록색과 갈색의 도마뱀으로 호수와 늪 근처에서 서식한다. 식욕이 왕성하며, 물속에서 숨을 쉬지 않고 몇 시간을 견딜 수 있어 목을 축이러 오는 순진한 동물을 잡아먹는다. 물가의 은신처에 굴을 파놓고 살며, 호수 바닥의 구멍 속에 먹이를 숨겨놓는다.

🐾 **글리이르**_ 새지만 날지 못한다. 포식동물들을 피하기 위해 트라둑과 같은 방식으로 생존한다. 냄새로 가장 끈질긴 흡혈파리 떼도 물리칠 수 있는 식물 예록을 먹고산다.

🐾 **드래코-티라노사우루스**_ 뱀과 공룡의 잡종. 드래곤의 사촌이지만 지능은 많이 떨어지며, 날개가 작아서 날지 못한다. 가공할 만한 포식동물로 움직이는 것뿐만 아니라 움직이지 않는 것조차 닥치는 대로 잡아먹는다. 오무아 제국의 따뜻하고 습한 숲에서 살며, 이 지역은 관광 개발이 불가능하다.

🐾 **디스쿠타리움/데비자투아르(사용하는 국민에 따라 다르다)**_
지구와 아더월드, 드란보우글리스펜쉬르, 악마들의 림보와 관련된 모든 책, 영화, 예술 작품에 관한 정보를 조회할 수 있다. 디스쿠타리움에서 나오는 목소리는 어떤 질문에도 답변을 못하는 경우가 거의 없다.

로크 새_ 공중에서 사는 자이언트 새로, 커다란 독수리 콘도르와 비슷하다. 인공위성을 궤도에 올려놓거나 아더월드에서 마딕스와 타딕스로 여행할 때 이용한다. 다행히 아더월드의 태양빛을 먹고 살기 때문에 배설하지 않는다. 로크 새의 똥이 머리 위로 떨어질 일은 없다.

마누릴_ 마누릴의 하얀 싹은 즙이 많아서 아더월드 사람들이 즐겨 음식에 곁들여 먹는다.

모오오오우우우_ 뿔은 없고 머리가 둘 달린 고라니. 머리 하나가 먹을 때 다른 하나는 포식동물들을 감시한다. 이동할 때는 게처럼 옆으로 걷는다.

무슈티크_ 벌처럼 쏘아서 아더월드 사람들의 피를 빨아먹는 공격적인 곤충. 흡혈파리보다 크기가 더 크며, 트라둑이나 브르르르아아아에 앉아 있다가 살 속을 파고드는데 치명적인 독을 분비하기 때문에 아주 위험하다.

므르르르_ 초록색 귀가 달린 오렌지빛 고양이. 같은 능력을 가진 빨간 생쥐 뿌익을 잡기 위해 공간이동을 할 수 있다.

🐛 **므르모움_** 나무들이 숲 모양으로 거대한 군락을 이루고 있어서 따기가 아주 힘든 과일이다. 므르모움나무는 접근하는 것이 있으면 괴상한 소리를 내면서 땅속으로 파고들기 때문에 붙여진 이름이다. 아더월드에서 산책을 하다 보면 므르모움나무 숲이 통째로 사라지고 벌판만 남는 아주 놀라운 광경을 목격할 수 있다.

🐛 **미암_** 크기가 복숭아만 한 빨간 체리.

🐛 **발로르키데_** 꽃이 아주 화려한 기생식물. 이름은 개화하기 전의 노란빛과 초록빛의 봉오리에서 따온 것이다. 성장 속도가 아주 빨라서 몇 계절 만에 나무 한 그루를 죽일 수 있으며, 뿌리로 이동해서 그다음 나무를 공격한다. 그래서 아더월드의 나무들은 발로르키데들이 들러붙지 못하게 부식시키는 물질을 분비하는 것으로 생존 경쟁을 벌이고 있다.

🐛 **발분_** 거대한 고래로 붉은색이며 지구의 고래보다 두 배로 크다. 발분은 잊지 못할 멜로디의 노래를 부르며, 젖이 아주 풍부하다. 발분의 젖으로 만든 버터와 크림은 영양가가 높은 인기 식품이어서 물에 사는 트리톤과 사이렌들과 육지에 사는 거주자들 사이에 무역 교류의 대상이 되고 있다. 노래를 아주 잘 부를 때 '발분처럼 노래 부른다'는 말로 칭찬한다.

🐏 뱅뱅_ 붉은색 나무로 인간이 이 식물에서 추출한 빨간 가루를 먹을 경우 행복을 느끼다가 황홀경에 빠져 죽음에 이른다. 트롤들은 이빨이 아플 때 복용한다.

🐏 버디 드라이어_ 바람의 원소를 이용한 무형물로 욕실에서 주로 사용한다.

🐏 베에에_ 아름다운 흰털 양. 마법 행성의 변화무쌍한 계절에 적응력이 뛰어나서 몇 시간 만에 털이 빠지거나 털을 자라게 할 수 있다. 그래서 털 깎는 시기에 사육자들이 그 특성을 이용해 날씨가 갑자기 몹시 더워졌다고 하면 베에에들은 즉시 털을 홀랑 벗어버린다. 아더월드에서 '베에에처럼 순진하다'는 표현을 쓰는 것은 여기서 유래한다.

🐏 벤드룩_ 림보의 여러 우상 중 하나인 벤드룩은 생김새가 어찌나 흉측한지 다른 우상들조차 그 끔찍한 모습에 두려움을 느낄 정도다. 벤드룩은 내장이 몸 밖으로 나와 있어 먹을 때 소화되는 과정을 구경할 수 있다.

🐏 벨루르 목재_ 내구성이 좋고, 아름다운 금빛 색깔 때문에 아더월드에서 실내 바닥재로 많이 사용한다. 겉보기에는 차가운 느낌이지만 양탄자처럼 푹신하다.

🐚**보벨_** 앵무새와 유사한 아더월드의 화려한 새로 마법사들의 마음을 사로잡는 마법 능력이 있다.

🐚**보우둘 필터_** 파란색 자루처럼 생긴 유기체. 아더월드의 항구에서 온갖 쓰레기를 먹어치우는 것으로 맑고 깨끗한 물을 유지해준다.

🐚**부이브르_** 야행성의 날개 돋친 도마뱀으로 길이가 30미터에 이르며, 물고기를 먹는 동물이다. 부이브르의 이마에 박힌 보석에는 독을 중화시키는 성분이 있고, 도마뱀의 부위들은 주로 묘약의 재료로 사용된다. 최초의 부이브르는 알에서 태어난 것으로 전해지고 있지만 생물학적으로 도저히 불가능한 일이다.

🐚**북극 젤레_** 흰털의 작은 동물로 혈액 속의 동결 방지 성분 덕분에 영하 80도의 기온에서도 살 수 있다. 젤레는 두 봄을 보내고 나서 정확하게 플루초 1일에 죽는데 그 털이 희귀하기 때문에 사냥꾼들은 기온이 영하 20도로 오르는 북극으로 젤레를 잡으러 간다. 그러나 젤레가 구멍 속에 숨어서 죽는 습성이 있는 데다 털이 새하얗기 때문에 찾기가 힘든 것이 문제다. 빙산 속에 숨어 있다가 구멍 가까이 접근하는 것은 모조리 잡아먹는 '크로크라'라는 일종의 바다표범들 때문에 구멍마다 손을 집어넣는 것은 아주 위험하다.

🐚**불사르딘_** 공격을 받으면 몸이 팽창하는 특성을 가진 일종의 정

어리. 껍질은 칼이 들어가지 않을 정도로 아주 질기다. 아더월드에서 파괴되지 않는 것을 보면 '불사르딘 같다'고 말한다.

🐾 **불새**_ 깃털에 불이 붙어 있지만 신기하게도 털이 재생된다. 아더월드의 불에 타지 않는 나무에만 둥지를 틀며, 물을 떨어뜨리면 불새를 죽일 수 있다.

🐾 **붉은 트르르**_ 썩지 않는 목재. 부서지거나 맥주에 부식되지 않기 때문에 집과 술집에서 주로 사용한다.

🐾 **브룩스**_ 드래코-티라노사우루스의 똥만 먹고 사는 도마뱀.

🐾 **브룸므**_ 일종의 빨간 무로 아더월드 사람들이 즐겨 먹는다.

🐾 **브르르르아아아**_ 거인들의 나라 간디스에서 생산하는 엄청나게 큰 소. 털은 숱이 아주 많아서 거인들이 그 털가죽으로 옷을 지어 입는다. 몹시 공격적이어서 움직이는 것이 있으면 뭐든 덤벼든다. 제 그림자를 쫓다가 녹초가 된 브르르르아아아를 보게 되는 것은 그 때문이다. 흔히 고집불통인 사람을 '브르르르아아아 같다'고 표현한다.

브르리르_ 흰빛과 금빛이 어우러진 고양이과
동물로 다리가 여섯 개. 특히 브르리르를 사랑하는
오무아 제국의 여제는 이 동물들이 궁전에 갇혀 있
다는 생각을 하지 않도록 주문을 걸어놨다. 그래서
브르리르들에게는 가구와 침내의자가 나무와 편안
한 바위로 보인다. 브르리르에게는 궁인들이 안 보
이며, 궁인들이 쓰다듬어주면 바람에 털이 살랑살랑 흩날리는 것
이라고 생각한다.

브르맥주_ 첫 모금에 몸이 부르르 떨리기 때문에 붙여진 이름이다.

브리양트_ 요정의 사촌으로 아더월드의 조명 기구. 대륙에 따라
날개 달린 작은 요정 형상, 날개 돋친 뱀 형상 등 여러 가지 모습이
다. 어둠 속에서 100와트 밝기의 빛을 발하며, 거리의 가로등이 되기
도 하고 투명한 스탠드나 램프의 모습으로 아더월드의 모든 가정을
밝혀준다.

브릴_ 브릴의 싹 요리는 아더월드에서 아주 인기가 높다. 브릴은
히플리아에 있는 마법의 산골짜기에서 자라며 난쟁이들이 그 싹을 수
확해서 아더월드의 상인들에게 비싼 값으로 판다. 게다가 히플리아에
서는 브릴을 잡초로 여겨 먹지 않기 때문에 난쟁이들은 이 불로소득
에 즐거운 비명을 지른다.

🐟**브볼_** 아더월드의 참새.

🐟**블라즈_** 청소하는 푸프푸프와 비슷하지만 블라즈는 날아다니며 아더월드의 자이언트 거미들을 공포에 떨게 한다.

🐟**블루룹스_** 갈색 가죽배낭 같은 모습으로 흙 속에 숨어 있다가 접근하는 곤충을 잡아먹는 식물. 어린 블루룹스들이 흰개미처럼 어미 블루룹스에게 물과 먹이를 공급하며, 다 크면 둥지를 떠나 다른 데에 뿌리를 내리고 흙 속으로 파고 들어간다. 아더월드에서는 궁지에서 헤어날 방법이 전혀 없을 때를 가리켜 '블루룹스 둥지에서 헤맨다'고 표현한다.

🐟**블루투르_** 썩은 고기를 먹는 회색과 노란색 새로 무엇이든 소화할 수 있다. 블루투르가 죽어도 몇 달 동안 창자는 살아 있어서 먹은 것을 계속 소화시킨다. 블루투르의 창자는 독을 신선하게 보존하는 데 사용된다.

🐟**블를_** 대부분 물속에서 생활하다 번식기에 물 밖으로 나오는 날개 돋친 물고기. 색이 아름다워 수영장 장식용으로 쓰인다.

🐟**블리르_** 아더월드의 금빛 자두. 지구의 자두와 아주 흡사하며 더

달콤하다.

비마_ 비마법사를 축약한 것으로 마법 능력이 없는 인간들을 가
리킨다.

비즈즈즈_ 빨간색과 노란색의 커다란 벌. 지구의 벌들
과는 달리 비즈즈즈는 독침이 없다. 독극물을 분비해
잡아먹으려고 달려드는 포식동물을 독살하는 것이
비즈즈즈의 방어 수단이다. 비즈즈즈들이 아더월드의
마법 꽃에서 생산하는 꿀은 그 어떤 꿀에도 비길 데 없는 맛이다. 아더
월드에서는 '비즈즈즈 꿀처럼 달콤하다'는 표현을 자주 사용한다.

빠그락-땅콩_ 벌어질 때 나는 독특한 소리 때문에 붙여진 이름
이다. 이 땅콩에서 짜내는 기름은 향이 좋아 아더월드의 유명한 주방
장이나 숙련된 가정주부들이 주로 애용한다.

빨간 바나나_ 색깔을 제외하고는 지구의 바나나와 똑같다.

뿌익_ 이 장소에서 저 장소로 자신의 몸을 물리적
으로 전송할 수 있는 꼬리가 둘 달린 빨간 쥐. 천
적은 같은 능력을 지닌 초록색 귀의 오렌지색
뚱보 고양이 므르르르이다.

사카트_ 맹독성의 공격적인 빨갛고 노란 곤충으로 아더월드에서 특히 좋아하는 꿀을 생산한다. 미식가들인 난쟁이들만 사카트의 애벌레를 먹을 수 있다. 다른 종족이 먹었을 경우에는 애벌레의 딱지가 인간이나 엘프의 소화액에 용해되지 않아 배 속에서 벌떼를 분봉할 위험이 있다.

샤먼_ 아더월드에서 의사 역할을 하는 치료사. 마법사는 누구나 다쳤을 때 레파루스 주문으로 상처를 아물게 할 수 있지만, 이 주문만으로는 치료할 수 없는 병도 많기 때문에 꼭 필요한 존재이다.

샤트릭스_ 일종의 하이에나. 검은색이며, 독이 든 이빨을 사용하는 아주 공격적인 동물로 밤에만 사냥한다. 길들일 수 있어 오무아 제국에서 샤트릭스들을 문지기로 이용한다.

세르팡 밀리에르_ 황무지 늪 근처에 서식하는 뱀. 납작한 비늘 덕분에 진흙 속에서도 이동할 수 있다. 물속에 집어넣으면 빠져버린다.

소포르_ 향기로운 꽃들이 탐스러운 식물. 최면 작용을 하는 꽃가루로 곤충과 동물을 함정에 빠뜨린다. 곤충이나 동물이 잠들면 꽃가루를 뿌려서 번식을 도와주는 매개체로 삼는다. 얼마 후 깨어난 곤충이나 동물이 다른 소포르 군락지를 지나가면서 꽃가루를 옮기기 때문이다. 소포르는 위험한

식물이 아니지만, 매개체들을 잠들게 하기 때문에 다른 포식동물에게
쉽게 노출되어 위험에 처하게 된다. 소포르 군락지 주변에서 육식동
물이 자주 보이는 것은 그 때문이다.

 **스너피**_ 생김새는 여우와 비슷하지만 두 발로 걸어 다
니며 누더기를 걸치고 옆구리에 배낭을 달고 다닌다. 닭이나
스파슌을 훔치기 때문에 아더월드의 농부들이 아주 싫어한
다. 제 몸을 복제하는 특성이 있어서 감옥에 갇혀도 탈옥할
수 있다.

 **스쿠프**_ 아더월드의 기술로 생산되는 날개 달린
작은 카메라. 스쿠프는 지능을 가지고 있어서 촬영한
영상을 크리스털리스트에게 전송한다.

 스크로뉴플루프_ 수달과 토끼를 뒤섞어놓은
듯한 생김새. 스크로뉴플루프는 아주 어리석
은 사람이나 아주 멍청한 경우를 가리킬 때
흔히 사용하는 욕이다.

스트리둘_ 지구의 메뚜기에 해당된다. 몹시 파괴적
이어서 구름같이 떼를 지어 이동할 때는 삽시간에 농
작물을 휩쓸어버린다. 스트리둘은 아주 풍부한 점액
을 생산하기 때문에 마법에 널리 사용된다.

👒🐝**스파슈니어**_ 닭장처럼 스파슌을 가두어두는 우리.

👒🐝 **스파슌**_ 금빛의 자이언트 칠면조인데 시종일관 울음소리를 내면서 거드럭거리고 다니는 통에 사냥하기가 아주 수월하다. 흔히 '스파슌처럼 어리석다' 또는 '스파슌처럼 거드름피운다'고 표현한다.

👒🐝 **스팔렌디탈**_ 일종의 전갈이며 스몰컨트리가 원산지이다. 땅신령들은 스팔렌디탈을 길들여서 말처럼 타고 다니며, 가죽이 아주 질기기 때문에 유용하게 사용한다. 새를 좋아하는(미각적 의미에서) 땅신령들은 스몰컨트리의 서식 동물을 절멸시킴으로써 곤충을 포함한 다른 동물에게 생태적 지위를 열어주었다. 천적들에게서 해방된 스팔렌디탈들은 위험 없이 자라면서 그 개체 수가 점점 더 늘어났다. 땅신령들 때문에 스몰컨트리는 결과적으로 자이언트 전갈, 자이언트 거미, 자이언트 다족류에게 점령되었다.

👒🐝 **슬루릅**_ 멘탈리르 평원이 원산지인 식물이며, 그 즙은 신기하게도 후추를 친 쇠고기의 깊은 맛이 난다. 고기 맛이 나는 것은 초식동물인 유니콘 떼의 공격을 피하기 위해서다. 하지만 이 독특한 맛을 발견한 아더월드 사람들이 슬루릅 즙으로 요리하는 습관이 생겼다.

👒🐝 **아스토펠**_ 장밋빛 작은 꽃으로 냄새를 맡으면 며칠 동안 후각을

마비시킨다. 특히 초식동물을 비롯한 모든 동물의 공격을 막기 위해 꽃향기로 후각을 마비시키는 능력이 발달되어 있다.

🦎 **에프리트_** 지각단층을 둘러싼 전쟁이 일어났을 때 인간들 편에 서서 악마들과 싸웠던 악마 종족. 감사의 뜻으로 데미데루스는 마법사의 호출을 받는 에프리트에게 아더월드로 오는 것을 허락했다. 아더월드에 온 에프리트들은 자기들의 능력을 인간을 돕는 데 사용하기로 결정했고, 대부분 하인, 전령, 경찰로 일하고 있다.

🦎 **엠엠로움_** 아더월드에서 재배하는 과일로 즙이 아주 많고, 달콤한 살구와 바나나를 섞은 맛이다. 엠엠로움나무는 침입자가 다가오는 즉시 땅속으로 사라지는 능력이 있다.

🦎 **예륵_** 초식동물들이 도저히 먹을 엄두를 내지 못하게 썩은 냄새를 풍기는 식물. 후각이 없는 새, 글리이르만 먹을 수 있다.

🦎 **원소_** 불, 물, 흙, 공기 등 여러 종류의 원소가 존재한다. 성질이 포악한 불의 원소를 제외하고 원소들은 대체로 다정하며 일상생활에서 아더월드 사람들을 도와준다.

🦎 **위베른족_** 드래곤들의 시중을 드는 자이언트 도마뱀으로 금빛 비늘이 덮여 있고, 회전하는 엉덩이 덕분에 두 발로 걸어 다닐 수 있

다. 드래곤보다는 덜 영리하며, 유머 감각은 전혀 없다. 드래곤의 세포 실험 과정에서 태어났으며, 드래곤의 먼 사촌으로 볼 수 있다.

🦄 유니콘_ 갈라진 쌍발굽과 이마에 뿔이 하나 달  린 말. 멘탈리르 평원에서 자라는 지혜의 풀 덕분에 아 주 영리한 동물이다.

🦄 자이언트 강철나무_ 마법을 사용하지 않고서는 파 괴할 수 없다. 키가 무려 300미터까지 자랄 수 있으며 야 생 페가수스들이 둥지를 짓는다.

🦄 자이언트 거미_ 스팔렌디탈과 마찬가지로 스몰컨트리가 원산지이다. 땅신령들이 말처럼 타고 다니며, 그 거미줄 은 아주 질긴 것으로 유명하다. 여덟 개의 다리와 여덟 개 의 눈, 전갈처럼 독침이 있는 꼬리가 달려 있는 것이 특 징이다. 아주 영리하며, 잡아먹기 전에 먹이에게 수수께 끼를 내는 것이 취미이다.

🦄 젤리소르_ 림보에서 숭배하는 신. 입김이 어찌나 센지 향기가 나 는 천으로 주둥이와 얼굴을 가려야만 신전으로 들어갈 수 있다. 악취 때문에 젤리소르의 신전에서는 파리도 살 수 없다. 다른 신들과 회의 가 있을 때는 실내 공기를 고려해 송곳니를 깨끗이 닦고 들어가야 하 며, 젤리소르 옆에서는 담배를 피울 수 없다.

주르스탈_ 텔레크리스털이 방송하는 아더월드의 뉴스이며, 마법사와 비마는 크리스털 볼과 크리스털 전광판으로 받아 본다.

진비지블_ 보이지 않게 모습을 감출 수 있는  카멜레온. 오무아 황실과 여제를 위해 일하는 살아 있는 녹음기이자 스파이이다.

진실의 입_ 아더월드에서 가까운 얼음 행성 산티보르 원산의 식물성 존재. 텔레파시 능력이 있어서 어떤 거짓말도 탐지할 수 있다. 말을 못하기 때문에 진실의 입들의 생각을 읽어낼 수 있는 파란 땅신령을 통해 의사소통한다.

진흙먹보_ 간디스의 황무지 늪에 사는 털북숭이 동물이며 진흙에 들어 있는 영양소와 곤충, 수련을 먹고산다. 진흙먹보들의 원시족은 아더월드의 다른 거주자들과 거의 접촉이 없다.

친파프_ 콜라, 사과, 오렌지 맛이 나고, 콜라처럼 거품이 생긴다. 상쾌하게 해주고 활력을 주는 청량음료.

카멜레_ 하트 모양의 식물로 잎은 식용한다. 계절과 장소에 따라 색이 변한다. 카멜레 잎만 섭취하고도 생존한 여행자가 많아서 '여행자의 식물'이라고 불린다. 치즈 샌드위치 맛과 비슷하다.

🌿 **카멜린_** 환경에 따라 색이 변하는 특성에서 이름이 유래한 희귀종 식물. 멘탈리르 평원에서는 파란색이고, 살테렌스 사막에서는 금빛이나 흰색이다. 꺾거나 옷감으로 짜도 그 특성은 유지되기 때문에 활용 가치가 높다.

🌿 **칵스_** 근육을 풀어주는 효능이 있는 약초로, 달여 마시며 잠자기 직전에만 복용하라고 되어 있다. 근육에 영향을 준다고 하여 아더월드에서는 '몰몰'이라고도 부른다. '이런 칵스 같은 놈!'이라고 말하면 아주 흐늘흐늘한 사람을 가리킨다.

🌿 **칸타루프_** 공격적인 식충식물이며, 주로 곤충과 설치류 동물을 잡아먹는다. 꽃잎의 색은 다양하지만 항상 눈에 거슬리는 빛깔이며, 날카로운 가시를 사용하여 마치 작살로 찍듯이 먹이를 잡는다. 크기는 큰 개만 해서 꺾기가 힘들고, 아더월드의 특선 요리에 들어가는 재료로 사용한다.

🌿 **칼로르나_** 숲에 피는 매혹적인 꽃. 달콤한 장밋빛과 흰빛 꽃잎으로 아더월드의 초식동물과 모든 동물에게 특선 요리를 제공해준다. 멸종을 피하기 위해서 칼로르나는 세 개의 꽃잎을 포식동물의 접근을

감지할 수 있는 탐지기로 만들었다. 커다란 눈 모양의 이 꽃잎들 덕분에 칼로르나는 재빨리 모습을 감출 수 있다. 그런데 불행히도 호기심이 많은 칼로르나는 그 꽃잎들을 세우고 있다가 포식동물을 제때에 피하지 못하는 경우가 종종 있다. 호기심이 많은 사람을 보고 '칼로르나 같다'고 말하는 것은 바로 그 때문이다.

켈트릴_ 가볍고 아주 단단해서 갑옷과 보호대를 만드는 데 사용하는 은빛 금속. 난쟁이들이 만들어서 엘프와 인간에게 아주 비싼 값으로 판다.

크라켄_ 시커먼 다리들이 위협적인 자이언트 문어. 엄청난 크기 때문에 아더월드의 바다에서 발견되지만, 민물에서도 살 수 있다. 뱃사람들에게는 위험한 존재로 널리 알려져 있다.

크라크덴트_ 트롤의 나라 크랑카르 원산의 장밋빛 털북숭이 동물. 앞뒤가 분간되지 않지만, 세 배 크기로 늘어나는 입을 갖고 있어 무엇이든 거의 한입에 덥석 집어삼키므로 상당히 위험하다. 아더월드를 방문한 많은 관광객들이 "어머 어쩌면 이렇게 귀여울까!" 하고 감탄하다가 목숨을 잃었다.

크레크레크레_ 레몬빛 털의 설치류 동물로 생김새는 토끼와 비슷하다. 빛깔이 화려한 아더월드의 환경을 이용해서 포식동물들을 아주 쉽게 피한다. 고기는 맛이 없는 데도 굶주린 여행가나 사냥꾼이 먹기도 한다. 아더월드에서는 크레크레크레를 사로잡아서 사육한다.

크렐_ 아더월드의 금빛 미모사나무. 놀랍게도 지나가다가 건드리는 동물이나 사람들의 감정을 색깔로 반영한다.

크로그로세이유_ 갈증을 풀어주는 청량음료. 아더월드 사람들이 즐기는 탄산음료 중 하나다.

크로쉬엥_ 살테렌스 사막의 재칼. 크로쉬엥은 무리를 지어 사냥한다.

크로아_ 두 가지 색의 개구리. 크로아는 글루룹스들의 주식이며, 신경을 거스르는 독특한 울음소리 때문에 쉽게 찾을 수 있다.

크로우즈_ 향기가 짙은 야생 장미의 일종으로 꽃의 색깔이 다채롭다.

크로크-르캥_ 아더월드의 바다 포식동물인 일종의 상어. 날카로운 이빨을 무기로 주저치 않고 크라켄을 공격한다.
크로크-르캥은 아더월드의 바다에서 크라켄
과 함께 뱃사람들에게 위협적인 존재이다.

🐛 **크루이크크크**_ 빨간 상아가 돋친 파린색 잡식성 포유류 농물. 성
질이 포악한 것으로 알려져 있으며, 고기가 맛있어서 사육한다. 야생
크루이크크크 떼는 삽시간에 밭을 황폐하게 만들어놓는다. 그래서 아
더월드의 농부들은 곡물을 지키기 위해 크루이크크크 퇴치 주문을 사
용한다.

🐛 **크르룩**_ 바닷가재와 게의 잡종으로 집게발 열 개가 달려 있다. 아
더월드 사람들이 즐겨 먹는다.

🐛 **크리크리**_ 보랏빛과 노란색의 메뚜기. 이 곤충들이 수
풀 속에서 울기 시작하면 어찌나 요란한지 잠을 잘 수가 없다.

🐛 **키디코이**_ 장난꾸러기 꼬마도깨비 파보들이 만들어낸 막대사탕.
겉을 빨아먹으면 속에서 예언 글귀가 나타난다. 이 예언은 항상 실현
되지만 그 순간에는 당사자가 이해하지 못하는 경우가 대부분이다.
모든 국가의 최고 마법사들은 그 기능을 이해하기 위해 신비한 키디
코이를 연구하고 있지만 성과를 얻지 못했다. 파보들이 그 비밀을 잘
지키고 있기 때문이다.

🐾 키마이라_ 아더월드 군주들의 고문관 역할
을 하며, 사자 머리에 염소의 몸, 드래곤의 꼬리로
이뤄져 있다.

🐾 타로데르_ 자는 동물의 살 속에 유충을 넣어서 번
식하는 벌레. 타로데르에게 물리면 통증이 심하므로, 유충이 몸속
으로 퍼지기 전에 즉시 소독해야 한다. '타로데르 같다'고 하면 들러
붙는 사람을 가리키는 모욕적인 말이다.

🐾 타오르미_ 얼굴이 개미처럼 생긴 쥐인데 깨물면 굉장히 아
프다. 개미집처럼 생긴 타오르미 굴 하나가 이동할 때 숲 전체
가 쑥대밭이 될 수 있다. 타오르미는 아더월드의 동물이 좋아하
는 꿀을 생산하지만, 그 꿀을 얻으려면 목숨을 걸어야 한다.

🐾 타춤_ 노란색 꽃이며, 꽃가루는 아더월드의 후추로 사용
된다. 자극성이 아주 강해서 타춤의 냄새를 맡으면 어떤 상태
의 코든 뻥 뚫린다.

🐾 타크_ 초록색 또는 회색 쥐로 항구
주변에서 많이 발견된다. 타크들이 며
칠 만에 배를 갉아먹기 때문에 선원들이 아주 싫어한다.

🐾 타트롤_ 지구와 아더월드는 측량 단위가 서로 다르다. 타트롤은

킬로미터, 바트롤은 미터에 해당한다. 1트롤은 3미터, 1바트롤은 1미터 50센티미터, 1타트롤은 1킬로미터 500미터.

탈루디_ 눈이 셋 달린 모자 모양의 작은 동물이며 무엇이든 녹화하는 능력이 있다. 촬영한 것을 보려면 머리에 쓰면 된다.

테오디르_ 드래곤들이 즐겨 마시는 일종의 금빛 샴페인. 인간들은 부동액 맛을 느낀다.

토예_ 마늘과 양파의 맛이 섞인 식물로 아더월드 사람들이 향신료로 사용한다.

토쿨린_ 보석으로 이뤄진 꽃이며 수시로 색이 변한다. 보석-꽃은 아더월드에서 가장 아름다운 꽃이며, 위험한 파트로크 섬에서만 재배되기 때문에 구하기가 몹시 힘들다.

톨리스_ 아더월드의 아몬드.

트라둑_ 살코기와 털가죽을 얻기 위해 켄타우로스들이 키우는 동물. 악취를 풍기는 특성이 있어서 포식동물들로부터 자신을 보호한다. 그러나 트라둑의 냄새를 맡지 않기 위해 콧구멍을 막을 수 있는 늑대 크르르

렉우 예외다. 아더월드에서 '병든 트라둑 같은 악취가 난다'라는 표현
은 모욕으로 받아들여진다.

🐾 트리_ 작은 새로 아더월드의 숲에서는 루비 빛깔
이고, 트롤들의 숲에서는 초록 빛깔이다. '트리이이이
이' 하면서 우는 독특한 울음소리를 따서 붙인 이름이다.

🐾 트리크로크_ 표적을 정확하게 찾는 마법의 무기로 세 개의 치명
적인 침이 달려 있다. 공격자가 표적을 죽이고 싶은가, 잠들게 하고 싶
은가에 따라 세 개의 침에 독이나 마취제가 생성된다.

🐾 트실_ 살테렌스 사막의 벌레. 모래 속에 숨어서 동물이 지나가기
를 기다리다 동물에 들러붙어서 살갗이든 딱딱한 껍질이든 뚫어버린
다. 그 알들은 혈관을 침투해서 숙주의 몸속에 퍼진다. 100시간이 지
나면 알들이 부화하며, 새로 태어난 트실들이 숙주의 몸
을 먹는다. 아더월드에서는 트실로 인한 죽음이 가장
끔찍한 죽음 중 하나다. 이런 이유로 살테렌스 사막을
여행하는 사람은 거의 없다. 일반적인 트실에 대한
해독제는 존재하는 반면에 금빛 트실에 대한 해독
제는 없어서 공격을 받으면 죽음을 면할 길이 없다.

🐾 페가수스_ 날개 돋친 말. 지능은 개의 지능
에 가깝다. 발굽은 없지만 갈퀴발톱이 있어서 어

디든 쉽게 올라앉을 수 있다. 야생 페가수스는 키가 무려 300미터까지 자라는 자이언트 강철나무에 거대한 둥지를 짓고 산다.

푸프푸프 _ 발이 여섯 개 달리고 커다란 뚜껑이 있는 작은 상자로 아더월드의 청소기이다. 바닥에 떨어지는 모든 쓰레기를 집어삼킨다. 마법과 과학기술로 만들어진 푸프푸프는 안드로메다은하의 블랙홀과 연결되는 작은 공간이동의 문을 통해 쓸모없는 쓰레기를 자동으로 배출한다.

프르루트 _ 아더월드의 식충식물로 하이에나와 포식동물을 유인하기 위해 짐승의 썩은 고기 냄새를 피운다. 동물이 다가와서 촉수에 닿는 순간 꿀꺽 삼킨다. '트라둑처럼 악취가 난다'는 표현과 함께 '프르루트처럼 악취가 난다'는 표현도 많이 쓰인다.

플로프 _ 맹독성의 하얗고 파란 개구리로 멘탈리르의 평원에서 볼 수 있다.

피크크크 _ 이름이 가리키는 대로 피크크크는 흡혈파리처럼 피를 빨아먹고 사는 아더월드의 곤충이다. 피크크크의 독침에 쏘이면 트라둑이나 모오오오우우우, 베에에는 몸속의 피를 다 토해낸다. 다행히 피크크크는 늪 주위에 서식하면서 알을 낳는다.

👉 **흡혈파리_** 물리면 통증이 몹시 심하다. 많은 동물이
긴 꼬리를 발달시켜서 흡혈파리를 죽이는 데 사용한다.

👉 **히드라_** 아더월드에는 머리가 세 개, 다섯 개, 일
곱 개 달린 히드라가 있으며, 강이나 호수에서 산다.

랑코비트의 덩컨 가문 가계도

-5015년 파이초 25일(아더월드력)을 기준으로 작성-

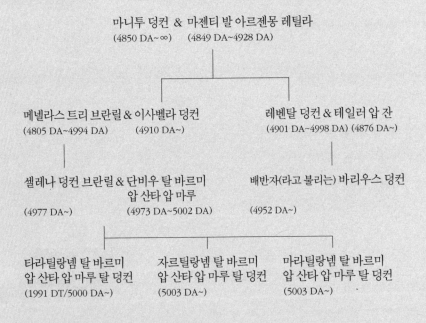

마니투 덩컨 & 마젠티 발 아르젠몽 레틸라
(4850 DA~∞)   (4849 DA~4928 DA)

메넬라스 트리 브란릴 & 이사벨라 덩컨
(4805 DA~4994 DA)   (4910 DA~)

레벤탈 덩컨 & 테일러 압 잔
(4901 DA~4998 DA) (4876 DA~)

셀레나 덩컨 브란릴 & 단비우 탈 바르미
압 산타 압 마루
(4977 DA~)   (4973 DA~5002 DA)

배반자(라고 불리는) 바리우스 덩컨

(4952 DA~)

타라틸랑넴 탈 바르미
압 산타 압 마루 탈 덩컨
(1991 DT/5000 DA~)

자르틸랑넴 탈 바르미
압 산타 압 마루 탈 덩컨
(5003 DA~)

마라틸랑넴 탈 바르미
압 산타 압 마루 탈 덩컨
(5003 DA~)

DA = 아더월드력
DT = 지구력

오무아 제국의 탈 바르미 압 산타 압 마루 가문 가계도

-5015년 파이초 25일 (아더월드력)을 기준으로 작성-

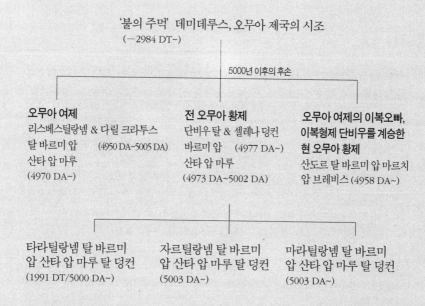

'불의 주먹' 데미데루스, 오무아 제국의 시조
(−2984 DT~)

5000년 이후의 후손

오무아 여제
리스베스틸랑넴 & 다릴 크라투스
탈 바르미 압   (4950 DA~5005 DA)
산타 압 마루
(4970 DA~)

전 오무아 황제
단비우 탈 & 셀레나 덩컨
바르미 압   (4977 DA~)
산타 압 마루
(4973 DA~5002 DA)

**오무아 여제의 이복오빠,
이복형제 단비우를 계승한
현 오무아 황제**
산도르 탈 바르미 압 마르치
압 브레비스 (4958 DA~)

타라틸랑넴 탈 바르미
압 산타 압 마루 탈 덩컨
(1991 DT/5000 DA~)

자르틸랑넴 탈 바르미
압 산타 압 마루 탈 덩컨
(5003 DA~)

마라틸랑넴 탈 바르미
압 산타 압 마루 탈 덩컨
(5003 DA~)

DA = 아더월드력
DT = 지구력

타라 덩컨에 쏟아진 세계 언론의 찬사

기발한 아이디어, 서스펜스, 유머, 판타지로 넘치는 소피 오두인 마미코니안의 작품은 분명 마법 같은 매력을 발휘한다. 흥행의 귀재 스티븐 스필버그도 지대한 관심을 갖고 영화 제작을 신중하게 검토하는 중이다. 타라는 초인적인 능력을 가진 괴짜 소녀지만 타라를 탄생시킨 작가 역시 평범한 인물은 아니다. 작가 자신이 바로 아르메니아의 왕위 계승자로 추대되는 공주이기 때문이다. 「마취 드 파리」

한 번쯤 생각의 힘만으로 사물을 들어올리는 꿈을 꿔보지 않은 사람이 있을까? 마법사가 되기를 꿈꿔보지 않은 사람이 있을까? 현실을 벗어나 다른 세상으로 도망치는 꿈을 꿔보지 않은 사람이 있을까? 평범한 소녀가 아니라 마법사라는 사실을 막 알게 된 타라 덩컨과 함께 그 꿈이 이뤄진다. 「르 몽드」

아르메니아의 왕위 계승자 소피 오두인 마미코니안이 창조해낸 타라 덩컨, 상상을 초월하는 매혹적인 아더월드를 탐험하러 떠나다. 책을 펼치는 순간 신 나는 마법의 세계에 빠져서 책을 손에서 놓으려면 강력한 주문이 필요할 것이다. 「렉스프레스」

타라 덩컨은 치마 두른 해리포터가 아니다. 어린 독자들만 매료시키는 것이 아닌 이 놀라운 책에 작가는 상상 세계의 영역을 확장했다. 「르 쿠리에 프랑세」

어린이들의 영상 세계(텔레비전, 영화)를 참조하면서 많은 공상소설에서 빌려온 수많은 요소를 뒤섞어놓은 듯한 타라 덩컨 시리즈는 어린 독자들에게 이보다 더 유쾌하고, 재미있는 기쁨을 줄 수 없을 것이다. 「피가로」

사건의 변화가 많고 유머러스하고 흥미로운 이야기들로 가득 찬 호감이 가는 작품이다. 첫 독자였던 두 딸들과 환상적인 커플이 되어 작가는 아더월드라는 마법 세계의 지도와 독특한 어휘와 함께 상상을 초월하는 세계를 펼쳐놓았다. 해리포터의 누이동생의 이야기를 읽는 것 같다. 하지만 프랑스 문화 속에서 성장한 작가는 닫힌 공간에 특권을 주는 영국의 완곡 어법보다는 미국 문학의 과장법과 광활한 공간에 매료되어 있다. 「라 리브르」

이 소설 십여 페이지에서 영화 3편을 찍을 수 있을 거라고 한 어느 감독의 말이 결코 지나친 과장은 아닐 듯하다. 10권 시리즈의 제1권은 어린 독자들을 서스펜스와 판타지, 유머, 우정이 마음을 사로잡는 공상의 세계로 유혹한다. 「프랑스 수아르」

마법사이자 모험가인 열두 살 소녀, 타라 덩컨. 해리포터와 반지의 제왕이 뒤섞인 듯한 손에 땀을 쥐게 하는 흥미진진한 소설, 이건 이제 시작일 뿐이다. 「라 리베르테」

Photo, Didier Pruvot © Editions Flammarion

🌞 소피 오두인 마미코니안
Sophie Audouin-Mamikonian

아르메니아 왕위 계승자인 소피 오두인 마미코니안은 파리의 아사스 대학에서 법학을 전공했으며, 두 딸을 둔 어머니이다. 할머니와 어머니에게 러시아의 독특한 이야기를 들으며 자란 그녀는 열두 살 때 복막염을 앓으면서 꼼짝할 수 없게 되자 시간 죽이기 요량으로 처녀작 「샹들리에, 황금 불사조」를 썼으며, 15,000여 권의 공상과학 소설을 읽은 독서광이기도 했다. 15년이라는 오랜 작업 끝에 1권이 출간된 『타라 덩컨』의 주인공 소녀는 두 딸의 성격을 합해서 만들어낸 캐릭터라고 한다. 캐나다, 일본 등 26개국에서 번역된 『타라 덩컨』 시리즈는 2015년 12권으로 완결될 예정이다. 그 외 작가의 주요 작품으로 『뚱보들의 저녁식사』, 『인디아나 텔러』 시리즈 등이 있다.

🌙 옮긴이 이원희

프랑스 아미앵 대학에서 「장 지오노의 작품 세계에 나타난 감각적 공간에 관한 문체 연구」로 석사학위를 받았다. 현재 전문 번역가로 활동 중이며 역서로는 아민 말루프의 『사마르칸트』와 『마니』, 앙리 지델의 『코코 샤넬』, 생텍쥐페리의 『야간비행』, 칼릴 지브란의 『예언자』, 다이 시지에의 『발자크와 바느질하는 중국소녀』, 장 크리스토프 뤼팽의 『붉은 브라질』, 안니 뒤페레의 『파티』, 기욤 프레보의 『시간의 책』(전 3권), 피에르 보테로의 『에윌란의 모험』(전 3권) 등 다수가 있다.